DIO

D1647064

… i'r siopau llyfrau Cymraeg
a threfnwyr digwyddiadau llenyddol,

i Alun fy ngolygydd, Nia, Alan, Lefi
a phawb yn y Lolfa am eu ffydd a'u gwaith trylwyr,

i'r Cyngor Llyfrau,

ac i fy nheulu am eu cefnogaeth dwymgalon.

Diolch i ffrindiau sy'n deall bod ysgrifennu yn waith
anghymdeithasol, mewnblyg ac ymfflamychol ar brydiau.

Diolch arbennig i Rhian, Owain, Rhodri a Gethin
am eu cariad a'u hamynedd diddiwedd, ac am wneud
bywyd yn werth ei fyw.

Diolch i fynyddoedd Cymru a'r Alban
am fy nghadw'n rhydd.

"All national institutions of churches appear to me no other than human inventions, set up to terrify and enslave mankind, and monopolize power and profit."

Thomas Paine

"Y grefydd orau yw Goddefgarwch."

Victor Hugo

"The first revolt is against the supreme tyranny of theology, of the phantom of God. As long as we have a master in heaven, we shall be slaves on earth."

Mikhail Bakunin

"They spoke of the novelties of 'civilization', when this was really only a feature of their slavery."

Tacitus

"Diwedd y Ddynolryw fydd marw o wareiddiad."

Ralph Waldo Emerson

1

YSTYRIODD JOJO FYND Â'R coffi i'r car efo fo. Roedd o'n rhy boeth i'w yfed yn sydyn, a pho hiraf yr eisteddai yn y gwasanaethau gwag, y mwya nerfus oedd o'n mynd.

Wynebai Jojo'r drysau gwydr, gan eistedd wrth fwrdd na fyddai'n denu llygaid unrhyw gwsmeriaid fyddai'n camu i'r adeilad o'r nos. Roedd 'na bartisiwn wrth ymyl y bwrdd – un digon uchel i allu cuddio y tu ôl iddo petai'n suddo mymryn yn ei sêt. Tarodd olwg tua'r drysau unwaith eto wrth gymryd sip bach arall o'r ddiod boeth. Gallai weld y maes parcio hyd at y fynedfa. Tawelodd ei feddwl rywfaint. Gwyddai, er gwaetha'r cnoi yn ei stumog, mai go brin y deuai unrhyw un ar eu holau heno. Dim i fyny'r ffordd hyn, beth bynnag...

Chwythodd ar y *latte* yn y gwpan bapur Costa a thorri twll trwy'r ewyn brown ar ei wyneb. Llifodd ei feddwl yn ôl dros ddigwyddiadau'r chwe awr ddiwetha, ac ysgydwodd ei ben mewn anghrediniaeth lwyr. Doedd dim pwynt ceisio dyfalu sut a pham y trodd ei fyd ar ei ben i lawr mor ddisymwth a dirybudd â damwain car. Doedd dim diben, chwaith, mewn gofyn pam mai rŵan, ac yntau ar fin gadael y gêm a dechrau bywyd o'r newydd, y digwyddodd hynny. Un gair, ac un gair yn unig, oedd yr ateb bob tro – llanast. Rhoddodd Jojo ei ben yn ei ddwylo wrth atgoffa ei hun, unwaith eto, nad oedd posib adnabod unrhyw berson yn iawn. Dim hyd yn oed Didi – a hwnnw oedd y peth agosa oedd gan Jojo at deulu. Didi! Be oedd ar ei ben o? Pam na fyddai wedi dweud rhywbeth?

Ar hynny, daeth Didi i'r golwg o gyfeiriad y toiledau, a golwg sach o nadroedd arno. Doedd dim byd yn newydd am hynny, heblaw ei fod o'n fwy animeiddiedig nag arfer. Gwyliodd Jojo fo'n troi ar ei sodlau a wiglo tua'r siop bedair awr ar hugain, a'i ben o wallt pigog, piws-potel yn troi fel goleudy wrth lygadu'r danteithion ar y silffoedd o'i amgylch. Gobeithiai na fyddai'n trio dwyn dim byd o'r siop – roedd y lle'n llawn camerâu, ac efo'r olwg oedd ar Didi roedd o'n siŵr o dynnu sylw yn syth. Diolch byth ei fod o wedi newid o'r trowsus cwta gwyn hwnnw oedd o'n ei wisgo'n gynharach... Wislodd Jojo chwibaniad sydyn i dynnu ei sylw, cyn arwyddo arno efo'i fys i fihafio. Dalltodd Didi, cyn diflannu o'r golwg rywle rhwng y creision a'r llyfrau rhad.

Sipiodd Jojo'r coffi eto. Roedd o'n dechrau oeri. Edrychodd o'i gwmpas. Llefydd digon anghynnes oedd gwasanaethau traffyrdd ar y gorau, ond o leia yn y dydd roedd y prysurdeb trydanol yn rhoi gwedd o fywyd i'r plastig a'r fformeica. Llefydd gwahanol iawn oeddan nhw yn oriau mân y bore, yn wag o gwsmeriaid, ac yn oer a digroeso. Ochr arall y geiniog gyfalafol, meddyliodd Jojo, ond er bod ymylon y ddwy ochr – bŵm a byst, gwaith a gorffwys, dydd a nos – yn toddi i'w gilydd fwyfwy yn y byd cyfoes, doedd dim byd yn newid go iawn. Cysgu'r nos a chodi'r bore oedd hi o hyd.

Daeth y gân yn ôl i ben Jojo. '*Ar lan y môr mae rhosys cochion, ar lan y môr mae lilis gwynion, ar lan y môr mae 'nghariad inna, yn cysgu'r nos a chodi'r bora.*' Wyddai o ddim pam ei fod o'n cofio'r gân. Roedd o wedi'i chlywed yn rhywle pan oedd yn fach, o bosib – rywbryd cyn dianc o Gymru. Cofiai iddo ddarllen geiriau'r gân am y tro cynta mewn llyfr yn llyfrgell Camden, ac i'r dôn ddod iddo'n syth, o rywle yn ei isymwybod. Gallai ddychmygu llais yn ei chanu hi hefyd – llais dynes, llais cryf ond mwyn. Bu'r gân yn troi yn ei ben byth ers hynny – bob tro y meddyliai am Gymru, a phob tro y gwelai'r môr. Mae'n rhaid bod ei fam wedi'i chanu iddo rywbryd pan oedd o'n ifanc, ifanc iawn, cyn iddi… wel, cyn i beth bynnag ddigwyddodd… Neu hwyrach mai ei nain a'i canodd iddo, neu ryw fodryb? Roedd o wedi sylwi fod modrybedd yn famol iawn tuag at blant eu teuluoedd.

Beth bynnag oedd teulu. Doedd Jojo ddim yn gwybod. Yr unig beth a wyddai oedd ei fod o'n Gymro, ac yn dod o Gymru'n wreiddiol. Wyddai o ddim *am* Gymru tan iddo ddechrau darllen llyfrau a phori'r rhyngrwyd yn ei amser sbâr. Dyna sut y daeth ar draws caneuon gwerin Cymraeg. Ond dim ond un gân oedd yn gyfarwydd iddo, fodd bynnag – a hynny'n ddwfn yn ei enaid. 'Ar Lan y Môr' oedd honno.

Pasiodd y ddynes glanhau efo'i mop a'i bwced-ar-olwynion. Doedd hon ddim yn cysgu'r nos. Hi na'r ddynes tu ôl i gownter y lle coffi. Na dynes y siop lle'r oedd Didi'n hofran, chwaith. Tri bywyd wedi'u meddiannu gan gyfalafiaeth.

Tarfwyd ar fyfyrio Jojo gan sŵn sgrenshio pacad o greision yn nesu tuag ato. Plonciodd Didi ei din ar y sêt gyferbyn â fo, gan dynnu sylw Mrs Mop yn syth. Gwasgodd Didi'r pacad mawr o Quavers a'i fyrstio efo clec a chreu llanast dros y bwrdd. Gwgodd Mrs Mop.

"Cwafôr porffofôr seniôr?" cynigiodd Didi mewn cawdel blêr o Sbaeneg anghywir efo acen Ffrengig ffug, cyn gwgu wrth i Jojo estyn llond dwrn a'u rhawio i'w geg. "Be 'di'r plan 'ta, cimosapi?" gofynnodd wedyn, wrth stwffio llawiad i'w geg ei hun.

Atebodd Jojo ddim yn syth. Syllodd ar wyneb Didi wrth i'r creision meddal doddi yn ei geg. Ffromodd. Roedd ei ffrind wedi gwneud ymdrech i olchi'r *eyeliner* a'r mascara oddi ar ei lygaid – ond ymdrech 'Ddidiaidd' braidd oedd hi, a'r canlyniad oedd rhyw fath o niwl tywyll rownd ei lygaid mawr glas.

"Sgenai'm make-up remover, nagoes!" protestiodd Didi pan welodd ei ffrind yn gwgu. "Dŵr tap or fack all! A girl needs her handbag, darlin!"

"Fack off, Didi," brathodd Jojo yn ei Cocni yntau. "Dim ffacin hogan wyt ti, so cau dy norf and sarf!"

"OK, OK, keep yer fackin 'air on!" atebodd Didi gan synnu at ymateb ei ffrind, cyn sgubo mwy o greision i'w geg. "Dwi'n cymryd nad oes gennyn ni blan, felly?"

Dyna Didi i'r dim, meddyliodd Jojo – heb unrhyw allu o gwbl i feddwl drosto'i hun, nac ychwaith i werthfawrogi difrifoldeb canlyniadau yr anallu cataclysmig hwnnw. Hyd yn oed rŵan, â'r cachu eitha wedi taro'r ffan dragwyddol efo holl nerth teiffŵn trofannol, roedd o'n rhoi mwy o sylw i baced mawr o Quavers. Didi oedd y bai am y corwynt o gachu yma, ond Jojo oedd yn gorfod glanhau'r stwff oddi ar y waliau, fel arfer. Doedd 'na'm sniff o ymwybyddiaeth o ddyfnder y llif brown yn perthyn i Didi. Ond Didi oedd o, a felna oedd Didi – off ei ffycin ben...

"Gwranda, Julian ffacin Clary," brathodd Jojo eilwaith. "Dwi'n trio meddwl..."

"Julian Clary? Ooh, ya bitch!"

"A stopia efo'r gay bollocks 'na, 'fyd! Ti ddim ar y job rŵan, sdi!"

"Be sy, macho man? Ofn i Mrs Mop feddwl fod ni'n lovers?"

Cododd clustiau'r lanhawraig wrth glywed ei swydd-ddisgrifiad bychanol, a mwmiodd ryw felltith o dan ei gwynt wrth droi'n ôl at ei defod ailadroddus.

"'Da ni ddim isio tynnu sylw, Didi! Corley ydi fama. 'Dio'm yn bell o Brym, a mae gan Zlatko gontacts yn Brym, cofia!"

"Lighten up, Jojo! Just takin the hit 'n miss, mate!"

"A stopia efo'r Susnag hefyd! Chwilio am ddau Gocni fyddan nw! Cymraeg o hyn allan, OK?"

Yn y tri degawd y bu'r ddau yn byw yn Llundain, dorrodd Jojo na Didi erioed air o Gymraeg efo'i gilydd yng ngŵydd pobol eraill. Chwilio am ddau Gymro fu'r awdurdodau yn y blynyddoedd cynharaf hynny wedi iddyn nhw ffoi i'r ddinas fawr ddrwg, felly Saesneg fu eu hiaith wastad tra mewn cwmni – arferiad a barhaodd byth ers hynny. Roeddan nhw wedi parhau i siarad Cymraeg efo'i gilydd pan nad oedd unrhyw un arall o fewn clyw, gan mai Cymraeg oedd eu hiaith gynta ac mai'r Gymraeg oedd yr unig gysylltiad oedd ganddynt efo pwy oeddan nhw – beth bynnag oedd hynny. Ychydig a wyddai'r ddau y byddai dal i arfer yr iaith yn dod mor bwysig iddyn nhw dan amgylchiadau fel heno…

"OK, OK," cydsyniodd Didi, cyn ychwanegu ei ffwlbri arferol, "Cymraeg ôl ddy wê! Myst not tynnu sylw!"

Ysgydwodd Jojo'i ben. Ond roedd rhaid iddo wenu. Efo'i wallt piws a'i symudiadau nerfus byddai'n anodd i Didi doddi i mewn ar set y *Muppet Show*, heb sôn am wasanaethau gwag ar yr M6 yn oriau mân y bore. Llyncodd fwy o'r coffi, cyn cynnig peth i'w ffrind. Gwrthododd hwnnw, gan amneidio at y botel Dr Pepper oedd yn sticio allan o'i boced.

"Paid â poeni, nes i dalu," medd Didi'n bwdlyd. "Ond fyswn i'n dal yn licio gwbod lle 'da ni'n mynd."

Synhwyrodd Jojo dinc o sobrwydd yn llais ei gyfaill, a sylwodd ar yr olwg niwlog oedd wedi treiddio i'w lygaid. "Yr unig beth dwi'n wybod, Did, ydi ein bod ni am fynd cyn bellad i ffwrdd o Zlatkovic ag y medran ni – a hynny heno."

"Ond i *lle*?" gofynnodd Didi eto.

"Gawn ni weld pan gyrhaeddwn ni…"

"Pan gyrhaeddwn ni *lle*, Jojo?" mynnodd Didi â rhwystredigaeth yn lliwio'i lais.

"Ffac sêcs!" rhegodd Jojo. "'Dan ni'm yn dewis trip o Thomson Holidays! Dianc ydan ni – am ein ffycin bywyda! Yn Llundan mae Wacko Zlatko, felly'r unig beth sy'n ffacin bwysig ydi mynd mor bell o ffacin Llundan â ffacin bosib…"

"Dros y môr?"

"Dyna fysa'r boi, ia," atebodd Jojo, gan ddifaru bod mor ddiamynedd pan welodd y pryder fel gwlith yn llygaid ei ffrind. "Ond y peth ydi, Did, fedran ni ddim mynd dros y môr. Smyglo 'di petha Zlatko, a mae ganddo fo bobol yn gweithio yn y ports a'r erports. Felly 'dan ni'n ffycd mae genai ofn… A beth bynnag…"

Stopiodd Jojo ar ganol y frawddeg, ac ailfeddyliodd. Nid rŵan oedd yr amser i ddweud wrth Didi lle oedd ganddo mewn golwg.

"'Beth bynnag' be?" gofynnodd Didi.

"Aaa, dim byd, Didi boi. Jysd 'whateva', dyna'r cwbl dwi'n ddeud…"

Tynnwyd sylw Jojo gan oleuadau yn troi i mewn i ben draw'r maes parcio. Gwyliodd y cerbyd yn cyrraedd gafael llifoleuadau'r adeilad. Anadlodd Jojo eto pan welodd mai fan adeiladwyr oedd hi. Gwyddai ei fod o'n rhy nerfus o lawer – doedd dim rheswm i Jovan Zlatkovic ddyfalu eu bod nhw ar yr M6. Ond eto, roedd hi'n talu i fod yn wyliadwrus. Roedd digwyddiadau neithiwr wedi'i atgoffa pa mor bwysig oedd y rheol aur – os ydio'n *gallu* digwydd, mi *wnaiff* o ddigwydd.

Daeth tri adeiladwr trwy'r drws, yn llawn sŵn mewn cotiau melyn. Acenion Lerpwl oedd ganddyn nhw wrth ddiawlio'r tywydd oer. Aeth un am y toiledau a dau yn syth heibio i Jojo a Didi i astudio'r sosejis tu ôl i wydr y cownter poeth. Gwrandawodd y ddau Gymro arnyn nhw'n canmol yr arogleuon.

"Dem sozzies look dead nice, Willo, eh?"

"Tellin yeh! And dem hash browns, la! Fuckin rip-off, do'!"

"Well I'm 'avin some, anyways. You havin some? Yer might as well, lad. You won't be eatin anythin after bein around dem maggots, I'm tellin yer!"

"Nah, I'll be alrite. Maggots don bother me, mate. Ah do a lorra fishin, like!"

"Ey, lad, 'snot da fokkin maggots, kidder, it's the smell! It's fokkin deadly! Ammonia irr is, la. It's why there's no maggot farms around ours. People won 'ave it. Yer can smell 'em miles away. Ah remembeh me ferst time – weren't da far from 'ere, more towards Shrewsbury, dat way – what da fuck was it called? Sumfin daft, Taffy-soundin… only it weren't in Wales… Severn – that's worri woz, after de river. Severn Trout Farm or sumfin. Big shed full o fukkin maggots! Fukkin reeks, la! But yous'll gerr used to it before da week's out mate… Ah! Here she is! Woman of me dreams!"

Trodd y Sgowsar hirwyntog at y ddynes goffi oedd newydd ddod drwodd o'r cefn, a dechrau pwyntio at y bwydydd brecwast yn ffenest y cownter poeth mewn ffordd hwnna-hwnna-hwnna-a-hwnna.

"Jeezus," medda Didi, gan droi ei drwyn. "Pwy sy'n siarad am ffycin magots wrth ordro brecwast?! Iiiych!"

"Ty'd 'ta," medda Jojo, cyn llowcio gweddill y *latte* mewn un. "Bobol yn dechra cyrradd, does. Well symud."

"Ti'n iawn," atebodd Didi. "Ond i lle?"

2

ROEDD NEDW'N METHU'N LÂN â deall pam bod Bob Marley yn canu yng Nghapel Bethania. Dim ond y waliau oedd ar ôl yn sefyll bellach – roedd hyd yn oed distiau'r to wedi mynd, a'r seti pren a'r pulpud wedi'u gwerthu ers talwm byd. Lle'r oedd y gynulleidfa'n mynd i eistedd? O ia, siŵr – ar eu traed yn dawnsio fyddan nhw ynde?!

O na, dwi yn fy ngwely, meddyliodd Nedw, a rhyw led-agor ei lygaid i fro rhwng cwsg ac effro. Ei ffôn oedd yn canu yn rhywle. Bob Marley oedd y ringtôn – Three Little Birds: '*Don't worry – about a thing…*'

Trodd Nedw ei ben i gyfeiriad cyffredinol y nodau, a syllu ar y peil blêr o ddillad ar y llawr wrth ddrws y llofft. Edrychodd ar y cloc, a rhegi. Chwartar i dri y bora!

"Tro'r ffycin thing 'na ffwr, y cont bach!" sgyrnygodd Gruff ei frawd mawr yn flin o'r gwely arall.

"OK, OK! Ffycin tshilia allan, nei!" atebodd y brawd bach wrth luchio'i flanced i un ochr a rowlio allan o'r gwely. Cododd ei hwdi oddi ar y llawr a gweld y ffôn yn fflachio ar y carped. Cydiodd ynddi a gweld yr enw ar y sgrin. Heb feddwl, gwasgodd y botwm gwyrdd.

"Mared!" meddai, wrth gamu trwy'r drws i'r landing. "Be tisio?"

Arhosodd i'r lleisiau ar ben arall y ffôn beidio chwerthin.

"Lle wyt ti, Mared? Ti'n gwbod faint o'r gloch 'di, wyt?… Wel, o'n siŵr ffycin dduw! A Grympi 'fyd…! Pizza?! Rŵan?!! Ti'n cymryd y ffycin piss?!"

Ar ôl gwisgo'i ddillad – a chael ambell i reg arall gan Gruff – aeth Nedw i lawr i'r gegin a throi ei bopty pizzas ymlaen, cyn llenwi'r tecell i wneud panad.

Mared, meddyliodd! Dim hannar call! Yn tŷ Bobat oeddan nhw – hi a Gwenno a Beth – wedi bod yn yfed a smocio drwy'r nos ac efo'r mynshis, a dim byd ond corn fflêcs yng nghegin Bobat. Rowliodd Nedw ffag a'i thanio, cyn cael sgan sydyn yn y ffrij i weld be oedd yno. Ffoniodd Mared yn ôl tra'n chwilota am y caws a'r *tomato puree.*

"Haia. Mae genai ham, peperoni, myshrwms a pepyrs... Nagoes... Na... Nagoes... Ham, peperoni, myshrwms a pepyrs... Ia... Ia... Na – jyst ham, peperoni, myshrwms a pepyrs... OK... Ti'm yn gneud sens, sdi... Wel sortia dy ben allan 'ta'r gloman wirion!... Nagoes... Na... Ham, peperoni, myshrwms a pepyrs... Ah?... Ia, jysd ham, peperoni, myshrwms a pepyrs... Ffeifar yr un... Ia... Wel dim ffycin Pizza Hut ydwi, naci?... Chwartar awr..."

Anwybyddodd Nedw'r twbiau o topings pizza ffansi – pethau nad oedd ganddo fynadd i'w paratoi adeg yma o'r bora – ac estyn yr ham, peperoni, madarch a phupur. Wedi taro'r dair pizza yn y popty a brynodd o gatlog ei fam am bumpunt yr wythnos, eisteddodd wrth y bwrdd i rowlio sbliffsan o wair, a'i smocio wrth wylio'r caws yn ffrwtian fel lafa llosgfynydd tu ôl i'r drws gwydr.

Daeth ei fam i mewn.

"O, chdi sy 'na, Nedw? O'n i'n meddwl fod 'na rwbath yn llosgi. Be ddiawl ti'n neud pizzas adag yma ar fora dydd Llun?"

"Mared ffoniodd," atebodd Nedw gan godi'i ysgwyddau. "Mynshis."

"'Di Gwenno efo hi?"

"Yndi. Ma honno'n cael pizza 'fyd."

"Lle mae nw?"

"Tŷ Bobat."

"Wel, ma hynna'n ecsplênio pam bo nw'n llwgu felly!"

"Tisio panad, Mam?"

"Na, dwi'n mynd nôl i gwely. Cym bwyll ar y beic 'na, nei?"

"Wna i siŵr!"

"'Wna i siŵr' medda chdi efo joint fawr yn dy geg! Watsia di'r pryfid glas 'na. Ma nw'n testio am ddrygs dyddia yma, sdi!"

"Paid â siarad yn wirion, Mam!"

"Dyna ddudasd di pan ges di'r beic, hefyd! 'Ti'n cael reidio rwbath fyny i 100cc ar ôl pasio sicstîn' wir! Y diawl bach clwyddog!"

Gwenodd Nedw fel giât. "Sumpyl mistêc, Mam! Ond *dydyn* nhw ddim yn testio chdi am ddrygs. Dim yn randym, eniwe."

"A wel – ffeindi di allan yn go fuan, y ffor ti'n cario mlaen!"

"Ia, ia… dos nôl i dy wely, nei!" shiwiodd Nedw â'i dafod yn ei foch.

"Dwi'n gwatsiad chdi, Nedw. Jysd cym bwyll, iawn!" siarsiodd ei fam gan bwyntio'i bys wrth yrru'i llygaid gleision yn ddwfn i mewn i'w ben. "Nedw!"

"Ia, OK. Fydda i nôl mewn cachiad eniwe. Neu erbyn i ti neud brecwast!"

"Watsh ut, pal!" rhybuddiodd ei fam gan ddal ei dwrn i fyny, cyn diflannu drwy'r drws.

Gwenodd Nedw. Roeddan nhw'n agos fel maneg a llaw, fo a'i fam, ac yn deall ei gilydd i'r dim. Gobeithiai Nedw y câi hi gysgu gweddill y noson. Doedd pethau heb fod yn hawdd iddi'n ddiweddar.

Ar ôl gosod y dair pizza yn eu bocsys cardbord brown a'u rhoi nhw'n daclus yn y bocs picnic oedd wedi'i strapio i gefn ei Honda 70cc efo cortyn bynji, gwisgodd Nedw ei helmed a neidio ar y beic a'i danio. Fel oedd ei fam wedi'i atgoffa'n gynharach, bu'r beic ganddo ers cyn iddo droi'n ddwy ar bymtheg gwta ddeufis yn ôl. Roedd o wedi'i brynu fo am ganpunt gan Mic Ddy Crîm pan dorrodd hwnnw'i goes yn chwarae pêl-droed. Hannar rŵan, a hannar nes ymlaen. A doedd 'nes ymlaen' heb gyrraedd eto.

Ond er bod Nedw'n hen law ar reidio'r beic erbyn hyn, doedd o ddim mor fedrus o ran cofio rhoi petrol ynddo. Doedd o heb hyd yn oed adael y stad pan redodd yn sych. Ond wedi cofio fod ganddo hanner galwyn mewn tun yn y sied, a cherdded i'w nôl o, tolltodd yr hylif i mewn i'r tanc ac, i sbario amser, rhoddodd y tun gwag yn y bocs picnic ar ben y pizzas. Ac wedi ychydig o gicio caled ar y pedal i gael y tanwydd i lifo drwy'r peipia eto, ailgydiodd yr unig 'ddyn danfon pizzas' a welodd tref fach lan môr Gilfach yn ei daith.

3

Roeddan nhw ar fin gadael yr M6 pan ffrwydrodd Didi. Fel y disgwyliai Jojo, roedd ymateb ei ffrind pan ddwedodd i le'r oeddan nhw'n mynd yn gymysgedd o *hysteria* a phanig llwyr. Dyna pam ei bod hi'n well aros tan oedd o yn y car, a'r car yn symud, cyn gadael iddo wybod.

"CYMRU?! TI'N FFACIN JOCIAN!"

"Saffach na nunlla am y tro, Didi! 'Dan ni rioed wedi deud wrth neb o lle 'da ni'n dod. A 'di Zlatko a'i griw ddim hydnoed yn gwbod na Cymro *wyt* ti! A 'dan ni'n officially untraceable achos identities ffug oedd genan ni!"

"Ma gin y cops fingerprints, does?! A be bynnag ma'r cops yn wybod, ma Jovan Zlatkovic yn wybod hefyd! Chdi ddudodd hynna wrtha fi!"

"Yr enw sydd *efo'r* olion bysidd sy'n cyfri siŵr!"

"A'r mygshot!"

"O, cym off it, Didi!"

"'Cahm orf it' FFACIN BE?!"

"Pan ges di dy arestio oedd gin ti wallt neon fackin blue ac oedd dy wynab di wedi chwyddo fyny fel pêl ffwtbol ar ôl baseball bat y ffacin psycho queer 'na!"

"Be amdana chdi 'ta?!"

"Oedd gena i farf fel Grizzly Adams ar y pryd, doedd! A Jimmy Hartley oedd 'yn enw i. Yli, dwi'n gwbod fod Cymru'n llawn o ysbrydion i chdi, ond mae o 'run fath i fi, sdi…"

"Be?!" Roedd hi'n gwawrio ar Didi fod pethau ar fin mynd hyd yn oed yn waeth. "Ti'm yn meddwl mynd nôl i Gilfach?! Ffacin no ffacin tsians, pal! Never, never, fackin never…"

"Cŵlia i lawr, Didi!"

"Stopia'r ffycin car!"

"Paid â bod yn wirion!"

"STOPIA'R FFACIN CAR, RŴAN!!"

"Didi! Gwranda…!"

"Gwranda di! Be am bobol yn nabod ni yn Gilfach 'ta? Cofia na fugitives ydan ni fano hefyd!"

"Ffacin hel, Didi, deuddag oed oeddan ni! A doedd yr Home ddim y math o le oedd yn tynnu school photos, nagoedd?! Neith neb nabod ni siŵr dduw! Ac allwn ni siarad Susnag efo'n gilydd i ddechra, i weld be 'di'r sîn… Cocni ydi'n acan Susnag ni'n 'de?"

"Y basdad! Ti 'di meddwl hyn drwodd, felly?"

"Meddwl? 'Meddwl' wyt ti'n galw gorfod gweithio petha allan ar yr hop fel hyn?"

"Dwi ddim yn mynd yn ôl yno, Jojo, ffwcio chdi!"

"Fydd neb yn cofio Joe Griffiths a David Davies bellach, eniwe…"

"Dwi ddim yn mynd, a dyna fo. Fysa well gen i wynebu Zlatko a'i gorilas!"

"Ti'm yn meddwl hynna'r cont gwirion!"

"Tisio bet? Gilfach? Y living fackin hell yna? Llawn o byrfyrts a sheepshaggers! Plis, Jojo! Paid â mynd â fi nôl yno."

Roedd Didi wedi dechrau pledio yn hytrach na sgrechian. Gostyngodd Jojo ei lais. "Mae'r Cartra wedi cau, ersdalwm, Did."

Oedodd Didi am hanner eiliad cyn ateb. "Wel, 'di ffwc o bwys genai, Jojo. Dwi'm isio mynd yn ôl yna. 'Di hyn ddim yn ffêr…"

Roedd llais Didi'n torri, a gwelai Jojo ddagrau'n cronni yn y llygaid gleision yng ngolau ambell lori oedd yn pasio i'r cyfeiriad arall. Meddalodd ei galon yn syth. Allai o ddim beio Didi am ymateb fel hyn. Roedd be ddioddefodd y truan bach wedi ei greithio'n ddwfn. Rhedodd ias i lawr cefn Jojo wrth gofio am erchyllterau Cartref Plant Llys Branwen.

Disgynnodd y car i dawelwch, heblaw am sŵn Didi'n chwilota drwy'r cwpwrdd-dan-y-dash am y bag cocên. Canolbwyntiodd Jojo ar gael ei synhwyrau'n ôl. Bu ar ben ei gêm hyd yma, ac allai o'm gadael i bethau fynd yn drech na fo rŵan. Roedd gormod i'w golli. Byw neu farw oedd hi bellach. Ailafaelodd yn ei ymarferoldeb proffesiynol ac anadlu'n ddwfn wrth ailgydio yn y gorchwyl o ddilyn yr arwyddion gleision. M6, M54, A5 – wedyn 'consylt atlas'.

Pasiodd hanner awr cyn i air arall gael ei dorri yn y Ford Focus glas, ac ymateb greddfol i wyriad y car i slip-rôd oddi ar y draffordd oedd symbyliad hynny.

"Lle 'dan ni'n mynd, Jojo?!"

"Gei di weld ŵan, gobeithio," atebodd Jojo wrth nesu at y gylchfan ar ben y clip. "Rhaid i fi stydio'r seins 'ma."

Pan oedd y car ar ei drydydd tro rownd y gylchfan aeth pethau'n drech na Didi eto. "Be 'di hyn, ffacin majic rowndabowt?"

"Aha!" medda Jojo wrth dynnu'n siarp i'r chwith, yna troi'n syth i'r chwith eto, ar hyd ffordd droellog a arweiniai drwy goedwig.

Rhegodd Didi. "Jojo's ffacin Joyrides 'ta be?"

Synhwyrodd Jojo bod Didi'n dod dros ei bwdfa, felly mentrodd ychydig o eiriau cyfaddawdol. "Yli, fydd petha ddim 'run fath ag oeddan nhw yn Gilfach, sdi. A fydd hi'n braf cael bod allan yn yr awyr iach…"

"Paid â ffacin siarad efo fi am y lle!" brathodd Didi. "Dwi ddim 'di penderfynu os dwi am ddod efo chdi neu beidio. Ella na jump ship fydda i'n wneud pan 'dan ni'n stopio nesa."

Gwenodd Jojo yn y tywyllwch. "Dwi ddim yn dy weld di'n cerddad trwy'r jyngl 'ma, rywsut…"

"Paid â patroneisio fi, Jojo!"

"Paid â bod yn gymint o bitsh 'ta!"

"O, dyna chdi eto, efo dy gaytalk! Ti'n siŵr fo gen ti ddim closet i ddod allan ohono, Jo-George Michael?"

"O, ty'd 'laen! Ffacin jocian ydwi!"

"Hy! Jôc ydi bob dim i chdi, ia?"

Hanner gwamalu ai peidio, o dan yr amgylchiadau torrodd geiriau Didi amynedd ei gyfaill. Tro Jojo oedd hi i weiddi bellach. "FFACIN HEL! Ti'n gwbod be?! Os ti isio ffacin mynd, ffacin dos! Fydd petha'n lot ffacin hawsach hebdda chdi, y basdad bach hunanol!"

Sgyrnygodd Jojo'n uchel a dyrnu'r olwyn lywio mewn tymer. Rhewodd Didi. Yn bell dros ei chwe throedfedd ac yn llydan fel drws stabal, doedd Jojo ddim yn ddyn i'w wylltio – yn enwedig o wybod ei gefndir diweddar. Wrth weld y mellt yn fflachio yn ei lygaid duon, gwyddai Didi y byddai ei ddwylo rhawiau wedi'u lapio am ei wddw yr eiliad honno pe na bai'n llywio'r car. Gwelodd mai peth doeth fyddai cau ei geg a gadael i Jojo ddweud ei ddweud.

"Chdi ydi achos hyn i gyd, y ffycar bach! Dwi 'di watsiad dy gefn di ers ffacin blynyddoedd a… AAAARGH!" Dyrnodd Jojo'r olwyn lywio eto ac eto, nes bod y dashbord – a'r car i gyd, bron – yn crynu.

Pasiodd eiliad neu ddwy cyn i Didi ailddarganfod ei asgwrn cefn. "Sut fedri di feio fi, Jojo?! Sut ffwc o'n i fod i wybod bo chdi ddim yn mynd i…" Sylweddolodd Didi ei fod ar fin mynd yn rhy bell. Caeodd ei geg eto, ac atal y geiriau.

"A sut fysa unrhyw un efo mymryn o sens yn mynd i ddylad i'r basdad mwya seicopathic yn Llundan?"

"Hy! Dy fêt *di* ydi o!"

"Jesus fackin wept… Ti'n ffacin unbelievable! Yr un hen Didi – fi, fi, ffacin fi!"

"Same ol' fackin Jojo, mate. Nag, nag, nag, fackin nag…"

"Ah, shut your fackin face! Dwi'm yn siarad efo chdi ddim mwy – mae genai fwy o dy lanast di i glirio i fyny…"

"Fine wiv me, mate! You fackin started it, you can fackin finish it…!"

"Fi ddechreuodd?!"

"Ia. Galw fi'n 'bitsh'!"

"Ti *yn* ffacin bitsh!"

"Dwi'm yn fackin poofter, Jojo!"

"Dwi'n gwbod, Didi, ond sugno ffacin cocia am bres oedd dy waith di!"

"And?"

"'And' – ti'n actio fel ffacin cock-bitch weithia hefyd!"

Pasiodd eiliad neu ddwy arall o dawelwch, cyn i Didi ddechrau chwerthin. "'Cock-bitch'?!"

"Ia!" atebodd Jojo, gan fygu'r wên oedd yn aflonyddu corneli ei wefusau.

"Cock-bitch! Thassa fackin new one, 'Jolene'!"

Chwalodd y ddau ffrind i chwerthin yn uchel, a meddalodd yr annifyrrwch fel menyn mewn padall. Roeddan nhw'n ffraeo yn aml, ond byth yn dal dig yn hir.

Breciodd Jojo a stopio'r car yn sydyn. O'u blaen, ar y dde, roedd arwydd yn pwyntio at 'Severn Farm Fisheries & Home Grown Bait'.

"Well fack me, geeza!" medda Didi. "Shoulda brought me fishing rod!"

"Dim angan genwair i be 'da ni am neud," atebodd Jojo'n sinistr, wrth droi'r car am y ffordd gul a arweiniai yn ddyfnach eto i berfeddion y goedwig ddu.

4

Atseiniai swn yr Honda 70cc o waliau'r siopau a'r tai, fel rhyw gacwn bach blin oedd yn benderfynol o godi pob creadur o'i wely. Pan gyrhaeddodd y groesfan pelican tu allan y Ship, trodd Nedw i'r chwith, a throi'r sbardun i'r eitha wrth basio'r fflatiau newydd, crand oedd wedi'u codi ar safle'r hen farchnad. Trodd i'r dde wedyn, a phan gyrhaeddodd o'r pictiwrs oedd newydd gau i lawr ryw dri mis ynghynt, trodd i'r chwith, ac yna'r dde, i lawr stryd gefn fach gul. Mewn tri chan llath arall, stopiodd, a phwsio'r beic i mewn i ardd gefn tŷ Bobat.

Daeth Mared i gwrdd â fo i'r drws ar ben y grisiau o gefn y tŷ i'r ardd. Roedd golwg y diawl arni, â'i gwallt coch hir, tonnog wedi glynu i'r chwys ar ei bochau. Bownsiai rythmau bas tew Asian Dub Foundation o'r stafell fyw, a dilynodd Nedw Mared i ganol y criw.

"Pizza express, pizza express!" gwaeddodd Nedw'n wên o glust i glust, â'i lygaid gleision yn pefrio y tu ôl i ffrinj hir ei wallt melyn golau. Doedd yr ymateb i'w gyhoeddiad ddim mor frwdfrydig, fodd bynnag.

"Wel, ffyc mî, be sy'n bod arna chi, 'dwch?" gofynnodd wrth osod y pizzas ar y bwrdd coffi ynghanol y llawr. "Ma 'na fwy o fywyd yn y pizzas 'ma – ac ma rheiny'n ddigon fflat!"

Doedd 'na'm golwg rhy dda ar Gwenno na Beth chwaith, ond mi oeddan nhw'n edrych yn llawar gwell na Dafydd Sgratsh a Glyn Ffôns, oedd wedi crashio allan ar y soffa – un ar ben y llall, mwy neu lai – a Dafydd yn glafoerio fel tarw dros ei fêt.

Roedd 'na fwy o fywyd yn Basil, a oedd – yn ôl ei arfer – yn dawnsio ar y llawr gwag wrth y sbîcyrs, yn jeirêtio fel dyn mewn cadair drydan, a'i ên yn mynd fel dafad yn cnoi cil, diolch i'r holl *speed* oedd o'n gymryd bob penwythnos.

Prin bod Bobat yn edrych yn racs o gwbl – ond doedd hynny ddim yn dweud nad oedd o. Doedd Bobat byth yn edrych yn wahanol pan oedd o'n chwil am y rheswm syml ei fod o wastad *yn* chwil. Ista'n ei gadair oedd o, yn wên o glust i glust a'i lygaid yn debyg i rai iâr wedi'i hypnoteiddio. Roedd 'na sbliff fawr dew – sgync yn ôl yr hogla – yn mygu fel corn simna yn ei law.

"Hogla da yma, bobol!" medd Nedw, yn annerch yr ystafell. "Ty'd â tôc i mi ar honna, Bobat, y munud 'ma! Codi cysgwr da o'i wely, myn diawl! Be sy arna chi 'dwch?"

Styriodd y merched ac estyn am eu pizzas, ac estynnodd Nedw am y sbliff oddi wrth Bobat, cyn plannu ei din i lawr ar fraich y gadair gyfforddus oedd Mared yn eistedd ynddi.

"Noson dda, felly, genod?"

"Bangar!" medda Mared.

"Lle fuoch chi? Yn y Bryn?"

"Ia," atebodd Beth.

"Dda yna?"

"Fflio mynd!"

"Reit dda." Tynnodd Nedw'n ddwfn ar y sgync, a chael ei hun yn methu cadw'i lygaid rhag crwydro at goesau Beth yn ei theits du a shorts bach byr, a ffyc-mi-bŵts lledr.

"Fuasd *di'n* rwla 'ta, Nedw?" holodd Beth.

"Naddo. Nes i ffiw rownds ar y pizzas, a dyna hi. Trio safio pres. Angan pob ceiniog dyddia yma..." Trodd Nedw at Gwenno wrth ddweud hynny, ond sylwodd ei chwaer ddim ar yr *hint*.

"Yn gwely o'ddachd di felly, ia?" gofynnodd Beth yn awgrymog, gan fflachio'i hamrannau mascara yn chwareus wrth sylwi ar lygaid Nedw'n crwydro dros ei chorff.

"Hoi!" medda Mared, gan estyn i rwbio gwallt ei chariad. "Gad ti lonydd i Nedw bach fi!"

"Cer o'na'r jadan chwil!" dwrdiodd Nedw'n bryfoclyd wrth dynnu'i ben o afael bachau Mared, cyn troi i ateb Beth. "Croeso i chdi ddod i joinio fi eni ffycin teim, Beth bach!"

"Watsh ut, pizza boi!" medda Mared, gan roi peltan chwareus – ond digon caled – ar ochr ei ben, cyn plannu darn mawr o pizza ynghanol ei cheg.

Manteisiodd Beth ar ymrafael Mared â'i phizza, a rhoi gwên dwiyma-i-chdi-os-ti-isio-fi i Nedw wrth agor ei choesau y mymryn lleiaf, yna'u croesi'n ôl wrth estyn am damaid i gnoi o'r bocs cardbord brown.

Winciodd Nedw arni.

"Reit 'ta, genod. Rŵan bo fi wedi achub eich tintws bach llwglyds chi, well i chi groesi 'nwylo fi efo arian, sort-of-peth. Rhag ofn i chi anghofio petha pwysig felly wrth stwffio'ch gwyneba a rhechan am weddill y bora!"

"Faint ddudasd di, 'fyd?" gofynnodd Mared â'i cheg yn llawn.

"Ia, ia – wedi anghofio'n barod, do! Dyna mae stwffio dy wynab yn neud i chdi, 'li!" pryfociodd Nedw. "Ond dyna fo 'de – cyn bellad bo chi'n stwffio pres yn 'yn llaw i, 'dio ddiawl o bwys gen i sut ffwc 'da chi'n byta'r ffycin things! Ledi-leic neu Tyrannosaurus-leic, i'r un lle mae o'n mynd yn diwadd! Ffeifar."

"Ffeifar?" protestiodd Gwenno wrth lyncu. "Ham a peperoni a…"

"… Myshrwms a ffycin pepyrs, ia, dwi'n gwbod, sdi – fi nath y ffycin things. Am dri o gloch y ffycin bora! Felly, dowch 'laen – siapiwch hi, neu fydd raid i fi fynd yn hefi!"

Llwyth o wwwwws ac yyyyyyys a ffyc offs oedd ymateb y merched i wamalu Nedw. Ond – yn hollol annisgwyl – cracio i fyny i chwerthin fel ynfytyn wnaeth Bobat. Er nad oedd o'n dweud llawer, roedd o'n clywed pob dim.

"Wela i di eto efo pres, yn gwnaf, Nedw?" medda Gwenno trwy lond ceg o bizza.

"'Im ffwc o beryg!" cyfarthodd Nedw ar ei chwaer. "Dwi'n trystio rhein fwy na chdi!"

"O cym on, y basdad bach teit!"

Cododd Nedw a gafael ym mocs pizza'i chwaer. "Dim pres, dim pizza. Bobat – tisio hon, mêt?"

"Hoi!" gwaeddodd Gwenno, a thrio codi o'i chadair.

"Ffwcio chdi," atebodd Nedw. "Neith les i chdi fod heb, eniwe, y seis sy arna chdi'n ddiweddar – thyndyr theis!"

"O! Y cont!" Cythrodd Gwenno am y pizza efo un llaw a hitio'i brawd bach efo'r llall. Ond roedd Nedw'n rhy sydyn iddi, ac mi afaelodd yn ei garddwrn efo'i law dde tra'n dal y pizza yn yr awyr efo'r chwith.

"Ffeifar!"

"Ffoc off!"

"Ffeifar! Ŵan! Ty'd 'laen!"

Trodd y ffrae yn rhyw fath o mid-êr arm-resyl, a bu rhaid i Mared a Beth symud eu pizzas nhwytha oddi ar y bwrdd coffi cyn iddyn nhw gael clec i'r carped. Ond trodd Nedw arddwrn ei chwaer fawr yn ddigon caled i'w gorfodi i roi mewn yn go sydyn.

"Aw, aw, aaawyy!" gwichiodd Gwenno.

"Ti'n mynd i dalu?"

"OK, OK – ty'd â'r pizza yma gynta 'ta!"

"No ffycin wê! Pres gynta!"

"Aaww… Gei di dy bres, jyst ty'd â'r pizza i fi'r basdad bach!"

"A wel," medda Nedw wrth roi'r bocs ar y bwrdd, cyn codi sleisan a'i hanelu am ei geg.

"OK, OK – mae o dy bres di!"

Estynnodd Gwenno i'w phocad a thynnu papur decpunt allan. "Dwisio ffycin newid 'de!"

"Ynda, Gwenno," medda Beth, ac estyn ffeifar o'i phwrs iddi. "Rho di'r tenar 'na i Nedw."

"Smashing! Diolch yn fawr i chi genod!" medda Nedw, cyn poeri ar wyneb y Frenhines ar y papur brown. "Cym honna'r dole-bum!" meddai wrth Mrs Windsor, cyn ei stwffio yn ei boced. "Mared?"

"Be?"

"Dwi heb dy weld di'n mynd i dy bocad! Oes raid i fi luchio chditha rownd y tŷ 'ma, hefyd?" Gwyddai Nedw'n iawn fod ei gariad – neu, cariad-o-ryw-fath – yn aros i weld fyddai o'n ddigon o ddyn i fynnu pres ganddi yng ngŵydd pawb.

"O ia, sori," atebodd Mared, â thinc o siom yn ei llais.

"Lyfli!" medda Nedw wrth ddal ei law i dderbyn y pump pishin punt. "Reit 'ta – Bobat! Sgen ti fwy o'r gwyrdd 'na?"

"Oes, mêt," atebodd Bobat, yn disgwyl gallu gwerthu wythfad bach sydyn, o weld Nedw efo pres.

"Sginia fyny 'ta!"

5

Stwffiodd Didi y rholyn papur ugain punt blêr i mewn i'r bag o gocên, a snortio'n braf yn y tywyllwch. Cyn stelcian i ffwrdd trwy'r coed i wneud *recce*, roedd Jojo wedi'i siarsio i beidio rhoi golau-tu-mewn y car ymlaen. Doedd o'm yn gweithio, beth bynnag – roedd Didi wedi'i drio fo cyn gynted ag y diflannodd ei ffrind i'r gwyll.

Anadlodd yn ddwfn a gadael i'r cyffur lifo drwy'i gorff a'i ddeffro efo cic. Roedd o'n gocên da – Peruvian Flake, medda nhw. Ond roedd y dîlars wastad yn galw cocên da yn 'Peruvian Flake'. Edrychodd Didi o'i gwmpas. Doedd dim byd i'w weld ond siapiau tywyll coed trwchus ar bob cwr. Crynodd. Roedd hi'n oer, hyd yn oed yn y car. Ond mi *oedd* hi'n ddiwedd mis Mawrth, wedi'r cwbl, a hefyd yn oriau mân y bore. Ac mi oeddan nhw allan yn y stics – y pella a'r hira fu Didi y tu hwnt i lampau stryd ers tri deg mlynadd.

Agorodd ddrws y car a mynd allan i biso. Crynodd fel sgerbwd yn yr oerni, a sgrechiodd tylluan yn y coed y tu ôl iddo wrth i sŵn ei biso ar y brwgaitsh dan draed darfu ar y llonyddwch tawel. Cododd stêm yn gymylau ohono, fel adlewyrchiad o darth ei anadl. Rhoddodd sgwydiad i'w bidlan ac estyn ei ffags oddi ar ddashbord y car drwy'r drws agored. Taniodd sigarét, a chwythu'r mwg yn niwl i'r düwch o'i flaen. Sgrechiodd y dylluan eto.

Y ffycin stics, meddyliodd. Fel ffycin Cymru! Crynodd eto, ond nid oherwydd yr oerfel. Troai ei stumog wrth feddwl am ddychwelyd i Gilfach o bob man. Ond roedd Jojo'n iawn – Cymru oedd y lle mwya diogel, a Gilfach oedd yr unig ddarn o Gymru oeddan nhw'n rhyw fath o adnabod. Mi wnâi'r tro i ddechrau, tra'r oeddan nhw'n cael eu bêrings. A phwy a ŵyr – fel y dywedodd Jojo ar ôl y ffrae yn y car gynt, efallai y byddai'r ffordd yn glir i fynd yn eu blaenau i rywle arall cyn hir.

Daeth sŵn symud o'r coed yr ochr arall i'r car. Rhewodd Didi a dal ei wynt. Ochneidiodd mewn rhyddhad pan welodd Jojo'n ymddangos o'r dreiniach.

"Jojo! Be welis di?"

"Llyn, a sied," atebodd Jojo wrth frysio tuag at gefn y car. "Does 'na ddim CCTV nag alarms ar y sied. Mae'r ffycin hogla'n ddigon i gadw unrhyw un draw, mae'n siŵr!"

"So be 'da ni'n neud?"

"Agor y bŵt."

"Fan hyn? Ti'n siŵr?"

"'Dio'm yn aidîal, ond mae *rhaid* ni neud hyn… O leia 'dan ni 'nghanol y coed."

Ffliciodd Didi'r ffag i'r gwyll, cyn cael gorchymyn gan ei ffrind i'w chodi hi a'i rhoi hi allan ar do'r car, a chadw'r stwmp yn ei boced. Agorodd Jojo'r bŵt a golchodd golau gwan y lamp fach fewnol dros y cynhwysion. Taflodd Jojo bâr o fenyg ac ofyrôls i Didi, cyn estyn rhai iddo'i hun a'u gwisgo.

"Ti'n cofio mynd am dro ar hyd lan y môr yn Gilfach, ar un o'r adega prin pan oedd Duw yn mynd â ni am outing?"

"Sort of…" atebodd Didi wrth gau botymau'r dilledyn.

"Ti'n cofio Duw yn deud os fysan ni'n trio dianc y bysa fo'n lluchio ni dros ochr y cliffs a fysa neb yn ffendio'n cyrff ni achos fysa'r crancod yn 'yn byta ni?"

"Yndw. Pam?"

"Wel oedd o'n ffacin rong, yn doedd? Nathon ni ddianc yn

diwadd, yn do? Felly ar ddiwadd y dydd, Didi, y ni enillodd. Cofia hynny."

Estynnodd Jojo'n ôl i mewn i fŵt y car. Cydiodd yn y Browning a gwneud yn siŵr fod y catsh diogelwch ymlaen cyn ei roi ym mhoced ei ofyrôls. Yna symudodd y gaib a'r rhaw a'r bag o galch o'r ffordd – tri pheth na fydden nhw eu hangen bellach – a chydio yn y *chainsaw* a'i roi ar lawr wrth ei draed, cyn gafael mewn fflachlamp a rholyn o fagiau plastig tew a'u hestyn i Didi.

Ond roedd Didi wedi rhewi, ac yn syllu ar y *chainsaw*.

"Didi! Ynda – y dortsh!"

Cydiodd Didi yn y fflachlamp, ac estynnodd Jojo fwrthwl lwmp o'r bŵt a'i roi ym mhoced arall ei ofyrôls llwyd. Yna gafaelodd y ddau un bob pen i rolyn mawr, trwm o bolithîn oren a'i godi o'r bŵt, a dechrau'i lusgo ymhellach i mewn i'r coed. Ar ôl tuchan am tua decllath a mwy, torrodd Jojo'r *duct tape* â chyllell ac agorodd y rholyn i ddatgelu carped wedi'i lapio'n flêr. Agorodd Jojo hwnnw wedyn i ddatguddio'r corff.

Nebojsa oedd y corff – y Serbiad Bosniaidd llofruddgar fu'n un o filwyr pennaf ciwed waedlyd Jovan Zlatkovic. Cockeye oedd pawb yn ei alw fo oherwydd fod ganddo lygad tsieina, a honno wastad yn edrych tua'i drwyn. Safodd Jojo a Didi yn ôl am eiliad neu ddwy, fel 'tai nhw angen sicrhau fod y bwystfil wedi marw. Syllodd y ddau ar y twll hir, gwaedlyd yn ei wddf, a'r gwaed wedi ceulo'n ddu dros ei ddillad. Oedd, mi oedd o wedi marw. A heno, yn ei heddwch hyll, er bod un o'i lygaid yn pwyntio at ei drwyn o hyd, edrychai'r ddwy fel rhai gwydr…

"Ynda," medd Jojo wrth roi'r mwrthwl lwmp i Didi. "Gei di wneud yr honours. Ti'n haeddu fo. Ty'd â'r dortsh 'na i fi, a'i i nôl y chainsaw."

"Honours?"

"Ei ddannadd o! Mala nw'n ffacin racs!"

"Ffacin 'el!"

"Jysd hitia nw efo'r mwrthwl! Mor galad â fedri di – fel sa ti'n malu piano. Go on!"

"Ymm," medd Didi, yn petruso.

"Dyna oedd *o'n* mynd i neud i chdi, Didi! Go on – hitia nhw!"

Cododd Didi'r mwrthwl a dod â fo i lawr yn galed ar dop trwyn Cockeye. "Wps, sori!" medda fo, fel 'tai o'n ddeintydd yn ymddiheuro wrth grafu nerf. Cododd y mwrthwl eto, a'r tro yma mi ddaeth i lawr ar ael ei lygad chwith.

"Ei ddannadd o, Didi! Dydyn nhw ddim ar 'i dalcan o! O'n i'n meddwl mai fo oedd yn cockeyed, dim chdi!"

"Dwi'm yn gweld, nacdw!" protestiodd Didi, nad oedd erioed wedi iwsio mwrthwl ar hoelen heb sôn am geg dihiryn marw.

Pasiodd Jojo'r dortsh yn ôl i'w fêt, iddo gael ei dal hi efo'i law arall, ac yn ei golau dechreuodd Didi waldio gwyneb Cockeye drosodd a throsodd efo'r mwrthwl lwmp – yn gyflymach a ffyrnicach â phob ergyd. Pan ddaeth Jojo'n ei ôl efo'r lli gadwyn, roedd o'n dal wrthi. Gwelodd Jojo ei fod o'n gwneud joban dda arni – nid yn unig roedd bylchau wedi ymddangos ble bu dannedd, ond roedd gên Cockeye wedi dod allan o'i lle hefyd, ac roedd ei drwyn o'n fflat fel crempog. Daliai Didi i'w waldio, nes bod tolciau amlwg yn ymddangos dros ei wyneb i gyd ac, yn eironig, roedd llygad giami Cockeye yn ei hôl yn syth.

"Jeezus, Didi!" medd Jojo, yn llawn edmygedd tywyll. "Let it all out, mate!"

"Ffwcio'r basdad!" medda Didi â rhyw gynddaredd cyntefig yn llosgi yn ei lygaid. "Alwodd o fi'n ffacin poofter yn do!"

Ailddechreuodd Didi ei daro, eto ac eto, ac eto, nes bod wyneb y Serbiad fel plisgyn ŵy 'di berwi wedi'i waldio efo llwy. Wnaeth Didi ddim stopio tan oedd o allan o wynt.

"Ti'n siŵr fod o 'di marw rŵan, Did?" holodd Jojo ar ôl aros yn amyneddgar iddo orffen. "Cym brîddar. Mi wna i'r gweddill."

Eisteddodd Didi ar ei din ar lawr i gael ei wynt ato, a gwylio Jojo'n tynnu sgidiau a dillad Cockeye oddi ar ei gorff a'u stwffio i fag plastig du. Roedd ar fin cracio jôc ddi-chwaeth pan gydiodd ei ffrind yn y lli gadwyn, a'i thanio.

Trodd Jojo at Didi a gweiddi dros refio'r peiriant. "Rho'r dortsh 'na i ffwrdd, a cadw dy lygid allan am oleuada. A safa'n ddigon pell – mae hyn am fod braidd yn chicken jalfrezi."

6

HANNER AWR WEDI EU bwyta, roedd y pizzas wedi troi'n goncrit yn stumogau'r merched, a'r dair wedi llonyddu yn eu seti. Roedd Nedw wedi llonyddu hefyd, ar ôl smôc arall o sgync Bobat – a'r ffaith ei fod wedi colli rhai oriau o gwsg, diolch i neges 'Save Our Stomachs' y genod.

Llonydd oedd Bobat o hyd, hefyd – yn dal i eistedd yn ei gadair yn suddo'r fodca. Allai Nedw ddim deall sut oedd Bobat yn dal yn fyw. Doedd o byth i'w weld yn bwyta nac yn cysgu – dim ond yn yfed fodca. Fyddai dim gwahaniaeth 'tai o'n sownd i ddrip – Red Square oedd ei unig ddeiet. Sut oedd o wedi cyrraedd ei dri deg oed, duw yn unig ŵyr.

Roedd Dafydd Sgratsh a Glyn Ffôns wedi diflannu. Dafydd ddeffrodd gynta, a mynd allan i'r ardd gefn i chwydu cyn dod nôl i ddeffro'i ffrind – nid am ei fod o'n consýrnd amdano, ond am ei fod angen rhywun i rannu tacsi, neu o leia i gael cwmni wrth gerddad adra i Dolydd. Doedd Basil heb stopio dawnsio tan rhyw bum munud cynt, pan edrychodd ar y cloc a gweld ei bod hi'n amser mynd i wneud shifft gynnar ar y stondin fara yn Asda.

Sylwodd Nedw fod Gwenno ei chwaer a Mared yn pendwmpian, a Beth i weld fel 'tai hi'n cysgu'n braf. Penderfynodd ei throi hi am adra. Cydiodd yn ei faco a sgins, diolch i Bobat a'i throi hi am y gegin a'r drws cefn.

Pan oedd o newydd roi ei helmed ymlaen, ac yn pwsio'i feic i'r stryd gefn, daeth Beth allan ar ei ôl.

"Tsians am sitar adra 'ta be?" gofynnodd.

Hyd yn oed yn hanner cysgu, roedd Beth yn stynar – ei gwallt du, syth a ddisgynnai yn ysgafn at waelod ei chefn, ei bochau uchel o dan groen o sidan gwyn, ei gwefusau llawn a'i dannedd gwynion, a'i llygaid saffir glas yn sgleinio fel dau lyn dan haul ganol haf.

"Os wnei di ffitio rhwng y bocs picnic a fi, ddylsa chdi fod yn iawn," atebodd Nedw. "Ond bydd rhaid i chdi lapio dy goesa rownda-fi 'de!"

Gwenodd Nedw'n ddrwg. Gwnaeth hithau'r un fath.

Doedd Beth ddim yn byw yn bell – rhyw chwarter milltir i lawr y stryd gefn, ar draws y stryd groes, yn syth i lawr stryd gefn arall, ac at gefnau'r hen bictiwrs gwag.

"Gafael yn dynn, cofia!" medda Nedw wrth i Beth roi ei choesau teits duon o'i amgylch a rhoi ei breichiau'n dynn rownd ei ganol. Teimlodd Nedw galedwch yn ei drowsus yn syth. Taniodd y beic, a refio'r throtyl.

"Barod?" gwaeddodd dros y sŵn, cyn cicio'r beic i gêr a gollwng y clytsh yn araf, a gan godi'r olwyn flaen i bopio wîli go dila, i ffwrdd â nhw ar wib i lawr y stryd fach gul.

"WWWWWWWWW-HWWWWWWWW!!!" sgrechiodd y ddau wrth i'r beic hitio pedwar deg milltir yr awr wrth nesu am y fynedfa i'r stryd groes o'u blaen.

"TSHICIN!!" bloeddiodd Nedw, wrth barhau i godi sbîd.

"WWWAAAAAAAA!!" sgrechiodd Beth â'i gwallt yn chwyrlïo tu ôl iddi fel rubanau du, wrth i Nedw daranu'n syth ar draws y stryd groes heb edrych oedd unrhyw gar yn dod o'r naill gyfeiriad neu'r llall. Ymlaen â nhw wedyn, gan daranu'r holl ffordd i lawr y stryd gefn nesa, a phasio gardd gefn cartra Beth ar y ffordd.

Wedi dal i ddilyn y cefnau ar draws strydoedd eraill, heb sbio unwaith am draffig, trodd Nedw'r beic yn ei ôl a gwneud yr un peth eto wrth ddychwelyd. Y tro yma, stopiodd wrth ddrws gardd gefn tŷ rhieni Beth, a diffodd y beic. Roedd 'na gŵn yn cyfarth yng nghefnau mwy nag un o'r tai erbyn hyn, ac ambell i olau stafell wely'n dod ymlaen yma ac acw.

Chwerthodd y ddau'n braf wrth i Beth gael traffarth i ddod oddi ar y beic. Methodd â gwneud, felly daeth Nedw oddi arno'n gynta er mwyn iddi gael lle i godi'i choesau dros y tanc. Cydiodd Beth yn siaced Nedw er mwyn cadw ei balans tra bod ei phwysau ar un sawdl fain, a thynnodd y weithred honno'r ddau at ei gilydd nes bod eu cyrff yn cyffwrdd am eiliad neu ddwy.

Tynnodd Nedw'i helmed a'i gosod ar sêt y beic. "Ffycin buzz 'ta be?" meddai, gan wenu fel giât ar ôl dangos ei hun i'r bishyn ddel.

"Ti'm yn gall, Nedw! O'n i'n cachu'n hun!"

"Haha – paid â deud clwydda'r diawl! Oedda ti wrth dy fodd! Ydi dy dad a dy fam adra 'ta?"

"Yndyn, ynffortshiwnêtli!"

"Dim tsians am neit-cap, felly!"

"Hei, chdi – cheeky!" siarsiodd Beth mewn llais canu grwndi, cyn gwenu'n chwareus.

"Haha! Pam? Be dwi 'di neud?"

"Jysd bod yn ddiawl drwg 'de!"

"Sut? Deud, wnei! Be sy ar dy feddwl di, Beth? Eh?!"

"Dim be sy ar 'y meddwl i dwi'n boeni am, mêt!"

"O ia?!"

"Ia!"

"Haha! Diawl o hogan wyt ti, Beth fach, rhaid mi ddeud!"

"Wel, wsdi, dwi'm yn angal 'de…" Estynnodd sws fach ar foch Nedw, heb iddo'i disgwyl, "… ond ffrind Mared ydw i, cofia!"

Er mai ifanc oedd Nedw, roedd o wedi tyfu i fyny'n gyflym – wedi gorfod, dyna'r gwir – ac mi oedd o'n ddigon profiadol efo genod. Gwyddai yn iawn be oedd Beth yn ei ddweud. Doedd hi ddim yn dweud na fysa hi. Dweud oedd hi na fysa hi tra ei fod o'n dal efo Mared. Neu, wrth gwrs, ei bod hi'n dweud y bysa hi tasa fo'n cadw'r peth yn dawel…

"Eniwe – diolch am y lifft, Mr Pizza!"

"Duwcs, ma'n iawn, sdi. At iôr syrfis!"

"Nos da 'ta," gwenodd Beth, a chamu at yn ôl i gyfeiriad y drws yn wal yr ardd gefn. Daliodd y ddau i wenu ar ei gilydd wrth iddi facio'n ei hôl dros y stryd fach gul, cyn troi i estyn am gliced y drws.

Ond allai Nedw ddim gadael iddi fynd. Roedd 'na rywbeth llawer mwy na'r ysfa rywiol oedd yn codi wrth edrych ar ei choesau hirion a'i bwtshias lledr du. Roedd ei chwmni'n ei lenwi â theimladau cynnes, hwyliog. Allai Nedw ddim bod yn bendant, ond roedd o'n amau'n gryf nad fel hyn oedd pethau rhyngddo fo a Mared.

"Sgin ti awydd smôc bach cyn mynd i gwely?" gofynnodd. "Mae'r sbin ar y beic wedi 'neffro fi."

Oedodd Beth cyn ateb. "Yn lle, ddo?"

"Dwn 'im," medda Nedw, wrth edrych o'i gwmpas fel 'tai o'n disgwyl i soffa glyd ymddangos o nunlle unrhyw funud. "Awn ni am dro bach sydyn?"

7

Wnaeth y dylluan ddim sgrechian wrth weld yr erchyllterau oedd yn digwydd yn nyfnderoedd y coed, rywle yng nghefn gwlad tywyll Sir Amwythig. A hithau'n aderyn allai droi ei phen rownd mewn cylch, mae'n debyg mai edrych i ffwrdd oedd ei hanes, cyn hedfan i freichiau'r nos unwaith y dechreuodd sgrechian y lli gadwyn. Ond os na ddychrynodd hynny hi, roedd canu'r seico a ddefnyddiai'r lli yn siŵr o fod wedi gwneud.

Roedd Jojo wedi gwneud hyn o'r blaen, ac wedi ennill enw iddo'i hun ymysg rhengoedd isfyd troseddol Llundain – yn rhannol am ei fedrusrwydd wrth ymarfer ei greftt, ond yn bennaf oherwydd ei arferiad o ganu emynau wrth wneud…

Gwyddai Didi mai cyflawni gweithredoedd annifyr i ddihirod yr isfyd oedd prif natur gwaith ei ffrind, ond doedd o erioed wedi mynd ati i roi dau a dau efo'i gilydd a gwneud ymdrech benderfynol i ddod i fyny efo pedwar. Doedd ganddo mo'r stumog i lyncu'r manylion cignoeth, ond mi oedd o wedi clywed rhai o *hoods* Jovan Zlatkovic yn cyfeirio at Jojo fel 'The Preacher' – a hynny efo rhywfaint o barchus ofn. Ac wrth wylio'i ffrind yn bwtsiera Cockeye efo *chainsaw* tra'n canu ar dop ei lais, daeth Didi i ddeall yn go sydyn pam.

"*I BOB UN SY'N FFY-DDLON – DAN EI FANER E-EF – MAE GAN IESU GORON FRY YN NHEYRNAS NEF…* Basdad!!"

Diawliai Jojo bob yn hyn a hyn, wrth i gadwyn y lli sticio yn rhai o'r esgyrn a'r gewynnau caletaf.

"*… LLUOEDD DUW A SA-TAN – SYDD YN CWRDD YN A-A-A-AWR…* Ffyc's sêcs! Faint o steroids oedd hwn yn fyta dwad…? *MAE GAN BLANT EU CYFRAN YN Y RHY-FEL MAWR…*"

Daeth pen Cockeye yn rhydd o weddill ei gorff, ac wrth iddo wneud, trodd ei wyneb i edrych i gyfeiriad Didi. Diffoddodd Jojo'r lli am funud er mwyn edrych o gwmpas a gwrando.

"Rho'r dortsh ymlaen!" meddai wrth Didi.

"O mai god!" medd hwnnw'n ddramatig pan laniodd golau'r lamp ar ben Cockeye. "Ma'n ffycin sbio arna fi!"

"Dim bwys am hynny – tynna'i ddannadd o allan o'i geg o!" gorchmynnodd Jojo, "a rho ffling iddyn nhw i'r coed."

"Eh?!"

"Y dannadd nes di chwalu fo'r mwrthwl gynt – ma nhw'n rhydd yn 'i geg o'n rwla!"

"Alla i ddim," ymddiheurodd Didi.

"OK, wna i o," medd Jojo, gan gydnabod nad oedd hyn yn joban naturiol i fwyafrif llethol aelodau cymdeithas. Cydiodd yn y pen a'i ysgwyd fel cadw-mi-gei, a disgynnodd y dannedd maluriedig i'r llawr fel ceiniogau, yn blinc-di-blonc ar y shît blastig. Dilynwyd y plinc-ploncio gan un 'plonc' trymach, fel pêl golff yn glanio ar y ddaear. Daliodd Didi'r golau i gyfeiriad y glec a gwelodd y ddau ffrind lygad wydr Cockeye yn rowlio fel marblen dros ymyl y polithîn, a diflannu i'r gwyll, rywle dan draed Didi. Rhoddodd hwnnw sgrech fach ferchetaidd wrth neidio am yn ôl fel 'tai o'n osgoi llygoden.

"Looks like he always had an eye for ya, mate!" medda Jojo'n gellweirus. "Hwyrach na Cockeye oedd angan dod allan o'r closet!"

"Ych! Paid â bod mor ffacin vulgar, Jojo!"

Rhoddodd Jojo chwerthiniad drwg, cyn cyfeirio at y pen unllygeidiog ar lawr. "Sbia, Didi! Mae o'n wincio arna chdi!"

Boddwyd ymateb Didi gan Jojo'n tanio'r lli eto. Rhoddodd ei droed ar ysgwydd Cockeye a dechrau llifio'r fraich i ffwrdd, cyn morio i mewn i gytgan yr emyn. "*I BOB UN SY'N FFY-DDLON – DAN EI FANER EF – MAE GAN IESU GORON FRY – YN NHEYRNAS NEF...* Jeezus Christ! Mae esgyrn hwn fel ffacin titanium…!"

8

GADAEL Y BEIC A cherdded i'r harbwr wnaeth Beth a Nedw, ac eistedd yno'n smocio sbliff tra'n dyfalu lle'r oedd yr holl *yachts* wedi bod ar eu teithiau. Hawdd oedd dychmygu lle'r oedd eu perchnogion – yn y tai gwyliau yr ochr arall i'r harbwr, y pethau sgwâr gwyn, fel tai lego, yn sgleinio dan olau'r lleuad.

"Ti a Mared ddim yn rhyw siriys iawn, rili, nacdach?" medda Beth cyn hir.

"Arglwydd! O lle ddaeth honna, dwad? Wyt ti'n gwbod rwbath dw i ddim?"

"Haha! Na, jysd gofyn."

"Ydi hi 'di deud rwbath wrtha chdi?"

"Na! 'Dan ni'm yn siarad am betha felna, rili."

"Paid â malu! Ma genod o hyd yn siarad am hogia!"

"Wel, 'dan ni ddim 'di siarad amdana *chdi*."

"O? Dwi'm yn siŵr sut i gymryd hynna, actiwali!"

Gwenodd Beth. Roedd ffraethineb Nedw wastad yn ei chynhesu ato. "'Di Mared ddim yn hogan sy'n siarad llawar eniwe, sdi. Dim am betha felna, eniwe. Ma hi'n fwy o party animal."

"Ha! Ti'n iawn yn fana. Ma hi'n reit wyllt!"

"Yndi," cytunodd Beth. "So? Ydach chi 'ta be?"

"Yn siriys? Dwn 'im, sdi, Beth. Digon buan, dydi? 'Dan ni'n fwy o fêts, rili, fyswn i'n ddeud. Wel, falla… Dwi'm yn gwbo…"

"Wel, dydi hynna ddim yn sein da, Nedw bach!"

"Ella wir. Ond jysd cael amsar da ydi motto 'mywyd i, Beth, i fod yn onast. Mae o 'run fath efo hitha, ma'n siŵr. 'Mond sefyntîn ydw i. Ma hi'n neintîn, dydi? A ma hi'n sôn am fynd i coleg. Dim bo bwys gena fi am hynny. Geith hi neud be ma hi isio – ti'n nabod fi, live and let live."

"Ai, dwi'n gwbod, Nedw. Nei di rwbath i unrhyw un, chwara teg. Ma pawb yn gwbod hynny."

"Duwcs, dwn 'im…"

"Sud ma dy fam, eniwe?"

"O, iawn sdi, diolch. Dal i fynd, y wariar ag ydi!"

"Ia, uffar o gês 'di hi. Dwi'n licio dy fam. Ma hi 'di bod drw dipyn 'fyd, yn do? Wel, a chditha – chi i gyd, chwara teg."

"Ai, wel, ma'r petha 'ma'n digwydd, dydi, Beth?"

"Ti'n foi da, ddo, Nedw. Ti'n good skin. A ti wedi bod yno i dy fam."

"Wel, ma hi 'di bod yno i fi, yn do?" atebodd Nedw wrth gynnig diwedd y sbliff iddi. "Ti isio gorffan honna?"

"Na, 'im diolch, mêt."

Tynnodd Nedw ar y smôc. "Be ti'n basa neud 'ta, Beth? Ti am fynd i coleg, 'fyd?"

Meddyliodd Beth cyn ateb. "Na. Fysa well gen i weld y byd."

"Ha! Finna 'fyd! Jymp ar un o'r yachts 'ma fysa'r boi. Jysd codi angor ac awê!"

"O ia, tŵ blydi reit!"

"Jamaica sa'r boi! I ganol y ganja!"

Oedodd Beth cyn ateb. "Fysa gen i ofn cael fy saethu yn y lle, ddo…"

"O, shit. Sori…"

"Na, ma'n iawn…"

"O'n i'm yn cofio…"

"Twt, paid â poeni, boi!"

"Faint oedd oed dy frawd, pan…?"

"'Mond twenti won, sdi."

"Ffycin hel, ia 'fyd?" Ysgydwodd Nedw'i ben. Roedd marw'n ifanc yn ddigon drwg, heb sôn am gael dy saethu yr ochr arall i'r byd.

"Un ar ddeg mlynadd i rŵan oedd hi, sdi," medda Beth cyn hir.

"Iesu, ia?"

"Dwi'm yn cofio gymint â hynny, ond dwi'n cofio crio lot. A Mam a Dad hefyd."

"Diawl o beth. Be oedd o, 'fyd? Robyri?"

"Wsti be? Dwi'm cweit yn siŵr. Dwi'n ama na rhyw ffrae dros hogan, neu rhyw dîl wedi mynd yn rong oedd hi, sdi. Billy Eds fysa'n gwbod, ond aeth o o'ma ddim llawar ar ôl y cnebrwn, a ddoth o byth yn ôl."

"O ia – Billy oedd efo fo ynde?" Ffliciodd Nedw ddiwedd y jointan i'r nos a'i gwylio hi'n crymanu drwy'r awyr ac i lawr dros ymyl y cei i'r dŵr. "Jysd yn dangos, dydi, bod isio gneud yn fawr o be sy genan ni. Does wbod be ddigwyddith fory."

"Digon gwir. Faint sy 'na i chdi? Ers…"

"Ers Dad? Tair mlynadd."

"Gymint â hynny erbyn hyn?"

"Ai… Amsar yn fflio," atebodd Nedw, cyn tewi am gwpwl o eiliadau. "Ty'd, awn ni nôl, ia? Dwn 'im amdana chdi yn y shorts 'na, ond dwi'n blydi fferru!"

9

SLEIFIAI JOJO A DIDI drwy'r gwyll tuag at y sied gynrhon – y ddau wedi lapio crysau-T dros eu gwynebau fel rhyw fath o amddiffyniad rhag yr hogla. Roeddan nhw'n stryffaglio efo bagiau plastig wast gardd, oedd yn cynnwys darnau o goesau, breichiau, dwylo a bysedd ac – yn achos Didi – pen Cockeye, ac yn chwythu fel dwy gath wrth wneud.

"Ffac mi," cwynodd Didi dan bwysau ei fag plastig. "Oedd hwn yn byw ar steroids 'ta be?"

"Diolcha na dim yn fan hyn 'dan ni'n cael gwarad o'r torso!" atebodd Jojo, oedd wedi penderfynu – pan welodd nad oedd gan Cockeye datŵs unigryw ar ei frest na'i ysgwyddau – y byddai'n haws taflu ei swmp cyhyrog i afon ymhellach ymlaen ar eu taith.

Agorodd Jojo ddrws y sied, a gan dagu ar yr hogla ffiaidd, i mewn â'r ddau â'u bagiau. Trodd Jojo'r dortsh ymlaen a fflachio'i golau o gwmpas y lle. Roedd ei batri'n gwanio a'i golau'n troi'n goch, ond roedd 'na ddigon o fywyd ar ôl ynddi iddyn nhw allu gweld dwy res o ddeg o danciau plastig, sgwâr, tua metr o uchder a metr ar draws, ar ganol y llawr.

Brysiodd y ddau amdanyn nhw ac agorodd Jojo gaead y cynta yn gilagored. Caeodd o'n go sydyn wrth ddechrau tagu ar yr hogla amonia ddaeth i lethu'i wynt. Rhegodd, a gwneud ymdrech lew i gadw'i hun rhag chwydu yn y fan a'r lle. Daeth at ei hun, ac agor y caead eto – yn arafach y tro hwn. Sgleiniodd y dortsh i mewn i'r tanc, ac yno, tua throedfedd i lawr o'r top, roedd môr o gynrhon yn cordeddu trwy'i gilydd fel carped byw.

"Reit – Didi, dos di draw i'r bocsus erill 'cw. Rho ddarn o Cockeye i mewn yn bob un. Wna inna 'run peth ochor yma. Cwic! I ni gael ffwcio o'ma cyn i ni gael ein gasio!"

Daliodd Jojo olau'r lamp fel llwybr i Didi gyrraedd y rhes bellaf o danciau. Gwyliodd o'n agor y tanc cynta ac yn gagio, gwingo, a gwichian fel cath wrth i'r hogla amonia, *fishmeal* a chig pydredig losgi'i ffroenau. Yna trodd ei sylw'n ôl at ei danc yntau, cyn agor ceg y bag plastig wrth ei draed. Estynnodd am un o draed Cockeye, a'i thaflu i mewn i'r tanc a chau y caead yn sydyn. Yna symudodd ymlaen at y tanc nesa, a thynnu darn ucha braich o'r bag. Edrychodd ar y tatŵs a welsai sawl gwaith o'r blaen pan oedd eu perchennog yn fyw – croes Serbaidd a'r bedair coron ar ffurf siâp 'C' o'i phoptu, ac eryr deuben Serbaidd – cyn taflu'r darn o gnawd ac asgwrn i ganol y cynrhon bach barus. Brysiodd ymlaen at y tanc nesa eto, gan daflu golau'r lamp i gyfeiriad Didi, i wneud yn siŵr ei fod o'n iawn.

"Ti'n gweld yn fana, Didi?"

"Jysd abowt! Ma'n llygid i'n dyfrio! Ma fel pilio ffycin nionod!"

Er ei fod o isio chwerthin, allai Jojo ddim gan fod ei lygaid yntau'n llifo, a'i ffroenau a chefn ei wddw yn llosgi er gwaetha'r crys-T oedd am ei wyneb. Tynnodd hanner isa braich allan o'r bag, yr un efo tatŵ croes Serbaidd a chleddyf – bathodyn y Serbian Volunteer Guard, neu'r Teigrod, fel y galwyd y giwed barafilwrol a arweiniwyd yn eu hymgyrch farbaraidd gan Arkan yn ystod rhyfel y Balkans.

"Hen bryd i ti gael dy haeddiant, Nebojsa!" medda Jojo, wrth gofio sadistiaeth y cyn-droseddwr rhyfel creulon. "Nebojsa! Zatim te biti niko!"

"Be ti'n ddeud, Jojo?" holodd Didi, wrth ei glywed yn mymblo.

"Jesd deud ta-ta wrth 'Neb'. Sut ma hi'n mynd yn fana?"

"Bron yna!"

Taflodd Jojo'r fraich i'r cynrhon, a phenderfynu taflu darn arall i mewn i'r un tanc ar ei hôl, er mwyn arbed amser. Tynnodd y droed arall allan o'r bag, ac agorodd gaead y tanc eto a'i thaflu i mewn. "Dyna chi gynrhon bach – brecwast cynnar heddiw! Sori am yr ogla. Doedd o'm 'di clywad am Odor-Eaters."

Pwyntiodd olau'r fflachlamp i mewn i'r tanc i weld be oedd yn digwydd, ond diffoddodd y golau. Rhegodd ac ysgwyd y dortsh, a'i rhoi ymlaen eto. Daeth y golau melyngoch, gwan yn ei ôl, a daliodd y pelydryn tila ar y cynrhon oedd eisoes yn gwledda ar y darnau.

Yna mi feddyliodd am funud. Oni ddylai'r darnau corff 'ma fod yn suddo i waelod y tanc? Daliodd y caead ar agor efo'i ysgwydd, ac estynnodd i mewn a cheisio gwthio'r droed i lawr i ganol y cynrhon. Ond doedd hi'm yn suddo o gwbl. Gafaelodd ynddi gerfydd ei sawdl efo blaenau ei fysedd, a'i chodi, cyn ei stwffio ar i lawr – bodiau gynta – drwy'r môr o gynrhon. Rhewodd am eiliad wrth sylweddoli nad oedd y tanciau metr o ddwfn yn llawn o gynrhon o gwbl. Cafodd gadarnhad pan roddodd gic i ochr y tanc a chael sŵn gwag.

"Oh fuck!"

"Be sy?" gwaeddodd Didi.

"Ffyc! Ffyc! Ffyc!"

Chwalodd Jojo drwy'r cynrhon efo'r droed, nes dal cipolwg sydyn o 'lawr' y tanc – mesh mân, yn gorwedd o dan chwe modfedd o gynrhon.

"Didi! Stopia be ti'n neud, rŵan!"

"Be? Pam?"

"Y ffacin magots 'ma – dy'n nw ond chwech modfadd o ddyfn! Ffycin três ydyn nhw, ar dop y tanc! Mesh sy odanyn nhw, i adael i wast ddisgyn drwodd i waelod y tanc mae'n siŵr! Ffycin hel!"

"So what? Fydd y magots 'di mynsho'u ffordd drwy Cockeye erbyn bora…"

"Mae hi'n fora rŵan, Didi! Bydd Farmer Maggot yn dod yma i ddechra gweithio mewn dwyawr!"

Tynnodd Jojo'r droed a'r hanner braich allan a'u taflu'n ôl i mewn i'r bag, efo llwyth o gynrhon llwglyd yn wriglo drostynt. "Rhaid i chdi hel y darna 'na allan, Didi! Rhaid i ni fynd â nhw o'ma…!"

"O ffac off, Jojo! You gorra be kiddin me!"

"Dwi'm yn jocian, Didi. Os do'n nhw o hyd i'r pen 'na fydd o ar Sky News cyn i ni gyrraedd nunlla! A bydd ffycin Zlatko ar ein cynffonna ni cyn diwadd y dydd!"

Rhuthrodd Jojo yn ôl at y tanc blaenorol a chodi'r caead i gael gafael ar y fraich arall, ond diflannodd golau'r fflachlamp eto. Rhegodd yn uchel ac ysgwyd y dortsh yn wyllt. Ond doedd hi ddim am ufuddhau y tro hwn.

"Bollocks!" gwaeddodd, a thorchi ei lewys a chau ei lygaid cyn suddo'i fraich i ganol y cynrhon yn y tywyllwch. Teimlodd y miloedd o gyrff byw yn cordeddu dros ei groen wrth iddo chwilota trwy eu canol. Methodd gael hyd i'r fraich. Rhegodd eto.

"Fack it! Y pen, Didi! Lle roisd di 'i ben o? Hwnnw sy bwysica!"

"Jeesus, dwi'm yn cofio…" atebodd Didi.

"O cym on, Didi!"

"Dwi'm yn cofio, Jojo, paid â ffycin gweiddi! Nes i ddim rhoi darn yn bob un – nes i sgipio amball i danc…"

"Be sgin ti ar ôl yn y bag?"

"Yymm… Llond llaw o fysidd."

"So ti 'di dympio llaw a pen? 'Mond dau danc ydi hynna."

"Na, dim llaw yn llawn o fysidd – llond llaw o fysidd, as in 'handful'. Rhei rhydd – dwi heb eu cyfri nhw. Dwi wedi rhoi dwy law – heb fysidd – ac un pen mewn tri bocs."

"Reit," medda Jojo, a chroesi drosodd at Didi. "Rhaid i ni chwilio!"

"Be?!"

"*Rhaid* i ni gael hyd i'r pen, o leia!"

"Nah, fuck that mate! No fuckin chance! I ain't fuckin doin it!"

"Torcha dy lewys a grin and bear it! C'mon Didi – ti isio gweld artist's impression o wynab Cockeye yn y *Sun*? Mae Wacko Zlatko'n siŵr o wneud!"

"Ia, ond Jojo – mae'i wynab o'n ffycd, a fydd y magots 'di byta'i hannar o, a mae'i lygad tsieina fo wedi mynd…!"

"Shit! Yn y coed… Wnes di'm ei chodi hi i fyny, naddo?"

"Wel naddo ffacin siŵr – dwi'm yn gwbod amdana chdi, ond do'n i ddim yn y mŵd i gadw swfynîr!"

"OK – ffeindia'r pen 'na! Cym on!"

Agorodd Jojo un o'r tanciau a rhoi ei fraich i mewn i deimlo o gwmpas tra fod Didi'n rhyw hanner trio gwneud yr un fath mewn tanc arall. Sgrechiodd hwnnw fel merch a thynnu ei fraich allan yn sydyn, gan adael i'r caead ddisgyn i lawr yn glep. "Allai'm gneud hyn, Jojo. Sori, I just can't!"

"Get in there, Didi! Wnan nhw mo dy frathu di. Dim ond cig marw mae cynrhon yn fyta."

Rhoddodd Didi ymgais arall arni, wrth i Jojo drio tanc arall. "Yyy! Ma'n ffacin horibyl, Jojo! Oh, sweet Jeesus!"

"Ti'n teimlo rwbath?"

"Yndw – miliyns o ffacin magots yn… aaah, aah… ma nw'n mynd i fyny'n llawas i! AAAAAH!! Fack this for a game of soldiers! WAAAAH!"

Ffrîciodd Didi, a thynnu'i fraich allan eto, a daeth caead y tanc i lawr yn glep eilwaith. Dechreuodd sgrechian fel ynfytyn wrth fflapio a slapio ac ysgwyd ei hun i gael gwared o'r 'miloedd' o gynrhon y dychmygai eu bod wedi gweithio'u ffordd o dan ei ddillad.

Ar hynny, daeth sŵn cyfarth o rywle heb fod yn rhy bell, tu allan i'r sied.

"Shit!" gwaeddodd Jojo. "Didi, bydd ddistaw! Didi!"

Ond dal i weiddi'r oedd Didi. "Gerrem off me, Jojo, gerrem fackin off me!"

"Didi! Shut the fuck up! Cŵn! Cŵn sydd yn siŵr dduw o dy ffacin fyta di!"

Sobrodd Didi a gwrando efo'i ffrind. Daeth y cyfarth eto. Doedd o ddim yn bell. Cydiodd y ddau yn eu bagiau a brysio at ddrws y sied. Agorodd Jojo gil y drws. Roedd 'na rywun yn dod efo lamp o gyfeiriad ochr draw y llyn, rhyw ganllath dda i ffwrdd. Roedd ganddo ddau o gŵn efo fo, o leia.

"Bolycs! Lle ffwc ddoth hacw o?"

"O'n i'n meddwl bo chdi 'di deud bod hi'n glir, Jojo?"

"Ma raid fod 'na night watchman yn gwatsiad y llyn, Didi, mewn cwt ne garafán ne rwbath! Shit!"

"'Di'r gwn gin ti?" gofynnodd Didi. "Ffycin saetha'r cont!"

"Paid â bo'n ffycin stiwpyd!"

"Hwyrach fod o wedi clywad ni'n tsiopio Cockeye i fyny! Hwyrach fod o 'di ffonio'r cops!"

"Na. Fysa nhw yma bellach, siŵr!"

"Be wnawn ni 'ta?"

"Ei legio hi. Ty'd!"

Rhedodd y ddau ar draws y patsh nes cyrraedd at ochr agosaf y llyn, cyn aros i gael eu bêrings.

"Iawn," medda Jojo. "'Dan ni ar yr ochor iawn i gyrraedd y car. Eith o at y sied, mwya tebyg. Diolch byth fod y cŵn ar dennyn."

Dechreuodd y cŵn gyfarth yn uwch, a gwelodd y ddau ffrind y person yn taflu golau'r lamp draw tuag at eu cyfeiriad nhw. Roedd y cŵn wedi eu clywed. Gafaelodd Jojo mewn carreg oddi ar y llawr a'i thaflu i gyfeiriad y sied. Tarodd yn erbyn y drws, ac aeth y cŵn yn lloerig. Trodd golau'r fflachlamp i ddilyn sŵn y garreg, a dechrau symud eto. Gwaeddodd perchennog y golau fod ganddo "a pair of Rotties who love veggie burgers!"

"Mae o'n meddwl na animal rights sy 'na," sibrydodd Jojo.

"Be – yn liberêtio magots?"

"Yn sabotajo. Mae nw 'di dechra targetio'r angling indystri. Welis i o ar y we. Ty'd!"

Symudodd Jojo a Didi'n gyflym drwy'r gwyll, gan ddilyn glannau'r llyn i gyfeiriad y coed.

"Aros!" medda Jojo. "Be sgin ti ar ôl yn y bag 'na, ddudasd di? Jysd bysidd?"

"Ia."

"Ty'd â nhw yma."

Ymbalfalodd Didi yn y bag ac estyn ei gynnwys i'w ffrind. Taflodd hwnnw nhw mor bell ag y gallai i ganol y llyn. "Geith y pysgod fyta rheina. Ffish ffingars!"

10

A HITHAU'N TYNNU AT bump o'r gloch y bore, cerddodd Nedw a Beth fraich ym mraich ar hyd wal y cei wrth i'r niwl ddechrau cau i mewn o'r môr. Roeddan nhw newydd gyrraedd y stryd gefn tu ôl tŷ Beth eto pan glywson nhw sŵn gwydr yn malu yng nghefn yr hen bictiwrs.

"Be ddiawl oedd hwnna, dwad?" medda Nedw.

"Ma 'na rywun yn malu rwbath," atebodd Beth. "Blydi plant!"

"Adag yma o'r bora?"

Er bod llawr ucha a tho'r pictiwrs yn codi uwch eu pennau, allai Nedw na Beth ddim gweld yn syth at gefn yr adeilad gan fod rhes o garejis, a wal, yn y ffordd.

"Awn ni i'w dychryn nhw?" awgrymodd Nedw.

"Naaa… Bygro nhw!"

"Duw, ty'd! Neith hi laff!"

Gafaelodd Nedw yn ei llaw a'i harwain rhwng dau garej, ac at y wal. Roedd 'na fwlch yno, ac roedd modd croesi patshyn o dir wast cyn mynd trwy ffens i hen faes parcio'r pictiwrs. Doedd 'na ddim byd i'w weld yn symud yng nghefn yr adeilad erbyn iddyn nhw gyrraedd yno, ond mi oedd drws yr allanfa dân yn gilagored.

"Awn ni mewn am sgan!" medda Nedw. "Ty'd!"

Ymbalfalodd y ddau trwy'r tywyllwch a'r oglau tamp, i fyny grisiau hir carpedog, yna trwy ddrws tân arall ac i mewn i galeri'r awditoriwm. Roedd hi fel y fagddu yno, a dim posib gweld eu dwylo o flaen eu llygaid. Cydiodd Nedw yn llaw Beth a'i harwain i fyny'r grisiau ochr, heibio'r rhesi o seti gweigion.

"Blydi hel!" medda Beth wrth wneud ei gorau i gadw balans ar ei sodlau tal. "Y dall yn arwain y dall go iawn!"

Chwerthodd Nedw. "Ia, ynde?! Bol buwch!"

"Hisht! Glywisd di hwnna?" medda Beth, a stopio am ennyd.

"Do," atebodd Nedw. "Lawr grisia. Y tacla bach yn ei gluo hi allan, ma siŵr. Ty'd, ista lawr, wnawn ni 'watsiad ffilm'. Ti isio popcorn, del?"

"Na, gyma i albatross!"

"Haha! Titha i mewn i Monty Python 'fyd? Gena i *box set* nhw ar DVD – Dad oedd bia nw. Gei di fenthyg nhw os ti isio."

"Cŵl! Be am watsiad nw efo'n gilydd rywbryd?"

"Duwcs, ia, iawn! Fydd hynna'n grêt!"

Teimlodd y ddau eu ffordd at y seti cefn, o dan ffenest y projector, ac eistedd i lawr.

"Yn y cefn yn fama o'n i'n arfar ista pan o'n i'n fach, pan o'dd Mam yn gweithio," medd Nedw, wedi gwneud ei hun yn gyfforddus.

"O ia, o'dd dy fam yn gweithio yma'n doedd, siŵr! Dwi'n cofio hi'n dod rownd efo eis-crîms!"

"Naci, albatross!"

"Haha! Ia siŵr!" atebodd Beth gan chwerthin.

"Albatross!" gwaeddodd Nedw, gan ddynwared John Cleese yn sgetsh y Pythons.

"Albatross!" gwaeddodd Beth wedyn.

Chwerthodd y ddau yn uchel wrth glosio at ei gilydd, a chyn eu bod nhw'n sylweddoli bron, roeddan nhw'n cusanu'n nwydwyllt. Trodd Beth a dringo ar ben Nedw ac eistedd arno, â'i choesau ar led am ei ganol. Rhedodd Nedw'i ddwylo dros ei choesau a mwytho llyfnder ei theits. Estynnodd ei ddwylo at ei phen-ôl wrth iddi hithau gydio'n ei fochau a phlymio ei thafod i bob cornel o'i geg. Symudodd Nedw ei ddwylo o dan ei siaced a'i thop. Crynodd hithau wrth deimlo ei ddwylo oer ar ei chroen, gan rwbio ei hun yn erbyn ei godiad. Gweithiodd yntau ei ddwylo at ei bronnau cynnes, a chodi ei bra drostynt a mwytho'i thethi caled. Taflodd Beth ei siaced i'r llawr, yna tynnu ei thop dros ei phen mewn un symudiad cyflym. Plannodd Nedw ei ben yn ei bronnau a'u cusanu'n boeth, yna llyfu ei thethi a'u sugno. Gwichiodd a gwingodd Beth, cyn estyn i lawr am ei falog yntau a mwytho'i godiad trwy ei jîns, yn nwydus. Cydiodd ym mwcl ei felt a'i agor, wrth i Nedw ymbalfalu efo botwm bach ei throwsus cwta. Cododd Nedw ei din ryw fodfedd neu ddwy oddi ar y sêt i helpu Beth dynnu ei jîns i lawr at ei bengliniau. Cododd hithau un goes ar ôl y llall wrth dynnu ei shorts a'i nicyrs dros un migwrn, cyn stradlo Nedw eto. Gafaelodd yn ei bolyn caled a'i wasgu, a dechrau ei halio'n galed wrth iddo yntau estyn ei law rhwng ei choesau hithau a chyrraedd ei lleithder cynnes. Griddfanodd Beth mewn pleser wrth i Nedw weithio'i chlitoris efo'i fys, a gan wneud synau bach nwydus ac anadlu'n drwm cusanodd hithau ei wddw'n boeth. Rhwbiodd Nedw ei chlit a gwefusau tewion ei chont, a dechrau gweithio'i fys canol i mewn ac allan. Gwingodd hithau'n wyllt nes allai hi'm cymryd mwy, a chododd ac eistedd ar ei braffbren. Trywanodd yntau ei waywffon i mewn i'w phleser hyfryd, ac o fewn dim roedd hi'n ei farchogaeth yn wyllt, gan ochneidio a gwichian yn uwch ac yn uwch. Ffwciodd y ddau yn gyflymach a chaletach, Beth yn sgrechian yn uwch ac yn uwch a Nedw'n ochneidio yn wylltach a gwylltach, gan wasgu a sugno ei bronnau fel ci barus… hithau'n cusanu ei fochau a llyfu ei glustiau ac yn tynnu ar ei wallt a chrafu'i gefn fel cath wyllt… Carodd y ddau yn gynt a chaletach, gan weiddi yn uwch ac yn uwch eto, nes y syncroneiddiodd eu cresiendo nwydus yn un sgrech a bloedd hir wrth i'r ddau ffrwydro eu hylifau cariadus ar yr un pryd… ffrwydriad ar ôl ffrwydriad ar ôl ffrwydriad, bloedd a sgrech, ochenaid ar ôl ochenaid, anadlau dwfn yn arafu… cofleidio, cusanu, mwytho, caru…

Eisteddodd y ddau'n goflaid lonydd heblaw am eu brestiau'n mynd i fyny ac i lawr wrth gael eu gwynt atynt. Cymerodd rai munudau i gryniadau Beth stopio'n gyfangwbl, a theimlai Nedw ei waliau meddal cynnes yn pwmpio'n erbyn ei galedwch wrth iddo feddalu tu mewn iddi. Cusanodd y ddau yddfau ei gilydd, yna llyfu tafodau ei gilydd eto, cyn cyfnewid llu o gusanau cariadus, tlws. Gwenai'r ddau fel dwy gath Gaer fawr wrth fwytho gwallt a gruddiau'i gilydd, a rhannu tynerwch prydferth…

"Ti'n lyfli, Beth," sibrydodd Nedw cyn hir, wrth gusanu'r llinynnau sidan o wallt oedd wedi glynu i'r chwys ar ei gwddw.

"Mmmm, a ti 'fyd," atebodd Beth a chusanu tu ôl ei glust.

"Mor neis."

"Mmm. A ti."

"Secsi," medda Nedw wrth redeg ei fysedd trwy'r gwallt sidan tu ôl ei chlust.

"A ti."

Giglodd y ddau'n dawel, fel plant bach drwg.

"Dwi 'di bod isio chdi ers talwm, sdi," medda Beth.

Gwenodd Nedw. "Dwi 'di bod isio chdi, 'fyd."

"Paid â deud clwydda…!"

"Go iawn!"

Gwenodd Beth fel giât, a chwarddodd y ddau eto.

"Ti'n ffycin gorjys, Beth!"

"O, paid â rwdlan," atebodd hithau, a gwenu'n swil cyn gosod ei phen yn ôl ar ei ysgwydd.

"Cym on! Ti'n rili, rili, rili gorjys…"

"Nadw ddim!"

"A rili, rili, rili secsi…"

"Stopia ŵan, ne fydda i'n meddwl na jysd tshiarmyr bach wyt ti!"

"Be ti'n feddwl 'tshiarmyr *bach*', y diawl!"

"OK – tshiarmyr *mawr* 'ta!" atebodd Beth efo chwerthiniad bach, cyn plannu sws wlyb hir ar ei wefusa. "Ti'n gwbod be fyswn i'n licio rŵan?"

"Dwn 'im. Be?"

"Albatross!!" gwaeddodd Beth.

11

LLEDORWEDDAI JOJO A DIDI â'u cefnau yn erbyn darn mawr o lechfaen, eu bochau'n wridog yn y gwres wrth smocio sigaréts a gwylio'r fflamau cynddeiriog yn hysian a phoeri yn y gwyll. Dawnsiai'r golau oren hyd gilfachau'r clogwyni o'u hamgylch fel llen wridog ar awel ysgafn, wrth i'r mwg du, ffiaidd droelli'n ffyrnig i'r awyr fel rhyw ddiafol candryll, gan gymysgu â'r pocedi o niwl oedd yn chwythu i mewn dros y chwarel.

Doedd yr un o'r ddau gyfaill wedi yngan gair ers sbel. Syllai'r ddau i ganol y ffwrnais, wedi eu cyfareddu'n llwyr gan ddawns ddinistriol, hyfryd y fflamau oedd yn ysu a suo a chlecian trwy sgerbwd dur y car. Wedi noson mor ofnadwy, a heb gwsg ers bore ddoe, sugnai gwres y goelcerth eu synhwyrau i'w chrombil, i doddi'n araf i lonyddwch cyfforddus, braf. Hyd yn oed yn yr amgylchiadau mwya anarferol, mae tân yn dal i gysuro dynion o hyd.

"Faint o'r gloch 'di, sgwn i?" gofynnodd Didi'n dawel, heb dynnu'i lygaid o'r fflamau.

"Dwi'm yn siŵr. Tua saith?" cynigiodd Jojo, a'i lygaid yntau ynghlwm i'r gwres. "Chwartar wedi chwech oedd hi pan landion ni fama. Rois i'r ffôn ymlaen i weld y cloc, cyn ei lluchio hi i'r llyn."

"Oedd 'na fesijis?"

"Llwyth. A missed calls. I gyd gan Zlatko. Nesi'm gwrando. Dynnis i'r SIM a'r batri allan a ffling i'r cwbwl. Fyswn i'n synnu dim os fysa gan Zlatko gontact yn Special Branch fysa'n gallu trêsio'r ffôn os fyswn i'n iwsio hi."

Suddodd y ddau yn ôl i fyfyrdod tawel. Fflíciodd Jojo ei sigarét i gyfeiriad y fflamau a gwylio'r awel yn ei chipio. Trodd ei feddyliau dros ddigwyddiadau'r nos a mynd dros bob manylyn yn ofalus eto. Roedd o'n hen law ar guddio tystiolaeth, a'i fedrusrwydd yn y grefft yn destun balchder iddo. Gwyddai'n iawn nad oedd wedi arfer y grefft yn daclus o gwbl y tro yma – ond roedd wedi gwneud y gorau allai o dan yr amgylchiadau. Wedi'r cwbl, roedd hi'n argyfwng, ac amser oedd y ffactor bwysicaf. Amser, ac aros yn fyw.

Am yr ugeinfed tro, ailgerddodd Jojo eu camau yn ei feddwl, gan ystyried y maglau posib yn ofalus. A'r prif fagl oedd fod pen Cockeye yn dal i fod ar ôl, yn aros i gael ei ddarganfod gan ffarmwr cynrhon yn Sir Amwythig. Yr unig obaith oedd y byddai'r cynrhon wedi gwledda digon ar ei gnawd i wneud yr olion yn amhosib eu hadnabod – er i Didi wneud joban go dda ar hynny efo'r mwrthwl. Diolchai Jojo mai mewnfudwr anghyfreithlon gydag eidentiti ffug oedd Cockeye, heb na DNA nac olion bysedd ar ffeil yn y wlad yma, hyd y gwyddai. Go brin bod ganddo unrhyw gofnodion swyddogol yn ei famwlad chwaith, diolch i'r anhrefn fu yno yn ystod ac ar ôl eu rhyfel.

Prif gymhelliad Jojo dros gael gwared ar aelodau corff Cockeye yn effeithiol oedd rhwystro Zlatko rhag dod i'w hadnabod – boed trwy gyfrwng y tatŵs neu trwy logi gwyddonydd fforensig annibynnol a allai gymharu olion bysedd neu fodiau traed gydag olion ar handlen drws ffrij neu declyn arall yng nghartref y dihiryn. Unrhyw beth y gallai'r awdurdodau ei wneud, gallai Zlatko wneud cystal, os nad yn well. Ac o gymharu'r oblygiadau o gael eu dal gan y naill neu'r llall, byddai oes o garchar yn nefoedd o'i gymharu â'r hyn fyddai eu tynged petai Zlatko'n cael ei fachau arnynt.

Yn hynny o beth, roedd goroesiad pen Cockeye – mewn unrhyw stad – yn poeni Jojo. Diawliodd ei hun am ei flerwch. Pan glywodd yr adeiladwyr yn siarad yng ngwasanaethau Corley, cipiwyd ei ddychymyg gan y syniad y byddai fferm gynrhon yn lle perffaith i waredu'r darnau pwysicaf o'r corff – heb unrhyw bosibilrwydd o ddarnau o gnawd yn goroesi. A gan fod fferm o'r fath yn digwydd bod ar eu ffordd, neidiodd am y cyfle yn syth. Feddyliodd o erioed sut fath o system oedd ffermio cynrhon. Y syniad oedd ganddo yn ei ben oedd tanciau anferth yn llawn tunelli o'r ffycars bach barus yn cnoi trwy bopeth a deflid iddynt. Ond dyna fo, roedd hi'n argyfwng, ac yn dechrau mynd yn ben set arno i gael lle a dull diogel, digon pell o gyrraedd milwyr Zlatko – a digon pell o ble'r oedd o a Didi am fynd i guddio hefyd – i gael gwared ar y corff.

Ond mi allai pethau fod yn waeth hefyd, meddyliodd. O leia doedd gan Cockeye ddim dannedd – na llygad tsieina – ar ôl yn ei benglog. Diolchodd eto nad oeddan nhw wedi trio taflu torso'r Serbiad i'r cynrhon. Fyddai hwnnw heb ffitio yn y tanciau o gwbl. Aber yr afon Ddyfrdwy oedd ei ddiwedd, wedi iddyn nhw droi am y gogledd ar ôl pasio'r Amwythig. Roedd ei gario yn y car i'r fan honno wedi bod yn ddigon o risg. Petai'r gwyliwr efo'r cŵn wedi ffonio'r heddlu, a rheiny wedi eu stopio, fyddai dim byd amdani ond troi at y Browning. Ac wedi saethu cops, fyddai'r ffaith nad oedd gan

Didi ac yntau record droseddol – dan enwau ffug neu beidio – ers bron i ugain mlynedd, a hynny cyn dyddiau DNA, ddim yn unrhyw fath o help o gwbl.

Peryglus, hefyd, oedd cludo rhai rhannau eraill o gorff Cockeye efo nhw i'r chwarel – y rhai y llwyddon nhw i'w hachub o danciau'r cynrhon cyn i'r dyn â'r cŵn darfu ar eu cynllwyn. Ond gan mai darnau pwysig, efo tatŵs unigryw, oedd y rheiny, roedd hi'n werth y risg o'u cludo yma i'w hamlosgi yn y car.

Gwenodd Jojo'n eironig iddo'i hun. Waeth iddo heb â theimlo'n glyfar am yr 'improfeiseshiyn'. Blêr fuodd hi. Blêr, amhroffesiynol a gwirion o beryglus. Ond o leia bu lwc efo nhw. Lwc mul, llwyr.

"Mae o'n major player, yn dydi?" gofynnodd Didi cyn hir, a chipio Jojo o'i feddyliau.

"Zlatko? Yndi, Didi. Premier league."

"Be'n union mae o'n neud?"

"Ti'm isio gwbod, Did. Mae o mewn i bob dim, sdi. Drygs, gynnau, pobol… Ma'n gneud efo'r Mecsicans, y Calabrians, Rysians, Albênians, Kosofans…"

"Kosofans?"

"Ia. Mae'r rheiny'n waeth na neb. Drwyddyn nhw mae rhan fwya o'r secs slêfs yn dod. A lot o'r smac hefyd."

"Jîsys!" medda Didi, a chrynu drwyddo wrth i ias redeg i lawr ei gefn. "Nasti-pasti go iawn!"

Estynnodd Jojo'i fraich rownd ysgwyddau ei ffrind, a'i wasgu ato. "Paid â poeni, Didi. Neith o'm ein ffendio ni'n fan hyn."

"Mae o'n siŵr o drio, ddo."

"O, yndi… Ond 'da ni heb adael lot o gliwia. Wel, heblaw fod Farmer Maggot yn mynd i gael sioc ar ei din wrth ffendio'i stoc yn stwffio'u hunain ar rwbath mor hyll â pen Cockeye…!"

Neidiodd Didi yn ei groen wrth i glec tanc petrol y lli gadwyn ffrwydro ym mŵt y car. Cydiodd yn dynn yn Jojo, a gwasgodd hwnnw ei ffrind i'w gôl.

"Be am y cops, Jojo? Ti'n meddwl fyddan nw'n chwilio amdanan ni?"

"Dowt gen i, Didi. Mae pob dim 'dan ni wedi'i iwsio yn y car 'na."

"Be am y car ei hun?"

"Be amdana fo?"

"Pwy bia fo? Be am CCTV a traffic cameras?"

"Ringer oedd y car, Did."

"Ringer?"

"Wedi'i ddwyn o'r blaen, a'i ringio – ei clônio fo, sdi... I dorri stori hir yn fyr, fydd y cops ddim yn chwilio amdano fo achos fydd neb wedi'i riportio fo wedi'i ddwyn..."

Teimlodd Jojo gorff ei ffrind yn ymlacio rhywfaint yn ei gesail. Estynnodd ei sigaréts a thynnu dwy o'r blwch a rhoi un iddo.

"Sori am ffwcio i fyny, Joj," medd Didi wedi tanio'i ffag a rhoi ei ben ar ysgwydd ei fêt.

"Shshsh ŵan, Did," cysurodd Jojo, a gwasgu'i gyfaill yn dynn â'i fraich. "Ti wedi bod yn briliant, chwara teg, i feddwl na civvie wyt ti."

"Ond ddylsa bo fi wedi clicio, pan ddoisd di i'r fflat efo Cockeye... Os fyswn i wedi play along fysa petha wedi..."

Gwasgodd Jojo'i ffrind yn dynnach, a rhoi sws iddo ar dop ei gorun. "Gwranda – wnes di ddim byd na fyswn i ddim wedi'i wneud!"

"Be? Panicio fel twat?"

"Naci! Gweld fod rwbath o'i le, a gweithredu! Ymatab yn reddfol – fight or flight, a dewis cwffio. Fysa'r rhan fwya o bobol wedi cachu'u hunain yn y fan a'r lle, a derbyn y diwedd... Oedd hi'n classic surprise attack, sdi! Welis *i* mohoni'n dod, heb sôn am Cockeye!"

"O'n i'm yn gwbod be arall i neud – nath 'y mywyd i fflashio o flaen 'yn llygid i..."

"Ers pryd oedd y Rape Taser 'na gen ti, eniwe?"

"Ers i fi ddechra nôl ar y gêm. Dwi 'di cael cymint o bad cracks efo punters – fel y boi baseball bat 'na ers talwm, t'bo..."

"Ers pryd o' chdi nôl ar y gêm, Did?"

"Few weeks. Ers i Zlatko ddechra mynd yn hefi am ei bres..."

"Sylwis i ddim byd – er, o'n i'n wondro lle oedda chdi weithia, pan o'n i'n methu ffeindio chdi. Ddylsa bo ti 'di deud wrthai, sdi!"

"Dim ond mil o bunna oedd o, eniwe..."

"Jîsys!"

"O'n i isio prynu moped..."

"Moped?"

"Ia. O'n i'n nyrfys ar y bysus yn y nos. Ffycin hwdi gangs yn bla dyddia yma yndydyn?"

"Ond pam na fysa chdi'n gofyn i fi am bres, Did?"

"Dwi'm yn gwbod. Ti 'di bod fel brawd mawr i fi erioed… O'n i jysd isio sortio rwbath allan fy hun am tsienj… Ond dyma fi, wedi gneud almighty fackin balls o betha – eto – a chditha'n sortio fo allan *eto*…"

Roedd llais Didi'n cracio.

"Hei, hei, 'na fo rŵan," medda Jojo a swsian ei ben o eto.

"Dwi'n fackin useless lump of fackin shit…"

Criodd Didi ffosydd o ddagrau. Gwasgodd Jojo fo efo'i ddwy fraich a chusanu ei ben wrth ei siglo'n dawel. Rhwbiodd ei wallt yn dadol. Roedd Jojo wedi gwneud hyn sawl tro o'r blaen – yn Llundain, wrth ei gael i ffwrdd o'r smac ac allan o'r gêm buteinio, a hefyd yn bell yn ôl ym more oes, yn y Cartref. Bryd hynny gadawai Jojo i Didi ddod i'r gwely ato fo pan oedd o'n crio'i hun i gysgu ar ôl rownd arall o artaith yn nwylo Duw a'r bwystfilod.

"Dwi yn, ddo, Jojo!" ebychodd Didi trwy'i ddagrau. "Useless lump of meat. Dyna be dwi wedi bod erioed. Lwmp o gnawd i hen ddynion budur ddod drosta fi. Twll i byrfyrts ei ffwcio…"

"Shshshsh, Did bach. Dos i gysgu. Ti'n fwy na lwmp o gig. Ti'n werth y ffycin byd! Ti 'di 'mrawd bach i! Yr unig beth sy genai yn y byd i gyd! Neith neb dwtsiad chdi eto, Didi! Neb! Dwi'n ffycin gaddo!"

12

"Didi pay? Didi fuck!"

"You wot?"

"Didi pay? Didi fuck!"

"The Ken Dodd joke?"

"Who?"

"Ken Dodd. The Diddy Men? Got done for tax evasion."

"The Deedee Men? I don't know this Deedee Man Kendod. What the fuck he to do with this?"

"I don' understand ya, Jovan. Wotcha on abaht?"

Cododd Zlatkovic o'i gadair ac estyn am ddrysau'r cwpwrdd. "You want a drink, Zlogonje? My brother sent me some really fucking good slijvovica. Or you prefer rakija? I remember you liked that in Vuk's wedding."

"I weren't at Vuk's wedding, Jovan."

"Of course! You do not drink! You are The Preacher!"

"Yeah, but thar ain't why I don't drink. I mean, I do drink. But not often. I like to keep the ole Uncle Ned clear."

Tolltodd Zlatkovic wydryn o slivovitz iddo'i hun. Roedd o'n gwneud hyn pan alwai rhywun i'w swyddfa am sgwrs. Gwelai'r peth fel ryw fath o ddefod – a rhan o'r ddefod honno, hefyd, oedd gorbwysleisio ei acen Slafaidd.

"'The Preacher'! Thees ees why I call you Zlogonje. It means 'expeller of evil'." Syllodd y gangstyr i fyw llygaid Jojo cyn ychwanegu'n oeraidd, "But you know thees, don't you, 'preacher man'?"

Nid dyma'r tro cynta i Jojo fod yng nghwmni Jovan Zlatkovic. Roedd o wedi gweithio iddo ers pum mlynedd bellach, ac wedi cwrdd â'r dihiryn gwallgo sawl gwaith. Cafodd ei alw i'r swyddfa am sgwrs breifat ar fwy nag un achlysur hefyd. Ond dyma'r tro cynta iddo deimlo'n anghysurus yn ei gwmni. Allai Jojo ddim rhoi ei fys ar y peth, ond roedd Zlatko'n siarad mewn ridyls heno, ac roedd cymylau duon yn ei osgo, ac yn nhôn ei lais. Oedd, mi oedd o wedi'i alw'n 'Zlogonje' o'r blaen, yn ogystal ag egluro ei ystyr. Ond roedd yna ystyr dyfnach heno.

Chwarddodd Zlatkovic, cyn llyncu'r slivovitz mewn un. Llanwodd ei wydryn eto, yna llenwi gwydryn arall a'i estyn i Jojo. Gwyddai'r Cymro nad oedd hynny'n arwydd da.

"Ach, Jovan – aintcha got any lager, mate?"

Gwenodd y Serbiad yn ddiafolaidd. "Aah, the Welsh in you! You are used to drinking English piss because the English piss on you all thees time?"

Rhoddodd Jojo wên oer yn ôl, tra'n edrych i fyw ei lygaid.

Chwarddodd Zlatkovic. "I have only pivo."

"Serbian piss?"

Chwarddodd y diafol eto, yn galed y tro hwn. Cododd ei freichiau i'r awyr a syllu ar y to, yn ysgwyd ei ben *peroxide blonde* wrth chwerthin fel rhyw gawr yn cael ei gosi dan ei droed â phluen. Crwydrodd llygaid y Cymro at ei freichiau anferth â'u tatŵs 'heiroglyffaidd' a chyhyrau fel balŵns gwythiennog yn gwasgu allan o'i grys-T 'New York City' di-lewys. Sylwodd – nid am y tro cynta – ar yr ysgwyddau a'r gwar tarw, a'r gadwyn drom yn fframio ei wddw fel cryman aur. Nododd y graith ar ei ên, y graith arall dan ei lygad, a'r llall ar ei dalcen – honno oedd yn debyg i'r llythyren 'c'. Yna edrychodd ar ei lygaid nadroedd, llwydlas a'u piwpilau cocên mawr, du. Y llygaid oer â'r seicopath yn eu canol. Y llygaid a beidiodd chwerthin yr eiliad y troesant i edrych i fyw rhai Jojo.

Diflasodd Zlatko ar y ddefod, gan ddiosg y clogyn über-Slafaidd ar amrantiad. Gollyngodd ei osgo seremonïol a gwisgodd ei osgo dydd-i-ddydd.

"You fucking make me laugh, Johnny!" meddai cyn codi ei wydryn i'r awyr. "Cheers! You cunt!"

Estynnodd Jojo am ei wydryn a'i godi. "Živeli," meddai yn ei Serbo-Croat gorau.

Cleciodd Zlatko ei slivovitz cyn gwylio Jojo'n sipian ei ddiod yntau. Yna cododd ar ei draed a cherdded rownd at flaen ei ddesg ac eistedd ar ei hymyl, reit o flaen cadair Jojo, a'i freichiau anferth yn gwlwm ar draws ei frest. Suddodd ei lygaid glasoer yn araf fel cyllyll arteithiwr i gannwyll llygaid y Cymro.

"Didi pay? Didi fucking fuck!"

Er bod ei stumog yn dechrau cnoi, cadwodd Jojo at ei synhwyrau. "Still not with ya, Jovan, ah'm afraid!"

"Didi 'didi' pay me, 'Preacher Man'!"

"Didi owes ya?"

Cadarnhaodd yr eiliad o dawelwch mai gwir oedd hynny.

"Well, the little fuck! He never said a thing! You want me to have a word?"

Wnaeth Zlatkovic ddim ateb. Roedd y tawelwch yn siarad cyfrolau.

"Fuck, Jovan! There's no fackin need for that, mate! How much is it, I'll get it for ya tonight…"

Torrodd Zlatkovic ar ei draws, a rhuo, "I'm sick of this cocksucking bastard whore!"

Cododd Jojo ei ddwylo i'r awyr ac edrych tua'r llawr, er mwyn rhoi cyfle i Zlatko ddweud ei ddweud.

"It's not about the money anymore!"

"Fackin 'ell, how long 'as it been?"

"Too fucking long. He's been fackin told, Johnny. He's takin the fackin piss!"

"But there's no need to give 'im the tits, Jovan. Tell me how much 'e owes ya, and I'll get it!"

Cododd Zlatko ar ei draed eto a dychwelyd i du ôl ei ddesg i barhau â'i druth. "My fucking feeling is, he thinks he can push me because he's your mate."

"Nah! 'E wouldn't fackin dare!"

Anwybyddodd Zlatko Jojo. "I was thinking what would be a good fucking message to anyone out there who would think they could fuck with me because they have an associate of mine as a friend... And I thought, why don't I get his friend to deal with him?"

"'E's more than a friend, Jovan – 'e's like a brother! A pain-in-the-fackin-arse brother, but a brother!"

"He's used to pain in the fucking arse, the fucking faggot!"

"Jovan! With respect...!"

"With what?!"

Gostyngodd y Cymro ei lais. "With all due respect, Jovan, he doesn't get fucked, he...!"

"Sucks cock! The dirty fucking faggot whore! He sucks cock to buy drugs! He takes my money to buy drugs! He is lowlife...!"

"'E don't do it naw more, Jovan! 'E's off the brown and off the game! Look, there's no need to hurt him! I'll have a word – and a proper fackin word 'n all!"

"A fucking word? You think I want you to have a word with that prick?!"

Rhedodd ias oer i lawr cefn Jojo wrth i'r olwg fileinig yn llygaid sarff Zlatkovic ei gwneud hi'n gwbl glir fod sefyllfa amhosib ar fin mynd yn waeth.

"Jeesus fackin Christ... Jovan!"

"You will do this, Zlogonje! You will sort this fucking cunt for my honour!"

"Fuck that! Honour is sticking by your friends!"

Ffrwydrodd Zlatko i un o'i dantryms enwog. "I AM YOUR FRIEND!!!" rhuodd, cyn chwalu'r botel slivovitz a'r gwydr gwag oddi ar y ddesg gydag un sgubiad ffyrnig o'i law. "Have I not been good to you? Have I not looked after your needs? Have I not supported you?! That is what friends do! What has this parasite bastard slag queer son of a fucking bumhole given you?! What can he give you except fucking AIDS?!"

"He ain't got fackin AIDS! He ain't even queer!"

Pwysodd Zlatkovic dros y ddesg. "He fucking sucks fucking cocks in side streets! That's fucking queer enough for me! And that is no good for my honour!"

"It's got fack all to do with your 'honour'!"

"He is your friend! You work for me! That makes me friend of poofs. That is bad for my honour!"

"Is that what all this is abaht? Fackin Slavic macho bollocks? You gonna kill a guy for that?"

"No! You are!"

"And you gonna lose my respect – and my 'friendship' – for this shit?"

"Fuck your friendship! ALL I WANT IS YOUR LOYALTY!"

"WELL FUCK LOYALTY!" Cododd y Cymro ar ei draed, a disgynnodd ei gadair i'r llawr. Lai nag eiliad wedyn agorodd drws y swyddfa y tu ôl iddo a chamodd dau o thygs cydnerth i mewn.

Cododd Zlatko ei law i'w hatal. "Vuk, Nebojsa, dopust nama! Vositi! Ici!"

Ciliodd y ddau horwth yn ôl drwy'r drws, a gwenodd Zlatkovic yn fileinig ar Jojo. Meistrolodd y Cymro'i dymer a sylweddoli fod yn rhaid iddo chwarae'r gêm, am rŵan. Os oedd unrhyw siawns iddo allu achub Didi, byddai rhaid iddo adael swyddfa Zlatko mewn un darn.

"Preacher Man!" medd Zlatkovic wrth weld Jojo'n gweld synnwyr. "You are Welsh by blood, yes?"

"So I'm told," atebodd y Cymro.

Gwenodd Zlatko. "Then you will like this."

Gwyliodd Jojo'r bwystfil yn cerdded draw at y ffrij wrth wal bella'r swyddfa ac yn estyn i agor y drws.

"This is what happens to English cunt who cross Jovan Zlatkovic!"

Agorodd y Serbiad ddrws yr oergell i ddangos pen dyn ar y silff ucha. Trodd Zlatko at Jojo â gwên falch ar ei wyneb, fel plentyn yn dangos y pysgodyn cynta iddo ei ddal. "Cool, huh?"

Methodd Jojo ag ateb i ddechrau, cyn llwyddo i ddod o hyd i'w dafod cyn i'r tawelwch droi'n llethol. "Fack me!" meddai, gan ysgwyd ei ben. "Wassa matter with ya, Jovan?"

Chwarddodd Zlatko'n wallgo. "What matter with me? Haha! You mean what matter with him! Hahahaha! He's 'lost his head'! Hahaaaa…!"

Cydiodd y Serbiad yn y pen gerfydd ei wallt a'i dynnu allan o'r ffrij, cyn ei ddal i fyny, yn ei wynebu, a dechrau siarad efo fo. "Hello head! What matter with you? – 'I lose my body' – Why you lose body, head? – 'I owe Wacko Zlatko moneys!'"

Chwarddodd y seico Serbaidd fel ynfytyn, cyn rhoi'r pen yn ôl yn y ffrij a rhoi clec i'r drws ynghau. Peidiodd chwerthin. Trodd at Jojo eto.

"Zlogonje! Johnny – The Preacher! You are Welshman. You have no loyalties to these 'Cockney Geezer' cunts. You will kill this cocksucking Cockney English man-whore cunt for me."

Agorodd Jojo ei lygaid. Sylweddolodd ei fod o wedi cysgu, ac yn gorwedd ar ei ochr yn gafael rownd Didi fel y gwnâi slawer dydd yn y Cartref. Pesychodd wrth drio dod at ei synhwyrau. Y peth dwytha a gofiai oedd methu cysgu – Didi'n chwyrnu yn ei gôl ac yntau'n hel meddyliau tra'n syllu ar y car yn llosgi, gan ail-fyw yn ei feddwl ei sgwrs efo Zlatko yn ei swyddfa ddoe. Mae'n rhaid bod y meddyliau hynny wedi'i ddilyn i'w gwsg…

Ond roedd rhywbeth o'i le. Edrychodd o'i gwmpas, yn hanner disgwyl gweld bwystfilod Zlatko yn cau amdanyn nhw, cyn sylweddoli mai cysgodion ei freuddwyd oedd y bwganod yn ei ben. Roedd y tân yn dal i fudlosgi, ac ymwthiai golau gwan y bore trwy'r niwl oedd bellach wedi cau o amgylch y chwarel. Dal i chwyrnu'n braf oedd Didi.

Crynodd Jojo, a phesychu'n galed wrth estyn am ei ffags o'r boced y tu mewn i'w siaced. Taniodd sigarét, a phesychu'n groch wrth godi ar ei draed. Syllodd ar sgerbwd myglyd, du y car wrth biso. Yn y golau newydd gwelodd ei fod wedi'i barcio'n dda yn y tywyllwch – yn beryglus o dda, i ddweud y gwir, o ystyried mai modfeddi yn unig o ymyl y graig oedd o. Sylwodd hefyd fod y car ar fymryn o lethr oedd â gogwydd hwylus i roi gwthiad iddo dros y dibyn i'r llyn islaw.

Pesychodd eto wrth dynnu'n ddwfn ar ei ffag, a dychwelodd y teimlad annifyr i aflonyddu'i groen. Roedd o'n siŵr fod rhywbeth wedi'i ddeffro – rhywbeth heblaw chwyrnu Didi. Craffodd Jojo ei glustiau, a gwrando. Yna fe'i clywodd. Seirens! Injan dân!

Cythrodd, ac ysgwyd ei ffrind. "Didi! Deffra! Didi!"

Mwmiodd Didi rhyw eiriau annealladwy, cyn deffro efo sgytwad a golwg o ddychryn lond ei lygaid. Neidiodd ar ei draed mewn un symudiad siarp.

"What the fuck?!"

"Rhaid i ni symud, Didi! Injan dân ar ei ffordd!"

Rhedodd Jojo at y car a rhoi cic i'r cerrig a osododd dan yr olwynion cefn ar ôl ei barcio. Yna cydiodd yn y darn o hen bolyn sgaffold y cawsant hyd iddo wrth y giât a falodd y ddau wrth dorri i mewn i'r hen chwarel.

"Ty'd â hand i mi, Didi! Gafael yn y polyn 'ma efo fi."

Dechreuodd Didi grynu fel sgerbwd. "Ff-ff-ffycin hel ma hi'n oer!"

"Yndi mêt. Ond ma hi'n oer yn jêl hefyd. Ty'd, cwic!"

Er nad oedd yr hambrec ymlaen a bod y car allan o gêr, roedd y teiars wedi llosgi a'r olwynion wedi weldio'n sownd i'r echel yn y gwres, felly dim ond nerth bôn braich fyddai'n gwthio'r car yr ychydig fodfeddi oedd ei angen i blymio i'r dŵr. Plannodd Jojo un pen i'r polyn sgaffold o dan din y car, cyn rhoi ei ysgwydd o dan ei ben arall. Ymlwybrodd Didi draw i sefyll yn ei gwrcwd o dan y polyn, a rhoi ei gefn yn ei erbyn.

"Ar ôl tri," medda Jojo. "Un, dau, tri, hyp!"

Symudodd y car ryw dair modfedd, a chododd cwmwl ffyrnig o wreichion a mwg du i lapio rownd y ddau ffrind fel blanced. Camodd y ddau yn ôl am chydig eiliadau, er mwyn anadlu, cyn dychwelyd at y gorchwyl.

"Un arall, Did. Ar ôl tri, barod? Un, dau, tri, hyp!"

Gwichiodd a sgrenshiodd y car yn ei flaen rywfaint eto, ac fel y tro cynta, cododd y gwreichion a'r mwg fel ffwrnais ddur o'u cwmpas.

"'Di o'm isio mynd, Jojo!" medda Didi gan chwythu, a'i faner wen yn barod i chwifio.

"Mae o'n dal ei ffycin afael, mae hynna'n saff, Did! Ond mi ffycin gawn ni o i ti! Mae rhaid i ni! Ty'd – un, dau, tri, hyyyyp!"

Llithrodd y car yn ei flaen eto, a'r tro yma roedd disgyrchiant o'u plaid. Crafodd yr olwynion blaen dros ymyl y graig, cyn aros yn llonydd eto.

"Mi eith y tro nesa 'ma, Did!" medda Jojo'n frwdfrydig wrth ailblannu'r polyn sgaffold. "Un hwb bach arall! Un, dau, tri, hyp!"

Honna oedd hi. Crafodd y car dros yr ymyl – yn araf i ddechrau, fel rhyw anghenfil robotaidd yn crafangu am ei fywyd, cyn i'w din godi i'r awyr fel y *Titanic*, a diflannu gyda sŵn gwichian metel dros ochr y graig. Brysiodd y ddau gyfaill at yr ymyl i weld y sgerbwd du'n plymio'r can troedfedd am wyneb tawel y llyn gwyrdd tywyll, a chynffon o fwg du a gwreichion yn codi o'i din fel awyren wedi'i saethu o'r awyr. Gwyliodd y ddau y cwlwm o fetel du'n chwalu gwyneb y dŵr efo sblash fel ergyd canon yn atseinio o'r clogwyni o amgylch y llyn. Syllu wedyn ar y swigod yn byrlymu, a'r cwmwl o fwg du yn troi'n stêm wrth i sŵn fel wyau yn ffrio lenwi'r chwarel.

Safodd y ddau yno nes y suddodd pen-ôl y car i ddyfnder y twll mawr llawn dŵr. Mwy o swigod wedyn, a dŵr yn ffrwtian yn wyn am rai eiliadau. Yna tawelwch eto.

"Zatim te biti niko, Nebojsa," medd Jojo, a phoeri i'r llyn ar ei ôl.

"Be oedd hynna?" gofynnodd Didi.

"Rwan *ti'n* neb, Nebojsa," atebodd ei ffrind.

13

"BE FFWC TI MOR hapus am, y cont bach?" mymblodd Gruff pan ddaeth i lawr i'r gegin a gweld Nedw'n wislo'n braf wrth wneud tôst.

"Duw, mindia dy fusnas, Grympi!"

"Pam ffwc nei di'm switshio dy ffôn i ffwr cyn mynd i gwely? Mae rhei o'nan ni'n gorfod gweithio, sdi!"

"Ffôncol *gwaith* oedd hi, mêt!"

"'Gwaith' my fuckin arse!" medda Gruff yn sarrug wrth estyn am fag te o'r potyn wrth y tecell.

"Ffifftîn cwid am hannar awr o waith – ddigon da i fi, boi!" atebodd Nedw à brathu ei dôst yn wyneb ei frawd. "Duwcs, sbia," medda fo wedyn, wrth sbio drwy'r ffenest ar y niwl oer tu allan. "Ffrîsing ffog! Cofia lapio fyny'n gynnas cyn mynd i slafio ar y seit 'na am ffeifar yr awr!"

Eisteddodd Nedw i lawr i ddarllen papur newydd ddoe, oedd ar agor ar y bwrdd, tra'n hymian tiwn Bob Marley wrth gnoi ei dôst.

Rhythodd Gruff ar ei frawd bach ac ysgwyd ei ben. Cliciodd y tecell i ffwrdd. "Ia, gyma i banad arall, Gruff," medda Nedw, a dal ei fŵg gwag i fyny heb godi'i ben o'r papur.

Roedd Gruff ar fin rhegi'n uchel pan gerddodd eu mam i mewn i'r gegin. "O! Teiming! Coffi plis, Gruff!"

Gwenodd Nedw fel giât sbeitlyd wrth i Gruff ddod i nôl y gwpan ganddo, â gwyneb fel mellt a thrana yn gyrru cyllyll anweledig i gorff ei frawd bach cocynnaidd.

"Welis di Gwenno, Nedw?"

"Do, Mam."

"Oedd hi'n iawn?"

"Racs bost. A cegog fel arfar."

"O wel, oedd hi'n iawn felly! 'Da chi isio bechdan bêcyn, chi'ch dau?"

"Duwcs ia, lyfli Mam," medda Nedw.

"Gruff?"

"Plis!"

"Ti'n iawn am focs bwyd? Ma 'na ham yn y ffrij os tisio."

"Erm – nagoes, does 'na ddim, sori," medda Nedw. "Neshi iwsio fo i neud pizzas. A'i i Côp i nôl pacad arall wedyn."

"Ffycin hel!" sgyrnygodd Gruff. "Mae 'na rei bobol isio…"

"…'gweithio yn y tŷ 'ma' – oes, dwi'n gwbod, Gruff. Newidia'r blydi record, nei?"

"Biti na fyswn i'n gallu newid chdi am rwbath mwy iwsffyl…"

"Fel be?" gofynnodd Nedw wrth droi tudalen o'i bapur, heb godi'i ben.

"Dwn 'im, iâr – o leia swn i'n cael ŵy bob dydd i roi ar 'mrechdan."

"Dwi'n dal i aros am banad," oedd ateb parod Nedw.

"A finna 'fyd," medda'u mam, a chwerthin yn braf wrth weld ei mab hynaf yn corddi.

Doedd gan Gruff ddim dewis ond ildio. Roedd ei ewyllys i gynnal ei ymdrech i ddial ar ei frawd bach am ei ddeffro ganol nos yn toddi fel barrug ganol bore.

Daeth sŵn seiren yn pasio ar y stryd fawr ym mhen draw'r stad – injan dân yn ôl sŵn trwm yr injan a'r amser y cymerodd i basio. Yna daeth sŵn un arall yn syth ar ei hôl hi.

"Iesu, mae 'na dân mawr yn rwla," medda Gruff, a mynd allan i'r ardd yn reddfol i fusnesu. Dilynodd Nedw a'i fam o, ac fel y cyrhaeddodd y tri giât yr ardd pasiodd injan arall gan sgrechian ei rhybudd i'r byd. Gwyliodd y tri'r golau glas yn lliwio'r niwl wrth fynd heibio.

"Blydi hel," medda Nedw. "Tair o'nyn nhw? Gobeithio fod carafáns Golden Sands i gyd yn sindars dduda i! Ffycin Saeson!"

"Mae nw 'di stopio heb fod yn bell 'fyd," sylwodd eu mam. "Rwla ar stryd fawr, fyswn i'n ddeud. Dwi'n mynd i ben stryd i weld os wela i fwg."

Ar hynny, agorodd drws tŷ drws nesa, a daeth Martha allan. "Ceri! Mae'r blydi Plaza ar dân!"

"Be?!" gofynnodd Ceri.

"Brian ffoniodd rŵan – newydd basio'r lle yn y fan. Fflama drw'r to, medda fo."

"O na! Y ffycars! Y ffycin basdads!!" Rhedodd Ceri yn ôl am ddrws cefn y tŷ, a gwthio heibio'i dau fab oedd yn sefyll yn y drws. Cydiodd yn ei ffags a'i chôt a throdd ar ei sawdl, a brysio allan yn ei hôl.

"Nedw – watsia Deio bach i mi! Dwi'n mynd i lawr 'na…"

"Plant sy 'di bod wrthi, Mam, siŵr o fod," medda Gruff. "Neu electrical fault – oedd y lle angan ei ailweirio ers talwm, yn doedd."

"Letrical ffolt o ddiawl!" atebodd Ceri. "Y Nhw sy tu ôl hyn. Marc mai blydi wyrds!"

"Mam…!"

Ond roedd Ceri wedi mynd, yn gwisgo'i chôt wrth frasgamu i lawr y stad tua'r stryd.

"Ffyc's sêcs! Pryd ffwc mae hyn yn mynd i stopio?!" diawliodd Gruff. "Nefyr blydi ending!"

Trodd Gruff at ei frawd, gan ddisgwyl ymateb. Ond roedd Nedw'n ddistaw am unwaith. Ac mi sylwodd Gruff fod ei wyneb wedi troi braidd yn llwyd.

14

EFALLAI FOD DIDI WEDI derbyn mai yng nghefn gwlad Cymru fyddai o am y dyfodol agos, ond doedd hynny ddim yn mynd i'w stopio fo gwyno. Os nad oedd ei goesau'n brifo, roedd ei gefn. Os nad oedd o'n oer, roedd o'n chwysu. Ac os nad oedd y tir fel "ffacin Mordor" roedd o'n llawn o "lygaid anweledig" yn eu gwylio o bob cilfach a chornel, yn barod i'w mwrdro a'u bwyta yn y fan a'r lle. Ar ôl cerdded am "ffacin milltiroedd" roedd o wedi cael digon, ac wedi penderfynu mynd ar streic.

"Oi, Moses!" gwaeddodd o ugain llath y tu ôl i Jojo. "Fuck you and the Land of Milk and Honey, I'm taking the Fifth Commandment!"

Taflodd ei fag ar lawr ac eistedd ar ei ben o.

Stopiodd Jojo, a throi i'w wynebu. Roedd hi wedi goleuo'n llawn bellach, a'r niwl yn clirio o'r topiau i ddatgelu bryniau a chreigiau yn estyn o eira'r copaon y tu ôl iddyn nhw at y môr llwyd, rhyw ddwy filltir islaw.

"'Amendment' wyt ti'n feddwl, y lemon!"

"You wot?"

"Cymryd y Fifth Amendment mae'r Iancs pan ma nhw'n gwrthod cydweithio!"

"Oh, there you bloody go efo'r geiria mawr Cymraeg 'na eto! Gwranda, Scott of the Antarctic, dwi ddim yn symud ddim pellach nes dwi'n cael rest bach, OK? Mae genai stitch a dwi'n meddwl fod o'n troi'n heart attack. Dwi'n mynd i gael ffag whether you like it or not, Tonto!"

Gwenodd Jojo. "Dim problam, Didi. Ond dwi'n meddwl fyddi di'n teimlo'n well os ddoi di fyny i fan hyn ata fi i'w smocio hi!"

"Pam? Oes 'na hotel efo jacuzzi yna 'ta be? Only I don't fackin see one!"

"Jysd ty'd yma, nei!"

Tynnodd Jojo ei rycsac oddi ar ei gefn a'i thaflu hi a'r bag arall oedd o'n ei gario ar lawr, cyn eistedd ar ben craig i danio ffag. Edrychodd ar yr olygfa oddi tano tra bod Didi'n rhegi a stryffaglio i fyny'r llathenni ola tuag ato.

"Sbia!" medd Jojo pan gyrhaeddodd ei ffrind.

Oddi tanynt islaw, wrth i'r niwl gilio fel lliain oddi ar fwrdd, disgynnai bryniau coediog i lawr at dre glan môr fach hardd yr olwg, a'i harbwr yn cuddio mewn cilfach rhwng creigiau oedd yn trochi'u traed yn y bae tu hwnt.

"Ffacin hel!" medda Didi. "Royston fucking Vasey, or what?"

"No, you fackin plonker! Gilfach!"

"Fack me! Go iawn?"

"Ia, Did. Go iawn!"

"Ti'n ffacin siŵr?"

"Yndw, dwi'n 'ffacin siŵr'."

"Well, fack me sideways!"

Plonciodd Didi ei din ar y graig yn ymyl Jojo, a thanio'i ffag oddi ar dân sigarét ei ffrind.

"So, lle mae…?"

"Llys Branwen? Dwi'm yn siŵr. Fyswn i'n deud fod o rwla o gwmpas…" Pwyntiodd Jojo ei fys a dilyn yr arfordir i'r dde am ryw chwe modfedd. "… rwla fforcw, fyswn i'n ddeud…"

Sobrodd Didi rywfaint wrth i realiti'r sefyllfa wawrio arno. Roedd o fewn milltir neu ddwy i uffern.

"Ond ta waeth am yr Hôm am funud," medda Jojo. "Ti'n gweld y mwg acw, yn codi o ganol y dre?"

"O ia, wela i o. Tân ma'n siŵr."

"Wel, ia, tân, obfiysli, y clown! Ond mwy pwysig – i fana oedd y ffycin sirens yn mynd – rheiny glywson ni!"

"Be? Ti'n deud wrtha fi bo fi 'di gorfod deffro'n gynnar a lladd 'yn hun yn dringo fyny'r ffycin mynydd 'ma i ffyc ôl?"

"Mewn gair, Didi? Yndw. Ond better safe than sorry."

"So, be nesa, Moses? Land of Milk and Honey? Neu Village of the Damned?"

Chwarddodd Jojo. "Land of Bacon and Eggs gobeithio! A sosejis a bîns, pwdin gwaed, bara saim… Jeezus, dwi'n starfio!"

"Ww, ia," cytunodd Didi. "A hash browns… Ond ydyn nhw'n gneud Full English, dwad? Cymru ydi fan hyn, ynde?"

15

Tecstiodd Nedw Beth yn syth.

'TI'N DDEFFRO? N X'

'YNDW! BLYDI SIRENS! X' medd yr ateb o fewn dim.

Gwisgodd Nedw ei gap gwlân pêl-droed Cymru ac aeth am y drws. "Gruff, mae Deio drwodd yn lownj. Watshia fo am chydig, nei?"

"Be?! Lle ffwc ti'n mynd?" gofynnodd Gruff.

"Ar ôl Mam. Jysd watsia Deio i fi!"

"Ffyc off! Dwi'n mynd i gwaith yn munud!"

"Gin ti hannar awr y cont clwyddog, a ti ond yn gweithio rownd gornal!"

"Nedw!"

"Fyddai'm yn hir – gei di'n bêcyn byti fi, yli."

Brysiodd Nedw trwy'r drws cyn i'w frawd gael gafael ynddo, a rhedodd i lawr y stryd a rownd y gornel am fynedfa'r stad, cyn arafu ei gamau, a ffonio Beth.

"Albatross!" medda fo pan atebodd hithau. Doedd o'm yn gwybod be arall i ddweud.

Clywodd Beth yn chwerthin yn dawel cyn ei ateb. "Flame-grilled albatross ti'n feddwl!"

Gwenodd Nedw wrth glywed tôn chwareus ei llais. Roedd hynny'n dangos nad oedd hi'n difaru be ddigwyddodd rhyngddyn nhw neithiwr.

"Tân mawr 'ta?"

"Hiwj!"

"Clôs shêf!"

"Braidd!"

Ceisiodd Nedw feddwl be i'w ddweud nesa. Gwyddai ei fod isio dweud cymaint oedd o wedi mwynhau neithiwr a chymaint oedd o wedi bod yn meddwl amdani wedyn, ond roedd y ffaith fod y pictiwrs ar dân wedi'i ffwndro'n racs. "Ti'n meddwl fod nhw i mewn yna trwy'r adag? Ysdi – glywson ni sŵn yn do…"

"Pwy?"

"Pwy bynnag roth y lle ar dân 'de! 'Dio'm yn ddamwain, nacdi. Oeddan ni ddim yn smocio, nagddan?"

Giglodd Beth eto. "Na – wel, dim ffags, beth bynnag!"

"Ella bod ni wedi'u distyrbio nhw, a bod nhw wedi aros i ni fynd…"

"O mai god! Ti'n meddwl?" medda Beth, a chwerthin yn ddrwg. "Ella na jysd damwain ydio, sdi – chdi a fi wedi achosi sbarcs!"

Gwenodd Nedw. "Ti'n iawn, felly?"

"Yndw, sdi. A ti?"

"Yndw. Heb stopio meddwl amdana chdi."

"Na fi am chdi. Neshi injoio."

"A fi 'fyd. Ti mor lyfli…"

"Gwranda, rhaid fi fynd – dwi'n meddwl fod y cops yn efaciwetio ni."

"Efaciwetio chi?!!"

"Ia – pawb o stryd ni. Precôshiyn, dwi'n meddwl."

"OK, wel dwi ar y ffordd i lawr at Pics rŵan. Ma Mam wedi mynd lawr 'na, wedi ypsetio'n racs, so…"

"OK. Welai di'n munud, felly, mae'n siŵr. Tara, albatross!"

Cyrhaeddodd hogla'r mwg i ffroenau Nedw ymhell cyn iddo gyrraedd y stryd fawr, a daeth sŵn y fflamau'n clecian i'w glyw yn fuan wedyn. Roedd y stryd wedi'i chau i draffig, ac arwydd melyn 'TRAFFIG GWYRIAD' yn hebrwng ceir i lawr y strydoedd cefn. Gwelodd Nedw griw bach o bobol wedi ymgasglu tua chanllath i ffwrdd, yr ochr draw i'r injanau tân. Cerddodd tuag atynt, a theimlo'r gwres yn gwrido'i fochau wrth iddo syllu'n gegagored ar y fflamau'n llyfu'r awyr yn wyllt, lle gynt bu to'r adeilad. Roeddan nhw fel tentaclau rhyw octopws mawr cynddeiriog oedd wedi'i gornelu rhwng y waliau, yn chwipio pawb a phopeth wrth iddo ruo a hysian ei ddialedd eirias. Ddychmygodd Nedw erioed y gallai tân wneud cymaint o sŵn.

Ymlwybrodd i fyny'r llain gwair a redai efo'r pafin dros y ffordd i'r sinema, cyn neidio dros wal isel y parc er mwyn gallu cyrraedd ochr draw'r peiriannau diffodd tân, lle'r oedd y dyrfa wedi hel. Sganiodd y dorf am wyneb ei fam, yna am wyneb Beth, yna ei fam eto. Doedd yr un o'r ddwy i'w gweld.

Ymwthiodd Nedw drwy'r dorf a dod allan i wynebu maes parcio'r Plaza, lle'r oedd *barriers* diogelwch i atal mynediad. Sgubodd ei lygaid dros y fflamau eto, gan wylio'r corwynt o wreichion yn cordeddu tua'r entrychion fel tŵr byw o fwg du. Roedd y gwynt yn chwythu o gyfeiriad y cefnau lle'r oedd cartref Beth, o leia.

Daeth dau heddwas draw a hel Nedw am yn ôl. Roeddan nhw angen symud y *barriers* diogelwch ymhellach oddi wrth y pictiwrs rhag ofn i'r waliau ddisgyn. Shiwiodd plismon arall y gwylwyr cegagored eraill am yn ôl, fel ffarmwr yn hel defaid i lori. Sganiodd Nedw'r gwynebau'n sydyn eto, ond welai o mo'i fam.

Yna mi welodd Beth yn dod i lawr y stryd fawr. Cododd ei law a gwenu. Gwenodd hithau'n gynnes cyn fflachio'i llygaid o un ochr i'r llall yn ddireidus. Er nad oedd hi'n gwisgo'i shorts a'i bŵts sodlau heddiw roedd hi'n dal yn weledigaeth o brydferthwch yn ei throwsus combats a'i hwdi. Cofleidiodd y ddau – ddim yn rhy amlwg, ond yn gariadus serch hynny. Roedd y trydan cynnes yn dal yno.

"Gas di hyd i dy fam?"

"Naddo, sdi, yn rhyfadd reit… 'Da chi 'di gorfod gadael tŷ, felly?"

"Do! Ecseiting 'de! Mae gen i'n ffôn, cardyn banc ac iPod, so fyddai'n iawn!"

Trodd y ddau i syllu ar y ffwrnais.

"Bechod 'de!" medda Beth.

"Wast!" medda Nedw.

"Sgwn i os na'r plant 'na glywson ni wnaeth hyn?" gofynnodd Beth.

"Os na plant oeddan nw, Beth," atebodd Nedw.

"Be ti'n feddwl?"

"Dwn 'im… Mae Mam yn recno fod 'na rwbath doji yn mynd mlaen."

Cyffyrddodd dwylo'r ddau a, heb iddyn nhw feddwl, clymodd eu bysedd yn ei gilydd.

"Be 'da ni'n mynd i neud, Nedw?"

"Dwi'n gwbod be fyswn i'n licio'i wneud rŵan 'de!"

"Mmm, a finna," atebodd Beth mewn grwndi. "Ond be *wnawn* ni, sdi. Mae Mared yn ffrind gora i fi, t'bo."

Sobrodd Nedw rywfaint wrth ei chlywed yn dweud hynny. "Ti'n cael secynd thôts?"

"Na, dwi'm yn feddwl o felna! Be dwi'n feddwl ydi… Yli, dwi isio bod efo chdi – dwi wedi bod isio chdi ers sbel, ac ar ôl neithiwr dwi byth isio bod hebdda chdi eto…" Gwenodd Beth wrth weld yr haul yn codi yn ffenestri gleision llygaid Nedw. "Ond dwi heb weithio allan sut i handlo fo eto – ti'n dallt be sgin i? Sut dwi'n mynd i neud hyn heb golli ffrind da."

"Ai, dwi'n dallt," medda Nedw. "Ti'n meddwl, fel, ei gadw fo'n sîcret am sbelan fach, teip o beth?"

"Ia. Fysa hynna'n haws. Ac yn y cyfamsar, bydd raid i chdi orffan efo Mared, yn bydd?"

"Bydd," cytunodd Nedw. "Bydd, ti'n iawn. Fydd hynny'm yn broblam, rili – wel, ddylsa fo ddim bod… Fel o'n i'n ddeud neithiwr, dydan ni'm rili yn siriys… Ond ga i weld chdi yn y cyfamsar? Ar y slei, 'lly?"

"Ar y *slei*?"

"Ia! Fel rhyw fistres fach goman!" medda Nedw efo pwniad bach chwareus, a winc a gwên fawr ddrwg.

"Cei siŵr," atebodd Beth efo pwniad yn ôl wrth roi tro i'w fysedd â'i llaw arall. "Gei di ddod â pizza i fi bob nos, Mr Pizzaman!"

Closiodd y ddau nes bod eu trwynau bron yn cyffwrdd.

"No tsiarj, wrth gwrs!" medd Nedw.

"Ac ecstra toping!" atebodd hithau, eiliad cyn i'w ffôn hi ganu. "Ha! Teiming yr hogan 'ma!" meddai wrth weld enw Mared yn fflachio ar ei sgrin. "Well i fi atab, Nedw. Rhaid i fi fynd nôl at Mam, eniwe. Ffonia fi lêtyr os tisio, iawn?"

Ac wedi rhoi sws fach sydyn ar ei wefusau, trodd Beth ar ei sodlau, ac i ffwrdd â hi yn ôl i fyny'r stryd. Gwyliodd Nedw hi'n mynd, ac yn troi yn ôl i edrych arno'n sydyn, gan chwifio'i llaw a fflachio gwên cyn troi nôl i siarad efo Mared ar ei ffôn. Daeth teimlad anghyfarwydd i'w stumog. Doedd Nedw ddim yn siŵr os oedd o'n deimlad anghysurus, i ddechrau, ond buan iawn y daeth i ddallt ei fod o'n deimlad braf. Sylweddolodd Nedw, am y tro cynta yn ei fywyd, fod 'na ferched, ac mi oedd 'na *ferched*.

Yna cofiodd am ei fam, a throdd i edrych o gwmpas y dorf eto. Ac fe'i gwelodd hi, draw yn y cefn, yn cofleidio Sue Coed. Roedd y ddwy wedi bod yn crio.

16

Wedi llowcio brecwast yn y Milk Bar a chael busnesiad bach sydyn o amgylch y stryd fawr, eisteddodd Jojo a Didi ar un o'r byrddau picnic ar ben y graig uwchben yr harbwr, yn darllen papur newydd a gwylio'r mwg du oedd yn dal i godi o adfeilion y sinema draw ynghanol y dre.

"Fancw welson ni *Star Wars*, felly?" gofynnodd Didi.

"Ia, Did. Y ffilm gynta a'r ola i ni weld yn y lle," atebodd Jojo, wrth gofio mai dim ond oherwydd fod pobol yn dechrau gofyn cwestiynau am y Cartref yr aeth Duw â nhw yno. "Trio dangos i bawb ein bod ni'n cael amser da oedd y basdads, ynde!"

"Dwi'm yn cofio llawar am y ffilm, chwaith," nododd Didi. "Dwi wedi'i gweld hi lot o weithia wedyn, 'fyd. Llwyth o ffacin crap!"

"Shite llwyr," cytunodd Jojo.

"Ond dwi'n cofio'n iawn be ddigwyddodd ar ôl mynd nôl i'r Hôm ar ôl gweld y ffilm…"

Roedd Jojo'n cofio hynny hefyd, er iddo gladdu'r peth yng nghefn ei feddwl. Y noson honno daeth Didi'n ôl o *'private quarters'* Godfrey Harries – Duw – yn crio ac yn gwaedu o'i ben-ôl eto. Mi griodd y truan bach drwy'r nos heb gysgu winc, er gwaetha ymdrechion Jojo i'w gysuro.

Pasiodd rhai eiliadau o dawelwch, ac mi gododd y gwynt rywfaint, a dechrau chwarae efo tudalennau'r papur newydd ar y bwrdd o'u blaen.

"Mae hi'n dipyn oerach yng Nghymru na be dwi'n gofio, 'fyd," medda Jojo, i newid y stori.

Sylwodd Didi ar ochr-gamu sgwrsiol ei ffrind. "Sori, Jojo – 'all in the past' and all that!"

"Dim dyna o'n i'n feddwl…"

"Mae'n iawn, Jojo. Dwi'n deall, sdi. Rhaid i ni sbio mlaen rŵan, dim yn ôl. Sgennan ni ddim dewis."

"'Dio'm yn hawdd i fi, chwaith, sdi mêt," medda Jojo wedyn, cyn teimlo fel twyllwr am ei ddweud o. Roedd y frawddeg wedi swnio'n wag, rywsut, gan mai'r gwir oedd na allai deimlo unrhyw beth o gwbl, heblaw dicter tuag at y sawl oedd yn gyfrifol. A dim ond enwau oedd y rheiny erbyn heddiw – roedd hyd yn oed delweddau eu hwynebau wedi pylu yn y cof. Doedd yr emosiynau oedd i fod ynghlwm wrth yr atgofion ddim yno bellach – claddodd nhw efo'r ysbrydion mewn cist ym mherfeddion ei enaid. Dim ond ffeithiau moel oeddan nhw bellach – teitlau du a gwyn ar ffeiliau mewn hen gwpwrdd. Ac yno oedd y lle gorau iddyn nhw hefyd, meddyliodd. Dicter – yn fwy na thrôma – fu ei brif emosiwn ynglŷn â'r holl bennod, a llid mwy dinistriol na Blwch Pandora fyddai'n llosgi trwy ei fyd petai o'n agor y gist eto.

"Be *wyt* ti'n deimlo 'ta?" gofynnodd Didi wedyn. "Ti byth yn siarad am y peth, Jojo."

Teimlodd Jojo lwmp yn codi yn ei wddw, a methai'n lân â deall sut y caniataodd ei gorff i hynny ddigwydd. Basdad caled, oer fuodd Jojo'r oedolyn erioed. Efallai mai'r tynerwch annisgwyl yn llais ei ffrind a'i tarodd.

"Jojo?" medda Didi eto. "Deud wrthai sut wyt ti'n teimlo, mate. Ti wastad wedi bod yno i fi. Dyna'r cwbwl ti wedi wneud – edrych ar 'yn ffycin ôl *i*! Fack knows pam, chwaith!"

Llyncodd Jojo'n galed. Roedd y tynerwch ddangosai Didi'n ei gyffwrdd yn ddwfn. Doedd neb wedi bod fel hyn efo fo o'r blaen – yn sicr ddim Didi, oedd wedi bod yn rhyfela yn erbyn ei ddiafoliaid ei hun wrth geisio dygymod ag ochr dywyll *rat race* ynfyd Llundain gyhyd. Efallai mai heddwch y lle yma oedd o, meddyliodd, wrth edrych dros y bae tua'r mynyddoedd tal a'u cotiau o eira gwyn – wedi'r cwbwl, yr agosa mae rhywun i natur, yr hawsa ydi iddo glywed ei lais ei hun. Neu efallai fod holl emosiynau ei blentyndod trist yntau'n dal i orwedd yma, yn aros amdano ers blynyddoedd, yn y mynyddoedd acw, yn y graig a'r tywod a'r tonnau... Yn sicr, roedd Didi'n swnio mwy fel y Didi go iawn nag y gwnaeth ers amser maith. Roedd hynny'n arwydd gwych, meddyliodd Jojo. Ond doedd o ddim mor siŵr oedd o'n barod i'r un peth ddigwydd iddo fo.

"Dwn 'im be dwi'n feddwl, sdi, Did. I fod yn onest, cwestiyna sy'n dod i 'mhen i, ran fwya. Dwi'n sbio ar y peth mewn past tense, sdi – fel pennod mewn llyfr nes i ddarllan ers talwm. Dwi'n gwbod fod y Cartra wedi cau, a bod... wel, popeth drosodd... Dwi 'di llwyddo i 'symud ymlaen' yn iawn, dim probs... Ond mae 'na gwestiyna yn codi yn 'y mhen i..."

"Fel be? Lle aeth pawb, a ballu?"

"Na – wel, ia – ond dim jysd hynny. Pam? Sut? Ydio'n dal i ddigwydd i..." Oedodd Jojo.

"I blant bach eraill?"

"Ia, Did. Ydi'r bwystfilod yn dal yn rhydd i..."

"Dwi'n meddwl hynny hefyd," medd Didi. "Dwi wedi meddwl hynny ers blynyddoedd. Ti'n darllan yr holl straeon yn papur, a ti'n meddwl 'sut ffwc fod hyn yn dal i allu mynd mlaen'! Mae o'n gneud fi'n ffacin sick!"

Cytunodd Jojo. "Ond ar wahân i'r cwestiynau, tydi bod yn ôl yma yn gneud dim byd i fi – o ran agor briwia. Dwi'n *teimlo* ffyc ôl, sdi, Did – ffyc ôl o gwbl. Dwi'n falch o hynny, mewn ffordd. Ond mae o hefyd yn sbŵcio fi, i ddeud y gwir wrthat ti."

Ystyriodd Didi eiriau ei ffrind. "Mae pawb yn handlo petha'n wahanol, Jojo. Ti sy wedi deud hynna wrtha fi, llwyth o weithia. Mae petha wedi bod ar flaen 'yn meddwl i dros y blynyddoedd – reit fan hyn, uwchben fy llygid, yn gwasgu ar y ffordd dwi'n gweld y byd. Ond wyt ti 'di bod fel arall – wedi cadw petha yn rwla yng nghefn dy ben, mewn rhyw selar. Mae gan bawb 'i ffordd, does. Felna mae hi. Sa'm point teimlo'n euog am fethu teimlo'r boen. One-way ticket i'r Cae Cabej ydi hynny. Ti jysd yn gorfod get on with life, dwyt?"

"Mae hynna'n wir, Didi. Ond weithia, hwyrach, fod ni'n camgymryd 'bod yn galed' fel 'bod yn gryf' – neu 'bod yn gryf' fel 'bod yn gall'? Hwyrach fod y numbness jysd fel plisgyn ŵy. Un ffycin slip a mae o'n racs."

"Mae o'n dewach na plisgyn ŵy, Jojo! Ffac mî – and I don't mean that literally, big boy – ond yn y deuddag awr dwytha dwi wedi slitio gwddw big butch hairy Serbian ethnic-cleansing gangster a miwtiletio'i ffycin wynab o efo mwrthwl, cyn stwffio'i ben hyll o i mewn i focs yn llawn o crîpi-crôli-cynthrons! Ti'n meddwl fyswn i wedi gallu handlo hynny os fyswn i ddim wedi bod trwy shit can mil gwaeth pan o'n i'n fach? Mae o fel y – wel, ti'n gwbod – y ffycin 'gwaith' o'n i'n neud – blowjobs a handjobs i hen ddynion budur am bres i fyw. Doedd o ffyc ôl i fi, sdi, Jojo. Jysd get on with it – wup-ut-owt, sput-ut-owt, têc ddy cash. Kerching! Bye-bye sweetie, helô bag o bowdwr brown!"

Chwarddodd Jojo. "Mae hwnna'n ffwc o ffilosoffi, Did!"

"Gorfod bod, doedd?!" atebodd Didi, gan wenu'n llydan fel na welodd Jojo fo'n gwenu ers blynyddoedd. "Ysdi, the pros and cons of being a sex object, Jojo baby! It was shit, but it made me strong, sdi. Dwi wedi cael fy bymio lefft, reit and sentyr ers pan dwi'n ffycin saith neu wyth oed, ac wedi dod drwyddi'n iawn – troi yr holl beth to my advantage, os lici di. Oni bai am hynny fyswn i no ffycin wê wedi gallu rhoi pen unrhyw gont mewn bocs o crîpi-crôli-cynthrons! Achos gas gen i crîpi-crôli-cynthrons!"

Chwarddodd Jojo eto. Roedd Didi mewn hwyliau byrlymus, ac roedd hynny'n dda i'w weld. Gobeithiai fod hynny'n arwydd o bethau i ddod – fod Didi'n dechrau dygymod â bod yn ôl yma yn Gilfach. Gobeithiai Jojo hynny o waelod ei galon, nid yn unig er lles Didi, ond er ei les yntau hefyd. Achos mi oedd Jojo wedi penderfynu – os byddai amgylchiadau'n caniatáu – yr hoffai aros yma. Aros yma i ddechrau bywyd newydd – troi y ddalen lân honno yr oedd wedi bod yn chwilio amdani ers peth amser yn Llundain, bellach.

Edrychodd tua'r mynyddoedd eto, a theimlo'u cadernid tawel yn llenwi tyllau yn ei galon – tyllau na wyddai eu bod yno gynt. Cofiodd am y llinell honno o gerdd neu gân a ddarllenodd ar y we un tro – 'aros mae'r mynyddoedd mawr' – a gwerthfawrogi, o'r diwedd, ei hystyr yn llawn. Yna clywodd y llais yn canu'n dyner, '*Ar lan y môr...*'

17

... Un opsiwn oedd yn agored i Jojo os oedd o i gael unrhyw gyfle i achub bywyd Didi. Cadw'n cŵl a chwarae'r gêm oedd yr opsiwn hwnnw. Heblaw am Zlatko a'i epaod, Jojo oedd yr unig berson ar wyneb y blaned oedd yn gwybod fod bywyd ei ffrind mewn perygl, a doedd o ddim yn mynd i allu rhybuddio Didi os na fyddai'n fyw. Gwyddai mai dilyn Didi i'r un twll yn y ddaear fyddai ei ddiwedd yntau hefyd, os na allai gadw ei ben a chael hyd i ffordd allan o'r picil. Roedd hi'n amlwg fod Zlatko'n licio cael 'sbring clîn' bob ychydig flynyddoedd, ac yn gwneud i ffwrdd ag unrhyw un nad oedd yn rhan uniongyrchol o'i gylch agosa. Y gorau po leia o gegau oedd yn rhydd i anadlu a siarad am drallodau'r gorffennol. Ar ôl pum mlynedd o berthynas broffesiynol ddigon esmwyth, bellach doedd Jojo'n ddim mwy na *loose end*.

Felna oedd hi yn yr isfyd troseddol, meddyliodd Jojo. Pawb yn 'ffrindiau' tra'r oeddan nhw'n ddefnyddiol. Edrychodd ar Nebojsa – neu Cockeye, fel y'i gelwid am fod ei lygad tsieina yn pwyntio tuag at ei drwyn. Tra'n gweithio efo Jojo yn y gorffennol mi rannodd yr anghenfil atgofion efo fo am ei deulu a'i blentyndod. Ond rŵan, gwenai'r ffycin wancar dideimlad fel dienyddiwr gorfrwdfrydig wrth ei hebrwng allan o swyddfa Zlatko, i'r nos. Arwydd pellach, nododd Jojo, ei fod wedi pasio ei *sell-by date*.

Dilynodd Cockeye a Vuk ef at y car, ac eistedd ynddo efo fo. Roedd hi'n amlwg, bellach, fod y ddau wedi cael cyfarwyddyd i sicrhau ei fod o'n gweithredu ei orchmynion yntau. Roedd pethau'n tywyllu o eiliad i eiliad. Doedd dim amdani ond gofalu peidio dangos nac emosiwn na gwendid. Rhaid oedd eu hargyhoeddi ei fod yntau, fel nhwythau, yn barod i aberthu unrhyw un – boed gyfaill neu ddiniweityn ar y stryd – er mwyn achub ei groen ei hun. Dyna oedd yr unig ffordd i ennill amser i feddwl am gynllun i ddianc o'r twll yma. Ar hyn o bryd doedd ganddo ddim syniad be fyddai'r cynllun hwnnw, ond gwyddai y byddai delio â Vuk a Cockeye yn rhan hanfodol ohono.

Y stop cynta oedd modurdy stryd gefn Dave Smiles, er mwyn codi ringar – car, Ford Focus glas yn yr achos yma, wedi'i ddwyn a'i rif cofrestru a rhif y *chassis* wedi'u newid. Neidiodd Jojo a Cockeye i'r Focus a gyrru hwnnw – gyda Vuk yn eu dilyn yn y car gwreiddiol – i warws cwmni gwerthu-trwy'r-post a ddeliai mewn teclynnau garddio ac adeiladu, i godi'r celfi angenrheidiol ar gyfer y job.

Yno, fel arfer, roedd yr '*all-in-one*' *set* wedi'i harchebu ymlaen llaw gan Drake Nurseries, Colchester, Essex ac wedi'i gosod ymhlith yr archebion oedd i adael y warws ben bore dydd Llun. Yn y set oedd bag o galch, lli gadwyn, bwyell, mwrthwl lwmp, rhaw, menyg, ofyrôls, masgiau, rholyn o blastig *polytunnel*, rholyn o *duct tape*, fflachlamp, bagiau wast gardd a *tie-wraps* – rhai o gelfi angenrheidiol 'cigyddion' a 'garddwyr liw nos' yr isfyd troseddol.

Doedd dim ond un lle arall i alw ynddo ar y ffordd i fflat Didi – tafarn y Rat and Squirrel, i godi'r gwn 'glân' oeddan nhw i'w ddefnyddio petai'r amgylchiadau'n codi lle na fyddai posib cyflawni'r weithred efo arf tawelach. Hysbysodd Cockeye Jojo mai o'r Rat and Squirrel, hefyd, roedd Jojo i ffonio Didi i wneud yn siŵr ei fod yn y fflat.

"No fucking fanny bisness!" rhybuddiodd Cockeye. "Or me 'n Vuk'll spend the night skinning the little cunt alive!"

Dyma gyfle cynta Jojo i roi cais ar weithredu 'Plan A' – rhybuddio Didi drwy ddefnyddio côd fyddai dim ond Didi ac yntau yn ei ddeall.

Yn y blynyddoedd cynnar wedi dianc i Lundain, pan oedd yr awdurdodau yn chwilio am ddau blentyn Cymraeg eu hiaith, glynodd y ddau gyfaill fel glud at y 'rheol aur' – peidio siarad Cymraeg â'i gilydd yng nghwmni unrhyw un arall. Wedi byw ar y stryd ac mewn sgwatiau, a throi'n un ar bymtheg oed, yna'n ddeunaw, doedd y rheol heb fod mor dyngedfennol bwysig ag a fu yn eu harddegau cynnar, ond mi gadwodd y ddau ati beth bynnag. Wedi'r cwbl, tydi hi byth yn beth drwg i gael mantell ychwanegol o niwl i guddio'r gorffennol. Ac, o'r holl acenion amrywiol fu'n rhan o'u bywydau tanddaearol, Cocni oedd yr un a osododd ei stamp ar eu Saesneg. Felly, er i dafodiaith gogledd-orllewin Cymru ddal ei thir ar Gymraeg eu bywyd preifat, buan y llithrodd y 'Welsh' o'u Saesneg cyhoeddus. Er ei bod yn wybyddus i lawer mai rhyw fath o 'London Welsh' di-Gymraeg oedd Jojo, ddyfalodd neb erioed nad oedd Didi'n ddim llai na Sais.

Petai Jojo'n siarad Saesneg efo Didi ar y ffôn, felly, gan bwysleisio ei fod ar ei ben ei hun, yna roedd gobaith y byddai Didi'n sylwi fod rhywbeth o'i le. Wedi dweud hynny, *streetwise* neu beidio, doedd Didi ddim y gyllell fwya miniog yn y drôr, yn enwedig pan oedd o off ei ben. Ac roedd pob siawns mai felly y byddai hi yr adeg yma o'r nos.

Gwasgodd Jojo'r botymau ar ei ffôn a chyrraedd rhif Didi. Roedd ar fin gwasgu'r botwm gwyrdd pan estynnodd Cockeye ei ffôn yntau tuag ato. "Just in case you think of trying something... You must see this."

O'r eiliad y gwasgodd Cockeye y botwm i chwarae'r fideo ar ei ffôn, gwyddai Jojo fod y gêm wedi newid. Ar y fideo roedd merch ifanc groenddu wedi'i chlymu i gadair, a'i llygaid dagreuol yn ddwy sgrech dawel o ofn. Y tu ôl iddi safai dyn mewn balaclafa du yn dal can o betrol yn ei law. Rhewodd Jojo wrth adnabod y ferch. Ellie oedd hi. Ellie, y llyfrgellyddes ifanc oedd newydd ddechrau gweithio yn llyfrgell Camden ryw bythefnos yn ôl.

Teimlodd Jojo'r llawr yn chwalu o dan ei draed. Pam Ellie? Dim ond deirgwaith oedd o wedi siarad efo hi – unwaith wrth chwilio am lyfrau, dro arall wrth smocio tu allan y fynedfa, ac yna dri diwrnod yn ôl, pan ddigwyddodd gyd-gerdded â hi am y Tube, a hithau newydd orffen ei shifft yr un pryd ag oedd o'n gadael y llyfrgell. Roedd Zlatko wedi bod yn ei ddilyn, felly – yn chwilio am rywun agos ato i'w ddefnyddio fel hyn. Roedd o angen *collateral* emosiynol – rhywun oedd yn annwyl i Jojo. Ac yn anffodus i Ellie druan, camgymerodd hi fel ei gariad. A dyma hi'r greadures fach wedi'i llusgo i'r uffern eitha, diolch i ddim mwy na bod yn y lle anghywir ar yr amser anghywir – ac yn siarad efo'r person anghywir. Aeth ias i lawr cefn Jojo wrth sylweddoli mai fo ei hun oedd yn gyfrifol am hyn.

"Zlatkovic, you fucking sick psychotic cunt!" rhegodd Jojo, cyn troi at Cockeye. "I hardly fucking know her! She just works at the library!"

"All I know is, if I don't phone to say this is done, the nigger fries," atebodd Cockeye. "You didn't think we would take you lightly, did you, preacher man?"

Sgubodd meddwl Jojo i bob cyfeiriad. Waeth be bynnag oedd cymhelliad Zlatko, roedd hi'n amlwg mai ei ladd o a Didi oedd ei fwriad. Ond pam mynd i'r fath drafferth i sicrhau mai Jojo fyddai'r un oedd yn lladd ei ffrind? Be oedd ar waith yma? Gweithredoedd sadistaidd *megalomaniac* seicopathig, ynteu ryw ddefod afiach yn ymwneud ag anrhydedd Slafaidd?

Cydiodd yr awydd greddfol i bledio am fywyd Ellie yn Jojo, ond gwyddai nad oedd pwynt. Doedd dim trugaredd yn y gêm hon. Dim ond dilyn gorchmynion a chymryd y paced pae gwaedlyd. Oedd, roedd Jojo ei hun wedi cyflawni gweithredoedd drwg – ond dim ond yn erbyn bobol oedd yn haeddu dim gwell… er nad oeddan nhw fawr gwaeth na'r dihirod fyddai'n ei dalu am wneud hynny, chwaith. Dim nad oedd gan Jojo gydwybod – roedd o wedi cydnabod ei fod yn ddyn drwg ac wedi hen sylweddoli ei fod angen dianc rhag y cylch dieflig yma. Ond cysurai ei hun trwy gofio na fu ganddo erioed ddewis ond byw ar yr ochr dywyll, ac ymdrybaeddu yn erchyllwaith yr isfyd annynol. Dyn ar ffo oedd o ers pan oedd o'n ddeuddeg oed – ar ffo o'r gorffennol ac o'r presennol. Dyn oedd yn chwilio am ffordd allan, ond yn methu dod o hyd i'r drws, heb sôn am yr allwedd i'w agor. Tan iddo ddod o hyd i'r llyfrgell, a'r ffenestri i'r byd tu allan oedd ar ei silffoedd a sgriniau ei chyfrifiaduron. Ac yna, yn llawer mwy diweddar, mi gwrddodd ag Ellie – merch hyfryd a hapus a wnaeth iddo sylweddoli, er mai prin yr oedd yn ei hadnabod hi, fod yna ddaioni o hyd allan yn byd mawr 'na… Roedd rhywbeth yno, o hyd, i ddychwelyd ato…

Efallai mai hyn i gyd oedd tu ôl i ddialedd Zlatko – y si wedi mynd o gwmpas ei fod o'n codi ei olygon tua'r dolydd gwastad dros y wal. Allai Zlatko ddim caniatáu i Jojo adael y jyngl efo'r holl wybodaeth oedd ganddo am weithredoedd llofruddgar y busnes. Ond doedd dim modd gwybod efo Wacko Zlatko. Roedd o'n seicopath, a doedd dim dal be oedd yn mynd trwy'i ben o.

Sadiodd Jojo ei hun. Er dued y fagddu oedd yn cau o'i amgylch, roedd hi'n fwy hanfodol fyth, rŵan, ei fod o'n cadw ei feddwl yn glir. Ychydig funudau oedd ganddo nes y bydden nhw'n cnocio ar ddrws Didi. Â'i law yn crynu, aeth yn ôl i ddilyn ei orchmynion. Gwasgodd y botwm gwyrdd ar ei ffôn.

"Didi, 'ow's fings? Yeah, yeah, iss me, mate, Jojo. Yeah… Neva mind that mate – listen, are you at home? Yeah, OK, well stay there – I'm coming ova there now… No, no one's wiv me, mate… Like I said – no one's wiv me… No… There's NOBODY wiv me…"

Closiodd Cockeye ei glust at y ffôn i drio clywed be gâi ei ddweud. "What the fuck did he just say?" chwyrnodd, wrth glywed Didi'n gofyn pam fod Jojo'n siarad Saesneg os oedd o ar ben ei hun. Doedd y geiniog heb ddisgyn, yn amlwg.

"Signal's gone," medda Jojo wrth droi'r ffôn i ffwrdd. Roedd ei gyfle ola i rybuddio Didi newydd fynd.

"You better not fuck with me!" chwyrnodd Cockeye eto, cyn codi'r ffôn â'r fideo o Ellie arni i fyny o flaen wyneb Jojo i'w atgoffa mai un alwad oedd ei hangen i ddiweddu ei bywyd yn y ffordd fwya erchyll bosib.

"Fack's sakes, Shrek! I ain't gonna fuck with ya, ya fackin ugly cunt!" atebodd Jojo. "But if ya eva make that call, Nebojsa, you better pray I'm dead first. Coz if I ain't, I'll fucking chop you up with my bare fucking hands!"

"Fuck you!" oedd ateb gor-hyderus Cockeye. "Now we go to queer's flat!"

"Oh, for fack's sake, Nebojsa – he's not fackin queer! Give 'im some respect man, we're about to wack the cunt!"

"Fuck respect! Let's go!"

"Jojo!" gwaeddodd llais Didi o rywle.

Agorodd Jojo'i lygaid, ac roedd o nôl yn y gawod yn stafell molchi'r gwesty. Roedd o'n sefyll â'i gefn yn erbyn y teils, yn ail-fyw, yn ei ben, y profiad o weld Ellie yn dod i mewn i'r ddrama ddiawledig hon, ac yn gobeithio, efallai, y byddai'r dŵr cynnes a lifai drosto yn golchi ei gydwybod yn lân a chario'i bryderon i lawr y plwg efo fo.

"Jojo!" medda Didi eto, gan agor llen blastig y gawod a tharo'i ben i mewn i'r stêm. "Be ti'n feddwl?"

Syllodd Jojo mewn anghredinedd ar wallt ei ffrind. Pan ddiflannodd o i'r siop trin gwallt ddwyawr yn ôl, i "wneud rhywbeth am y gwallt piws 'ma", cymerodd Jojo ei fod o am gael trim, neu siafan, er mwyn tynnu llai o sylw at ei hun – nid i gael goleudy hyd yn oed yn fwy llachar ar ei ben.

"Wel? Be ti'n ffacin feddwl?" holodd Didi eto, gan wenu'n eiddgar â'i wallt platinym blond yn sgleinio yng ngolau'r bathrwm. "Paid â sefyll yna'n gôpian efo dy goc yn dy law!"

"Ti fel ffacin Annie Lennox, ond yn chydig bach fwy feminine!"

Diflannodd y wên o wep Didi, a daeth golwg o dosturi eironig i gymryd ei lle. Ochneidiodd. "Wsdi be? Dwi ddim yn dallt sut ti ddim yn cael miloedd o ferched yn taflu eu nicyrs ata chdi, efo'r holl chat-up lines rili imaginative 'ma sy gen ti!"

"Wel, diolcha mai i Annie Lennox ti'n debyg. Sa'n gallu bod yn lot, lot gwaeth!"

"Gwaeth na Annie Lennox? Ti ar dir peryg rŵan, mynci nyts!"

"*Mae* 'na rei gwaeth, sdi. Fel Marc Almond!"

"Reit! Ffwcio chdi, needle dick! Dwi'n mynd i gael pŵp yn y pan 'ma!"

"O na, paid, Didi! Dalia am eiliad, fydda i allan ŵan!"

"Ffyc off!" atebodd Didi wrth ddadwneud botymau ei drowsus. "Ti 'di bod i mewn yna'n ddigon hir fel mae hi…!"

"Dwy eiliad, Didi!"

"Rhy hwyr!" cyhoeddodd Didi wrth ollwng ei lwyth efo clec. "Syffra, twat!"

18

SUE COED OEDD YR ola o'r selogion i gyrraedd. Hi oedd yr ola bob tro. Cyfarchodd bawb yn glên, fel arfer, cyn rhoi llu o esgusion am y plant, y gŵr a'r ci a'r gath, a'r tatws caled o Spar oedd yn cymryd mwy o amser i ferwi na cherrig afon Rhiwen.

"Be dwi 'di fethu 'ta?" medda hi wedyn, fel y byddai hi'n arfer ei ddweud ar ôl eistedd i lawr efo gweddill yr hanner dwsin oedd yn dal yn driw i Bwyllgor Amddiffyn Gilfach.

"Dim byd, Sue bach," medda Ceri o sêt y Cadeirydd. "'Mond hel sgandals. Fysa ni'm yn dechra hebddat ti siŵr!"

"Ia, sobor o beth am y Plaza! Uffernol 'de? A blydi cyfleus ar y diawl i rei bobol wnawn ni mo'u henwi, wrth gwrs!"

"Dyna o'n i'n digwydd ddeud jysd rŵan, Sue," medda Ceri. "Blaw 'mod i wedi'u henwi nhw!"

"Ma'r ffordd yn glir iddyn nhw godi fflats rŵan bod rhaid cnocio'r lle i'r llawr!" cytunodd Sue.

"Ia, wel, deud o'n i," dechreuodd Eurwyn Siop Dwy Gein, "nad ydi'r tân yn mynd i effeithio'r planning apliceshiyn."

"Paid â rwdlan!" wfftiodd Sue Coed. "Y ffaith ei fod o'n listed building oedd yn rhwystro nhw ei droi o'n lycshiyri fflats, dim byd arall. A 'dio'm yn mynd i fod yn listed rŵan, nacdi? Oni bai bo nw'n listio wêstgrownds! Watshia di, Eurwyn – apliceshiyn newydd fydd hi rŵan, i droi darn o dir wast yn fflats posh, neis. Marc mai blydi wyrds!"

"Ia, ond dydan ni ddim yn *gwbod* hynny, nacdan, Sue?" nododd Sian Halelíw.

"Wel, yndan siŵr dduw!" atebodd Sue yn bendant. "Tydi o'n ormod o gyd-ddigwyddiad, siŵr! Shaw-Harries yn 'i brynu fo o dan 'yn trwyna ni, ac o fewn wythnos mae'r lle'n gols! Pwl ddy blydi yddyr won, dduda i!"

"Dwi'n cytuno cant y cant efo chdi, Sue," medd Ceri. "Dwi'n meddwl ein bod ni'n tueddu i fethu gweld be sy'n mynd ymlaen reit o dan 'yn trwyna ni, weithia."

"Ond Ceri fach – a chithau hefyd, Sue," dechreuodd Medwen Huws yn ei Chymraeg ardderchog, "Gilfach Ddu ydi fan hyn ynde, nid Lloegr neu rhyw bennod o'r *Godfather*!"

"A dyna enghraifft berffaith o be dwi newydd ei ddweud," nododd Ceri. "Ma gwadu fod petha fel hyn yn digwydd yng nghefn gwlad Cymru yn, wel – claddu pen yn y tywod ydio, ynde? Waeth i ni heb â cau'n llygada a gobeithio wneith y Bwgi Bo fynd i ffwrdd. A waeth i ni heb â meddwl mai dim ond yn Lloegar mae drygioni'n bodoli, chwaith!"

"Dwi ddim yn meddwl fod unrhyw un yn credu hynny, Ceri," protestiodd Sian Halelíw yn dawel.

"Ond mae 'na *rei* pobol, 'yn does, Sian? Wchi, mae'r oes wedi newid hefyd, yn dydi – mae'r blydi powers-ddat-bî yn tynhau eu gafael ar bopeth ac yn ei gwneud hi'n anoddach i unrhyw un eu stopio nhw adeiladu eu teyrnasoedd. Dim gwledydd sy'n rheoli rŵan. Pres sy'n rheoli. Bancs a corporeshiyns ydi'r New World Order. Nhw sy'n rheoli'r wlad 'ma – dydi'r llywodraeth ond yno i weinyddu'r Drefn ar eu rhan nhw!"

"Dwi'n deall yn iawn be ydi dy bryderon di, Ceri fach," atebodd Medwen, "ond be ar y ddaear sydd a wnelo hynny â'r tân yn y sinema y bore 'ma?"

"Deud ydw i, Medwen, fod mwy i hyn na be sydd ar yr wyneb. Fel hyn mae'r Syndicet wedi gweithio erioed – plygu'r rheola a thorri'r gyfraith pan fo rhaid. Defnyddio'r system i ddyfrio'u tatws 'u hunain."

"Mae'r Drefn wedi bod yno erioed, Ceri," mynnodd Medwen, "a da o beth hynny! Wnaeth chydig o drefn ddim drwg i neb."

"Y Drefn *ydi'r* drwg, Medwen! Mae'r Drefn yno i'n cadw ni i lawr, dyna ydi 'i holl bwrpas hi!"

"Ga i ofyn be wyt ti'n feddwl efo 'Y Drefn'?" gofynnodd Sian Halelíw.

"Gwleidyddiaeth, cyfalafiaeth, crefydd!" medda Ceri gan ddyrnu'r bwrdd efo pob gair.

"Wel, dwi'n synnu dy fod ti'n dweud crefydd! Lle fysan ni heb y capeli, Ceri? A lle fysa'r iaith Gymraeg – ateb honna 'ta!"

"O, dyma ni eto. Does gan 'capal' ddiawl o ddim byd i neud efo'r peth! Dwi'n sôn am grefydd. Y peth gafodd ei unfentio gan frenhinoedd er mwyn cael y werin i ufuddhau i'w deddfau…"

Ochneidiodd Sian Halelíw yn siarp wrth agor ei cheg mewn sioc. "Sut elli di ddeud y fath beth?!"

"Mae o'n amlwg, siŵr dduw! Dysga dy hanas, Sian fach, neu sbia ar y byd o dy gwmpas – crefydd ydi sail pob anghyfiawnder a rhyfal ers miloedd o flynyddoedd, a gora po gynta y cawn ni warad ar y blydi cwbl job lot…!"

"Miss Cadeirydd," medda Dan Cocos efo'i law i fyny, gan roi winc ar Ceri wrth siarad. "Yr agenda? Rhyw feddwl o'n i y bysa'n well i ni ddechra arni – a chadw ati hefyd? Mae hi'n poethi yma'n barod, a 'da ni heb ddechra'r pwyllgor eto."

Gwenodd Ceri efo'i llygaid gleision gwyllt, cyn bwrw iddi. "Reit, fel rydan ni i gyd yn gwybod, mi fethon ni efo'n hymdrechion i gael y cwmni cydweithredol – y Provident and Industrial peth 'na – i fyny mewn pryd i brynu'r Plaza, ac mi wrthododd y Cyngor roi mwy o amsar i ni – cyn ei werthu fo'n hynod o slei i'r Syndicet, ond ta waeth am hynny am rŵan…"

Edrychodd Ceri o'i chwmpas a gweld pawb yn gwingo'n anghysurus yn eu seti wrth ofni i'r cadoediad bregus chwalu.

"Felly mae hi wedi cachu arnan ni, oni bai i ni fynd yn ein blaena i alw am ymchwiliad i'r sêl…" Stopiodd Ceri am eiliad i edrych ar Eurwyn, oedd newydd dwt-twtio o dan ei wynt, cyn cario mlaen. "Felly mae achub y Plaza a'i ailagor fel pictiwrs allan o'r, wel… allan o'r pictiwr! Unrhyw sylwadau?"

"Wel," dechreuodd Medwen Huws, "fel ti'n ddweud, mae'r frwydr ar ben, yn dydi?"

"Cytuno," medd Eurwyn. "Waeth i ni fynd adra ddim!"

"Ond mae gennan ni frwydr arall i'w chwffio," medd Ceri. "Llys Branwen."

"O'n i'n meddwl ein bod ni wedi colli honno hefyd?" gofynnodd Medwen.

"Fethon ni achub y Cartref Henoed, do. Ac mi gaeodd y Cyngor y lle a gyrru'r hen bobol i gartrefi ar draws y blydi sir, do. Ond y peth ydi, mi addawodd y Cyngor na fysa nhw'n ei werthu fo i unrhyw un oedd am ei droi o'n unedau gwyliau. Felly mi roddwyd amod cynllunio ar y sêl, i fod, cyn iddyn nhw ei werthu fo i'r Syndicet…"

"Shaw-Harries," cywirodd Eurwyn.

"Y blydi Syndicet ydi'r rheiny siŵr dduw, Eurwyn!" medda Sue Coed. "Paid â bod mor blydi padentig!"

"'Pedantig' ydi'r gair, Sue," atebodd Eurwyn.

"Beth bynnag," ychwanegodd Ceri, wrth fwrw yn ei blaen. "Rydan ni wedi clywad fod y perchnogion newydd wedi rhoi cais i mewn i droi'r lle yn lycshiyri holide fflats!"

Bu tawelwch trydanol am ddwy neu dair eiliad, fel petai pawb eisiau ymateb ond yn gyndyn o agor eu cegau rhag ofn iddi droi'n rhyfel eto.

Eurwyn fu'n ddigon dewr i dorri'r distawrwydd. "Lle glywisd di hynna?"

"O le da," atebodd Ceri.

"Sgennan ni brawf o hyn?"

"Dim byd ar bapur, nagoes."

"Wel dyna fo 'ta – mwy o blydi sgandals a hel clecs!"

"Gad i Ceri orffan, Eurwyn," dwrdiodd Dan.

"Ia, dal dy blydi ddŵr am funud, wnei?" ychwanegodd Sue, oedd yn dechrau berwi eto.

"Ond chân nhw *ddim* ei droi o'n fflats, yn nachan?" protestiodd Eurwyn. "Roedd o'n condition of sale yn doedd?"

"'Di condition of sale yn golygu diawl o ddim byd, Eurwyn," eglurodd Dan. "Yn enwedig i gwmnïau mawr. Mi allan nhw herio'r peth yn y llys, dadla fod o'n erbyn y gyfraith a chwara teg yn y farchnad ac yn y blaen, a dadla 'i fod o'n groes i bolisi adfywiad economaidd yr ardal…"

"Os ydi o'n wir 'de!" haerodd Sian, wedi cael hyd i'w thafod eto ar ôl bod yn dawedog iawn ers y ddadl am grefydd gynna.

"Wel, yn ôl y sôn mae o *yn* wir," medda Ceri.

"A dwinna wedi clywad hefyd," ychwanegodd Dan.

"A finna 'fyd," medda Sue, er nad oedd hi ddim mewn gwirionedd.

"Felly, be ydan *ni* isio ei drafod," eglurodd Ceri, "ydi ymgyrch i stopio cynlluniau'r Syndicet."

Disgynnodd tawelwch dros y Caban. Roedd o'n dawelwch a siaradai gyfrolau.

"Wel? Oes 'na sylwada?" gofynnodd Ceri.

"Wel, erm…"

"Sori, Medwen?"

"… wel, dwi ddim yn gweld llawar o bwynt…"

"Ti ddim yn 'y nghoelio fi fod y cais 'ma wedi mynd i mewn?"

"Na, dim hynny ydio…"

"Be mae Medwen yn drio'i ddweud," medd Eurwyn, braidd yn gynffon-rhwng-ei-goesau, "ydi, hyd yn oed os *ydi'r* cais wedi mynd i mewn – a dwi ddim yn deud nad ydi o – wel, y peth ydi, be fedran ni wneud? Mae'r cartra henoed wedi'i gau ac, wel, cadw hwnnw ar agor oeddan ni isio'i neud, ac… wel, rŵan fod o wedi cau, be 'di'r gwahaniaeth os ydi o'n troi'n fflats neu'n unrhyw beth arall?"

Byddai rhywun wedi gallu clywed llygoden yn sibrwd ei phader yn y Caban Cwrdd. Trodd pawb – hyd yn oed Sue Coed – i edrych ar eu traed, neu ar y waliau, neu'r to, unrhyw le ond i lygaid Ceri. Gwyddai pob un mai hwn oedd y tawelwch cyn y storm.

"Reit," dechreuodd Ceri, a'r cryndod yn ei llais yn darogan gwae. "Ydw i yn y pwyllgor iawn yn fan hyn 'ta be? Achos o'n i'n meddwl mai Pwyllgor Amddiffyn Gilfach oedd o!"

"Ceri…" dechreuodd Eurwyn. "Paid â bod felna!"

Ond doedd Ceri ddim am fod unrhyw ffordd arall. Aeth yn ei blaen. "Ydio unrhyw ots gena chi fod y lle 'ma'n cael 'i gymryd drosodd gan Saeson fel mae hi, heb i fwy o fflatia gael 'u darparu ar eu cyfar nhw? Ydio ddim ots gena chi fod nhw'n mynd i ladd y lle 'ma, unwaith ac am byth?"

"Tydi fflatia gwylia yn Llys Branwen ddim yn mynd i ladd y lle, Ceri!" twt-twtiodd Medwen Huws.

"Be mae o'n mynd i neud 'ta, Medwen? Rhoi cartrefi i bobol ifanc y lle 'ma? Achub y Gymraeg?"

"Dod â pres i fewn," mynnodd Eurwyn. "A gwaith…"

"Gwaith?!"

"Yn buldio'r lle, ac, wel, mae gan bobol 'posh' bres yn does, i wario yn y lle 'ma – helpu busnesa dyfu, a creu jobs, cyfleoedd i fwy o fusnesa ddechra…"

"Ond fydd 'na ddiawl o neb ar ôl yma i fynd i fusnas os na fydd ganddyn nhw lefydd i fyw, Eurwyn!" medda Sue Coed ar ei draws.

"Ylwch," medd Eurwyn. "Waeth i ni heb â mynd i ddadla, gytunwn ni i anghytuno. Yr unig beth dwi'n ddeud ydi 'mod i ddim yn gweld pwynt – wel, ddim awydd, deud y gwir – hitio 'mhen yn erbyn y wal, rŵan fod y cartra hen bobol wedi cau a'r pictiwrs wedi'i werthu. Dwi fy hun, yn bersonol 'lly, ddim, wel… dydw i ddim yn gweld pwynt mewn cario mlaen efo'r pwyllgor…"

"OK, wel, mae hynna i fyny i chdi, Eurwyn," derbyniodd Ceri. "Does yna neb am orfodi neb i neud dim byd yn erbyn ei ewyllys. Ond mae o'n bechod, achos criw bach ydan ni, fel mae hi…"

"Dwi'n cytuno efo Eurwyn," medd Medwen Huws.

"A finna hefyd," medd Sian Halelíw. "Dwi ddim yn hapus efo'r ffordd mae petha'n cael 'u rhedeg, beth bynnag…"

"Be ti'n feddwl?"

"Wel, dwi'n meddwl fod petha'n mynd braidd yn eidealistig."

"Eidealistig?"

"Ia – joinio i achub cartra'r hen bobol nes inna hefyd, dim i enlistio efo'r Red Brigade."

"O Iesu gwyn! Clyw arna chdi!" medda Sue Coed. "Cer at dy dduw i rwla, wnei di, i edrych os gellith hwnnw achub y byd!"

"Wel mae o wedi fy achub i, Sue!"

"O do? Be oedd o'n wisgo – teits glas a trons coch drostyn nhw, ac 'S' fawr ar 'i fest?"

"Sbeitia di fi os lici di, Sue, ond i mewn i 'nghalon i ddaeth Crist, a dim ond y fi fy hun all dystio i hynny. Does dim disgwyl i dy deip di ddeall hynny!"

"'Teip fi'? Be ddiawl ydi 'nheip i 'ta? Yr hen snobsan. Fancw mae'r drws, yli. Dos di at dy dduw, a gad i'r tlodion gwffio dros 'u hunain. Fyddan ni'n well off heb 'dy deip ditha' hefyd!"

"Wei, wei, wei, cwliwch i lawr rŵan, ia?" medd Dan Cocos wrth godi ar ei draed. "Sdim rhaid i ni ffraeo, nagoes? Mae o'n ddigon syml – os nad ydi pobol yn teimlo eu bod nhw'n gallu aros ar y pwyllgor am ba bynnag reswm, personol, crefyddol neu busnas…"

"Be ti'n feddwl, 'busnas'?" gofynnodd Medwen Huws.

"Ia!" ychwanegodd Eurwyn. "Wyt ti'n trio deud mai pres sy tu ôl i'n penderfyniad ni?"

"Nacdw, nacdw – chdi oedd yn deud cynt dy fod ti'n gweld fflatia moethus i Saeson cyfoethog yn beth da i economi'r ardal, ac, wel, ti'n cadw siop, ac mae Medwen yn cadw caffi…"

"Ond dydi hynny ddim o reidrwydd yn dweud mai pres ydi'n prif gymhelliad ni," protestiodd Medwen Huws.

Dyrnodd Ceri'r bwrdd. "Caewch eich cega am funud, wnewch chi! Ylwch – pawb sydd isio gadael, doswch. Pawb sydd am aros i gwffio'r fflats, arhoswch. Fel arall gawn ni gyd aros yn fan hyn yn byta'n gilydd fel blydi pysgod mewn tanc – yn union fel mae'r Drefn isio i ni wneud."

"Dyma ni eto – eidioleg!" gwaeddodd Sian Halelíw wrth godi ar ei thraed a gwisgo'i chôt. "Ond dwi'n cytuno efo chdi ar un peth – pawb sydd ddim isio bod yn rhan o dy chwyldro di i adael rŵan. Felly dwi'n mynd."

Anelodd Sian am y drws, cyn troi at Sue. "Mi ddaw 'na amser pan fydd rhaid i bawb wynebu'r Arglwydd ac ateb am eu pechodau ger ei fron! Fyddwn i ddim yn licio bod yn dy sgidia di, Sue Davies, achos druan o'r rhai caeedig eu calonnau sy'n ymwrthod â'r Arglwydd!"

Brysiodd Sian am y drws wrth i Sue wneud stumiau tu ôl iddi. Cododd Eurwyn a Medwen Huws i'w dilyn, gan ymddiheuro'n gwrtais a phwysleisio nad oedd ganddynt unrhyw ddrwgdeimlad tuag at weddill y pwyllgor.

"Ffwwff," chwythodd Sue Coed ar ôl i'r llwch setlo. "O lle ddoth hynna?"

Er ei diffyg mewn sgiliau diplomyddol, roedd Sue Coed yn un ddigon craff. Ac mi oedd hi'n llygad ei lle, meddyliodd Ceri, pan ofynnodd o le ddaeth y 'miwtini' bach hwn heno. Roedd hi'n amlwg fod tensiynau ar y pwyllgor ers y dechrau – rhwng y werin a'r dosbarth canol, y cenedlaetholwyr a'r Pleidwyr, rhwng y mamau sengl a'r moesegwyr, rhwng y gweithwyr a'r bobol busnes – ac ar bwyllgor mor fach â hwn, roedd gan rwygiadau o'r fath oblygiadau trychinebus. Ond, fel y nododd Sue Coed – mi ddaeth y storm arbennig hon o nunlle'n ddirybudd.

"Dwi'n cymryd fod chi'ch dau am aros, felly?" gofynnodd Ceri, gan edrych ar Dan Cocos fwy nag ar Sue, gan ei bod hi'n hollol glir be oedd honno am wneud.

"Yndan, Miss Cadeirydd," atebodd Dan efo sglein yn ei lygaid. "Tw ddy bityr end!"

19

GAN DEIMLO YCHYDIG YN well ar ôl ei gawod, cerddodd Jojo i lawr y grisiau i far y Ship, talu am botel o Bud a mynd i eistedd yng nghornel y bar i ddarllen un o'r papurau oedd ar y silff. Gwelodd fod Didi eisoes i lawr yn y bar, yn chwarae'r bandit ym mhen pella'r stafell. Doedd o heb lwyddo i ddianc ymhell wedi iddo sleifio o'r stafell cyn i Jojo ddod o'r gawod yn tagu ar ogla ei gachu. Addawodd Jojo y byddai'n dial ar ei ffrind rywbryd eto. Roedd ganddo bethau pwysicach ar ei feddwl heno.

Cynllun Jojo oedd cael hyd i un o'r meddwyns lleol, er mwyn prynu cwrw iddo wrth odro gwybodaeth ohono fel pry copyn yn troelli gwe. Gwyddai Jojo'r union fath o feddwyn oedd o'i angen – wnâi unrhyw feddwyn mo'r tro. Roedd Jojo angen bôr mwya'r dafarn, y dyn bach pwysig, y gŵr sy'n gwybod popeth ac yn adnabod pawb, y dyn unig sydd angen siarad efo dieithriaid, angen dangos ei hun, angen plesio… Gan ddyn felly oedd y siawns orau o gael y wybodaeth 'dan-y-cownter' yr oedd Jojo ei angen.

Roedd hi'n saith o'r gloch y nos bellach, a dechreuodd Jojo feddwl am fwyd. Doedd dim ar gael yn y Ship, ac allai Jojo ddim eu beio am hynny gan mai dim ond Didi a fo oedd yn y dafarn. Ond roedd y barman wedi'i sicrhau fod y siop sglod-a-sgods i lawr y ffordd yn agor am saith. Penderfynodd Jojo roi rhyw ddeng munud arall iddi cyn piciad draw, rhag ofn byddai rhaid aros i'r pysgod ffrio.

"Rwbath yn hwnna 'ta?" gofynnodd Didi, wrth amneidio at y *Telegraph* pan ddaeth draw ar ôl rhoi'r ffidil yn y to efo'r bandit.

"Na, ond fory fydd o, os fydd o," atebodd Jojo, a chau'r papur. Rhwng y *Sun* a'r *Mirror* a brynodd o'r siop yn y bore, a'r *Star* a'r *Telegraph* oedd ar y silff yn y dafarn, credai Jojo ei fod wedi darllen digon o bapurau newydd i gasglu nad oedd marwolaeth Vuk na phen Cockeye wedi cyrraedd print eto. Na ffawd Ellie chwaith…

"Gobeithio fydd y crîpi-crôli-cynthrons wedi gneud eu gwaith, dduda i!" medda Didi.

Gwenodd Jojo wên gam. "Dwi'n poeni fwy am Ellie, i fod yn onest efo chdi."

"Paid â poeni," medda Didi, "dwi'n siŵr fydd hi'n iawn, sdi. Fysa rwbath felna wedi bod ar y niws ar y teli, yn bysa? Gas di botal i fi?"

"Na. Meddwl nôl tsips. Tisio rwbath?"

"Na. Fytas i Mars Bar ar y ffordd o'r hêrdresyrs cynt."

Cododd Didi botel o Bud gan Paul y barman, cyn ildio i'r demtasiwn i roi'r newid yn y bandit. Gwyliodd Jojo fo'n bwydo'i bunnoedd i mewn. Tra'n fodlon i adael i Didi fod yn optimistaidd, doedd o'i hun ddim yn dal llawer o obaith i Ellie druan. Roedd o wedi gorfodi ei hun i dderbyn y gwaetha, a hefyd i geisio peidio beio'i hun. Doedd dim mwy allai o fod wedi'i wneud i achub ei bywyd. Roedd rhaid iddo gredu hynny, a deall hefyd na allai gosbi ei hun yn ormodol am ei llusgo'n ddiarwybod i ganol y llanast 'ma. Dioddef anlwc o gael ei weld efo'r person anghywir ar yr adeg anghywir wnaeth yntau hefyd, wedi'r cwbl. Sut allai o fod wedi dychmygu y byddai siarad efo merch wrth gerdded i lawr y stryd yn arwain at y fath drallod? Ond er gwaetha ei resymu gorffwyll, câi ei hun yn methu dianc o'r ffaith oer bod Ellie yn enw arall, eto fyth, ar y rhestr o bobol ddiniwed a ddioddefodd wrth groesi llwybrau diafoliaid y byd, ar ddiarwybod droed. Diafoliaid fel y rhai y bu Jojo'n cydweithio â nhw yn y bum mlynedd ddiwetha. Diafoliaid fel fo. Achos diafol oedd wedi llwyddo i gadw erchyllterau oddi ar ei gydwybod droeon o'r blaen oedd o, wedi'r cwbl – a doedd dim unrhyw faint o resymu gwag yn mynd i newid y ffaith fod Ellie bellach yn *collateral damage* ei fywyd diafolaidd o. Gobeithiai i'r nefoedd ei bod hi'n iawn, neu ei bod hi'n dal yn fyw ac mewn un darn, o leia.

Daeth dyn boliog efo trwyn mawr coch a sbectol pot jam i mewn, a phwyso ar y bar. Cyfarchodd Paul y barman fo fel 'Gordon' ac mi archebodd beint o chwerw. Tra oedd Paul yn ei dynnu edrychodd Gordon o'i gwmpas, gan 'dwt-twtio' diffyg cwmnïaeth y dafarn wag, cyn hoelio'i sylw ar y dieithryn gwallt platinym blond wrth y bandit, a'i fesur i fyny ac i lawr efo'i lygaid.

Talodd Gordon am ei beint cyn llowcio ei chwarter mewn un llwnc. Sylwodd Jojo ar ei grefft o edrych ar ddieithriaid trwy gornel ei lygad.

"Aaaah!" medd Gordon wrth sychu'i weflau efo'i lawes, cyn edrych ar Jojo efo winc. "Ddat's betyr!" medda fo wedyn, a rhoi'r chwerthiniad bach iwnifersal hwnnw o ddealltwriaeth ryngwladol teulu dyn.

"Iechyd da!" medda Jojo, dan wenu.

"O? Cymro wyt ti, ia?" medd Gordon, a sbriwsio drwyddo.

"A minna'n wastio'n Susnag arna chdi!" Estynnodd ei law at Jojo. "Gordon. Gordon y Moron ma nhw'n galw fi. Ar ôl Vince, fy mrawd!"

Rhoddodd Jojo 'ha-ha' fach iwnifersal-deulu-dyn-aidd wrth ysgwyd ei law, er mwyn dangos ei fod o'n cydnabod y jôc.

"Na, ddim go iawn!" chwerthodd Gordon eto. "Gordon y Moron – ar ôl y gân. Jilted Jim!"

"John," medda Jojo.

"John? O lle ti'n dod o, John?"

"Naci, y gân – Jilted John, dim Jilted Jim."

"O! Ffycin hel! Ia 'fyd, ti'n iawn!" Rhoddodd Gordon y Moron chwerthiniad uchel 'sili-mî' iwnifersal, cyn mynd ymlaen i egluro ei fod o *yn* gwybod mai Jilted John oedd yr enw go iawn, ond ei fod wedi bod yn gweithio efo boi o'r enw Jim drwy'r dydd, a bod yr enw wedi sticio'n ei ben o. "Y 'j' ydi'r drwg – Jim John, John Jim…"

"Jim-John-Julie-Julie-Julie-Julie-Josh-Josh, Jim-John-Joo, Jim-John-Joo?" canodd Jojo ar ei draws, ar dôn 'ging-gang-gwli' y Sgowts, cyn gwenu fel giât.

Chwarddodd Gordon yn uchel heb sylwi fod Jojo'n cymryd y *piss*. Da, meddyliodd Jojo. "Ti isio peint, Gordon?"

"Yyyyyyyymmm, ia… na, dwi'n llawn – newydd gael hon…" dechreuodd, wrth i'w law dde symud yn otomatig i godi'i beint at ei geg a'i gwagio i lawr ei gorn cwac.

"Ti'n siŵr?" pwysodd Jojo wedyn. "Dwi'n codi rownd i fi a 'mrawd…"

Cleciodd Gordon ei beint cyn ateb. "Go on 'ta! Fysa fo'n rŵd i wrthod yn bysa?!" Chwarddodd y chwerthiniad iwnifersal eto wrth estyn ei wydr gwag i Paul. "Gordon 'di'r enw," medda fo eto, wrth estyn ei law at Jojo am yr eilwaith.

"Ar ôl Vince?" gofynnodd Jojo, yn deall yn iawn mai trio cael ei enw yntau oedd o.

"He-he-he… yym… ia. A be ydi…?" dechreuodd Gordon ofyn, cyn i Didi dorri ar ei draws wrth ddychwelyd heb ei newid – wedi cael ei fygio gan y bandit eto.

"God, mae'r mashîn 'na'n loaded ac yn dal ei gafael fel ffrostbeit ar bidlan pengwyn!" medda fo, yn camp i gyd.

"Gordon," medda Jojo. "'Y mrawd i ydi hwn – Dennis!"

"Haia Dennis!" medda Didi, cyn chwerthin ar yr olwg ddryslyd yn y llygaid tu ôl y sbectol pot jam. "Jôc! Fi 'di Dennis!"

Gwenodd Gordon a gorfodi 'he-he-he' arall rhwng ei wefusau, cyn cyfeirio at Jojo, "Newydd gwrdd â…"

"Jeff," medda Jojo.

"Oh no! Not another 'j'!" gwaeddodd Gordon cyn chwerthin yn braf efo'i ffrind gorau newydd.

Roedd y sgodyn ar y bachyn. Erbyn i Jojo brynu peint arall iddo fo roedd Gordon yn plygu drosodd i helpu'i ffrindiau newydd doniol o ffwrdd. Erbyn y drydedd beint roedd o'n barod i roi ei fam iddyn nhw ar blât.

20

"Neith hi beint bach?" cynigiodd Dan wrth i Ceri gloi drws y Caban Cwrdd.

"Rhaid i fi fynd adra," medda Sue Coed. "Ma Jock ar neits."

"OK, Sue bach. Nos da."

"Ia, nos da, Sue," medd Ceri. "Welai di fory. A diolch iti am dy gefnogaeth heno!"

"Eni ffycin teim, Ceri bach!" atebodd Sue gan godi'i llaw dros ei hysgwydd.

"Dwi'n cael diolch hefyd?" gofynnodd Dan wedi i Sue droi'r gornel.

"Wel, wyt siŵr dduw, Dan Cocos! Be fysan ni'n neud hebdda ti, dwad?"

Roedd hi'n noson well heno, cytunodd Ceri a Dan wrth gerdded am y Ship. Yn wahanol i'r hen niwl hwnnw y noson cynt, roedd 'na sblash go lew o sêr ar draws yr awyr, a'r lleuad yn dringo'n ffyddlon i'w canol uwchben y tai ar y chwith.

Doedd 'na fawr o bobol yn y bar pan gerddon nhw i mewn – Albi Para yn chwara'r bandit, Paul y barman yn gwylio'r teledu, a rhyw ddau foi diarth yng nghornel bella'r bar yn siarad efo Gordon 'y Moron' James – bôr mwya'r dre.

"Awn ni i ista?" cynigiodd Dan ar ôl cael y diodydd, gan gyfeirio at un o'r byrddau.

"Na, well gen i wrth y bar," medda Ceri wrth osod ei thin ar stôl uchel.

Gwnaeth Dan yr un fath.

"Ma'r lle 'ma'n ffycd, Dan bach," medda Ceri ar ôl llowcio chwartar peint o lager. "Marw ar 'i ffycin draed."

"Bob man 'run fath, dydi," medda Dan wrth adael i'w Guinness setlo. "Tri pyb sydd ar ôl yn dre 'ma, myn uffarn i."

"Dydi'r smôcing ban heb helpu," nododd Ceri wrth rowlio sigarét.

"Nacdi, digon gwir," atebodd Dan.

"A'r leisensing – yr entyrtenment leisans 'lly. 'Di'r politisians ddim isio i'r bobol gael hwyl, siŵr! Na hel at 'i gilydd chwaith. Rhy beryg – pobol yn siarad a trafod, hel syniada, gofyn cwestiyna. Be os fysa nhw'n dod o hyd i atebion? Ddaw peth felly ddim, siŵr!"

"Y broblam ydi'r peth arall 'na mae pobol yn dueddol o wneud pan ma nhw'n hel at ei gilydd i yfad – cwffio!"

"Ia, ond mae hynny wastad wedi bod trwy hanas, dydi Dan? Bobol ifanc gan fwya, ynde?" Slochiodd Ceri fesur da arall o'i pheint. "A dim cwrw 'di gwraidd y broblam go iawn, Dan. Ma nhw'n ein troi ni i gyd yn erbyn ein gilydd – plannu cenfigen a barusdra yn ein penna ni. Fi, fi, fi ydi hi heddiw. Ma Thatcher wedi ennill – ma cymdeithas wedi chwalu. Jysd adnodd ydan ni rŵan – ffynhonnell ddiddiwedd o bres i'r cwmnïau mawr. Ac fel pob ffarmwr, mae rhaid iddyn nhw'n ffermio ni'n iawn. Ein dofi ni a'n bwydo ni efo'n swîtis a'n sedatifs. Lab rats ydan ni rŵan, mêt. Mewn un labordy mawr. Cymdeithas y byd gorllewinol – yr ecsperiment fwya welodd y bydysawd!"

Sipiodd Dan ei beint wrth drio gwneud synnwyr o'r hyn ddwedodd Ceri wrtho. "Mi oedd hi'n dorcalonnus yn y pwyllgor heno, rhaid imi gyfadda."

"Dyna beth arall – 'be sy ynddi i fi' ydi'r cwestiwn cynta ma bobol yn ofyn i'w hunain y dyddia yma. Derbyn y drefn a cwffio 'mysg 'i gilydd pan ddisgynith unrhyw swîtis o'r cymylau gwynion. Mae 'di mynd i'r gwellt, Dan. Dim rhaid i'r ffycars ein lladd ni – 'mond ista nôl a'n gwatsiad ni'n ei wneud o'n hunin! Lladd cymdeithas as wî nô ut!"

Llyncodd Ceri gegiad da arall o lager, cyn bwrw mlaen efo'i llith.

"Ffycin Sian Halelíw! Licias i rioed mo'r snobsan. Trwbwl fuodd hi erioed efo'i 'fedrwn ni'm gneud hynna ar ddydd Sul' a 'rhaid i ni ddangos parch'! A Medwen Huws cachu posh! Typical bobol Steddfod 'de – hapus i brynu gwenwyn cyn bellad fod y labal ar y botal yn Gymraeg. Ac Eurwyn – wel, mae'n amlwg be 'di blaenoriaetha hwnnw'n dydi? Blydi dyn clai!"

"O'n inna'n synnu efo Eurwyn, hefyd, deud y gwir…" medd Dan wrth gymryd ei ail sip o Guinness a sychu'i wefla. "O'n i wastad wedi meddwl fod 'na fwy o waelod iddo fo, rywsut."

"Synnwn i ddim fod y tri o'nyn nhw wedi cael 'u prynu gan y Syndicet i gadw'n dawal!" haerodd Ceri.

"Ha! Rŵan ti *yn* swnio fel conspirasi theorist!"

"Hei, y diawl!" atebodd Ceri, gan chwerthin. "'Red Brigade eidiolojist' medda Sian, a rŵan hyn gen titha? 'Et tu, Brute', myn uffarn i!"

Gwyliodd Dan fodrwyau tywyll gwallt Ceri yn dawnsio dros ei hysgwyddau fel tonnau byw wrth iddi chwerthin. Pefriai ei llygaid gleision efo llond awyr o sêr direidus, a llond calon o fflamau angerdd hefyd, uwch ei bochau Celtaidd amlwg a'i chroen o sidan Cymreig.

Yn ddeugain oed, roedd Ceri Morgan yn bortread clasurol o harddwch dramatig oedd yn llawer, llawer mwy na chig a gwaed. Trydan pur oedd Ceri Morgan – un o harddwch cyfareddol, cymeriad heintus ac ysbryd oedd mor garlamus â rhaeadr ar li coch Awst. Yn chwim o feddwl a ffraeth ei thafod, ac yn wyllt fel gwynt yr Iwerydd ar greigiau Trwyn y Wrach, doedd merddwr cymdeithas gyfoes heb ddiffodd y tân cynhenid yng nghalon Frythonaidd y Fuddug fodern hon.

Hyn a mwy oedd yn denu dynion at Ceri, i daenu eu calonnau dros allor ei serch. Roedd rhai dynion hy wedi trio'i dofi, ond methodd pob un â diffodd tân y Wenllian ferch Ruffydd hon – y dderwyddes danllyd fyddai yno'n wynebu Suetonius ar lannau'r Fenai petai'n byw mewn oes arall.

"Ti'n iawn, Dan?" gofynnodd Ceri. "Ti'n edrach fel macrall."

Meddalodd Dan fel ewyn hufennog y Guinness oedd yn lliwio'i fwstash, ac mi deimlodd y gwrid yn treiddio i'w fochau. "Sori. Meddwl o'n i."

"Blydi hel, ddyn! Peryg 'ta be?"

Gwenodd Dan yn swil i gyd.

"Y ddeiseb 'ma, Dan. O'ddat ti'n deud y dylsa ni aros nes cael cadarnhad swyddogol o gais cynllunio Shaw-Harries cyn dechra hel enwa?"

"Mae o'n gneud sens, dydi Cer?"

"Yndi, yndi. Jysd meddwl dwi, pryd fydd hynny 'lly?"

"Wel os 'dio'n wir, ddylia fo ddangos yn papur yn yr wythnos neu ddwy nesa 'ma…"

"Wel, mae o *yn* wir, saff i ti. Titha wedi clywad hefyd, yn do?"

"Do, do."

"Lle glywist di 'ta?"

"Dwi'm yn cofio'n iawn – rhywun yn sôn yn gwaith."

"Ti'm yn gweithio efo neb, Dan Cocos!"

"Fy hen waith dwi'n feddwl – un o gwsmeriaid Dic Ffish ddudodd, dwi'n meddwl."

"Wel, cadw fo dan dy het, Dan, ond Gwenno – yr hogan 'cw – ddudodd wrtha i. Ma hi'n gweithio'n swyddfeydd y Parc."

"O ia? Be glywodd hi?"

"'Mond fod 'na gais wedi mynd i mewn. Dim byd arall. Sibrydion yn y swyddfa, sdi. Ond wsdi fel mae hi yn fana – côd ydi 'sibrydion yn y swyddfa' am rywun wedi busnesu mewn ffeils cyfrinachol wrth eu prosesu nhw. Felly mi elli di gymryd fod o'n wir."

Cytunodd Dan, a sychu ail don o ewyn hufennog o'r blewiach o dan ei drwyn.

"Sut *mae* Gwenno, eniwe? A pawb arall acw?"

"Dal i fynd, sdi, diolch am ofyn. Nedw'n Nedw, yn werth y byd – fo sy adra efo Deio bach heno. Gruff dal efo Luke Robs, yn chwalu Capal Bethania ar y funud. Dwi byth yn gweld Gwenno, bron. Ma hi'n gweithio, byta, mynd allan, wedyn diflannu drwy'r wicend." Cleciodd Ceri weddill ei pheint. "Wsti be? Dwi'n meddwl gyma i un arall, sdi. Ti am un?"

21

Talodd Ceri am ei lager ac am wisgi i Dan heb iddo wybod, tra'r oedd hwnnw wedi mynd i biso ar ôl gwrthod yn lân â chymryd peint. Rhannodd gwpwl o eiriau sydyn am y tân yn y Plaza efo Paul y barman, cyn i hwnnw ddatgan ei bod yn rhatach iddo wylio DVDs adra beth bynnag. Allai Ceri ddim ei feio, chwaith. Roedd oes aur y sinema wedi hen fynd ers dyfodiad fideos a DVDs.

Newid byd, meddyliodd Ceri wrth gerdded am y drws i fynd i

danio'i sigarét. Un duw newydd yn cymryd lle'r llall. Sinema'n cael ei disodli gan VHS, VHS gan DVD, DVD gan gyfrifiaduron. Amser y dafarn i gael ei disodli oedd hi bellach. Diwylliant arall yn diflannu o flaen ein llygaid. Ac yn fwy dychrynllyd na hynny, be oedd yn cymryd lle'r dafarn? Facebook?

Taniodd Ceri ei rôl ar y pafin tu allan i ddrws y Ship. Roedd hi'n oer, a'r stryd yn dawel fel y bedd. *Ghost town*, meddyliodd Ceri wrth i gân enwog y Specials dreiddio i mewn i'w phen.

Trwy gornel ei llygad gwelodd ddyn yn camu allan a thanio sigarét. Trodd, yn disgwyl gweld Dan, ond un o'r dynion diarth a welsai'n siarad efo Gordon wrth y bar oedd yno.

"Sumai?" medda fo, a gwenu.

"Iawn?" atebodd Ceri gan wenu'n ôl. Cymro, meddyliodd.

"Ma hi'n oer," medda'r boi wedyn.

"Yndi. Gaea! Be nei di 'de?"

Gwenodd y boi. Roedd o wedi clicio i'w hiwmor sarcastig. Sylwodd Ceri'n syth ei fod o'n foi golygus − yn dal a sgwâr gyda llygaid duon a gwallt tywyll, hirach na'i glustiau, wedi'i gribo'n ôl dros ei ben. Roedd 'na olwg ryff arno fo hefyd − gwyneb creithiog yr olwg, efo dyddiau o dyfiant ar ei ên. Dyn go iawn, meddyliodd Ceri. Aeth peth amser heibio ers iddi gwrdd ag un o'r rheiny.

"O fan hyn wyt ti, felly?" gofynnodd y dieithryn. Allai Ceri ddim rhoi ei bys ar ei acen.

"Ia, sdi! Rhaid i rywun fyw yn y blydi lle 'ma, am wn i!"

Gwenodd y boi eto, a gwelodd Ceri fod dyfnderoedd diwaelod o ddirgelwch yn y pyllau duon dan ei aeliau trwchus. "Mae o'n le bach neis. Digon distaw."

"O yndi, mae o'n blydi ddistaw, mae hynny'n saff! Fel blydi bedd!"

"Mae 'na bybs gwell na hwn yma, oes?"

Chwarddodd Ceri.

"Nagoes, felly?"

"Tair tafarn sy ar ôl, mêt. Pedair wedi cau i lawr yn y flwyddyn ddwytha, a'r dair arall ar ei ffordd i'w dilyn nhw. Wel, dwy o'nyn nhw. Mae'r Bryn yn gneud yn iawn ar benwsnosa. Fano a'i os a'i allan − dim bo fi'n mynd allan llawar, chwaith. Lle ti'n dod o 'ta? Yma'n gweithio wyt ti?"

"Naci, wel, hwyrach fydda i, os arhosa i. Jyst crwydro ydw i, rili. Dilyn fy nhrwyn…"

Torrwyd ar ei draws gan gar yn pasio a chanu corn ar Ceri. Cododd hithau ei llaw yn ôl. Sylwodd Ceri trwy ffenest drws y bar fod Dan yn dod i fyny'r grisiau yng nghefn y dafarn ac yn dychwelyd at eu seti wrth y bar. Tynnodd yn ddwfn ar ei rôl, cyn fflicio stwmpyn go fawr allan i'r ffordd.

"Crwydro, ia? Braf ar rei!" medd Ceri a gwenu'n gynnes cyn cychwyn trwy ddrws y dafarn.

"Yndi, weithia," atebodd y dyn.

"Ha! Fysa cael crwydro *weithia* yn ddigon da i mi!" medda Ceri cyn troi am y drws eto.

"Lle mae'r chippy yn y lle 'ma 'ta?" gofynnodd y dyn, a'i dal hi cyn iddi fynd. "Lawr y stryd 'ma'n rwla, ia?"

"Syth i lawr fforcw, ar y dde. Tsips digon sâl ydyn nhw, 'fyd, cofia. Hwyl!"

"Hwyl ŵan," atebodd y dieithryn. "Welai di o gwmpas, ia?"

Mi glywodd Ceri ei gwestiwn fel oedd hi'n camu i mewn i'r bar. Ond wnaeth hi ddim troi nôl i atab.

22

Mewn amgylchiadau normal fyddai rhywun ddim yn gwrando ar gyngor person oedd yn falch o alw ei hun wrth y llysenw bychanol a roddwyd iddo gan ei gyfoedion – yn enwedig un na allai gofio pam yn iawn y'i cafodd. Ond roedd Gordon y Moron yn llygad ei le. Os am rentio carafán statig gan rywun nad oedd yn gofyn llawer o gwestiynau – dim o gwbl, fel y trodd allan – yna, Johnny Lovell oedd y boi.

Cadwai Johnny bump o garafannau ar gae bach ger pen mewnol y penrhyn o glogwyni a elwid yn Drwyn y Wrach. Er bod y lle yn nannedd y ddrycin yn ystod y gaea, roedd o'n lecyn delfrydol yn yr ha ac fe allai Johnny godi hyd at bedwar cant o bunnau yr wythnos am un garafán drwy gydol y tymor gwyliau. Er, doedd dim llawer o gwsmeriaid yn dychwelyd y flwyddyn ganlynol, gan nad oedd treulio wythnos mewn carafán reit drws nesa i iard sgrap – sef seidlein arall Johnny – wedi bod yn rhan o'u cynlluniau.

Yn y gaea, fodd bynnag, roedd y carafannau'n wag, felly roedd Johnny Lovell wastad yn falch o 'helpu rhywun allan' trwy'r misoedd oer – ambell i berson ifanc oedd yn chwilio am le oddi wrth ei rieni, neu ŵr oedd wedi cael ffling allan gan ei wraig. Doedd Johnny byth yn gofyn am reffransus, a doedd o byth yn cymryd DHSS. Cash oedd pob dim i Johnny, ac roedd hynny'n gweithio'n well iddo gan nad oedd ganddo ganiatâd cynllunio o unrhyw fath yn y byd.

Doedd hi ddim yn wyntog heddiw, fodd bynnag, a gwenai haul diwedd Mawrth yn wanwynol o dyner ar y borfa hesb uwchben creigiau Trwyn y Wrach. O leia roedd hynny wedi llesteirio rhywfaint ar rwgnach diddiwedd Didi fod gorfod byw mewn carafán "yn ffacin Mordor" yn "ffacin myrdyr!" Gallai Didi fod yn dwat bach pigog ar y gorau, ond efo hangofyr, fyddai rhannu sach gysgu efo porciwpein yn llai o boen tin.

Ond ar ôl troi'r tân nwy ymlaen, smocio sbliff a chael lein bach i sbriwsio i fyny, yna sylwi ar yr olygfa dros y traeth a'r bae at y mynyddoedd gwyn tu draw, dechreuodd Didi wneud cynlluniau sut i wneud y garafán yn gartrefol. Ac wedi i Jojo addo yr aent i lawr i'r dre yn y pnawn i brynu beth bynnag fyddai o'i angen i gyflawni ei weledigaeth, ymlaciodd yn braf a dechrau parablu fel plentyn ar wyliau lan y môr. Yr unig gŵyn a gafwyd ganddo dros yr awr nesa oedd ei bod hi wedi mynd yn rhy boeth yn y garafán, efo'r tân nwy.

Tra'r oedd Didi'n sginio sbliffsan arall i fyny, agorodd Jojo'r *Sun* er mwyn darllen y stori eto.

'*DOCKLAND GANGLAND SLAYING HEADACHE FOR BORIS*' medda'r pennawd, cyn mynd ymlaen i ddatgan fod maer Llundain wedi addo y byddai'n gweithio'n agos efo'r Met i roi stop ar weithredoedd y gangiau trefnedig oedd yn rhemp yn y ddinas. Darllenodd Jojo'r brawddegau eto.

'The body was found on Monday morning in a disused industrial estate. The man, believed to be of eastern European origin, had been shot in the head.

"It's a classic gangland hit," a police spokesperson said. "We are concerned that this may be the beginning of a new war between rival immigrant gangs involved in people trafficking and prostitution. We are very concerned. Our sources in the criminal underground say it may have been a drug deal that went wrong. We are doing everything we can to bring those responsible to justice."'

"'Drug deal gone wrong!'" chwarddodd Jojo'n sych. "'Sources in the criminal underground' o ddiawl!"

"Ydan ni in the clear, felly?"

"Go brin, Didi – wel, dim o be mae'r papur yn ddeud. Llwyth o bolycs ydi hynny. Be mae'r papur *ddim* yn ddeud ydan ni isio boeni amdano, mêt! Mae Zlatko'n mynd i roi dau a dau efo'i gilydd yn weddol fuan, mae hynna'n saff – os nag ydio wedi'n barod."

"Ond sganddo fo dal ddim cliws i ddilyn ni i fan hyn, nagoes?"

"Na, dim i fama, nagoes…"

"Ond?"

"Does 'na ddim 'ond'."

"Fysa fo'n mynd at y cops efo cock and bull story a deud fod ni'n syspects, ti'n meddwl?"

"Na. Wneith o olchi'i ddwylo o'r holl beth. Oedd Vuk yn illegal immigrant hefyd. Wneith Zlatko ddim twtsiad. Ac os neith o, fydd y cops isio gwbod pam fod un o'i weithwyr wedi'i ffeindio'n farw efo fideo o ferch ifanc wedi'i chlymu mewn cadair ar ei ffôn. Tisio potal o Bud?"

"Aye, go on 'en."

Estynnodd Jojo i'r bag plastig oedd ar y bwrdd rhwng Didi a fo. Roeddan nhw wedi taro i mewn i'r siop Spar oedd yn y pentre gwyliau rhwng Gilfach a lle Johnny Lovell ar eu ffordd i fyny. Byddai'r siop yn handi i nôl neges sydyn, yn hytrach na cherdded dwy filltir i'r dre. Agorodd Jojo ddwy botel, ac ar ôl cael ei leitar yn ôl, taniodd Didi'r sbliff.

"Dyma fo 'Compo' yn dod i nôl ei bres," medda Didi cyn hir, wrth weld Johnny drwy'r ffenest, yn brasgamu am y garafán a'i wallt brwsh-weiars llwyd yn sticio allan o dan ochrau ei gap stabal.

"Shit, bron i mi anghofio," medda Jojo, a chodi i agor y bag lygej oedd ar y sêt wrth ymyl ei rycsac.

"Fackin hell!" gwaeddodd Didi, wrth weld y rholiau o arian papur yn y bag. "Faint ffwc o bres sy'n fana?"

"Hyndryd grand."

"Hyn…!" Tagodd Didi ar ei sbliff nes bod mwg yn dod drwy'i drwyn. "Lle ffwc ges di hwnna i gyd?"

"'Yn sefings i ydi hwn, Did," atebodd Jojo wrth gyfri dau gan punt mewn ffifftis, a cant mewn twentis, yn sydyn.

Cnociodd Johnny'r drws.

"Dau funud!" gwaeddodd Jojo wrth orffen cyfri, cyn agor y drws a gadael eu landlord newydd i mewn.

"Helô bois!" medda Johnny'n glên. "Setlo'n iawn?"

"Ai, Johnny, tip top!" atebodd Jojo.

"Blydi hel, wassat iŵ smôcing, sonny – old socs 'ta be?" gofynnodd Johnny wrth ogleuo'r mwg a godai'n rubanau o sbliff Didi.

"Ganja, Mr Lovell. 'Da chi isio peth?"

Er syndod i Didi, cymerodd y dyn oedd yn cyffwrdd ei saithdegau – o leiaf – y sbliff a thynnu arni fel arbenigwr. "Duw, blydi gwd grass, lad! Têcs mi bac a ffiw îyrs!"

Pasiodd yr hen foi y smôc yn ôl i Didi, cyn tynnu cerdyn plastig o'i boced. "Dyma fo'r cardyn letrig. Gewch chi iwsio fo yn Spar yn y camp. Ma nhw'n gwerthu gas hefyd. Ond ma 'na ddigon ar ôl yn y botel fawr tu allan."

"Ma hynna'n briliant, Johnny," medda Jojo wrth estyn y pres iddo fo. "Tri chant. Mis in advance."

"Lyfli!" medda'r hen foi, a phoeri ar y papur cyn ei gyfri mor sydyn â *croupier* yn shyfflo pac o gardia.

"Rwbath arall ydach chi isio, bois?"

"Na, 'dan ni'n grêt am rŵan, Johnny," cadarnhaodd Jojo.

"Take aways!" gwaeddodd Didi mwya sydyn. "Oes 'na chippy neu chinky yn agos?"

"Be sy bod, fachgian? Mynshis?" gofynnodd Johnny yn awgrymog, â'i lygaid duon craff yn syllu'n ddireidus o'r tu ôl i'w aeliau tewion, llwyd. "Ma 'na chippy yn y camp 'na – ond mae hi'n ddrud. Ma nw'n importio'r tatws o Affganistan. Ond mae 'na pizza deliveries yn dre."

Cododd hyn glustiau Didi, oedd yn ddinistriwr pizzas heb ei ail. "Sgen ti'r nymbyr?"

Caeodd Johnny ei lygaid yn dynn wrth chwilota ym mlerwch amlwg y 'swyddfa' yn ei ben. "Nagoes, mae o wedi mynd. Ond dwi'n nabod y bachgian yn iawn. Pizzas ffycin lyfli…"

"Hwn ydio, Johnny?" gofynnodd Jojo wrth dynnu 'cerdyn busnes' amrwd o'i boced, a'i ddangos i'r hen foi. "Ges i hwn yn Spar."

Gafaelodd Johnny Lovell yn y cerdyn a chraffu arno. "Be mae o'n ddeud? Edrai'm gweld y ffycyr!"

Heblaw am rif ffôn mobeil, un gair yn unig oedd ar y cerdyn. "'Pizzaman'," darllenodd Jojo.

"That's the fella!" medd Johnny'n syth. "Ffoniwch o, ac mi ddaw â pizzas i chi. A ddaw o â cwrw hefyd. Rwbath ydach chi isio – as long as bod 'na pizzas yn yr ordyr. Can't get better than that!"

"Swnio'n grêt," cytunodd Jojo.

Cododd Johnny i fynd. "Reit, you know where I am os ydach chi isio rwbath – jysd rhowch sgrech! Ond cofiwch, fedra i ddim garantîo fydd y garafán ar gael yn yr ha!"

"Ai, 'dan ni'n dallt," medda Jojo. "Fyddan ni 'di mynd erbyn hynny, beth bynnag."

"O?" gofynnodd Johnny, ac aros â'i law ar handlen y drws. "Symud ymlaen, felly?"

"Ia, bosib. Jysd dilyn ein trwyna – getting away from it all, Johnny," medda Jojo.

Cododd Johnny ei law i fyny ac ysgwyd ei ben. "Hei, dim problem – dwi ddim isio busnesu, jysd yn siarad."

"Dim probs," medda Jojo. "Fuodd y ddau o'nan ni yma ar ein holides pan oedda ni'n blant, felly oedd o'n gystal lle â nunlla i ddod am brêc."

"Aye, well, it used to be a cracking neighbourhood," medd Johnny â golwg wedi anghofio ei fod ar ei ffordd allan arno. "Duw, mae o'n dal yn le iawn, hefyd. Ond mae bob man yn newid, yn dydi? Chavvy bach o'n i hefyd pan ddois i yma gynta. Dod efo 'nhad a 'nhaid. Travellin folk, like. Hel sgrap oeddan ni'n neud – duw, them were the days. Croeso da yma, good people. Gwatsio allan am ei gilydd. We used to get bacon cartra from y ffarmwrs bob tro oeddan ni'n galw, a byth dim helynt apart from the odd fight ar nos Sadwrn… Vardo oedd gennyn ni – carafán – i lawr wrth yr hen le gwlân yn y dre. Brynis i'r cae yma twenty year ago. Peth gora wnes i. Y dre wedi newid, ti'n gweld. Duw aye… It's changed now, wedi newid bois. Young 'uns these days, ha! Malu, ffeitio, dwyn… And I thought it was the gypsies who were meant to be de tievin fockers!"

Chwarddodd Johnny'n uchel efo'i lais annaturiol o ddwfn o ystyried ysgafnder ei gorff, cyn mynd ymlaen i gloi ei fonolog am ei fywyd.

"But no, mae hi'n olreit yma, bois. Count our blessings. Lle da i 'get away from it all'."

Winciodd Johnny ar Jojo cyn troi – unwaith eto – i fynd allan. "I thank you gentlemen! Enjoy your stay at Johnny Lovell's. Da boch!"

Ac mor sydyn ag y daeth, diflannodd Johnny drwy'r drws.

"Be ddudodd o?" gofynnodd Didi ar ôl i'r llwch lonyddu.

"Ffac nôs," atebodd Jojo. "Ddalltis i'm gair."

23

ER NA FYDDAI'R ARCHWILWYR fforensig yn gwneud ymchwiliad manwl o adfeilion y Plaza nes byddai'r lludw'n oeri, cadarnhaodd y Gwasanaeth Tân mai wedi'i gynnau'n fwriadol oedd o. Yn ôl y papur dyddiol roedd man cychwyn y tân – yr *hotspot*, fel y galwai'r dynion tân ef – yn y seti gwaelod, yn y cefn o dan y galeri, ac ymddangosai fod *accelerant* wedi'i ddefnyddio – petrol, mwy na thebyg.

Doedd Nedw heb weld Beth ers ddoe – er iddo siarad efo hi ar y ffôn unwaith eto y noson honno, pan oedd hi a'i rhieni a gweddill teuluoedd y stryd newydd gael dychwelyd i'w cartrefi. Roedd o'n ysu i'w gweld hi, ac roedd y newyddion yn y papur yn esgus da i'w ffonio hi. Ond dal rhag gwneud wnaeth o drwy'r dydd. Doedd o ddim isio iddi feddwl ei fod o'n ei chrowdio hi. Byddai'n siŵr o ffonio cyn hir, meddyliodd.

Ffoniodd hi ddim tan tua pedwar yn y pnawn, beth bynnag. Roedd hi wedi bod yn dal i fyny efo cwsg cyn mynd draw at Mared i weld oedd hi wedi dod dros yr hangofyr anferth y buodd hi'n cwyno amdano ar y ffôn ddoe. Trefnodd Nedw i gwrdd â hi ar y cei, lle buon nhw'n eistedd y noson o'r blaen, am bump.

"Mae'r cops wedi bod yn cnocio drysa'n barod," medda Beth ar ôl rhyw bum munud o gusanu a chofleidio tyner ar y fainc.

"No wê?"

"O'n i ddim yn tŷ, ond oeddan nhw newydd fod pan nes i gyrradd – jysd cyn i fi ffonio chdi. Fuon nhw'n holi Dad yn y drws. Doedd o heb weld na chlywad dim, medda fo. Ond fysa fo'n deud hynny, eniwe. 'Dio'm yn licio cops."

"Wnan nhw ddim ffendio pwy bynnag nath, eniwe, sdi."

"Ti'n meddwl?"

"Mae Mam yn bendant na'r Syndicet sy 'di gneud – rwbath i neud efo trio cael planning i fuldio fflats yna. Neith y cops ddim twtsiad nhw, medda Mam."

"Ti 'di siarad efo Mared o gwbwl?"

"Naddo, sdi. 'Di byth yn ffonio fi – 'mond pan ma hi isio pizzas neu rwbath! Sut oedd hi pnawn 'ma?"

"'Run fath ag arfar."

"Bydd raid i fi fynd draw i'w gweld hi'n reit fuan rŵan. Cael chat."

"Wel, does 'na'm hast mawr, ond gora po gynta. Dwi'n teimlo'n rêl bitsh yn mynd tu ôl cefn 'yn ffrind, t'bo."

"Ai, dwi'n teimlo'n euog am ddod rhyngddach chi. Ond dwinna isio bod yn pyblic efo chdi 'fyd. Dwi'n rili teimlo fel…"

Stopiodd Nedw. Roedd o wedi mynd yn swil am y tro cynta yn ei fywyd.

"Fel be, Nedw?" gofynnodd Beth a'i llygaid glas dwfn yn pefrio.

"Wel… na chdi 'di'r hogan i fi, t'bo. A dwi isio bod efo chdi drw'r adag, teip o beth."

Cusanodd y ddau.

"Chwara hi'n slo ydi'r boi, sdi," medda Beth. "Tria gael gair efo Mar pan gei di jans, wedyn rown ni ffiw wîcs iddi, a gweld sut fydd y gwynt yn chwythu cyn 'dod allan o'r secret lover closet'!"

"Ia, mae o'n gneud sens," cytunodd Nedw.

"Ond cofia," pwysleisiodd Beth, "allith hi byth, byth, byth ddod i wybod am nos Sul!"

"O na, na, dwi'n gwbod!"

"Fysa fo'n torri'i chalon hi!"

"A fysa hi'n mynd yn ffycin nyts!"

"Fysa'r holl beth yn reit hefi 'de. Ffwc o sîn heb 'i angan o!"

"Bobol yn cael 'u brifo heb isio."

"Yn union…"

Cusanodd Beth wddw'i chariad, a rhoddodd Nedw ei law yn dyner ar ei boch a'i chusanu hithau ar ei gwddw. Roedd ei chroen mor gynnes a'i gwallt yn ysgafn fel plu sidan ar ei wyneb yntau. Rhedodd ei law drwyddo a'i deimlo'n llifo trwy ei fysedd yn llyfn fel halen bwrdd. Ochneidiodd Beth yn ysgafn ac anadlu'n boeth yn ei glust, cyn estyn ei llaw i lawr rhwng ei goesau.

"Lle gawn ni fynd?" sibrydodd.

"Dwi'n gwybod jysd y lle," atebodd Nedw.

24

… Parciodd Jojo'r Ford Focus o flaen fflat Didi. Edrychodd yn y drych a gweld Vuk yn parcio ganllath y tu ôl iddyn nhw, ac yn aros i wylio. Edrychodd i fyny at ffenest ffrynt ei ffrind ar lawr cynta'r adeilad Sioraidd llwyd. Gwelai olau melyn gwan ei lamp yn ymaflyd efo golau glas y teledu oedd yn fflicran efo golygfeydd rhyw raglen – *Strictly Come Dancing* wedi'i recordio o'r noson cynt, efallai, o adnabod Didi. Roedd Jojo'n siŵr ei fod o'n hoyw go iawn ond yn methu cydnabod hynny oherwydd i'r blynyddoedd o gam-drin rhywiol ei gyflyru i feddwl mai *perversion* ffiaidd i hen ddynion budur oedd y cwbl. Sail ei holl broblemau seicolegol, efallai – ei gasineb at yr hyn ydoedd go iawn, y syniad fod yr hyn a deimlai yn rhywbeth budur ac annaturiol. Roedd y basdads wedi'i droi o yn erbyn fo ei hun. Plymiodd calon Jojo wrth feddwl be oedd ar fin digwydd. Doedd Didi, o bawb, ddim yn haeddu hyn.

Caeodd Cockeye ei ffôn ar ôl dweud dau air sydyn wrth ei fos i gadarnhau eu bod tu allan y fflat, cyn dilyn golygon Jojo at y ffenest uwchlaw. Yna trodd at Jojo a gwenu'n sbeitlyd. "I'm going to fucking enjoy this."

Wnaeth Jojo ddim brathu. Cadwodd ei ben. "Put your hat on, Nebojsa."

"You fucking giving orders now?"

"If you're cammin in, you wear a fackin hat."

Gwenodd Jojo'n broffesiynol. Roedd o'n falch bod Cockeye'n brathu, beth bynnag. "If we're seen goin in or out, hats make us 'arder to ID. Look Neb, who's the fackin expert 'ere? We do this by my rules!"

Ildiodd Cockeye, a rhoi ei falaclafa ar dop ei ben, wedi'i rowlio i fyny i edrych fel cap gwlân normal. Gwnaeth Jojo'r un peth efo'i un o.

Croesodd y ddau'r stryd at y grisiau cerrig tu allan drws ffrynt yr adeilad. Gwasgodd Jojo'r botwm ac aros am lais Didi dros yr *intercom*.

"Keep yer mouth shut now, Neb!" gorchmynnodd wrth ei gydymaith.

"My name is Nebojsa," brathodd Cockeye eto.

"I know," atebodd Jojo.

"So don't call me this 'Neb'!"

"I've always called you Neb. It's a Welsh thing – we shorten names…"

"My name is Nebojsa – it means 'fearless'!"

Cliciodd clo electroneg y drws yn agored heb i Didi drafferthu holi pwy oedd yno.

"'Fearless'?" gofynnodd Jojo wrth gyrraedd landing y llawr cynta.

"Yes," atebodd Cockeye yn bigog.

"You know what 'Neb' means in Welsh, mate?"

"In Vels?"

"Yeah, Welsh – the lingo they speak there. It means 'nobody'. Funny that…"

"You fuckin better stop calling me that then, Velsman!"

Cnociodd Jojo ar ddrws Didi…

"Stoned, stoned on the range…!" canodd Didi wrth bloncio potel o Bud ar y bwrdd o flaen Jojo i'w blycio i'o'i feddyliau. "Lle ffwc oeddachd di rŵan? Ti heb symud ers i fi fynd am shower!"

"Jysd meddwl o'n i," atebodd Jojo wrth estyn y botel. "Ac eniwe, mae'r machlud yn neis, ti'm yn meddwl?"

Sbiodd Didi drwy'r ffenest fawr at y traeth islaw a'r tonnau'n sgleinio fel arian byw. "'Dio'm yn goch, chwaith."

"Dim rhaid iddo fod yn goch i fod yn neis, nacdi?"

"Wel, mae o'n neisiach na machlud Llundan, beth bynnag," cydnabu Didi, gan bwysleisio caledrwydd yr 'ch' yn y gair 'machlud', fel tasa'r gair yn fiwtant a dyfodd o'r cytseiniaid hyll oeddan nhw'n eu lluchio i'r sgip yn y ffatri iaith. "Ond oedd un neithiwr yn well."

"O, sylwis di do?"

"Wel, dwi'n cofio'r awyr yn troi'n goch 'de. Welis i mo'r actiwal peth yn sincio i'r môr, chwaith."

"Ma hi'n neis yma, ddo, ti'm yn meddwl?"

"Y stics ydio i fi, Jojo. Stics lle mae hics yn siarad iaith y stics."

"Go iawn?" gofynnodd Jojo wrth nodi'r ambell ddraenen yn hwyliau ei ffrind.

"Dianc o'r ffwcin lle nathon ni ynde?"

"Dianc o'r *Hôm*, ia. Ond dim o hyn! Sbia!" Trodd Jojo at y ffenest a phwyntio at y mynyddoedd tu draw y bae. "Sbia'r ffacin mynyddoedd 'na! Yli'r eira'n sgleinio!"

"Edrych yn ffacin oer i fi. Yfa dy ffycin botal, nei. Waeth i ni feddwi ddim, rŵan bo ni ddim yn mynd i dre i nôl bits a bobs i'r garafán."

Cliciodd Jojo mai clustan iddo fo oedd honna. "Mi aeth heddiw i rwla, yn do? Rhwng setlo i fewn a ballu. Awn ni fory, ar y bỳs."

Llyncodd Jojo swig o'r Bud ac edrych dros y bae unwaith eto. Stydiodd Didi fo. Roedd ei ffrind yn mynd fel hyn weithiau – dwfn, dwys, dirgelaidd. Meddwl oedd o, gwyddai Didi hynny. Meddwl am y cam nesa o hyd, am y sefyllfa a'r bygythiadau posib. Bron na allai Didi glywed y cocos yn troi o dan y trwch o wallt du, oedd heno'n disgyn yn stremps dros hanner ei wyneb. Sylwodd Didi ar yr ewyllys benderfynol yn y llygaid duon, a'r teyrngarwch digyfaddawd a wnâi ei gadernid tawel mor ddeniadol. Roedd 'na berson hyfryd rhywle tu mewn i'r caledwch didrugaredd y bu ei ffrind yn ei wisgo gyhyd.

Ysgafnodd hwyliau Didi. Roedd o wedi gwneud ei bwynt. "*Mae* 'na fiw neis o'r garafán 'fyd, chwara teg. Fydd machluds coch yn sbectaciwlar."

"Wel, o ystyriad bo ni ar y ryn, sa petha'n gallu bod lot gwaeth, mae hynny'n saff," atebodd Jojo'n feddylgar wrth estyn ei botel at ei geg.

"Dwi'n dal yn methu coelio'n lwc ni, chwaith – endio i fyny yn yr union le doeddan ni byth am ddod yn ôl iddo fo!"

"Yndi, mae o'n dipyn o strôc, a deud y lleia," cytunodd Jojo. "Ti i weld yn handlo fo'n reit dda 'fyd, Did, chwara teg i chdi."

"Wel, you just gorra get on with it, ynde? Ar ddiwadd y dydd, doedd 'na ddim sypreisus yn aros amdana fi, nagoedd? Oedd y monstyrs i gyd yn fy mhen i drwy'r adag eniwe, so dydi landio'n fan hyn ddim yn gneud llawar o wahaniath. Doedd o ddim y lle o'n i'n blanio dod ar fy ffacin holides, ond does 'na ddim byd do'n i ddim yn ddisgwyl wedi pownsio arna fi."

"Ti i weld yn fwy chilled, sdi," medd Jojo wrth droi i edrych ar ei ffrind.

"Be ti'n feddwl?"

"Yn fwy dy hun, rywsut. A dim mor highly strung."

Gwenodd Didi. "Ti'n meddwl? Efo hannar gangstyrs Llundan yn chwilio amdana fi?"

Gwenodd Jojo a swigio'i Bud. "Y lle 'ma ydio, Didi. 'Dani'n holed-up mewn carafán, ond mae'r garafán mewn darn lyfli o'r byd."

"Ai, wel," dechreuodd Didi rhwng swigiadau o'r Bud. "Ella fod o'n tsiênj o'r main drag, ond os fyswn i'n gwbod bo fi'n styc yma am weddill fy oes fyswn i'n neidio dros y ffacin cliffs 'na y funud yma! Dwi'n chilled fel mae rhywun ar ei holides yn chilled – dyna'r cwbwl."

"Hwyrach fydd o'n holides go hir, sdi, Did."

Wnaeth Didi ddim ateb, dim ond troi i syllu tua'r môr. Ond gwyddai Jojo fod ei ffrind gorau wedi sylwi pa ffordd oedd y gwynt yn chwythu. Gobeithiai na fyddai hynny'n amharu ar ei frwdfrydedd newydd o.

25

GWENODD CERI WRTH SYLWI fod y briallu'n dechrau dangos melyn ym môn gwrych yr ardd gefn. Fyddai hi ddim yn hir cyn iddyn nhw flodeuo'n llawn. Roeddan nhw'n gwneud pan ddeuai Ebrill bob blwyddyn. Rhyfeddodd Ceri at hudoliaeth natur – y cylch cyson, ffyddlon i'r carn. Biti na fyddai pobol yr un mor driw.

Roedd y ffrae yn y pwyllgor neithiwr wedi gadael blas drwg yn ei cheg. Fuodd hi ddim yn y Ship yn hir. Dim ond hanner arall gafodd hi ar ôl ei hail beint, a mynd adra cyn i Dan orffen ei Guinness – rhag ofn iddo gynnig ei cherdded hi. Ond roedd hi wedi blino heddiw – wedi syrffedu'n lân efo agwedd pobol oedd yn trio cuddio'u gwendidau eu hunain trwy danseilio cryfderau pobol eraill.

Felly mae hi ym myd dynion, meddyliodd. O na fyddai pobol fel briallu, yn cadw at eu lliwiau o flwyddyn i flwyddyn. Wedi blynyddoedd o gorddi'r dyfroedd, teimlai Ceri'i chalon yn gwanhau fel golau'r machlud gwyn draw dros y môr tu hwnt i'r gwrych.

"W-hww!" medd Sue Coed wrth gerdded i mewn trwy ddrws agored y gegin. "Waeth i ti heb â stêrio allan o'r ffenast 'na, Rapunzel! Does 'na'm hansym prinsus ar ôl yn y byd!"

Gwenodd Ceri. Roedd Sue wastad yn ei hatgoffa fod yna bobol

dda ar ôl yn y byd, wedi'r cwbl. "Wel, all hogan ond breuddwydio, Sue! Panad?"

"Na, dwi ar hast, geni ofn. Ar y ffordd i Asda i nôl rwbath i de i'r mwncwns 'cw i gyd dwi. Diawl o ddim byd yn ffrisar."

Taniodd Sue ffag a chynnig un i Ceri. Gwrthododd Ceri, cyn dechrau rowlio un o'r powtsh baco diwti-ffri.

"Welis di be oeddan nw'n ddeud yn papur, do, am y tân?" gofynnodd Sue.

"Do," atebodd Ceri. "Arson!"

"Ia. So, 'mond dau beth sy'n bosib, felly, ynde? Fandals neu crwcs!"

"Ia, a dwi'n meddwl y gallan ni fentro pwy oedd y crwcs hefyd!"

"Ti'n iawn, Ceri. Ma'r holl beth yn drewi o fama i Werddon."

"Ac ogla Shaw-Harries ydio 'fyd! Ti'n siŵr ti'm isio panad?" gofynnodd Ceri wrth ddal y tecell o dan y tap.

"Na, ma rhaid i fi fynd, sdi, neu fydd hi'n food riots acw – mae hi ddigon tebyg i Zimbabwe fel mae hi! Inffleshiyn yn won miliyn pyrsent efo'r plant 'cw!"

"Siŵr?"

"Yndw'n tad. Jysd dod draw i weld oedda chdi 'di darllan y *Post*, ac i weld sud oeddachd di ar ôl miwtini Hallelujah Jane a Mad Medwen."

"Ha! Be 'di Eurwyn 'ta? Sheriff John Brown?"

"Ia – brown lliw cachu. Achos cachwr 'dio, os ti'n gofyn i fi," dyfarnodd Sue. "Cachwrs 'di'r tri o'nyn nw. Hapus i gael 'u gweld yn y dechrau, ond unwaith mae 'na jans i droi dŵr i'w ffynnon eu hunin, mae nw'n diflannu!"

"Siawns ola am banad," cynigiodd Ceri wrth dynnu'r potyn bagia te, a'r siwgr, o'r cwpwrdd.

"O duw, ia, gow on 'ta," medd Sue, a thynnu cadair o dan y bwrdd ac eistedd i lawr.

Wedi trafod geiriad y ddeiseb arfaethedig ynglŷn â Llys Branwen, tsiecio oedd y naill a'r llall yn dal yn iawn i gymryd y Clwb Meithrin nesa, trafod sefyllfa un o feibion hyna Sue oedd un ai yn jêl neu'n dod allan ar tag – collodd Ceri'r sgwrs am funud yn y darn hwnnw – roedd y ddwy ar eu trydedd ffag. Gorffennodd Ceri ei phanad a chodi i fynd i jecio Deio bach drwodd yn y stafell fyw. Roedd o wedi dod drwodd atyn nhw am funud, ond gan fod cymaint o fwg sigaréts yn y gegin, roedd Ceri wedi rhoi bisgedan iddo fynd yn ôl efo fo i wylio *Cars* ar DVD.

Pan ddaeth yn ôl i'r gegin, roedd Sue Coed yn hel ei phetha i adael. "Rhaid mi fynd wir dduw! A'i ddim i Asda rŵan, chwaith. Bîns ar dôst heno, ma geni ofn!"

"Dyna chdi 'ta, Sue. Diolch am alw."

"Iawn siŵr, del," atebodd Sue a'i chalon aur, cyn cyfeirio at un o'r lluniau ar y silff. "Dy fam druan. Be fysa hi'n ddeud wrth weld y Plaza fel mae o?"

Gwenodd Ceri wên hiraethus. "Fysa ganddi ddigon i'w ddeud, mae hynna'n saff."

Trodd Sue ei golygon at un o'r lluniau eraill. "Ooo! Sbia, 'ngwash i! Faint sy 'na rŵan, Cer?"

"Tair blynadd wythnos nesa," atebodd Ceri, wrth i'w gwên droi'n drist.

"Iesu, mae amsar yn fflio… A sôn am hynny, rhaid i minna fflio hefyd. Welai di, del!"

Cododd Ceri ei llaw ar Sue o ben y drws, a'i gwylio'n taflu ei llaw i fyny dros ei hysgwydd wrth fynd. Yna aeth drwodd at Deio bach i weld oedd o isio chwarae gêm. Doedd o ddim – roedd Lightning McQueen yn llawar rhy ecseiting er ei fod o'n ei wylio fo am yr hanner canfed tro. Eisteddodd Ceri o flaen y teledu a rhoi'r bychan ar ei glin. Rhoddodd swsus bach iddo ar ochr ei ben wrth ei wasgu'n dyner. Dechreuodd ganu'n dawel iddo.

"*Si hei lw-li mabi – Mae'r llong yn mynd i ffwrdd – Si hei lw-li mabi – Mae'r capten ar ei bwrdd…*"

26

BOWNSIODD NEDW AR HYD y pafin rownd y gornel am adra. Wrth wislo 'Three Little Birds' ac arogli Beth ar ei groen a'i ddillad, sylwodd o ddim ar y car heddlu oedd wedi parcio ychydig yn nes i fyny na drws ei gartra. Roedd ar fin foltio dros wal yr ardd pan sylwodd ar y ddau blismon – un mewn iwnifform a'r llall mewn dillad plaen – yn sefyll yn y drws yn siarad efo'i fam. Gwyddai fod rhywbeth o'i le wrth weld yr olwg lem ar ei hwyneb. Sobrodd wrth gofio fod ganddo sicstînth o wair yn ei boced.

Trodd y ddau heddwas i sbio arno.

"Nedw?" medd yr un dillad plaen.

"Dibynnu pwy sy'n gofyn," atebodd Nedw, oedd wedi etifeddu drwgdybiaeth reddfol ei fam tuag at yr heddlu.

"Ditectif Cwnstabl Humphries. Cwpwl o gwestiyna, dyna i gyd. Gawn ni ddod i mewn?"

"Does 'na 'run bathodyn y Cwîn yn dod i mewn i'r tŷ 'ma!" medda Ceri.

"Mrs Morgan…"

"Miss!"

"Miss Morgan – mae gennych chi dri dewis. Gadael ni i mewn i gael gair sydyn efo'ch mab, *neu* gadael i ni ei holi fo allan ar y stryd lle mae pob twitchy curtain yn gallu gweld, *neu* mynd â'ch mab i lawr i'r stesion. Pa un ydi'n mynd i fod?"

"Allan yn fan hyn," atebodd Ceri. "Dwi wedi deud, does 'na'm croeso yn y tŷ yma i weision Coron Lloegar."

"Mam!" protestiodd Nedw.

"Sori, Nedw. No wê!"

"OK," medda'r ditectif, a tynnu'i lyfr bach du allan. "Nedw, alli di ddeud wrthan ni lle oeddat ti ddoe rhwng dau o'r gloch y bore a saith o'r gloch y bore?"

Trodd Nedw at ei fam eto. "Mam?! Gad nw i mewn ffor ffýc's sêcs!"

Sylwodd Ceri ar yr olwg ddifrifol ar wyneb ei mab ac ystyried cyfaddawdu am yr un tro yma. Ond newidiodd ei meddwl. Roedd hi'n gwybod yn iawn fod Nedw wedi bod efo Gwenno a Mared a'r rheiny yn nhŷ Bobat drwy'r oriau mân, felly fyddai'r cwestiynu yma ddim yn para'n hir cyn i bopeth gael ei sortio allan.

"Nedw, jysd deutha nhw lle fuasd di, iddyn nhw gael bygro hi o'ma."

"Be mae hyn i gyd amdan?" gofynnodd Nedw.

"Gwneud ymchwiliadau i'r arson yn y Plaza ydan ni," eglurodd Ditectif Humphries yn sych.

"O, ffýc off!" rhegodd Ceri. "'Da chi'm o ffýcin ddifri!"

"Mrs Morgan!"

"Miss!"

"Fyddan ni'n mynd â Nedw i'r stesion os na fyddwch chi'n rhoi cyfle iddo ateb!" rhybuddiodd y ditectif.

"Mam! Cŵlia i lawr! 'Dio'm yn broblam," siarsiodd Nedw, cyn troi i ateb yr heddwas. "O'n i'n gwely tan chwartar i dri y bora – neith fy mrawd conffyrmio achos nath 'yn ffôn i ddeffro'r ddau o'nan ni a doedd o ddim yn hapus iawn. 'Y nghariad i oedd yn ffonio, isio i fi gwcio pizzas iddi hi a'n chwaer i..."

"Pizzas?"

"Ia, so mi nes i."

"Nes di be?"

"Cwcio pizzas!"

Sgriblodd y ditectif yn frwdfrydig yn ei lyfr am eiliad neu ddwy, cyn stopio'n sydyn. "Ydi bobol yn arfar dy ffonio di yn oriau mân y bora yn gofyn i chdi gwcio pizzas iddyn nhw?"

"Na, ond 'y nghariad i a'n chwaer i oeddan nhw. Ac oedd o mor randym fedrwn i'm gwrthod."

"OK... a faint o'r gloch eto?"

"Wel, oeddan nhw'n stwffio'u gwyneba erbyn tua hannar awr 'di tri. Wedyn..."

"Yn lle oedd hyn?" gofynnodd y ditectif yn eiddgar.

"Tŷ rywun."

"Pwy?"

"Dwi ddim yn fodlon atab hwnna."

"Pam?"

"Achos 'dio'm yn beth neis gyrru cops rownd i dai bobol."

"Pwy sy'n deud fyddan ni'n mynd yno?"

"Wel, mi fyddach chi isio corobyretio'n stori fi, yn byddach?"

"Felly pam na wnei di roi enw'r tŷ i ni?"

"Achos dwi'n ei weld o'n pointless rhoi rhywun drwy'r traffarth o gael cops yn cnocio drws pan dwi'n gwbod fod o i gyd yn wast o amsar."

"Wel, OK, gawn ni weld am hynny eto. Lle fuast ti wedyn, ar ôl bod yn y tŷ 'ma efo'r pizzas?"

"Es i adra."

Stopiodd y bensal symud, a chododd y ditectif ei ben. "Es di adra?"

"Do."

"A ti'n gwbl sicr o hyn rŵan?"

"Yndw, bendant."

"So roeddat ti adra erbyn… faint?"

"Wwwff… tua pedwar, rwbath felna?" Cochodd Nedw fymryn wrth synhwyro'i fam yn sylwi ar ei gelwydd.

"Pedwar?"

"Ia – tua pedwar i hâff pasd."

"Ti'n siŵr? Ti'm yn swnio felly."

"Yndw, dwi'n siŵr."

"A fuas di ddim yn y Plaza?"

"Wel naddo siŵr dduw!"

"Ti'n siŵr rŵan?"

"Pam ffwc fyswn i'n mynd i'r Plaza? Doedd 'na'm ffycin ffilm on!"

Gwenodd y ditectif yn sarrug. "Dydi fforensics heb fod i mewn eto, ond os oeddet ti yno ma nhw'n siŵr o allu dweud. Felly os oeddat ti, rŵan ydi'r amser i ddweud hynny."

Syllodd yr heddwas i fyw ei lygaid a syllodd Nedw yn ôl i'w rai o, gan obeithio ei fod yn argyhoeddi.

"OK," medd y ditectif, a chael y blaen ar Ceri, oedd ar fin ymyrryd unwaith eto. "Un peth arall, Nedw – cerdded oeddet ti?"

"Naci, ar y beic o'n i."

"Hwnna'n fana ydi o, ia Nedw?" gofynnodd y plismon iwnifform wrth edrych ar yr Honda ar y llwybr heibio talcen y tŷ. "Iawn i ni gael golwg?"

"Feel free," atebodd Nedw, wrth i'r plismon fynd draw i fusnesu. "Mae o'n hollol lîgal!"

"Felly Nedw – recap bach," medd Ditectif Humphries. "Ti wedi mynd i dŷ person unknown i delifro pizzas i dy chwaer a dy gariad am hannar awr wedi tri, wedyn ti wedi mynd adra ar dy feic am tua pedwar i hannar awr wedi pedwar?"

"Rwbath felna, ia," atebodd Nedw wrth wylio'r plismon arall yn agor top y bocs picnic ar gefn y beic, ac yn edrych i mewn.

"OK," medda Ditectif Cwnstabl Humphries. "Dyna ddigon am rŵan. Doedd hynna ddim yn anodd, nagoedd *Miss* Morgan?"

"Ydach chi am ddeud wrtha fi pam fod yr hogyn 'ma yn y ffrâm?"

"Fyswn i'm yn poeni os fyswn i'n chi," atebodd y ditectif. "Rwtîn. Elimination process, blah blah!"

Gwenodd y ditectif yn oeraidd, cyn troi am giât yr ardd. "Hwyl, Nedw. Os ti'n cofio rwbath arall, galwa i mewn i'r stesion. Sooner's better than later! Mae o'n help mawr i ni allu eliminetio pobol cyn gynted â phosib. A fydd o'n help mawr i chditha hefyd. Ciao for now!"

27

… Agorodd drws y fflat. Gwisgai Didi bâr o shorts denim gwyn, oedd bron mor fyr â *hotpants* merch. Neidiodd ei lygaid gleision, llawn cocên, o wyneb Jojo i Cockeye, ac yn ôl, yn amheus a pharanoid yn syth. Roedd hynny'n rhywbeth, o leia, meddyliodd Jojo – fod larymau yn canu ym meddwl ei ffrind. Yr unig broblem oedd ei fod o'n rhy racs i weld y tân.

"Iawn Didi?" medda Jojo, gan obeithio y byddai ei ddefnydd o'r Gymraeg yng ngŵydd dieithryn yn canu mwy o glychau. Cerddodd heibio'i ffrind a sefyll ynghanol llawr y fflat. "Ma 'na rwbath yn digwydd, a dwi angan i chdi gydweithio…"

"What da fuck are you saying?" arthiodd Cockeye.

"Relax, Neb! It's just some Taff patois I taught him, man!" eglurodd Jojo. Doedd dim pwynt celu rŵan. Beth bynnag a ddigwyddai heno, roedd unai Didi a Jojo'n marw, neu mi oedd Cockeye.

"Speak fucking English!"

"Didi – mae rhaid i chdi drystio fi efo dy fywyd, a gneud be dwi'n ddeud wrtha chdi…"

Doedd Jojo heb wneud ei feddwl i fyny be oedd Plan B, ond o'r funud y gadawson nhw y Rat and Squirrel roedd o'n gweithio arno bob eiliad âi heibio. Doedd dim byd concrit i'w weld yn siapio hyd yma, ond roedd o am ddal i droedio'r llwybr o weindio Cockeye i fyny, am y tro, er mwyn gweld i le fyddai hynny'n arwain. Byddai amharu ar ganolbwyntio'r Serbiad yn rhoi gwendid i Jojo ei egsploetio, o leia. A phwy a ŵyr, meddyliodd, efallai y gwelai gyfle i achub Ellie hefyd – er, mi oedd o wedi derbyn y posibiliad cryf y byddai, os na ddeuai cyfle i achub Didi *ac* Ellie, yn gorfod ymddwyn fel duw, a dewis pwy oedd yn byw a phwy oedd yn marw…

Gwelodd Jojo fod y dryswch yn llygaid Didi'n gwaethygu. Roedd o'n ymylu ar banig. "Didi, we're off to a party! Ty'd efo ni mêt!" Fflachiodd Jojo wên a winc a obeithiai fyddai'n siarad cyfrolau, cyn astudio llygaid Didi am arwyddion ei fod wedi clicio.

"Lemme get me jacket," medd Didi, a symud am y sinc ym mhen draw'r fflat.

"No fuckin time for that, you fuckin poofter!" arthiodd Cockeye, a dechrau ei ddilyn. "Taxi waiting, clock ticking!"

"OK, OK," atebodd Didi wrth gydio yn ei siaced denim wen oddi ar y bar brecwast, a throi i gwfwr Cockeye. "Keep yer fackin cock in, Cockhead!"

Wedi awr gyfan o ymdrybaeddu meddyliol am ffordd i ddatrys y picil dieflig, cynlluniwyd Plan B i Jojo gan be ddigwyddodd nesa. Gwelai Jojo'r holl beth mewn *slo-mo*... Didi'n ffidlan ym mhoced ei siaced wrth nesu at Cockeye... Cockeye, oedd ychydig yn nerfus wedi'r holl Gymraeg a symudiadau eratig Didi, yn codi'i law i gydio yn Didi... Didi'n tynnu Rape Taser C2 Americanaidd o boced ei siaced...

"I AIN'T NO FACKIN POOFTER!" sgrechiodd Didi wrth blannu'r teclyn hunanamddiffynnol yng ngwddw Cockeye, a'i danio. Sbarciodd ffrwd o drydan glas 40,000 folt i gorff y Serbiad, a disgynnodd yr horwth ar ei gefn i'r llawr. O fewn dwy eiliad, roedd Didi wedi estyn cyllell fara ac wedi agor gwddw Cockeye fel tun o plym tomatos, nes bod gwaed yn tasgu i bobman ac yn llifo ar hyd y llawr. Ciciodd coesau Cockeye am ychydig, fel 'tai o'n gwneud jig i gyfeiliant y sŵn garglo ddeuai o'i geg, wrth i ddwsinau o swigod sgarlad ffrydio o'i wddw agored a byrstio dros ei wyneb.

Ar ôl rhyw ddeg eiliad, peidiodd cryniadau'r bwystfil, a llonyddodd y corff. Safodd Didi a Jojo'n fud – Didi mewn sioc, a Jojo mewn anobaith. Gwnaed ei benderfyniad dwyfol ar ei ran. Roedd ffawd Ellie wedi'i selio...

Caeodd Jojo ei lygaid yn dynn wrth i wyneb y llyfrgellyddes ifanc neidio i ffenest ei feddwl. Y llun hwnnw oedd o – hwnnw yn y fideo ohoni wedi'i chlymu i gadair a thâp dros ei cheg. Ysgydwodd ei ben yn galed, a diflannodd ei llygaid llydan tu ôl i storm o eira.

Wedi methu cysgu oedd Jojo. Sgync Didi oedd y bai, yn cadw'r injan i droi yn ei ben. Pan aeth i'w wely roedd o wedi blino, ond wedi iddo orwedd mi ddeffrodd ei ddychymyg – a phrysuro i ganu'r larwm i ddeffro pob cell ar y landing, ac aeth y cwbl lot ati fel lladd nadroedd i nyddu meddyliau. Doedd Jojo'm yn or-hoff o smocio sgync – neu 'paranoia mewn rholyn papur', fel y galwai o'r stwff – am ei fod o'n tueddu i'w yrru i hel meddyliau annifyr, a'r peth ola oedd o ei angen rŵan oedd mwy o fwganod yn ei ben.

Ond ei smocio fo wnaeth o neithiwr, wrth ymlacio a sgwrsio efo Didi. Roedd o wedi teimlo fel y peth naturiol i'w wneud, rywsut, a'r ddau heb siarad mor rhwydd am y gorffennol ers tro byd. Buan iawn, fodd bynnag, yr ymddangosodd y coblynnod yn ei ben, i godi cerrig a gadael morgrug i wau trwy'i gilydd yng nghoridorau'r ymennydd. Cyn hir roedd y bwganod wedi'u deffro, a phob pryder wedi'i chwyddo'n greisus, pob bygythiad yn argyfwng, a llais diafolaidd yn rhoi'r bŵt i mewn efo'r geiriau 'Chdi 'di'r bai am hyn i gyd!'

Drwy lwc, deallai Jojo'n iawn be oedd ar waith, ond allai o ddim atal y broses syrffedus honno o gael ei frên wedi'i ddatgymalu a'i gario fesul dernyn i nyth morgrug. Doedd dim amdani ond mynd efo'r lli, ac aros i'r coblynnod flino ac i'r darnau ddychwelyd i'w lle. Diolchodd Jojo ei fod wedi cyrraedd y rhan honno o'r broses o'r diwedd, wrth syllu'n dawel trwy'r ffenest lydan at y traeth islaw. Gorweddai niwl tenau yn isel drosto, a thaflai goleuadau Golden Sands hen wawr oren, oer i'w liwio. Doedd dim byd yn symud, a dim hyd yn oed murmur y môr i'w glywed.

Tolltodd ei bedwerydd Jack Daniels mawr i'r gwydryn ar y bwrdd o'i flaen. Llyncodd gegiad llawn, ond wrth roi'r gwydryn i lawr, tarodd yn erbyn y pistol a orweddai'n dawel ar y bwrdd, ac mi dolltodd gweddill ei gynnwys i bob man. Ond wnaeth Jojo ddim rhegi. Ddwedodd o ddim byd.

Agorodd drws stafell wely Didi, a throdd Jojo i wylio'i ffrind yn ymddangos fel ysbryd yn y gwyll a llusgo'i draed am y toiled. Doedd o'n gwisgo dim byd ond siwmper fawr wlanog oedd sawl seis yn rhy fawr iddo ac yn cyrraedd at ei bengliniau, bron. Er na welai liwiau yn y gwyll, sylwodd Jojo mai'r siwmper wlân *mohair*, streips coch a du fel Dennis the Menace, oedd hi. Cofiai gael cip o Didi'n ei thaflu i mewn i'w fag – efo'i sgync a'i gocên – cyn gadael y fflat yn Llundain. Gwyliodd Jojo ei goesau robin goch gwyn yn diflannu trwy ddrws y bog, cyn troi nôl i syllu drwy'r ffenest i gyfeiliant sŵn ei ffrind yn piso.

Neidiodd Didi pan ddaeth o'r toilet a gweld silwét Jojo'n eistedd wrth y bwrdd. "Jeezuz fackin 'ell…!" gwaeddodd, a rhoi llaw ar ei galon yn ddramatig. "Be ffwc ti'n neud yn fana?"

"Methu cysgu," atebodd Jojo heb droi i'w wynebu. "Faint o'r gloch ydi?"

"Dim ffacin syniad," medd Didi wrth shyfflo draw at y bwrdd. Stopiodd pan welodd fetel oer y gwn yn sgleinio yn y mymryn golau a fownsiai oddi ar y niwl tu allan. "O'n i'n meddwl bo chdi wedi gadael hwnna fynd efo'r car i waelod y llyn 'na! Ffac's sêcs, Jojo – ma nhw'n mynd i allu trêsio hwnna i Fuckface!"

"Y Browning oedd hwnnw."

"Be?"

"Y Browning laddodd Vukasin. *Mae* hwnnw wedi mynd efo'r car."

"Ffacinél…" medd Didi'n dawel gan rythu ar y Glock ar y bwrdd wrth eistedd i lawr. Roedd ar fin gofyn i Jojo faint o ynnau eraill oedd ganddo o gwmpas y garafán, ond meddyliodd eilwaith wrth sylwi ar y gwaddod Jack Daniels yn y botel ar y bwrdd.

"Ti'n iawn, Jojo?"

"Yndw, Did. Paid â mwydro! Ti fel rhyw nagging blydi wife!"

Trawyd Didi gan ymateb ei ffrind. Cododd, ond ymddiheurodd Jojo'n syth. "Dwi jysd isio clirio 'mhen, sdi, Didi. Os fyswn i ond yn cael gwybod be ddigwyddodd i Ellie… a pen Cockeye hefyd… Jysd i gael 'closure' ysdi…"

Eisteddodd Didi yn ei ôl. "Wel, fel ddudas di ddoe, fydd 'na ddim closhiyr go iawn am sbelan go lew, yn na fydd?"

"Dwi'n gwbod. Ond fysa gwbod y ddau beth yna'n helpu lot. Dwi'n teimlo fel…" Stopiodd Jojo, ac mi basiodd rhai eiliadau o dawelwch.

"Be ti'n teimlo fel?" gofynnodd ei ffrind cyn hir.

Ystyriodd Jojo cyn ateb. "Fel ffacin calon wedi'i thrawsblannu i gorff newydd, a'r corff hwnnw'n ei gwrthod hi am fod 'na wenwyn o'r corff blaenorol ynddi…"

Chwythodd Didi ei wynt allan. Roedd y frawddeg yn llawer rhy ddwys i rywun oedd newydd ddeffro i biso'n ganol nos.

"Ti'n gwbod be dwi'n feddwl?" gofynnodd ei gyfaill wedyn, cyn troi i edrych arno am y tro cynta ers dechrau'r sgwrs. Ond allai Didi mo'i ateb.

"O'n i'n barod am fywyd newydd, i adael y ffacin jyngyl a dechra eto – tudalen lân, ond… wel… dyma ffacin fi, wedi gadael, ac yn sbio ar y dudalen newydd, ond dydi hi ddim yn ffacin lân!"

Ystyriodd Didi'r geiriau cyn ateb. "Hwyrach na dim hon ydi'r dudalen newydd, Joj? Hwyrach fod rhaid symud ymlaen eto cyn ei ffeindio hi?"

Wnaeth Jojo ddim ateb, dim ond troi'n ôl i syllu drwy'r ffenest ar y niwl.

"Wel, cym ffacin bwyll efo'r gwn 'na," siarsiodd Didi'n dawel wrth godi i fynd yn ôl i'w nyth.

"Didi!" medd Jojo, cyn iddo groesi'r llawr. "Dwi'n licio'r îyring."

"Be? O, hon?" gofynnodd Didi wrth roi ei fysedd ar y styd arian a deiamonte yn ei glust. "Nes i ei rhoi hi i mewn cyn mynd i gwely, jysd i weld os o'n i'n dal i'w licio hi. Anghofis 'i thynnu hi."

"Wel, gad hi i mewn, Did," medd Jojo wrth droi i edrych arno. "Mae hi'n siwtio chdi."

Trodd Jojo'n ôl at y ffenest. Niwsans oedd y niwl, meddyliodd. Oni bai amdano mi fyddai o'n gallu gweld amlinell y mynyddoedd tu draw i'r bae.

28

ROEDD RHYWBETH AM GAMU trwy borth Bethania yn gyrru ias i lawr cefn Nedw. Y tro dwytha iddo groesi trothwy'r capel oedd cnebrwn ei nain, naw mis yn ôl, a chyn hynny, gwasanaeth coffa ei dad. Nid ias deimlodd o heddiw, fodd bynnag, ond rhyw bwl rhyfedd o fod yn ymwybodol fod rhywbeth yn ofnadwy o anghywir am dynnu'r adeilad i lawr. Doedd 'na neb o deulu Nedw'n grefyddol, a fuodd o erioed yn yr Ysgol Sul, ond roedd y capel wastad wedi bod yno, rywsut. Priodasau, angladdau, bedydd, gweithgareddau yn y festri – roedd rôl gymunedol y lle fel rhyw gysondeb tawel, cadarn, yno yn y cefndir o hyd. Ond roedd mwy na'i elfen gymdeithasol yn galw am well parch na chael ei ddarnio fesul llechen a charreg a sêt bren. Roedd o'n adeilad cysegredig, yn sanctaidd yn yr ystyr mwya ysbrydol i gymaint o'r hen bobol. Roeddan nhw wedi gweddïo yn y seti pren yna, wedi myfyrio ar eiriau'r llyfr sanctaidd, wedi codi'r to wrth ddyrchafu eu calonnau mewn emynau, ac wedi wylo wrth drosglwyddo eu hanwyliaid i'w duw. Pa hawl oedd gan ddyn i halogi lle mor bwysig â hynny?

Syllodd Nedw at y lle bu'r pulpud a'r sêt fawr. Doedd dim styllan ohonyn nhw ar ôl – dim ond talcen o wal gerrig wedi'i blingo o'i phlastar, oedd yn gorwedd yn friwsion o galch a blew ceffyl ar lawr. Cofiai Nedw'r Gweinidog yn sefyll yn y pulpud yn traddodi teyrnged i'w nain. Cofiai hefyd y llu o deyrngedau i'w dad gan ei ffrindiau – i gyd o'r un pulpud. Rhedodd ias gryfach nag erioed i lawr ei gefn.

"Chewbacca!" gwaeddodd Nedw, cyn cofio nad oedd pwynt – doedd Chewbacca ddim yn clywed. Camodd ymlaen trwy'r llanast o lwch a phlastar a thrwodd i'r festri. Yno, yn bwyta brechdan wrth ddarllen ei bapur, roedd Chewbacca. Cerddodd Nedw i sefyll o'i flaen, a chododd Chewbacca ei ben.

"Iawn Chewie!" cyfarchodd Nedw y mudan.

"Eeeyyoo!" atebodd Chewbacca, a gwenu wrth roi ei bapur i lawr.

"Ti – ar – ben – dy – hun?" gofynnodd Nedw yn araf er mwyn iddo ddarllen ei wefusau.

"Yyyoooww," cadarnhaodd Chewbacca. "Ywwyyg a Uuuuf u-iiii."

"Be, Chew?" gofynnodd Nedw.

"U-iiii," ailadroddodd Chewbacca, gan bwyntio'i fys am y stryd, yna at ei geg.

"Yn y chippy?"

"Yyyaa!" atebodd Chewbacca gan nodio'i ben.

Roedd Nedw'n falch, achos doedd ganddo mo'r awydd i wynebu ei frawd. Roedd o wedi cadw o'i ffordd ers i'r cops ddod i'w holi neithiwr. "'Di hwnna genti, Chewie?" gofynnodd.

Nodiodd Chewbacca ac estyn ei fag, cyn taflu owns o sgync i Nedw.

"Faint?"

"Wwooo-yyyy-iiiii," atebodd Chewie, cyn ail-ddweud efo help ei fysidd.

Estynnodd Nedw gant a thri deg o bunnau, a diolch iddo.

"Be – ti'n – neud – wicend – 'ma – Chew?"

"Yyyyyyaaaaa!" atebodd y mudan, gan estyn ei law at ei geg i ddynodi llowcio lot o gwrw.

Gwenodd Nedw'n braf ac ysgwyd ei law. "Welai – di – o – gwmpas – felly!"

"Yyyyaaa!"

Gadawodd Nedw Chewbacca efo'i frechdan a'i bapur a throedio'r llanast tuag at y drws. Roedd o newydd gamu allan trwy borth y capel ac yn sefyll o dan y sgaffold pan ddaeth Luke Robs a Gruff ei frawd i'w gwfwr efo bagiau llawn o arogleuon braf.

"Does 'na ffyc ôl i losgi yma'r cont," dechreuodd Gruff yn syth. "Mae'r pren i gyd 'di mynd."

"Ha-ffycin-ha," atebodd ei frawd bach. "Digon hawdd gweld pam fo chdi'n tynnu capeli i lawr yn lle bod ar y stêj, y cont!"

"So be oedd y crac 'ta?" gofynnodd Luke Robs – yn amlwg wedi cael yr hanes gan Gruff.

"Jysd rhyw dwat wedi gweld fi o gwmpas lle ar y beic, Luke. Elimination process, dim byd mwy."

"Wel, watsia dy hun, Nedw. Rhag ofn i chdi gael dy stitshio i fyny."

"Stitshio fi fyny? I be, dwad?"

"I gyfro tracs rywun arall 'de!"

"Fel pwy?"

"Pwy bynnag nath o go iawn, siŵr!"

"Y Syndicet?"

"Pwy arall? Ydi Chewbacca dal yn fana?"

"Yndi," atebodd Nedw wrth i Luke gerdded drwy'r porth i ymuno â'i frawd mud a byddar yn y festri.

Yn gyndyn, trodd Nedw at ei frawd yntau.

"Wel?" medda hwnnw.

"Wel be?"

"Be 'di'r ffycin crac?"

"Does 'na ddim crac, Gruff!"

"Fuasd di i mewn yna?"

"Naddo."

"Ti'n siŵr, Nedw? Achos neith fforensics ddangos…"

"Fydd 'na ddim fforensics achos dwi heb fod i mewn yna!"

Syllodd y ddau frawd i lygaid ei gilydd am rai eiliadau.

"Wel," medda Gruff. "Os dyna ydi'r gwir, dim wrtha fi ti angan deud, ond wrth Mam. Hi sy'n poeni, Nedw. Ffwc o bwys gena i os ti'n mynd i jêl. O leia ga i'r stafall i fi'n hun – a llonydd i ffycin gysgu!"

Camodd Gruff ar ôl ei fos a diflannu drwy borth y capel. Aeth ias oer arall i lawr cefn Nedw.

29

Teimlai Ceri hefyd bwl o euogrwydd wrth basio adfail Bethania. Fuodd hi rioed yn ddynes capel, ond roedd gweld un o sefydliadau'r gymdeithas yn cael ei ddymchwel yn ei haflonyddu. Os oedd cymdeithas yn troi cefn ar y sefydliadau cymunedol hyn, yna roedd hithau, fel aelod o'r gymdeithas honno, mor euog â phawb arall. Roedd rhyw dabŵ ynghylch tynnu capel i lawr, meddyliodd.

Efallai mai'r ffaith fod crefydd wedi gwreiddio cymaint yn ymwybyddiaeth cenedlaethau o bobol oedd yr eglurhad am hynny. Roedd cymdeithas yn mynd yn fwy seciwlar bob dydd, ond roedd crefydd yn dal yno, yn y mêr, yn rhan o ddiwylliant a hunaniaeth, ac yn dal i fod yn gysur i lawer yng ngwyneb y farwolaeth oedd yn ein haros ni i gyd. Fel gweld plentyn yn rhegi ei fam, roedd rhyw symboliaeth drist a phersonol iawn mewn gweld capel yn cael ei ddymchwel. Ond dyna fo, be oedd crefydd ond casgliad o dabŵs?

Wislodd rhywun arni o ben y sgaffold. Trodd i weld Luke Robs a Gruff ei mab yn chwerthin wrth droi i ffwrdd i gogio gweithio.

"Oi, y diawliad! Welis i chi!" gwaeddodd arnyn nhw, cyn i lori basio a'i rhwystro rhag gweld eu hymateb. Gwirionodd Deio bach wrth weld y lori, wedyn, am ei bod hi'n goch fel Mac – lori Lightning McQueen.

Ar ôl rhannu cyffro ei mab ieuenga am funud, gwthiodd y goitsh yn ei blaen ar hyd y pafin, a tharo i mewn i Mared yn dod allan o'r caffi lle oedd hi'n gweithio.

"Sori, Ceri!" medda hi. "Nesi'm dy weld di."

"Twt, fi oedd 'im yn sbio lle o'n i'n mynd! Sud wyt ti?"

"Dwi'n iawn diolch! Sut mae…?" Oedodd Mared. Roedd hyn yn rhyfedd – roedd hi'n siarad efo mam ei chariad a'i ffrind gorau.

"Nedw 'ta Gwenno?" gofynnodd Ceri wrth ddarllen ei meddwl.

"Y ddau," atebodd Mared a chwerthin yn nerfus cyn plygu i lawr i wneud ffws o Deio.

"Wel, ma'r ddau dal yn gegog, Mared bach – ond ti'n gwbod hynny dy hun, debyg!"

Chwarddodd Mared eto wrth sythu yn ei hôl. Synhwyrodd Ceri nad oedd hi wedi clywed am y cops yn holi Nedw. Roedd hynny'n syndod mewn lle fel Gilfach. Mentrodd Ceri gwestiwn slei.

"Wnaethoch chi enjoio'r pizzas nos Sul – wel, bora dydd Llun?"

"Ha! Do – cwilidd 'de! Deffro'r cradur i gwcio pizzas!"

"Yn tŷ Bobat oeddach chi, o'n i'n clywad?"

"Ia, ar ôl y Bryn. Noson a hannar!"

"Goelia i! Noson hwyr 'fyd?"

"Gysgis i ar ôl byta'r pizza!"

"Yn tŷ Bobat?"

"Ia – ond mewn cadar, cofia! A Gwenno 'fyd. Aeth Nedw adra dwi'n meddwl."

"Do, mi ddoth i tŷ – tua ha'di pedwar, ia?" awgrymodd yn gyfrwys.

"Mae hynna'n gneud sens, am wn i…" atebodd Mared. "Sori, dwi'm yn cofio llawar…"

"Twt, paid â poeni – dwi'm yn busnesu, sdi," sicrhaodd Ceri hi'n gelwyddog, cyn ailgydio yn handlenni'r goitsh ac ailddechrau cerdded. Roedd hi'n siŵr fod Mared wedi synhwyro ei bod yn pysgota, ond roedd hi'n falch ei bod wedi holi, achos mi gadarnhaodd atebion y bengoch gelwydd ei mab. Gwyddai Ceri'n iawn na ddaeth Nedw adra tan lawer hwyrach na'r hyn oedd o'n honni. Y cwestiwn mawr nesa oedd lle buodd y diawl bach.

30

EISTEDDAI JOJO'N DARLLEN PAPUR newydd yn siop y barbwr. Roedd o wedi bod yn lwcus i gael slot ymhen hanner awr, ac wedi penderfynu aros tan hynny tra'r oedd Didi'n siopa am ei bits a bobs bondigrybwyll.

Welai Jojo ddim llawer o bwynt mewn gwneud y garafán yn gartrefol, achos doedd wybod pryd y byddai'n rhaid iddyn nhw ei heglu hi oddi yno. Ond os oedd o'n gwneud Didi'n hapus, yna byddai'n werth o. Ysgydwodd ei ben wrth feddwl fod ei berthynas â'i ffrind yn ymdebygu fwyfwy i un gŵr a gwraig bob dydd.

Sganiodd y papur am stori yn ymwneud â throseddau yn Llundain, ac am unrhyw sôn am ben wedi hanner ei fwyta yn dod i'r fei mewn fferm gynrhon. Ond doedd affliw o ddim byd yn yr un o'r papurau.

O leia byddai'r cynrhon wedi cael cyfle i fwyta'r cig oddi ar y pen i gyd erbyn hyn, gobeithiai. Efallai nad oedd y ffarmwr wedi edrych yn y tanciau y diwrnod hwnnw, ac mai dim ond penglog glân fyddai ar ôl erbyn iddo gael ei ddarganfod. Roedd hynny'n un rheswm i godi calon. Ond hanes Ellie oedd o wir angen ei wybod. Gafodd hi ei gollwng yn rhydd, neu oedd ei chorff yn gorwedd mewn calch mewn bedd dienw mewn coedwig? Roedd y diffyg newyddion yn ei gnoi. Ofnai'r gwaetha.

Galwodd Bob y barbwr fo draw, ac aeth i eistedd yn y gadair a gwylio'i hun yn y drych. Roedd o angen sièf yn ogystal â thorri'i wallt, ond câi hynny aros. Doedd o'm yn trystio neb ond fo'i hun efo rasal.

Taenodd Bob y shît drosto a'i chlymu yn y cefn, ac eglurodd Jojo iddo be oedd o isio. Gwyliodd Jojo fo yn y drych, cyn edrych i fyw ei lygaid ei hun eto. Synnai mor ddiarth yr edrychai yma, ar ffo ac allan o'i gynefin. Doedd dim ond cysgod o'r hyder cadarn hwnnw yr arferai ei weld yn Llundain yn edrych arno o'r drych yma, yn Gilfach. Wyddai Jojo ddim os oedd hynny'n beth da ai peidio.

"Faint tisio off y top 'ma?" holodd Bob.

"Dim byd off y top, diolch ti."

"Siŵr? Dim rhyw cwic trim bach? Sa fo'n edrych yn well, sdi. Gwarad split ends a ballu?"

"Jysd rhyw hannar modfadd 'ta. Dim mwy."

"Ia, dyna o'n i'n feddwl, sdi. Fydd o'n gneud gwahaniath, sdi. Tryst mi, ai'm e barbyr!"

Gwenodd Jojo ar wyneb clên Bob yn y drych. Roedd o tua'r un oed â fo, meddyliodd, ond yn edrych fel 'tai o wedi cael ei fagu ar letys ar hyd ei oes. Roedd o hyd yn oed yn deneuach na Didi.

Ar y gair, ymddangosodd Didi yn y drych, yn dynwared un o bôsus Marilyn Monroe efo'i law dros ei geg a sioc ddramatig ar ei wyneb. Roedd o'n amlwg mewn hwyliau arbennig achos roedd o'n cael 'camp moment', fel y galwai Didi nhw – er, fyddai neb arall yn eu disgrifio nhw fel munudau.

"I'm leaving you!" medd Didi, efo acen Saesneg *quintessential* yr hen ffilmiau Ealing.

Chwarddodd Jojo, a gwenodd Bob wrth ailgydio yn ei waith.

"Hercyt hannar pris?" gofynnodd Didi wedyn, yn ei lais naturiol, wrth astudio be oedd Bob yn ei wneud efo'i fop.

"Be ti'n feddwl?" medd Jojo, yn synhwyro fod yma ddial am ei alw'n Annie Lennox y diwrnod o'r blaen.

"Wel… mae hannar y gwallt yn dal ar dy ben di," atebodd Didi, cyn rhoi ei law yn ôl dros ei geg. "Oh! Don't tell me – 'felna mae o i fod'!" Roedd yr act yn ei hôl ar y llwyfan. "Shwrli not! Ti'n blydi jocian! Wel, ti ddim yn dod i nunlla efo fi yn edrych fel thro-bac i'r Eitis!"

"Grêt!" atebodd Jojo. "Fydd neb yn meddwl na Eurythmics tribute band ydan ni, felly!"

"Owww! Y bitsh!" medd Didi, ac ochneidio. "Jinjyr 'di Annie eniwe! Cochan, iff iŵ plis!" ychwanegodd gan bwysleisio ychafiaeth sain yr 'ch'. "Dydi'r ice blonde yma ddim mor bell â hynny o'n lliw naturiol i!"

"Ac mae o'n siwtio chdi hefyd," nododd Bob.

"Diolch yn fawr," medd Didi yn fflyrti i gyd. "Yli, Jojo! Dyn sy'n dallt 'i betha! Be 'di dy enw di, Mistar Barbwr?"

"Bob."

"Wel Bob, ateba gwestiwn i fi, plis. Ydw i'n debyg i Annie Lennox?"

Winciodd Jojo ar y torrwr gwallt yn y drych.

"Wel, *mae* 'na passing resemblance 'de!" nododd Bob â'i dafod yn ei foch.

Agorodd Didi ei geg yn llydan fel pysgodyn. "Wel, does 'na'm rhyfadd fod golwg y diawl ar wallt hwn os ydi dy olwg di mor ddrwg â hynna, Bob!"

Chwarddodd y barbwr wrth i Jojo roi ei ben yn ei law, cyn i Didi gyhoeddi i'r byd a'r betws ei fod o'n mynd, ac os oedd Jojo isio fo, y gallai ddod o hyd iddo yn y *bus stop*! Yna, efo tro sawdl fwy dramatig na'r Royal Shakespeare, wiglodd ei din tua'r drws, ac allan â fo i'r stryd efo'i fagiau plastig, yn ei siwmper *mohair* fflyffi Dennis the Menace.

"Dy fêt?" gofynnodd Bob wrth frwsio blewiach oddi ar wddw a gwar ei gwsmer.

"Brawd bach," atebodd Jojo.

"Cês!"

"Hed cês!"

"Sut mae hwnna?" gofynnodd Bob, gan ddal drych llaw i fyny ar amrywiol onglau tu ôl pen a chlustiau Jojo.

"Lyfli, Bob. Faint s'arnai i ti?"

"Tenar."

31

… Roedd meddwl yn sydyn yn dod yn naturiol i rywun o brofiad Jojo. Ond mae angen amser i feddwl yn sydyn, hyd yn oed. Ac amser oedd y broblem. Yr amser cyn i Zlatko sylwi ar yr oedi cyn cael adroddiad nesa Cockeye, ac – yn fwy uniongyrchol – yr amser cyn i Vuk amau fod rhywbeth o'i le, a dod i fyny i'r fflat.

Roedd hi'n dasg ddigon anodd fel oedd hi, felly, heb fod Didi'n dechrau ffrîcio allan efo cyllell fara yn ei law.

"Didi! Gwranda arna fi os wyt ti isio byw! Mae *rhaid* i chdi wneud be dwi'n ddeud wrthat ti. Wyt ti'n dallt?!"

"Be ffwc sy'n mynd ymlaen, Jojo?!"

"WYT TI'N DALLT?!"

"Yndw, yndw, dwi'n deall…"

"Reit, dwi isio i chdi dynnu'r T-shyrt 'na i ffwrdd a'i socian o yn y gwaed 'na!"

"Ffycin be?!"

"JYSD FFYCIN GWNA FO!"

"Jîsys ffacin Craist, Jojo," medda Didi a'i lais yn torri i grio wrth dynnu ei grys-T i ffwrdd. "Mae hwn yn Calvin Klein!"

Tynnodd Didi ei grys a'i daflu'n sblatsh i'r pwll o waed, a sefyll yno, yn crynu, mewn dim byd ond ei shorts bach gwyn a'i *trainers*.

"Oeddach chi'n mynd i'n ffycin lladd i, Jojo?" gofynnodd.

"Trio achub dy ffycin groen di o'n i! A dyna dwi'n mynd i wneud rŵan, os wrandi di a peidio ffycin siarad! Sgen ti rwbath wyt ti isio yn y fflat 'ma? Dillad glân, personal effects, pres?"

"Eh?"

"'Dan ni'n gadael Llundan yn munud, a dydan ni byth yn dod yn ôl. Felly os oes gen ti rwbath ti isio dod efo chdi, rŵan ydi dy jans di. Mae gen ti hannar munud – dim ffycin mwy!"

Rhewodd Didi yn y fan a'r lle. Roedd ei ymennydd newydd ffrwydro.

"Pres, dogfennau, dillad glân!" gwaeddodd Jojo eto. "Brysia!"

Tra'r oedd Didi'n ymbalfalu trwy gwpwl o gypyrdda, tynnodd Jojo het wlân a siaced ledr fawr drom Cockeye oddi ar y corff.

"Ti 'di cael bob dim?" gwaeddodd ar Didi.

"Fack me, rho jans i mi!"

"Time's up, pal," arthiodd Jojo wrth gydio yn y crys-T gwaedlyd. "Gwisga'r T-shyrt 'ma rŵan!"

"Dwi'm yn dallt…" dechreuodd Didi, a'r syniad o gael gwaed Cockeye yn wlyb ar ei groen yn troi arno.

"Sgen i'm amsar i egluro rŵan," medda Jojo wrth dynnu ffôn a gwn-a-thawelydd Cockeye o bocedi ei gôt. "Jysd gwisga fo!"

Wedi i Didi gael y dilledyn swp-o-waed amdano, syllodd Jojo i fyny ac i lawr ar ei ffrind. "Iawn – ti'n edrych fel bod dy wddw di wedi'i slitio, rŵan. Ti'n dechra dallt?"

"Nacdw…"

"Gorwadd ar lawr yn fana – ar dy gefn. A rhwbia fwy o waed dros dy wddw. Ti'n dallt rŵan?"

"Na," atebodd Didi eto, wrth blygu ar ei bengliniau yn betrus.

Daeth Jojo o hyd i'r botwm camera ar ffôn Cockeye, a'i ddal i fyny o'i flaen. "Lawr â chdi, Didi. Gorwadd ar y gwaed 'na a cogio bach dy fod ti 'di cael violent death!"

Ufuddhaodd Didi, gan ddynwared corff a welodd ar *Silent Witness* unwaith.

"Rho dy ddwy law i fyny at dy wddw, fel sa ti wedi bod yn trio stopio'r gwaed – fel oedd Cockeye'n ei neud funud yn ôl!"

"Fel 'ma?"

"Ia. Cŵl. Rŵan gadael i dy law dde – sori, chwith – slipio i lawr… Dim mor bell – jysd relacsia hi, a gadael iddi fflopio… Ia, 'na fo, dyna chdi."

Fframiodd Jojo'r siot yn sgrin y ffôn. Ond roedd rhywbeth o'i le. Doedd o'm yn edrych yn naturiol, rhywsut.

"Didi, edrycha fel bo chdi wedi marw'n terrified!"

Agorodd Didi ei lygaid led y pen a syllu'n wallgo tua'r nenfwd.

"Ffycin terrified ddudas i, ddim ffycin hypnoteisd!"

"Wel, excuse me, Quentin Tarantino!" gwaeddodd Didi'n flin. "Wyt ti'n meddwl 'mod i'n imitetio cyrff yn amal neu rwbath?!"

"Dyna fo – felna! Dal yr olwg yna… Briliant!" Ond roedd rhywbeth yn dal ddim yn iawn. "Witsia funud. Paid â symud o gwbwl, OK?"

Neidiodd Jojo dros 'gorff' Didi a gafael yn y *cheese plant* oedd mewn potyn pridd wrth y wal tu ôl iddo. Cododd o, a'i daflu ar y llawr wrth ymyl Didi.

"Ffacin hel, Jojo! Be 'di hyn, *Day of the Triffids*?"

Safodd Jojo uwchben ei ffrind eto, a fframio'r siot – gwyneb a brest Didi, a chydig o lanast y *cheese plant* yng nghornel y llun. "Dal hi'n fana, Didi!"

Cymerodd y llun, ac astudio'r canlyniad. "OK, cut! It's a wrap!"

Cododd Didi. "Ga i dynnu'r ffycin shit 'ma rŵan?"

"Cei," atebodd Jojo, wrth fyseddu trwy'r ffôn am y rhif dwytha i gael ei ddefnyddio gan Cockeye. "Wedyn gwisga jacet y ffycin Serbian 'na – a'i gap o hefyd."

"Jîsys, ffashiyn show rŵan?"

"A rho drwsus yn lle'r ffacin shorts 'na, for fack's sakes!"

"Sgenai'm trwsus."

"Be?"

"Mae nw yn y launderette. Rownd gornal...

Tarfwyd ar feddyliau Jojo gan sŵn motobeic tu allan y garafán. Neidiodd ar ei draed a rhuthro at y ffenest agosa at y drws. Yn y golau gwan a daflai drwyddi, gwelai Jojo ddau berson – yn dal i wisgo'u helmedau – yn dod oddi ar gefn y beic. Rhoddodd ei law ym mhoced ei siaced ledr a gafael yn y gwn.

Ymlaciodd, fodd bynnag, wrth weld un o'r ddau yn estyn pizzas allan o'r bocs picnic oedd wedi'i strapio i gefn y beic.

"Pizzas?" gofynnodd Didi, wrth basio'n sigledig o'r toilet y tu ôl iddo, yn dal i wisgo'i siwmper wlanog er gwaetha'r gwres o'r tân nwy. Ac yntau wedi gwneud cymaint o ffýs isio bits a bobs i wneud y garafán yn gartrefol, y peth cynta wnaeth o ar ôl dod nôl oedd hitio'r poteli Stella ddaeth o efo fo o Asda.

Y siâp ar wallt Jojo oedd esgus Didi am hitio'r cwrw mor fuan yn y dydd. Roedd mohican chwe modfedd o lydan Jojo – "with added fringe" – wedi'i diclo fo y tu hwnt i'w ddyletswydd i ddial am yr 'Annie Lennox incident'. Y cwbl gafodd Jojo yr holl ffordd adra oedd "Reverend and the Makers" a "My Little Pony" ymysg pethau gwaeth na allai eu cofio. "Is he alright?" oedd yr unig beth ofynnodd y dyn tacsi wedi i Didi bron â phasio allan wrth chwerthin yn y sêt gefn. "With that hair? Of course he's not!" oedd ateb Didi, cyn marw chwerthin eto.

"Ia, pizzas," atebodd Jojo. "Ffwc o rei trwm, mae'n rhaid, achos mae 'na ddau yn eu danfon nhw."

Agorodd Jojo'r drws fel oedd y boi pizzas ar fin cnocio.

"Didi?" gofynnodd y llanc llygatlas tu ôl yr helmed goch.

"Naci. Jojo – ond ia, fan hyn mae Didi. Faint sy arnan ni?"

"Pedair twelf insh pizza efo ecstra topings – twenti cwid ffor cash."

"Nice one!" medd Jojo wrth chwilota yn ei bocedi am y papur.

"A twenti cwid arall am y Stellas mae fy biwtiffwl asistant yn estyn o'r bocs 'cw, as wî sbîc."

"Stella?" gofynnodd Jojo'n ddryslyd, cyn sbio eilwaith ar y person oedd yn estyn poteli rhydd o'r bocs picnic, a sylwi mai merch oedd hi.

"Sori!" gwaeddodd Didi o'r bwrdd. "Nes i ordro mwy, jysd rhag ofn."

"Hogla da 'ma, mêt!" medd y boi pizza wrth dderbyn y cash gan Jojo. "'Da chi isio chydig o wair hefyd, neu ydach chi'n iawn?"

"Holy peperoni, Batman!" gwaeddodd Didi wrth godi o'r bwrdd ym mhen draw'r garafán, ac anelu'n syth am y drws. "Pizzas, alcohol *a* drygs! Chdi ydi o, ynde! Chdi ydi y Messiah on a Moped!"

"Ha! Mwy fel Hash on a Honda," atebodd y llanc yn yr helmed goch, â'i lygaid yn ddawns o ddireidi.

32

AR ÔL GORFFEN BWYDO Deio bach, a'i bloncio yn y gadair freichia yn y stafell fyw, gwisgodd Ceri ei chôt a chydio yn ei phwrs. Stwffiodd ei ffôn i boced ei jîns a'r pwrs i boced ei siaced, cyn gafael yn y darn o bapur A4 oddi ar dop y cwpwrdd. Cafodd olwg sydyn trwy ddrws y stafell fyw i jecio'r tân a'r gard diogelwch, a bod Deio wedi setlo i wylio Cyw, yna trodd am y drws ffrynt.

"Nedw?" gwaeddodd o waelod y grisiau wrth agor y drws.

"Ti'n mynd?" atebodd ei mab o rywle i fyny llofft, cyn ymddangos ar ben y landing a brasgamu lawr y grisiau a neidio dros y glwyd ddiogelwch ar y gwaelod.

"Diolch ti boi, fyddai'm yn hir."

"Duw, ma'n iawn siŵr, Mam. Dos di – mi ro i hyn 'yn y banc' paid â poeni!"

"O? A be fydd raid i fi neud i dalu chdi'n ôl? Ordro pizzas i barti Clwb Meithrin?"

"Duwcs, ia. Fysa hynny'n ddechra grêt, Mam!"

"Cer y diawl! Ti'n neud hi'n ddigon da fel mae hi! Pedair pizza neithiwr – ar nos Ferchar – a dydi'm yn ha eto! Move over, Alan Sugar!"

Gwenodd Ceri wrth gamu allan o'r tŷ gan glywed llais Nedw'n gwneud ffws mawr o'i frawd bach. Dwy a hanner oedd Deio, ac yn prysur dyfu'n hogyn bach. Roedd o'n werth y byd – cymeriad a hanner, ac yn siarad pymtheg yn y dwsin yn barod. Llond llaw hefyd. Dyna pam allai Ceri ddim mynd â fo efo hi i siop Eurwyn i wneud ffotocopis heddiw. Fysa gan Eurwyn ddim siop ar ôl erbyn i Deio orffen chwalu drwyddi.

Stopiodd Ceri tu allan y Plaza. Tristaodd wrth weld dim ond ei gragen ddu ar ôl. Safodd ac edrych trwy'r ffens ddiogelwch. Roedd grisiau'r fynedfa, a'r pafin a darn o'r ffordd hefyd, yn ddu wedi i ddŵr yr injanau tân lifo drwy'r drysau a chario ei froc o huddug efo fo. Pump injan fu yno yn ymladd y fflamau, ac mi gymerodd hi oriau iddyn nhw ei ddiffodd. Achubwyd dim byd o du mewn yr adeilad.

Cofiai Ceri ei blynyddoedd hapus yn gweithio yn y lle. Helpu ei mam ac Anti Blod yn y siop fferins yn y cyntedd oedd hi i ddechrau, cyn graddio ymhen blwyddyn i gasglu tocynnau ar waelod y grisiau i'r galeri, a'u rhwygo cyn rhoi un hanner yn ôl i'r cwsmer. Roedd hi'n brysur adeg hynny hefyd – tŷ llawn bron bob nos. Allai Ceri ond dychmygu sut oedd hi yn oes aur y dauddegau, pan oedd y Plaza'n un o dair sinema yn y dre.

Cythrodd Ceri wrth feddwl mai nid adeilad oedd wedi llosgi yn y tân y noson o'r blaen, ond darn mawr o hanes y dre. Atgofion tair cenhedlaeth a darn mawr o ddiwylliant poblogaidd y gymuned, i gyd yn llwch. Yma y bu cenhedlaeth gyfan yn gwirioni efo Mowgli a Baloo yn *Jungle Book*, yn chwerthin nes bron yn sâl ar Herbie yn *The Love Bug*, a chrio wrth wylio *E.T.* yn llwyddo i fynd adra. Fel pawb arall o'i hoed hefyd, cofiai Ceri yn iawn lle y gwelodd hi *Star Wars* am y tro cynta.

Pa hawl oedd gan Shaw-Harries Associates i gipio'r fath atgofion a'u dinistrio? Corddodd Ceri wrth feddwl nad oedd cyfiawnder ar ôl yn y byd tra bod diawliaid fel Godfrey Harries yn cael brasgamu dros bawb a phopeth ar hyd y lle 'ma. Rhegodd dan ei gwynt a sefyll yn dalsyth cyn troi am siop Eurwyn. Oedd, mi oedd hi'n hawdd syrffedu ar sefyll yn erbyn y lli, ond roedd unrhyw gyfle i roi trwyn coch i gontiaid fel Godfrey Harries yn gwneud pob blewyn o ymdrech yn werth pob eiliad.

33

… Gwasgodd Jojo'r botwm i yrru'r llun i Zlatko. Allai o wneud dim mwy na hynny i drio achub Ellie. Doedd dim pwynt ffonio – roedd y dihiryn yn disgwyl llais Cockeye. Gwyddai Jojo fod yr ods yn ei erbyn, a gwyddai hefyd, ym mêr ei esgyrn, nad oedd gan Wacko Zlatko unrhyw fwriad o ryddhau Ellie. Allai o ond gobeithio y byddai lwc o'i blaid.

Brysiodd at y soffa a chydio yn un o'r clustogau. Rhegodd ar Didi i frysio, cyn ei helpu i roi côt ledr Cockeye amdano. Gwthiodd y clustog i fol Didi a'i orchymyn i'w ddal, yna caeodd sip y gôt. Trodd ei sylw wedyn at Cockeye. Roedd o wedi marw ar y mat, felly lapiodd Jojo'r mat amdano, cyn golchi'i ddwylo'n sydyn o dan dap y sinc.

"Reit, Didi – chdi ydi Cockeye, a Cockeye ydi chdi. Dallt? Mae Vukasin allan yn y stryd mewn car…"

Canodd ffôn Cockeye.

"Shit!" Edrychodd Jojo ar y ffôn. *Pay as you go* oedd y ffonau a ddefnyddiai'r dihirod, wedi eu prynu ar gyfer y job ac i'w taflu wedyn, felly doedd byth enwau'n fflachio wrth i'r ffôn ganu, dim ond rhifau.

"Pwy sy 'na?" gofynnodd Didi.

"Un ai Zlatko neu Vukasin…"

"Ti'n mynd i'w atab o?"

Tri opsiwn uffernol o wael oedd gan Jojo. Peidio ateb Zlatkovic, a hwnnw'n penderfynu fod rhywbeth yn drewi, ac yn lladd Ellie; peidio ateb Vuk, a hwnnw'n penderfynu fod rhywbeth yn drewi, ac yn ffonio Zlatko a dod i fyny i'r fflat; neu ateb, a thrio twyllo'r naill neu'r llall mai Cockeye oedd yn siarad. Gwyddai mai'r trydydd opsiwn oedd yr unig un oedd â siawns – siawns wan ofnadwy – o lwyddo.

Tra'n paratoi yn sydyn i ddynwared thyg Serbaidd, gwasgodd y gwyrdd. Daeth llais Vuk drwodd, yn holi oedd popeth yn iawn. "Da li je sve u redu?"

Ffyc's sêcs, meddyliodd Jojo! Roedd y cont yn siarad Serbeg. Crafodd ei gof am rywfaint o'r iaith a gododd yn ystod y bum mlynedd ddiwetha, yna daliodd y ffôn ryw droedfedd i ffwrdd o'i geg, a phesychu ac ysgwyd y *cheese plant* wrth gadarnhau fod y weithred 'wedi'i gwneud'. "Da, vrši se."

"OK," medd Vuk. "'Zee' kaže. Nema više kontakata na telefonu."

O be allai Jojo ddeall, roedd 'Zee' – Zlatko – wedi'i ffonio i ddweud wrthyn nhw am beidio cysylltu efo fo ar y ffonau eto heno. Roedd o wedi cael y llun, felly, ac edrychai'n debyg ei fod yn coelio fod 'Didi pay Didi fuck' wedi'i yrru i wlad y Diddymen.

Diflannodd llais Vuk o'r ffôn a rhoddodd Jojo hi'n ei boced am y tro. Yna glanhaodd handlen y gyllell yn drylwyr efo cadach, cyn ei gollwng i'r dŵr llestri budur yn y sinc. Yna cydiodd y ddau ffrind un bob pen yn Cockeye a stryffaglio i gael yr horwth at y drws.

"Reit, Didi," dechreuodd Jojo. "Long story, ond rydan ni angan prynu amsar, i Ellie fod yn saff..."

"Ellie? Pwy ffwc ydi Ellie?"

"Hogan dwi'n nabod. Mae hi'n gweithio yn y llyfrgell. Mae Zlatko yn ei dal hi'n hostej nes bo ti wedi marw. Rŵan dy fod ti wedi marw, dwi'n gobeithio – a *gobeithio* ydi'r ffycin gair mawr – y bydd Zlatko'n ei gadael hi fynd."

"Jeezuz..."

"Ond mae rhaid i ni gadw'r blyff 'ma i fynd am chydig bach eto, iawn? Achos mae Vuk yn mynd i'n dilyn ni – 'Cockeye' a fi, efo 'chdi' yn y bŵt – i'r lle oeddan ni i fod i dy ladd di a cael gwarad o dy gorff..."

Stopiodd Jojo wrth weld wyneb ei gyfaill yn gwelwi, ond doedd dim amser i din-droi. "Didi! Mae *rhaid* i chdi gadw petha at ei gilydd, OK?"

Wedi llusgo'r corff at y drws i'r stryd aeth Jojo allan i'r pafin ac edrych o'i gwmpas. Gwelodd Vuk yn dal i eistedd yn ei gar, ond doedd neb arall i'w weld o gwmpas. Aeth yn ôl at y drws, a chyda help Didi llwyddodd i gael corff Cockeye i fyny ar ei ysgwydd. Oedd, mi oedd y cont yn drwm, ond os gallai Jojo gyrraedd y car, byddai ei gario fel hyn yn llawer gwell na gadael i Didi roi y gêm i ffwrdd trwy ollwng ei afael yng ngŵydd Vuk. Roedd Cockeye'n ddyn cryf, a doedd neb yn gwybod hynny'n well na Vukasin.

"Cofia gerddad fel cont calad, Didi! Tria actio'n bwtsh, OK?"

"Ti'n trio deud bo fi'n feminine neu rwbath?"

Gwenodd Jojo. Roedd o'n falch o weld fod Didi'n dod at ei goed. "Dyna welliant! Does dim isio bod ofn, OK? Alla i ddelio efo Vuk os eith petha o chwith. Ond dydan ni ddim isio i betha fynd o chwith, achos

118

'dan ni'n trio rhoi amser i Ellie fod in the clear, ac i ni allu ffwcio ffwrdd o Llundan, OK?"

Â'i goesau'n gwegian dan bwysau Cockeye, camodd Jojo i lawr y grisiau i'r stryd. Dilynodd Didi fo, gan gadw ar yr ochr bella iddo, allan o olwg Vukasin, gan gario ei fag o drugareddau ar ei ysgwydd.

Wedi gollwng Cockeye yn swp i fŵt y Ford Focus edrychodd Jojo tuag at gar Vuk eto. Roedd hwnnw'n dal i eistedd ynddo, beth bynnag, yn rhy ddwl i ystyried unrhyw beth heblaw yr amlwg.

Wedi gwisgo pâr o fenyg o'r bŵt, taniodd Jojo'r car a rhoi'r golau ymlaen, cyn tynnu allan i'r ffordd.

"Dwi dal ddim yn deall pam na fysan ni jysd 'di cario mat gwag a gadael y cont yma yn y fflat," medda Didi.

"Un – mae'n bosib y bydd Zlatko yn gyrru glanhawyr draw ac yn gweld be ddigwyddodd, a bydda hynny'n rhoi llai o amser rhyngddon ni a nhw. Dau – ti ddim isio'r cops ffendio corff yn dy fflat achos dy wyneb di, dim dy eidentiti di, fydd yn y papura fory. Tri – dwi isio plannu amheuaeth ym mhen Zlatkovic, iddo fo feddwl fod posib fod Cockeye wedi'i ddybyl-crosio fo, a ffwcio i ffwrdd. Fydd rhaid iddo fo rannu ei adnoddau rhwng chwilio amdanan ni a chwilio amdana fo."

"Ond be am y gwaed? Mae'r lle fel ffacin slaughterhouse!"

"Fyddan nhw'n meddwl na dy waed di fydd o i ddechrau. Fydd hynny'n prynu mwy o amser i ni. Does gan Cockeye – na chditha – ddim DNA ar y database. Mae o'n illegal immigrant, a ti'n… jysd illegal…"

Estynnodd Jojo ffôn Cockeye o'i boced a'i rhoi i Didi. "Cer drwy honna a delitia'r llun o'na chdi wedi marw – ond dim ond hwnnw, paid â cael gwarad o ffyc ôl arall, iawn?"

"Iawn. Ond be am ffacin Fuckasin tu ôl i ni?"

"Fel ddudas i, mae o'n mynd i'n dilyn ni at y lle'r ydan ni i fod i dy gladdu di. Ond dwi angan stopio ar y ffordd… Dwi angan stwff o'r loc-yp."

"Mae gen ti lock-up? Ffacin hel, ti'n rêl ffycin Tony Soprano ar y slei, yn dwyt?"

"Gwranda – mae 'na bacad o wet-wipes ar lawr wrth dy draed. Ar ôl i chdi gael gwarad o'r llun, diffodd y ffôn a golcha hi'n lân – mor lân ag y medri di, cer rownd y botymau a bob dim, OK?"

Ddeng munud yn ddiweddarach, a nhwythau hanner ffordd i'r darn o goed rhwng parc a thir wast y dociau, lle'r oedd Didi i fod i orwedd mewn bedd o galch, fflachiodd Jojo ei oleuadau *hazard* a slofi i lawr. Yna trodd i'r dde, i hen stad ddiwydiannol dawel a hanner gwag. Dilynodd Vuk nhw, ac ymhen hanner canllath parciodd Jojo'r car o fewn llathenni at ei loc-yp.

Estynnodd Jojo'r Browning gyda'r tawelydd yn sownd iddo, wrth wylio car Vuk yn tynnu i fyny y tu ôl iddyn nhw, yn y drych. Cydiodd yn y ffôn oedd Didi newydd ei glanhau a'i rhoi ym mhoced chwith ei siaced. Stwffiodd y gwn i mewn i'w boced ddwfn ar y dde. Agorodd ddrws y car. Culhaodd ei lygaid yng ngolau llachar lampau car Vuk, a gwelodd hwnnw ei fod o'n cael ei ddallu, a diffodd ei lampau mawr.

Ciciodd Jojo ochr y Ford Focus i wneud i Vuk feddwl mai problem efo'r car oedd y rheswm dros stopio'n annisgwyl. Yna cerddodd, yn sydyn, draw at Vuk. Agorodd hwnnw ei ffenest er mwyn cael eglurhad pellach. Ond prin oedd y ffenest wedi cyrraedd y gwaelod cyn iddo gael yr eglurhad hwnnw – ar ffurf *dum-dum* 9mm yn chwalu ei ben fel tun corn-biff yn ffrwydro. Plastrwyd tu mewn y car efo darnau o ymennydd a phenglog, fel paent *wood-chip* coch. Suddodd Vukasin wysg ei ochr tuag at y sêt arall. Stopiodd y gwregys diogelwch o cyn iddo gyrraedd gwaelod y sêt, ac arhosodd ei gorff i hongian yn llipa ar ongl a wnâi i'r gwaed, a hynny oedd ar ôl o'i frêns, ddiferu dros yr ypholstri. Doedd dim angen bwled arall.

Tynnodd Jojo'r ffôn o'i boced, a'i thaflu ar y sêt ffrynt waedlyd, i ganol y tameidiau o slwtsh. Yna cerddodd yn ôl am y car…

Cydiodd un o hyrddiadau gwynt yr Iwerydd yn Jojo a thrio ei daflu i ffyrnigrwydd y tonnau a ffrwydrai dros y dannedd creigiog islaw Trwyn y Wrach. Wrth i'w galon roi llam sydyn, camodd am yn ôl oddi wrth ymyl y clogwyn. Dyma fo ar ymyl y byd, meddyliodd, ar fin dechrau bywyd newydd, a'i orffennol yn ei aflonyddu.

Roedd hi'n ddiwrnod braf er gwaetha'r gwynt a gododd ganol bore, ac roedd Jojo wedi mynd am dro i glirio'i ben, oedd yn pwmpio braidd ar ôl yfad y Stella a adawodd 'Hash on a Honda' a'i 'biwtiffwl asistant' efo nhw neithiwr. Ond er bod y gwynt yn chwipio'i fochau a chribo'i wallt, câi Jojo hi'n anodd iawn ymolchi'r meddwl. Roedd lleisiau eraill o'r gorffennol yma hefyd…

Syllodd tua'r giwed o gymylau duon a gasglai ymhell ar y gorwel. Roedd hi'n bwrw yn Iwerddon, meddyliodd, gan gofio fel oedd Timmy Mathews druan wastad yn dweud hynny pan oedd glaw ar y ffordd. Wedyn Sean O'Casey, oedd yn hanu o'r Ynys Werdd, yn mynnu nad oedd hi'n bwrw yno, ac mai dim ond pasio dros yr ynys ar eu ffordd i Gymru fyddai'r cymylau du.

Cymeriad oedd O'Casey. Un o'r hogia oedd wastad yn chwerthin er gwaetha'r creulondeb a ddioddefai dan law Duw. Ac fel un o'r rebals, mi ddioddefodd yn waeth na llawer. Cofiodd Jojo am y bath oer – un o'r amrywiaeth o gosbau sadistaidd a ddarparwyd ar eu cyfer gan Duw a'i 'angylion' – ac fel y bu'n rhaid i O'Casey ac yntau ei rannu unwaith, am neidio ar gefn un o'r gofalwyr oedd yn waldio Timmy efo'i felt am chwydu'r pys oedd o newydd ei orfodi fo i'w bwyta.

Fyddai Jojo byth yn anghofio'r gweir gafodd o wedyn tra byddai byw. Ar ôl cael ei lusgo gerfydd ei wallt i'r gell yn y seler, rhwygwyd ei ddillad oddi arno, cyn i dri dyn ei guro'n ddidrugaredd efo dyrnau, traed a pheipiau plastig du. Cofiai iddo drio peidio gweiddi, a methu. Cofiai eu sgyrnygu a'u rhegfeydd, a'r pleser anifeilaidd yn eu llygaid. Doedd o'm yn cofio am faint barodd y gweir, ond roedd hi fel oes i hogyn un ar ddeg oed. Cofiai feddwl na fyddai'n byw drwyddi.

Gorwedd yno wedyn, yn ddu ac yn las ac yn biws ac yn felyn, ac yn gwaedu. Bu yno'n crynu yn yr oerfel am o leia hanner awr. Allai o ddim symud unrhyw ran o'i gorff heb i rywbeth frifo. Cofiai'r boen, cofiai'r gwaed a'r dagrau. Ond yn waeth na hynny, cofiai wrando ar O'Casey yn ei chael hi yn y gell nesa – ei floeddiadau o boen, a bonllefau buddugoliaethus y ffieiddgwn wrth i ddwrn neu esgid lanio'n sgwâr ar ran boenus o'r corff. Cofiodd feddwl eu bod wedi'i ladd o, achos mi aeth y gweir yn ei blaen ymhell wedi iddo fo stopio gweiddi. Cofiodd boeni mai ei ladd yntau, fel tyst, fydden nhw wedyn, a chofiai wingo mewn poen wrth gael ei lusgo i stafell y bath. Cofiai'r sêr yn dawnsio o flaen ei lygaid wedi iddo daro'i ben ar ei ymyl cyn cael ei daflu i'r dŵr rhewllyd, yna tagu am ei wynt, a meddwl mai boddi fyddai ei ddiwedd. Cofiodd eistedd yn y bath wedyn, a'r dŵr rhynllyd yn goch gan waed, ac O'Casey yn ei wynebu, ei gorff fel ei gorff yntau – yn las oherwydd cleisiau ac oerni – a'r ddau yn crynu cymaint nes bod eu dannedd yn clincian. Cofiodd feddwl mai rhewi i farwolaeth fyddai diwedd y ddau. Cofiodd weddïo y digwyddai hynny'n sydyn...

Crynodd Jojo yn nannedd y gwynt ar Drwyn y Wrach. Ochneidiodd wrth sychu deigryn o'i lygad. Doedd o'm yn siŵr ai deigryn gwynt oedd o, neu ddeigryn o dristwch. Pesychodd, a phoerodd. Anadlodd yn ddwfn fwy nag unwaith er mwyn llenwi'i ysgyfaint â'r Iwerydd, y mynyddoedd a'r bywyd newydd… cyn estyn am ei sigaréts.

34

WRTHI'N EGLURO I RYW Sais sut i drwsio pynjar mewn olwyn beic oedd Eurwyn pan gerddodd Ceri i mewn i'r siop. Pan welodd o'n sylwi arni, amneidiodd Ceri at y llungopïwr tu ôl y cownter, cyn mynd draw at y peiriant.

"Excuse me a minute," medd Eurwyn wrth ei gwsmer, cyn troi at Ceri. "Ceri – hang on a second."

"Jysd isio ffotocopis ydw i, Eurwyn," medda Ceri, a tharo ei phapur ar ben y copïwr.

"I'll be with you now, Ceri, just…" oedodd pan felltiodd llygaid gleision Ceri arno. "Fyddai efo chdi rŵan, Ceri – aros ddau eiliad, plis."

Trodd Eurwyn yn ôl at y Sais efo gwên lariaidd. "Sorry about that," medda fo'n sebonllyd mewn Saesneg-trio-cuddio-acen-ond-swnio-fel-twat. Ar ôl munud neu ddwy, ffarweliodd Eurwyn â'r Sais fel tasa fo'r ffrind gorau yn y byd.

"Pwy oedd hwnna, Eurwyn? James Bond?"

"Na – Mark Tongue, y boi sy 'di prynu'r Clochdy!"

"O."

"Mae o'n newid y lle o restront i wine bar."

"O. Isio ffotocopis ydwi, os ga i. Ydi'r mashîn yn gweithio yndi?"

"Erm, yndii-ooond, ym… Be ti isio ffotocopio, stwff y pwyllgor ia?"

"Ia."

"Reit, wel, y peth ydi, Cer, dwi ddim ar y pwyllgor ddim mwy, nacdw, ac wel, felly…"

"Dwi'n ddigon hapus i dalu i chdi amdanyn nw, dim problam," atebodd Ceri.

"Ymm, ti'n meindio i fi ofyn be ti am ffotocopio?"

"Wel, ti ddim yn aelod o'r pwyllgor ddim mwy, Eurwyn, felly alla i ddim deud wrtha chdi."

"OK – wna i leflo efo chdi. Be ydi o, deiseb, ia?"

Ffromodd Ceri. "Alla i ddim cadarnhau un ffordd neu'r llall, Eurwyn. Ond os fysa fo, be ddiawl ydio i'w wneud efo chdi?"

"Yli, Cer," medda Eurwyn yn gwynfanllyd, "o'n i'n meddwl y bysa chdi'n aros tan fod 'na gadarnhad o gais cynllunio cyn dechra hyn i gyd…"

"Mae o wedi'i gadarnhau, Eurwyn. Mae o yng nghefn yr *Herald* heddiw, yn y Notices. Felly, wyt ti'n darparu gwasanaeth ffotocopio neu ddim?"

"Yndw…"

"Felly ga i ugian copi o'r papur yma – sydd unai'n ddeiseb yn erbyn y cais cynllunio neu ddim – os gweli di'n dda?"

Oedodd Eurwyn, a sbio ar y llawr am gwpwl o eiliadau.

"Be sy, Eurwyn?"

"Wel, ym, dwi'n meddwl mai deiseb yn erbyn y cais cynllunio ydi honna…"

"Ac?"

"Wel, gan 'mod i ddim yn cytuno efo'r peth, dwi ddim yn siŵr os dwi'n hapus i chdi ffotocopio hi yn y siop…"

"Be? Ti'n trio deud wrtha i fod 'na editorial control ar y ffycin ffotocopier rŵan?"

"Yli, mae hi'n iawn i chdi – sgen ti'm busnas i'w redag. Ond fydd y fflats 'na'n dod â cwsmeriaid i fi."

"Sut hynny? Be sgin ti yn y siop 'ma fydd Quentin ac Alexandra isio'i brynu?"

"Wel, ti newydd weld Mark Tongue yma rŵan!"

"I brynu pynjar ripêr cit am ffiffti pens? Waw! Pryd ti off i Majorca i riteirio?"

"Gwranda, Ceri, dwi ddim isio ffraeo efo chdi! 'Runig beth dwi'n ddeud ydi bo fi ddim isio chdi ffotocopio dy ddeiseb yn 'yn siop i! Fi bia'r siop, fi bia'r ffotocopier a 'mhenderfyniad i ydio. Rŵan, fedri di plis gadw dy lais i lawr – mae 'na gwsmeriaid newydd droi ffwrdd o'r drws!"

"Mi wna i'n well na hynny, Eurwyn. A'i o'ma, yli, a dy adael di mewn heddwch. Dwn 'im os wneith dy gydwybod di yr un peth, chwaith!"

Cydiodd Ceri yn ei phapur a cherdded yn dalog am y drws. Trodd Eurwyn ei gefn, a chogio gwneud rhywbeth efo'r ffrij magnets 'Gilfach, Wales' ar y silff wrth ymyl y til.

35

Er mai Zippo oedd ei leitar cafodd Jojo gryn drafferth i danio'r ffag yn y gwynt ar Drwyn y Wrach. Ond wedi llwyddo, a phesychu'n galed, tynnodd ar y mwg a gwerthfawrogi ei gysur cynnes.

Syllodd eto at y cymylau duon ar y gorwel, yna draw dros y bae i'r chwith i ryfeddu eto fyth ar y mynyddoedd a'u heira gwyn. Dri deg mlynedd yn ôl roedd o'n eu gweld nhw'n debyg i'r Alpau. Ond roedd pob mynydd yn debyg i'r Alpau bryd hynny, gan mai'r Alpau oedd yr unig fynyddoedd y gwelodd luniau ohonynt. Doeddan nhw ddim byd tebyg i'r Alpau heddiw, er yr eira ar eu llethrau ysgythrog.

Trodd ei olygon dros y bae bach a orweddai i'r dde o Drwyn y Wrach, draw dros y tonnau llwyd a gariai'r ceffylau gwynion ar ras, un ar ôl y llall, am y traeth. Syllodd ar y castell ar y trwyn o graig ryw filltir i ffwrdd yng Nghefngrugog, ac ynys Falltra – oedd wastad wedi ymddangos yn llawer mwy na darn o graig, yn ei gof – yn brwydro am ei gwynt dan freichiau'r môr.

Roedd hi'n wyllt yma, meddyliodd Jojo. Gwyllt ac iach. Yn union fel y gobeithiai iddi fod. Lle'r oedd pobol yn dal yn bobol, ddim yn twyllo'i gilydd a llofruddio'i gilydd am fobeil ffôn a bag o smac. Trodd i edrych tu ôl iddo, a gweld Eryri'n fur o dyrau gwyn. Cadarnle, meddyliodd. Ddeuai neb o hyd iddo yma – roedd o adra.

Neu, dyna a obeithiai. Wyddai o ddim eto os oedd o'n twyllo'i hun ai peidio. Doedd ganddo ddim gwreiddiau na theulu, wedi'r cwbl. Duw a ŵyr o ble, na sut, y daeth o i Lys Branwen. Ond gwyddai mai yma, ymysg golygfeydd ei blentyndod, y teimlai'r peth agosa i berthyn. Ac roedd hynny'n werth siot, o leia.

Bachwyd ei olwg gan do Llys Branwen yn codi o'r coed tu draw, ryw filltir tu ôl i garafannau Johnny Lovell. Doedd o heb sylwi fod y lle mor agos. Roedd cof plentyn wedi ymestyn y daith achlysurol at y môr yn llawer hirach. Llys Branwen – yr Uffern lle'r oeddan nhw i gyd yn 'blant Duw' – yr unig wreiddiau y gwyddai amdanynt.

Y pennaeth, Godfrey Harries, oedd 'Duw'. Roedd rhywrai wedi bod yn talfyrru ei enw i 'God' ac mi gymrodd y *megalomaniac* sadistaidd at yr enw. Hoffai yr eironi creulon yn y geiriau 'gadewch i blant bychain ddyfod ataf fi' ac mi gyhoeddodd un bore y dylai pawb o hynny allan ei alw fo'n 'Duw' achos, wedi'r cwbl, fo oedd yr Hollalluog Un a reolai bob agwedd ar fywydau'r plant – o pryd oeddan nhw'n bwyta, cachu, cysgu a deffro i pryd oeddan nhw'n cael chwarae a phryd oeddan nhw'n dioddef.

Welodd Jojo mo Sean O'Casey ar ôl y bath a rannodd efo fo. Wel, mi welodd o o bell, yn cael ei gario ar stretshiyr i'r ambiwlans. Roedd o'n dioddef o heipothermia, a'r si oedd i Duw ddweud wrth y doctoriaid ei fod o wedi cael ei waldio gan weddill yr hogia cyn dianc liw nos a mynd ar goll a fferru yn y goedwig. Bryd hynny, allai Jojo ddim credu y byddai unrhyw un yn ddigon gwirion i gredu'r fath stori, ond erbyn heddiw gallai weld mai llwgr oedd y doctoriaid hefyd, o bosib – Duw yn prynu eu tawelwch, neu eu bod nhw'n gyd-aelodau o'r clwb golff, neu waeth. Cylch dieflig o baedoffiliaid, efallai – roedd Jojo'n sicr fod un o'r dynion pwysig a ddeuai i archwilio'r 'ffefrynnau' yn swyddfa Duw liw nos yn blismon uchel ei ranc, achos mi glywodd un o'r staff yn ei alw fo'n 'Insbector'.

Poerodd Jojo efo'r gwynt a gwylio'r fflemsan yn troelli i gyfeiriad Llys Branwen, cyn glanio rhyw ddeg troedfedd oddi wrth ei draed. Diolchodd fod y lle wedi cau o leia – wedi'i droi'n gartref henoed, yn ôl be a ddeallodd ar y we yn y llyfrgell. Doedd o heb wneud *search* ar Godfrey Harries, chwaith. Agor gatiau i borfeydd newydd oedd pwrpas ei ymchwil, nid agor hen greithiau. Gobeithiai ar un llaw fod Godfrey wedi marw, ond ar y llaw arall gwyddai nad cyfiawnder oedd marw heb dalu am ei droseddau. Dylai'r bwystfil gael ei glymu wrth giât, a gadael i'r plant i gyd ei boenydio. O'Casey ac yntau, Didi a Timmy Mathews...

Cofiai Jojo Timmy'n cyrraedd, yn wyth oed – flwyddyn yn iau na fo, a 'run oed â Didi. O Fangor ddaeth o, achos roedd o'n cael pawb i chwerthin trwy sillafu ei enw – "T-aye, I-aye, M-M-aye, Y-aye." Y sôn oedd iddo golli'i deulu i gyd mewn tân, a heb neb arall i'w fagu cafodd ei daflu i'r bleiddiaid yng nghartref diafolaidd Duw.

Fel Didi, gwnaed Timmy yn un o'r ffefrynnau yn syth, oherwydd ei lygaid mawr glas ac ystwythder ei gorff. Achlysurol oedd y cam-drin rhywiol i'r rhan fwya o'r plant, ond i'r ffefrynnau roedd o'n rheolaidd. Rheolaidd a ffiaidd – gan fwy nag un ar y tro. Cymaint fu ei ddirywiad meddyliol erbyn y diwedd, doedd Timmy Mathews – y bachgen bach parablus oedd yn gwybod fod y glaw yn dod o Iwerddon – yn methu siarad gair.

Gwasgodd Jojo lwmp o'i wddw, cyn tynnu'r mwg ola o'r sigarét, a'i fflicio efo'r gwynt i gyfeiriad Llys Branwen. Doedd o heb sylweddoli, cyn hyn, gymaint oedd y cof yn brifo. Meddyliodd am Didi, a'r storm oedd wedi rhuo yn ei ben ers blynyddoedd. Chwythodd ei drwyn, un ffroen ar y tro, a throdd yn ei ôl am y garafán.

36

DOEDD 'NA NUNLLA ARALL yn darparu llungopïau yn Gilfach. Roedd gan Gwenno lungopïwr yn ei gwaith wrth gwrs, ond fiw iddi wneud copïau o'r ddeiseb yno rhag ofn iddi gael ei dal. Damia na fysa ganddi gyfrifiadur a phrintar adra, meddyliodd Ceri. Roedd gan Sue Coed un, ond roedd o wedi torri.

Triodd feddwl am rywun arall oedd yn gweithio mewn swyddfa. Roedd hi'n siŵr fod 'na rywun oedd hi'n adnabod, ond câi drafferth meddwl oherwydd ei rhwystredigaeth efo Eurwyn. Allai hi ddim coelio fod o wedi bod mor bwdlyd a phlentynnaidd. Cytuno efo'r ddeiseb neu beidio, pa fusnas oedd o iddo fo be oedd yn cael ei ffotocopio yn ei siop ddwy-a-dima fo, cyn bellad nad oedd o'n anghyfreithlon? A pham bod *mor* wrthwynebus mwya sydyn? Oedd o wedi ymuno â'r Seiri Rhyddion neu crônis y Siambr Fasnach yn ddiweddar neu rywbeth? Chredodd Ceri erioed y byddai'n meddwl hyn am Eurwyn, ond yn y bôn doedd o'n ddim ond cachgi o daeog di-asgwrn-cefn.

Wrth nesu at Asda canodd ei ffôn. Nedw oedd yno – neu dyna oedd o'n ddweud ar y sgrin. Ond Ditectif Cwnstabl Humphries oedd yno, medd y llais. Roedd o a'i "colleagues" wedi dod i'r tŷ i fynd â Nedw i'r stesion i'w holi ymhellach. Oeddan, mi oeddan nhw'n ei arestio, meddai, er mwyn ei holi "o dan rybudd". Roeddan nhw hefyd am fynd ag ambell eitem berthnasol o'r tŷ. Ac, oedd, mi oedd ganddyn nhw warant.

"Allwch chi ddod adra i edrych ar ôl eich mab ieuengaf ar fyrder, *Mrs* Morgan?"

Wnaeth Ceri ddim ei gywiro y tro yma. Roedd hi wedi cynhyrfu gormod. Caeodd y ffôn a dechreuodd redeg.

37

DOEDD JOJO HEB DDISGWYL profiad mor emosiynol uwchben clogwyni Trwyn y Wrach. Doedd o erioed, chwaith, wedi meddwl y byddai atgofion ei blentyndod yn ei daro cynddrwg. Ac yntau wedi bod mor gryf, wedi claddu popeth o dan ddaear fel rhai o'r cyrff y bu'n eu 'prosesu' i Zlatko ac un neu ddau o ddihirod eraill Llundain. Ond efallai mai eistedd ar flwch o ffrwydron oedd o, wedi'r cwbl – bocs yn llawn o *gelignite* neu *nitroglycerine*, a hwnnw'n dirywio ac yn ansefydlogi dros amser, yn barod i chwythu unrhyw funud. Fel beddi bas mewn coedwigoedd anghysbell – roedd 'na wastad siawns y deuai'r olion i'r wyneb rywbryd, a throi'r byd ar ei ben i lawr.

Ceisiodd ddychmygu sut oedd Didi yn dygymod â'r fath *tsunami* o atgofion. Gwyddai ei fod o'n dweud y gwir pan ddwedodd ei fod o'n gallu handlo pethau'n weddol rhwydd gan na lwyddodd erioed i'w claddu, ei fod wedi eu gwisgo ar ei frest a'u bod nhw wastad wedi bod yno, jysd o dan ei groen. Gwerthfawrogai Jojo fod hynny, efallai, yn well yn yr hir dymor. O leia doedd dim bocs o ffrwydron yn aros i danio o dan ei draed.

Ond er bod arwyddion pendant fod Didi'n ymateb yn adeiladol i fod yn ôl ym mhlwyf ei ddiafoliaid, gwyddai Jojo hefyd pa mor wael oedd o am ddygymod â phrofiadau emosiynol yn gyffredinol. Roedd y craciau yn ei bersonoliaeth wedi esgor ar elfen niwrotig yn ei gymeriad – elfen oedd i'w gweld lai a llai y dyddiau hyn, ond elfen oedd, o ran ei natur, yn ei gwneud hi'n amhosib rhagweld pryd, sut a pham y byddai ei ben yn ffrwydro nesa. Poenai Jojo mai tawelwch cyn y storm oedd diddanwch cymharol Didi ar hyn o bryd, ac y gallai un tolc annisgwyl achosi chwalfa.

A chwalfa fyddai hi hefyd, o ystyried nerth yr atgofion oedd yn siŵr o fod yn ei boenydio o bryd i'w gilydd. Wedi'r cwbl, Didi bach eiddil a'i fop o wallt cyrls golau a'i lygaid mawr glas oedd y ffefryn o'r holl ffefrynnau ymysg 'plant Duw'.

Sgubodd euogrwydd dros Jojo fel y môr. Wrth ddechrau llygadu bywyd newydd yma yng Ngilfach doedd o heb ystyried be yn union fyddai hynny'n ei olygu i Didi. Roedd o wedi bod yn hunanol. Cyflymodd ei gamau. Roedd o angen gweld ei ffrind.

38

Erbyn i Ceri ddod i olwg y tŷ, yn chwythu fel megin ar ôl rhedeg y rhan fwya o'r ffordd, roedd y plismyn wedi mynd â Nedw i ffwrdd, gan adael plismones ifanc i edrych ar ôl Deio tra'r oedd dau heddwas arall yn mynd trwy'r tŷ efo 'rhestr siopa' o 'eitemau perthnasol i'r ymchwiliad'.

Un o'r plismyn hynny, oedd yn cerdded am giât yr ardd efo dau bâr o sgidiau yn ei law, welodd Ceri gynta. Adnabu Ceri un pâr fel sgidia Nedw, a'r llall fel rhai Gruff.

"Hoi! Lle ti'n mynd â rheina? Lle mae Nedw? Lle mae Deio?"

"English!"

"Where's my boys?"

"Are you their mother?"

"Yes! Where are they?"

"It's OK, the little one's with PC Roberts."

"And Nedw?"

"He's been arrested…"

"You're fucking joking! And where are you going with them boots?"

"Evidence, Miss…"

"But one pair's my other son's!"

"What, the little guy?"

"No, the big one, Gruff – he's out working! You can't be taking his boots too!"

"Sorry, Miss. Orders. He can call up at the nick once they've been released."

"But it's obvious one pair is Gruff's because they're three sizes bigger than the others!"

Anwybyddodd yr heddwas hi wrth gerdded yn ei flaen am y car. Brysiodd Ceri i'r tŷ. Roedd y blismones PC Roberts ar ei gliniau yn y stafell fyw, yn cadw Deio'n hapus. Roedd hi wedi tynnu'i chap *baseball* Heddlu Gogledd Cymru a'i roi ar ben yr hogyn bach, oedd yn gwenu'n braf ar y ddynes wirion mewn siaced fawr las efo teclynnau godidog yn hongian oddi arni.

"Deio!" gwaeddodd Ceri, a rhuthro ato a'i godi. "Ti'n iawn 'y mabi tlws i?"

"'Dan ni wedi cael hwyl, yn do, Deio?" medda PC Roberts wrth godi ar ei thraed.

Anwybyddodd Ceri hi wrth dynnu'r cap oddi ar ben ei mab a'i basio fo i'r blismones heb sbio arni. "Ach! Ti ddim isio hwnna ar dy ben, Deio bach!"

Ond dechreuodd Deio weiddi a sgrechian isio'r cap yn ei ôl, ac mi gynigiodd PC Roberts o iddo eto.

"Cadwa'r ffycin peth 'na off 'y mab i!" fflamiodd Ceri, cyn difaru'n syth pan ymddiheurodd y blismones ifanc. Er ei diffyg cariad tuag at yr heddlu, cydymdeimlai Ceri efo hi. Wedi'r cwbl, roedd hi wedi cael ei rhoi yn y sefyllfa annifyr o edrych ar ôl plentyn diarth heb i'r fam wybod.

"O, mae'n iawn, paid â poeni – sori am weiddi! Dwi jysd wedi panicio braidd… Diolch am edrych ar 'i ôl o. Ond ti ddim yn cael y cap 'na, Deio! Ty'd, awn ni i weld be mae'r plismyn erill yn neud, ia?"

"Iaaaa!" gwaeddodd y bychan wrth i Ceri ei gario i fyny'r grisiau.

Wrthi'n mynd trwy wardrob llofft yr hogia mawr oedd y plismon, ac roedd o eisoes wedi tynnu cwpwl o grysau a thopiau eraill allan a'u taflu ar y gwely.

"Mae dillad y *ddau* fab yn fana, sdi!"

"Yndi, o'n i'n sylwi – ond dwi ddim yn mynd â popeth. Chwilio am betha sbesiffig ydan ni."

"'Petha sbesiffig'?"

"Ia," medda'r plismon, a throi nôl i fynd drwy'r dillad. "Alla i ddim dweud mwy na hynna."

"Faint o hir 'da chi'n mynd i fod?"

"Dim yn hir."

"Faint o hir ydach chi'n mynd i gadw Nedw?"

"Alla i ddim ateb hwnna."

"Elli di ddim 'ta wnei di ddim?"

"Y ddau."

Aeth Ceri yn ôl i lawr y grisia, a gwelodd y plismon Saesneg hwnnw yn mynd â chan petrol Nedw o'r bocs picnic ar gefn y beic. Cofiodd fod Nedw wedi dweud celwydd wrthyn nhw y noson o'r blaen, pan ddwedodd ei fod o adra awr neu ddwy yn gynt nag oedd o go iawn. Mae'n rhaid eu bod nhw wedi tsiecio'r camerâu traffig ac wedi gweld yr amryfusedd. O leia roedd hynny'n golygu mai holi pellach – dan rybudd yng ngorsaf yr heddlu – oedd pwrpas y cyrch bach yma, yn hytrach na bod tystiolaeth fforensig gadarn yn ei gysylltu a'r tân ei hun. Eglurai hynny hefyd pam mai rhyw bethau sbesiffig yn unig oeddan nhw'n mynd efo nhw o'r tŷ. Tasa hwn yn gyrch iawn – wedi hel tystiolaeth ac wedi ffendio'u dyn – fyddan nhw wedi chwalu'r drws ar doriad gwawr a mynd trwy'r lle efo crib mân.

Ond pam uffarn fod y diawl bach wedi dweud celwydd? Gwyddai Ceri na fyddai Nedw o bawb yn rhoi matsian i'r Plaza, ond be oedd o'n ei guddio? Roedd Mared wedi cadarnhau ddoe fod Nedw wedi gadael tŷ Bobat tua pedwar i hannar awr wedi y bore hwnnw. Ddaeth o'm adra tan o leiaf chwech. Lle ddiawl fuodd o am ddwyawr? A be fuodd o'n ei wneud? Roedd hi wedi'i holi fo y noson o'r blaen, ond 'mond rhyw "duw, dim byd llawar, sdi" ffwr-â-hi oedd yr ateb gafodd hi. Ond beth bynnag oedd o, byddai'n rhaid iddo egluro'i hun rŵan. A chynta i gyd y gwnâi, cynta y byddai'n cael dod adra. Doedd ond gobeithio y byddai'n ddigon call i wneud.

39

AR ÔL CYRRAEDD CRIB Trwyn y Wrach, gwibiodd llygaid Jojo i fyny ac i lawr y traeth hir, o'r twyni i'r cerrig crynion, ac o'r tywod i'r tonnau. Yna, mi welodd o. Roedd Didi yn ei gwman uwch y cerrig crwn, yn hel cregyn. Gwenodd Jojo, cyn sylweddoli ei fod o'n gollwng dagrau eto. Brwsiodd ffrinj hir ei fohican llydan o'i lygaid yn y gwynt, a sylwi, wrth i'w galon arafu, ei bod wedi bod yn curo fel injan stêm. Eisteddodd i lawr ar garreg a thanio sigarét arall.

Smociodd yn dawel wrth wylio Didi'n chwilota ar y traeth, yn bell i ffwrdd yn ei fyd bach ei hun. Cofiodd Jojo'r teithiau hynny i'r traeth o'r Cartref, ers talwm, ac fel oedd Didi wastad yn dod nôl â'i bocedi'n llawn o gregyn – cocos, cerrig gleision, wystrys ac ati – yn ogystal â cherrig bach crynion, llyfn, rhai gwyn a llwyd a choch a glas a brown, a rhai amryliw hefyd. Roedd o'n gwirioni efo nhw, yn enwedig y rhai gwynion. Byddai'n eu gosod yn daclus ar ben y cwpwrdd ar ochr ei wely, a wastad yn syllu arnyn nhw wrth orwedd yn ei wely yn aros i donnau cwsg ei gario i ffwrdd. Gofynnodd Jojo iddo, unwaith, be oedd o'n ei weld pan oedd o'n sbio arnyn nhw. Clywed sŵn y tonnau oedd o, medda fo, a chri'r gwylanod ar y gwynt. Roeddan nhw'n ysgogi gobaith am gael dianc dros y môr...

Billy Basdad – y Mochyn Budur – chwalodd freuddwydion Didi.

Cofiai Jojo fo'n malu cregyn Didi jysd am sbeit, pan gerddodd i mewn i'r *dorm* un noson, yn chwilio am 'hwyl'. Roedd Mochyn Budur dair blynedd yn hŷn na Jojo. Bwli oedd o − y cachgi mwya dan-din, hunanol a brwnt y gellid ei ddychmygu. Arbedai y cont ei groen ei hun rhag camdriniaeth Duw a'i 'angylion' trwy weithio fel gwas bach iddynt. Bradychodd y Mochyn lu o'r hogia ar sawl achlysur. Ond nid yn unig hynny − roedd o hefyd yn helpu Godfrey i'w gosbi. Bu hyd yn oed yn cymryd rhan yn y cam-drin rhywiol − ar ei liwt ei hun i ddechrau yna, fel yr âi yn hŷn, efo Godfrey a'r lleill. Mi orfododd o Didi i sugno'i goc fudur o fwy nag unwaith...

Roedd Mochyn Budur hefyd yn bresennol pan orfododd Duw ei goc ddrewllyd yntau i mewn i geg Jojo. Roedd o'n halio'i hun wrth wylio. Ac wedi i Jojo frathu Duw, Mochyn Budur ddaliodd Jojo i lawr er mwyn i Duw ei losgi deirgwaith efo'i sigâr...

Mochyn Budur. Billy Basdad. Roedd Jojo wedi bwriadu ei lofruddio cyn ei heglu hi o'r Cartref, ond mi gododd eu cyfle euraid i ddianc ymhell cyn i unrhyw gynllun pendant siapio. Serch hynny, gwnaeth addewid y byddai'n dychwelyd i'w ladd o ryw ddydd, a bu Jojo'n gweld gwyneb y Mochyn yn ei gof am amser hir iawn cyn llwyddo, o'r diwedd, i'w gladdu yntau hefyd efo gweddill y bwganod.

Tynnwyd sylw Jojo gan Didi'n sefyll yn llonydd ac yn edrych i'w gyfeiriad. Neidiodd Jojo ar ei draed a chwifio'i fraich. Adnabu Didi fo, a chwifio'i fraich yn uchel yn ei ôl, yna wiglo'i hips fel rhyw *showgirl*! Edrychai fel yr hen Didi − yr hogyn bach merchetaidd efo mop o wallt melyn, bochau coch a llygaid gleision.

Chwarddodd Jojo. Roedd Didi'n gwneud rhyw ddawns wirion iddo fo, fel rhyw falerina draw ar y traeth islaw. Gwawriodd ar Jojo fod ei amheuon greddfol wedi bod yn wir erioed. Roedd Didi *yn* hoyw, a hogyn bach hoyw oedd o wedi bod erioed − ond bod yr anifeiliaid fu'n ei dreisio dro ar ôl tro yn y Cartref wedi gwneud iddo ystyried y peth yn fudur ac annaturiol... Doedd dim rhyfedd ei fod o'n casáu i rywun ei alw fo'n bwfftar. *In denial* oedd y creadur, ond am resymau hollol ffýcd yp. Roedd o fwy neu lai yn *schizoid* oedd yn ymladd yn erbyn ei reddfau mwya naturiol. Gwir, heb os nac oni bai, oedd ei haeriad mai gwaith a dim byd arall oedd y puteinio. Ond twyllo'i hun oedd Didi pan oedd o'n haeru nad oedd o'n hoyw.

O holl etifeddiaeth aflan y cam-drin yn Llys Branwen, y felltith greulonaf un oedd gwneud iddo gasáu ei hun.

40

SGRECHIODD DIDI DROS Y lle fel merch ysgol newydd gael ei chanlyniadau TGAU, gan redeg rownd y bwrdd pŵl efo'i freichiau yn yr awyr. Neidiodd o gwmpas y lle wedyn yn gweiddi "Yes, yes, yes!" cyn dechrau gwneud symudiadau *cheerleaders* Americanaidd, a llafarganu "Go Didi, go Didi, go Didi!" wrth wiglo'i din yn sbeitlyd ar Jojo.

Ar ôl colli chwech o gêmau roedd y fuddugoliaeth yn felys, ac roedd o'n ei godro hi. Rhedodd at y bwrdd bach yn y gornel lle'r oedd ei botel o Bud a'i jin a thonic, a rhoi clec i weddillion y ddau. Yna trodd at Jojo a datgan mai'r collwr oedd i dalu am y rownd nesa, cyn rhoi ei law yn yr awyr a chlicio'i fysedd, a gweiddi mewn llais camp, "Drinkies yn fan hyn, Nicholas, if you please!"

Gwenodd Nic y barman ei wên lydan, hawddgar, a chodi'i law, cyn gweiddi, "Si señor, uno minudos!"

"Hahaha! Muchos muchos porfovor, comores muchachos, riba riba – ffyc nows os ydi hwnna'n gneud sens, but you get the gist!" Byrstiodd Didi allan i chwerthin yr 'hihihihihi' gwichlyd oedd yn arwydd sicr ei fod o off ei gneuan.

Chwarddodd Jojo hefyd. Un peth am yfed efo Didi – roedd o'n adloniant ardderchog. Ac yn wahanol i fel oedd o pan fyddai ar y *piss* yn Llundain, roedd o hefyd, erbyn hyn, yn *gwmni* da – yn fywiog a digri, ond hefyd yn gallu ymuno yn hwyl pobol eraill. Fuodd o erioed yn un da am wneud hynny yn Llundain. Roedd 'na elfen hunanol a *self-centered* i'w feddwdod yn y ddinas, a doedd y chwerwedd nihilistaidd byth ymhell o'r wyneb.

Nid Jojo oedd yr unig un fu'n mwynhau ei gwmni gydol y pnawn yn y Bryn. Roedd yfwyr eraill wedi cymryd ato fo hefyd. Roedd natur cwsmeriaid y dafarn yn help yn hynny o beth, mae'n siŵr. Yn iau mewn oed ac ysbryd, ac yn smociwyr ganja gydag elfen greadigol – boed yn gerddorol, llenyddol neu gelfyddydol – rhoddai selogion y Bryn naws dipyn mwy *laid-back* a bohemaidd i'r lle. Neu, felly oedd hi heddiw, beth bynnag, sylwodd Jojo.

Nedw roddodd y tip iddyn nhw am y lle, pan ddaeth i fyny i'r garafán efo'r pizzas y nos Fercher flaenorol, efo'i gariad. "Dydd Sul ydi'r diwrnod," medda fo, gan sicrhau ei ffrindiau newydd fod yna wastad griw da yno ac, yn amlach na pheidio, bandiau Cymraeg yn canu, neu gerddorion yn jamio yn y bar.

Roedd hynny'n ddigon o wybodaeth i ddenu Jojo a Didi, beth bynnag. Bu clawstroffobia yn bygwth eu mygu yn y garafán dros yr wythnos ddiwetha, a theimlai'r ddau ei bod hi'n ddigon diogel i fynd allan am bendar iawn – jysd i glirio'r gwe pry cop ac anghofio am eu pryderon, am noson o leia.

"Miwsig, maestro! Miwsig!" gwaeddodd Didi ar y barman. "I feel like dancin tonite, baby! Oh yes!"

Dechreuodd Didi wneud ei mŵfs wrth aros am gerddoriaeth o'r chwaraewr CDs tu ôl i'r bar. Rhoddodd Nic y barman winc 'watsia hyn rŵan' ar Jojo wrth ddewis trac.

O fewn eiliadau daeth curiadau disco cân y Scissor Sisters, 'I Don't Feel Like Dancin', i bŵgio drwy'r sbîcyrs, ac – yn syth bin, fel tasa rhywun wedi'i brocio efo ffon drydan – neidiodd Didi i ganol y llawr a dechrau wiglo'i din o gwmpas y lle gan glapio'i ddwylo yn yr awyr.

"WWWWWWW-HWWWWW!" sgrechiodd cyn dechrau canu efo'r geiriau.

Edrychodd Jojo a Nic y barman ar ei gilydd a chwerthin yn braf. Roedd Nic wedi sysio Didi allan i'r dim – nid y ffaith ei fod o, mwya tebyg, mor *bent* â stwffwl syth, ond ei fod o'n hynod o debyg i Jake Shears – canwr y Scissor Sisters – yn y ffordd oedd o'n bihafio. Yn enwedig ar ôl tynnu ei siwmper fflyffi Dennis the Menace i arddangos yr owtffit newydd a brynodd yn siopau'r dre efo pres Jojo ddydd Mercher – crys-T du, di-lewys, tyn fel ail groen, efo llun wyneb Kylie Minogue ar ei flaen, a throwsus cotwm gwyn.

Cododd Jojo ei fawd ar Nic tu ôl y bar. Da oedd y lle 'ma, meddyliodd. Roedd pobol yn bobol yma, nid jysd gwynebau yn y dorf, neu pyntyrs, mygs a thargedau. Efallai fod mwy o fywyd ym mariau a chlybiau'r ddinas, ond roedd yna enaid yn fan hyn. Yn y ddinas mae gan bawb ryw ongl neu'i gilydd, a tydi'r isfyd troseddol byth ymhell. Mae nhw'n dweud nad oes unrhyw berson fwy na metr i ffwrdd o lygoden fawr yn Llundain. Ond doedd neb fwy na llathen i ffwrdd o leidr neu hyslar, neu fygiwr, treisiwr neu lofrudd, chwaith – yn enwedig yn y getos, lle'r oedd y *loan sharks* a'r racetîwyr, y *pimps* a'r gangiau o *crackheads* arfog yn bwydo ar anobaith pobol gyffredin.

Dyna oedd y System yn ei greu, meddyliodd Jojo. *Dog eat dog* ydi'r grefydd newydd, a Mamon yw'r duw. Roedd cymdogaeth, cyfiawnder, goddefgarwch, cymwynasgarwch a chariad – holl sylfaen moesol gwareiddiad y byd Cristnogol – wedi eu claddu o dan goncrit a chasineb. Roedd y duw 'câr dy gymydog' yn sefyll â'i gefn yn erbyn y wal, yn aros am fwled trwy'i galon – yr ergyd ola gan ei 'blant ei hun'. Ond roedd 'na obaith yma yn Gilfach, meddyliodd Jojo. Roedd 'na werthoedd yma o hyd, a phobol dda a chynnes. Fan hyn oedd pobol fel Ellie i fod…

Stopiodd Jojo yr hel meddyliau. Atgoffodd ei hun ei fod wedi dod allan i godi hwyliau, nid bwganod. Difarodd gymryd y tôc bach hwnnw o'r sgync gafodd Didi gan Nedw – efo'i bres o eto – cyn diolch mai dim ond yr un tôc bach hwnnw gymerodd o. Cleciodd ei botel Bud, a chwerthin pan ddawnsiodd Didi tuag ato a chanu "*don't feel like dancin, dancin, n-n-n-n-n-n-n-no…*" cyn gwneud cylch pen-ôl-wigli arall o amgylch y bwrdd pŵl.

Sylwodd Jojo fod Nic wedi tynnu'r rownd ac wedi gosod y diodydd ar y bar yn barod. Cododd a mynd i dalu, ac i godi un i Nic am ei strôc o athrylith wrth ddewis y gân.

41

UNWAITH Y SETLODD DEIO bach yn ei wely, agorodd Ceri botel o win coch a thywallt gwydriad i'w yfed cyn mynd allan. Cymrodd joch go lew a mynd at y drych ar wal y pasej i jecio'i gwallt. Cafodd fath hir, hyfryd yn gynharach – un roedd hi wir ei angen. Bu'n wythnos annisgwyl o hectig rhwng pob peth ac roedd hi'n braf cael gorwedd yno'n ymlacio a gadael i drafferthion y dyddiau ymdoddi i'r dŵr poeth a throi'n stêm.

Chafodd Nedw mo'i ollwng o'r clinc tan bnawn Gwener, wedi cael ei holi'n dwll tan oriau mân y bore, felly chysgodd Ceri ddim winc y nos Iau honno. Fuodd hi i lawr yn y stesion ddwywaith ei hun – y tro cynta â Deio efo hi, a'r ail dro wedi i Gwenno a Gruff ddod adra o'u gwaith. Ond er gwaetha'i phrotestiadau roedd Nedw wedi gwrthod twrna, felly doedd dim y gallai ei wneud ond mynd adra i stiwio.

Pan ddaeth Nedw adra cafodd sgwrs go hir efo fo, a fedrai hi ddim llai na'i edmygu am y ffordd yr eisteddodd i lawr efo hi i egluro'r sefyllfa, a fynta bron â marw isio cysgu ei hun. Mi ofynnodd iddo pam fod y cops mor bendant y dylai o fod o dan amheuaeth, ac mi holodd o'n dwll pam ei fod wedi dweud celwydd ynglŷn â'r amser y daeth adra y bore hwnnw. Egluro wnaeth Nedw fod y camerâu traffig ar y groesfan pelican, a'r CCTV ar y stryd fawr, yn ei roi o gwmpas ardal y Plaza jysd cyn y tân – yn wahanol i'r hyn oedd o wedi'i ddweud wrth yr heddlu – a bod rhywun hefyd wedi tystio i'w weld o'n gadael yr ardal jysd cyn y tân. Eglurodd hefyd fod yr heddlu'n honni fod ganddo gymhelliad i losgi'r lle, a hithau mor fuan wedi i'r newyddion dorri fod ymdrechion ei fam a'r Pwyllgor Amddiffyn i brynu'r lle i'r gymuned wedi methu.

Ond mi wrthododd yn lân a dweud ble y buodd o yn ystod yr amser coll hwnnw. Er y gwyddai'n dda na losgodd ei mab y lle, roedd hynny'n poeni Ceri. Yn enwedig pan ddwedodd Nedw nad oedd wedi egluro ble y buodd o wrth y plismyn, chwaith. Doedd hynny ddim yn mynd i'w helpu o gwbl, ond mynnai Nedw fod y gyfraith yn datgan yn glir mai'r erlyniad sydd i fod i brofi euogrwydd, nid y diffynnydd i brofi fel arall. Os nad oedd tystiolaeth i ddangos ei fod wedi cynnau'r tân, yna ni allent ei gyhuddo ar sail cyd-ddigwyddiad yn unig. Er iddo, yn groes i bob cyngor a gawsai gan ei fam erioed, ateb pob cwestiwn arall, y cwestiwn tyngedfennol hwnnw – ble y buodd o – oedd y bwgan mwya, a hwnnw oedd yr unig un a wrthododd ei ateb, gan ddatgan yn unig ei fod efo rhywun nad oedd o eisiau ei lusgo i drybini.

Diawliodd Ceri fo am fod mor wirion, a mynnodd y byddai ffrind go iawn yn ddigon parod i'w helpu, a rhoi datganiad i'w gefnogi. Ond mynnodd Nedw y byddai'n fodlon mynd i'r llys i amddiffyn ei hun efo un llaw y tu ôl i'w gefn yn hytrach nag enwi'r person hwnnw. Allai Ceri ddim deall ei resymeg o gwbl, ond doedd diawl o ddim byd arall y gallai ei wneud. Roedd ei mab wedi gwneud ei benderfyniad, a dyna fo.

Doedd dim byd i'w wneud, felly, ond aros tan y byddai'n ateb ei fechnïaeth a chael gwybod a fyddai'n cael ei gyhuddo ai peidio – oni bai y deuai tystiolaeth bellach i'r fei yn y cyfamser, a fyddai'n rhoi achos iddyn nhw ei gyhuddo, neu ei glirio, yn gynt...

Cydiodd Ceri yn ei gwydryn gwin a mynd drwodd i'r stafell fyw at Gruff. Eisteddodd yn y gadair agosa at y tân. "Reit, Gruff, dwi awê yn munud."

"OK, Mam."

"Gysgith Deio i ti rŵan, eniwe – mae o wedi bod yn rhedag o

gwmpas fel peth 'im yn gall ers ben bora 'ma. O'dd o bron allan ar 'i draed."

"'Dio'm yn broblam os 'dio'n deffro eniwe, sdi, Mam. 'Mond gwatsiad DVDs dwi'n mynd i wneud."

"Be DVD sy gen ti?"

"*Mesrine* – Won a Tŵ. A *Switchblade Romance* – felly paid â brysio adra!"

"Diolch ti, Gruff."

"No wyris, Mam. Enjoia dy hun 'de!"

"Wel, ga i weld am hynny. Dwi isio hel enwau ar y ddeiseb 'ma cyn cael ffiw drincs!"

"O ia – dwisio seinio honna i chdi, 'fyd. Atgoffa fi fory."

Cododd Ceri a gorffen ei gwin. Efo plant gystal â'r rhai oedd ganddi hi – hyd yn oed Gwenno, oedd ychydig yn hunanol ar y funud – gallai handlo unrhyw beth a daflai bywyd tuag ati.

"Wela i di nes mlaen 'ta, Gruff. Diolch i chdi, boi!" Plygodd lawr i roi sws ar ei dalcen, a pwsiodd ei mab hi i ffwrdd, yn swil i gyd.

"Gerroff, Mam! Dwi'n twenti won, sdi!"

Chwarddodd Ceri'n ddireidus, a rhwbio'i wallt o. "Dal yn fabi bach i fi, beth bynnag! Hwyl!"

Trodd Ceri a chydio yn ei hambag oddi ar y soffa a mynd am y drws.

"A Mam…" medda Gruff, a'i dal cyn iddi fynd. "Dim Nedw losgodd y Plaza, paid â poeni."

"Dwi'n gwbod, Gruff…"

"Ond mae o'n cuddio rwbath."

"Yndi, dwi'n gwbod hynny 'fyd. Ac yn gwarchod rhywun, falla."

"Ffendia i allan i chdi, OK?"

"Diolch, Gruff."

"Os oes 'na rywun yn disgwyl i 'mrawd bach i gymryd y rap am rwbath 'dio ddim wedi'i neud, fydd raid iddyn nhw ffycin feddwl eto!"

42

EFALLAI MAI EI OWTFFIT newydd oedd o, neu ei wallt "ice-blonde", neu hwyrach mai jysd y ffordd oedd o'n ymddwyn, ond er gwaetha'i boblogrwydd efo'r criw fu'n yfed ers y pnawn, doedd Didi ddim yn mynd i lawr yn dda efo rhai o'r yfwyr oedd wedi ymddangos yn y Bryn at fin nos.

Yn eu plith roedd criw o hogia ifanc mewn crysau pêl-droed, a feddiannodd y rhan o'r dafarn lle'r oedd y bwrdd pŵl i wylio'r ffwtbol ar y teledu fflat oedd ar y wal. Hefyd ymhlith y grwgnachwyr oedd criw o hogia mewn crysau rygbi a siwmperi taclus, a golwg gweithio mewn swyddfeydd arnyn nhw, oedd yn yfed yn y rhan o'r dafarn ble bu pobol yn bwyta yn ystod y pnawn.

Er bod Jojo wedi'i dal hi yn go egar, roedd y llinellau o cocên oedd o'n eu cymryd bob rhyw awr yn y toiledau efo Didi yn ei gadw'n llawn bywyd, ac mewn hwyliau hapus a fform yfed da. Mi oedd y powdwr gwyn hefyd yn helpu ei chweched synnwyr i fod yn effro i unrhyw edrychiad annifyr o du'r criwiau o yfwyr, ac i unrhyw fygythiad oedd ar yr awyr.

Dim ei fod o'n gadael i bethau amharu ar y *craic*, achos doedd Jojo ddim y math o berson i adael i hynny ddigwydd. Roedd o wedi hen arfer handlo ei hun yn rhai o dafarnau peryclaf Llundain, ac os oedd o wedi gallu handlo *wise guys* a wanabi-gangstyrs, a hwliganiaid West Ham, Millwall a Spurs, yna doedd y sbrogs cocynnaidd oedd wedi ymgynnull i wylio'r pêl-droed yn y Bryn ddim yn mynd i beri fawr o broblam. A beth bynnag, dim ond ambell i *dirty look* oedd y gwaetha oedd wedi digwydd hyd yn hyn – yn benna pan oedd Didi'n pasio i fynd i'r toiled, neu allan am smôc. Petai nhw isio dechrau rhywbeth go iawn byddent wedi gwneud erbyn rŵan.

Ystyriodd Jojo mai rhyw ffenomen *smalltown mentality* oedd i gyfrif am y gwgu – pennau coc oedd erioed wedi bod allan o *cul de sac* eu cwm cul i weld pobol oedd yn gwisgo ac ymddwyn yn wahanol i'w trefn draddodiadol, unffurf nhw. Roedd o'n bownd o ddigwydd pan oedd diwylliannau'n cwrdd – yn enwedig diwylliannau Didi a Gilfach Ddu!

Er hynny, doedd Jojo byth yn anghofio'r rheol elfennol, hollbwysig honno – os ydi o'n gallu digwydd, mi wneith o ddigwydd. Ond gan ei fod o'n hyderus y gallai handlo'r llond llaw o wancars bach yma petai pethau'n mynd yn flêr – ac, yn ddelfrydol, diffodd unrhyw fflamau cyn gorfod defnyddio rhaw – welai Jojo ddim bygythiad uniongyrchol ar hyn o bryd.

Ymuno efo'r criw yn y bar wnaeth o, felly, a llusgo Didi efo fo i hawlio lle ar un o'r byrddau pren fel 'bês camp' am weddill y noson. Gyda diodydd Didi o fewn golwg ar y bwrdd o'i flaen, gallai Jojo fod yn sicr na fyddai Didi ymhell.

Roedd 'na griw o gerddorion wedi dechrau canu yn y bar. Caneuon Americana gan fwya, am ryw reswm – pethau fel Old Crow Medicine Show a Bob Dylan, Hackensaw Boys, Neil Young a Steve Earle. Erbyn hyn roedd Jojo a Didi ar dermau enwau cynta efo rhai o'r criw, ac yn cael modd i fyw ynghanol y miri twymgalon. Roedd Didi yn sbardun i lot fawr o chwerthin a thynnu coes o blith yr hogia, ac er gwaetha doniau'r criw ar y gitârs a'r *ukuleles*, ymgeisiadau Didi i barodïo rhai o'r caneuon – caneuon a oedd, i Didi, yn llawer rhy debyg i Cyntri and Westyrn i gael eu cymryd o ddifri – oedd y prif adloniant i bawb yn y bar. Am ryw reswm, roedd o'n cael lot fawr o sylw gan y genod hefyd. Hwyrach mai tueddiad merched i fabwysiadu boi hoyw fel eu 'ffrind gorau newydd' oedd wrth wraidd hynny, ond beth bynnag oedd y rheswm, roeddan nhw'n grafitetio tuag ato fel magnets at ffrij.

Doedd Jojo ddim yn ddyn diflas o bell ffordd, ond roedd ei garisma fo'n dywyllach a mwy brŵdi na fflamboians lliwgar, jac-yn-y-bocs ei ffrind. Er iddo dreulio dau ddegawd yn partïo'n galed yn isfyd y sgwatiau a'r rêfs a'r gwyliau tanddaearol, un dwys a thawel oedd o yn y bôn. A thawel fuodd o ers dechrau gweithio i ochr dywyll yr isfyd. Wisgi, sigaréts ac ychydig o gocên fu ei bleserau ers hynny. Doedd o byth yn uchel ei gloch. Hoffai sgwrsio efo pobol ddifyr, ond doedd ganddo fawr o fynadd efo'r lleill. Tueddu i eistedd yn ôl a gwrando oedd o, yn amsugno'r awyrgylch.

Er ei bedigri sylweddol yn yr isfyd, fuodd o erioed yn un o'r *wise guys* hynny oedd yn taflu eu hunain o gwmpas yn llawn stŵr. Roedd cadw o dan *radar* y wladwriaeth yn ail natur iddo ers cyrraedd ei arddegau. Bu'n byw o sgwat i sgwat efo'r hipis a'r anarchwyr am ugain mlynedd wedyn, a blodeuodd ei allu greddfol i osgoi tynnu sylw at ei hun yn grefft, ac wedyn yn yrfa. Ac ymysg y teithwyr a'r hipis y tyfodd yr yrfa honno. Y nhw oedd yn rheoli'r diwydiant cyffuriau bryd hynny – canabis fesul tunelli, ac asid a *wizz* – ac mor drwyadl oedd doniau cynllunio Jojo yn wyneb bygythiad cynyddol yr awdurdodau a gangiau newydd getos Thatcher fel mai buan iawn y cafodd ei hun yn gweithio yn y cylchoedd mwya canolog yn y diwydiant. 'Dyn-llaw-dde' oedd o – fficsar oedd yn gyfrifol am y pethau ymarferol fel cuddio a symud cyffuriau ar draws y rhwydwaith – ac o ganlyniad, daeth i adnabod y chwaraewyr mawr i gyd.

Doedd dim rhyfedd, felly, mai Jojo oedd y dyn fyddai fwyfwy yn wynebu perygl pan newidiodd y diwydiant yn llwyr yn sgil newidiadau mawr yr wythdegau. Creodd Thatcher is-ddosbarth cymdeithasol mewn stadau mawrion difreintiedig, lle'r oedd pawb yn chwilio am ongl i wneud pres ar y farchnad ddu. Tyfodd y gangiau stryd a thyfodd y farchnad. Cyn hir roedd gangstyrs Llundain yn bwydo'r gangiau stryd a'r rheiny'n rheoli'r stadau. Pan ffrwydrodd ecstasi ar y sîn o labordai Amsterdam, ffrwydrodd y farchnad gyffuriau yn Klondyke – a hynny fel roedd Wal Berlin yn dod i lawr a'r gwledydd comiwnyddol yn disgyn. Ac ar lanw'r anhrefn a ddilynodd, llifodd arfau byddinoedd cyn-wladwriaethau Sofietaidd i strydoedd dinasoedd y gorllewin. Gyda gynnau rhad, ac elw anhygoel i'w wneud a'i amddiffyn yn y farchnad newydd, roedd y stêcs wedi codi. Cyn hir, nid y gangstyrs – yr Essex Boys, y Twrciaid a'r Yardies ac ati – oedd yr unig droseddwyr oedd yn cario gynnau. Roedd pob gang stryd o Moss Side i Hansworth i Brixton yn *teenage desperados – armed and dangerous.*

Crebachu wnaeth rhwydweithiau annibynnol y teithwyr trwy gydol y nawdegau – a dod yn llawer llai o hwyl, rhwng hegemoni treisgar y gangstyrs a chyfreithiau *draconian* yr awdurdodau. Doedd hi ddim yn hawdd i fficsars fel Jojo, gan fod angen iddo ddelio â llofruddwyr lluosog yn rhinwedd ei swydd. Er bod ganddo ewyllys o haearn a dim trugaredd wrth ddelio â bygythiadau, doedd calon Jojo ddim ynddi mwyach. Boed efo'i ddyrnau neu ag arfau, doedd yr amynedd ddim ganddo bellach i wynebu brwydr bosib bob tro yr oedd dêl yn digwydd.

Serch hynny, roedd rhaid iddo gael cyflog o rywle, ac i ddyn o gefndir Jojo, dim ond yr isfyd allai gynnig hwnnw. Trodd ei ddoniau at ddarparu gwasanaeth dinistrio tystiolaeth i'r *mobsters* – tystiolaeth oedd yn aml yn cynnwys cyrff. Ei gryfder oedd ei allu i gelu'r gwir – rhywbeth y bu'n rhaid iddo ei wneud ers yn ifanc iawn – ac roedd y ffaith ei fod o'n berson tawel yn gaffaeliad pendant.

Ond eto, teimlai Jojo dinc o dristwch wrth eistedd yn y Bryn yn gwylio Didi'n perfformio a phawb yn llawn hwyl. Tybed, meddyliodd – tybed ai fel hyn fyddai o petai wedi cael plentyndod normal, yma, yn y lle hwn? Fyddai yntau hefyd yn byrlymu a disgleirio yn agored a chynnes, heb bryder yn y byd? Fyddai o yma rŵan yn llawn chwerthin, yn seren ar ganol y llawr, neu'n chwarae gitâr yn y gornel? Fyddai ganddo blant ei hun yma rŵan, yn rhan o'r *craic*? Mor wahanol y gallai pethau wedi bod pe na bai bywyd wedi delio cardiau cachu iddo. Un dydd, meddyliodd, efallai y *byddai* o fel hyn, yn gallu byw tu allan i'w gragen – yn dechrau pennod newydd ar dudalen lân, ac yn *byw* eto…

Cipiwyd Jojo o'i feddyliau gan law agored yn estyn dros y bwrdd tuag ato. Cododd ei ben i weld pâr o lygaid direidus glas yn gwenu arno.

"Jojo!" medda Nedw'n rhadlon. "Sut oedd y pizzas?"

"Fflat!" atebodd Jojo wrth godi ar ei draed i ysgwyd llaw. "Ond ffacin lyfli!"

Hitiodd gwaelod siaced Jojo ei botel o Bud dros y bwrdd. Llifodd y lager dros goesau'r ferch oedd yn eistedd gyferbyn â fo, a chododd honno gan regi. Wrth godi, mi darodd yn erbyn un o'r dair merch oedd newydd gerdded i mewn efo Nedw – hogan debol efo gwallt tywyll, a regodd ar y ferch oedd newydd godi.

"Wo, wo!" medda Jojo. "Fi oedd y bai!"

Ond doedd dim rhaid iddo boeni. Roedd hi'n amlwg fod y rhegi-ar-ei-gilydd yn rhan naturiol o berthynas y ddwy, achos chwerthin yn uchel wnaethon nhw wedyn, cyn cofleidio wrth gyfarch ei gilydd am "y tro cynta ers dydd Sul dwytha!" Cyfarchodd y ddwy arall y ferch â choesau gwlyb hefyd – a gwelodd Jojo mai un ohonynt oedd Beth, y biwtiffwl asistant oedd yn helpu Nedw ddanfon pizzas y noson o'r blaen.

"Gad i mi brynu peint i chdi," medda Jojo wrth y ferch wlyb.

"Na, mae'n iawn…"

"Ia, ista di i lawr, y diawl," medda Nedw wrth Jojo, "cyn i ti wneud mwy o lanast! Ga i beint i chdi rŵan, dwi'n mynd at y bar."

Er gwaetha protestiadau Jojo, ymlwybrodd Nedw ac un o'r merched – nid Beth, ac nid y ferch a regodd ar ei ffrind – trwy'r myrdd o stolion a cherddorion at y bar.

"Nedw!" gwaeddodd y ferch a regodd. "Peint i dy chwaer fawr!"

"Ffyc off, cer i nôl o dy hun!" gwaeddodd Nedw o'r bar, cyn i'r ferch oedd yno efo fo ddweud wrthi y dôi hi â chwrw iddi.

Stwffiodd chwaer fawr Nedw, a Beth hefyd, i mewn ar y fainc siâp

'L' yr oedd Jojo'n eistedd arni, gan orfodi pawb i ailosod eu tinau a gwasgu ychydig mwy.

Gwrandawodd Jojo ar y ddwy ffrind yn siarad. Roedd y ferch a wlychwyd gan gwrw Jojo, a phawb arall ar y bwrdd erbyn hyn, yn holi chwaer Nedw be oedd wedi digwydd i'w brawd.

"Mae o ar police bail tan yr wythfad o mis nesa," eglurodd Gwenno. "Gawn ni wybod adag hynny os ydyn nhw'n mynd i jarjo fo – ond wneith nhw ddim, achos dim y fo nath."

Cytunodd pawb. Roedd Nedw'n un o'r cymeriadau hynod hynny – dim cweit yn ddigon o rôg i fod yn *loveable rogue*, ond y nesa peth ato. Bu Nedw mewn digon o helynt diniwed ers pan oedd o'n blentyn bach, ac yn wîlar a dîlar ers yr ysgol fawr, ond gwyddai pawb nad oedd modfedd o ddrygioni yn ei gorff. Gwyddai pawb gant y cant, hefyd, na fyddai'n llosgi'r Plaza – o ran parch i'w fam.

Gwyliodd Jojo Nedw a'r ferch arall yn cario'r cwrw yn ôl o'r bar – Nedw'n ateb cwestiynau ar y ffordd, fel rhyw wleidydd efo'r wasg ynghanol sgandal. "Duw, ffwcio nhw – pysgota mae'r ffycars. Siwia i nhw ar ôl hyn i gyd, wedyn fuldia i bictiwrs newydd!"

Cydiodd Jojo yn ei botel o Bud a bachodd Nedw stôl wag rhywun oedd newydd fynd i'r tai bach. Estynnodd y ferch gwrw Gwenno a Beth iddyn nhw, cyn eistedd ar lin Nedw. Edrychodd Jojo draw at Beth i weld ei hymateb. Roedd hi wedi troi i ffwrdd, ac yn cogio bach gwrando ar sgwrs dwy o'r merched eraill. Roedd Nedw wedi bod yn brysur yn y tridiau dwytha, meddyliodd – wedi cael ei arestio a'i ryddhau ar fechnïaeth *ac* wedi newid cariadon!

Cafodd Jojo hanes yr arestio i gyd gan Nedw pan gafodd y ferch ar ei lin – Mared – sêt draw efo'i ffrindiau ar y fainc.

"Y ffycin CCTV 'ma, Jojo. Police state. Gei di ddim cachiad heb i'r basdads wybod lliw dy drons di. Y cameras ydi llygid y Stêt – nhw *ydi'r* Stêt – ac os 'di'r Stêt yn deud fod chdi yn y lle-a'r-lle ar hyn-a-hyn o amsar, ti'n ffycd. Dy air di yn erbyn y Stêt? Dim tsians. Ma nhw'n gweithio allan fod hi'n cymryd hyn-a-hyn i chdi gyrradd fan-a-fan, a dyna hi. Dydi'r ffycars ddim yn 'styriad petha fel stopio i biso, neu stopio i sbio mewn ffenast siop, neu… Ysdi – the camera never lies, ond be am be sy'n digwydd *rhwng* y ddau gamera? Y Stêt sy fod i brofi bo chdi fyny i rwbath, dim chdi i brofi bo chdi ddim. Ond ma hi 'di newid rŵan – os 'di'r cameras yn deud un peth, a'r ffycin boffins yn gweithio allan faint o amsar mae ffycin zombie sydd byth

141

yn stopio na piso na ffwcio yn gymryd i gyrradd y ffycin lle, dydi dy air di, fel hiwman, ddim yn ffycin cyfri! Mewn geiria erill, mae'r cameras wedi cymryd drosodd – y mashîns, fel yn *Terminator*, ma nw wedi cymryd drosodd y byd!"

"Ti wedi bod yn gwneud rwbath arall, na elli di ddeud wrth y cops amdano fo, yn yr amser ma nhw'n recno gafodd y tân ei gynna?"

Synnodd Nedw fod Jojo wedi gallu hitio'r hoelen ar dop ei phen – a hynny yn y tywyllwch. "Ia, dyna ydi'r sefyllfa. Mwy neu lai…"

"Felly dim ond llunia CCTV sy'n dy erbyn di?"

"A mae 'na dyst yn deud bo nw 'di 'ngweld i'n reidio o'na ar y beic, 'im llawar cyn y tân."

"Be – o'r Plaza?"

"Naci." Trodd Nedw i edrych tuag at Mared a Beth, cyn gostwng ei lais a mynd yn gyfrinachol i gyd. "O'r ffycin stryd gefn reit tu ôl y ffwc lle!"

Edrychodd Nedw o'i gwmpas eto, cyn gostwng ei lais yn is fyth, nes ei gwneud hi bron yn amhosib i Jojo ei glywed dros y canu o fyrddau eraill y bar. "Mae 'na fwy iddi na hynny, hefyd…"

Gwelodd Jojo, o lygaid Nedw, fod beth bynnag oedd y 'mwy' yma yn llawer mwy difrifol na'r cyd-ddigwyddiad o fod yn gwneud rhywbeth anghyfreithlon reit yn ymyl lle digwyddodd y drosedd arall. Wedi hen arfer efo troseddwyr, tsiansiodd Jojo gynnig. "Fforensics?"

Doedd dim rhaid i Nedw roi ateb. Roedd hwnnw yn ei lygaid.

"Felly ti *wedi*?"

"Ffwcin hel, naddo siŵr ffycin dduw! Jîsys!"

Eto, oherwydd ei gefndir ymysg troseddwyr, roedd Jojo wedi arfer â gwadu grymus gan benna coc, ond roedd o hefyd wedi arfer efo gwadu gonest. A doedd Nedw ddim yn *arsonist material*, beth bynnag.

"So, be ffwc ydi'r fforensics?"

"Mae hi'n gymlath…"

"Dwi'n dallt, paid â poeni os ti ddim isio dweud. Ond os ti isio siarad rywbryd, rho showt. Falla fedrai dy helpu di."

Gwyddai Nedw – fel mae rhywun – fod Jojo'n dweud y gwir o ran hynny. Mae 'na awdurdod yn llygaid pobol pan fyddan nhw'n siarad am fater o arbenigedd iddynt. A phan mae pobol o'r un anian yn dod at ei gilydd, mae pethau fel hyn yn dod yn amlwg. Cododd Nedw ei beint mewn arwydd o ddealltwriaeth, cyn cymryd swig a throi i wynebu'r cerddorion, oedd bellach yn canu *reggae*, ac ymuno yn eu cân, "... *don't worry – about a thing – coz every little thing's – gonna be alright...*"

Gwyddai Jojo yntau fod Nedw'n foi da – mân-droseddwr gwrth-sefydliadol o'r iawn ryw, nid un o'r wancars. Gwyddai hefyd, o weld yr edrychiadau roddai Nedw i'r ddwy ferch ar ben arall y bwrdd, fod a wnelo busnas arall Nedw, noson y tân, rywbeth efo un – neu'r ddwy – ohonyn nhw.

43

DOEDD 'NA 'RUN ADYN byw yn y Cambrian pan darodd Ceri i mewn, ond mi gafodd hanner sydyn efo Liz oedd yn crefu am gwmpeini tu ôl i'r bar. Wedi gwrando ar ei phryderon am ddyfodol y dafarn yn sgil codiad rhent diweddaraf y bragdy, cafodd ei henw ar y ddeiseb cyn prysuro i alw yn y Ship ar ei ffordd i'r Bryn.

Dim ond Gordon y Moron ac un yfwr arall oedd yno. Arwyddodd Paul y barman y ddeiseb yn syth, ond gwrthododd Gordon oherwydd "ei fod isio gwaith" – er na welodd o ddiwrnod o hwnnw yn ei fywyd. Gwrthododd yr yfwr arall arwyddo hefyd, am nad oedd y sgrifen ar y top yn ddwyieithog – er ei fod o'n Gymro Cymraeg. Brathodd Ceri ei thafod ac aeth yn ei blaen am y Bryn.

Wrth gyrraedd at du ôl y dafarn o'r stryd gefn, clywai sŵn canu a rhialtwch mawr yn dod o'r tu mewn. Cododd hynny ei chalon, ac mi stopiodd efo'r criw o hogia ifanc oedd yn yfed ar y byrddau picnic tu allan, a chynnig y ddeiseb iddyn nhw. Hogia o'r un stad â hithau oedd y rhan fwya ohonyn nhw, a chafodd hi ddim trafferth o gwbl i'w cael nhw i arwyddo – er, bu'n rhaid iddi egluro drosodd a throsodd be oedd ystyr y "geiria mawr Cymraeg" ar dop y papur. A bu'n rhaid iddi roi i fyny efo lot fawr o dynnu coes hefyd – yn enwedig gan Sim Bach, yr ienga ohonyn nhw. Un ar bymtheg oedd o, ac roedd ei ffrindia fo'n ei alw'n Lisa-Marie weithiau, am ei fod o'n unig blentyn i Elvis, oedd yn byw ar ei ben ei hun bedwar drws i lawr o dŷ Ceri. Fel ei dad, roedd Sim yn meddwl ei fod o'n rêl boi efo'r genod ac, yn ôl straeon y pentra, wrthi fel ci drain ers amser.

Ar ôl dweud wrth 'Lisa-Marie' y câi o gwcio pryd o fwyd iddi pan fyddai o'n ddigon hen i iwsio matshis, llwyddodd i ddianc o herian ysgafn yr hogia a dringo'r grisiau yng nghefn y dafarn at y bar cefn, lle'r oedd y byrddau bwyta a'r bwrdd pŵl a'r teledu.

Peint gynta, meddyliodd. Roedd ymwrthod â serchiadau Sim Bach wedi codi syched arni. Pwysodd ar y bar i aros am gyfle i ddwyn sylw Nic neu Al, a rhoddodd ei chalon jig fach o lawenydd wrth weld y gwynebau hapus yn canu'n braf drosodd yn y bar arall.

"Peint o lager, plis Nic!" gwaeddodd cyn i'r dyn diarth efo mohican-o-ryw-fath oedd â'i gefn ati, wrth ei hymyl, gael ei big i mewn.

Trodd hwnnw rownd i weld pwy oedd wedi achub y blaen arno. Mi gymerodd hi rai eiliadau, ond mi adnabu o fel y boi oedd tu allan y Ship nos Lun dwytha.

Adnabu yntau hithau. "Haia eto," meddai dan wenu'n gynnes.

"Haia," atebodd Ceri. "Ges di hercyt efo dy jips?"

"Na. Es i am gibab yn lle," atebodd yntau, heb sylwi ar y cwip am ei wallt.

"Sori am neidio i mewn o dy flaen di," medd Ceri gan wenu. "Genai uffarn o sychad!"

"No worries," atebodd y dieithryn ac, unwaith eto, methodd Ceri ag adnabod yr acen. "Dduda i wrthat ti be – gad i fi dalu am honna i ti, yli."

"Na, no wê," gwrthododd Ceri. "Fi ddylia gynnig i chdi am ddwyn dy le di – os fyswn i'n nabod chdi 'de!"

"Jojo," meddai, ac estyn ei law.

"Ceri," medd hithau, ac ysgwyd ei law gadarn.

Trodd Jojo at Nic wrth i hwnnw roi peint Ceri ar y bar. "A potal o Bud a JD a coke i fi, plis Nic."

"Gwranda, Jojo," medd Ceri, "dwi ddim yn bod yn ddigwilidd, ond rhaid i fi fynd i neud rwbath am funud. Welai di nes mlaen. Yn y bar wyt ti, 'ta hofran yn fama?"

"Yn fancw o'n i tan i fi golli'n sêt pan es i i biso," atebodd Jojo. "Ond ma hi'n hawddach cyrraedd y bar yn fan hyn, eniwe!"

"OK, wel, welai di'n munud 'ta," medd Ceri, cyn codi'i pheint i'r awyr a gwenu'n neis. "Iechyd da, Jojo!"

Pigodd Ceri ei lle i roi ei pheint i lawr tra byddai'n hel enwau. Gorau po gynta yr âi ati, meddyliodd, a gorffen efo ochr yma'r dafarn cyn mynd draw at yr hwyl yn y bar. Edrychodd o'i chwmpas yn sydyn. Gwelodd wynebau cyfarwydd y criw crysau pêl-droed wrth y bwrdd pŵl, a wynebau tewion y criw y gwyddai eu bod yn gweithio yn swyddfeydd y Cyngor a'r Parc, yn yfed efo criw oedd â busnesau eu hunain, draw ar y byrddau bwyd. Ystyriodd Ceri pwy i'w haslo gynta – y wanabi-dosbarth-canol a'r ymneilltuwyr ypwardli-mobeil yn eu mysg, neu hogia dre?

Aeth am hogia dre, a bu bron â difaru'n syth pan fu rhaid iddi aralleirio pennawd y ddeiseb unwaith eto. "Be mae o'n berwi lawr i, hogia, ydi fod Shaw-Harries wedi prynu Llys Branwen ac isio ei droi o'n lycshiyri holide fflats."

Aeth hynny ddim i lawr yn dda efo'r hogia, oedd wedi cael llond bol o fethu cael tai oherwydd "basdad Saeson", y "ffycin Syndicet", a'r "contiad ar y Cownsil". Doedd 'na'm angen gofyn ddwywaith, mi arwyddon nhw i gyd yn eu tro – er bod rhaid gofyn i un ail-lofnodi ar ôl iddo sgwennu 'twll tin pob Sais' yn lle rhoi ei gyfeiriad. Roedd un arall – Dei Dic – yn ddigon gonest i ddweud y byddai o yno'n gweithio ar y lle os âi'r cynlluniau yn eu blaenau, am nad oedd ganddo lawer o ddewis, ond mi arwyddodd o'r ddeiseb beth bynnag.

Tro'r byrddau oedd hi wedyn, ac er iddi deimlo'u llygaid dagyrs yn twt-twtio sylwadau'r "werin anwybodus nad oedd yn deall gwir sefyllfa economaidd yr ardal", croesodd atyn nhw a'i phapur yn ei llaw. Fuodd Ceri Morgan erioed yn un i ildio cyn dechrau'r frwydr.

"Ti'n gwbod bo gen ti'm chance in hell, wyt?" medda Victor Parry i lawr ei drwyn wrth godi'i beint i'w geg.

"Pam, Vic? Wyt ti'n gwbod rwbath dwi ddim?" atebodd Ceri y gwerthwr tai yn syth.

"Dydi deisebau'n cyfri dim y dyddia yma, sdi, Cer," medd Dafydd ap Huw.

"Dwi'n dallt yn iawn sut mae petha'n gweithio, sdi, Dafydd, ond mae deiseb yn ffordd dda o greu cyhoeddusrwydd a galfaneisio cefnogaeth."

"Ia, ond y peth ydi, Ceri, mae'r cynlluniau yn mynd i ddod â budd economaidd i'r ardal trwy hybu twristiaeth," medda Richard Huws Owen efo'i wynab sych, dienaid.

"Mae'r bobol 'ma'n gwario lot fawr o bres yn yr ardal pan ma nhw'n aros yma, sdi," ychwanegodd Sion Seiont.

"Ond i bwy mae'r pres yn mynd, Sion?"

"Tai bwyta, atyniadau twristaidd, siopa a busnesa."

"Piso yn y môr – yn enwedig y bobol mae rhain am eu denu. Be mae bobol fel hyn yn mynd i brynu yn dre?"

"Mi â nw i Snowdon Lodge, Rectory, Plas Isa…"

"I gyd tu allan i'r dre, ac i gyd yn perthyn i Saeson sy rioed 'di twllu drws unrhyw fusnas lleol!" atebodd Ceri. "Ti'n gwbod cystal â finna mai'r unig bobol fydd ar eu hennill ydi Shaw-Harries wrth werthu'r fflatia yn y lle cynta. I'r pant y rhed y dŵr!"

"Ia, ond fydd 'na waith wrth droi y lle'n fflats, yn bydd? Wyt ti'n erbyn bobol lleol gael gwaith, wyt?" dechreuodd Victor Parry eto, a golwg neidio ar ei geffyl arno.

"Gwaith dros dro fydd y buldio – a fydd o wedi'i roi allan i dendar, a rhyw gwmni mawr o ffwrdd sy'n gallu gneud y job yn rhatach geith y gwaith. Dyna sy'n digwydd fel arfar!"

"Dim bob tro, Ceri!" medd Sion Seiont.

"Hannar dwsin o hogia ar minimym wêj am chwe mis, yn troi adeilad fysa'n gneud cartra i bymthag o deuluoedd lleol yn le chwarae i ymwelwyr! Sut ma hynna'n ffitio mewn efo'r weledigaeth gynaliadwy?"

"Felna mae pethau y dyddiau yma, Ceri," medda Dafydd ap Huw. "Dyna be mae chdi a dy debyg yn methu'i ddallt."

"Fi a 'nhebyg? Y plebs? Y bobol sy'n talu i chdi ista'n dy swyddfa'n chwarae duw efo dyfodol y gymuned? A chditha, Richard Huws Owen – Rheolwr Tai Cyhoeddus o ddiawl! Sa tîm ffwtbol yn y ffasiwn stad â'n tai ni fysa'r manijar 'di cael y bŵt ers talwm!"

"Jesd seinia'r ffwcin thing, wnei!" gwaeddodd un o'r hogia wrth y bwrdd pŵl, er mawr ddifyrrwch i weddill ei ffrindiau.

Anwybyddodd Richard Huws Owen ymyrraeth y pleb. "Y peth ydi, Ceri," dechreuodd, "be arall mae rhywun yn mynd i wneud efo'r lle? Mae o'n costio gormod i droi o'n unrhyw beth arall, a waeth i neb drio cael grantia a ballu rŵan fod yr Olympics yn llyncu pres y Loteri a'r wlad mewn deffisit. Comon sens ydio!"

"A lle mae'r sens mewn troi adnodd i'r gymuned leol yn eiddo preifat i bobol gefnog o wlad arall?"

"Dydio'm yn adnodd i'r gymuned yn sefyll yn wag, nacdi?" medd Sion Seiont.

"Wel pam ffwc aru'r Cyngor gau'r lle 'ta, Sion? Oeddach di'n rhan o'r broses honno, yn doeddat? Pam wnaethoch chi daflu'r hen bobol 'na allan o'u cartra?"

"Dwi'n mynd i nôl peint, wir dduw," medda Victor Parry a chodi ar ei draed. "Rywun isio rwbath?"

"Dwi'n mynd i biso," medda Richard Huws Owen.

"Ia, dyna chi – doswch i guddio. Piswch eich cydwybod i lawr y ffycin draen. Tydach chi'n ddewrion – fine upstanding citizens bob un!"

"Dim ond gwrthod arwyddo dy ddeiseb di ydan ni!" medda Sion Seiont, yn crychu ei drwyn ar Ceri fel tasa hi newydd rwygo pennau tair cath fach i ffwrdd efo'i dannedd. "Mae gan bawb hawl gwneud hynny mewn gwlad ddemocrataidd!"

"Ha! Un o swyddogion y Cyngor Sir yn sôn am ddemocratiaeth myn uffarn i! Un o'r bobol fwya anatebol yn y blydi wlad 'ma!"

"Paid â dechra bod yn fygythiol efo fi," hyffiodd Seiont.

"Hold on," medda Wil Broad, oedd wedi bod yn gwrando'n dawel o ben pella'r bwrdd. "Dim dy fab di sydd wedi cael ei wneud am losgi'r Plaza?"

"'Dio'm wedi cael ei *wneud*, Wil Broad! A dim fo nath, mi allai dy sicrhau di o hynny!"

"O, fedri wir?" medda Broad wrth blygu ei ben moel yn nes, a gwgu arni.

"Ddaw o i gyd allan yn y wash – dim jesd fod Nedw'n ddieuog, ond pwy wnaeth go iawn hefyd iti!"

"A *pwy* yn *union* wyt ti'n feddwl wnaeth, Miss ffycin Marple?" sgyrnygodd Wil yn fygythiol.

"Pwy ffwc ti'n feddwl ti'n siarad efo, ffatso?!" medda Ceri. "Ti'n meddwl fod genai dy ofn di a dy fosus?"

Eisteddodd Wil yn ôl yn ei gadair a gwenu'n faleisus wrth groesi'i freichiau. "Gawn ni weld am hynny."

Cododd Ceri ar ei thraed a'i llygaid glas yn melltio. "Daw dydd y bydd mawr y rhai bychain, Wil Broad! Neu, os di'n well gen ti'r iaith fain – achos dyna fydd yr iaith fwya yn Gilfach cyn i ni droi rownd – ddy bigyr ddei âr, ddy hardyr ddei ffôl! Ac o weld y seis arna chdi, fydd hi'n ffwc o glec!"

Gwyliodd Wil Broad Ceri'n brasgamu i nôl ei pheint oddi ar fwrdd gwag gerllaw. Crechwenodd fel llew yn gwylio'i brae wrth ddilyn ei chorff siapus â'i lygaid wrth iddi gerdded tua'r bar. Yna daliwyd ei lygaid gan bâr o lygaid tywyll yn suddo fel proceri poeth i mewn i'w rai o. Dieithryn oedd o – dyn mawr, sgwâr oedd wedi siafio ochrau ei ben gan adael mop o wallt hir, du mewn brilcrîm ar ei gorun ac i lawr y cefn. Daliodd Wil ei olwg am eiliad, cyn i ias oer gerdded i lawr ei gefn. Roedd rhywbeth am lygaid y dieithryn yma oedd yn codi ofn arno – rhyw fygythiad real, cyntefig a didrugaredd. Teimlai Wil fel ei fod o'n edrych i enaid Angau ei hun.

Cododd Wil Broad ei beint at ei geg, a cholli mymryn dros ei weflau. Gan chwysu, llyncodd gegiad arall, cyn edrych eto i weld lle'r oedd y dieithryn. Roedd o'n dal i syllu arno. Trodd Wil i ffwrdd a chogio dweud rhywbeth wrth Dafydd ap Huw, a chogio chwerthin. Cymrodd gipolwg sydyn arall. Roedd y diafol wedi mynd.

44

Morio canu oedd pawb o hyd yn y bar yn y Bryn, ac erbyn hyn, diolch i godi canu Nedw, roeddan nhw'n canu caneuon Cymraeg.

Roedd Jojo wedi gwirioni. Er iddo ddychmygu lawer gwaith fod 'na dafarnau yng Nghymru lle'r oedd yr hen ganeuon gwerin yn cael eu canu, wnaeth o erioed ddisgwyl y byddai hynny'n wir. Ac yn sicr, wnaeth o erioed freuddwydio y byddai'n cael cyfle i eistedd yn un. Fel y rhan fwya o drigolion y byd tu hwnt i Gymru, wyddai o ddim byd am y sefyllfa ddiwylliannol yn y wlad. Wnaeth o erioed ddisgwyl gweld llond bar o bobol ifanc yn gwybod geiriau – wel, rhai o'r geiriau beth bynnag – hen ganeuon fel hyn. Nid yn unig yr oedd gan Gymru ddiwylliant ei hun, ond roedd o'n fyw.

Roedd hyd yn oed Didi, na wrandawodd ar gân werin yn ei fywyd, yn ymuno i ganu unrhyw 'ffaldyri' a 'ffaldyro', neu 'ffidl-di-di' a 'migyldi-magyldi' – oedd, yn arbennig, yn ei diclo'n racs.

'Moliannwn' oedd y gân ar y funud, ac roedd hon i weld yn ffefryn. Mi ddaeth yn ffefryn efo Didi yn go sydyn hefyd, wedi cyrraedd y 'ffwdl-la-las' ar gynffon y gytgan, achos cyn hir roedd o ar ben y bwrdd yn clapio a chanu a wiglo'i din fel seren bop Eurovision – tan iddo gael rhybudd gan Nic y barman i eistedd i lawr.

Gwenodd Jojo fel dyn o'i go wrth fwynhau'r *craic*. Roedd y pyb wedi mynd yn bananas – a'r criw pêl-droed wedi stwffio i'r bar i ymuno yn yr hwyl, rhai ohonyn nhw'n canu ac eraill yn dawnsio efo ffidlau anweledig yn eu dwylo.

"Watsia hyn ŵan," medd Nedw wrth weld Jojo'n mwynhau, cyn troi i weiddi ar Chewbacca gan chwifio'i fraich i ddwyn sylw'r hogyn mud a byddar oedd yn eistedd efo'i frawd, Luke Robs, draw wrth y lle tân. "Chewie! Ty'd â cân i ni, Chewie!"

"O! Paid â bod yn teit!" dwrdiodd Gwenno ac un o'r genod eraill.

"Duw, cau dy ffycin geg, nei," medda Nedw wrth ei chwaer. "Mae o wrth ei fodd, siŵr dduw! Deff-n-dym ydio, dim ffycin cabej!"

Cyfieithodd Luke gais Nedw i iaith dwylo, i'w frawd gael deall, a lledodd gwên fel chwartar melon dros ei wyneb. Cydiodd yn ei beint a'i dal allan o'i flaen – am mai dyna oedd ei steil canu – cyn datgan, "Aaaawwwwwyyyy-oooo-ioooo yyyyy yyyyywwwwaaaaa!"

Cyfieithodd Luke drosto. "Pawb i joinio mewn yn y gytgan, OK?"

Yna dechreuodd Chewbacca. "Yyyyy-yyyy eeeeeewwwwwyyyy oooooo yyyy…"

"Be 'di'r gân?" holodd Gwenno.

"'Wil Goes Bren', siŵr dduw!" atebodd Nedw. "Dyna'r unig gân mae o'n wbod!"

"Ond sut mae o'n gwybod y geiria?"

"Ma'n gallu darllan dydi! Y ffycin diwn 'dio rioed wedi'i chlywad! Ŵan, cau dy geg a gwranda!"

Canodd Chewbacca'n ei flaen, a'i beint yn yr awyr o'i flaen fel lantarn. "Yyyyyywwwwwweeeeeeoooooo yyyyyyyyeeeuuuu yyyy…."

Cyrhaeddodd y gytgan, ac ymunodd pawb – "*Y FI A WIL, Y WIL A FI – Y FI A WIL GOES BREN – Y NI EIN DAU, YR UNIG DDAU – Y FI A WIL GOES BREN…*" – gan chwerthin bob tro y gwnâi Chewbacca siâp ffon efo'i ddwrn, a'i ddal rhwng ei goesau, wrth ganu'r geiriau 'goes bren'.

Wedi i Chewbacca gymryd bow ar ddiwedd ei berfformans, llifodd pawb i mewn i 'Lawr ar Lan y Môr'. Roedd Jojo'n gyfarwydd â'r dôn 'Down by the Riverside' o rai o dafarnau'r East End. Ond mi gofiodd hefyd am 'Ar Lan y Môr' – ac aeth drwy eiriau honno yn ei ben, gan drio magu'r hyder i'w chanu hi y tro nesa y byddai cyfle. Ond gwyddai na fyddai'n gallu gwneud.

Yna sylwodd ar Ceri'n gwthio trwy'r criw i mewn i'r bar. Gwenodd arni, a gwenodd hithau yn ei hôl, a dod draw at y bwrdd. Roedd Jojo ar fin cynnig nôl diod iddi, pan eisteddodd Ceri ar stôl wag drws nesa i Nedw, a dechrau siarad yn ei glust.

Gwyliodd Jojo'r ddau yn trafod rhywbeth go ddwys am ryw hanner munud, cyn i Nedw droi rownd a chynnig peint i Jojo. Roedd Jojo ar fin gwrthod pan ddwedodd Nedw ei fod o'n mynd at y bar i nôl un i'w fam, beth bynnag.

"Dy fam?!" gofynnodd Jojo, wedi synnu.

"Ia – hon fan hyn!"

"Be ti'n feddwl, 'hon', y diawl!" medda Ceri a rhoi slap chwareus ar ei ysgwydd, cyn troi at Jojo a dweud, "Haia eto!"

Tro Nedw i synnu oedd hi rŵan. "Be, 'da chi'n nabod 'ych gilydd?" gofynnodd.

"'Dan ni wedi cwrdd, do," eglurodd Jojo. "Iawn, Ceri?"

"Iawn Jojo!"

"Wel ffyc mî! Diawl o ddynas wyt ti, Mam!" medda Nedw gan chwerthin, cyn codi a mynd at y bar.

"Ti wedi cael lot o enwau ar dy betisiwn?" gofynnodd Jojo dros y canu.

"Do, diolch ti. Wedi mynd yn dda – heblaw am goc oen neu ddau! Ga i ymlacio rŵan! Drinc bach!"

Gwenodd Jojo, a wincio a chodi'i fawd arni. Trodd hithau i wynebu'r gitarwyr ac ymuno yn y canu. "… GOFYNNAIS AM UN GUSAN FACH – LAWR AR LAN Y MÔR – LAWR AR LAN Y MÔR… Cana, Jojo! GOFYNNAIS AM UN GUSAN FACH – LAWR AR LAN Y MÔR… Ty'd, Jojo!… O-O-O RWY'N DY GARU DI – O RWY'N DY GARU DI – YR ENETH AR LAN Y MÔR…"

Ymunodd Jojo – yn swil ac yn dawel, fel mae pobol yn wneud wrth ganu emyn diarth mewn cnebrwn.

"… O-O-O RWY'N DY GARU DI – O RWY'N DY GARU DI – YR ENETH AR LAN Y MÔR…"

Erbyn diwedd y gân roedd Jojo'n morio canu. Plesiodd hynny Ceri, oedd yn sbio'n syth i'w lygaid bob hyn a hyn, i'w annog i daflu ei gragen ymaith a dangos ei blu. Teimlai Jojo ei bod hi'n ei lenwi â thrydan pur, a'i fwydo efo hyder. Roedd hi'n hogan arbennig iawn. Ac mor brydferth…

Daeth Nedw yn ôl efo'r diodydd fel oedd y gân yn gorffen, ac efo'i galon yn pwmpio fel pistons injan stêm, ceisiodd Jojo ffendio'r eiliad iawn i ddechrau canu 'Ar Lan y Môr'. Ond mi gafodd floc meddyliol oherwydd ei nerfau, ac er ei bod hi'n amlwg be oeddan nhw, anghofiodd eiriau'r llinell gynta! Chwalodd ei hyder yn syth.

Ond, fel petai rhyw hud ar waith, ar yr union eiliad honno, dechreuodd Ceri ganu'r un gân, a hynny mewn llais tyner a hudolus, yn gryf ac yn swynol ar yr un pryd – llais oedd yn llifo'n esmwyth fel llanw a thrai, yn cario'r nodau'n hamddenol fel afon gwaelod dyffryn.

Aeth y bar yn ddistaw fel y bedd wrth wrando, ac â'i lygaid wedi cau, ac heb iddo wybod, bron, canodd Jojo efo Ceri.

"*Ar lan y môr mae rhosys cochion – ar lan y môr mae lilis gwynion – ar lan y môr mae 'nghariad inna – yn cysgu'r nos – a chodi'r bora…*"

Agorodd Jojo ei lygaid du. Roedd o'n edrych i fyw rhai gleision Ceri, a hithau i'w lygaid o. Doedd dim byd rhamantus yn yr edrychiad – nid stori dylwyth teg oedd hi – ond roedd fel petai dau enaid o'r un anian yn cwrdd yn alaw'r gân. Caeodd Jojo'i lygaid eto – roedd rhywfaint o swildod ynddo o hyd, ond roedd o hefyd yn teimlo lleithder yn cronni yn eu corneli.

"*Ar lan y môr mae carreg wastad – lle bûm yn siarad gair â'm cariad – oddeutu hon mae teim yn tyfu – ac ambell sbrigyn o rosmari…*"

Crwydrodd meddwl Jojo i'r hen le pell hwnnw ble y clywai'r llais yn canu. Doedd o'n dal ddim yn gweld gwyneb, ond roedd y llais yn glir fel cloch. Nid am y tro cynta, dychmygodd sŵn tonnau'n gyfeiliant iddo. Gwyddai fod dagrau'n hel yn ei lygaid a gwyddai fod ei lais yn torri ychydig wrth ganu. Ond am y tro cynta ers amser maith, wnaeth Jojo ddim ceisio mygu ei emosiynau.

Yna, tawelodd Jojo, gan adael i Ceri gwblhau gweddill y penillion. Allai o ddim canu mwy, dim ond gwrando â'i lygaid wedi'u cau yn dynn. Ymwthiodd deigryn neu ddau o dan waelod ei amrannau, a gwlychu'r pant rhwng ei lygad a'i foch. Pan agorodd ei lygaid eto, gwyddai ei fod o adra.

45

ERBYN TUA HANNER NOS roedd y Bryn yn gwagio, a phobol yn gadael fesul criw a fesul dau, a'u chwerthin yn cario efo nhw i'r nos. Roedd 'na ambell i dacsi neu fws mini'n galw hefyd, i gario rhai i bentrefi cyfagos, tra bod eraill yn siglo i lawr y stryd – rhai'n canu, rhai'n rhegi, ac eraill yn rhy feddw i ddweud gair.

Dal i eistedd efo Ceri yn y bar oedd Jojo, wedi bod yn canu a sgwrsio drwy'r nos. Roeddan nhw wedi penderfynu y byddai pawb yn cerdded adra efo'i gilydd – Jojo a Didi, Ceri, Nedw, Mared, Beth a Gwenno – unwaith y byddai Nedw a Beth wedi gorffen prynu cwpwl o boteli gan Nic i fynd allan efo nhw. Gwyliodd Jojo Nedw a Beth. Edrychai'r ddau fel pâr mewn cariad, yn closio at ei gilydd wrth y bar ac yn tynnu coes ei gilydd mewn ffordd fynwesol iawn. Roedd Jojo wedi synnu o ddeall yn gynharach mai Mared oedd ei gariad iawn o, achos o be welodd o heno – heb sôn am y noson o'r blaen pan rannodd sbliff efo nhw yn y garafán – dim ond ar un ferch oedd llygad Nedw, a Beth oedd honno. Rhwng y ddau ohonyn *nhw* oedd y trydan, nid rhwng Mared a fo.

Roedd 'na drydan yn sbarcio rhwng Ceri a fynta, hefyd. Wel, mi oeddan nhw'n clicio, beth bynnag. Roedd o'n sicr o un peth – doedd o erioed wedi cael cymaint o hwyl yng nghwmni merch, erioed wedi gallu ymlacio gymaint, na theimlo mai fel hyn oedd pethau i fod.

Daeth sŵn gweiddi o du allan drws ffrynt y dafarn, lle'r oedd Didi'n eistedd ar y fainc yn smocio ac entyrtenio Mared a Gwenno a'u mêts. Gwrandawodd Jojo – llais Didi oedd un, ac roedd o'n ffraeo efo rhyw hogan. Cododd Jojo, ac fel y gwnaeth daeth Gwenno i'w gwfwr o yn y drws i'w annog i ddod "i sortio'i frawd allan".

Diawlio rhyw ferch am ei alw fo'n gont oedd Didi, a'r hogan yn ei ddiawlio fo am ei diawlio hi. Roeddan nhw wyneb yn wyneb a'u trwynau bron yn cyffwrdd, ac yn sgrechian ar dop eu lleisiau. Ac roedd hi'n fwy na Didi.

"'Dio'm yn beth neis, nacdi! Galw rywun yn gont!" bloeddiodd Didi.

"Dim galw chdi'n gont o'n i, yr idiot!" gwaeddodd yr hogan yn ei hôl.

"Doedd hi ddim, Didi, onest!" medda Mared, oedd yn trio dod rhyngddyn nhw.

"Wo, wo, be ffwc sy'n mynd ymlaen, Didi?" gofynnodd Jojo, a rhoi ei fraich am ei ysgwyddau.

"Hon 'de! 'Mond ista yn fan hyn o'n i, yn meindio'n musnas, a dyma hi jyst yn ista wrth 'yn ochor i a deud 'iawn cont'!"

"Dyna 'dan ni'n ddeud yn fan hyn, Didi!" medd Gwenno, yn trio'i ddarbwyllo. "Dyna ydan ni i gyd yn trio'i ddeud wrtha chdi, sa ti ond yn cŵlio i lawr a gwrando am funud!"

"Ti'n disgwyl i fi goelio'r bullshit yna, wyt? Ti'm yn mynd fyny at rywun a deud 'iawn cont' siŵr!"

"WEL FFYCIN YNDAN, MI YDAN NI FFOR HYN, IAWN! CONT!" sgrechiodd y ferch oedd wedi ypsetio Didi, wedi colli ei hamynedd yn llwyr.

"Oh, go home and put some face-pack on, luv!" medda Didi, yn bitshi i gyd.

"Jojo – edri di ddeud wrtho fo, plis?" gofynnodd Mared.

"Be, ydio'n wir? Ydach chi'n deud hynna go iawn?"

"Yndan!" medda Mared, Gwenno a'r ferch arall efo'i gilydd.

"Be, 'iawn cont'?"

"IA!!"

Byrstiodd Jojo allan i chwerthin. "Iawn cont! Ffacin hel! Hei, Didi – 'iawn cont'!"

Sylweddolodd Didi fod posibilrwydd cryf fod be oedd y genod yn ei ddweud yn wir. Ond doedd o ddim wedi'i argyhoeddi'n llwyr – neu, doedd o ddim isio cyfadda o flaen pawb, beth bynnag.

"Onest ŵan, Didi," medda Gwenno. "Arna chdi apolyji i Elliw!"

"Siriys?"

"Oes, cont!" medda Gwenno a Mared – ac Elliw – efo'i gilydd.

"O ffyc…"

"Ia, 'o ffyc'!" medda Gwenno.

"'Di Didi 'di bod yn sili?" gofynnodd Jojo i'w ffrind.

"Do, Jojo, mae Didi 'di bod yn sili!" atebodd Didi wrth sbio ar ei draed fel hogyn drwg.

"Jysd bod yn gyfeillgar oedd Elliw, Didi," pregethodd Gwenno. "Chydig bach o hwyl ydi 'iawn cont'! Mae pawb yn ddeud o – ffyc, be sa chdi'n neud yn Gnarfon, Didi? Mae o'n term of endearment yn fano!"

Ticlodd hyn Didi, a dechreuodd giglo iddo fo'i hun.

"Tisio deud 'sori' wrth yr hogan fach 'ma 'ta be, Didi?" awgrymodd Jojo.

Nodiodd Didi ei ben a chodi ei law wrth chwerthin, cyn cael ei hun at ei gilydd ddigon i allu dweud… y… geiriau… "Sori cont!"… cyn cracio i fyny eto.

Pum munud o chwerthin afreolus, a thua deg coflaid fawr rhwng Didi ac Elliw, yn ddiweddarach, roedd Jojo a Ceri'n cerdded i fyny'r stryd, efo Nedw y tu ôl iddyn nhw â Beth ar ei fraich. Tu ôl iddyn nhwythau roedd Didi efo Mared a Gwenno ar ei freichiau yntau – er mai cael eu help i gerdded yn syth oedd y rheswm am hynny.

"Sbiwch y ffacin sêrs, pawb!" gwaeddai Didi dros y lle. "Sbiwch! Ffacin hel! Mae 'na filiyns o'nyn nhw! A ma nhw mor ffacin bright!!! Waaaaawiiii-wwwwwwiiiiii! Fackin amazing!"

Bu'n rhaid i Gwenno a Mared stopio fwy nag unwaith er mwyn i Didi gael sbio ar yr awyr. Hon oedd y noson glir gynta iddo'i gweld ers y cyrhaeddodd o Gilfach, ac roedd yr olygfa uwchben yn rhywbeth na welodd ers pan oedd o'n blentyn – a doedd o'n cofio dim am hynny. Gwnaeth y merched eu gorau glas i'w gadw rhag disgyn wrth iddo droi o amgylch mewn cylchoedd, efo'i ben reit am yn ôl, wrth astudio'r biliynau o oleuadau bychain oedd yn "twinclio a sbarclio" yn y gofod uwchben.

Arhosodd Jojo a Ceri amdanyn nhw ar ben y stryd, wrth i Nedw a Beth symud yn eu blaenau, yn ddwfn mewn sgwrs am rywbeth. Gwyliodd Jojo nhw'n mynd â'u breichiau am ganol ei gilydd erbyn hyn.

"*Mae'r* sêr 'ma'n neis, Ceri," medda Jojo. "Fedri di ddim 'u gweld nhw yn y ddinas, sdi."

"Felly dwi'n dallt," medda Ceri. "Fedrai'm dychmygu peidio eu gweld nhw, i fod yn onest efo chdi. Yn pa ddinas ti'n byw 'ta, Jojo?"

"Dim un bellach. Fama dwi'n byw rŵan."

"Ond ti ddim o'ma, nagwyt?"

"Na," medd Jojo'n gelwyddog. "'Nhad gafodd waith yn ne Lloegar pan o'n i'n blentyn."

"Be oedd o'n neud, 'lly?"

"Dwi'm yn siŵr iawn, farwodd o pan o'n i'n fach."

"O sori. Nath 'nhad inna farw pan o'n i'n fach hefyd. Dwi'm yn 'i gofio fo o gwbl. Wedyn farwodd Mam tua naw mis yn ôl…"

"Sori."

"Diolch ti."

"Oes gen ti ŵr 'ta?"

Gwenodd Ceri. "Nagoes, does gen i ddim gŵr. Adawodd tad Gruff a Gwenno pan oeddan nhw'n blant bach. Aeth o off i America efo landledi'r Harbour Inn − mae'r lle wedi cau ers blynyddoedd rŵan. Gafodd o'i chwalu i wneud lle i dai ha y marina…"

"Be am dad Nedw?"

"Mynd ddaru hwnnw hefyd," atebodd Ceri efo golwg o hiraeth yn niwlo'i llygaid glas. "Dair mlynadd yn ôl bellach, pan o'n i'n disgwyl Deio − oes, mae gen i bedwar o blant, cofia!"

"Mynd i lle wnaeth o − tad Nedw a Deio?"

"Dduda i wrthat ti eto," medda Ceri. "Ty'd, dwi 'di cael syniad."

Trodd Ceri i weiddi ar y genod. "'Dan ni'n mynd fyny Graig Harbwr i weld y sêr. Dowch â Didi efo chi!"

46

DDAETH DIDI A'R GENOD ddim yn agos i ben Craig yr Harbwr. Yn hytrach, mi gyrhaeddodd tecst ganddyn nhw i ffôn Ceri, yn dweud eu bod nhw'n mynd i dŷ Bobat ar ôl Nedw a Beth. Roedd Didi'n rhy racs i gerdded, medd y neges, ac yn dweud ei fod o wedi bod i fyny'r graig o'r blaen a dim awydd mynd eto.

"Cyrraedd o lle wnaethoch chi 'ta?" gofynnodd Ceri, wedi i Jojo egluro mai dydd Llun, ar ôl cyrraedd, y bu Didi ar ben y graig. "A pam?"

"Wel, jysd dod am brêc, sdi, rili…"

"O ia?" medda Ceri. "Wyt titha'n llawn o ddirgelion hefyd, Mistar Jojo! Be sy'n cuddio yng ngwaelod y llygid duon 'na, sgwn i?"

Gwenodd Jojo ac edrych i'w llygaid. Teimlai fel y gallai ddweud y cyfan wrthi. Ond wnaeth o ddim.

"Sbia'r sêr 'ma 'ta, Jojo! Ti wedi gweld nhw fel hyn o'r blaen?"

"Do, mewn ffestifals ers talwm − ond dwi'm rili'n cofio llawar."

"Sbectaciwlar yn dydyn? Ti'n gwbod eu henwa nhw?"

"Be, i gyd?"

"Naci!" medda Ceri gan chwerthin. "Y constellations!"

"O! Nacdw − 'mond y Sosban Fawr a'r Sosban Fach."

"Wel, dyna hi'r Sosban Fawr," medda Ceri gan bwyntio. "Ti'n ei gweld hi? A dacw'r Sosban Fach." Closiodd Ceri ei boch at foch Jojo i sicrhau ei bod yn pwyntio'i bys i'r un cyfeiriad â'i lygaid.

"Oes 'na ddŵr ynddi, ti'n meddwl?"

"Oes siŵr! Ac wy yn berwi! Reit, be arall gawn ni weld dwad – yr Heliwr, ia?"

"Heliwr?"

"Orion. Dacw fo, sbia."

"Fedrai'm weld o."

"Ti 'di clywad am Orion's Belt, do?"

"Do. Mae o'n hongian rownd gwddw'r gath yn *Men in Black*."

"Dyna chdi – ffilm dda! Reit, dilyna 'mys i ŵan, weli di'r dair seran 'cw mewn lein?"

"O ia."

"Wel hwnna ydi Orion's Belt – y Gryman ydan ni'n ei galw hi…"

"Be ffwc ydi cryman?"

"Sickle. Blydi hel, ti'n rêl blydi city kid, yn dwyt? Reit, weli di'r Gryman ŵan? Y dair seran ar draws – belt Orion – ydi'r llafn… Weli di goesa Orion? Seran handlan y gryman ydi'i ben-glin o, wedyn ei draed o, felna. Ti'n gweld y bwa saeth 'ta? Uwch ei ben o, yn pwyntio i fyny, felna?"

"Hmm. 'Dio'm yn convincing iawn, nacdi?"

"Be ti'n ddisgwyl? Picasso? Yli – iwsia dy ddychymyg – meddylia fod gen ti bensal yn dy law, a jysd joinia'r dots!"

Chwerthodd Ceri wrth weld Jojo'n craffu i'r awyr. Roedd hyn yn hwyl.

"Reit – be am yr Arad 'ta? Ti'n gwbod lle mae honno?"

"Arad?"

"Plough! Dyh!"

"O, reit! Y Starry Plough? Iawn, ffeindia i hi rŵan. Dwi 'di gweld digon o lunia ohoni – fflag James Connolly ynde, yr Irish Citizen Army."

"Ewadd! Umpresuf, Jojo! Reit, lle mae hi *yn yr awyr*?"

"Dim ffycin syniad."

"Hihi, bechod – yli be ti'n fethu allan arno yn y ddinas fawr ddrwg 'na! Mae'r Arad yn fancw, yli. Weli di hi?"

"O ia, siŵr! Wela i hi rŵan! A'r ffarmwr yn sefyll tu ôl iddi, hefyd!"

Chwarddodd y ddau, gan glosio at ei gilydd yn reddfol.

"Reit – un peth arall, a dyna hi, wedyn, OK?"

"Y myddyr ship?"

"Naci'r lemon! Gwell na hynny siŵr! Mars."

"Mars?"

"Ia. Y blaned Mawrth – ti'n gwbod lle mae hi? Mae hi'n llachar iawn leni."

"Erm… na, fedrai'm deud 'mod i!"

"Dacw hi, sbia – y golau bach llachar melyngoch 'cw!"

"Cer o'na! Go iawn?"

"Go iawn. Ti'n gwbod sut mae deud 'na planed ydi hi? Dydi golau planed ddim yn fflicran."

"O ia, dwi'n gweld be sy gen ti…"

"Mae'r sêr yn fflicran achos mai hauls ydyn nhw…"

"Hauls!"

"Ia – be bynnag ydi'r gair iawn am lot o hauls! Peli o dân ydyn nw, ynde."

"Waw!" medd Jojo cyn hir. "Planed arall! Sgwn i os 'di'r bobol bach gwyrdd yn sbio i lawr arnan ni rŵan ac yn mynd – 'welwch chi'r golau glas 'cw, y Ddaear ydi honna!'?"

"Falla'u bod nhw! Ond dim sbio i lawr fysan nw – sbio i fyny, fel ni rŵan."

"Ia, ynde?! Mae sgêl y peth yn anhygoel, yn dydi?"

"Mae hynna wastad yn fy nghael i, hefyd. Y 'vastness'… Fel y llunia 'na wedi'u tynnu allan o satelaits – rhimyn bach o'r Ddaear yn nhop y llun, jysd curve bach felna, yn olau i gyd, ac odano fo, yn llenwi gweddill y llun, dim ond du. Du du, sdi. Ti'n gwbod be sgin i?"

"Yndw, yndw…"

"Y Ddaear yn hongian ynghanol dim byd, sdi. Dim, Jojo. Dim byd o gwbwl – jysd sbês. Gofod gwag. Tywyll, tywyll… Waw, mae o'n sbŵcio fi a gwefreiddio fi ar yr un pryd!"

"Ai, mae o'n mindblowing, mae hynna'n saff," cytunodd Jojo. "Ond un peth sy'n bygio fi, ddo."

"Be?"

"Os na honna ydi Mars 'de…"

"Ia…"

"Lle ffwc mae Snickers 'ta?"

"Ha!" chwarddodd Ceri, cyn dod yn ôl â'i hateb parod. "Yn y Milky Way, siŵr dduw!"

47

TRWY DDAMWAIN NEU'N ISYMWYBODOL fwriadol, cafodd Nedw a Beth eu hunain ymhell ar y blaen i weddill y criw. Ac yn naturiol ddigon, unwaith y trodd y ddau gornel y stryd roeddan nhw ym mreichiau ei gilydd yn cusanu'n wyllt.

"Lle gawn ni fynd?" gofynnodd Beth rhwng anadlau poeth.

"Ty'd, awn ni fforma i lle Bobat," atebodd Nedw, cyn cydio yn ei llaw a'i harwain am y strydoedd cefn.

"Nedw?" gofynnodd Beth ymhen dau funud. "Be ddudasd di wrth y cops?"

"Ffyc ôl, bêb."

"Diolch byth," medda Beth. "O'n i'n poeni fod ti wedi deud, sdi, fod ni efo'n gilydd…"

"Naddo siŵr. Nes i addo i chdi'n do? Ty'd, brysia, neu fydd rheina wedi dal i fyny cyn i ni gyrraedd."

"Ffycin hel, edrai'm mynd dim cynt yn y sodla 'ma!"

"Tisio fi roi chdi dros 'yn ysgwydd neu rwbath?"

"Www! Cyn bellad bo chdi'n rafisho fi wedyn 'de!"

Stopiodd Nedw a'i thynnu hi ato. Gafaelodd amdani a rhoi ei ddwylo ar fochau ei phen-ôl, gan deimlo'i chroen yn oer drwy gotwm tenau ei throwsus. Gymrodd hi ddim mwy nag eiliad iddo sylwi nad oedd hi'n gwisgo nicyrs. Cydiodd yn ei llaw a'i llusgo i lawr y stryd gefn.

Pwmpiai curiadau pwerus Daft Punk o stafell fyw tŷ Bobat wrth i Nedw agor y drws cefn ac arwain Beth i mewn trwy'r gegin. Gan gyfarch Bobat wrth basio'i gadair, ac anwybyddu Basil, oedd yn dawnsio ar ei ben ei hun wrth y sbîcyrs, lediodd Nedw y ferch drwy'r stafell fyw ac yn syth i fyny'r grisiau. Eiliadau ar ôl cyrraedd y stafell wely sbâr, roedd y ddau'n ffwcio fel anifeiliaid gwyllt ar y fatras ar lawr.

Barodd yr un o'r ddau ddim mwy na phum munud cyn dod, a chyn cael amser i gael eu gwynt roeddan nhw wedi cau botymau eu dillad a dychwelyd i lawr y grisiau. Newydd gyrraedd y gegin gefn eto, ac agor dwy o'r poteli Bud oedd ym mhocedi côt Nedw, oeddan nhw pan gerddodd Gwenno a Mared i mewn trwy'r drws cefn.

"Lle mae pawb arall?" gofynnodd Nedw – wrth Gwenno'i chwaer, gan na allai edrych i lygaid Mared.

"Mae Mam wedi mynd i Graig Harbwr efo'r Jojo 'na, cofia – y slapar iddi!"

"Ond mae Didi efo ni," medda Mared gan ysgwyd ei phen.

"Haha! Lle mae o 'ta?" gofynnodd Nedw wrth dynnu'i faco, sgins a gwair allan ar dop y cwpwrdd.

"Yn piso yn yr ardd!" atebodd Mared cyn croesi'r llawr at Nedw a gafael rownd ei ganol a rhoi sws iddo ar ei geg.

"Ewadd annwyl!" medda Nedw wrthi, ond gyda'i lygaid ar Beth. "Be ddiawl dwi 'di neud i haeddu honna, dwad?"

"Dim byd," medda Mared, wrth sbio'n sydyn ar Beth. "Jysd am fod yn chdi."

Cochodd Beth. "Rhaid i fi fynd i biso," medda hi, gan fethu atal ei llygaid rhag crwydro'n sydyn at rai Nedw, a gwenu'n nerfus. Winciodd Nedw arni, cyn sylwi fod Gwenno'n gwenu'n dra mileinig arno wrth y drws.

Ymddangosodd Didi fel dewin o bwff o fwg. "DE-NEEE!!!" gwaeddodd, efo'i freichiau ar led fel Shirley Bassey. "I AM HERE TO SAVE THIS FACKIN PARTYYYYYY! WOOOO-HOOOOO!"

Pwmpiodd Didi ei freichiau i'r awyr a wiglo'i ben-ôl wrth ddawnsio ei ffordd drwodd i'r stafell fyw. Dilynodd Gwenno fo'n syth, gan adael Mared a Nedw ar ben eu hunain yn y gegin.

Trodd Nedw yn ôl i ganolbwyntio ar rowlio'r sbliff ar dop y cwpwrdd cegin. "Ffwc o gradur 'di'r Didi 'na'n 'de, Mar?"

"Blydi hel, 'dio'm yn gall! Llond blydi llaw! Fysa fo ar 'i gefn tu allan Bryn heblaw bo fi a Gwenno'n ddal o i fyny."

"Bron i Elliw ei roi o ar 'i gefn, eniwe!" cofiodd Nedw.

"Yn do, 'fyd? 'Paid â galw fi'n gont y bitsh!' Classic 'ta be!" Chwarddodd Mared – er, ddim yn rhy hwyliog. "Awn ni drwodd 'ta be?"

"Aros i fi wneud y jointan 'ma, ia?" atebodd Nedw, gan osgoi edrych i'w llygaid eto.

"Ti'n iawn?" gofynnodd Mared.

"Pwy, fi?"

"Welai neb arall yma."

"Yndw, dwi'n grêt. Pam?"

"Ti'n wahanol…"

"Yn wahanol? Besanti dwad?"

"Gas di shit gan y cops?"

"Dim byd alla i ddim handlo, Mar," atebodd Nedw a gwenu arni.

"Pam fo nhw'n ama chdi?"

"Am bo fi o gwmpas ar 'y meic pan aeth y lle i fyny. Wedi dod â pizzas i chi i gyd yn fan hyn, yn do'n?"

"O ia. Sori am hynna," medda Mared gan gyffwrdd yn ei fraich.

"Twt! Dim bai chdi ydi o!"

"Fi ffoniodd chdi'n 'de?"

"Gwranda, dim ond cyd-ddigwyddiad ydi o, dim byd arall. Ma'r petha 'ma'n digwydd, sdi. Geith o i gyd ei glirio fyny mewn wsnos neu ddwy, gei di weld. Geith pawb anghofio amdana fo wedyn."

"Ti'n siŵr ti'n iawn, ddo?"

Edrychodd Nedw i fyw ei llygaid a gwenu orau y gallai. "Yndw, dwi'n iawn. Ty'd yma, nei!"

Gosododd Nedw'r sbliff i lawr ar y top a gafael yn Mared a'i thynnu ato a'i chofleidio.

"O, Nedw," medda hi. "O'n i'n meddwl fod 'na rwbath yn bod, sdi – rhyngddo chdi a fi… Sori os dwi heb roi llawar o sylw i chdi letli, 'fyd."

"Duw, duw, felna ydan ni, ynde, Mar?"

"Ia, ond dwi *yn* meddwl y byd o'na chdi, sdi!" atebodd Mared, gan godi ei llygaid gwyrddlas i suddo i'w lygaid yntau.

Er y teimlai'n chwithig, gwelodd Nedw gyfle i wthio'r gwch i'r dŵr. "Dwinna'n meddwl y byd o chditha, Mar. Ond… wel, 'dan ni'n fwy o fêts na dim byd arall, rili, yn dydan?"

Gwingodd Nedw wrth weld y golau yn y llygaid gwyrddlas yn pylu ychydig.

"Ond 'dan ni'n fwy na hynny go iawn, ddo," medda hi, fwy mewn gobaith na dim arall.

Oedodd Nedw cyn ateb, wrth drio dod o hyd i'r asgwrn cefn i ymhelaethu. "Wel, dwi'm yn siŵr ddim mwy, sdi, Mar…"

Tynnodd y ferch bengoch, dlos ei hun oddi wrtho. "Be ti'n drio'i ddeud?"

Edrychodd Nedw arni. Doedd o heb ddisgwyl hyn – roedd o wastad wedi meddwl nad oedd ganddi lawer o ddiddordeb yn eu perthynas. Roedd ar fin dweud mwy wrthi pan gerddodd Beth yn ôl i mewn. Crwydrodd corneli ei lygaid tuag ati. Gwelodd Mared hynny, ond ddwedodd hi ddim byd. Daeth euogrwydd dros Nedw fel glaw. Gwyddai fod greddfau benywaidd Mared yn dweud wrthi fod rhywbeth o'i le, ond ei bod hi'n ymddiried yn ei ffrindiau agosa – Beth ac yntau – ormod i allu gweld y gwir. Doedd hyn ddim yn deg…

"Ti'n dod drwodd i ddownsio, Mari-wari?" gofynnodd Beth.

"Ddoi yn munud, ar ôl piso," atebodd, cyn mynd drwodd i'r stafell fyw ac am y grisiau.

"Ti wedi deud rwbath wrthi?" gofynnodd Beth, ar ôl ei gwylio'n mynd.

"Na, jysd hintio – trio pwsio'r gwch i'r dŵr yn ara bach 'lly."

"Well i ti gadw fo'n araf, am y tro, sdi…"

"Pam?"

"Dwi'n meddwl 'i bod hi'n ama rwbath."

"Ti'n meddwl?"

"Yndi, mae hi, sdi. Dwi'n siŵr 'i bod hi. Allith o ddim digwydd fel hyn, sdi…"

"Fel be?"

"Fel, hi'n ffeindio allan amdanan ni cyn i chi orffan!"

"Dwi'n gwbod. Dwinna ddim isio'i brifo hi, chwaith."

"Dyna pam ellith *neb* wybod am y noson yn y pics, Nedw. Cofia hynny!"

"Dwi'n cofio, paid poeni. Ond ti *yn* dallt fod o'n achosi lot o ffycin shit i fi, wyt?"

"Be ti'n feddwl?"

"Wel – chdi ydi'n alibi fi, ynde? Bo ni wedi bod am dro i'r harbwr a ballu…"

"Ia, ia, dwi'n gwbod. Ond fyswn i no wê yn gallu gneud hynna iddi hi."

"Be, hydnoed os fyswn i'n mynd i lawr?"

"Ei di ddim i lawr, siŵr! Dim y chdi blydi wel nath, naci?!"

"Dwi'n gwbod, jysd tynnu arna chdi ydw i. Jysd deud 'iŵ ôw mi won', dyna'r cwbwl!" Gwenodd Nedw ei wên ddrwg eto.

Gwenodd Beth ei gwên ddrwg hithau hefyd.

48

"Be 'di'r crac efo Nedw a Mared 'ta?" gofynnodd Jojo wrth dynnu'i gôt ledr fawr a'i rhoi dros ysgwyddau Ceri.

"Duw a ŵyr," atebodd Ceri. "'Dio ddim i'w weld efo lot o ddiddordab ynddi."

"Mwy o ddiddordeb yn Beth, fyswn i'n ddeud," medd Jojo.

"O'n i'n sylwi. A hitha yn fynta."

"Ond mae o'n dal i weld Mared hefyd, yndi?"

"Yndi am wn i. Ond felna fuon nhw erioed, deud gwir. Ma pobol ifanc yn fwy screwed on dyddia yma, rywsut. Ma nw fel sa nw'n gweld yn bellach nag oeddan ni, yn fwy cyndyn o gael eu clymu i lawr. Isio gallu dengid o'r lle 'ma y cyfla cynta ga' nhw, debyg."

"Bechod. Mae o'n lle mor braf."

"'Dio'm yn fêl i gyd o bell ffordd. 'Dio'm yn fêl o gwbl i'r genhedlaeth ifanc 'ma. O'ma mae'r rhan fwya'n mynd, byth i ddod nôl. A fedrai'm eu beio nhw, chwaith. Deud y gwir, dwi'n eu hedmygu nhw am fod mor level-headed am y peth – ma nhw fel sa nhw'n fwy aeddfed nag oeddan ni yn eu hoed nhw. Mae pawb yn gynnyrch 'i oes, yn dydi?"

Wnaeth Jojo ddim ateb. Roedd o'n hapus i wrando.

"Dwi'n meddwl na rhyw ddealltwriaeth felna sy rhwng Mared a Nedw – hi am fynd i'r coleg rywbryd, a fynta am weld y byd. Ac yn y cyfamsar, dim byd siriys, jysd hwyl."

"Peth iach, am wn i," medda Jojo – 'mond er mwyn dweud rhywbeth, gan na allai siarad o unrhyw brofiad.

"Mewn un ffordd. Ond mae o'n gollad fawr i ddiwylliant y lle 'ma."

"Mae o'n dal yn fyw, hefyd, Ceri," medda Jojo, wrth feddwl am y Bryn yn gynharach.

Darllenodd Ceri ei feddwl. "Prin iawn ydi llefydd fel y Bryn, sdi, Jojo. A dydi hi ddim felna bob nos chwaith, cofia. Ond am y dyfodol dwi'n sôn. Efo'r to iau yn gadael fel pys, a Saeson yn cymryd eu lle nhw, mae'r hoelion yn suddo i'r arch yn barod yn dydi?"

"Wela i be ti'n feddwl. Unsustainable?"

"Ia – anghynaladwy."

"Ang-be?"

Chwarddodd Ceri. "Ma rywun yn dod i wybod geiria mawr felna wrth gwffio'r blydi systam dros y blynyddoedd! Mae'r cymunedau Cymraeg yn 'failed communities' bellach. Dydi'r dre 'ma ddim yn viable – aros di, dwi'n gwbod be 'di'r gair Cymraeg am hwnnw hefyd – hyf-rwbath... hyfyw, hwnna ydi o. Dydi'r lle 'ma ddim yn *gymuned* hyfyw heb sôn am gymuned *Gymraeg* hyfyw."

"Mae hynna'n drist..." medd Jojo'n ddwys, wrth estyn ei ffags o bocad ei gôt ar ysgwyddau Ceri.

"Yndi, mae o. Mae Cymru'n marw – ond o leia mae genan ni'n termau Cymraeg am yr afiechyd!"

Taniodd Jojo ddwy ffag a rhoi un i Ceri. Tynnodd hithau arni cyn bwrw mlaen â'i phryderon.

"Be sy'n dristach fyth ydi mai'r Cymry eu hunain sy'n dyrnu'r hoelion i'r arch. Tair mil o flynyddoedd o wareiddiad! Ac am be? Luxury holiday homes? Marinas? 'Yn holl dreftadaeth ni – hanas, iaith, diwylliant, bob dim – sylfaen ein bodolaeth fel cenedl, ac rydan ni'n ei ladd o..."

Ysgydwodd Ceri ei phen wrth chwythu mwg tua'r sêr.

"Mae bob man yn newid, Cer," awgrymodd Jojo. "Mae o jysd y ffordd mae petha, yn anffodus."

"Dim newid mae Cymru, Jojo. Boddi ydan ni'n fama."

"Gobeithio bo chdi'n rong, achos dwi ddim isio colli Cymru."

"Fysa ti'n barod i gwffio drosti?"

"Byswn, mewn egwyddor..."

"Fysat ti'n sefyll o'r neilltu a gadael i bopeth ti'n garu farw?"

"Na fyswn. Fyswn i'm yn gallu."

"Wel, dyna mae pobol yn ei wneud yn fan hyn, Jojo."

"Dumbing down ydi bob dim, ynde, Cer? Does 'na neb yn darllan llyfra ddim mwy. Dydi'r powers-that-be ddim isio i ni feddwl dros ein hunain, nacdyn. Maen nhw isio'n contrôlio ni – sbŵn-ffidio cachu i ni, cael ni'n hwcd ar reality TV yn lle bywyd go iawn. Unwaith lwyddon nhw i gael plant i licio coca-cola fwy na llefrith, roedd unrhyw beth yn bosib. Mae hi'n job ddrud cadw bobol mewn jêls a talu am fwy o gops. Lot rhatach i ledaenu apathi – be 'di'r gair Cymraeg am apathi?"

"Difaterwch. A ti'n iawn – ma nhw'n ei wneud o'n fwriadol. Ac yn ein troi ni i gyd yn erbyn ein gilydd hefyd. Ti'n cofio 'Shop a

Benefit Thief', neu be bynnag oedd y slogan? Yn lle helpu cymdogion sy'n stryglo i gael dau ben llinyn ynghyd, be 'dan ni'n neud? Grasio nw i fyny am wneud tamad bach ecstra ar gyfar Dolig!"

Cytunodd Jojo. "Troi pawb yn spies i'r llywodraeth. Proxy secret police!"

"Yn union! Cyn hir fydd 'na adfyrt 'Beware the Thinkers Among You!'"

Fflicodd y ddau eu stympiau ffags i'r awyr ar yr union yr un eiliad, cyn troi eu golygon yn ôl at y sêr.

"Sgwn i be sy'n dal pob dim at ei gilydd?" myfyriodd Ceri. "Y Ddaear a'r bydysawd. Ti'n meddwl fod yna rwbath?"

"Hmm... yndw, dwi'n meddwl bo fi," atebodd Jojo'n ddwys. "Dim duw. Jysd bywyd. Dwi'n meddwl fod 'na fwy i'r peth na be 'dan ni'n weld a'i deimlo. Dwi'n meddwl ein bod ni wedi cracio gwyddoniaeth yn go lew. Be ydan ni heb ffeindio allan eto ydi be sy tu ôl i'r gwyddoniaeth."

"Ond dim Duw?"

"Na, dim Duw. Crefydd wnaeth Duw, a dyn wnaeth crefydd. Felly mae o'n amhosib fod 'na Dduw. Ddudodd Che Guevara nad oedd o'n coelio mewn Duw, ond yn y ddynolryw. Dyna sy'n gneud sens i fi. Er, dwi wedi colli ffydd mewn dynoliaeth ers talwm, hefyd, i fod yn onest. Ond mae ffydd yn rhywbeth arall..."

"Pam?"

"Pam bo fi 'di colli ffydd mewn pobol? Stori hir, Cer."

Pasiodd ennyd arall o dawelwch wrth i'r ddau dreulio'r holl feddyliau oeddan nhw newydd eu rhannu â'i gilydd.

"Ond mae 'na dduw," medda Jojo cyn hir. "Duw efo 'd' fach – ti'n dallt be dwi'n feddwl?"

"Hmm. Eglura."

"Duw efo 'd' fach ydi rhywbeth *ti'n* gredu ynddo fo. Dim crefydd, ond rhywbeth personol – fel athroniaeth neu egwyddorion. Ond dim raid iddo fo fod yn hynny chwaith, ellith o fod yn unrhyw beth sy'n bwysig i chdi – dy wlad di, dy gymuned di, chdi dy hun a be wyt ti'n chwilio amdano. Neu hyd yn oed rwbath ti'n obsesd efo – Elvis, y Beatles, Kylie Minogue, tîm ffwtbol... A be sy'n eironig ydi fod Duw ei hun – *y* Duw 'd' fawr – hefyd yn dduw 'd' fach i bobol sy'n dilyn crefydd. Dydi'r duw mae crefydd yn addoli ddim yn bod, ond mae'r grefydd ei hun – y gred, yr obsesiwn, yr ofergoeliaeth – yn dduw iddyn nhw."

Chwythodd Ceri anadl hir o wynt o'i hysgyfaint.

"Dwi 'di chwalu dy ben di?" gofynnodd Jojo dan wenu.

"Do braidd. Ond dwi'n dallt be ti'n ddeud. Jysd fod o'n ddiawledig o ddwfn am adag yma o'r nos!"

"*Ti'n* coelio mewn duw 'ta?"

"Na. Fel ti'n ddeud, dyn sy'n creu duwiau. Ma'n anodd coelio fod pobol yn credu fel arall."

"Angen rhywbeth i gredu ynddo fo ma nhw ynde, a'r Eglwys yn cymryd mantais o hynny. Mae pobol angan ffêri têls i egluro be dydyn nw ddim yn wybod. Mae gan bobol ofn marw, felly angan cysur – angan mam i afael yn eu dwylo, os lici di. Yr Eglwys ydi'r fam – hi sy'n rhoi'r cysur, ond dim ond i blant bach ufudd sy'n gwrando ar ei gorchmynion!"

"Gorchmynion, ia!" cytunodd Ceri. "Dyna'r cwbl ydi Duw! Ffordd o gynnal y Drefn. Cadw brenhinoedd ar eu gorseddi a'r bobol dan eu traed."

"Yn bendant. Yr Eglwys 'di'r fam a'r Palas 'di'r tad. A Duw ydi'r...!"

"... Awdurdod," ymyrrodd Ceri. "Mae'r Eglwys yn deud mai hi ydi llais Duw ar y ddaear, ac mae'r Palas yn dweud fod y Brenin yno trwy ras Duw. A pwy sy'n mynd i feiddio dadlau efo Duw?"

"Ffwc o ddyfais handi," cytunodd Jojo. "Y carrot a'r stick! Duw cariad yw – ond paid â'i bisio fo off! Os na tisio mynd i uffarn ar dy ben!"

"At y Diafol – y 'Jac Sach' yn y berthynas rhwng y 'rhieni' a'r 'plant'!"

"Jac Sach?"

"Y 'bogeyman'!" medd Ceri, cyn codi ei bys a'i siarsio, "'Cofia di ddod adra cyn 'ddi dwllu, neu fydd Jac Sach wedi dy ddal di!'"

Gwenodd Jojo, a gwasgu Ceri'n dynnach ato. "'There ain't no Devil, it's just God when he's pissed off.' Pwy ddudodd hynny, 'fyd?"

"'It's just God when he's DRUNK!'" cywirodd Ceri fo. "Tom Waits."

"Tom Waits, ia siŵr! Dowt gen i fod hwnnw'n dilyn unrhyw Drefn!"

"Go brin!" cytunodd Ceri. "Ond mae 'na ormod o bobol yn, dyna 'di'r drwg. Mae nhw'n gaeth iddi. Ac mae'n hen bryd ei chwalu hi. Chwalu'r Drefn a lladd Duw!"

Ystyriodd Jojo. "Oes, mae isio 'lladd y duw' sy'n cynrychioli'r Drefn, yn bendant. Ond mae isio gwneud yn siŵr bo ni ddim yn lluchio'r babi allan efo'r dŵr."

"Ti'n colli fi eto rŵan," medd Ceri, wrth geisio dyfalu os oedd Jojo'n athrylith 'ta ffycin nytar. "Be ti'n feddwl?"

"Wel, mae 'Duw' hefyd yn cynrychioli'r gwerthoedd a'r moesau ac egwyddorion sy'n sylfaen i'r gwareiddiad gorllewinol – cyn iddo gael ei byrfyrtio gan yr Eglwys a'r Palas... Ti efo fi? Ysdi, y ffor mae petha'n mynd, rydan ni'n gneud job dda o ladd bob dim ydan ni'n gredu ynddo fo – cyfiawnder a brawdgarwch... cariad... be sy'n iawn a be sy'n rong... Mae angan troi cefn ar grefydd ond ddim ar y gwerthoedd sylfaenol hynny..."

Sylwodd Jojo ei fod o wedi mynd yn llawer rhy ddwfn unwaith eto, ac ymddiheurodd.

"Paid bod yn sori," medd Ceri. "Dwi'n mwynhau gwrando arna chdi. Neis ffendio rhywun sy'n dallt lle dwi'n dod o!"

Gwasgodd Jojo ei fraich yn dynn am ysgwyddau Ceri. "Ma'n neis i nabod chditha hefyd. Rhyddhad, deud gwir. Dwi rioed wedi cael y cyfla i rannu fy meddylia efo neb. Dim fel hyn, efo rhywun sy'n dallt. A dim ar amser mor bwysig yn 'y mywyd i."

"Mae bob amsar yn bwysig, sdi, Jojo," nododd Ceri wrth glosio i fyny'n gynnes yn ei gôl.

"Yndi, ond mae 'na adega pan ti, wel... wedi bod yn chwilio, ti'n gwybod?"

"Be ti'n chwilio am 'ta?"

"Duw."

"'D' fach 'ta 'd' fawr?"

Gwenodd Jojo. "Bach! Dwi'n chwilio am fy 'nuw' i – y peth, neu betha, dwi wedi eu colli. Fi fy hun, debyg – dwi'n chwilio am fi fy hun."

"Dyna pam ddoisd di yma, i Gilfach?"

"Mewn ffordd."

"Ti'n meddwl bo chdi wedi'i ffendio fo?"

"Falla... Ond fod y Duw 'd' fawr yn beryg o'i ladd o!"

"Os nad ydi o wedi gwneud yn barod!"

"Wel, os ydio wedi, bydd rhaid i mi'i ladd o, yn bydd?"

"A haleliwia i hynny!" medd Ceri wrth roi ei phen ar ei ysgwydd gadarn.

Gwasgodd Jojo hi'n dynn, a theimlo ei fan gwyn fan draw yn llenwi'i galon. Ai cariad oedd o'n chwilio amdano, wedi'r cwbl? Neu ai'r cysur a gâi yn y daioni pur oedd yn pelydru'n gynnes o galon y ferch yn ei gôl? Oedd o wedi dod o hyd i'w dduw, neu wedi llyncu'r *placebo*?

Ond y funud hon, doedd o'm yn poeni am hynny o gwbl. Yr unig beth oedd yn bwysig rŵan oedd yr hyn a deimlai yng nghwmni'r ferch brydferth, ddeallus, ffraeth ac egwyddorol hon. O'r holl filiynau o sêr oedd yn gwenu heno, hi oedd y seren ddisgleiriaf ohonyn nhw'i gyd.

49

AGORODD JOJO'I LYGAID A gweld ei bod hi'n olau dydd, a'i fod yn ei wely ei hun yn y garafán. Roedd hi'n boeth fel sôna ac mi oedd o'n laddar o chwys. Edrychodd ar y cloc. Deg o'r gloch. Roedd ganddo hangofyr fel drymwyr *batala* yn pwmpio yn ei ben.

Triodd gofio a brynodd o baracetamol pan fu'n siopa y dydd o'r blaen. Roedd o'n siŵr na wnaeth o. Penderfynodd mai peint o ddŵr a mynd yn ôl i'r gwely am awr oedd yr unig beth amdani. Aeth drwodd i'r gegin a llenwi mẁg efo dŵr o'r tap, a'i lowcio. Un peth am fyw yn un o garafannau Johnny Lovell, roedd ganddo ddŵr da, wedi'i beipio o ffynnon i fyny ar ochrau Trwyn y Wrach. Doedd dim blas cas arno fel dŵr Llundain. Ac mi oedd o'n oer.

Wedi mynd drwodd i'r stafell fyw gwelodd ei fod wedi gadael y tân nwy ymlaen, a hynny ar bump. Doedd dim rhyfedd fod y lle'n berwi. Trodd o i ffwrdd, ac agor dwy o'r ffenestri lleia i gael chydig o awyr iach. Yna aeth yn ôl am y ciando a gorwedd o dan y dwfe, a meddwl am Ceri. Cofiodd y ddau'n cofleidio o dan y sêr ac yn rhoi'r byd yn ei le, ac mi gofiodd ei cherdded adra – fraich ym mraich – a'r gusan nos da wrth giât yr ardd. Cusan gynnes ar y gwefusau, a'u llygaid yn cwrdd wrth wneud. Cusan i fedyddio'r berthynas a anwyd dan olau'r sêr – ar ben Craig yr Harbwr, Gilfach.

Gwenodd Jojo'n gynnes er gwaetha ei gur pen, a chau ei lygaid. Ond roedd ei feddwl wedi deffro. Yr hen gocên yn dal yn ei waed yn rhywle, a'r atgofion am Ceri wedi'i fywiogi i gyd. Syllodd ar y nenfwd, lle'r oedd gwres y garafán wedi stemio a throi'n chwys dros nos, ac mi ddisgynnodd diferyn ohono a glanio ar dop ei drwyn. Cofiodd am y canu yn y Bryn, a'r wefr a deimlodd wrth ganu 'Ar Lan y Môr' efo Ceri. Cofiodd hithau'n hel enwau ar y ddeiseb a… cofiodd y bwbach hyll, pen moel hwnnw yn ei bygwth… Damia, meddyliodd – roedd o wedi bwriadu gofyn iddi pwy oedd o, hefyd, ond mi anghofiodd yn llwyr ynghanol y difyrrwch a ddilynodd.

Yna cofiodd Ceri'n dweud iddi weithio yn y pictiwrs am flynyddoedd – a'i mam cyn hynny. Cofiodd stopio tu allan cragen ddu'r adeilad wrth ei hebrwng hi adra, a chael yr hanes ganddi. Bu bron iddo lithro a dweud mai yno y gwelodd o *Star Wars* gynta. Ond wnaeth o ddim. Roedd hi'n rhy gynnar o lawer i ddatgelu ei gyfrinach. Ac yna cofiodd rywbeth arall a ddwedodd Ceri y tu allan i'r Plaza…

Cododd ar ei eistedd yn y gwely. Os oedd y cocos wedi dechrau troi wrth feddwl am gwmni Ceri, roeddan nhw'n fflio rŵan, a doedd dim gobaith mul o fynd yn ôl i gysgu. Anghofiodd am ei gur pen. Cododd a rhoi'r tecell ymlaen.

50

Cnociodd Jojo ar ddrws tŷ Johnny Lovell wrth i ddau gi defaid sniffio o gwmpas ei draed ar stepan y drws. Arhosodd, a chnociodd eto. Roedd o'n siŵr ei fod wedi gweld Johnny'n cerdded at y tŷ ryw funud ynghynt. Ddaeth dim ateb, felly gan roi mwytha sydyn i'r ddau gi, trodd yn ôl i'r iard a gwneud ei ffordd i lawr am y cae lle'r oedd Johnny'n cadw ceir sgrap. Ond cyn iddo roi mwy na phum cam, daeth bloedd o'r tu ôl iddo. Trodd Jojo i weld Johnny'n sefyll yn nrws y tŷ yn ei alw draw. Doedd o ddim yn gwisgo cap, ac mi synnodd Jojo cyn lleied o wallt oedd ganddo ar dop ei ben o'i gymharu â'r goedwig oedd bob ochr.

"Dwi ddim yn ateb unrhyw knocks dwi ddim wedi dod i arfer efo, boi. Rhag ofn fod bobol offisial yno. Fydda i'n licio mynd fyny grisia i sbio drw ffenast i weld pwy sy 'na gynta. Best be on the safe side!"

Gwenodd Jojo. "Dallt yn iawn, Johnny."

"Y garafán yn iawn?"

"Yndi, grêt, Johnny. Meddwl o'n i, oes gen ti gar bach i werthu?"

Lledodd gwên fawr dros wyneb yr hen sipsi. "Pa fath wyt ti isio?"

"Jysd runaround bach."

"Wel, they all run around – dibynnu faint o bell ti'n mynd!"

"Dim yn rhy bell. Piciad i dre ac yn ôl, mynd am sbin rownd yr ardal…"

"Fyddai efo ti rŵan," medda Johnny, cyn rhegi ar un o'r cŵn a diflannu i mewn i'r tŷ. Daeth yn ôl i'r golwg mewn mater o eiliadau, yn gwisgo'i gap ac efo bwnsiad mawr o oriadau yn ei law. Rhegodd un o'r cŵn eto, cyn cau'r drws ar ei ôl.

Arweiniodd Johnny y ffordd i lawr i gyfeiriad y cae sgrap, cyn troi i'r dde cyn cyrraedd y giât, a mynd i lawr y rhiw y tu ôl i'r hen dŷ fferm, lle'r oedd sied.

"Dyma chdi," medda Johnny gan wenu'n braf ar ôl sleidio'r drws yn agored. "Take your fucking pick!"

Yno, wedi'u parcio'n daclus, fodfeddi yn unig oddi wrth ei gilydd, roedd pump o geir ac un fan.

"Dwi'n chwilio am rwbath efo tacs *ac* MOT, Johnny."

"Wel, yr unig un sydd efo'r ddau ydi'r Peugeot 306 acw. Yr un coch. Eighteen-hundred diesel. Brilliant runner, can't fault it. Three hundred quid and it's yours. Cer â fo am sbin os tisio – ond rhaid i fi gael y ceir erill 'ma allan o'r ffordd gynta."

Gwyliodd Jojo Johnny'n tanio'r tri char oedd wedi'u parcio o flaen y Peugeot, a'u cael nhw allan i'r iard o flaen y sied. Mi gymerodd hi chydig o amser iddo, gan fod y lle mor gyfyng a drws y sied mor gul, ac mi gafodd dipyn o drafferth wrth danio'r trydydd, oedd "wedi bod yn sefyll yn hirach na bob un o'r lleill" – er nad oedd hynny'n bosib, oni bai fod y Peugeot a'r ceir eraill oedd ymhellach i mewn wedi hedfan i'w llefydd.

O'r diwedd, daeth at y Peugeot, ac mi daniodd yn syth. Dreifiodd Johnny fo allan o'r sied, a stopio o flaen Jojo.

"Dyna chdi, chavo. Cer â fo am ryn. Fydda i yn y tŷ pan ddoi di nôl. Tyrd â'r log-bwc efo chdi – mae o yn y glove."

Bordiodd Jojo'r sbardun a hitio chwe deg yn braf ar y stretsh fach rhwng gwaelod y trac at le Johnny a'r gornel fawr cyn stretsh y pentre gwyliau. Doedd 'na fawr o ddim byd yn bod ar y car, heblaw ei fod o'n tynnu mymryn lleiaf i'r chwith wrth frecio. Doedd wybod be oedd ei gyflwr o ran pasio MOT arall ymhen tri mis, ond doedd Jojo'n poeni dim am hynny. Doedd o ond ei angen am yr ychydig wythnosau nesa. Ar ôl hynny gobeithiai gael cyfeiriad iawn a mynd yn 'gyfreithlon' efo un o'i IDs ffug, wedyn câi brynu car fyddai'n werth ei yswirio. Tan hynny, byddai'n hapus efo tractor pe bai'n llwyddo i fynd â fo o A i B.

Trodd y car rownd ym mhrif fynedfa'r pentre gwyliau, a stopio cyn cychwyn am yn ôl. Taniodd ffag, a phesychu, cyn estyn y log-bwc o'r cwpwrdd o flaen y sêt ffrynt. Agorodd y ddogfen. Doedd Johnny heb drafferthu cofrestru'r car yn ei enw fo, ac roedd o'n dal wedi'i gofrestru i ryw Mr Dare o Birkenhead. Penderfynodd Jojo y byddai'n prynu'r car. Taflodd y dogfennau ar y sêt a throi'r radio ymlaen i weld oedd hi'n gweithio. Mi oedd hi, ac wedi'i thiwnio i Radio 1.

Cyn cychwyn yn ôl am Drwyn y Wrach sylwodd Jojo ar yr arwydd o'i flaen – Golden Sands Holiday Village & Caravan Park, gyda'r is-bennawd, Chalets & Caravans To Buy or Let. Lle da i rywun ariannog guddio, meddyliodd Jojo, ynghanol cannoedd o deuluoedd ar eu gwyliau. Gwyddai am sawl dihiryn fu'n aros mewn pentrefi gwyliau o'r fath tra'n cadw o afael y gyfraith neu ddihirod eraill.

Roedd ar fin codi ei droed oddi ar y clytsh pan sylwodd ar yr enw oedd efo'r rhif ffôn ar waelod yr arwydd. 'Shaw-Harries Associates Ltd'. Roedd wedi sylwi fod yr enw hwn yn codi ymhob man o gwmpas yr ardal, a cherddodd ias i fyny ac i lawr cefn Jojo wrth gofio eto be ddwedodd Ceri tu allan i'r Plaza neithiwr. Tynnodd ar ei sigarét wrth syllu ar yr enw, cyn llusgo'i hun oddi ar y llwybr meddyliol. Roedd ganddo hangofyr fel oedd hi, a doedd mynd i godi bwganod o fawnog y gorffennol ddim yn syniad da o gwbl. Pesychodd, cyn troi'r car am y ffordd.

Bu'n rhaid iddo frecio'n sydyn cyn i drwyn y car fentro i'r ffordd, pan wibiodd motobeic heibio efo dau berson ar ei gefn. Adnabu'r marchogwr pilion yn syth, efo'i drowsus gwyn a'i siwmper fawr wlanog Dennis the Menace.

Daliodd Jojo i fyny efo'r beic ar y gornel fawr cyn y stretsh at waelod Trwyn y Wrach, ac er i'r beic bach gael ychydig o flaen arno eto wedi troi i'r stretsh, roedd y Peugeot yn ei gynffon eto o fewn dim. Gyrrodd Jojo'r car reit i fyny at ei din o, a chadw'r bympar blaen fodfeddi yn unig o'i olwyn ôl. Chwarddodd Jojo iddo'i hun wrth weld Nedw'n edrych yn y drych ar ei far llywio, yna Didi'n trio troi ei ben i edrych, wrth synhwyro fod rhywbeth tu ôl iddo oedd yn llawer agosach nag y dyliai fod.

Wedi dal yn nhin Nedw yr holl ffordd i fyny'r trac at y garafán, parciodd Jojo'r car reit yn ymyl y beic cyn i'r un o'r ddau allu dod oddi arno. Neidiodd allan o'r car a gweiddi, "POLICE! GET OFF THE BIKE NOW!"

Ar ôl i Didi stopio diawlio Jojo, neidiodd y tri i mewn i'r garafán, yn clebar fel brain.

"Gwna banad, Jojo," medda Didi, "dwi'n crynu fel deilan ar ôl dy Mad Max antics di! Sa ti 'di gallu'n lladd ni, sdi!"

"Gwna di banad, Didi. Rhaid fi fynd i weld Johnny gynta, i wneud dîl am y car 'na."

"Ti ddim yn prynu'r ffycin heap yna?" Roedd Didi'n gegagored.

"Yndw. Os na ti isio dal i gerddad a cael liffts ar gefn motobeics, ynde, Didi?"

"Do it! You've convinced me!" medda Didi fel brenhines ddrama.

Aeth Jojo drwodd i'w lofft, ac estyn y bag pres o'r cwpwrdd o dan fatras y gwely. Cyfrodd dri chant ac aeth drwodd at y ddau arall. Doedd o ddim yn mynd i haglo – roedd tri chan punt yn fargian am gar na ellid ei olrhain yn ôl iddo fo. Yn enwedig ac yntau efo can mil o bunnau yn ei fag. A'r hapusa fyddai Johnny efo'r pris, y mwya parod fyddai i anwybyddu'r rheolau.

"Clŵad fo chdi 'di cael noson romantic ar ben Graig Harbwr neithiwr, Jojo," medda Nedw, gan wincio ar Didi.

"Wel, oeddan ni'n meddwl fod pawb yn ein dilyn ni, doeddan? Ond roedd rhywun yn methu cerddad, yn doedd?" Edrychodd Jojo'n goeglyd ar Didi.

"Hei – mae 'nhraed i wedi cael eu gwneud i ddownsio, dim i midnight mountaineering, diolch yn fawr!"

"Goelia i hynny hefyd," medda Nedw, "y mŵfs oeddachd di'n neud yn tŷ Bobat!"

Gwenodd Didi'n swil, a rhoi ei law dros ei geg. "Gobeithio wnes i ddim ypsetio neb. Pwy oedd y boi bach rhyfadd 'na 'fyd?"

"'Boi bach rhyfadd'?" gofynnodd Nedw, a chwerthin. "'Y boi bach del 'na' oedd o neithiwr!"

"Ffac off! Cer o'na! O mai god! Pwy ffwc oedd o?"

"Basil. Fuodd y ddau o'na chi'n dawnsio am oesoedd!"

"Basil, ia. Basil Brysh – fedrwn i'm stopio chwerthin arna fo! Be ffwc mae o ar?"

"Whizz ydi'i betha fo. Dyna'r cwbwl mae o'n neud ar wicends – llyncu grams o'r stwff a mynd i tŷ Bobat i ddownsio. Sgena fo'm stereo yn ei dŷ fo – mae o'n byw efo'i nain yn Gin Street."

"A Bobat – 'dio'm yn deud llawar, nacdi?"

"Nacdi, jysd yfad fodca a smocio sgync mae o'n neud – ddydd a ffycin nos. Ffyc, oeddach di'n ffyni efo fo, Didi!"

Gwenodd Didi'n llydan. "Pam? Be o'n i'n wneud?" Roedd o ar dân isio clywed y stori eto.

"Jysd haslo fo oedda chdi – non-stop – deud wrtha fo am gau'i geg a stopio gneud sŵn!"

Gwenodd Jojo. Roedd hi'n dda gweld Didi'n gwneud ffrindia. "Reit, jysd piciad i weld Johnny. Fydda i nôl mewn dau funud."

51

O'R DIWEDD CYRHAEDDODD Y cloc at hanner dydd a daeth y mamau ac ambell i dad i nôl y plant, ac addawodd Ceri iddi hi ei hun na fyddai eto'n mynd allan ar nos Sul pan mai ei thro hi oedd rhedeg y Clwb Meithrin ar fore dydd Llun. Er bod ei chur pen wedi diflannu ers tro, daeth gwacter blinedig i gymryd ei le – a diffyg amynedd, a'r syched mwya uffernol na allai dŵr cynnes tap y neuadd lwyddo i'w dorri. Doedd hi ddim mewn unrhyw stad i ddioddef ugain o blant bach yn rhedeg o gwmpas yn sgrechian dros y lle am ddwyawr gyfan.

Ond er diawlio'i hun am fod allan tan ddau y bore, doedd hi'm yn difaru. Roedd hi wedi mwynhau cwmni Jojo, ac wedi teimlo – yno ar ben Craig yr Harbwr – ei bod wedi canfod ei chraig hi. Roedd 'na ddyfnder i Jojo, dyfnder na theimlodd ers cyn i Eddie gael ei rwygo oddi wrthi. Er gwaetha'i ddirgelion, teimlai Ceri'n ddiogel yn ei gwmni. A hyd yn oed yn fwy pwysig, teimlai'n rhydd i fod yn hi ei hun, ac i rannu'i meddyliau efo rhywun a'u gwerthfawrogai. Bu'n dair blynedd hir ers iddi deimlo fel hyn.

Trodd ei sylw at Deio bach, oedd yn dyrnu mynd ar draws y llawr pren ar gefn injan dân blastig, ac yn gweiddi "nii-noo-nii-noo-nii-noo" ar dop ei lais wrth fynd. Efallai fod yr un deg a naw o blant eraill wedi mynd, ond roedd gan Ceri un ar ôl nad oedd am adael iddi orffwys heddiw.

Caeodd ddrws y neuadd ar ôl i'r ola o'r mamau ddiflannu, ac aeth draw i helpu Sue Coed i glirio'r teganau i'r stafell yng nghefn y llwyfan.

"Blydi hel, diolch byth fod hwnna drosodd, Sue!"

"Ia, wir dduw! Oedd 'y mhen i'n jario heb sôn am dy un di efo hangofyr!"

"Nefar agén, Sue bach!"

"Ffêmys last wyrds, Ceri!"

Wedi cadw'r llanast a chloi drws y neuadd ar eu holau, taniodd y ddwy sigarét a cherddded efo'i gilydd – efo Deio, a Rhodri mab ieuengaf Sue – am y stryd fawr. Roedd y ddwy angen manion i'r tŷ cyn mynd adra.

"Ti 'di cael dipyn o enwau ar y ddeiseb, Sue?"

"Dwi 'di cael llwyth ar stryd ni, ond sâl iawn ydi hi'n gyffredinol."

"Dwi 'di cael dwy dudalen, ond mae 'na rai – yr un hen wyneba gan fwya – yn gwrthod. Ddigon i dorri dy galon di weithia."

"Yndi, mae hi. Ydi Dan wedi cael enwa?"

"Dwi'm yn siŵr, sdi, Sue. Dwi heb 'i weld o ers imi gael copis o'r ddeiseb ganddo fo. Pam sa fo 'di deud fod ganddo fo brintar, dwad?"

"Dan ydio'n 'de! Ei galon o'n lle iawn ond ei ben o hanner awr ar 'i hôl hi!"

"Nes inna ddim meddwl, chwaith. O'n i'n gwbod fod ganddo fo gyfrifiadur, ond o'n i jysd yn cymryd fod ganddo fo ddim printar. 'Dio rioed wedi cynnig printio dim byd ers buodd y pwyllgor."

"Wel, dduda i ddim byd," medda Sue.

"Be ti'n feddwl?"

"Ti ddim 'di sylwi?"

"Sylwi ar be?"

"O cym on, Cer!"

"Sgen i'm syniad be ti'n sôn am, Sue bach!"

"Wel, dal cannwyll i chdi mae o, siŵr!"

"Be ti'n feddwl…? Na, paid â bod yn wirion!"

"Ty'd 'laen, Cer! Mae o'n amlwg, siŵr!"

"Na, dwi'm yn meddwl, Sue… Ychafi!"

"'Dio'm hynna o ddrwg, siŵr!"

"O ffyc off!"

"Digon o bres yn banc, 'fyd!"

"Wel croeso i chdi drio, felly! Ych, damia… Paid cael fi'n rong, mae o'n annwyl a bob dim, ond, ych, na, dim diolch! Ma'r mwstash 'na'n ddigon i roi fi off i ddechra efo'i!"

Chwarddodd Sue. "Ww! The lady doth protesteth too much! Ti'n siŵr fo chdi'm yn cuddio rwbath?!"

"Ti'n hedio am slap unrhyw funud ŵan, Sue!"

Chwarddodd Sue eto, yn cael modd i fyw wrth dynnu ar ei ffrind.

"Danial Cocos, wir!" medda Ceri wedyn. "Cocos bai nêm, Cocos bai nêtshiyr!"

Cododd y ddwy eu dwylo ar Pimples Bara pan bib-bibiodd hwnnw gorn ei fan 'Bara Bob Bora' wrth basio.

"So be 'di'r diweddara efo Nedw, Cer?" gofynnodd Sue.

"Gawn ni weld ar yr wythfad, Sue. Mae o'n atab bêl adag hynny."

"O, duw, fydd o'n iawn, felly! Sa ti'n gwrando ar bobol y lle 'ma, sa ti'n meddwl fod o ar 'i ffordd i Fazakerley'n barod!"

"Pam, be ma nw'n ddeud? Does bosib fo nw'n meddwl na fo nath?"

"Wel… ti'n gwbod fel ma bobol yn siarad, Cer."

"Ffycin basdads slei! Pam ddiawl na ddudan nw yn 'y ngwynab i, dwad?"

"Felna mae'r ffycars, Cer. Licio gweld rhywun yn bygro fyny."

"Ond sut allan nw feddwl y fath beth am Nedw?"

"Wel, paid â gwylltio rŵan 'de, ond y stori ydi dy fod ti'n pissed off fod y fenter gymunedol wedi methu a bod y lle wedi'i werthu i Shaw-Harries, felly bo chdi wedi deud wrth Nedw am roi matsian i'r lle. Ond 'don't shŵt ddy mesunjyr'!"

"Paid â poeni, Sue bach," medd Ceri. "Dwi 'di clywad honna'n barod – dyna ma'r cops yn ddeud ydi 'possible motive' Nedw!"

"Naci! Ia wir?!"

"Ia! Fedri di goelio'r peth?!"

"Sganddyn nhw'm ffycin cwilydd, dwad?"

"Nagoes, yn amlwg. Diawl o bwys ganddyn nw am deimlada bobol – na hawlia chwaith. Tic yn y bocs a streips ar eu sgwydda, dyna'r unig beth sy'n cyfri i'r contiaid."

"Wel, rwbath wyt ti isio i fi neud, jysd rho showt, OK?"

"Diolch, Sue, mi wna i. Sut mae Kevin chi, eniwe?"

"O, fel y boi, am wn i. Fydd o allan ar tag mewn mis."

"Blydi hel, oedd hynna'n sydyn!"

"Chwe mis gafodd o – allan ar ôl tri i fod, ond gafodd o gynnig dod allan ar ôl deg wsos os oedd o'n cymryd y tag. Duw a ŵyr sut wneith o handlo bod yn styc yn tŷ am bythefnos, chwaith!"

"Fydd o'n help iddo fo beidio mynd yn ôl ar y stwff 'na, Sue. Ydio'n dal i ffwrdd o'no fo?"

"Glân ers mis medda fo. Os 'dio'n deud gwir. Ma'r jêl 'na'n llawn o'r stwff medda nw."

"Sgen ti le i'w ama fo?"

"Ddim rili, ond dim ond ei air o sydd genai, ynde, Cer? Mab i mi neu beidio, tydi gair smackhead yn cyfri dim, nacdi?"

Cytunodd Ceri, heb ddweud dim.

"Gawn ni weld, ynde," medda Sue, wrth stopio wrth ddrws Superdrug.

"Wel, dwi'm yn gwbod sut wyt ti'n handlo petha mor dda, Sue fach, wir i ti dydw i ddim."

"Dim llawar o ddewis nagoes, del? Ond dduda i un peth – dwi wedi dysgu llwyth am be sy'n mynd ymlaen yn y lle 'ma, pwy sy'n gneud be, a pwy 'di dy fêts di. A dwi wedi gweld lle mae preioritis y cops 'ma hefyd – a dim sortio'r dealers allan ydio. Dyna pam fydda i yno i ti efo Nedw, Cer. Dwi'n nabod bad egg pan dwi'n weld o, a dydi Nedw ddim yn un. Does 'na'm llawar o betha da ar ôl yn y lle 'ma – ond digon o betha drwg, yn anffodus. Ti a Nedw – a Gruff a Gwenno hefyd, chwara teg – ydi rhei o'r petha da. Wna i ddim sefyll yn ôl a gadael iddyn nhw ffwcio hynny i fyny, dwi'n deud hynna wrtha ti rŵan!"

Trodd Sue am ddrws Superdrug, gan lusgo Rhodri bach efo hi.

"Cym bwyll, Cer. Rhaid fi fynd i fan hyn i nôl pads. Ffonia fi, OK?"

52

CROESODD JOJO'R CAE CARAFANNAU at y llwybr am dŷ Johnny. Roedd y cŵn yn y tŷ efo fo erbyn hyn, achos mi aethon nhw'n bananas pan glywon nhw Jojo'n cnocio. Safodd Jojo wrth y drws i aros ateb, yna camodd yn ôl ac edrych i ffenest y llofft lle'r oedd Johnny'n sbecian. Gwenodd yr hen sipsi pan welodd o fo, ac amneidio arno i ddod i mewn.

Daeth Johnny i lawr y grisiau i'w gwfwr o, yn gweiddi ar ei gŵn.

"Paid poeni, dydyn nhw'm yn brathu. Y lurcher yn y cefn 'di'r diafol efo'i ddannedd. Tyrd drwodd i gegin."

Eisteddodd Jojo wrth y bwrdd a rhyfeddu at yr holl lyfrau oedd gan yr hen foi o gwmpas y lle. Roeddan nhw'n bob man – ar y bwrdd, ar y llawr, wrth y sinc, ar ben y ffrij, y teledu a hyd yn oed y cwcyr. Ond doedd 'na ddim silff i'w gweld yn unlla.

"Gymi di banad, fachgian?"

"'Mond os ti'n cynnig."

Craffodd Jojo i weld oedd o'n adnabod rhai o'r teitlau yn y pentyrrau llyfrau ar y bwrdd o'i flaen. Adnabodd o fawr o ddim byd, cyn gweld *Ask The Dust* yn y pentwr pella. "John Fante, ia?"

"Sut?" atebodd yr hen foi.

"Y llyfr 'ma," eglurodd Jojo wrth estyn i'w dynnu o'r peil.

"O, rheina? House clearance yn Cefn wythnos o'r blaen, boi. Ti byth yn gwbod – might be a rarity in there somewhere."

"A finna'n meddwl bo chdi 'di darllan y cwbwl lot!"

Chwarddodd yr hen sipsi. "Darllen? Dwi'm yn gallu darllen, fachgian! Ydi'r car yn iawn i ti? Rynarownd bach iawn, dydi?"

"Wel, mae o'n rhedeg ac mae o'n mynd rownd, beth bynnag. Faint ddudas di oedd o?"

"Tri chant," medda Johnny wrth eistedd i lawr gyferbyn â fo.

"O'n i'n sbio ar y log-bwc – mae o'n dal yn rejistyrd i'r previous owner, felly?" gofynnodd Jojo.

Syllodd Johnny'n syth i mewn i lygaid Jojo, fel petai'n astudio pa ffordd oedd y cocos yn troi. "Mae'n rhaid na'r hen log-bwc ydi hwnna, felly. Sori am hynna. Mi ga i olwg am yr un newydd i chdi. Mae o yma'n rhywle. Ydi hynna'n iawn?"

Syllodd Jojo yn ôl i lygaid duon Johnny. Roedd o'n sicr fod cocos Johnny'n troi i'r un cyfeiriad â'i rai fo.

"Siwtio fi'n iawn, Johnny."

"Cwshdi, mwsh!" medda'r hen sipsi ac estyn am y pres. Ond daliodd Jojo ei afael ynddyn nhw am eiliad.

"Cyn bellad fod 'na ddim hanes i'r car?"

Cododd Johnny ei ddwylo at ei frest. "On my life, mae o mor lân ag eira! No flags, no stories."

Rhoddodd Jojo'r pres iddo a'i wylio fo'n cyfri ar gan milltir yr awr.

"Diolch yn fawr, 'machgian i," medda Johnny wedyn, wrth roi'r arian ym mhoced tu mewn ei gôt ac estyn ei law i Jojo.

"Pleser," atebodd Jojo.

"Ac mae'r garafán yn iawn, felly?"

"Yndi…"

"A'r cerdyn letrig yn gweithio yn y siop?"

"Yndi…"

"Gas yn gweithio'n iawn?"

"Yndi…"

"Be ti'n feddwl o Gilfach? Ti 'di bod am beint?"

"Dechrau dod i nabod y lle, Johnny. Trio gwybod pwy 'di'r cowbois a pwy 'di'r Indians!"

Gwenodd Johnny'n graff. "Dibynnu pwy ti'n recno 'di'r bobol dda – yr Indians 'ta'r cowbois!"

"Ar ochor yr Indians o'n i o hyd."

"Well done chdi, boio!" medda'r hen foi, wedi'i blesio. "Gei di fynd â Don Dante efo chdi, os tisio fo."

"Pwy?"

"Y llyfr 'na."

Diolchodd Jojo iddo wrth godi ar ei draed. "Johnny, pwy neu be ydi'r 'Syndicet'?"

Chwarddodd Johnny, ond dim cyn i Jojo sylwi ar fflach o gydnabyddiaeth yn ei lygaid am chwarter eiliad. "Gweld fod y locals wedi bod yn dy ben di, felly?"

"Do, ambell un," atebodd Jojo gan wenu.

Daliodd Johnny i chwerthin. "Y 'Syndicet'! Big bad wolf!"

Daliai Jojo i wenu er ei fod o'n ysu i glywed mwy. "Big bad wolf?"

"Mwy fel 'big bad balloon'! Hot air, 'machgian i! Old wives' tales. Bobol yn siarad a siarad o hyd. Unrhyw beth sy'n digwydd ma nhw'n beio'r 'Syndicet'! Haha!"

"Felly does 'na ddim Syndicet?"

"O, oes *mae* 'na Syndicet. Shaw-Harries Associates! Nw ydi'r Syndicet – ond dim ond am eu bod nhw *yn* actiwal syndicet!"

"As in…?"

"As in syndicet! Partners! Criw o businessmen wedi dod at ei gilydd i wneud un cwmni mawr. Buldars, property developers, estate agents – and some councillors yn ôl y sôn – i gyd mewn sosban yn gneud lobsgows!"

"So ma nhw'n harmless?"

"Wel, fyswn i ddim yn deud hynny chwaith, fachgian. Like all big fish, ma nhw'n brathu – ac yn dodgy as fuck. Ond mae bobol yn siarad fel bo nhw'n gangsters neu rywbeth!"

"Be ti'n feddwl 'doji' 'ta?"

"Wel, secret deals a'r shit yna 'de – standard council corruption, am wn i. Same everywhere yn dydi, washi?"

"Mae rhei bobol yn meddwl fod nhw wedi llosgi'r sinema."

"Aye, wel, like I said – bobol yn meddwl fod nhw'n gangsters, like!"

Tynnodd Johnny ei faco allan o'i boced, ac am y tro cynta teimlodd Jojo ei fod o'n bod ychydig yn llai gonest nag arfer. Roedd y sipsi wedi stopio edrych yn syth i'w lygaid wrth siarad, ac roedd rhyw elfen o brafado gwybod-yn-well yn y ffordd roedd o'n dweud ei ddweud. Er y gallai goelio fod chwedloniaeth y 'Syndicet' wedi tyfu tu hwnt i reswm trwy gyfrwng straeon-dros-ffens y gymuned, câi Jojo'r argraff fod yr hen Johnny hefyd yn cuddio rhywbeth.

"Na," medd Johnny wedyn, i grynhoi ei bwynt. "Syndicet ydi Shaw-Harries Associates a dim byd arall."

"So pwy ydi'r Shaw-Harries 'ma, felly, Johnny? Y chief executive neu rywbeth?"

"Something like that, 'machgian i. Dillon Shaw, estate agent and property tycoon, a Godfrey Harries, businessman and property developer."

Cerddodd yr ias honno ar hyd cefn Jojo eto, a theimlodd ei nerfau'n dechrau corddeddu wrth iddo baratoi i ofyn y cwestiwn oedd wedi bod yn llosgi yn ei feddwl byth ers iddo gofio be ddwedodd Ceri tu allan y Plaza yn oriau mân y bore. Ymataliodd rhag ei ofyn yn syth, rhag ofn iddo godi amheuon. Ond roedd y ffaith y byddai'n rhaid ei ofyn o fewn y funud nesa yn ddigon i droi ei stumog. Gobeithiai y byddai Johnny Lovell yn rhoi'r wybodaeth iddo heb iddo orfod gwneud.

"Be ydyn nhw – Shaw a Harries – petha o ffwrdd, neu locals?"

"Shaw o Birmingham, Harries o fan hyn. Shaw oedd bia Golden Sands pan oedd o jysd yn barc carafáns – statics, like. Ond aeth Harries ato fo, wedyn cael planning am y chalets. Rhyw hen application o'r sixties oedd o, apparently."

"Felly oedd Godfrey Harries yn ddyn busnas mawr o'r ardal yma yn barod?"

"Fuckin hell, aye! Oedd o'n ffycin loaded – prynu pob peth unwaith wnaeth o werthu'r Home."

Dawnsiodd yr ias dros gefn Jojo eto. Gobeithiai i'r nefoedd na fyddai ei lais yn bradychu ei ymateb. "Yr Home?"

"Aye – yn y coed rhwng fan hyn a'r dre. Mae o newydd gael ei werthu eto – yn ôl i Harries, wel Shaw-Harries, but same thing, different coat. Aye, lle ffycin lyfli hefyd – a mawr. Be ydi enw'r lle hefyd – Iesu Grist bach, mae 'ngho fi'n mynd... Llys Branwen!"

53

WEDI CODI DWY DORTH frown a charton mawr o laeth o Spar, tarodd Ceri i mewn i'r siop flodau i godi lilis i roi ar fedd ei mam ar y ffordd adra. Roedd hi wastad yn bleser cerdded i mewn i Siop Anwen, lle'r oedd lliwiau ac arogl y blodau yn cael ei adlewyrchu yng ngwên a sgwrs gynnes Anwen ei hun. Doedd heddiw'n ddim gwahanol, a pelydrodd "helô, sut hwyl" y siopwraig o'r tu ôl i'r cownter, cyn iddi ddechrau gwneud ffýs mawr o Deio bach "'mabi tlws i" a rhoi punt yn ei law i "brynu fferins".

Wedi cael ei blodau a ffarwelio â thes cynnes Anwen, trodd Ceri am Stryd y Llan gan ateb cwestiynau di-ri Deio am flodau, haul ac adar bach. Bu bron iddi droi'n ôl a chadw'r blodau tan yfory pan welodd, wrth nesu at y fynwent, gar heddlu wedi'i barcio tu allan y gatiau. Ond roedd Deio wedi gwirioni cymaint o'i weld o fel na allai ei lusgo fo oddi yno, rhag ofn iddo gael strancs. A'r peth ola oedd Ceri eisiau heddiw oedd strancs.

Wedi i Deio gael ei ddau funud o ryfeddu ar y 'ni-no' aeth y ddau yn eu blaenau i lawr y llwybr rhwng yr hen feddi at ddarn newydd y fynwent. Roedd Deio bach yn hynod o siaradus heddiw, ac mi oedd y cwestiynau'n saethu allan un ar ôl y llall. Prin y gallai Ceri ddal i fyny efo fo, a rhyfeddodd – am y milfed tro, mae'n siŵr – pa mor sydyn oedd meddwl plentyn yn datblygu.

Cyrhaeddodd y ddau at ael y bryn bychan ynghanol y fynwent, ac i olwg y beddi newydd islaw. Stopiodd Ceri'n stond pan welodd yr olygfa. O ble y safai gallai weld dau blismon a thua hanner dwsin o bobol i lawr yn y patsh lle'r oedd carreg fedd newydd ei mam. Roedd yr heddlu wrthi'n rhoi tâp glas o amgylch y darn hwnnw o'r fynwent, ac roedd y bobol yn sefyll o gwmpas ymysg y beddi – rhai yn crafu'u pennau ac un neu ddau yn amlwg wedi ypsetio.

Chymrodd hi ddim llawer i Ceri sylwi pam, achos roedd rhywbeth wedi amharu ar batrwm llinellau syth y beddi, ac fel y gwnaeth yn reddfol ddwsinau o weithiau dan amgylchiadau naturiol, anelodd ei llygaid yn syth at yr union lecyn lle y gorweddai ei mam – lle, ers llai na mis, y safai carreg fedd newydd o ithfaen o chwarel Bronwydd. O fewn amrantiad, gwyddai Ceri nad oedd y garreg yn sefyll mwyach. Cododd Deio bach i'w breichiau a brysio i lawr y bryn.

Cadarnhawyd ei hofnau pan welodd y llanast oedd ar y beddi. Roedd dwsinau o gerrig beddi wedi eu troi drosodd – rhai ohonynt wedi eu torri yn eu hanner â cherrig mawr o wal gyfagos. O'u cwmpas ymhobman gorweddai gweddillion wrnau a fasus, a blodau wedi'u gwasgaru dros y lle fel deiliach ar y gwynt. Ac yn eu mysg, yn bictiwr o boen ac anghredinedd, safai aelodau o deuluoedd yr anwyliaid ymadawedig, yn dawel ac yn gegrwth.

Gwnaed carreg fedd Nain Robs o ithfaen tywyll wedi'i bolisho'n llyfn, gyda llythrennau Celtaidd wedi'u naddu'n gywrain arni a'u lliwio'n aur, ac roedd hi wedi costio cannoedd i'r plant a hithau. Bellach, gorweddai ar ei chefn, a darnau bychain o'i hymylon wedi eu hollti i ffwrdd gan ergydion y cerrig. Ar hyd ei hwyneb – dros enw Mary Roberts – roedd tolciau a sgriffiadau lle y glaniodd ergydion eraill yn ystod anfadwaith y fandaliaid.

Dicter ddaeth ar ôl y sioc ddechreuol. Dicter at y fath ddiffyg parch. Roedd hi'n amlwg mai plant wnaeth y llanast, ond os rhywbeth, roedd hynny'n ei wneud o'n waeth. Wrth siarad â'r teuluoedd eraill, unfrydol oedd y farn – beth, yn enw popeth, oedd yn digwydd yn y lle 'ma? Oedd pethau wedi dirywio cynddrwg fel nad oedd hyd yn oed y meirw'n cael llonydd? Sut gallai plant gael eu magu heb wybod am sancteiddrwydd mynwent a galar teuluoedd? Bu'r fynwent yn lle digon naturiol i bobol ifanc ymgynnull ers cenedlaethau, ond roedd y parch at y beddi a'r meirwon ynddynt yn dod mor naturiol ag oedd anadlu.

Cododd plismon ei olygon tuag at Ceri, a dechrau cerdded draw. Adnabodd hi fo fel hwnnw fu'n tyrchu trwy wardrob yr hogia'r diwrnod o'r blaen. Cododd Ceri ei llaw o'i blaen i'w atal. "Dwi'm isio siarad rŵan, os ti'm yn meindio!" meddai, cyn cydio yn llaw Deio bach, a throi am adra.

54

PAN DDAETH JOJO YN ôl o dŷ Johnny Lovell roedd Didi a Nedw
yn eistedd yn seti ffrynt y Peugeot – Didi yn sêt y dreifar a Nedw'n
co-dreifio. Wrth nesu, clywai Jojo nhw'n chwerthin, a Nedw'n trio
dangos i Didi be fyddai rhaid iddo wneud pe bai am ddysgu dreifio.

"So dwi'n rhoi 'nhroed ar hwn?" gofynnodd Didi.

"Llall, y 'gosa…"

"Hwn?"

"Ia…"

"Wedyn symud y thing yma?"

"Y gêr-stic, ia – i first i ddechra…"

"Fana?"

"Ia…"

"Wedyn gollwng hwn i lawr…?" gofynnodd Didi wrth afael yn
yr hambrec.

"Paid â'i ollwng o go iawn, y cont gwirion – jysd cogia bach,
OK?"

Neidiodd Jojo am y car a slapio'i ddwy law ar y to, ac mi neidiodd
y ddau allan o'u crwyn.

"Fackin 'ell, Jojo!" rhegodd Didi wrth roi ei law ar ei frest. "O'n
i'n meddwl bo fi 'di ecsplodio'r ffycin car!"

Chwerthin wnaeth Jojo, er bod ei feddwl yn rhywle arall yn dilyn
y wybodaeth gafodd o gan Johnny. Roedd o wedi gobeithio mai
rhyw Godfrey Harries arall oedd Ceri wedi sôn amdano tu allan y
Plaza yn oriau mân y bore. I ddweud y gwir, roedd Jojo wedi hanner
disgwyl y byddai Godfrey wedi marw bellach. Roedd tri deg mlynedd
wedi pasio, ac yng nghof plentyndod mae oedolion wastad yn hen
– ond mae'r cof yn chwarae triciau rhyfedd wrth wyro'r gorffennol
i batrymau sydd weithiau'n siwtio meddwl y cofiwr yn well nag
mae'n gweddu i'r gwir. Roedd y newyddion fod Godfrey yn dal yn
fyw ac yn iach ac, yn bwysicach, yn ei lordio hi o gwmpas yr ardal,
wedi ysgwyd Jojo fwy nag y disgwyliai.

Neidiodd Didi allan o'r car. "Ffycin heap o gar ydi hwn, Jojo!"

"Pam ti'n deud hynny, Didi?"

"Wel, dim ond radio a tape player sydd ynddo fo!"

"A be ti'n ddisgwyl? Home cinema?"

"Paid â bod yn stiwpyd! Mae pawb yn gwybod fod pob car sy wedi cael ei wneud yn y deng mlynadd dwytha yn dod efo CD player!"

"Pwy sy'n deud, Jeremy Clarkson?"

"O mai god – paid â deud enw'r twat yna in my presence!"

"Pwy, Jeremy Clarkson?"

Sgrechiodd Didi.

Daeth Nedw allan o'r car gan chwerthin yn braf wrth wylio'r ddau frawd yn tynnu ar ei gilydd. Biti na fyddai Gruff mor *laid-back* â Jojo, meddyliodd.

"So, chdi bia fo rŵan, Jojo?" gofynnodd Nedw. "Job done?"

"Yndi, Nedw. 'Job done'!"

Un da oedd Nedw, meddyliodd Jojo. Roedd o'n gymeriad a hanner, yn hoffus a digri ac ymhell o flaen ei amser o ran tyfu i fyny, deall y farchnad ddu ac is-ddiwylliant. Ond ei ffraethineb oedd yn hynod – rhywbeth tebyg i'w fam, ond heb i bwysau bywyd sigo ychydig ar ei gefn. Allai neb ond cymryd at Nedw a'i hiwmor hy, ei wên lydan, a'r ddawns ddireidus nad oedd byth yn stopio yn ei lygaid glas. Ac, fel pob person a feddai ar ddyfnder cymeriad, roedd hi'n amlwg o dreulio'r mymryn lleia o amser yng nghwmni Nedw ei fod o'n hogyn didwyll a dibynadwy a feddai ar galon fawr oedd wastad â lle i eraill ynddi. Doedd dim rhyfedd fod Ceri'n falch ohono, meddyliodd. Oni fyddai unrhyw un yn falch o fab fel Nedw?

"Pryd ydan ni'n mynd am sbin 'ta?" gofynnodd Didi. "I gael gweld faint o bell awn ni?"

"Awn ni am dro wedyn, os lici di," atebodd Jojo. "Ond awn ni off i Abermenai fory, ia? Gneud chydig o siopa? Dwi angan mobail ffôn."

Rhoddodd Didi hanner bloedd a hanner gwich gyffrous. Roedd yntau angen ffôn hefyd.

"Felly mae'r 'heap' yn ddigon da rŵan, yndi?" gofynnodd Jojo.

"Wnes i'm ei alw fo'n 'heap'!"

"Do wnes di!"

"Naddo – speaking metaphysically o'n i."

"Meta-be?"

"Cymryd y piss, Jojo!"

"Un peth rhaid i chdi ddysgu efo ceir, Didi, ydi peidio brifo'u teimladau nhw."

"Bollocks! Dim ffycin pets ydyn nhw, siŵr!"

"Mae car yn fwy na pet, Didi. Teulu ydi car."

"Be, high maintenance ac o hyd yn torri lawr?" Byrstiodd Didi i chwerthin yn wyllt ar ei ddoniolwch ei hun. Chwarddodd Jojo hefyd. A Nedw.

55

SAFAI CERI YN ARDD gefn ei chartref, yn siarad efo Angela drws nesa, dros y ffens. Dim ond un pwnc oedd ar dafodau'r gymuned gyfan – yr anfadwaith yn y fynwent. Teimlai pawb y boen a'r gwarth, gan ei fod o'n ymosodiad ar y gymuned gyfan.

"'Dio'm jesd yn beth torcalonnus i deuluoedd feddwl na all eu hanwyliaid orffwys mewn blydi heddwch," cwynai Ceri, "ond dwn 'im faint gostith hi i drwsio'r cerrig 'de. Doeddan ni heb orffan talu am garrag Mam eto."

"Wel bydd raid i'r diawliad bach dalu, yn bydd Ceri!" haerodd Angela yn bendant. "Geith eu rhieni nhw dalu – dyna ma nhw'n haeddu os allan nhw ddim dysgu'u plant be 'di blydi parch! Ond ddylsa'r basdads bach dalu'u rhieni yn ôl bob blydi ceiniog hefyd, hyd yn oed os byddan nhw'n talu am weddill eu blydi hoes. Nod gwarth arnyn nhw am byth – eu martsio nhw i'r blydi cownsil unwaith yr wythnos i dalu am eu dan-dinrwydd. Deud y gwir, fysa gosod y ffycars bach mewn stocs yn ganol dre yn syniad, i bawb gael gweld pwy ydyn nhw a lluchio tomatos atyn nhw..."

"Fyswn i'n rhoi eu rhieni nhw efo nhw hefyd," ychwanegodd Ceri.

"Finna 'fyd," medda Angela. "Wsdi, dydi 'mhlant i ddim yn angylion, ond blydi hel, fysa'r un o'nyn nhw'n gneud hynna – dim hyd yn oed Anthony pan oedd o ar ei waetha!"

"Liciwn i wybod pw ydi'r basdads bach," sgyrnygodd Ceri. "Ffycin hel, mae'r lle 'ma wedi mynd i'r gwellt. Mae Jojo'n iawn i ddeud ein bod ni'n brysur yn lladd ein gwreiddia ni'n hunan!"

"Pwy 'di Jojo?"

"O, sori, ti'm yn nabod o. Jysd y boi 'ma o'n i'n siarad efo neithiwr yn y Bryn."

"O ia?" medda Angela'n awgrymog, a'i haeliau'n codi.

"Na, dim byd felna. Jysd siarad yn sydyn wrth iddo fo seinio'r ddeiseb oeddan ni."

"Deiseb?"

"Petisiwn."

"Am be?"

"Yn erbyn troi Llys Branwen yn 'luxury flats'."

"Mwy o'nyn nhw? Pam ddiawl wnan nhw'm ei droi o'n fflats i locals? Fyswn i'n barod i brynu un sa gen i'r pres – jysd i gael gwarad y plant o'r blydi tŷ 'ma! Fysa cael y lle i fi'n hun yn blydi nefoedd! Dyna fysa lycshyri i fi, myn diawl i!"

"A finna," medda Ceri.

"Lle mae'r petishiyn 'ma 'ta? Seinia i'r ffycin peth!"

Cafodd Ceri hyd i'r ddeiseb yn y 'drôr petha' yn y gegin. Oherwydd ei blinder, a'r profiad anghynnes yn y fynwent, roedd hi wedi anghofio lle y rhoddodd y peth wedi i Jojo ei cherdded adra yn oriau mân y bore.

Jojo, meddyliodd – braf fyddai ei weld o rŵan. Teimlai, rywsut, y byddai o'n ei chysuro mewn ffordd na allai neb arall. Er bod Nedw a Gruff yn rhai da am roi nerth iddi, roedd hi angen y math o gadernid na allai ond dyn fel Jojo ei roi iddi.

Darllenodd Ceri'r enwau ar y ddeiseb yn sydyn, gan chwilio am enw Jojo, ond methodd ddod o hyd iddo. Rhyfedd, meddyliodd – roedd hi'n siŵr iddo ei harwyddo rywbryd yn ystod y rhialtwch yn y Bryn.

Daeth Deio i mewn o'r ardd yn swnian "isio cishion".

"Ti'n gwbod lle ma nhw'n dwyt, babi tlws!" medda Ceri. Ond roedd y bychan "isio i mam eu nhôl nhw", wir!

"Ydi Deio ar streic?" gofynnodd Ceri wrth fynd i lawr ar ei chwrcwd ac edrych i'w lygaid mawr glas. "Yndi?"

"Yndi," atebodd y bychan, heb ddeall be oedd hi'n ei feddwl.

"OK – pa greision wyt ti isio?"

"Cishion Deio!"

"OK," medda'i fam wrth fynd i'r cwpwrdd. Estynnodd i mewn at y bag mawr o Monster Munch a thynnu paced allan. "Rhein ydi creision Deio?"

"Naci, Deio 'im licio hinna!"

"Yndi, mae Deio'n licio rhein, siŵr! Monstyr Mynsh ydyn nw, sbia!"

"Na, 'im isio!"

"O diar, ti 'di blino, hogyn bach?" Cydiodd Ceri yn ei mab

ieuenga a'i godi i'w chôl, a rhoi clamp o sws a chwythu sŵn rhech ar ei foch.

Giglodd Deio'n hapus braf. Chwythodd Ceri eto, a wiglodd a chwarddodd y bychan drachefn.

"Isio creision rŵan 'ta?"

"Ia!"

"Creision Deio?"

"Ia!"

"Creision yma?" gofynnodd, gan ddal yr un paced o Monster Munch i fyny eto.

"Ia!" medda'r bychan eto, wedi bodloni.

Rhoddodd Ceri'r hogyn bach i lawr ac agor y paced iddo, ac mi gerddodd drwodd i'r stafell fyw yn hapus efo'i fyrbryd. Edrychodd Ceri drwy'r ffenest gefn. Roedd Angela'n tynnu dillad oddi ar y lein. Cydiodd yn y ddeiseb o ben y cwpwrdd, yna'r feiro, a chychwyn allan ati.

Daliwyd Ceri gan gnoc ar y drws ffrynt. Rhoddodd y ddeiseb a'r feiro i lawr eto, ac aeth i'w ateb. Safai dynes ddiarth yno, tua'r un oed â hi, ac yn gwisgo sbectol. Roedd ganddi lythyr yn ei llaw.

"Ceri Morgan Roberts?" gofynnodd, gan ddefnyddio ei henw llawn, yn swyddogol i gyd, wrth estyn yr amlen i Ceri.

"Ia," atebodd Ceri wrth ei derbyn.

"Don't shŵt ddy mesinjyr!" medda'r ddynes, cyn troi a cherdded am giât yr ardd.

56

Eisteddodd Ceri wrth y bwrdd i yfed ei phaned a smocio sigarét. Roedd Deio bach wedi disgyn i gysgu yn y gadair wrth wylio CBeebies, felly rhoddodd o i orwedd ar y soffa. A hithau'n ganol prynhawn, doedd hi ddim am ei roi yn ei wely neu mi fyddai'n cysgu'n hirach, ac wedyn yn hwyr yn mynd i'w wely heno.

Gafaelodd yn y dogfennau a roddwyd iddi gan ei hymwelydd dienw yn gynharach. Gorchymyn diddymu ei thenantiaeth oedd o. Hanner dwsin o dudalennau â phennawd y Cyngor arnyn nhw, yn llawn print oer, dideimlad, a phob tudalen wedi'i stampio â stamp coch 'BY HAND : EFO LLAW'.

Trodd at y dudalen 'GORCHYMYN GWEITHRED (Adran 128 Deddf Tai 1996)'. Darllenodd ei henw a'i chyfeiriad, yna enw'r landlord – y Cyngor – a chymal rhif dau, oedd yn datgan bwriad y Cyngor i ddechrau camau cyfreithiol fyddai'n arwain at gais i'r llys wneud gorchymyn i adfeddiannu'r eiddo.

Dan amgylchiadau arferol byddai Ceri eisoes ar y ffôn efo nhw erbyn hyn, ac yn eu diawlio i uffern ac yn ôl, tra'n herio'r basdads diegwyddor i drio taflu ei phlant a hithau allan. Ond rhwng popeth – methiant yr ymdrech i brynu'r Plaza, difaterwch y pwyllgor ynghylch Llys Branwen, Nedw'n cael ei arestio, ac yna fandaleiddio carreg fedd ei mam – doedd y galon ddim ganddi heddiw. Am y tro cynta ers y misoedd cynta ar ôl colli Eddie, teimlai'n hollol ddiymadferth.

Ond doedd hynny ddim yn rhwystro'i gwaed rhag berwi, chwaith – yn enwedig wrth ddarllen yr atodlen a roddai'r rheswm dros ei thaflu o'i chartref. Dau gant ac un o bunnoedd a phedwar deg pedwar ceiniog oedd ei hunig ddyled! Dau gan ffycin punt! Rhent tair wythnos a hanner! Doedd hynny'n ddim byd – roedd hi wedi mynd i ddyled debyg droeon o'r blaen ac wedi'i thalu mewn un swm pan gawsai hi neu un o'r plant gyflog. Gwyddai'r twats yn y swyddfa ei bod hi wastad yn talu'i ffordd.

Darllenodd y datganiad rhent a ddaeth efo'r llythyr, ac aeth trwy'r wythnosau a'r misoedd i gyd, a gweld y bu mewn credyd hyd at ddeufis yn ôl – yn talu mwy nag oedd rhaid, yn rheolaidd, rhag ofn y deuai wythnos neu fis drwg rownd y gornel. Ac ar ben hynny, hyd at flwyddyn yn ôl mi fu mewn credyd o gannoedd o bunnoedd, wedi iddi roi'r ychydig gannoedd ola o arian credydau treth Eddie i lawr ar y rhent, er mwyn sicrhau to uwchben ei theulu am y dyfodol rhagweladwy. Pwy bynnag oedd y swyddogion diwyneb, dan-din oedd yn gyfrifol am y cyfrif rhent, roeddan nhw'n gwybod yn iawn nad oedd Ceri Morgan byth yn fwriadol osgoi talu. Ac er eu bod nhw'n ddiawliaid am yrru nodyn atgoffa bob tro y methai daliad, roedd hi wastad wedi gallu eu ffonio a dweud fod yr arian ar y ffordd yr wythnos wedyn. Perthynas felly oedd rhyngddi a'r swyddfa rhent – dealltwriaeth oedd yn ddigon cyfarwydd iddyn nhw a'r rhan fwya o'u tenantiaid.

Ond rŵan, hyn!

"Ffycin âs-hôls," sgyrnygodd. Gwyddai'n dda fod ambell i denant ar y stad, heb sôn am drwy'r sir, mewn dyled o hyd at ddwy fil o bunnau ers misoedd lawer – a hynny'n fwriadol yn achos un neu ddau. Pam cymryd camau mor eithafol yn ei herbyn hi, mwya sydyn, a hynny dros swm mor fach?

Rhegodd eto wrth ddod i'r casgliad fod cymhelliad arall dros yr erledigaeth yma. Er ei dealltwriaeth broffesiynol efo'r Adran Rhent, nid hwylus fu ei pherthynas â rhai o adrannau eraill y Cyngor. Os rhywbeth, tenant eitha trafferthus fu hi, diolch i'w hymgyrchu diflino ynglŷn â chyflwr gwarthus y tai. Deallai'n iawn nad oedd Llundain yn rhoi digon o bres i Gaerdydd, ac nad oedd Caerdydd yn rhoi digon i'r cynghorau. Ond doedd hynny ddim yn cyfiawnhau gadael tenantiaid â phlant ifanc i rynnu mewn tai llaith heb ffenestri dwbl na gwres canolog – ac yn sicr ddim yn esgus dros ymddygiad y swyddogion diwyneb oedd yn anwybyddu llythyrau a galwadau ffôn, a dweud celwydd ar ôl celwydd wrth y tenantiaid a'u cynrychiolwyr cyhoeddus pan, neu os, oedd un o'r rheiny yn trafferthu i godi'r mater.

Oedd yn wir, meddyliodd Ceri. Roedd mwy y tu ôl i hyn na mymryn dau gan punt o rent, ac am y tro cynta ers agor yr amlen, edrychodd ar enw'r swyddog perthnasol, a orweddai ar waelod pob tudalen. Berwodd ei gwaed unwaith eto wrth weld enw Richard Huws Owen.

"Y FFYCIN CONT!" gwaeddodd Ceri wrth gofio'r sgwrs gafodd hi efo fo pan wrthododd arwyddo'i deiseb 'hi a'i math' ddoe, yn y Bryn. "Y ffycin cont bach dan-din!"

Cododd ar ei thraed, a thaflu'r dogfennau yn ôl ar y bwrdd. Heb feddwl, brasgamodd am y tecell a hitio'r switsh ymlaen, cyn taranu yn ôl i gyfeiriad y bwrdd. Ond safodd uwchben y cwpwrdd ger y sinc, gan syllu trwy'r ffenest, draw dros wrych yr ardd gefn, heibio simneiau'r tai pella, yn y pant, ac am y môr a thu hwnt.

"Fysa hyn ddim yn digwydd tasa chdi'n dal yma, Eddie bach!" meddai wrth i ddagrau gronni yn ei llygaid. Dagrau o rwystredigaeth oeddan nhw i ddechrau, ond yn anarferol i Ceri, dechreuodd y rhwystredigaeth droi'n dristwch llawdrwm, ac yn hiraeth llethol. Ond hiraeth am be, neu am bwy? Eddie? Ei mam? Neu ai hiraeth am normalrwydd diddig y dyddiau a fu?

Sychodd ei llygaid fel oedd y dagrau'n bygwth gwlychu ei bochau, a llyncodd yn galed ar y lwmp yn ei gwddf. Cliciodd y tecell wrth i'r stêm lenwi cornel y stafell, ond anwybyddodd Ceri fo. Aeth yn ôl i eistedd wrth y bwrdd a stwmpio'i sigarét yn y blwch llwch. Cododd ei phen at y lluniau ar y silff uwchben y bwrdd. Gwenodd Eddie arni o ddau lun mewn ffram ddwbl a agorai fel llyfr. Mewn un llun gwenai'n llydan efo'i lygaid glas yn pefrio'r direidi hwyliog oedd yn britho'i gymeriad. Gwên falch oedd hi hefyd, ac yntau'n sefyll â'i fraich rownd Nedw, oedd yn wyth oed ac yn straenio dan bwysau *sea bass* anferth yn ei freichiau. Y pysgodyn mawr cynta i Nedw ei ddal yn y môr – ac yntau, fel ei dad, yn gwenu'r un wên lydan fel haul, efo'r un llygaid mawr glas yn pefrio goleuni. Ac yn y llun arall, chwarddai Eddie â'i freichiau am ysgwyddau ei ffrindiau – y pump ohonyn nhw yn eu dillad olew ar fwrdd y Gilfach Priestess, yn hapus a llawn cyffro a disgwyliadau wrth gychwyn allan ar helfa arall i ogledd yr Iwerydd.

Gwenodd Ceri trwy'r dagrau oedd yn cronni eto. Roedd hi'n disgwyl Deio pan dynnodd hi'r llun. Newydd fod at y meddyg oedd hi i gael cadarnhad. Roedd hi wedi mynd rhwng naw a deuddeg wythnos. Cofiai ystyried dweud wrth Eddie cyn iddo gychwyn allan ar y Priestess – ond roedd hi rhwng dau feddwl, yn poeni y byddai'r newyddion yn cadw ei feddwl oddi ar y job, tra hefyd yn meddwl y byddai'n rhoi hwb iddo gadw rhag perygl a dychwelyd adra'n ddiogel. Hon fyddai ei fordaith ola, beth bynnag. Roedd Twm Dic, capten y Priestess – y gwch ola i sgota allan o harbwr y dre – yn rhoi ei rwydi i hongian ar ôl hon. Wyddai Ceri ddim, hyd heddiw, a wnaeth hi'r penderfyniad iawn, ond tueddai i feddwl fod marw wedi bod yn llai o uffern i Eddie nag y byddai petai o'n edrych ymlaen at enedigaeth plentyn arall…

Sychodd Ceri'i dagrau, gan gydio'n dynn yn yr haearn oedd yn ei gwaed. Ond crwydrodd ei llygaid at y llun o'i mam. Llun du a gwyn oedd o, a dynnwyd yn y chwedegau. Roedd hi'n sefyll yn y Plaza, yn yr iwnifform a wisgai'r genod bryd hynny, yn dal tre o hufen iâ a phopcorn. Gwenai'n hapus braf yn ei sgert gwta a'i gwallt tywyll wedi'i wneud mewn steil nad oedd yn bell o fod yn *beehive*. Atgofion melys, meddyliodd Ceri, wrth i ddagrau gyrraedd ei gruddiau. Atgofion fel hyn oedd wedi eu halogi gan y diawliad bach anystywallt yn y fynwent.

"Be ddiawl mae'r byd 'ma'n dod i, Mam?" gofynnodd yn uchel trwy'i dagrau. "Be sy'n digwydd i'r blincin lle 'ma?"

57

Eisteddai Jojo wrth y bwrdd yn y garafán. Roedd o'n syllu trwy'r ffenest ar y môr islaw. Gwyliodd y tonnau'n rhuthro'r traeth – rheng ar ôl rheng o farchogion ar geffylau gwynion yn lliwio'r traeth ag ewyn gwyn. Ton ar ôl ton ar ôl ton. Doedd y môr byth, byth yn stopio. Dal i olchi'r tywod, dal i guro'r creigiau. Y llanw'n dod i mewn, yna'n mynd allan, cyn dod yn ôl i mewn eto, ac allan yn ei ôl. Bu'n gwneud hyn trwy hanes, ac mi fyddai tan ei ddiwedd. Doedd dim y gallai unrhyw un nac unrhyw beth ei wneud i'w atal. Dim ond derbyn ei rythmau waeth pa bynnag hwyliau oedd arno – ei hyrddiadau ffyrnig ar wyneb y graig, neu ei fysedd yn cosi ei thraed. A rhaid oedd derbyn, hefyd, bopeth a olchai ei donnau i'r lan.

Tacluso oedd Didi. Neu ffidlan – dibynnu sut oedd rhywun yn sbio arni. Doedd dim byd yn ddigon taclus iddo byth. Wyddai Jojo ddim be oedd hanner y trincets a lluniau a brynodd o yn Gilfach yr wythnos ddiwetha – rhyw betha hipïaidd yr olwg, ac ambell i beth go ferchetaidd hefyd. Ond waeth pa bynnag ffordd yr ailosodai ei ddisplê ar y silff ben tân, neu uwchben y teledu, neu ar y silff a redai ar hyd y wal – ei gregyn a'i gerrig crynion, ac unrhyw ddarn arall o froc môr diddorol a welai fel darn o gelf, oedd y canolbwynt. Dyma'r pumed gwaith iddo ailddylunio'r arddangosfa, ond doedd hynny'n ddim syndod, gan ei fod i lawr ar y traeth bron bob bore y dyddiau hyn, yn casglu mwy o gregyn a cherrig llyfn.

O leia roedd o'n dod allan o'i gragen ei hun, meddyliodd Jojo, wrth wrando arno'n hymian yn hapus efo'r *reggae* ar y tâp a gafodd gan Nedw yn gynharach. Roedd y Didi go iawn yn beth mor braf i'w weld – nid yn unig er ei fwyn o ei hun, ond er mwyn Jojo hefyd. Roedd o'n angor arall i sefydlogi ei long dymhestlog yntau. Llong oedd wedi breuo dipyn mwy ar y moroedd garw nag oedd wedi sylweddoli cyn hyn.

Angor arall eto, meddyliodd Jojo, oedd Ceri. Hi yn fwy nag unrhyw beth oedd yn gwneud iddo deimlo ei fod o'n perthyn i'r lle yma. Oedd, mi oedd y mynyddoedd mawr, ysgythrog acw dan eira ar ochr arall y bae, yn gartrefol eu naws, ond doedd o heb deimlo cymaint o sicrwydd ynglŷn â'i le yn y darlun tan iddo gwrdd â Ceri. Hi oedd y cysylltiad coll rhyngddo ef a fo'i hun.

Mor wahanol oedd hyn i gyd o'i gymharu â'r digwyddiadau erchyll wythnos yn ôl. Allai Jojo ddim credu bellach mai dim ond hynny o amser oedd wedi pasio. Teimlai diwedd afiach Cockeye a Vuk fel digwyddiadau mewn ffilm a welsai fisoedd yn ôl. Ychydig iawn o sôn fu yn y papurau wedyn am farwolaeth Vuk, a welodd o ddim byd eto am ben Cockeye ar y fferm gynrhon. Nac ychwaith unrhyw sôn am Ellie. Allai Jojo ond casglu fod pethau wedi troi allan yn iawn iddi…

Gwyliodd yr ewyn gwyn yn dilyn y tonnau yn ôl i'r môr, fel cynffon ffrog briodas. Gwelodd mai mynd allan oedd y llanw, gan olchi'r tywod mân wrth fynd. Teimlai fel petai amser o'r diwedd yn golchi'r dudalen yn lân.

Ond eto, mi *oedd* yna gysgod ar y canfas; un cwmwl du oedd yn anharddu'r awyr las. Hen gwmwl pell oedd o, ac un bychan hefyd. Ond gwyddai Jojo'n iawn, o'i brofiad efo Zlatkovic, y gallai'r cwmwl bach chwyddo'n storm ac arllwys ei genlli dros y picnic heb unrhyw rybudd o fath yn y byd.

"Ynda, cont!"

Trodd Jojo i weld Didi'n pasio sbliff iddo. Roedd wedi bwriadu peidio smocio sgync heddiw, ond roedd arferiad newydd Didi o ddefnyddio'r gair 'cont' mewn brawddegau wedi'i roi mewn hwyliau da mwya sydyn, felly ildiodd i beraroglau'r llysieuyn.

"Gwatsiad y môr wyt ti?" gofynnod Didi.

"Ia. Mae o'n therapiwtic… cario rhywun yn bell i ffwrdd."

"Dwinna'n licio'i watsiad o hefyd. Mae o'n sŵddio fi."

"Be ti'n neud 'ta? Ffidlan efo dy gerrig eto?"

"Watsh ut, moschops! Jysd newid 'yn meddwl bob munud dwi. Dydan ni bobol artistig byth yn stopio meddwl sdi, Jojo. Bob tro oedd Picasso'n sbio ar y Last Supper ar ceiling yr eglwys 'na, garantîd oedd o'n meddwl fod o isio newid rwbath. Ond oedd hi'n rhy hwyr doedd – achos oedd y sgaffold wedi dod i lawr."

"Da Vinci ti'n feddwl, ia Did?"

"Eh?"

"Leonardo da Vinci beintiodd y Swper Olaf."

"Y boi sgwennodd y code 'na?"

"Ia, Didi," medda Jojo gan wenu, cyn troi i stydio creadigaeth ddiweddara Didi ar y silff ben tân.

"Be ti'n feddwl 'ta?" gofynnodd yr artist.

Astudiodd Jojo waith celf newydd ei gyfaill. Ymhob pen y silff roedd cerrig tywyll a chregyn gleision, ac am y canol roedd cerrig gwynion yn gymysg, nes yn y canol ei hun roedd dwy garreg fwy o faint – rhai gwyn fel eira. A rhyngddynt, yn sefyll yn erbyn y wal, roedd darn o froc môr – pren, fu unwaith yn frigyn ar goeden.

"Wel?"

"Mae o'n lyfli, Didi."

"Tisio gwybod be mae o'n feddwl?"

"Oes," atebodd Jojo, cyn tynnu'n ddwfn ar y sbliff.

"Wel, chdi a fi ydi'r ddwy garreg wen 'ma yn y canol, OK? Ac yn y ddau ben mae'r gorffennol – yr holl dywyllwch ydan ni wedi bod drwyddo allan ar y môr gwyllt. Wedyn, lle mae'r cerrig mwy lliwgar a'r rhei gwyn yn cymysgu ydi ein siwrna ni o'r tywyllwch i'r golau, fel tonnau yn golchi dros ein souls ni a llnau'r shit i gyd i ffwrdd. Ti efo fi?"

"Yndw, Didi, caria mlaen."

"A hwn yn y canol – y goedan 'ma – ydi ein bywyd newydd ni. Fory. Y future! Ti'n licio fo?"

"Didi, mae o'n ffycin lyfli, mêt."

"Go iawn?"

"Onest."

"Ac mae o'n gweithio ddwy ffordd hefyd, t'bo, achos driftwood ydi'r goedan go iawn ynde, a dyna ydan ni ynde? Wedi cael 'yn cario gan y tonnau ers pan oeddan ni'n fach."

"Broc môr?"

"Ia. Fflotsam!" cadarnhaodd Didi, gan roi gigyl bach wrth ei ddweud, am ei fod o'n swnio fel gair budur.

"Mae o'n hyfryd, Didi. Lot o feddwl wedi mynd i mewn iddo fo, felly?"

Gwenodd Didi wên lydan, falch, oedd hefyd ychydig yn swil. Doedd neb erioed wedi'i ganmol cyn hyn, a doedd o erioed wedi trio plesio neb o'r blaen, a llwyddo, chwaith.

"Ty'd 'ta, Didi," medda Jojo wrth basio'r sbliff yn ôl iddo ar ôl dim ond dwy tôc. "Awn ni am sbin yn y car!"

"Ww-hww!" gwaeddodd Didi wrth estyn ei siwmper Dennis the Menace. "Lle awn ni?"

"Faint ydi, rŵan – tua dau? Be am jysd dilyn y ffyrdd bach a gweld lle ddown ni allan?"

"Sounds good to me, mate!"

"Cross-cyntri i Abermenai. Siŵr fod 'na Argos yno. 'Da ni angen mobail ffôn yr un."

"A DVD player!"

"A DVD player."

"Ac awn ni i Asda i nôl ffiw things hefyd, ia? A be am tecawê? Sgen i'm awydd cwcio heno."

"Syniad ffycin briliant, Didi!"

"Sorted, mate! Ddoi â'r tâp yma efo fi 'fyd. Gawn ni weld sut mae'r prehistorics yn gweithio yn y car!"

58

GWYDDAI GRUFF YN IAWN fod ei fam wedi bod yn crio. Dychrynodd ychydig wrth weld y cochni diarth rownd ei llygaid, a'r bagiau llaith oddi tanynt. Doedd hi'm yn crio'n aml. A dweud y gwir, doedd o heb ei gweld hi'n colli dagrau ers gwasanaeth coffa Eddie. Doedd hynny ddim yn hawdd ei anghofio gan eu bod nhw i gyd yn crio bryd hynny – ei fam, Nedw, Gwenno a fynta. Eddie oedd yr unig dad fuodd gan y tri ohonyn nhw. Gruff oedd yr unig un oedd â brith gof o dad iawn Gwenno ac yntau.

"Be sy, Mam? Be sy 'di digwydd?!"

"Gruff? Ti adra'n gynnar!"

"Luke a Chewie'n diodda ers neithiwr. Be sy'n bod, Mam?"

Anadlodd Ceri'n ddwfn rhag i'w llais ddechrau crynu ac agor y llifddorau eto. "Ti'm 'di clywad am y fynwant?"

"Naddo. Be?"

"Blydi plant wedi malu'r beddi. Uffarn o olwg yno! A carrag Mam…"

Brathodd Ceri ei thafod a chau ei llygaid yn dynn. Cydiodd Gruff ynddi a'i gwasgu ato.

"Mae'n iawn, Mam, mae'n iawn. 'Dy'n nw'n gwybod pwy nath?"

"Nacdyn. Ffycin hel, Gruff, sut mae rwbath felna'n gallu digwydd? Eh?"

"Dwn 'im, Mam. Ond 'dio'n synnu dim arna i, i ddeud y gwir 'tha ti."

Tynnodd Ceri ei hun o'i freichiau, a sychu'r dagrau eto. "Ydi petha mor ddrwg â hynny yn y lle 'ma?"

"Does 'na'm parch ar ôl, Mam bach! Dim o gwbwl."

"Dwn 'im be i neud, wir," medda Ceri, a'i llygaid yn syllu tua'r gorwel trwy'r ffenest gefn unwaith eto. "Dwi'n teimlo fel bygro hi o'ma, weithia, sdi, Gruff, ond alla i ddim…"

"Hei, hei," medda Gruff wrth afael ynddi eto. "Dydi hynna ddim fel chdi, Mam! Ti byth yn rhedag o ddim byd, siŵr!"

"Hy! Ella fydd genai ddim dewis ond gadael, eniwe."

"Be ti'n feddwl?"

Tynnodd Ceri ei hun o'i freichiau unwaith eto, ac estyn y papurau oddi ar y bwrdd.

"Cownsil," medda hi. "Eficshiyn notis!"

"Be ffwc?" Astudiodd Gruff y dogfennau. "Tŵ hyndryd ffycin cwid?! Be ffwc sy ar 'u penna nhw?"

"Dwinna'm yn dallt chwaith…"

"Dydi Mic Mong heb dalu ffycin ceiniog o rent ers misoedd, os nad blwyddyn!"

"Dyna o'n i'n feddwl hefyd. Dydi dau gant ddim byd…"

"A dim llythyr worning, chwaith! Ti 'di ffonio nhw?"

Ysgydwodd Ceri ei phen. "Heb gael tsians."

"Tisio i fi ffonio nhw? Wnai o rŵan."

"OK, ond paid â gweiddi arnyn nhw, Gruff, plis. Neith o ond gneud petha'n waeth."

"Wna i ddim, Mam," medda Gruff wrth balfalu trwy'i bocedi am ei ffôn. "Dwi'n siŵr fod 'na ffordd o sortio hyn allan, sdi."

"OK, diolch ti, Gruff. Ro i'r tecall mlaen, yli."

Ar hynny daeth sŵn motobeic tu allan y drws ffrynt, yna sŵn giât yr ardd yn agor efo clec, a'r motobeic yn dod i mewn i'r ardd. Nedw oedd o – os gwelai nad oedd clicied y giât wedi cau mi reidiai ei feic i fyny ati a'i hagor hi efo'i olwyn flaen.

"A dyma Evel Knievel yn cyrradd," medda Ceri. "Dwi'n disgwyl o i ddod dros y wal efo'r beic 'na un o'r dyddia 'ma!"

"Mae'r diawl bach yn hogleuo stêm tecall o bell, sdi, Mam."

"Fi ffoniodd o gynt, Gruff," medda Ceri, yn amddiffyn ei mab arall rhag picell ddiweddara ei frawd mawr. "Oedd o'n mynd draw i'r fynwant i gael golwg ar ei ffordd nôl."

Cerddodd Nedw i mewn. "Y ffycin basdads bach!" meddai ar dop ei lais. "Mae 'na ffwc o olwg yna!"

"Hisht, Nedw, dwi ar y ffycin ffôn!" dwrdiodd Gruff, cyn dechrau siarad efo merch oedd newydd ateb. Camodd allan i'r ardd i gael tawelwch.

"Pwy mae o'n ffonio?" gofynnodd Nedw. "Arseholes Anonymous?"

"Bobol cownsil – y lle rhent."

"O ia – dwi'n siŵr na rhyw gamddealltwriaeth ydio, sdi, Mam. Fyswn i'm yn poeni amdana fo. Fedran nw'm lluchio bobol ar y stryd mor hawdd â hynna, sdi. Dydi Mic Mong heb dalu dima goch ers tua blwyddyn."

"Dwi'n gwbod," medda Ceri, oedd yn teimlo'n llawer gwell rŵan fod ei meibion o'i chwmpas. "Ond efo be ddigwyddodd i garrag Mam a bob dim, oedd o jysd yn sioc."

"Goelia i. Oes 'na dal ddim sôn pwy nath?"

"Nagoes. Rhy fuan, dydi? Neithiwr ddigwyddodd o, medda nhw, achos oedd Jac Davies wedi bod yno ddoe yn rhoi bloda ar fedd 'i wraig."

"Basdads bach. Dim blydi parch!" diawliodd Nedw. "Clustan iawn ma nw angan!"

Gwenodd Ceri wrth glywed ei mab yn siarad. Roedd o mor hen ffasiwn, weithia – fel 'tai o'n ddyn canol oed, ond yn ddiniwed ar yr un pryd.

"Pasia'r llefrith i mi, Nedw," medda Ceri wrtho, gan ei fod o'n sefyll wrth y ffrij. "Lle oeddat ti pan ffonias i 'ta?"

"Yn y garej yn cael petrol. Wedi bod â Didi adra i'r garafán. Oedd o'n fflatnar ar soffa Bobat pan alwis i bora 'ma!"

"A lle fuast ti tan hynny 'ta?"

Wnaeth Nedw ddim ateb. Yn hytrach mi droiodd y stori. "Mae Jojo'n cofio atat ti 'fyd, Mam!"

"A be mae hynna fod i feddwl?"

"Dim byd, siŵr! Oedd o *yn* cofio atat ti go iawn."

"O." Rhoddodd Ceri baned yn llaw ei mab, a daeth y mab arall yn ei ôl ar ôl siarad efo'r bobol rhent.

"Be ddudon nhw?" gofynnodd Nedw.

"Dim problam, medda nw. Jysd i ni dalu'i hannar o diwadd

wythnos yma, wedyn wnan nhw yrru ffurflen drwy'r post i ni addo talu tenar yn ecstra bob wythnos nes clirio'r ddylad."

"Felly be oedd yr holl ffys efo'r eviction notice a rhyw lol?" gofynnodd Nedw.

"Wel, oedd hi'n trio deud fod nhw'n gyrru hwnnw fel math o last worning – a bod nhw wastad yn fodlon rhoi cyfla i bobol sgwario petha i fyny cyn actiwali dechra'r prosîdings."

"Ia, ond dau gan punt?" medda Ceri.

"Dyna ddudis i wrthi," medda Gruff. "A nes i ddeud ein bod ni wedi bod mewn credit yn wirfoddol am fisoedd a bod hynny'n dangos bo ni ddim yn cymryd y piss."

"A be ddudodd hi?" gofynnodd Ceri eto.

"Fedra hi ddim egluro, medda hi, am mai dupartment arall sy'n gneud y penderfyniad i ddechra camau cyfreithiol."

"Ffycin Richard Huws Owen – garantîd i chdi!" diawliodd Ceri.

"Boi tai?" gofynnodd Gruff.

"Ia – bos y ddynas fuasd di'n siarad efo rŵan. Y pen bandit ei hun. Oedd o'n rêl twat efo fi yn y Bryn neithiwr pan o'n i'n mynd rownd efo'r ddeiseb."

"Oedd?" gofynnodd Gruff, yn codi blew ei war. "Be ddudodd o?"

"Dim jysd fo, oedd 'na griw o'nyn nhw. I gyd yn gysylltiedig â'r cownsil a'r…"

"Syndicet?"

"Ia. O'dd Wil Broad yno 'fyd. Hwnnw oedd y twat mwya."

"Mi ffycin ladda i'r cont yna pan wela i o," medda Gruff.

"Na wnei di ddim, Gruff. Yn jêl fyddi di ar dy ben. Cael y cops arna chdi wneith Wil, ti'n gwbod yn iawn. Ac mae ganddo fo gontacts."

"Does gan neb gontacts pan mae o ar 'i ben 'i hun liw nos…"

"Gruff! Gena i ddigon ar 'y mhlât fel mae hi!"

"Oes, dwi'n gwbod – efo hacw, yn un peth!" medda Gruff gan bwyntio at ei frawd.

"Be ffwc dwi 'di ffycin neud?" dechreuodd Nedw.

"Chwara teg, Gruff – dydi Nedw heb wneud dim byd, yn naddo?"

"Ond fysa petha'n lot llai o stress i chdi, Mam, os fysa fo'n come clean am be fuodd o'n neud y noson honno – i gael clirio 'i enw a stopio'r holl hasyl i chdi."

"Ffwcio hyn," medda Nedw, a dechrau cerdded allan o'r stafell. Ond stopiodd Gruff o efo'i fraich, a'i wthio am yn ôl.

"Aros di'n lle wyt ti, boi. Mae rhaid i ni sortio hyn allan rŵan. Ti'm yn meddwl fod Mam yn mynd trwy ddigon o shit fel mae hi?"

Sobrodd Nedw rywfaint.

59

"*SYSTEM AR Y DIAWL – SY'N CANIATÁU I BOBOL OSOD POBOL LAWR – WW-YEAH-YEAH-EE-YEAH! – SYSTEM AR Y DIAWL – SY'N CANIATÁU I BOBOL OSOD POBOL LAWR – WW-WW-WW-YEAH…!*"

Roedd y chwaraewr tapiau 'cynhanesyddol' yn gweithio'n berffaith, a'r pedwar sbîcyr yn y car yn pwmpio curiadau a bas y *reggae* yn fendigedig. Canai Jojo a Didi ar dop eu lleisiau tra'n smocio sbliffsan arall, wrth i'r car bach coch ganlyn y ffordd droellog, gul i fyny i'r eira yn y bryniau uwchben Gilfach Ddu. Doedd ganddyn nhw ddim syniad lle'r oeddan nhw, nac i lle'r oeddan nhw'n mynd, ond doedd hynny ddim yn bwysig – roeddan nhw'n cael hwyl.

"Ma'r gân 'ma'n briliant, Didi. Pwy ydyn nhw?"

Cydiodd Didi yng nghlawr y tâp gafodd o gan Nedw a thrio darllen y sgrifen oedd yn rhestru'r caneuon.

"'On Style' dwi'n meddwl mae o'n ddeud – naci, 'One Style'."

"*… SYSTEM AR Y DIAWL – SY'N CANIATÁU I BOBOL OSOD POBOL LAWR – WW-IA, WW-IA…* Ffyc – gât arall!"

Canodd Jojo efo'r gytgan catshi wrth i Didi gael trafferth, unwaith eto, efo cliced wahanol ar giât arall. Chwarddodd Jojo wrth ei weld o'n dechra rhegi wrth ymaflyd efo'r teclyn. Agorodd y ffenest a gweiddi arno fo.

"Coda'r peth bach sgwâr 'na gynta, wedyn sleidio'r bar ar draws!"

"You wot?"

"Y peth bach sgwâr 'na…"

"Fack me, be ydi mêc y mŵ-mŵs rownd ffordd hyn, ffycin Houdinis? Pam fod isio'r holl ffycin contrapshiyns i stopio nw agor gatia?"

Craciodd hyn Jojo i fyny, a chwalodd i ffit o gigls y tu ôl i'r olwyn. Gwaethygodd y gigls pan drodd Didi rownd a chodi'i freichiau i ddweud ei fod wedi rhoi fyny. Dechreuodd chwerthin wedyn, wrth weld Jojo mewn sterics yn y car, a daeth yn ôl i eistedd yn y sêt ffrynt.

"Jojo," medda fo cyn hir, a golwg hollol ddifrifol ar ei wyneb. "Dwi'n meddwl fo ni wedi dreifio i mewn i ambwsh."

Byrstiodd Jojo i chwerthin yn waeth na chynt, a doedd hi'm yn hir cyn bod y ddau yn llanast direolaeth o ddagrau a gwichiadau a phesychiadau yn seddi blaen y car. Roeddan nhw'n dal i fod mewn histerics pan ddaeth Land Rover rownd y gornel i'w cwfwr, a stopio wrth y giât. Tra'n dal i chwerthin, gwyliodd y ddau y ffarmwr yn dod allan ac yn cerdded am y giât, a'i hagor mewn eiliad, cyn mynd yn ôl i eistedd tu ôl ei olwyn, ac aros.

Ceisiodd y ddau gyfaill eu gorau i beidio chwerthin, ond roedd hi'n amhosib. Canodd corn y Land Rover, a sylweddolodd Jojo ei fod angen pasio. Edrychodd o'i gwmpas, ac yna yn y drych, ond welai o nunlle y gallai facio yn ei ôl iddo. Trodd yn ôl i wynebu'r ffarmwr, a gan godi'i ddwylo, gwnaeth siâp ceg y geiriau wrth sibrwd "Dwi'm yn gwbod."

Roedd hynny'n ormod i Didi, a chwalodd unwaith eto i ffit biws o gigls. Daeth y ffarmwr allan o'r Land Rover eilwaith, a dod draw at ffenest Jojo. Trodd Jojo'r sain i lawr ar y stereo.

"Iŵ'l haf tw go bac, dder's no-wer bihaind mi tw pas!" medd y gŵr canol oed mewn cap stabal.

Gwaethygodd chwerthin Didi, ond gwnaeth Jojo ymdrech lew i fod yn barchus. Atebodd yn Gymraeg. "Sori. Oes 'na le tu ôl i ni, oes?"

"Oes, 'mond ugian llath – os alli di'i manejio hi 'de!" medda'r ffarmwr efo edrychiad amheus, cyn troi'n ei ôl am ei gerbyd.

"'Dan ni'n ffycd, Didi," medda Jojo.

"Pam?"

"'Dan ni 'di ffêlio'r josgin test. Rydan ni rŵan yn officially classed fel illegal aliens!"

Roedd Didi'n dal i grio chwerthin ymhell wedi i Jojo rifyrsio'r car ac i'r Land Rover basio. Roedd o'n dal wrthi pan ddaeth yr hogiau rownd tro ar ben bryncyn bach ac i olwg cwm efo ochrau serth – gwyn i gyd – a llyn yn ei waelod. Rhyfeddodd y ddau wrth ei weld, a'i chael hi'n anodd coelio ei fod o'n bodoli mor agos i'r lle dreulion nhw eu plentyndod, heb iddyn nhw wybod amdano.

Parciodd Jojo'r car ar lan pen isa'r llyn. "Ffacin lle neis!"

"Biwtiffyl," medda Didi, cyn i'r ddau neidio allan a cherdded at y dŵr.

"Sgwn i be 'di enw'r lle, Jojo?"

"Ia, ynde? Oedd 'na sein ar y jyncshiyn ar y ffordd fawr, ond wnes i'm cymryd sylw o'no fo."

"Oes 'na bysgod ynddo fo, ti'n meddwl?"

"Oes, siŵr. Dŵr ydio'n 'de?"

"Be 'di'r hen dŷ 'na yn fana 'ta?"

Crwydrodd y ddau drwy'r eira at yr adfail oedd i fyny yn y cae ar y chwith – hen dŷ efo beudy a sgubor ynghlwm iddo, a'u toeau wedi hen ddisgyn i mewn a'r llechi wedi cael traed. Camodd y ddau drwy ddrws isel y tŷ, i ganol y llanast o hen ddistiau to a brwgaitsh fyddai'n blaguro yn ddail poethion cyn hir. Camodd Jojo dros bentwr o gerrig at y simne fawr yn nhalcen y tŷ. Plygodd ei ben wrth gamu i mewn iddi ac edrych i fyny'r corn oedd yn culhau cyn cyrraedd sgwaryn bach o olau dydd yn ei ben ucha. Yna plygodd eto a chamu allan, a rhoi cnoc efo'i ddwrn i'r dist mawr derw oedd yn lintel i'r lle tân cyfan.

"Sgwn i ers pryd mae hwn yn ei le?" meddai wrth astudio cymaint o bwysau oedd o'n ei ddal i fyny. "Pedair canrif, ella?"

Ddaeth dim ateb gan Didi, oedd yn syllu allan drwy fwlch lle bu unwaith ffenest fach. Rhyfeddodd Jojo at y pren – ei faint, ei gryfder, ei oed. Credai, o weld ei drwch o dair troedfedd, iddo ddod o goeden aeddfed, ac os oedd y distyn yn dal y simne i fyny ers pedair canrif, yna roedd y goeden ei hun wedi bod yn tyfu bron i ddwy fil o flynyddoedd yn ôl.

"Dwi'n siŵr fod y goedan 'ma o gwmpas 'run adag â'r Romans, sdi!"

"Pam?" gofynnodd Didi heb droi ei ben o'r ffenest.

"Pren derw ydi o. Mae derw'n tyfu am gannoedd o flynyddoedd."

Trodd Didi i edrych. "Dydi honna heb dyfu ers talwm, ddo, nacdi?"

"Nacdi, ond coedan dderw oedd hi."

"Pren ydi pren i fi," medd Didi. "Peth calad sy'n tyfu ar goed."

Wnaeth Jojo ddim ateb. Roedd o'n rhy brysur yn rhedeg ei fysedd dros y graen amrwd ac yn ei astudio'n fanwl. Dros y blynyddoedd roedd yr elfennau wedi gweithio i mewn rhwng y graen a dechrau ei wthio oddi wrth ei gilydd, ond er hynny, o dan yr wyneb, daliai'n dynn a chadarn. Plygodd Jojo ei war eto, a chamu yn ôl i mewn i'r simne. Sylwodd ar lythrennau wedi eu naddu i mewn i ochr y distyn, a chraffodd yn agosach i geisio'u darllen. Taniodd ei Zippo a'i ddal at y crafiadau. Gwelodd rif blwyddyn.

"Un, saith… dau… tri! Sefyntîn-twenti-thrî, myn diawl i!"

"Be, ydi'r pren yn siarad efo chdi rŵan, Jojo?!" holodd Didi'n gellweirus.

"Na – y dyddiad 'ma. Mae 'na enw yma 'fyd – 'j', 'r', 'g'. Ia 'fyd – Jê Âr Jî, sefyntîn-twenti-thrî! Waw! Tri chan mlynadd! Difyr 'de. Sgwn i pwy oedd o?"

"Y boi oedd yn byw yma, ma'n siŵr."

"John Robert Griffiths, ella?"

"Neu James Roland… Gray?"

"Ha! Go brin fysa fo'n Gray, Did! Ond sa fo'n gallu bod yn *Joseff* Robert Griffiths, yn bysa?"

"Ha! Bysa! Ti'n meddwl fod chdi wedi dod o hyd i dy hen, hen, hen, hen, hen daid, Jojo?"

"Fysa hynny'n reit sbŵci, yn bysa?"

"Heb sôn am eironig, Jojo – ffendio dy long-lost ancestor heb wybod pwy oedd dy fam a dy dad!"

Roedd Didi'n llygad ei le efo hynny, meddyliodd Jojo, wrth fwytho'r llythrennau yn y pren efo'i fawd. Crwydrodd ei feddwl i fro dychymyg, a gwelodd deulu yn eistedd ar yr aelwyd, a'r tad – Joseff, neu John Robert Griffiths – yn dod i mewn ar ôl diwrnod caled o waith. Dyfalodd sut ddyn oedd o – oedd o'n addfwyn neu'n galed, oedd o'n dal neu'n fyr, oedd o'n dduwiol neu yn rafin ac yfwr caled? Ceisiodd ddychmygu ei wyneb, ond yn anffodus dim ond wyneb y ffarmwr a welson nhw yn ei Land Rover yn gynharach a welai. Ond am tua hanner munud o leia cafodd Jojo rywfaint o flas ar sut deimlad oedd bod â gwreiddiau.

60

GWRTHOD EGLURO UNRHYW BETH oedd Nedw, er gwaetha perswâd, ymbil a cheryddu ei fam a'i frawd. Yr unig beth a wnâi oedd ailadrodd y mantra na fedrai ddatgelu ble nac efo pwy oedd o yn ystod y ddwyawr goll honno, y bore aeth y Plaza i fyny mewn mwg.

"Gwranda, Nedw," medda Gruff cyn hir. "Y gair ar y stryd ydi mai Shaw-Harries *sydd* tu ôl i'r peth – wedi talu rhyw smackhead o Abermenai i'w wneud o…"

"Gair ar y stryd, my ffycin arse, Gruff. Mae'r basdads yn y dre 'ma i gyd yn recno na fi wnaeth – ar ordors chdi, Mam!"

"Y ffycin gossip ydi hynna, Nedw, fel ti'n gwbod yn iawn – hen wragadd heb ffyc ôl gwell i'w neud. Dwi'n sôn am be mae'r hogia wedi'i glywad!"

"Ia, ia!" wfftiodd Nedw.

"Sbia arna chdi – ti newydd ddeud rŵan fo chdi'n gwbod fod bobol yn beio Mam, felly pam na wnei di come clean a clirio dy ffycin enw – ac enw Mam – i gael yr holl beth drosodd a cau cegau'r ffycars?"

"Ffyc's sêcs, faint o weithia sy isio deud? Fedra i ddim. Os fyswn i'n gallu fyswn i'n gneud, ti'n gwbod hynny!"

"Yli, Nedw," medda Ceri. "Dwi'n siŵr fod gen ti resymau anhunanol – felna wyt ti, yn meddwl am bobol erill cyn chdi dy hun – ond fedri di fynd i jêl, cofia!"

"A'i ddim i ffycin jêl siŵr! Dwi 'di deutha chi, fydd popeth yn iawn ar ôl yr wythfad – jysd plis, bear with me tan hynny, wnewch? Os allwn ni i gyd ddal tan hynny fydd o'n stopio i bobol erill gael eu brifo hefyd!"

"So *mae* 'na bobol erill yn unfolfd, felly?" haerodd Gruff. "O'n i'n ffycin gwbod! Ti'n gwatsiad cefn rhywun! Y ffycin idiyt!"

"Paid â galw fi'n ffycin idiyt, y ffycin wancar!"

Neidiodd Gruff am wddw'i frawd bach, ond llwyddodd Ceri i ddod rhyngddyn nhw. "Dyna ddigon o hynna, chi'ch dau!" bloeddiodd. "Mae petha'n ddigon blydi drwg heb i chi ddechra cwffio! Gruff! Ista di ochor acw'r bwrdd. Nedw – aros di lle wyt ti!"

"'Im ffwc o beryg, dwi'n ffycin mynd…"

"ISTA I LAWR!"

Ufuddhaodd Nedw, ac eistedd wrth y bwrdd yn wynebu Gruff, ond yn edrych tua'r wal. Tynnodd Ceri gadair ac eistedd ar ben y bwrdd, rhwng y ddau frawd.

"Nedw – mae be mae Gruff yn ei ddeud yn gneud sens. Ac os mai'r Syndicet sy tu ôl y tân, 'di petha ddim yn edrych yn dda arna chdi – cyn, nag ar ôl, yr wythfad o Ebrill…"

"Wel gawn ni groesi'r bont yna pan ddown ni ati hi, felly!"

"Ffycin gwranda wnei, y cont bach," medda Gruff, wedi hen golli amynedd bellach.

"Ia, jysd gwranda arna ni, Nedw," medda Ceri. "Gwranda a gadael iddo fo sincio i mewn i dy ben di! Wedyn gei di fynd i lle bynnag ti'n mynd, a meddwl am y peth o ddifri. Falla mewn gwaed oer fydd o'n gliriach i chdi."

Dal i syllu ar y wal oedd Nedw, cyn i'w lygaid grwydro at y llun ohono fo a'i dad efo'r sgodyn. Cwrddodd ei lygaid â rhai Eddie, ac edrychodd i ffwrdd.

"Os mai'r Syndicet sydd tu ôl i'r tân," dechreuodd Ceri, "ma nhw'n mynd i fod yn fwy na pharod i stitshio chdi i fyny. Ma nhw wedi baglu dros y scêpgôt perffaith, yndo? Fedri di weld hynny, o leia?"

"Medra, ond…"

"Cau hi!" sgyrnygodd Gruff, cyn gadael i'w fam barhau.

"Wyt ti'n gwbod hefyd, cystal â finna a pawb arall yn y blydi dre 'ma, fod bysidd Shaw-Harries ym mhob man a phob peth. Ac mae hynna'n cynnwys y cops, Nedw."

"Y cops!" wfftiodd Nedw gan rowlio'i lygaid tua'r nenfwd a'r wal eto. "'Dan ni ddim yn blydi New York, siŵr dduw! Siarad gwirion ydi'r stori gont yna, Mam!"

"Stori gont?" gwaeddodd Gruff. "Oedd stori Siôn Par yn stori gont? Oedd stori Anth Vaughan a Steve Evs? Oedd?"

Ddwedodd Nedw ddim gair. Doedd o ddim eisiau cyfaddef fod y tri a enwyd wedi cael eu carcharu a'u dirwyo ar gam diolch i ddylanwad y Syndicet.

"Ac mi wyt ti'n rhy ifanc i gofio hanas Llys Branwen pan oedd o'n foster home, yn dwyt?" ychwanegodd Ceri. "Godfrey Harries oedd yn rhedag y lle – wel, fo oedd bia fo hefyd. Ddaeth 'na lwyth o wutnesus ymlaen ar ôl i'r lle gau – hogia fuodd yn byw yno. Roedd Godfrey a'i crônis yn cam-drin yr hogia yno, Nedw! A dim jysd cam-drin corfforol chwaith – cam-drin rhywiol hefyd! Sexual abuse, Nedw! Paedoffeils!"

"A be ffwc sydd gan hyn i neud efo fi?" medda Nedw yn blentynnaidd, gan fradychu'r ffaith mai dim ond newydd droi'n ddwy ar bymtheg oed oedd o, er gwaetha ei aeddfedrwydd hynod.

"Roedd y dystiolaeth yn overwhelming, Nedw. 'Mond un tyst oedd gan Godfrey ar ei ochor o, cyn-breswylydd arall – Wil Broad fel mae'n digwydd – oedd yn deud fod y lleill yn deud clwydda. 'Mond un tyst, Nedw! Ond mi gafodd Godfrey getawê efo hi. Let-off scot ffycin ffrî, Nedw! A ti'n gwbod sut y chwalodd yr achos yn ei erbyn o?"

Ysgydwodd Nedw ei ben, heb dynnu'i sylw oddi ar y bwrdd.

"Witness intimidation – blacmêl, bygythiadau…" Stopiodd Ceri am eiliad neu ddwy wrth weld syndod yn ymateb ei mab. "Un ar ôl y llall, mi dynnon nhw'u tystiolaeth yn ôl. Pump neu chwech o'nyn nhw. Roedd 'na ddau yn dal i wrthod bacio lawr, ond diflannodd un hanner ffordd drwy'r achos llys. Dim ond un safodd hyd y diwadd – boi o'r enw Timmy Mathews. Ond mi chwalodd yr amddiffyniad ei stori fo, gan ei fod o ar ei ben ei hun heb neb i gadarnhau ei dystiolaeth, ac mi stopiwyd yr achos llys ar orchymyn y barnwr."

Gwelodd Ceri ei mab yn llyncu'n galed. Roedd y stori yn cael rhyw fath o effaith arno, o leia. "Wyt ti'n gwybod be ddigwyddodd i Timmy Mathews, Nedw? Ffendion nhw fo yng ngwaelod llyn chwaral Penarlwydd, efo sach o gerrig wedi'i chlymu rownd ei draed!"

Sylwodd Ceri fod ei mab yn gwelwi. Gostyngodd ei lais. "Oeddan nhw'n deud ei fod o wedi'i chlymu hi ei hun, Nedw. Wedi lladd ei hun. Ond no ffycin wê, medda ei ffrindia fo. Achos oedd o'n foi penderfynol, medda nhw. Ac roedd o newydd fod yn gweld ei dwrna i ddechra achos preifat yn erbyn Godfrey Harries…"

Gadawodd Ceri i bethau suddo i mewn i ben Nedw, a disgynnodd y bwrdd i dawelwch. Roedd hyd yn oed Gruff yn fud. Doedd o heb glywed y stori o'r blaen, chwaith.

"So rŵan, Nedw bach. Er mwyn popeth – wyt ti'n sylweddoli efo pwy wyt ti'n chwara?"

Oedodd Nedw cyn ateb, yna gostwng ei ben a mymblo'r geiriau "sori, Mam" rhwng ei wefusau.

"Adewai o efo chdi am rŵan, OK? Mae o i fyny i chdi be ti'n wneud, Nedw. Dy benderfyniad di ydi o. Ond os wyt ti'n gobeithio fydd diffyg fforensics ar dy sgidia di'n mynd i fod yn ddigon iddyn nhw beidio dy jarjio di, wel, meddylia eto. Iawn? Dydi'r Syndicet ddim yn chwarae gêm deg – byth!"

Cododd Ceri a rhoi ei braich rownd ysgwyddau ei hogyn, a rhoi sws iddo ar dop ei ben. Teimlai'n ofnadwy am godi'i llais arno. Er ei oed, roedd Nedw wedi bod fel angor iddi dros y dair blynedd ddwytha, a wnaeth o ddim unwaith edliw na chwyno. Rhoi a rhoi fu ei hanes, heb owns o hunanoldeb yn perthyn iddo. Fo oedd y person ola i haeddu cael rhywun yn gweiddi arno. Ond fel mam, gwyddai fod gweiddi o bryd i'w gilydd yn angenrheidiol er lles plentyn. Ac yn yr achos yma, roedd ei natur garedig a'i gryfderau amlwg – yr union bethau oedd yn ei wneud yn enaid mor arbennig – yn mynd i'w ddinistrio.

Cododd Nedw ar ei draed a cherdded am y drws.

"Lle ti'n mynd?" gwaeddodd Ceri ar ei ôl.

"Am dro," oedd yr unig ateb ddaeth.

61

O'I GYMHARU Â LLUNDAIN roedd Abermenai fel iard ysgol ar ddydd Sul. Ond o gymharu'r lle â Gilfach Ddu roedd o fel metropolis. Ar ôl wythnos o fywyd tawel yn awelon hamddenol Trwyn y Wrach roedd Jojo wedi dechrau anghofio am brysurdeb dinesig ac wedi dod i arfer efo gweld wynebau cyfarwydd o ddydd i ddydd yn hytrach na môr o ddieithriaid.

Doedd pethau ddim yn rhy ddrwg o ran gyrru i mewn i'r ddinas, er ei bod hi'n amlwg nad oedd y system draffig wedi'i chynllunio i ddygymod â'r twf diweddar yn nefnydd ceir – nac ychwaith y twf sydyn mewn siopau mawrion oedd wedi codi fel madarch ar hyd cyrion gwyrdd y ddinas. Y broblem fwyaf oedd y traffig ym mhen Jojo, wrth i goblynnod y sgync wneud eu gorau glas i yrru ei feddwl drwy oleuadau coch ac i lawr strydoedd unffordd yn nyfnderoedd ei ben.

Erbyn i Jojo ddod allan o'r car o flaen drysau ffrynt Argos, roedd yr hen wyliadwriaeth nerfus honno a berthynai i'w fywyd yn Llundain wedi treiddio yn ôl i'w wythiennau. Ynghanol y bobol oedd yn gwau trwy'i gilydd yn y siop, ymgyfarwyddodd eto ag edrych dros ei ysgwydd a chadw cornel ei lygad ar bob wyneb a basiai.

Wedi nôl dau gatlog o'r pentwr anferth wrth ddrws y siop, a dychwelyd i'r car i ddewis eu ffonau, eisteddodd Jojo yn smocio sigarét wrth aros i Didi benderfynu. Chafodd Jojo ddim trafferth dewis – y Sony Ericsson spec ucha cyn cyrraedd y *smartphones*. Y cwbl oedd o'i angen oedd ffôn efo batri da, camera, fideo, a'r gallu i fynd ar y we. I Didi, fodd bynnag, roedd hi'n fater o steil a delwedd, a pha ffycin liw oedd hi. Taniodd Jojo ei ail sigarét.

"Didi, fysa'n dda gallu mynd i mewn ac allan o siop yn sydyn am unwaith, sdi!"

"Dwi lawr i shortlist o dair, OK?"

"Tair? Dwisio bod o'r ffwc lle 'ma cyn rush-hour!"

"Ow, Jojo! Mi wnei di hen gont o ŵr i ryw ddynas rywbryd, sdi!"

"Haw cym?" heriodd Jojo, gan osgoi chwerthin ar yr olwg ar ei ffrind yn y sbectol haul anferth efo ymylon lliw aur a brynodd yn y garej y tu allan i'r ddinas.

"Gaddo prynu presant iddi a'i gorfodi i frysio wrth ddewis!"

"Dim presant ydi hwn, tosspot! Necessity!"

"Charming!"

"Y DVD ydi'r presant, eniwe."

"O? Ga i ddewis hwnnw 'ta?"

"Na chei. Neu yma ffycin fyddan ni. A be bynnag, dwi wedi'i ddewis o'n barod. A cyn i ti ddeud ffyc ôl, mae o'n un da."

"Be am ffycin telifisiyn call hefyd, yn lle'r un ancient 'na gawson ni gan Johnny?"

"'Di'r ffaith ei fod o ddim yn binc ddim yn deud fod o'n ancient, nacdi, Didi?"

"Dwi'm isio un pinc siŵr, y tit! Be ffwc ti'n drio'i ddeud, eniwe?"

"Dim! Ond mae teli'r garafán yn dijital, o leia."

"Could've fooled me, mate!"

"Mae o'n gorfod bod yn dijital, y twit, neu fysa fo'm yn gweithio! Digital switchover – helô?"

"Wel mae o'n edrych yn hen, eniwe."

"Pam, am fod o ddim yn binc?"

"Dyna chdi eto, efo'r pinc shit 'na! Ti'n siŵr fo chdi ddim yn closet pwff, cont?!"

"Yndw, dwi yn, actiwali. Yn wahanol i chdi."

"Be?"

"Glywisd di."

"Be ti'n trio'i ddeud, Jojo?"

"O cym on, Dids. Sa'm byd yn rong efo fo!"

"Efo be? Cym on, deud!"

"Yli, dwi ddim isio ffrae. Jysd deud ydw i fod dim byd yn rong mewn bod yn gê."

"Dwi ddim yn gê!"

"Ti 'di dewis ffycin ffôn 'ta be?"

"Bron iawn."

Roedd Jojo'n siŵr fod Didi'n cochi. Ac os oedd hynny'n golygu ei fod o'n dechrau dod i dderbyn be oedd o go iawn, roedd o'n beth da.

Wedi i Didi rwygo'r dudalen efo'r ffôn oedd o ei heisiau allan o'r catlog, aeth Jojo i mewn i'r siop a gadael ei ffrind yn y car. Wedi gwasgu rhifau'r eitemau i mewn i'r teclyn, diolchodd eu bod nhw i gyd mewn stoc – doedd ganddo ddim awydd aros i Didi ailddewis. Cododd goler ei gôt a sythu'i sbectol ddu, ac aeth i sefyll yn y ciw wrth y cownter talu.

Aeth Jojo i deimlo'n anniddig. Doedd o erioed wedi licio bod mewn sefyllfa nad oedd ganddo reolaeth arni. Dechreuodd wylio pob adyn byw a ddeuai i mewn i'r adeilad, gan droi i edrych bob tro yr agorai'r drysau otomatig. Sylwodd ar y ddau ddyn mewn siacedi lledr duon oedd yn edrych ar y modrwyau a'r mwclis ar y stondin aur a gemwaith, yna denwyd ei lygaid at ddyn mewn siaced felen lachar oedd newydd gerdded i mewn. Roedd o'n siŵr, hefyd, fod y boi tu ôl iddo yn y ciw yn syllu arno. Trodd i edrych.

Dyn efo mwstash oedd o, yn ei ddeugeiniau cynnar fel yntau. Gwyddai Jojo'n syth ei fod o wedi'i weld o'n rhywle o'r blaen.

"Sut mae?" medd y dyn.

"Awrite mate?" atebodd Jojo mewn Cocni, gan mai mewn Cymraeg y siaradodd y dieithryn – rhag ofn ei fod o'n rhywun a gwrddodd ymhell, bell yn ôl. Petai wedi siarad Saesneg byddai wedi'i ateb yn Gymraeg.

"Ti'm yn nabod fi, nagwyt?" medda'r boi wedyn – er, ddim yn gyhuddgar nac yn rhyw arwyddocaol iawn. Cadwodd Jojo'r act i fyny.

"Sorry mate, don't understand yer!"

"Sori," atebodd y boi. "O'n i'n meddwl mai Cymraeg o'chdi?"

Efallai mai'r paranoia a deimlai o fod ym mhrysurdeb y siop – wedi'i chwyddo gan effeithiau'r sgync – oedd i gyfri am ei fethiant llwyr i feddwl yn glir, ond neidiodd Jojo i'r casgliad fod y boi yn gorfod bod yn un o gyn-drigolion Llys Branwen.

"Sorry, mate!" meddai, a gwylio'r olwg ddryslyd yn lledu dros wyneb y dyn wrth iddo ddechrau amau ei hun.

"Sori," medda hwnnw wedyn. "Ai thôt iŵ wyr symwon ai sô in ddy Ship in Gilfach ddi yddyr nait?"

Shit, meddyliodd Jojo, wrth gofio'n berffaith mai hwn oedd y dyn oedd yn siarad efo Ceri wrth y bar y noson gynta honno iddo'i gweld hi. Y noson y siaradodd o a Didi efo Gordon y Moron.

Gwaeddodd y ferch ar y til am y cwsmer nesa, ac aeth Jojo i dalu, gan deimlo llygaid Dan Cocos yn tyllu i mewn iddo wrth iddo estyn papurau pum deg punt i'r ferch. Aeth y coblynnod yn ei ben i *overdrive*. Brysiodd at y cownter nwyddau i aros am ei stwff.

62

SICRHAODD YR HEDDWAS YN y fynwent y bydden nhw wedi gorffen eu gwaith fforensig fore drannoeth, ac y câi pawb fwrw mlaen efo'r gwaith adnewyddu angenrheidiol ar y cerrig beddi. Ond doedd hynny'n gwneud dim i leddfu'r rhwystredigaeth oedd yn corddi trwy wythiennau Gruff.

"Fysa'm yn well i chi dynnu'ch bysidd allan o'ch tinau a mynd i ddal y basdads bach? 'Da chi wedi bod yma drwy'r pnawn yn tynnu llunia!"

"Mae rhaid i ni wneud pethau y ffordd iawn," atebodd yr heddwas.

"Hy! 'Na ti ffycin jôc! Os fysa chi'n gneud petha y ffordd iawn fysa chi'm yn arestio 'mrawd bach i am y tân yn y Plaza!"

"Dim fi sy'n gneud decisions felna," protestiodd yr heddwas. "Mi geith dy frawd ei gyfla i gwffio'i achos. Mae'r broses yn ddigon teg – dyna pam mae hi yno."

"Teg? Arestio pobol ddiniwad am ffyc ôl, a fandals a lladron a smackheads yn cael gwneud fel lician nhw?"

"Paid, Gruff," medda Ceri, wrth weld ei mab yn gwylltio. "Dwi ddim isio chditha'n y blydi clinc hefyd!"

"Fedra i ddallt eich ffrystreshiyn yn iawn," medd y plismon. "Mae'n siŵr fod o'n ofnadwy o ypseting."

"'Dio jysd ddim yn gneud sens," ychwanegodd Ceri. "Be 'di pwynt rhieni os na allan nhw ddysgu parch i'w plant? Waeth iddyn nhw'u troi nhw allan i'r coed cyn gynted â ma nhw'n dechra cerddad ddim!"

"Alla i ond cytuno efo chi yn fana," medd y plismon. "Os na all y meirw gael llonydd, myn diawl… Ond mi driwn ein gorau glas i ddal y ffycars bach!"

Gwenodd Ceri wrth i'r heddwas gerdded i ffwrdd. Roedd hi'n braf gweld fod ganddo deimladau dynol wedi'r cwbl.

"Felly be ti'n feddwl, Gruff? Carrag newydd?"

"Mae'n edrych yn debyg, Mam. Mae'r basdads wedi tsipio dros ei henw hi'n do?"

"'Na fo 'ta. Sa ddim mwy fedran ni neud yma heddiw, felly. Well mynd adra rhag ofn fod Deio'n chwara i fyny efo Gwenno. Fydd honno'n flin fel tincar erbyn rŵan, siŵr o fod."

Wrth gyrraedd giât y fynwent daeth Aubrey Jones, gohebydd lleol y *Post*, i'w cwfwr. Efo fo hefyd roedd rhyw ddyn efo lwmp o gamera mawr a theclynnau eraill. Ar ôl cyfarch Ceri a Gruff, bwriodd Aubrey'n syth iddi.

"Gwrandwch, dwi'n gneud stori i'r papur. Ydach chi am roi cwôt neu ddau i mi?" Roddodd Aubrey ddim cyfle i'r un o'r ddau ateb cyn tynnu ei bapur a'i feiro o'i boced yn barod. "Wna i ddim mo'ch cadw chi. Dau funud. Dwi'n gwbod ei bod hi'n amser anodd, ond mae'n bwysig fod bobol yn cael cyfle i ddweud eu dweud – mae hi wedi mynd i'r gwellt yn y lle 'ma, 'da chi'm yn meddwl?"

Safodd y gohebydd fel petai rhywun wedi gwasgu'r botwm ffrîs-ffrêm ar y DVD – ei geg yn agored a'i lygaid ar ei bapur sgwennu, a'i feiro'n barod am y *starting pistol*. Pan ddaeth dim ateb gan Ceri na Gruff o fewn dwy eiliad, dechreuodd symud eto.

"Oes 'na ddamej drwg, felly? James here is off to take some pictures in a minute. Fysach chi'n hapus i gael tynnu'ch lluniau? Fysa fo'n rhoi personal touch lyfli…"

"Gwranda, Aubrey," medda Ceri. "Dwi'm yn siŵr os dwi isio siarad ar y funud, sdi. Mae'r holl beth dal yn sioc…"

"Wel, ga i jysd deud hynny 'ta?" gofynnodd y gohebydd. "Fod ti'n rhy upset i siarad – oherwydd y sioc 'lly?"

"Gwranda, mêt," medda Gruff, "mae Mam wedi bod drwy lot heddiw 'ma. Os 'di ddim isio siarad, dydi ddim isio siarad."

"Be amdana chdi 'ta? Liciat ti ddeud rwbath? Sut wyt ti'n teimlo a ballu… Erm, bedd pa berthynas i chi sydd wedi cael ei falu, os ga i ofyn?"

"Bedd Mam," atebodd Ceri.

"Dy nain di, felly?" gofynnodd Aubrey i Gruff, â'i feiro'n aros i danio eto.

"Be ma hwn yn neud efo'r camera 'na?" medda Gruff wrth weld y ffotograffydd yn dechra ffidlan. "Don't take a picture of me, mêt!"

"Hold on, James," gorchmynnodd Aubrey, cyn troi yn ôl at Gruff. "Wyt ti'n fodlon rhoi cwôt sydyn? Dim rhaid i ni gael dy lun di."

"Oes, mae gen i gwôt i chdi. 'Ffyc off!'"

Rhewodd Aubrey yn ei unfan eto – ond mewn sioc y tro hwn. Doedd o heb ddisgwyl honna.

"Gruff!" dwrdiodd Ceri, cyn ymddiheuro drosto. "Mae o dan deimlad – fel rydan ni i gyd."

"Mae'n iawn," medda Aubrey'n anghyfforddus. "Dwi'n dallt, boi, dim probs…"

"'Na fo 'ta," medda Gruff. "Dwi'n mynd. Ti'n dod, Mam?"

"Dos di yn dy flaen, fyddai ar dy ôl di rŵan."

Gwyliodd Ceri ei mab hyna'n brasgamu i lawr y stryd. Roedd o'n rêl ei dad, meddyliodd. Er mai Eddie a'i chwerthin hwyliog a'i magodd, roedd y genynnau diamynedd yn dal i redeg drwy'i waed.

"Gwranda, Aubrey," medda Ceri wedyn. "Mi wna i dîl efo chdi."

"Ia?"

"Mi ro i gwôt i chdi, a gei di lun hefyd…"

"O, Ceri, mi fysa hynna'n ffantastig! Ti'n gwbod fod o'n gneud sens – chdi ydi darling y dre 'ma pan ma hi'n dod i ddeud be 'di be. Dwi wastad wedi deud y dylsa chdi fod yn gownsilar. Fysa chdi'n fodlon dod i lawr at y bedd i dynnu'r llun?"

"Ia, ond aros funud, Aubrey. Os dwi'n gneud hyn, mae rhaid i chdi wneud rwbath i fi hefyd…"

63

GOLLYNGODD JOJO ANADL HIR ar ôl disgyn yn ôl i sêt y car.

"Ffac mî," medda fo, wrth droi'r sain i lawr ar y stereo. "O'ma wir dduw!"

"Be oedd, cameras?" gofynnodd Didi, wrth sylwi fod ei ffrind ar baranoia, cyn estyn drosodd i'r sêt gefn a gafael yn y bocs â'i ffôn o.

"Gwaeth! Rhyw foi o Gilfach yn dechra siarad efo fi!"

"A be nas di? Ei saethu fo?"

"Paid â bod yn wirion! Jysd ffwcio fyny nes i."

"Sut?"

"Dim byd mawr," atebodd Jojo wrth estyn i droi'r goriad, cyn rhegi'n uchel wrth i'r car wneud sŵn rhech yn lle tanio. "Didi! Ti 'di bod yn gwrando ar y stereo tra fuas i mewn, do?"

"Do. Pam?"

"Ti 'di drênio'r batri!"

"'Di hynny fod i ddigwydd?"

"Dim efo batri newydd, na."

"Ond dydi hwn ddim yn newydd?"

"Obviously not!"

"Wel, dyna ti'n gael am brynu sgrap gan jipo!"

"Fackin bollax!" rhegodd Jojo mewn Cocni.

"Be wnawn ni?"

"Pwsio."

"Be?"

"Pwsio, Didi. Yr opposite i tynnu."

Rhoddodd Jojo'r car yn niwtral, cyn neidio allan ac estyn i mewn i ollwng yr hambrec. Edrychodd ar Didi. "Wel?!"

"Wel be?" holodd hwnnw, wrth ddal i eistedd fel brenhines yn y sêt flaen.

"Ty'd allan! Pwy ti'n feddwl wyt ti, Cleopatra?"

Wnaeth cael Didi allan o'r car fawr o wahaniaeth. I ddechrau efo hi, doedd o ond yn pwyso deg stôn, ac yn ail, fedrai o ddim pwsio i safio'i fywyd. Cryfder Jojo, yn rhoi ei ysgwydd yn erbyn ffrâm y drws agored tra'n troi'r olwyn lywio, oedd yr unig beth a gafodd y car allan o'r safle parcio.

Sythodd Jojo'r car, cyn troi i roi gorchmynion i Didi. "Pwsia, a dal i bwsio nes fyddai'n canu'r corn, OK?"

"Jeezuz, Jojo! Dim Britain's Strongest Man ydwi, sdi!"

"Jysd gwna fo. Ddylsa fo danio'n syth…"

Cododd Jojo'i law ar y tri char oedd wedi aros wrth y fynedfa er mwyn rhoi cyfle iddyn nhw bymp-startio'r Peugeot, ac yna rhoddodd ei ysgwydd i'r ffrâm eto, a dechrau pwmpio'i goesau. Roedd y maes parcio'n wastad, ond unwaith y dechreuodd y car gael y mymryn lleiaf o gyflymdra, neidiodd i mewn a'i roi yn yr ail gêr yn barod i godi'i droed oddi ar y clytsh. Fel oedd ar fin gwneud hynny, teimlodd y car yn cael nerth o rywle ac edrychodd yn y drych a gweld fod rhywun wedi dod i helpu Didi – yna Didi'n gadael i'r dyn wthio ar ei ben ei hun. Sylwodd ar wyneb mwstashiog y dieithryn, a'i adnabod fel y boi a siaradodd efo fo yn y siop funudau ynghynt.

Tagodd y car i fywyd, a gwasgodd Jojo'r clytsh a refio'n uchel, cyn brecio. Cododd ei law i ddiolch i'r dyn tra'n edrych arno yn y drych. Yna canodd y corn hefyd – yn rhannol i ddiolch eto, ac yn rhannol i gael Didi i frysio, rhag cael ei ddal yn siarad.

Ond roedd hi'n rhy hwyr. Roedd y dyn wedi dechrau sgwrsio efo fo. Yn waeth na hynny, roedd o'n ystumio tuag at Jojo, ac yn rhyw hanner dechrau troi i ddod efo Didi tua'r car. A wel, meddyliodd Jojo – doedd fawr ddim allai o wneud am hynny bellach. Roedd o'n amlwg wedi eu hadnabod nhw erbyn hyn. Agorodd y ffenest a diolch iddo.

"O'n i'n ama 'mod i wedi dy nabod di gynna fach!" atebodd Dan Cocos efo gwên ofalus.

"Duw, Cymro wyt ti?" blyffiodd Jojo. "A minna wedi wastio'n Saesneg arna chdi!" ychwanegodd, a chofio mai gan Gordon y Moron y clywodd yr ymadrodd hwnnw gynta.

"Ia… Ond Cymraeg o'n i'n siarad efo chdi!"

"O ia? Sori, mae gennai broblam efo 'nghlustia. Clywad dim byd efo background noise – meningitis pan o'n i'n fach. Diolch am y pwsh. Ga i beint i chdi pan welai di."

"Ydach chi'n aros o gwmpas, felly? Be 'dach chi'n neud, gweithio yma?"

"Ia – fi a 'mrawd. Contractio."

"O, duwcs? Yn lle?"

"Golden Sands."

Diolchodd Jojo fod ei feddwl chwim wedi dychwelyd. Diolchodd eilwaith pan symudodd un o'r ceir oedd wedi aros iddo danio'r car, gan roi arwydd cwrtais ei fod angen pasio. "Rhaid i fi fynd. Welai di eto."

"OK. Dan ydi'r enw. Dan Cocos mae nw'n 'y ngalw i."

Diolchodd Jojo drydydd gwaith, cyn manteisio ar y cyfle i ddianc.

64

"SYSTEM AR Y DIAWL – SY'N CANIATÁU I BOBOL OSOD POBOL LAWR..."

Troellai'r Peugeot bach coch rhwng olion lluwchfeydd eira ar y ffyrdd cefn trwy'r uchelfannau unig unwaith eto, a'r tâp wedi chwarae ei ffordd rownd at guriadau *reggae* One Style eilwaith.

Cyn hir, roeddan nhw wrth gyffordd anghysbell, yn trio adnabod un o'r enwau ar yr arwyddion a bwyntiai fel breichiau gwrach wallgo i bob cyfeiriad. Gorchmynnodd Jojo i Didi ailafael yn yr atlas a brynodd yn yr un garej â'r sbectols haul, ond daeth yn amlwg yn go fuan nad oedd Didi'n gwybod yn lle'r oeddan nhw heb sôn am i ble'r oeddan nhw angen mynd. Cydiodd Jojo yn y map. "Ydi'r sbectols 'na'n rhy dywyll, Elton? Wna i wneud y dreifio *a'r* nafigetio, ia?"

"O, ffacin dib-dib dob-ffacin-dob!" atebodd Didi. "Scouts 'R Us! Cont!"

"Ti'm yn goro bod yn sgowt i ddarllan ffycin map, cont! Yli, ti ar y dudalan rong! Reit... Abermenai... Ê Ffiffti-thri... Llanfarian... OK – fama ydan ni."

"Da iawn, Ranulph Fiennes!"

"Spare me the spasms, Didi bach!"

"O-ho! Cockney rhyming slang? You can take the lad out of London..."

"Hisht! Dwi'n trio meddwl!"

Gwyliodd Didi'i ffrind yn rhedeg ei fys ar hyd llinell ar y map, wrth osod tair risla efo'i gilydd. "I'r chwith ydan ni isio mynd, Jojo."

"Well, fack me!" atebodd Jojo. "Ti'n iawn 'fyd!"

Cododd Didi ei ysgwyddau i ddynodi fod bod yn iawn yn hollol naturiol i arbenigwr daearyddiaeth fel fo.

"A ti'n gwbod be?" gofynnodd Jojo wedyn. "Dim jysd ei fod o'r ffordd iawn am Gilfach, ond mae 'na betha difyr i'w gweld ar y ffordd hefyd."

"Wel, dyna ni, felly!" atebodd Didi. "Chydig bach o ffydd yn mynd yn bell, sdi. Rŵan ty'd â'r map 'na'n ôl, i fi gael bwrdd i rowlio Jimmy Cliff."

Tra'n ymddangos yn ddigon rhamantus, tydi'r geiriau *'stone circle'* a *'standing stones'* ar fap byth yn gwneud cyfiawnder â'r hyn a deimlir wrth sefyll yn eu presenoldeb trawiadol, a'u cyffwrdd a theimlo cyfaredd a rhamant eu dirgelwch tawel. Allai hyd yn oed y person mwya dinesig neu anniwylliedig, sydd heb unrhyw ddiddordeb mewn hanes o fath yn y byd, ddim peidio cael ei gyffwrdd gan yr hiraeth am hen gyfrinachau gwareiddiad a gollwyd gyda dyfodiad hegemoni gorffwyll, arwynebol y Drefn. Yn enwedig ar fin nos fel heno.

Eisteddai Jojo a Didi â'u cefnau yn erbyn maen hir a safai oddi fewn i gylch cerrig, yn smocio sbliff dawel wrth wylio'r haul yn gostwng yn waetgoch am y gorwel. Allai yr un o'r ddau ddychmygu unrhyw beth mwy gwahanol i'r hunllef y dihangon nhw ohoni yn Llundain.

"Ti'n meddwl ein bod ni wedi dianc am byth, Jojo?" gofynnodd Didi wrth chwythu simdde hir o fwg allan o'i ysgyfaint.

Meddyliodd Jojo cyn ateb. "Mi fydd hi'n anodd i unrhyw un ein ffendio ni, fyswn i'n feddwl."

"Be am y gorffennol 'ta? Yn fan hyn – wel, Gilfach – gafodd y drwg ei neud, ynde? Fama gafodd y gwenwyn ei injectio. Ti'n meddwl fod o'n dal yma?"

Oedodd Jojo eto. Roedd cwestiwn Didi'n un dwys. Dewisodd beidio dweud wrtho fod Godfrey'n dal o gwmpas.

"Mae'r creithiau'n dal yma. Ond fysa'r creithia efo ni lle bynnag fysan ni'n mynd, yn bysa? Tu mewn i ni mae nhw, ynde?"

Gadawodd Didi i'r geiriau dreulio i'w fêr cyn ateb. "Ia, ond… Fydd yna ormod o atgofion i adael i'r creithiau wella'n iawn?"

Methodd Jojo ag ateb.

"Wyt ti'n meddwl nei di ffendio hapusrwydd yma 'ta, Jojo?" holodd Didi drachefn.

Cymrodd Jojo'r sbliff o law Didi a thynnu'n ddwfn arni.

"Ti i weld wedi setlo, sdi, Jojo," ychwanegodd Didi cyn hir. "Mae 'na ryw heddwch amdana ti. Ti'n dod allan o dy gragen."

"Ti'n meddwl?"

"Yndw, sdi. A dwi'n gweld y ffordd wyt ti efo Nedw a Ceri…"

"Be, ti'n meddwl bo fi'n llygadu nyth ready-made?"

"Nacdw siŵr, sili! Dy weld di'n cnesu at y lle 'ma ydwi, ac mae o'n neis gallu sylwi ar y ffordd wyt ti efo bobol mae gen ti feddwl o. Mae o'n atgoffa fi na felna ti wedi bod efo fi erioed… yn edrych ar fy ôl i… a…"

"Paid…"

"Na, mae'n iawn. Dwi'm yn mynd yn emotional… dwi isio deud hyn. Mae o'n lyfli i weld chdi mor hapus – wel, hapusach… O'r blaen, oeddat ti'n ffwc o foi iawn, ond yn fwy o frawd mawr na ffrind. Rwan ti'n ffwc o foi neis hefyd – dal yn frawd mawr, ond yn ffrind hefyd. Lovely person, sdi…"

Teimlodd Jojo lwmp yn codi yn ei wddw. Ceisiodd ei wasgu'n ôl i lawr. "Ti'n gwbod be sy'n gneud fi'n hapusach – be sy'n gneud i fi ddechra meddwl fod posib ffendio be dwisio yn fan hyn?"

"Dwi'm 'bo. Ceri?"

"Naci. Chdi, Didi – dy weld di'n dod at dy hun, yn ffendio dy hun eto…"

Tro Didi i wasgu lwmp o'i wddw oedd hi rŵan.

"Ti ddim i weld yn cwffio gymaint… Ac ma gen ti frwdfrydadd am fywyd, mwya sydyn…" Tynnodd Jojo ar y sbliff eto cyn mynd yn ei flaen. "Ti'n ailafael yn chdi dy hun, yn be wyt ti go iawn, a…" gwasgodd Jojo lwmp arall wrth glywed ei lais yn torri. "Dyna be sy'n gneud fi'n hapus, Did. Gweld chdi, 'y mrawd ba… 'y mrawd bach i… yn cael byw eto, t'bo…"

Llifodd dagrau tawel i lawr dwy rudd Jojo, a thynnodd eto ar y sbliff cyn ei phasio nôl i Didi. Gwyliodd y ddau'r machlud yn paentio'r cynfas yn lliwiau gwin a thân a gwaed a chariad ac angerdd…

"Dwisio deud rwbath wrtha titha hefyd, Jojo," medd Didi toc.

Trodd Jojo i edrych arno, ond dal i syllu tua'r tân ar y gorwel wnaeth ei ffrind. Gwelodd Jojo ddŵr ar gyrion ei lygaid yntau hefyd. "Be, Did?"

"Wel, er bo fi wedi cael tantryms am ddod yn ôl i fan hyn – dim ond panic oedd hynny…"

"Ia, dwi'n dallt hynny'n iawn…"

"Jojo! Cau dy geg am unwaith!"

"Sori…"

"Y peth ydi… Dwi'n rili rili rili falch fod ni wedi dod yma…

Achos, fel ti'n deud, dwi wedi gallu ffendio fi'n hun, ac, wel… dwi'n meddwl, wel, dwi'n gwybod – wel, dwi'n sylweddoli bo fi wedi bod in denial am gymint o amser…"

Trodd Didi i edrych i fyw llygaid ei ffrind, a gwelodd hwnnw fod cronfa helaeth o ddagrau yn barod i chwalu'r argae unrhyw eiliad.

"Dwi'n gay, Jojo! Dwi'n hoyw… Dwi'n ffansïo dynion a dim ond dynion. I'm a gay man… Doris Day, fromage frais… always have been, always will be…"

Chwalodd yr argae a llifodd y dagrau'n ffrydiau i lawr ei fochau. Estynnodd Jojo ei fraich dde amdano, a'i dynnu'n glòs. Cydiodd Didi yn dynn amdano a rhoi ei ben ar ei ysgwydd. Teimlodd Jojo fynwes ei ffrind yn hercian, a'i ddagrau cynnes yn llifo i lawr ei wddw rhwng coler ei grys a'i groen.

Gwasgodd Jojo fo'n dynn, a gan frwydro i ddal ei ddagrau yntau yn ôl, byrlymodd ei lawenydd allan. "Diolch ti, Did! Ffycin diolch… Os fysa ti ond yn gwbod be mae o'n feddwl i fi dy glywad di'n deud hynna!… O'n i'n meddwl fod nhw wedi dy ddwyn di… wedi dwyn dy enaid di am byth… fod y basdads wedi ennill… 'yn ffrind i… 'mrawd bach annwyl i… Y ffacin basdads… y ffacin evil fackin bastards… fackin cunts…"

Wylodd y ddau yn dawel mewn coflaid dynn, gan siglo'n ôl ac ymlaen wrth droed y maen hir.

"Fyswn i'n lladd nhw, sdi, Jojo," medd Didi cyn hir, rhwng sniffiadau snotlyd. "Onest rŵan, fyswn i yn… fyswn i'n gallu eu lladd nhw… Duw, Mochyn Budur… Stemp, ffycin Wilkins, Big Ears… Boris… fyswn i'n ffycin lladd nhw… fysa rhaid i fi…!"

Ddwedodd Jojo ddim byd. Caeodd ei lygaid wrth i'w ddagrau ffrydio eto. Llifodd degawdau o boen i lawr ei ruddiau – emosiynau di-ri yn rhediadau rythmig, yn gwagio o'i gorff i ganol y cylch o feini cyfrin. Gwyddai fod hyn yn benllanw ar broses hir. Roedd Didi yn ôl yn fyw – ac yntau hefyd. Roeddan nhw'n bobol unwaith eto, yn gwaedu yn lle gwadu, yn teimlo ac yn brifo, yn caru a chasáu… Daeth dydd eu hailenedigaeth, mewn cylch cerrig yn Eryri.

Ac ynghanol y gorfoledd cathartig, addawodd Jojo iddo'i hun y gwnâi bopeth o fewn ei allu i sicrhau na fyddai'r adferiad hwn yn rhith. Gwasgodd ei frawd bach yn dyner ac agor ei lygaid eto. Edrychodd tua'r gorwel fflamgoch, a gwelodd yr haul yn boddi mewn môr oedd yn goch fel gwaed.

65

CRWYDRO LLWYBR YR ABER fuodd Nedw tan ddiwedd y prynhawn. Chafodd o'm ateb ar ffôn Beth y tri tro cynta iddo ei ffonio, ac erbyn iddo drio y pedwerydd gwaith roedd o'n eistedd ar Graig yr Harbwr yn hel meddyliau.

Wedi bod yn golchi ei gwallt oedd hi, medda hi pan atebodd o'r diwedd, cyn awgrymu na ddylai o ddal i'w ffonio os na châi o ateb yn syth. Byddai'n siŵr o'i ffonio yn ôl ar ôl cael *missed call*, meddai, a doedd dal i ffonio ddim yn syniad da, rhag ofn ei bod wedi gadael ei ffôn yng ngolwg Mared, a honno'n gweld ei enw fo'n fflachio ar y sgrin.

Doedd hi ddim ar lawer o frys i ddod i'w weld o, chwaith, sylwodd Nedw. Bu raid iddo roi cryn berswâd arni i gytuno i ddod draw cyn iddi dywyllu. Edrychodd Nedw ar y cloc ar ei ffôn. Roedd ugain munud wedi pasio ers hynny. Ystyriodd be i'w wneud, tra'n syllu ar yr haul yn mynd i lawr mewn môr o dân, a sylweddoli ei fod o braidd yn ddiamynedd. Fo ofynnodd iddi ollwng popeth i ddod i'w weld o, ac o ystyried mai cwta wythnos oeddan nhw wedi bod yn gweld ei gilydd, efallai ei fod o'n swnio braidd yn rhy *demanding* iddi?

Cerddodd yn ei ôl i lawr am yr harbwr, gan obeithio y byddai hithau wedi cyrraedd y cei erbyn iddo ddod i waelod y llwybr. Ond doedd hi heb.

Eisteddodd ar y fainc ble yr eisteddodd y ddau ohonyn nhw y noson gynta honno, cyn mynd i'r Plaza. Crwydrodd ei feddwl yn ôl i'r blas o dafod gafodd o gan ei fam. Roedd hynny wedi'i ypsetio – nid y cerydd, ond y ffaith ei fod wedi achosi cymaint o bryder iddi.

Ond roedd Beth mor hyfryd hefyd. Doedd o erioed wedi teimlo fel hyn am unrhyw ferch o'r blaen. Roedd o ar dân isio bod efo hi bob munud o bob dydd, ac yn barod i wneud unrhyw beth i sicrhau hynny. A dyma fo, meddyliodd – jysd ei blydi lwc o fod hynny'n golygu achosi poen meddwl i'r ddynes anwyla yn ei fywyd.

Ystyriodd yr oblygiadau. Y Syndicet wedi llosgi'r Plaza. Fynta wedi'i roi yn y ffrâm oherwydd cyd-ddigwyddiad anffodus. Beth ddim yn fodlon rhoi *alibi* – wel, ddim yn gallu, rhag ofn iddi golli ei ffrind gorau. Fo, Nedw, ddim isio defnyddio'r *alibi* hwnnw chwaith, am nad oedd yntau isio brifo Mared... Be arall? Ia – y pryder bod y

Syndicet yn mynd i wneud yn siŵr ei fod o'n mynd i gario'r bai am y tân, rŵan ei fod o wedi baglu i mewn i'r pwdin…

Gallai gymryd ei jansys, meddyliodd. Roedd o *yn* ddieuog, wedi'r cwbl. Ond cofiodd y stori ddwedodd ei fam am dactegau Godfrey Harries a'i grônis. Digon hawdd iddyn nhw achosi i fwy o 'dystiolaeth' ddod i'r fei – neu dalu heddwas i blannu tystiolaeth ddamniol. Fyddai'r Syndicet yn mynd mor bell â hynny i'w fframio fo? Cafodd Godfrey Harries getawê unwaith, do, ond siawns na fyddai'n risgio trio tactegau tebyg eto? Wedi'r cwbwl, roedd y stêcs yn llawer uwch bryd hynny, ac yntau'n wynebu cyhuddiadau difrifol ei hun. Be oedd ganddo i ennill y tro hwn… heblaw… ei fod o'n gweld cyfle euraid i barddu ei fam, y ddynes oedd wastad tu ôl i'r gwrthwynebiad i'w gynlluniau…

Oedd, roedd hi'n bosib iawn y byddai Godfrey'n troi at ddulliau dichellgar i sicrhau dedfryd ffafriol yn ei erbyn, felly. Ac os felly, nid Nedw fyddai'r unig un gâi ei gosbi. Mewn carchar o fath y byddai ei fam hefyd – ond stigma a malais cymdeithasol fyddai waliau carchar 'y fam a yrrodd ei mab ei hun i losgi'r Plaza i fodloni ei dialedd!' Heb sôn am y carchar meddyliol o boeni amdano yn jêl.

Daeth lwmp i wddw Nedw wrth feddwl am beidio gweld Deio am ddwy flynadd. Roedd meddwl am ei frawd bach yn holi lle oedd o, o ddydd i ddydd, yn ormod iddo. Y peth bach annwyl…

Roedd ei fam, a Gruff ei frawd, yn llygad eu lle, meddyliodd. Doedd o ddim yn iawn i wneud i bobol ddiniwed ddioddef. Pa bynnag ffordd oedd Nedw'n sbio arni, roedd o'n mynd i greu llanast waeth pa bynnag ddewis a wnâi – sbario poen i Beth a Mared trwy achosi poen i'w fam a Deio bach, neu sbario poen iddyn nhw trwy gachu ar Beth a Mared?

A blydi Gwenno! Roedd o wedi anghofio am ei chwaer – ffrind gorau Beth *a* Mared! Rhegodd Nedw'n uchel. Ffycin hel, roedd hyn yn llanast! Be ffwc oedd o'n mynd i wneud? Oedd popeth wedi mynd yn ffliwt, neu oedd 'na ffordd allan o hyd? Siawns fod 'na *ryw* ffordd…!

Alibi! Os na allai Beth roi un, mi wnâi un arall y tro! Petai'n cael hyd i rywun oedd yn fodlon dweud celwydd wrth yr heddlu – celwydd fyddai'n egluro be fuodd o'n ei wneud yn y ddwyawr honno rhwng danfon y pizzas i dŷ Bobat a mynd adra… Cododd ei galon. Roedd o'n gweld gobaith o'r diwedd!

Daeth tecst i'w ffôn, ac aeth i'w boced i'w hestyn. Neges gan Beth oedd yno. 'M YMA. FFONIAI NES MLAEN. X'

Gwenodd Nedw. Mared oedd wedi'i dal hi cyn iddi gael siawns i ddod o'r tŷ! Rhoddodd y ffôn yn ôl yn ei boced a chododd ar ei draed i droi yn ôl am y stryd fawr. Roedd 'na ffordd allan o'r ffics yma heb i unrhyw un gael ei frifo, wedi'r cwbl.

66

AR ÔL PUM MUNUD o ganlyn y ffordd gefn rhwng gwrychoedd a waliau cerrig, cyrhaeddodd y Peugeot at gyffordd, ac wedi penderfynu cymryd y ffordd i'r dde yn hytrach na'r chwith, cafodd Jojo a Didi eu hunain ar ffordd a ddilynai'r arfordir. Er ei bod hi'n brysur nosi, roedd fflamau ola'r machlud yn dal i liwio'r awyr uwchben y môr, gan daflu ei olau hynod dros gysgodion heglog y tir.

Ymhen pum milltir arall pasiodd y ddau gatiau gwersyll gwyliau mawr o'r enw Bay View, a sylwi eu bod wedi mynd o leia ugain milltir i'r cyfeiriad anghywir. Cymerodd Jojo'r chwith yn y gyffordd nesa, a chyn hir roedd y Peugeot yn gyrru ar hyd ffordd ddeuol yr arfordir, yn ôl i gyfeiriad Abermenai.

Gwelodd Didi arwydd 'Toiledau' a datgan ei fod angen piso. Dilynodd Jojo'r *slip-road* dros y ffordd ddeuol i faes parcio sylweddol ynghanol coed. Gwelodd y toiledau draw tuag at y pen ucha. Parciodd y car â'i din am i mewn, mewn bae parcio bach fymryn yn uwch i fyny, a diffodd ei oleuadau. Neidiodd Didi allan a brysio am y bog.

Estynnodd Jojo'r baco a'r sgync a dechrau sginio i fyny. Taenai'r lamp uwchben drws y toiledau ddigon o olau iddo sylwi fod 'na rywun yn eistedd yn seti dreifio'r ambell gar oedd yn sefyll ym mhen pella'r stribyn hir o faes parcio, a hefyd mewn car gwyn oedd wedi parcio gyferbyn ag yntau. Tra'n glynu tair risla at ei gilydd, gwyliodd Jojo ddyn – un go dew, efo cap gwlân wedi'i dynnu i lawr bron at ei lygaid – yn dod allan o'r car gwyn hwnnw ac yn dilyn Didi i mewn i'r toiledau. Yna gwyliodd gar yn cyrraedd y maes parcio ac yn gyrru heibio'n araf. Roedd y gyrrwr yn syllu arno wrth basio.

"Be ffwc ti'n ffycin sbio ar, y cont?" medd Jojo dan ei wynt, wrth rythu'n ôl ar y boi, cyn gwylio'r car yn troi'n ôl ym mhen ucha'r tarmac ac yn pasio'n araf yn ei ôl i lawr. Roedd y gyrrwr yn syllu unwaith eto.

"Ffyc off, pal!" medda Jojo, yn uchel y tro hwn, gan wneud y geiriau'n amlwg efo siâp ei geg wrth eu hynganu. Gwyliodd y car yn gadael y maes parcio, cyn i'r dyn tew efo cap oedd wedi dilyn Didi i'r toiledau ddod allan yn ei ôl a dychwelyd i'w gar gwyn i eistedd.

Gwasgarodd Jojo'r gwair dros y baco yn y rislas, cyn i gar arall ddod i fyny'r maes parcio yn araf. Unwaith eto, roedd gyrrwr hwn yn rhythu arno wrth basio. Anwybyddodd Jojo fo, gan ganolbwyntio ar orffen rowlio'r sbliff. Gwelodd y car yn parcio drws nesa i gar arall ym mhen pella'r maes parcio, yna'n rifyrsio a throi nôl i gyfeiriad y fynedfa. Dilynwyd o'n syth gan y car arall.

Rowliodd Jojo'r sbliff a'i llyfu, cyn rhwygo darn o'r paced rislas a'i rowlio i fyny i wneud rôtsh. Yna gwelodd yrrwr un o'r ceir llonydd eraill yn cerdded i'r toiledau, ac wedyn y dyn efo cap a ddilynodd Didi yn gynharach yn dod allan o'i gar yntau a'i ddilyn.

Gwawriodd ar Jojo be oedd yn digwydd. Gan ei fod o ym mherfeddion cefn gwlad wnaeth y peth ddim taro ei feddwl tan hyn. Mae digon o lefydd mewn dinasoedd sydd yn enwog am y peth ond, wrth gwrs, allan yng nghefn gwlad mae'n gwneud synnwyr eu bod nhw'n gorfod defnyddio'u ceir i drafaelio i lefydd o'r fath. Gwenodd wrth sylweddoli nad bod yn fygythiol oedd y dynion oedd yn syllu arno. Chwilio am goc oeddan nhw! Toiledau cotejio oedd y rhain – lle'r oedd dynion yn hel i gael rhyw hoyw slei liw nos! Taniodd Jojo ei sbliff, cyn rhoi rhyw chwerthiniad bach eironig wrth feddwl am Didi'n dewis y toiledau yma, o bob man, i biso!

Mae'n rhaid nad oedd y dyn a ddilynwyd i'r toiledau gan y dyn efo cap yn chwilio am ddim byd mwy na phisiad, chwaith, achos daeth y boi â'r cap allan yn ei ôl o fewn ychydig eiliadau. Gwyliodd Jojo fo'n edrych o'i gwmpas wrth gerdded yn ôl am ei gar, ac yng ngolau'r lamp uwchben drws y bog, fe darodd Jojo ei fod o'n edrych yn gyfarwydd...

Tynnodd yn ddwfn ar y sbliff. Roedd Didi'n cymryd ei amser. Gobeithio nad oedd o wedi ildio i demtasiwn ac wrthi'n gwneud tric. Chwarddodd Jojo ar ei ben ei hun am ddychmygu'r fath beth! Yna gwelodd y dyn efo'r cap yn cerdded heibio i'r dau neu dri o geir eraill oedd wedi parcio yn uwch i fyny nag o. Gwyliodd Jojo fo, i weld os y câi wahoddiad i fynd i mewn i un ohonyn nhw. Ond er iddo edrych ar y gyrwyr, chafodd o ddim, felly trodd ei olygon tuag at ochr Jojo i'r maes parcio.

Gwyliodd Jojo fo'n nesu, ac wrth i olau'r toiledau ddisgyn ar ei wyneb eto fyth, sylwodd eto fod ganddo wyneb cyfarwydd. Feddyliodd Jojo ddim llawer am y peth – roedd 'na wastad rywun oedd yn edrych yn debyg i rywun arall ym mhobman. Ond talodd fwy o sylw iddo wrth iddo basio heibio i fonet y Peugeot, gan syllu yn syth i wyneb Jojo, er ei bod yn amlwg mai dim ond cysgod a welai. Teimlai Jojo'n gryf ei fod wedi'i weld o yn rhywle o'r blaen...

Yna daeth Didi allan o'r toiledau o'r diwedd, a brysio yn ôl i sêt ffrynt y car.

"Ffacin hel," medda fo, cyn i Jojo ddweud dim byd. "Ti'n gwbod be ydi'r lle 'ma, Jojo? Ffacin cottage!"

Chwarddodd Jojo. "Ia, sylwis i. O'n i'n meddwl fod y ffycin dynion 'ma isio fy nyrnu i, y ffordd oeddan nhw'n sbio. Ond dim dyrnu fi oeddan nhw isio, ond ffistio fi!"

"Ych, Jojo!" medda Didi, gan grychu'i drwyn. "Paid â bod mor disgysting!"

"Lle ffwc ti 'di bod, eniwe? O'n i'n dechra meddwl fod chdi'n gwneud cwic byc mewn ciwbicyl!"

"O ffac off, nei!" medda Didi. "Mynd i gachu wnes i. Dyna sut welis i be oedd y lle – walia'r ciwbicyl yn llawn o phone numbers ac obscene offers gan 'cocksluts', 'tight arses' a '9-incher from Abermenai'! Ac ar ben hynna, doedd 'na ddim ffycin clo ar y drws, a driodd rhyw ffycyr ddod i mewn ddwywaith!"

Pasiodd Jojo'r sbliff iddo fo, a thanio'r car. Wrth dynnu allan o'r bae parcio fflachiodd ei oleuadau dros ochr car y boi tew efo cap. Gwelodd mai Citroen ZX gwyn oedd y car. Gwelodd hefyd ei yrrwr yn troi ei wyneb i ffwrdd.

67

TRA'N BUSNESU YN Y silffoedd cigoedd oer yn Asda, atgoffwyd Jojo pam ei bod hi wastad yn risg i fynd i siopa efo Didi.

"Rho'r ffycin sosejis 'na nôl rŵan, Didi!" sgyrnygodd dan ei wynt.

"Pa sosejis?" gofynnodd Didi, gan swnio'n llawer rhy ddiniwed i fod yn dweud y gwir.

"Rheina ti newydd roi lawr dy ffycin fôls!"

"O, cym off it, Jojo! Fedrai'm tynnu nhw allan rŵan – fyddai'n tynnu sylw'n bydda?"

"Rho nhw'n ffycin nôl *nŵan*!"

"OK, OK, ffacin hel!" cwynodd Didi wrth eu hestyn allan o lawr blaen ei drowsus a'u taflu i mewn i'r troli. "Ers pryd wyt ti wedi troi'n law-abiding citizen 'ta?"

"Ers i fi saethu un o soldiars gangstar mwya Llundan yn ei ben a tsiopio un arall i fyny efo chainsaw a'i ffycin fwydo fo i'r ffycin magots! Cofia mai ar y ffycin ryn ydan ni o hyd, y ffycin dildo!"

"Iawn, OK! Jîsys! O'n i'n meddwl fod 'na ddim ffordd i Zlatko'n trêsio ni i fama, beth bynnag."

"Fysa ganddo fo unwaith fysa dy mygshot di'n fflashio i fyny ar y Police National Computer, mêt! Be bynnag sy'n dod i fyny ar hwnnw mae Zlatko'n dod i glywad. Cofia hynny tro nesa ti'n teimlo fel cael dy gytio fel pysgodyn dros bwys o sosejis!"

Cododd Didi ei ddwylo i fyny fel arwydd o gymod. "OK, Jojo. Sori. Ti'n hollol iawn."

"Good!"

"Well i fi roi hwn yn ôl hefyd, felly," medd Didi, gan dynnu pacad o gig moch allan o'i drowsus.

"Ffac's sêcs!"

"A hwn," ychwanegodd Didi, gan dynnu tun o samon o dan ei siwmper Dennis the Menace. "O, a rhain…"

Teimlodd Jojo ei dymer yn codi wrth weld bwnsiad mawr o rawnwin piws yn ymddangos, fel rhyw fath o hud, o dan y siwmper wlân. Roedd o wedi amau pam fod Didi'n cerdded efo'i fraich ar draws ei fol, fel ei bod hi mewn sling anweledig.

"Fitamin C," eglurodd Didi, wrth roi'r grêps yn y troli.

"Rwbath ffycin arall?"

Estynnodd Didi o dan y gwlân coch a du eto.

"Be ffwc oeddach di'n mynd i wneud efo hwnna?" gofynnodd Jojo wrth weld y teclyn gratio caws yn ymddangos yn llaw Didi.

"Gratio caws."

"Jeezus Christ, Didi! Mae gennon ni ddigon o ffacin bres – digon i brynu can mil o'r ffacin things!"

"Sori. Habit drwg, dwi'n gwbod…"

Ysgydwodd Jojo ei ben mewn anghredinedd wrth drio'i orau i guddio ei ysfa i chwerthin. "Ty'd, awn ni i nôl cwrw, i gael mynd o'ma cyn i ni ddenu cynffon."

Wedi talu am ddigon o alcohol i feddwi byddin fechan, safai'r ddau tu allan y drysau otomatig yn aros i gar basio, er mwyn cael croesi'r maes parcio at ble oedd y Peugeot yn aros.

"Duwcs, Jojo! Didi!" cyfarchodd llais cyfarwydd Nedw.

Trodd y ddau rownd i'w weld o'n dod allan o'r siop y tu ôl iddyn nhw efo potal o win coch yn ei law.

"Lle mae'r parti ta, hogia?" gofynnodd wrth sbio ar gynhwysion y troli. "Iesu goc – jin *a* Jack Danials? Pa un o'na chi sy'n mynd i grio a pa un sy am falu'r garafán yn racs?"

"Fi fydd yn gneud y ddau os na fydd hwn yn stopio bossio fi o gwmpas!" atebodd Didi'n goeglyd.

"Sut mae dy fam?" holodd Jojo, gan anwybyddu'r ffwlbri.

"Mae hi'n OK. Ffacin plant 'di malu carrag fedd Nain. Wedyn fuodd y cownsil yn hefi am y rent. Ond mae o'n sorted rŵan."

Doedd Nedw ddim yn teimlo fel bod hawl ganddo i ymhelaethu mwy. Teimlai'n euog yn traethu am broblemau ei fam ac yntau wedi achosi un arall iddi.

"Eniwe, mae hi newydd decstio fi rŵan i ofyn i fi ddod â potal iddi. Ma Basil ar y tils heno, so dwi'm angan ID." Gwenodd Nedw, ac am y tro cynta ers iddo gwrdd â'r bachgen, sylwodd Jojo fod 'na fymryn o straen ar y gwenu.

"Sgins!" cofiodd Didi a troi ar ei sawdl, cyn diawlio wrth weld ciw wrth y stondin ffags, drwy'r ffenestri gwydr.

"Tisio lifft adra, Nedw? Biciai chdi'n sydyn rŵan, tra mae Didi'n ciwio."

Doedd Nedw ddim am dderbyn i ddechrau, ond ailystyriodd wrth amau fod Jojo isio esgus i gael gair sydyn efo'i fam. A beth bynnag, roedd Jojo'n berson y gallai rannu ei ofidiau efo fo ynghylch yr achos...

"Fydd hi'm yn hir cyn fyddan nhw'n tynnu'r lle i lawr i'r ddaear," medda Nedw wrth basio'r Plaza. "Dyna oedd y basdads isio."

"Ti'n meddwl?"

"Saff i ti, Jojo. Oedd o'n listed building, doedd. Fydd o ddim rŵan, na fydd – fydd o'm hyd yn oed yn 'building'!"

"Mae'r holl beth yn drewi, mae hynna'n saff," cytunodd Jojo. "A mae dy fam yn iawn i boeni, sdi. Os mai'r Syndicet sydd wedi gneud mi wnan nhw unrhyw beth i beidio cael eu dal, ac os geith rywun arall y bai, gorau'n byd iddyn nhw."

Aeth Nedw'n ddistaw.

"Ga i ofyn rwbath i chdi, Nedw?" gofynnodd Jojo mewn ychydig eiliadau. "Be'n union sydd gan y cops arna chdi?"

Oedodd Nedw cyn ateb. "Wutnes stêtment yn rhoi fi o gwmpas y lle ar y beic rownd amsar y tân…"

"Ia, ddudasd di hynny wrtha i yn y Bryn."

"A'r awr neu ddwy 'ma o dwll yn fy alibi…"

"Do, ddudasd di hynny hefyd – a rwbath am fforensics? Gwranda – wna i cut to the chase efo chdi, a gobeithio bo chdi ddim yn meddwl bo fi'n bod yn fusneslyd… Efo pwy oeddat ti?"

"Be ti'n feddwl?"

"Oeddat ti efo rywun, yn doeddat?"

Wnaeth Nedw ddim ateb.

"Mae'n amlwg i fi nad chdi losgodd y lle, mêt, felly pam wyt ti ddim yn clirio dy enw?"

"Mae o'n gymlath, sdi, Jojo."

"Mae gen ti alibi, yn does? Ond ti ddim yn gallu'i iwsio fo?"

"Rwbath felna…"

"Oeddat ti efo rhywun doeddat ti ddim i fod efo, yn doeddat?"

"Hwyrach…"

"Beth, ia?"

Doedd dim rhaid i Nedw ateb. Gwyddai Jojo o'i osgo ei fod wedi taro'r hoelen ar ei phen.

"Ffrindia gorau, yndyn? Beth a Mared?"

"Yndyn."

Stopiodd Jojo'r car tu allan tŷ Nedw a diffodd yr injan. "Yli, mêt. Dwi 'di bod 'rownd y bloc' few times, OK? Dwi'n dallt y sgôr. Dwi wedi gweld mwy o griminals nag wyt ti wedi weld o bizzas. Mae rhai yn bobol uffernol o ddrwg, a rhai eraill jysd yn no-hopers sydd wedi cael eu geni i endio fyny yn y slammer. Dwyt ti'n 'run o'r ddau. I ddeud y gwir, dwyt ti ddim hyd yn oed yn griminal…"

"Diolch, Jojo. Ond ti ddim rili yn nabod fi, nagwyt?"

"Na, ond pan ddoi di i'n oed i mi fyddi di'n dallt be dwi'n feddwl.

Ti'n berson da, Nedw. Ti'n glyfar, ti ddim yn hunanol, a ti'n llawn positivity. Ti heb gael dy eni'n loser. A ti heb gael dy eni'n ddrwg, chwaith. Mae gen ti olau uwch dy ben di, Nedw. Paid â'i ddiffodd o. Paid â lluchio dy fywyd i ffwrdd. Yn enwedig dros hogan."

"Dydw i ddim, siŵr!"

"Nagwyt? Edrych felly i fi, sdi."

"Ond dim felna mae petha, Jojo."

"Naci, falla, mêt. Ond i fi, os ydi unrhyw hogan yn barod i adael i chdi fynd i jêl yn lle cyfadda'r gwir wrth ei ffrind, dydi hi ddim werth boddran efo. Jysd cofia hynna."

"Neith o ddim gwahaniaeth eniwe – hyd yn oed os wna i ddeud wrth y cops lle o'n i, fysa hi ddim yn cyfadda. A fysa hynny'n gneud petha'n waeth."

"Oes 'na ddim cameras neu wutnesys eraill i allu bacio dy stori di i fyny?"

"Ia, wel, dyna 'di'r drwg, Jojo. Y *lle* oeddan ni…"

"A lle oedd hynny?"

"*Yn* y ffycin Plaza!"

68

ROEDD MACHLUD COCH NEITHIWR wedi gaddo diwrnod teg, a wnaeth o ddim siomi. Er ei bod hi'n fore oer ar ddiwedd mis Mawrth, gwenai'r haul yn siriol ac, yng nghysgod y gwynt, roedd o'n gynnes ar y foch.

Ond i fyny ar Drwyn y Wrach oedd Jojo isio bod, nid yn y cysgod. Roedd o angen yr awel i glirio'i ben ar ôl yr holl Jack Daniels a yfodd wedi dod adra efo Didi. Ac yntau hefyd wedi prynu chwaraewr CDs ar fympwy yn Argos, fyddai neb yn beio rhywun am dybio fod yna lond lle o rafins yn cael rêf yn y garafán, cymaint o ganu a dawnsio wnaeth o a Didi.

Tynnodd Jojo ei ffôn newydd o'i boced a gweld fod y cloc yn dweud hanner awr wedi naw. Gwenodd wrth decstio'r geiriau 'Deffra CONT!' a'u gyrru i Didi, cyn eistedd i lawr i wylio'r tonnau. Roedd y llanw'n dod i mewn, ond nid ar garlam. Llifo'n hamddenol oedd y tonnau heddiw, â dim ond awel yn eu hannog yn ysgafn tua'r tywod, ac am y canfed tro ers cyrraedd Gilfach edmygodd Jojo'r mynyddoedd mawr tu hwnt i'r bae, yn dal i wisgo'u cotiau trwchus o eira gwyn. Glas oedd yr awyr uwch eu pennau heddiw, heb gwmwl yn agos i'r llun.

Tarodd ei feddwl yn ôl at yr hwyl a gafodd efo Didi neithiwr. Allai o'm cofio pryd oedd y tro dwytha iddo chwerthin gymaint, heb sôn am chwerthin felly efo Didi. Roedd o fel person hollol wahanol – er nad yn berson diarth o gwbl. Didi oedd o – y Didi oedd o'n gofio o rywle pell yn ôl yn ei blentyndod. Er ei bod hi'n dal yn anodd cael lluniau o'r plentyndod hwnnw'n glir yn y meddwl, roedd y teimlad yn gryf yn yr enaid o hyd – yr agosatrwydd, a'r naturioldeb yn y chwerthin rhydd ac iach. Roedd o'n deimlad cynnes, fel petai pwysau'r byd wedi codi fel gwlith y bore.

Meddyliodd am y foment hudol honno ynghanol y cylch cerrig efo'r machlud neithiwr, pan adawodd y glaw ei enaid ac y dechreuodd yr haul dywynnu eto. Gwawr newydd wrth i'r haul fynd i lawr.

Ond gwawr ansicr o hyd, serch hynny. Gwawr allai droi'n fachlud arall unrhyw bryd. Doedd dal ddim newyddion o Lundain – na'r Amwythig – yn y papurau newydd, ac er y gallai hynny fod yn arwydd da, gwyddai Jojo na allai fyth, byth ymlacio'n llwyr. Roedd o wedi hen ddysgu i fod yn barod am unrhyw beth. Er iddo dreulio llawer o'r dyddiau dwytha yn mynd dros bob manylyn a phosibiliad, gan fodloni ei hun nad oedd unrhyw beth allai arwain y bwystfilod atynt, gwyddai'n iawn fod gan gangstyrs o radd Zlatko adnoddau pellgyrhaeddol. Gwyddai hefyd na adawai'r dihiryn unrhyw garreg heb ei chodi wrth chwilio amdanyn nhw.

Nid am y tro cynta, ffromodd Jojo wrth feddwl y gallai fod Zlatko'n credu iddyn nhw ddianc i'r Iwerddon. Roedd ganddo gysylltiadau yno, wedi'r cwbl – brawd yn Bray, os cofiai Jojo'n iawn. Er mai Abergwaun a Doc Penfro oedd prif gysylltiadau Zlatko â'r Ynys Werdd, roedd rhaid ystyried y posibilrwydd fod ei ddynion yn gwylio Caergybi hefyd. Ac os oeddan nhw'n gwylio yno, roeddan nhw'n rhy agos.

Ond dim ond iddyn nhw gadw'u pennau i lawr a sefydlu eu hunain o dan enwau swyddogol newydd, credai Jojo y gallent fod yn ddiogel yma. Y bygythiad mwya uniongyrchol a welai ar y gorwel – y bwgan oedd yn gyrru'r ddraenen o ansicrwydd i ystlys y gobaith newydd a lifodd drosto yn y cylch cerrig – oedd Godfrey Harries.

Achos mi awgrymodd Didi, wrth fwrw'i enaid ymysg y meini, y byddai gweld Duw neu un o'i grônis yn chwalu popeth – a mater o amser oedd hi cyn iddo ddod i wybod fod Godfrey yma o hyd. Doedd ond gobeithio mai siarad dan deimlad oedd Didi pan fynnodd y gallai ladd Duw y funud y gwelai o, ac wedi i resymeg ddisodli emosiwn, byddai'n gweld fod ei ailenedigaeth yn y cylch cerrig yn fuddugoliaeth ddigonol.

Ond wedi dweud hynny, allai Jojo ymddiried ynddo ef ei hun? Sut byddai o'n ymateb wrth ddod wyneb yn wyneb â Godfrey? Fyddai *o'n* gallu rheoli ei emosiynau? Wedi'r cwbl, byddai lladd Duw yn cynnig dyfodol hwylusach o lawer, trwy warchod adferiad Didi ac, hefyd, trwy lanhau'r staen oddi ar gynfas gwyn ei olygon yntau – heb sôn am gael gwared ar y ddraenen o ystlys Ceri a Nedw.

Yn Llundain, fyddai Jojo ddim yn meddwl ddwywaith am hyn. Byddai wedi penderfynu bellach, ac o fewn ychydig ddyddiau wedi rhoi popeth yn ei le yn ofalus, cyn mynd i mewn ac allan – bang, a dyna'i diwedd hi. Ond roedd pethau'n wahanol yma yng nghefn gwlad Cymru, lle nad oedd posib hyd yn oed mynd i Argos heb i rywun ei adnabod. Troi dalen newydd oedd ei fwriad, nid disgyn yn ôl i arferion tywyll y byd a orfodwyd arno gan legasi Godfrey a'r Cartref. Dim ond Duw fyddai'n ennill pe gadawai Jojo i waed fod yn rhan o'r darlun newydd.

Taniodd Jojo sigarét a phesychu'n galed, cyn codi fflem styfnig o grombil ei frest, a'i phoeri i ganlyn y gwynt. Piti na fyddai Godfrey'n chwythu i ffwrdd mor hawdd.

69

TARODD YR OGLA CIG moch yn ffrio ei ffroenau fel oedd Jojo'n cyrraedd y cae carafannau. Roedd Didi wedi deffro ac, yn rhyfeddol, roedd o'n coginio brecwast. Gwenodd Jojo wrth gyflymu'i gamau. Roedd yr arogl wedi atgoffa'i stumog ei fod angen saim i gwffio'r hangofyr.

Daliwyd ei sylw, fodd bynnag, gan gôt felen lachar yn nghornel ei lygad. Trodd i weld Johnny Lovell yn dod amdano a'i gŵn yn troi fel dail o gwmpas ei draed.

"Johnny. Sut wyt ti?"

"Tsiampion, boi, tsiampion. Isio gair bach sydyn, is all."

"O? Be alla i neud i chdi, Johnny?" gofynnodd Jojo, gan hanner disgwyl cwyn am y miwsig uchel neithiwr.

"O'n i yn y dre ddoe, ac oedd bobol yn holi."

"Holi?"

"Amdanat ti."

"Amdana fi?" holodd Jojo, gan geisio peidio dangos diddordeb.

"Ia. Not by name – dim ond gofyn pwy oedd yn aros yn y garafán. Rois i'r un ateb a dwi'n roi i bawb – 'cadwch eich trwynau yn eich potes eich hunen'. Ond o'n i jysd isio dweud wrthat ti. Mae bobol yn fusneslyd yn y lle 'ma."

"Wela i," atebodd Jojo. "Pwy oedd yn holi?"

"Ach – cwpwl o busy-bodies lleol. Gordon Carrots wedi bod yn brolio fod o wedi gwneud ffafr mawr â fi wrth yrru rhywun i rentio carafán."

"Gordon Carrots?"

"Dyna dwi'n ei alw fo. Gordon y Moron. Moron ydi Cymraeg am 'carrots', ynde?" Winciodd yr hen sipsi a rhoi gwên fach slei a ddangosai fod ganddo eitha meddwl o'i allu geiriol.

"Dydi hynny ddim yn broblem, na?" gofynnodd Jojo.

"Nac ydi, 'machgian i. Ond jysd meddwl fysa ti'n licio gwbod," medda Johnny efo winc arall.

"Wel, dwi'n gwerthfawrogi, Johnny…"

"Sut?"

"Dwi'n gwerth… dwi'n ddiolchgar i chdi, ond does dim rhaid i chdi boeni…"

"O ffycin hel, dwi'm yn ffycin poeni, jysd gadael i chdi wybod, is all!"

Winciodd Johnny eto, cyn troi ar ei sawdl a cherdded yn ôl i lawr am y tŷ, a'i gŵn yn ei ddilyn fel ysbrydion.

Gwyliodd Jojo fo'n mynd, cyn ysgwyd ei ben mewn dryswch. Roedd hi'n amlwg fod yr holl fusnes talu cash a chadw'u pennau i lawr am sbel wedi rhoi'r argraff i'r hen ŵr eu bod nhw ar ffo oddi wrth yr awdurdodau, a'i fod o'n teimlo y dylai adrodd iddyn nhw am unrhyw ymholiadau amdanynt. Ar un llaw, gallai hynny weithio i'w mantais, wrth gwrs. Ond ar y llaw arall, doedd cael landlord oedd yn credu eu bod nhw'n ddihirod ar ffo – boed hynny'n hanner gwir ai peidio – ddim yn beth ffafriol chwaith.

Meddyliodd weiddi ar ei ôl, i ddweud wrtho unwaith ac am byth nad oeddan nhw yn yr ardal ar berwyl drwg, ond ailfeddyliodd. Roedd mwy i Johnny Lovell na rhyw hen greadur oedd yn byw o dan *radar* y dyn treth. Cofiodd eu sgwrs am y Syndicet, y diwrnod hwnnw y prynodd y car. Roedd o'n gwybod mwy na'r hyn oedd o'n ei gyfaddef bryd hynny, ac mi oedd o hefyd yn fwy na pharod iddo beidio cofrestru'r car yn unol â chyfraith gwlad. Efallai fod Johnny'n hoff o siarad mewn damhegion, ond roedd Jojo'n siŵr ei fod o'n dewis ei eiriau'n ofalus iawn. Oedd elfen o rybudd yn ei eiriau, gynnau fach, tybed? Neu, oedd yr hen sipsi yn taflu brawddegau cyfrwys yn y gobaith y byddai ei atebion yntau yn datgelu mwy am ei hanes o a Didi?

Llanwyd ffroenau Jojo gan oglau'r bacwn eto. Clywodd ei stumog yn grwgnach, a throdd am y garafán. Rhuthrodd cwmwl o fwg seimllyd allan o'r drws wrth iddo'i agor, a chamodd Jojo'n ei ôl i adael iddo fynd heibio, cyn mentro rhoi ei ben i mewn. Rhywle, ynghanol y mwg, gwelai wên lydan Didi, oedd yn sefyll gerllaw'r cwcyr efo spatiwla yn ei law. Doedd o'n gwisgo dim byd ond crys-T a phâr o shorts, a'r ffedog blastig ddaeth am ddim efo'r garafán.

"Welcome to Didi's Diner!" gwaeddodd wrth i Jojo fflapio llwybr iddo'i hun drwy'r niwl efo'i fraich.

"Ffacin hel! Ma hi fel Hell's Kitchen yma! Agor ffenast, wir dduw!"

"Agor hi dy hun, dwi'n brysur! Mae gen i sosejis, bêcyn, wya, bîns, tomatos, bara saim, tatws 'di ffrio, nionod a myshrwms – proper full Welsh!" Chwarddodd Didi ei 'haha-hihi' merchetaidd. "If Sir would care to plonk his Khyber at the Aunt Mable, food will follow shortly."

70

PAN DDWEDODD MARED IDDI fod yn Abermenai efo'i chwaer fawr trwy'r dydd ddoe, suddodd calon Nedw. Gwyddai'r ateb i'r cwestiwn nesa cyn ei ofyn, ond mi ofynnodd o beth bynnag.

"Lle es di ar ôl dod nôl?"

"Nunlla mêt! O'n i'n blydi nacyrd! Fyswn i heb fynd yn agos i'r lle oni bai 'mod i wedi gaddo mynd efo hi i siopa. Pam ti'n gofyn, eniwe? Tsiecio i fyny arna fi, Nedw bach?"

"Na, jysd wondro…"

"Be sy, boi? Ti'n edrach fel sa rywun wedi dwyn dy uwd di."

"Doedd gen i ddim uwd i'w ddwyn, Mar," atebodd Nedw'n brudd wrth syllu ar y mŵg o de oedd Mared newydd ei roi o'i flaen ar gownter y caffi. "Ond ella fydda i'n byta uwd am sbelan ar ôl wsnos nesa."

"Be ti'n sôn am?"

"Ella fydd y ffycars yn tsiarjio fi am y tân, a remandio fi!"

"Na fyddan, siŵr! Dim y chdi nath − ma pawb yn gwbod hynna!"

"Dim pawb sy'n cyfri, naci Mar? Y cops sy'n cyfri, ynde?"

"Yr efidens sy'n cyfri, Nedw. Ac os dim ti nath, fydd yr efidens yn dangos hynny. Gwranda, rhaid i fi jarjio chdi am y banad − mae *hi* o gwmpas 'li."

"No wyris. Faint 'dio?"

"Puntan."

"Am fŵg o de?"

"Ma hynna'n rhad, dyddia yma."

"Ffwcin hel!"

"Shsh! Paid â rhegi − mae 'na hen bobol yn fana!"

Gwenodd Mared. Roedd y ffordd oedd Nedw mor anymwybodol o bwy oedd o'i gwmpas pan oedd o'n dweud y pethau mwya rhyfedd, weithiau, wastad wedi'i thiclo hi. Roedd o fel petai o'n amlinellu ei ddiniweidrwydd annwyl o, ac roedd hynny'n rhan o pam oedd hi'n ei licio fo gymaint − er nad oedd hi'n siŵr ym mha ffordd oedd hi *yn* ei licio fo, chwaith.

Talodd Nedw am y te. "So, ti heb weld neb arall, felly? Ers nos Sul?"

"Naddo. Ti?"

"Es i â Didi adra ar y beic, welis i Jojo…"

Ecseitiodd Mared wrth gofio am Didi. "Welis di o'n ffraeo efo Elliw, bechod!" medda hi, gan wenu a brathu ei gwefus isa'n dosturiol.

"Oedd hynna'n ffyni, rhaid mi ddeud," cytunodd Nedw a chwerthin.

"Oedd o rili ddim yn gwbod am 'cont' felly?" gofynnodd Mared, gan ostwng ei llais wrth ddeud y gair hyll. "Lle ddiawl ddothon nw o 'ta − Jojo a fo?"

"Duw a ŵyr," atebodd Nedw. "Dim o fama, eniwe."

Symudodd Nedw o'r ffordd wrth i hen ŵr sigledig ddod â'i gwpan wag a sosar hannar llawn o de oer at y cowntar, a bron eu gollwng wrth grynu fel y tarodd nhw i lawr. Diolchodd i Mared, a diolchodd hithau iddo yntau.

"Be 'di dy blania di am weddill y diwrnod 'ta?" gofynnodd Mared ar ôl gwylio'r hen foi yn cyrraedd y drws.

"Duw, dwn 'im. Hongian o gwmpas adra, ma'n siŵr. Ma boi papur yn dod i weld Mam pnawn ma, so…"

"Boi papur? Eto?"

"Ia – ond i sôn am ymgyrch Llys Branwen, dim y cerrig beddi."

"Oedd hi'n siarad yn dda ynddo fo heddiw, beth bynnag, chwara teg."

"Ma hi'n gwbod sut i ddeud ei deud, mae hynna'n saff!"

"Yndi. Da iawn hi. Er – amball un yn cwyno, wrth reswm…"

"Cwyno? Pam ffwc rŵan eto?"

"O, ti'n gwbod fel mae bobol. Doris ac Alun Ellis, ynde, cwyno mae'r rheiny rownd y rîl."

"Be oeddan nhw'n ddeud?"

"O, sdi, pam fod dy fam yn y papur a dim y nhw? 'Carreg fedd eu tad nhw wedi malu'n waeth' – same shit mae bobol wastad yn cwyno am. Os 'di bobol yn cael strôc o lwc, mae hi'n 'dydyn nhw'm yn haeddu ffycin lwc'. Os 'di bobol yn cael strôc o anlwc, mae hi'n 'hy, 'dio'm byd o'i gymharu â be 'dan ni wedi'i gael'!"

Gwenodd Nedw ar y synnwyr oedd yn parablu dros ei gwefusau llawn. Hogan iawn oedd Mared. Doedd hi ddim yn un o'r bobol mwya agos at rywun, o ran natur, ond roedd hi'n gymeriad a hanner yn ei ffordd ei hun. Roedd ei chalon wastad wedi bod yn y lle iawn, beth bynnag.

"Cwyno ydi bywyd rhai bobol, Nedw. Cwyno am hyn, cwyno am llall."

"Neu cwyno bod dim byd i gwyno am!"

"Alla i ddim dalld nhw o gwbwl. Alla i ddim."

"Ydio'n mynd i ddod i ni gyd, dwad?" gofynnodd Nedw. "Ti'n meddwl na felna wnawn ninna droi allan os arhoswn ni yn y lle 'ma'n rhy hir?"

"Wel, dwi 'di deud 'tha ti be dwi'n mynd i neud pan ddaw'r ha 'ma – os na fydda i 'di cael fy nerbyn i coleg, hynny ydi. Bygro'i o'ma."

"Sgin ti syniad i lle?"

"Caerdydd. Lerpwl. Manchester. Rwla."

"Ti 'di gneud aplicêshiyn i coleg 'ta?"

"Naddo, 'im eto. Dwi'm rili'n gwbod be dwisio neud, sdi."

Aeth Nedw'n ddistaw am funud, cyn cymryd swig o'i de. Roedd yr holl siarad am gynlluniau – neu ddiffyg cynlluniau – wedi'i daro. Am y tro cynta ers cael ei arestio a'i holi, roedd yr ansicrwydd ynglŷn â'i ddyfodol yn gwawrio arno. Roedd hynny'n deimlad diarth iawn i Nedw, oedd wastad wedi bod yn greadur rhydd fel deilen ar y gwynt. Doedd gwneud plania ddim yn dod yn naturiol iddo, ond rŵan ei fod o'n wynebu cyfnod lle na allai wneud cynlluniau o gwbl, roedd o'n teimlo'n gaeth. Rhyfedd fel oedd pethau'n digwydd, meddyliodd. Efallai mai'r ffaith ei bod hi hefyd yn gwawrio arno nad oedd Beth am fod yno iddo mwyach oedd yn amlinellu'r teimlad. Hwyrach bod rheswm digon syml am ei chelwydd, ond roedd o'n dal i frifo, beth bynnag.

"Haia Beth!" medda Mared, ar y gair.

Trodd Nedw i weld Beth, yn bictiwr o rywioldeb fel arfer, yn nesu at y cownter.

"Duwcs, iawn Beth?" gofynnodd.

"Haia Mared, haia Nedw," medda hi. "Coffi plis, Mar. Latte."

"Lle fuasd di, Beth?" gofynnodd Nedw, tra bo Mared yn estyn cwpan.

"O, nunlla rili, sdi," medda hi, gan edrych arno gydag ambell gipolwg yn unig. Roedd hi'n cochi ychydig bach hefyd.

"Ti'n iawn?"

"Yndw," atebodd Beth. "Jysd cael panad fach sydyn. Mae hi'n oer dydi? Tu allan, 'lly…"

"Ti'n meddwl?" medd Nedw. "Dwi'n 'i theimlo hi'n gynnas heddiw."

"Nedw'n poeni fod o'n mynd i jêl," medda Mared wrth dynnu handlan y peiriant ffrwt-ffrwtio coffis.

"Pam? Ti 'di clywad rwbath?" Roedd pryder Beth i'w weld yn onest.

"Naddo, dim byd. Fydd pob dim yn iawn, gei di weld."

Winciodd Nedw arni, cyn difaru yn syth bin am fod yn gymaint o gachgi. Cofiodd eiriau Jojo o flaen y tŷ neithiwr – geiriau oedd yn swnio gymaint yn fwy gwir rŵan fod Beth wedi dweud celwydd i osgoi dod i gwrdd ag o neithiwr. Ond dyna fo, be allai o wneud? Mared fyddai'n cael ei brifo, waeth be bynnag fyddai'n digwydd.

"Reit," medda Nedw, a mynd i lowcio'i baned.

"Ti'n mynd, Nedw?" gofynnodd Beth wrth i Mared roi'r coffi ar y cownter o'i blaen. "Ti'm am ista?"

"Na, wel… Na, rhaid i fi fynd, deud gwir. Petha i wneud."

"OK," medda Beth, a'i llygaid gleision yn toddi ei enaid yn y fan a'r lle. Yn cachu arno neu beidio, doedd dim dwywaith fod y trydan rhyngddyn nhw'n dal yno – ei bod yn ysu amdano o hyd. Diau mai'r unig beth oedd yn ei hatal rhag ei helpu oedd ei bod hi'n poeni o ddifrif am frifo teimladau Mared.

Allai Nedw ond ei charu hi'n fwy oherwydd hynny. Roedd hi mewn cyfyng-gyngor ei hun – ac yn yr union yr un gwch â fo o ran hynny. Roedd be oedd Jojo yn ei ddweud yn gwneud synnwyr – ond doedd Jojo ddim yn adnabod Beth, a doedd o ddim yn deall y sefyllfa amhosib oedd hi ynddi. Efallai fod o'n deall y gyfraith a sut i'w thorri heb gael ei ddal, ond efallai nad oedd o'n deall be ydi cyfeillgarwch.

"Iawn 'ta, genod. Dwi off. Wela i chi o gwmpas, ia?"

Tarodd Nedw'i fŵg gwag ar y cownter, cyn troi a mynd am y drws. Wrth ei gyrraedd trodd yn ei ôl i edrych ar y ddwy, gan fwriadu cracio jôc. Ond roeddan nhw wedi dechrau sgwrsio'n frwd am rywbeth. Agorodd Nedw'r drws, ac aeth allan i'r stryd.

71

TALODD JOJO AM Y pentwr o bapurau newydd o siop Golden Sands, ac aeth i eistedd yn y car i bori drwyddynt. Roedd hi'n eitha prysur yn y gwersyll er ei bod hi'n ddiwedd gaea, gyda digon o fynd a dod o'r carafannau statig cyfagos, ac o gyfeiriad y *chalets* pren draw wrth y traeth. Lot fawr o bres i'w wneud mewn lle fel hyn, meddyliodd. *Gold mine*, go iawn. Cannoedd o unedau – pob un yn talu rhwng dau gant a mil o bunnau yr wythnos. A phob carafán yn dipyn mwy moethus na rhai Johnny Lovell.

Cododd y copi o'r *Post* lleol, a sylwi ar y darn o dan deitl y papur oedd yn datgan be oedd y stori fawr ar dudalen pump. 'EVEN THE DEAD NOT SAFE' oedd y pennawd ar y crynodeb, gyda'r geiriau '*See p5*' mewn melyn yn ei gongl.

Trodd i'r dudalen benodol, a synnu wrth weld llun trawiadol o Ceri yn sefyll uwchben carreg fedd a orweddai ar wastad ei chefn wrth ei thraed. Curodd calon Jojo wrth weld y mellt yn ei llygaid yn tasgu ei melltithion i ganol lens y camera, ac fe'i hatgoffwyd o'n syth o ddarluniau a welodd o Boudicca, brenhines yr Iceni, mewn llyfrau hanes. Darllenodd ei geiriau, a'i feddwl yn gymysg o gydymdeimlad ac edmygedd o'i dawn dweud. "Is this what we have become at the hands of the puppetmasters? Even the memories of our dead aren't sacred any more. We're dismantling every value we once believed in. We are killing God himself."

Aeth ias i lawr cefn Jojo. Clywai lais Ceri wrth eu darllen, yn llawn egwyddor ac argyhoeddiad, gan ddwyn i gof eu sgwrs ar Graig yr Harbwr yn oriau mân bore ddoe. Penderfynodd y byddai'n rhaid iddo alw heibio, petai ond i gynnig ei gefnogaeth. Ystyriodd ai esgus oedd hynny i'w gweld hi eto? Roedd gweld ei llun yn y papur wedi tynnu ar ei galon, ac ofnai y byddai galw heibio'n ymddangos yn rhy ymwthgar. Eto, efallai ei bod hithau eisiau ei weld o? Efallai y byddai'n methu deall pam na ddaeth o. Ceisiodd feddwl am esgus gwell na chynnig ei gefnogaeth, ond methodd. Yna cofiodd fod ganddo arian – hen ddigon i dalu am garreg fedd newydd. Ond na, fyddai hynny ddim yn gweddu i ferch fel Ceri. Gwelodd Jojo ddigon o ddihirod yn taflu arian at ferched yn Llundain. Arferiad ffals ac arwynebol oedd o – y dynion yn credu mai arian oedd popeth, a'r merched yn barod i wneud popeth am arian. Doedd o ddim yn neis o gwbl.

Wedi darllen yr erthygl ddwywaith, trodd ei olygon yn ôl at y dasg o archwilio'r papurau am unrhyw stori yn ymwneud â'u dihangfa o Lundain. Aeth mwy nag wythnos heibio ers iddynt adael pen Cockeye ynghanol y cynrhon, ac er tsiecio'r papurau bob dydd yn ffyddlon, doedd dim smic wedi bod mewn unrhyw golofn hyd yn hyn – nac ar unrhyw raglen newyddion ar y radio na'r teledu.

Er bod y golygon yn edrych yn llawer gwell y dyddiau hyn, yn naturiol ddigon i ddyn o'i brofiad, codai'r cwestiwn mawr yng nghefn ei feddwl – sut allai pethau fod mor hwylus?

Dyfalodd, a chofio darllen fod eira mawr wedi disgyn y bore hwnnw yng ngorllewin Lloegr. Efallai fod ardal y fferm gynrhon wedi'i chael hi, a bod neb wedi gallu mynd ar gyfyl y lle am gwpwl o ddyddiau. A doedd y *night watchman* ddim yn mynd i wneud mwy na rhoi golau'r sied ymlaen a gyrru ei gŵn o gwmpas unwaith neu ddwy. Go brin y byddai wedi agor bob un tanc a dechrau cyfri'r cynrhon.

Ond dylai fod rhywun wedi agor y tanciau erbyn rŵan. Wyddai Jojo ddim be oedd union dechnegau ffermwyr cynrhon, ond dychmygai eu bod nhw'n gorfod bwydo'r erchyllbethau yn rheolaidd. Efallai na fyddent yn sylwi'n syth ar y darnau lleiaf o'r corff, ond roedd pen yn stori wahanol... Oni bai fod y ffarmwr *wedi* dod o hyd iddo, ac wedi penderfynu ei gladdu'n rhywle, i osgoi cyhoeddusrwydd. Fel darganfod cynrhon yn dy ben, tydi dod o hyd i ben yn dy gynrhon ddim yn newyddion da...

Penderfynodd Jojo y byddai'n syniad mynd ar y rhyngrwyd i ddysgu mwy am y grefft o ffermio cynrhon. Damiodd nad oedd wedi bywiogi'r gwasanaeth rhyngrwyd ar ei ffôn cyn gadael y garafán yn gynharach – roedd y llyfryn *User's Manual* yn dal i fod yno, a heb hwnnw doedd gan Jojo ddim syniad. Ceisiodd feddwl yn lle gwelodd o arwydd 'Internet Access' yn y dyddiau dwytha – rhywle heblaw'r llyfrgell, gan nad oedd am ddefnyddio unrhyw gyfrifiadur oedd wedi'i gysylltu i rwydwaith gwasanaeth cyhoeddus. Doedd dim rhaid iddo ddyfalu yn hir, achos mi gododd ei ben a gweld yr arwydd reit o'i flaen, yn ffenest y siop yr oedd newydd gerdded allan ohoni funudau ynghynt.

Wedi cael cyfarwyddiadau gan y ddynes ag acen Birmingham tu ôl y cownter, aeth drwodd i'r caffi oedd ynghlwm i'r siop, ac eistedd o flaen sgrin peiriant. Porodd heibio i dudalen groeso y 'Golden Sands Experience' a bwydo'r geiriau 'maggot farming' a 'maggot farm' i mewn i Google. Ddaeth fawr ddim i fyny, fodd bynnag, ac eithrio ambell gofnod ar wefannau pysgota yn diawlio ymgyrchwyr hawliau anifeiliaid am dargedu ffermydd cynrhon, a llwyth o fideos YouTube gan rhyw fand pync o'r enw Maggot Farm.

Roedd Jojo ar fin logio allan o'r porwr pan gofiodd mai da o beth fyddai chwilio hefyd am unrhyw newyddion am farwolaethau treisgar yn Llundain. Ond ailfeddyliodd. Efallai ei fod o'n orofalus, ond fyddai o ddim yn synnu pe bai'r heddlu cudd, mewn ymdrech i ddangos i'r gangiau eu bod nhw o ddifrif am eu taclo, wedi cael gwarant i orfodi darparwyr gwasanaethau rhyngrwyd i fflagio unrhyw gyfrifiadur oedd yn chwilio am dudalennau o'r fath.

Ond, ac yntau ar fin cau'r porwr unwaith eto, meddyliodd am un ymchwiliad bach arall yr hoffai ei wneud. Cliciodd ei ffordd at wefan llyfrgell Camden, ac wedi nodi'r rhif ffôn yn sydyn, cliriodd 'History' a 'Cookies', a chaeodd y peiriant.

72

PARCIODD JOJO O FLAEN tŷ Ceri. Er iddo fod tu allan iddo ddwywaith, roedd hynny yn y tywyllwch, felly roedd o'n falch o weld motobeic Nedw yn yr ardd fel cadarnhad ei fod o yn y lle iawn. Tynnodd ei sbectols haul a'u rhoi yn ei boced, cyn neidio o'r car a chnocio'r drws.

Wrth iddo gnocio eilwaith daeth llais merch o gyfeiriad talcen y tŷ, i'r chwith. Aeth Jojo i roi ei ben rownd y gornel ac yno, yn dod rownd y gornel bella o'r ardd gefn, oedd Ceri.

"Wel, helô!" meddai, â gwên gynnes yn lledu dros ei hwyneb. "A be ti'n neud yma?"

"Dod i weld y selebriti o'r papur, siŵr!" atebodd Jojo, a'i wên yntau mor llydan â thraeth.

"O gras! Titha wedi'i weld o hefyd, do? Y blydi llun 'na!"

"Llun da!" medd Jojo wrth gyrraedd ati i'r ardd gefn. "Buddug – y warrior queen!"

"Ha! Fwy fel blydi Joan of Arc ar fin cael ei llosgi! Tisio panad?"

"Ia, gyma i de, plis – dau siwgwr. Wyt ti'n iawn 'ta? Oedd Nedw'n sôn am y fandals yn y fynwant, a'r cownsil yn haslo."

"Yndw, iawn sdi, diolch. Oedd Nedw'n deud dy fod ti'n cofio ata i. Dau siwgwr ddudasd di?"

Gwenodd Ceri wrth ddiflannu trwy'r drws i lenwi'r tecell. Eisteddodd Jojo ar y bwrdd picnic yn yr ardd a thanio sigarét. Ar ôl pesychu rhywfaint, edrychodd ar y beic bach plastig a'r tryc coch a melyn, a'r tractors a loris a JCBs bychain ar hyd y gwair ymhob man, yn arwyddion o normalrwydd. Darnau o gariad yn harddu'r ardd.

Sylwodd ar y dillad yn siglo'n araf ar y lein. Crys pêl-droed Cymru a chrys Everton yn hongian ynghanol y trowsusau a sanau, a rhesiad o grysau-T a chwpwl o hwdis efo sgrifen arnynt na allai ei darllen am eu bod ar ben i lawr. Yna, pâr o jîns – rhai Ceri yn ôl eu golwg – bra a phedwar pâr o nicyrs, rhai du o satin a lês.

Daeth Ceri'n ei hôl ac eistedd gyferbyn â fo ar y bwrdd.

"O'n i'n licio be oeddat ti'n ddweud yn y papur 'fyd," medda Jojo. "Atgoffa fi o'r noson o'r blaen."

Gwenodd Ceri. "Noson fach dda, yn doedd? Diolch am y cwmni, a'r sgwrs. Sut as di adra? Cerddad?"

"Am wn i."

"Ti'm yn cofio, felly?"

"Na. Ond dwi'n cofio'n sgwrs hir ni. A dwi'n cofio'r Bryn. Cofio bob dim felna. Jysd ddim yn cofio sut es i adra! Arwydd o noson dda am wn i."

"Oedd hi *yn* noson dda. Nes i enjoio lot."

"Rhaid i ni wneud o eto rywbryd, os gen ti awydd?" cynigiodd Jojo.

"Be, meddwi'n racs a mynd i ben Graig Harbwr i sbio ar y sêr?"

"Haha – os tisio! Na, mynd allan 'lly. Sgen ti ffansi?"

"Dêt 'lly?" medda Ceri a'i llygaid yn fflytran yn bryfoclyd.

Teimlodd Jojo'n swil mwya sydyn. Sylweddolodd nad oedd erioed wedi gofyn i ferch fynd allan efo fo o'r blaen. Er ei fod o'n bedwar deg a dwy mlwydd oed doedd o erioed wedi bod yn y sefyllfa i fod angen gwneud. Treuliodd flynyddoedd ei arddegau a'i ugeiniau cynnar mewn sgwatiau yn llawn merched oedd yn rhannu'u cyrff fel rhannu poteli fodca, ac o'i ugeiniau hwyr ymlaen, pan oedd o'n fficsar i smyglwyr ganja mwya'r wlad, doedd dim prinder o ferched oedd eisiau rhannu eu pleserau efo fo. Dirywio i hwrod a grŵpis y byd troseddol wnaeth pethau wedyn. Tan rŵan.

Ond er ei swildod gwyddai Jojo fod Ceri'n gêm. Chwarae efo fo neu beidio, hi ofynnodd os mai dêt oedd hi. Aeth amdani.

"Ia. Dêt!" cadarnhaodd

Tro Ceri i fod ychydig yn swil oedd hi rŵan. Roedd digon o ddynion wedi gwneud mŵf amdani, a digon wedi bod yn hofran o'i chwmpas hi ond heb fod yn ddigon o fois i symud. Ond doedd neb – wel, neb yr oedd *hi* yn ei ffansïo, beth bynnag – wedi gofyn iddi fynd allan efo fo ers Eddie. Ac mi oedd hi *yn* ffansïo Jojo. Ei ffansïo fo'n gryf iawn hefyd.

238

"Dêt ffrindia 'ta. OK?" atebodd.

"Wrth gwrs," gwenodd Jojo.

"Dwn 'im pryd chwaith. Mae hi'n hectic ar y funud. Newydd roi Deio i lawr am nap bach ydw i. Tsians am bum munud bach, wir dduw!"

"A dyma finna'n landio ar draws bob dim!"

"Fel huddug i botas!" chwarddodd Ceri.

"Fel be?"

"Huddug i botas... ta waeth!" Chwarddodd Ceri'n uwch wrth weld yr olwg ddryslyd ar wyneb Jojo, oedd yn amlwg ddim yn gyfarwydd â'r dywediad – nac, efallai, y gair 'huddug' hyd yn oed, o weld ei ddryswch. "Wps! Panad!"

Cododd Ceri a rhedeg i'r gegin eto, a gadael Jojo'n smocio'i ffag ar y bwrdd. Edrychodd o'i gwmpas eto ar y trugareddau cariad ar hyd a lled yr ardd. Gwyliodd ddillad ar lein yr ardd drws nesa, a'r nesa wedyn. Dillad dynion, dillad merched, dillad plant. Sylwodd ar ddyn iau na fo, yn y drydedd ardd i lawr, yn rhoi cynfas gwely a gorchudd cwilt Spiderman dros ei lein...

"So, lle mae dy frawd 'ta?" gofynnodd Ceri wrth roi ei baned ar y bwrdd o'i flaen, a thanio rôl.

"Yn y garafán, neu ar y traeth yn hel cregyn."

"Ma'n gymeriad, dydi?"

"Yndi, mae o. I fod yn onest, Ceri, fuodd o drwy batsh drwg ofnadwy yn ddiweddar, sdi. Dyna pam ydan ni i fyny yma – dianc rhag bob peth."

"Wela i. Be oedd yn bod arna fo 'ta?"

"O, wsti, hyn a'r llall... Cyffuria i ddechra – y stwff brown. Ond mae o off hwnnw ers talwm bellach. Mae o i weld wedi dod at ei hun yn iawn ers mae o i fyny yma."

"Duwcs, mae o i weld yn grêt, chwara teg iddo fo. Ond, fel o'n i'n deud noson o' blaen – paid â meddwl fod fama'n nefoedd. Mae 'na ddigon o'r stwff drwg yn fama 'fyd, sdi."

"'Dio ddim in your face, chwaith, yn nacdi, Cer? Dim fel yn Llundan a llefydd..."

"Wel, dwn 'im. Sgratshio'r wynab ac mi ffeindi di bob math o gachu yn y ffycin dre 'ma, Jojo, dwi'n deud 'tha ti!"

"Paid â deud wrth Didi, cofia."

"Mi ffeindith o allan ei hun, siŵr – fydd 'na rhyw gont wedi cynnig peth iddo fo!"

"Na, dim dyna o'n i'n feddwl. Paid â deud wrtho 'mod i wedi sôn wrthat ti am ei broblema fo, a pam ein bod ni wedi gneud yr 'escape to the country' job."

"O, wela i. Dim probs – ond dim rhaid i ti ddeud dy fusnas wrtha i, sdi, Jojo."

Stwmpiodd Jojo ei ffag allan yn y blwch llwch. "Mae pob dim yn iawn rŵan, eniwe. Gafon ni ddiwrnod da ddoe. Y gorau dwi wedi gweld Didi ers blynyddoedd, deud gwir. Mae'r lle 'ma'n gneud byd o les iddo fo, dwi'n meddwl. Oedd o i fyny'n gneud brecwast bora 'ma, cofia!"

"Lle fuoch chi ddoe 'ta?"

"Am sbin i weld yr ardal, ac i Abermenai – actually, mae hynna'n atgoffa fi, ti isio fy rhif ffôn?"

Tynnodd y ddau eu ffonau allan i gyfnewid rhifau.

"Ydi'r cops wedi clywad rwbath am pwy falodd y beddi?"

"Dim sniff hyd yn hyn," atebodd Ceri. "A dwi ddim yn mynd i ddal 'y ngwynt, chwaith."

Cafodd Jojo hyd i'w rif newydd ar sgrin ei ffôn, a'i ddal i fyny i Ceri gael ei wasgu i mewn i'w ffôn hithau. "Pryd mae Nedw'n ateb bêl 'ta?"

"Wythfad o mis nesa. Gobeithio fydd popeth drosodd wedyn."

Ddwedodd Jojo ddim byd. Mi fyddai wedi licio rhannu'i amheuon efo hi. Mi fyddai hefyd wedi licio rhannu'r wybodaeth am ble y bu Nedw. Ond gwyddai na ddylai o ddim. Roedd hi'n poeni digon fel oedd hi, ac efallai na fyddai'r canlyniadau fforensig yn dod o hyd i unrhyw beth wedi'r cwbl.

"Mae o'n cuddio rwbath, Jojo," medd Ceri, wrth deipio ei rif i'w ffôn. "Oedd o'n gwneud rwbath doedd o ddim i fod i wneud, mae hynny'n saff."

"Neu efo rhywun doedd o ddim i fod efo," cynigiodd Jojo.

"Ia, ond pwy? Dyna be sy'n poeni fi. Ydi o wedi dechra gwneud efo rhywun na ddylia fo ddim – rhyw grwcs, ella?"

Gafaelodd Ceri yn y ffôn yn llaw Jojo er mwyn ei ddal fel bo golau'r haul ddim yn cuddio'r rhif ar y sgrin. Gwasgodd Jojo ei llaw yn dyner.

"Go brin, Ceri. Dim Nedw. Fyswn i'n edrych am reswm llawar mwy diniwad os fyswn i'n chdi."

"Be, ydio 'di deud rwbath wrtha chdi, Jojo?"

"Na. Ond fel dyn, fyswn i'n geshio mai efo dynas oedd o."

"Iesu, pwynt da! Do'n i heb feddwl…!" medd Ceri wrth dynnu ei llaw yn ysgafn o law Jojo. Gwasgodd fotymau ar ei ffôn i safio'r rhif, cyn gwasgu'r botwm gwyrdd i'w ffonio, er mwyn i Jojo gael ei rhif hithau. "Ti'n meddwl na wedi bod yn chwara o gwmpas tu ôl cefn Mared mae'r hogyn 'ma, felly Jojo?"

"Bosib."

"A fod o ddim isio cael ei ddal?"

"Wel – mwy fel ddim isio brifo teimladau pobol, falla?"

"Ia, mae hynny'n gneud sens… A *mae* o'n reit boblogaidd efo'r genod hefyd."

"Mae o'n foi bach carismatig iawn, dydi Cer? Mynd ar ôl ei fam, sdi!"

"Paid â rwdlan, y diawl!" medda Ceri wrth drio cuddio'i swildod. "Lwcs ei dad sy ganddo fo, eniwe."

"Ia?"

"'Run blydi sbit!"

"Mynd ddaru o, ia? Tad Nedw?"

"Mynd?"

"Dyna ddudasd di noson o'r blaen. Cofio?"

"O ia… wel, 'mynd' ydw i'n ddeud, achos gafon ni ddim corff i'w gladdu. Mae'n anodd deud fod o wedi marw. Er ei fod o."

"Be ddigwyddodd, felly?"

"Mynd lawr ar y môr. Rwla rhwng Iceland a Greenland. Chwech o'nyn nhw i gyd. Ma nhw'n recno ella fod y rhwyd wedi bachu a'u troi nhw drosodd – mewn storm oedd hi, eniwe. O'n i'n disgwyl Deio ar y pryd… Doedd o'm yn gwbod, chwaith."

Aeth Ceri'n dawel. Roedd hi'n amlwg i Jojo fod ei phoen yn fyw o hyd.

"Sori, Ceri," meddai, ac estyn am ei llaw eto, gan oedi cyn ei chyrraedd. Teimlai fel dieithryn yn camu i mewn i alar personol rhywun arall. Ond fel oedd o'n meddwl hynny, cydiodd Ceri yn ei law a'i gwasgu.

"Diolch i ti am alw, Jojo," meddai, a'i llygaid glas yn toddi i mewn i'w rai o. "Mae'n neis dy weld di."

Gwenodd y ddau ar ei gilydd, a phe na bai'r bwrdd rhyngddynt byddent ym mreichiau ei gilydd yn cofleidio unwaith eto – a chusanu hefyd, y tro hwn.

Daeth sŵn traed o dalcen y tŷ. Trodd y ddau i weld dyn efo mwstash yn dod i'r golwg ac yn sefyll yn ei unfan, mwya sydyn, wrth i'w wep ddisgyn o weld y ddwy law ynghlwm ar ganol y bwrdd.

"O haia, Dan!" medda Ceri, gan dynnu ei llaw yn araf o law Jojo. "Ty'd, ista i lawr. Ti'n nabod Jojo?"

"Yndw, dwi'n meddwl," atebodd Dan wrth ddod yn nes, a sefyll wrth ymyl Ceri. "Welas i chdi ddoe, yn do? Yn Argos?"

"Diolch am y pwsh," medda Jojo a gwenu wrth astudio gwyneb Dan. Os oedd o'n elyniaethus i bresenoldeb Jojo roedd o'n gwneud job sâl iawn o guddio'r ffaith.

"Croeso boi."

"Pwsh?" gofynnodd Ceri.

"Ia – y car yn cau tanio. Batri gwan."

Trodd Dan i siarad efo Ceri, gan ei gwneud hi'n amlwg nad oedd croeso i Jojo fod yn rhan o'r drafodaeth. "Mae Aubrey wedi ffonio. 'Dio'm yn dod."

"'Dio'm yn dod? Be, wedi gorfod mynd i rwla arall?"

"Na – 'dio'm yn dod o gwbwl. Dydyn nhw ddim am gario'r stori."

"Wel y basdad dan-din!" fflamiodd Ceri a'i llygaid yn melltio.

"Dim ei benderfyniad o, medda fo, ond y golygydd."

"Ia, mwn! Y ffwcsyn bach celwyddog! Wedi cael 'yn stori fi ddoe, wedyn stwffio ni rŵan!"

Sylwodd Ceri fod Jojo ar goll braidd.

"Y stori yn y papur heddiw, Jojo – do'n i ddim yn mynd i'w gneud hi, so mi wnes i ddîl efo'r riportar. Os fysa fo'n cyfro stori'r ddeiseb yn erbyn Llys Branwen cyn diwadd yr wythnos 'ma, fyswn i'n siarad efo fo am y llanast yn y fynwant."

"A mae o wedi cachu arna chdi?" gofynnodd Jojo.

"Edrych felly. Y cachgi bach…"

"Duw, mae Aubrey'n hen foi iawn, sdi, Cers!" protestiodd Dan. "Fentra i mai'r golygydd ydi'r bai. Ti'm yn gwbod – falla fod gena fo, neu hi, ofn mynd yn erbyn y Syndicet?"

"Mae 'na fwy o jans fod Aubrey ddim isio mynd yn eu herbyn

nhw, Dan. Mae'r diawl bach yn chwara golff efo'u hannar nhw! Be ffwc sy'n bod efo bobol, dwad? Llywath a di-asgwrn-cefn, was bach! Os nag ydyn nw'n plygu i'r Drefn ma nhw'n ffendio ffordd o gael eu trwyna i mewn eu hunain!"

Gadawodd Dan a Jojo i Ceri anadlu am chydig eiliadau, wrth i gwmwl bach ddod o ganol nunlle i guddio'r haul.

"Gawn ni jans i roi o yn papur eto, sdi, Cers," medda Dan cyn hir. "Unwaith fydd yr ymgyrch in full swing. Cyrraedd mil o enwau ar y ddeiseb fysa'r boi – mae'r papura'n licio rownd nymbyrs."

"Cyrraedd mil, ddudasd di?" dechreuodd Ceri eto, yn fwy tawedog y tro hwn. "Fyddan ni'n lwcus i gyrraedd hannar hynny, Dan bach! Does 'na 'run o siopau'r dre 'ma, na'r caffis, wedi rhoi'r ddeiseb ar eu cowntar! Dim hyd yn oed Medwen hoiti-toiti Huws! Pres fusutors ydi'r unig beth sy'n bwysig iddyn nhw, waeth i ni gachu mwy nag uwd!"

"O, dwn 'im, sdi," medda Dan.

"Faint o enwa ti 'di'u cael, Dan?"

"Wel, dwi heb gael tsians i fynd rownd eto, i fod yn onast…"

Brathodd Ceri ei thafod. Tynnodd Jojo ei ffags o'i boced a chynnig un iddi. Tawelodd Ceri rywfaint ar ôl ei thanio.

Edrychodd Jojo ar Dan, oedd yn dal i sefyll fel llo wrth ochr Ceri. Teimlai fel dweud rhywbeth wrtho, i godi'r hwyliau, ond oedodd. Roedd o mewn sefyllfa digon anghyfforddus fel ag yr oedd hi, rhwng bod yn gyn-breswylydd Llys Branwen – testun y ddeiseb – a'r ffaith ei fod o, fel oedd yn dod yn amlycach bob munud, yn sefyll rhwng Dan a dynes ei freuddwydion.

Ond gan nad oedd Dan yn ddigon o ddyn i dorri'r tawelwch, mentrodd Jojo. "Ydach chi ddim wedi meddwl am fynd ar y radio?"

Trodd Ceri a Dan i edrych arno. Roedd Dan yn barod i bw-pŵio'r syniad yn syth, ond roedd gan Ceri fwy o ddiddordeb.

"O'n i'n gwrando ar y radio'n y car, jysd gynna – be oedd enw'r rhaglan hefyd – damio, dwi'm yn cofio…"

"Radio Cymru?" gofynnodd Ceri. "*Taro'r Trawst!*"

"Ia, dyna fo. Mae 'na 'focs sebon' arni, lle mae rhywun yn cael ffonio i mewn i ddeud eu deud, ac ma nhw'n cael bobol i ddod i atab chdi, a cael trafodaeth."

"Ia, ond, ysdi…" dechreuodd Dan.

"Na, hold on, Dan," medd Ceri. "Mae o'n syniad da, deud gwir!"

"Wel," dechreuodd Dan eto, "ti'n meddwl fyddan nhw isio gwbod am rwbath lleol fel hyn?"

"Dyna ydi holl bwynt y bocs sebon, Dan!" medda Ceri. "Codi materion lleol."

"Ia," ychwanegodd Jojo. "Roedd 'na rhyw foi yn siarad am gau llwybr cyhoeddus yn rwla heddiw. Rwbath lleol oedd hwnna. Siawns wnan nhw gymryd y stori yma – wedi'r cwbwl, ma nhw'n mynd yn groes i amodau'r sêl gan y Cyngor. Dydi hynny ddim yn 'non-story' yn nacdi?"

"Yn union, Jojo! Dwi am eu ffonio nhw. Lle ga i'r nymbyr o?"

"Ti'm yn meddwl ddylsa ni roi hyn i bleidlais, Ceri?" gofynnodd Dan.

"Be? Dim ond chdi a fi a Sue Coed sydd ar ôl, Dan!"

"So, mae o'n dal yn bwyllgor, Ceri!"

"O blydi hel, Dan!" medd Ceri gan afael yn ei ffôn. "Yli, ffonia i Sue rŵan os tisio. Ond ti'n gwbod cystal â finna be ddudith hi!"

"Wel, mae'n well gwneud y petha 'ma'n iawn, yn dydi?" Fflamiodd llygaid Dan ar Jojo. Trodd hwnnw i ffwrdd tra'n dal ei ddwylo i fyny i ddynodi nad oedd am gyfrannu ymhellach i'r drafodaeth.

Fuodd Ceri ddim ar y ffôn fwy na hanner munud. "Dan?" medda hi, wedi gwasgu'r botwm coch. "Motion carried. All systems go!"

73

WRTH Y CASTELL YN Cefn oedd Didi pan ffoniodd o. Roedd o wedi cerdded ar hyd Trwyn y Wrach ac i'r traeth yr ochr draw, ac wedi cerdded y filltir ar hyd hwnnw nes cyrraedd y pentre. Roedd hynny am hanner dydd neu hanner awr wedi. Roedd hi bellach yn bedwar. Doedd dim rhyfedd ei fod o'n feddw, felly.

Cafodd Jojo'r stori i gyd mewn un fflyd o ystrydebau a chwerthin gwallgo, yr holl ffordd yn ôl i'r garafán. Ar ôl cyrraedd Cefn roedd ganddo sychad, "cont!" Felly aeth am beint. Trodd peint yn ddau ac, fel oedd o'n ystyried gadael roedd o wedi dechrau siarad efo rhyw ddyn oedd yn newydd gerdded i mewn. Sais oedd o – un cefnog, ac un o ddefnyddwyr marina Gilfach – oedd wedi clymu'i gwch ar y cei fel ci tu allan siop a dod am ddrinc. O fewn dau funud roedd Didi wedi sylwi be oedd y Sais yn ei licio – ac roedd hynny ymhell cyn i hwnnw ddechrau awgrymu y dylent fynd draw i'w gwch am Gapten Morgan bach.

"Oedd rhaid i fi chwerthin, Jojo!" medda fo, wrth lolian o gwmpas yn sêt flaen y Peugeot. "Little did he know, ynde! Little did he know be fyswn i wedi'i neud few years yn ôl! Fackin 'ell, Jojo – fyswn i wedi gallu mynd â fo i'r cleaners!"

"Ond mi gasd di 'few drinks' 'fyd, do?"

"O, do! Do, do, do… Fackin loads! Oedd o'n practicali glafoerian drosta fi, yr hen fochyn!"

Gwenodd Jojo. Roedd ei ffrind yn dweud y gwir – tra'n gweithio fel putain roedd o hefyd yn mynd â hen ddynion hoyw am reid trwy fynd efo nhw i'w hystafelloedd gwesty, yna eu meddwi nhw'n racs a gwario ffortiwn ar eu bil diodydd nhw, cyn dianc oddi yno efo'u waledi. A pham lai? Doedd o ddim yn eu brifo nhw – i'r gwrthwyneb, roedd o'n eu plesio nhw, unai'n rhywiol neu trwy gadw cwmni iddyn nhw. A doedd yr un o'r dynion yn mynd i ffonio'r heddlu gan mai gwŷr busnes priod oeddan nhw i gyd – gwnâi Didi'n siŵr o hynny bob tro, unai trwy nodi modrwy ar eu bysidd, neu eu holi am eu teuluoedd wrth yfed mewn bar cyn mynd i'r gwesty. A beth bynnag, roedd o'n butain gwrywaidd, ac roedd o'n gallu gweld dynion fel hyn yn dod o bell.

"Lle aeth o 'ta?"

"Pwy?"

"Y boi efo cwch…"

"O ia, y sugar daddy – hahaha! Aeth o i biso, a nes i ddianc trwy'r drws ochor!"

"Dyna be oedda chdi'n neud wrth y castall – cuddio?"

"Na, na – o'n i isio mynd i weld y lle… Ond dim heddiw, chwaith, so, ia – cuddio o'n i!" Chwarddodd Didi'n afreolus. "Dyna pam o'n i'm isio cerddad adra ar hyd y beach – ofn iddo fo 'ngweld i o'i gwch… Wel, o'n i methu cerddad chwaith, ond sdi… hic… oh fackin hell, dwi'n seriously fackin pissed!"

"Faint ges di i yfad?"

"Fack me, fackin fodca, a fodca a fodca etcetera… etcetera… etcetera…"

Gwenodd Jojo, yn rhannol am fod Didi'n ddigri ac yn rhannol am ei fod o mor falch fod Didi wedi ymatal rhag lladrata oddi ar y dyn. Arwydd arall o ba mor bell yr oedd o wedi dod yn ei adferiad, meddyliodd. Ac arwydd pendant ei fod o'n cymryd ei ddiogelwch ei hun o ddifri, yn ogystal â bod ganddo gyfrifoldeb i gadw'i ben o dan y *radar*. Teimlodd Jojo y gallai ddechrau ymddiried yn llawn ynddo o'r diwedd.

"O ia!" medda Didi, mwya sydyn wrth gofio rhywbeth arall. "Y pyb lle o'n i'n yfad drincs Captain Pugwash… wel, mae fy lwc i'n troi, Jojo! Achos gerddas i i mewn iddo fo at random, ac… would you Adam and fackin Eve it… lo and behold, mae o'n gay pub…!"

Doedd Jojo ddim yn siŵr os oedd o wedi clywed yn iawn. "Gay pub, ddudasd di?"

"Ia, Jojo. Fackin gay fackin pub, mate…"

"Yn fan hyn?!"

"Ia! Wel, na, dim gay pub – gay-friendly… sort of secret gay hangout… teip o beth…"

"Sut ti'n gwbod hynna?"

Trodd Didi i sbio ar ei fêt, a gan gulhau ei lygaid fel dyn drwg, gostyngodd ei lais ac edrych i fyw ei lygaid. "Os fyswn i'n deud hynna wrtha chdi, fysa rhaid i fi dy ladd di!"

74

DISGYNNODD JOJO ALLAN O'R gwely wrth ymbalfalu am ei ffôn. Roedd hi wedi bod yn canu ers peth amser cyn iddo ddeffro. Breuddwydio am Ceri oedd o – ei fod o yn y gwely efo hi, a bod Dan Cocos wedi cerdded i mewn efo gwn dŵr a'u saethu nhw, a Didi wedi dod i achub y dydd trwy fynd â Dan trwodd i'r gwely yn ei lofft o, cyn hwylio i ffwrdd mewn cwch. Codi llaw ar Didi oedd o pan glywodd o larwm yn canu yn rhywle, ac y gwelodd fod y gwch ar dân. Ond ei ffôn o oedd y larwm – doedd o heb ddod i adnabod y ringtôn eto. A rŵan, roedd o'n methu dod o hyd iddi.

Cafodd afael ynddi o'r diwedd. Roedd hi ym mhoced ei jîns, a wedi peidio canu. Edrychodd ar y *missed call* – Ceri! Sylwodd fod y cloc yn dangos pum munud wedi deg. Cofiodd iddo yfed gweddill y Jack Daniels neithiwr, cyn gorffen y botel jin efo Didi – heb sôn am rawio cocên i fyny'i drwyn hefyd. Trywanodd cur pen fel picell y diafol trwy ei ben.

Wedi gwisgo'i drowsus a'i grys–T, aeth drwodd i'r gegin a chael hyd i fŵg efo mymryn o jin yn ei waelod. Taflodd hwnnw a rhoi rinsiad sydyn i'r mŵg, cyn ei lenwi efo dŵr oer o'r tap a'i lowcio fo. Gwingodd wrth i oerni'r dŵr rewi ei ddannedd a'i benglog. Llanwodd y mŵg eto, ac estyn y paracetamols o'r drôr. Llyncodd dair tabled. Yna taflodd ddŵr oer dros ei wyneb a'i sychu efo lliain llestri. Ysgydwodd y tecell a theimlo fod dŵr yn ei waelod. Tarodd o mlaen ac aeth drwodd i'r stafell fyw.

Roedd Didi yno, yn gorwedd yn lle y disgynnodd yn oriau mân y bore – ar ei gefn ar y soffa – yn rhochian. Roedd blancad drosto, a chofiodd Jojo mai fo daflodd hi arno cyn rowlio i'w wely ei hun.

Aeth Jojo'n syth am ei ffags, oedd ar y bwrdd ynghanol briwsion baco a gwair a phacedi rislas wedi'u rhwygo'n siapiau od. Taniodd sigarét, a difaru'n syth wrth besychu'n ddwfn ac yn uchel dros y lle, a chodi fflem. Clywodd Didi'n cwyno a rhegi dan ei wynt wrth iddo basio yn ôl tua'r sinc i boeri'r fflobsan dywyll i lawr y plwg. Pesychodd eto, a phoeri eto. Pesychodd eto fyth – mor galed y tro hwn fel y chwydodd gegiad o ddŵr i'r sinc, a ddilynwyd gan gegiad o feil melynliw, blas marwolaeth. Chwydodd eto a sylwi fod gwaed ynddo. Rhedodd y tap a gwylio'r cwbl yn diflannu i lawr y twll.

Yfodd gegiad arall o ddŵr, wrth i'r tecell glicio, yn barod, fel sowldiwr i atenshiyn. Ond doedd Jojo ddim yn barod. Pesychodd eto, a chodi mwy o fflems cochddu. Cymrodd gegiad bach arall o ddŵr, cyn estyn am y paced PG Tips a thynnu bag te allan a'i roi yn y gwpan. Taflodd ddŵr berwedig o'r tecell ar ei ben ac estyn llwy. Rhoddodd dro i'r hylif brown, gan wylio'r trobwll bychan yn mynd yn ddyfnach ac yn ddyfnach… ac yn troi yn gynt ac yn gynt… Aeth i deimlo'n chwil… roedd pob man yn troi. Yna symudodd pob dim ar i lawr yn sydyn, sydyn, ac mi welodd y to yn dod i'r golwg, ac aeth popeth yn ddu.

75

AR ÔL I JOJO adael pnawn ddoe roedd Ceri wedi cael rhif ffôn *Taro'r Trawst* gan Gwladys yn rhif tri, oedd wastad yn ffonio rhaglenni Radio

Cymru i falu awyr. Mi ffoniodd hi'r rhif yn syth, ac mi ddwedson nhw y bydden nhw'n ei ffonio hi'n ôl drannoeth i drefnu i'w recordio hi dros y ffôn yn dweud ei dweud am gynlluniau Shaw-Harries yn Llys Branwen. Bydden nhw'n ffonio am ddeuddeg, medda nhw, ac ar ôl cymryd y manylion am yr achos ganddi, mi ddwedson nhw y bydden nhw'n ffonio'r Cyngor a phennaeth Shaw-Harries Associates i gael eu hymateb hwythau. Os y caent ymateb rhwng hynny a dydd Iau, bydden nhw'n defnyddio'r recordiad ar raglen dydd Gwener, ac yn gofyn i Ceri fod wrth law bryd hynny i siarad ymhellach.

Doedd dim ateb ar ffôn Jojo pan ffoniodd ar ei ffordd i'r Clwb Meithrin. Efallai ei fod o'n dal yn ei wely, meddyliodd – rhywbeth fyddai'n ei lenwi efo teimlad cynnes yn ei stumog pe na byddai wedi cyffroi gymaint efo'r newyddion am *Taro'r Trawst*.

Rhedodd Deio bach yn syth am y tractor unwaith y cyrhaeddodd y ddau'r neuadd. Roedd y lle eisoes yn gawod o blant yn rhedag reiat, gan fod Ceri bum munud yn hwyr. Diolchodd fod Sue wedi cyrraedd mewn pryd i agor y lle.

"Felly pryd fyddi di mlaen?" gofynnodd Sue, yn awyddus am y newyddion diweddara, ar ôl cael hanner stori dros y ffôn gan Ceri.

"Dydd Gwenar, gobeithio. Mae nhw'n ffonio fi am ddeuddag heddiw i'n recordio fi'n deud be 'di be."

"Blydi grêt! Fedra *i* gloi i fyny fama, i chdi gael mynd yn gynnar i gael heddwch i siarad."

"Duw, fedra i gael cornal dawal yn rwla, sdi."

"Cornal dawal?!" medda Sue wrth edrych o'i chwmpas ar y reiat o blant oedd yn chwalu drwy'r lle fel llygod.

Cytunodd Ceri.

"Mae gen i jesd i dri chant o enwau ar y petishiyn, bei ddy wê!" datganodd Sue efo gwên falch.

"Go iawn?" gofynnodd Ceri gan wenu.

"Oes, sdi! Es i i gnocio drysa top y stad a Stryd Gwenllian a Smith Street. A dwi am wneud Trem y Foel a Dolau Gwyn heno 'ma."

"Briliant, Sue! Mae genan ni bum cant, felly. Es inna rownd gwaelod stad neithiwr."

"Be am Dan?"

"'Heb gael amsar', medda fo!"

"'Heb gael amsar' o ddiawl! Be ma 'di bod yn neud 'lly?"

"Duw a ŵyr – oedd o'n Abermenai echdoe, medda fo, yn Argos."

"Be oedd o'n neud, cyfri tudalenna'r catlogs – gneud yn siŵr fod 'na 'run ar goll?"

Chwarddodd Ceri. Roedd hi wedi egluro i Sue yn gynharach mai pedantiaeth Dan oedd y rheswm iddi orfod ei ffonio hi ddoe i 'gael ei phleidlais'.

"Dan ydio'n 'de, Sue. Mae'i galon o'n lle iawn…"

"Ti'n siŵr? Dydw i ddim. 'Dio'm yn gneud dim byd, rili, nacdi? A 'dio ddim fel sa gena fo'm amsar. Byw ar bres ei fam mae o, ers stopio gwerthu cocos."

"Byw ar ei fam oedd o adag hynny hefyd, Sue. Wnaeth hynny mo'i wneud o'n berson get-up-and-go, yn naddo?"

"Dwi wedi deud 'tha ti pam fod o dal efo ni, yn do?" medda Sue â'i thafod yn ei boch.

"O cer o'na, Sue!"

"Wel, mae o'n wir i ti – 'unrequited love' ma nhw'n 'i alw fo! Dwi'n siŵr fod y cradur yn torri'i galon bob nos wrth fynd i'w wely! Sbio ar lunia 'na chdi, a ballu!"

"Ychafi! Mae hynna'n swnio'n pervy, Sue!"

"Pyrfyrt ydi o, os ti'n gofyn i fi."

"O, Sue, paid â bod yn gas…"

"Www! Ti'n defensive iawn, dwyt? Ti'n siŵr fod titha ddim yn dal cannwyll iddo fo?"

Chafodd Ceri ddim amser i'w hateb gan fod un o'r plant wedi disgyn oddi ar y sleid, ac yn sgrechian crio dros bob man. Aeth y ddwy draw i wneud yn siŵr ei fod o'n iawn. Mi oedd o, ond roedd rhaid iddo wneud digon o sŵn cyn cau ei geg, a bu'n rhaid i Ceri roi row i'r "sleid drwg" gwpwl o weithia cyn iddo dawelu.

Gwyliodd y ddwy yr hogyn bach yn anghofio'i ddagrau ac yn dringo'n syth yn ôl i ben y llithren eto.

"Ia, syniad da ydi mynd ar y radio, Cer," medda Sue wrth daro'i llygaid dros weddill y plantos yn sydyn. "Chdi feddyliodd am y peth, dwi'n cymryd?"

"Wel, na – Jojo, actiwali…"

"Jojo?"

"O, y boi 'ma dwi'n nabod. *Ffrind*, Sue – cyn i ti ddeud dim byd!"

"Ffrind?" gofynnodd Sue â'i haeliau'n dawnsio.

"*Ffrind*!" pwysleisiodd Ceri eto, â'i hwyneb yn ei bradychu'n llwyr. "Oedd o'n digwydd bod draw ddoe."

"*Digwydd* bod draw?"

"Ia, Sue!"

"Pwy ydi o?"

"Dwi'm yn meddwl bo chdi'n nabod o. Newydd symud yma mae o, efo'i frawd."

"Hwnna sy'n byw yn lle Johnny? Trwyn y Wrach?"

"Ia."

"Blydi hel, watsia dy hun, Ceri bach!"

"Be ti'n feddwl?!"

"Wel, ti'm yn gwbod be 'di'i hanas o, nagwyt?"

"Be ddiawl sy gan hynny i neud efo fo? Ti'm yn gwbod hanas neb tan ti'n nabod nw, siŵr!"

Gwaeddodd Sue ar blentyn oedd newydd chwalu wal o flocs oedd plentyn arall wedi ei hadeiladu, cyn ailgydio yn ei holi.

"So be ydi'r Jojo 'ma 'ta? Jipo ydio?"

Dihangodd chwerthiniad bach o geg Ceri cyn iddi ateb. "Na, dwi'm yn meddwl. Pam?"

"Bobol yn siarad 'de. Ti'n gwbod fel ma nw!"

"Jysd am fod o'n aros yn lle Johnny Lovell mae hynny, ma'n siŵr, Sue."

"Ma'n siŵr. Er, dim jipo ydi Johnny go iawn eniwe, naci?"

"Na. Ond be arall ma bobol yn ddeud 'ta?"

"O, bob blydi stori – as usual, Cer!"

"Fel be 'lly?"

"Hihi – sbia arna chdi!" medda Sue, yn tynnu coes eto. Roedd hi'n dda am ddarllen teimladau trwy ennyn ymateb pobol.

"Jysd isio gwbod, dyna i gyd, Sue!"

"Wel, gangster ar y ryn ydi un stori!"

"Ha!" ebychodd Ceri ac ysgwyd ei phen.

"Wel, mae o'n fflashio ffiffti pownd nôts o gwmpas lle, yn dydi? Be ti'n ddisgwyl i bobol feddwl? Dim ond ar ffilms mae nw'n gweld petha felna, siŵr!"

"'Gangstar', ia? Dwi wastad wedi ffansïo fy hun fel gangster's moll!"

Chwarddodd Sue. "Be am Bonny and Clyde 'ta? Achos stori arall ydi fod nhw'n armed robbers, a bo nw'n stêcio allan y Golden Sands er mwyn ei robio fo!"

"O ffor ffyc's sêcs! Be sy ar bobol, dwad?"

"Dim byd gwell ganddyn nw i neud, Cer. Dyna ydi. A fel ddudas i pan glywis i – yn yr ha fysa rywun yn robio fana beth bynnag. Adag hynny ma'r takings gora, siŵr!"

Chwarddodd y ddwy yn uchel.

"Lle *ma nhw*'n dod o, eniwe – y 'Jwjw' 'ma a'i frawd? O'n i'n clywad mai Cocnis oeddan nw?"

"Na, Cymraeg. Ond wedi bod yn byw yn Llundan, dwi'n meddwl."

"Cymraeg, ia? Dow! O lle?"

"Dwi'm yn siŵr…"

"Be mae nw'n neud ffor 'ma 'ta?"

"Wel – fedrai'm deud yn union, ond dod â'i frawd yma i recwpyretio ar ôl salwch wnaeth Jojo."

"Salwch?"

"Fedrai'm deud mwy, Sue. Dwi wedi gaddo."

"OK, dim probs, dwi'n dalld yn iawn. Felly dyna ddiwadd ar yr hel sgandals, felly. Dydyn nhw ddim yn gangsters nac yn bank robbers!"

"Haha! Nacdyn!"

"Nac yn hitmen i'r Syndicet…"

"Be?"

"Nac wedi llosgi'r Plaza!"

"Be – ydi bobol yn deud hynny hefyd?"

"Yndyn, a petha gwaeth fyth!"

"Ffwcin hel!"

"Dau ddyn diarth yn cyrraedd diwrnod ar ôl y tân – gormod o go-insidens i bobol bach â tafoda hirion Gilfach, siŵr!"

Ysgydwodd Ceri ei phen eto.

"Ond, fel titha wedi clywad hefyd, ma'n siŵr, Ceri bach – y gair ar y stryd ydi na rhyw smackhead o Abermenai losgodd y Plaza go iawn."

"Ia. Glywis inna hynny hefyd."

"Rhyfadd fel mae bobol, yn dydi? Mae'r gwir unai o flaen eu llygid neu o dan eu trwyna, ond well ganddyn nhw edrych i'r ochr a gwneud gwir arall i fyny eu hunain!"

"Dwl-al ydi bobol weithia," cytunodd Ceri.

"Ond *mae* 'na stori arall hefyd…" medd Sue.

"O, blydi hel, na?! Ty'd â hi!"

Gostyngodd Sue ei llais ac amneidio ar Ceri i ddod yn nes, a gyda golwg gyfrinachol iawn ar ei gwyneb, estynnodd ei cheg tua'i chlust.

Byrstiodd Ceri allan i chwerthin yn uchel. Doedd Sue ddim hannar call!

"Pornstar? Jojo?!"

76

DOEDD JOJO DDIM YN deall pam fod Didi yn eistedd ar ei ben o ac yn ei slapio fo ar draws ei wyneb tra'n gweiddi ei enw ar dop ei lais. Am hanner eiliad meddyliodd am roi ei ddwylo rownd ei wddw a'i dagu fo, ond wedyn mi sylweddolodd ei fod o'n gorwedd ar ei gefn ar lawr y garafán. Ychydig eiliadau'n ddiweddarach cofiodd iddo fod yn pesychu. Yna cofiodd nad oedd o'n pesychu pan aeth popeth yn ddu.

"Didi!"

"Jojo! Thank fuck!"

"Be ddigwyddodd?"

"Fack knows! Ti 'di hitio dy ben neu rwbath. Ffacin hel, nes di ddychryn fi!"

"Sori mêt…!" Triodd Jojo godi, ond stopiodd Didi fo.

"Paid â codi am funud. Gwna'n siŵr fo chdi'n iawn gynta."

"Didi, dwi'n ffycin iawn. Jysd coughing fit ges i!"

"Coughing fit? O'n i'n meddwl fod o'n fitting for a coffin am funud, cont! Fack me facking pink! Sud mae dy ben di? Oedd hi'n ffwc o glec!"

"Gen i ffwc o gur pen! Ond oedd hwnnw genai'n barod."

"Tisio fi ffonio doctor?"

"Paid â bod yn ffycin wirion! Gad i fi godi, nei?"

Cododd Didi ar ei draed ac estyn ei freichiau i helpu Jojo i fyny. Daliodd ei afael ynddo fo ar ôl iddo wneud hynny, rhag ofn iddo ddisgyn eto.

"Gei di ollwng rŵan, Didi, diolch!"

Tynnodd Didi ei ddwylo oddi ar freichiau ei gyfaill, yn araf a phetrus, fel rhywun oedd newydd osod potel sos coch i sefyll ar ben i lawr ar ganol y bwrdd. "Ti'n iawn?"

"Yndw."

"Siŵr?"

"Pasia ffag i fi."

"Mae gen ti un yn dy law!"

Edrychodd Jojo ar y ffag rhwng ei fysedd. Roedd hi'n dal ynghynn. Tynnodd arni, a dechrau pesychu eto. Achosodd hynny i Didi neidio amdano eto, rhag ofn iddo ddisgyn eilwaith. Wrth besychu, methodd Jojo â stopio fflemsan rhag dianc allan rhwng ei wefusau, ac mi fethodd hi wyneb Didi o drwch modfedd.

"Jîsys Craist, Jojo!"

"Sori," medd Jojo rhwng pwl arall o beswch.

"Cym ddiod o ddŵr!"

"Alla i ddim, ti'n sdopio fi symud!"

"Gena i ofn i chdi ddisgyn!"

"Wna i ddim."

"Ista i lawr i fi gael nôl diod i chdi."

Lediodd Didi ei ffrind at y soffa a'i roi i eistedd arni. Pesychodd Jojo eto a neidiodd fflemsan o'i geg a glanio ar ben blancad Didi, efo gwaed cochddu ynddi.

"O mai god, Jojo!"

"Be?"

"Gwaed!"

"Duw, duw, 'di hynna'n ddim byd newydd! Cer i nôl dŵr..."

Brysiodd Didi i estyn diod. "Ti'n gwbod be ydi hyn, dwyt?"

"Be?"

"Y ffycin ffags 'na!"

"Y ffycin lemon barley 'na neithiwr, ti'n feddwl!"

"Dydi cocên ddim yn mynd i dy frest di!"

"Dim 'y mrest i sy 'di mynd, naci? 'Y mhen i!"

"Ond be sy'n achosi blacowts, Jojo?"

"Pesychu nes i, ffor ffyc's sêcs. Mae pob dim yn iawn, sdi. Gwaed o 'nhrwyn i ydi hwnna – wedi mynd lawr i'n stumog i yn y nos! Mae o'n digwydd o hyd ar ôl sesiwn drom ar charlie!"

"Ti'n siŵr?" gofynnodd Didi'n bryderus. "Edrych yn ffacin hyll i fi."

"Wel, 'dio'm i fod i edrych yn ffacin ddel, nacdi?" Chwarddodd Jojo, a chael pwl bach arall o beswch wrth wneud. "Dydi'r gas fire 'ma ddim yn gneud lles chwaith, sdi – mae'r awyr yn drwm yn y garafán, wedyn yn oer yn y nos. Condensation – waeth na tamp…"

"Wel, nes di 'nychryn i, beth bynnag, Jojo! O'n i'n meddwl bo chdi 'di ffacin marw am funud! Neidias i allan o 'nghroen – o'n i'n meddwl fod y gas wedi ecsplodio!"

Chwarddodd Jojo. "Oedd hi'n glec, oedd? Rhaid i fi gael awyr iach," meddai, a chodi. Teimlodd fymryn o bensgafndod eto, ond dim byd rhy ddrwg, meddyliodd. Cofiodd am Ceri'n ffonio.

"Y ffôn – dyna o'n i isio."

"Mae hi'n fana, ar y top wrth y sinc."

Cydiodd Jojo ynddi ac agor y drws i fynd allan.

"Cym bwyll ar y step 'na, nei!" gwaeddodd Didi ar ei ôl o. "Ti'n gneud fi'n nyrfys!"

"Didi! Stopia ffysian, y pwff!"

77

DIAWLIAI CERI IDDI EI hun fod Dan wedi cyrraedd ar yr union adeg oedd hi i fod i gael yr alwad gan *Taro'r Trawst*. Diolch i Sue mi gafodd adael y Clwb Meithrin am chwartar i hannar, ac mi gafodd gyfle i wneud brechdan sydyn i Deio, cyn tywallt paned iddi ei hun. Gwelodd oddi ar ei ffôn fod Jojo wedi ffonio'n ôl – rhywbryd tra'r oedd ei ffôn yn ei bag ynghanol gwallgofrwydd y Clwb Meithrin, mwya tebyg – ac fel yr oedd hi'n ystyried rhoi galwad sydyn yn ôl iddo cyn i'r radio ffonio, daeth cnoc Dan ar y drws.

Disgyn wnaeth ei gwep pan welodd mai Dan oedd yno, ac nid Jojo – a disgyn yn ddigon amlwg i achosi i wyneb Dan ei dilyn. Mi ddwedodd ei bod hi'n brysur, ond mi ddaeth i mewn beth bynnag. Doedd ganddi fawr o ddewis wedyn ond egluro ei bod hi'n disgwyl galwad y bobol radio unrhyw funud, a doedd dim gobaith o symud y dyn wedyn. Eisteddodd i lawr wrth y bwrdd fel oedd hi'n rhoi'r tecell yn ôl ymlaen i wneud panad sydyn iddo.

Bu rhaid iddo wneud y banad ei hun, fodd bynnag, oherwydd mi ffoniodd bobol y radio'n syth. Hyd hynny, doedd ei nerfau heb gael amser i gnoi, ond unwaith y rhoddodd y ferch ar ben arall y lein hi drwodd i Dewi *Taro'r Trawst*, daeth y nerfau drosti fel tonnau. Ond erbyn cyfnewid chydig o gyfarchion hwyliog, roedd hi wedi dechrau setlo'n iawn. Roedd hi'n ymwybodol fod ei llais yn crynu yn ystod ei brawddeg neu ddwy gynta, ond wedi hynny mi ddaeth at ei hun, ac erbyn hanner ola y sgwrs roedd hi'n llawn hwyliau ac yn ei rhoi hi yn ei ffordd ddihafal ei hun.

Ar ôl rhyw ddeng munud, roedd popeth drosodd am y tro. Daeth y ferch yn ei hôl i ddiolch iddi, ac i gadarnhau y byddent yn ei ffonio ar ôl cael sgwrs efo'r Cyngor, y Parc neu Shaw-Harries. Rhwng y tri hynny, meddai, byddent yn siŵr o gael rhyw fath o ymateb, felly gellid bod yn weddol sicr y byddai galw arni i fod ar gael i gyfrannu ddydd Gwener.

Ymateb cynta Ceri ar ôl cau'r ffôn oedd rhoi galwad i Jojo. Ond fedrai hi ddim, am fod Dan yn eistedd yn ei chegin. Tra'n siarad efo criw *Taro'r Trawst* roedd hi wedi bod yn cerdded yn ôl ac ymlaen o'r gegin i'r stafell fyw, a hyd yn oed allan i'r ardd gefn ar un adeg, er mwyn anghofio fod Dan yno yn ei gwylio ac yn cydio ymhob un gair a ddywedai. Rŵan, a hithau angen munud bach iddi ei hun, roedd o'n dal i eistedd yno fel llo cors.

"Be oeddat ti'n feddwl 'ta?" gofynnodd iddo.

"Dwi'm yn gwbod, rili. O'n i'm yn gwrando."

"Be ti'n feddwl doeddat ti ddim yn gwrando?"

"Doedd y radio ddim ymlaen, nagoedd?"

Chwarddodd Ceri ar y clown gwirion. "Dan bach! Cocos bai nêm, Cocos bai nêtshiyr!"

Aeth Ceri drwodd i'r stafell fyw eto i jecio Deio. Roedd o'n dal i eistedd o flaen y teledu yn gwylio Cyw. "Ti'n iawn, Deio bach?"

Trodd y bychan rownd a gwenu'n braf, efo olion y frechdan jam a gafodd cynt yn fframio'i wefusa. Gafaelodd Ceri yn y blât blastig efo gweddillion crystyn y frechdan arni.

Dychwelodd Ceri i'r gegin, a ffromi wrth weld Dan yn sefyll ar ei draed yn astudio'r lluniau mewn fframiau ar y silff uwchben y bwrdd. Eisteddodd eto pan welodd fod Ceri yn ei hôl.

"Faint sy 'na rŵan, dwad?" gofynnodd.

"Ers i Eddie fynd? Tair blynadd."

"Amsar yn fflio dydi?"

"'Dio'm yn aros am neb, Dan," atebodd Ceri'n short, wrth wagio'r crystiau bara a jam i'r cadi cegin bach brown – neu y 'tardis slops' fel y galwai Nedw fo.

"Be ti'n basa wneud, Dan? Heddiw 'ma?"

"Fi? O, dim byd lawar. A titha?"

"Wel, dwi'n mynd allan yn munud, gneud chydig o siopa, hel chydig o enwau ar y ddeiseb, wedyn dod nôl i neud bwyd."

Chymerodd Dan ddim sylw o'r *hint* – yr un am y ddeiseb na'r un am fod o dan draed.

"Oeddat ti isio rwbath? 'Ta jysd digwydd galw wnes di?"

"Jysd digwydd galw… Ond o'n i isio gofyn i chdi rwbath."

O ffyc, meddyliodd Ceri, wrth ofni be oedd yn dod. "Be sy ar dy feddwl di, boi?"

"Meddwl os oeddat ti isio dod am bryd o fwyd rhywbryd?"

Brathodd Ceri ei thafod, ac estyn un o'r sigaréts oedd hi wedi eu rowlio ymlaen llaw, o'r tun ar y silff, a'i thanio. "Yli Dan – diolch o galon i chdi, ond dwi'n uffernol o brysur, i fod yn onast efo chdi."

"Pwy 'di'r boi Jojo 'na ti'n ffrindia efo?"

Bron i Ceri lyncu ei sigarét. Daeth y cwestiwn o nunlle. Tynnodd Ceri'n galed ar y ffag a cheisio lleddfu'i thymer drwy ei chwythu allan yn araf efo'r mwg.

"Pam ti'n gofyn, Dan?"

"Jysd gofyn."

"OK, ro i o fel hyn 'ta – pam fysa chdi'n gofyn rwbath felna?"

"Jysd watsiad allan amdana chdi, Cers, dyna'r cwbwl."

Dyma'r ail berson i ddweud hyn wrthi heddiw, ond er mai tynnu coes oedd Sue Coed yn gynharach yn y dydd, roedd Ceri wedi laru. Yn enwedig gan mai Dan Cocos – dyn na fu erioed yn ddigon agos iddi hi na'i theulu i fod ag unrhyw fath o hawl i fusnesu yn ei bywyd – oedd yn gofyn. Er gwaetha'r tempar oedd yn ffrwtian yn ei gwaed, llwyddodd i frathu'i thafod eto.

"Ti wedi bod yn gwrando ar bobol yn malu cachu eto, Dan?"

"Fi?"

"Ia, ffycin *chdi*!"

Syfrdanwyd Dan gan ei hymateb. "Does 'im isio bod felna, Cer!"

"Nagoes?"

"Na. Gwranda, y peth ydi, mae 'na rwbath yn doji am y boi…"

"Ffyc mî! 'Rwbath yn doji'! Digon o dystiolaeth i'w losgi fo wrth y stêc, felly!"

Anwybyddodd Dan y sarcastiaeth. "Dwi wedi bod yn gneud 'enquiries'…"

"Encwaiyris? Pwy wyt ti, Columbo?"

"Mae o'n cuddio rwbath, Ceri. Welis i o yn Argos Abermenai, a nes i siarad efo fo'n Gymraeg, a mi atebodd fi'n Susnag…"

"Ella fod o heb dy ddallt di, Dan! Dwyt ti'n blydi mymblan hannar yr amsar, dwyt?"

"Na, na, Cer. Doedd o ddim isio fi wybod fod o'n Gymro."

Cafodd Ceri lond bol. Roedd yn gas ganddi bobol oedd yn barnu, ac roedd hi'n casáu pobol oedd yn barnu ar sail hel clecs a chelwyddau hyd yn oed yn fwy. Ond be oedd hi'n gasáu waethaf oedd pobol oedd yn mynd allan i blannu gwenwyn ym meddyliau pobol ar sail dim mwy na chenfigen.

"Ti 'di 'ngholli fi rŵan, Dan – a dwi'n warnio chdi, fyddi di'n colli lot mwy na hynny os nad oes gen ti reswm da dros y bolycs yma!"

Cododd Dan ar ei draed ac, yn reddfol, camodd Ceri yn nes at y drôr cyllyll. Roedd rhywbeth yn ei lygaid a'i hatgoffai o'i gŵr cynta.

"Cers – pam ti'n meddwl fod o'n siarad mewn acen Cocni pan mae o'n siarad Susnag?"

"Ww, ia 'fyd, ynde? Sgwn i pam? Dim byd i wneud â'r ffaith iddo gael ei fagu'n Llundain, wrth gwrs!"

"Hy! Acen cogio bach ydi hi, os ti'n gofyn i fi," atebodd Dan, gan anwybyddu'r sarcastiaeth unwaith eto. "I gyd yn rhan o'r twyll, debyg!"

"Dan – dwi ddim isio ffraeo efo chdi, ond ti owt-of-ordyr yn fan hyn, a dwi'n mynd i ofyn i chdi adael yn munud."

"O Cers, plis tria ddallt…"

"Na! Dallta di! Pa hawl sy genti i fusnesu yn 'y mywyd i, a dod yma i bardduo'n ffrindia fi?"

"Fel ddudas i gynt, dwi ond yn edrych ar dy ôl di, Cer. Dwi'n licio chdi a dwi ddim isio dim byd ddigwydd i chdi."

Cyfrodd Ceri i dri eto. "OK, Dan, mi dderbynia i hynny am y tro. Ond gwranda arna fi rŵan. Mae Jojo o deulu Cymraeg a symudodd i Llundan pan oedd o'n fabi. Cocni *ydi* o, Dan. Ti'n clwad fi?"

"Wel, ella bo fi'n rong am yr acen, felly, ond mae o jysd wedi landio yma a… wel, ti'm yn gwbod pwy 'di pwy y dyddia yma, nagwyt?"

"A dyna hi? Dyna'r cwbwl ydi ffrwyth dy 'enquiries' di? Stranger in Town Syndrome?"

"Genai jysd y teimlad 'ma, Cers. Dwi'n meddwl fod o'n cuddio o'th y cops…"

"Os 'dio'n cuddio o'th y cops, Dan, dydio ddim yn gneud joban dda ohoni, nacdi?"

"Ond dwi 'di bod yn holi o gwmpas…"

"Holi pwy?"

"Bobol…"

"Iesu goc! Danial – 'dan ni'n mynd rownd mewn cylchoedd yn fan hyn. Os nad oes gen ti rwbath mwy na straeon-dros-ffens-gardd, well i ti gau dy geg, ti'm yn meddwl?"

"Wel, waeth i mi fynd ddim, os na fel hyn wyt ti am fod. Dim ond trio dy helpu di ydw i. Dydi'r boi yna ddim yn pwy mae o'n ddeud ydi o, Ceri. Mae o'n iwsio enwau gwahanol hefyd, dallta!"

"A sut ddiawl fysa ti'n 'gwybod' hynny, Dan?"

"Bobol, Ceri…"

"Duda di 'bobol' un waith eto a fyddai'n dy ffycin dagu di, Dan Cocos! Pwy ydi'r 'bobol' yma sy'n deud ei fod o'n iwsio enwau gwahanol?"

"Wel, Gordon…"

"Gordon y Moron? Wyt ti'n cymryd y piss? Ti'n dod i fan hyn i styrio trwbwl o achos be mae Gordon y Moron yn 'i ddeud o gwmpas y pybs?"

"Dim *pwy* sy'n deud sy'n bwysig, ond *be* mae nw'n ddeud…"

"Sgen ti rwbath arall 'ta? Unrhyw dystiolaeth arall mae dy intelijyns gaddyring di wedi'i yncyfro?"

"Wel, na. Ond mae hynna'n reit bwysig pan fo ffrindia yn y cwestiwn, ti'm yn meddwl?"

Dechreuodd Ceri gyfri i ddeg yn ei phen. Stopiodd ar dri.

"Nac ydw, Danial," meddai yn dawel, wrth reoli ei hanadlu. "Tydw i ddim yn meddwl o gwbl!"

"O, Cers!" medda Dan, a dod amdani efo'i freichia'n agored.

"Paid ti â ffycin twtsiad yna fi, Dan Cocos!" bytheiriodd Ceri gan neidio am yn ôl a'i dwrn yn yr awyr. "A dim 'Cers' ydi'n enw fi. Ceri!"

"O, plis, Cers… dwi'm isio i chdi droi yn 'yn erbyn i. Ti'n bopeth i fi, sdi…"

Roedd golwg fel ei fod ar fin crio ar Dan, a fflachiodd geiriau Sue Coed trwy feddwl Ceri. Gwelodd ei bod hi'n llygad ei lle – a mwy, hefyd. Achos doedd Dan ddim jysd yn dal cannwyll iddi – o be welai hi yn ei lygaid yr eiliad hon, roedd o'n obsesd.

"Os fyswn i'n bopeth i ti, fysa ti'n mynd o'ma rŵan, Dan!" siarsiodd Ceri, mor benderfynol ag y medrai heb sgrechian yn ei wyneb, cyn sylwi fod yr olwg ci bach yn ei lygaid yn troi'n olwg anifail gwyllt wedi'i anafu.

"Plis, Cers. Dwi'n caru chdi, sdi!" medd Dan wedyn, gan gymryd cam arall tuag ati.

"Un ffycin cam arall, Dan Cocos, a mi frifa i di!"

"Cers!" gwaeddodd, wrth i'w lygaid droi'n oer a phell, fel rhywun wedi'i hypnoteiddio. "Fedri di ddim fy mrifo fi mwy nag wyt ti wedi'i wneud yn barod."

Yn reddfol, gwyddai Ceri be oedd yn dod nesa. Ac yn reddfol, ymbalfalodd yn ddall ar dop y cwpwrdd y tu ôl iddi am rywbeth i amddiffyn ei hun.

Neidiodd Dan amdani, ac yn yr eiliad hir honno gwelodd ei ddwylo chwyslyd yn rhuthro am ei hochrau, a'i fwstash mawr llwyd yn disgyn am ei gwefusau. Yn yr eiliad hir honno hefyd, meddyliodd am Deio bach, oedd drwodd yn y stafell fyw o hyd, yn gwbl ddiniwed i be oedd yn digwydd yn y gegin. Teimlodd ei llaw yn taro yn erbyn rhywbeth trwm ar y cwpwrdd y tu ôl iddi. Yna gwelodd lygaid Dan Cocos yn newid i fod yn llawn poen wrth i'w phen-glin hi grynshio'n galed yn erbyn ei geilliau. Ac yn yr eiliad nesa, roedd hi wedi troi rownd ac wedi gafael yn y peth trwm hwnnw – y cadi cegin brown, oedd yn llawn wast bwyd dau ddiwrnod – ac wedi hitio Dan ar draws ei ben efo fo.

Eiliad yn ddiweddarach, roedd Dan Cocos yn sefyll ar ganol llawr ei chegin, yn slops bwyd drosto i gyd. Grefi, moron, esgyrn cyw iâr, coco pops, jam, plisgyn wy, pasta, bîns, tatws – sbarion popeth a fwytawyd yn y tŷ yn y deuddydd dwytha. Ac fel oedd Ceri ar fin cydio yn y tecell a'i waldio efo hwnnw, sgrechiodd Dan Cocos dros y lle, a rhuthro allan trwy'r drws cefn.

Brysiodd Ceri trwy'r drws ffrynt ac i'r ardd mewn digon o amser i'w weld o'n neidio dros y wal ac yn ei heglu hi nerth ei draed i lawr y stryd, gan adael dim o'i ôl ond ambell i sleisan o foronan a thysan, a darnau o blisgyn wy…

78

Gwnaeth yr awyr iach fyd o les i Jojo. Wyddai o ddim yn iawn be ddigwyddodd iddo yn y garafán y bore hwnnw, ond rhoddodd o i lawr i besychu'n rhy galed efo hangofyr *bourbon* a cocên. Er hynny, doedd o erioed wedi gweld cymaint o'r coch ag y gwelodd heddiw, ac roedd yr hyn a ddigwyddodd wrth ei ysgarthu o'i gorff wedi'i anesmwytho. Annifyr, hefyd, oedd ymddangosiad y mud boen yn ei ystlys bob tro y cymerai ei wynt…

Wedi bod yn Golden Sands yn prynu papurau newydd oedd o, ac wedi dreifio'r car i'r traeth i'w ddarllen. Doedd dim newyddion perthnasol ynddyn nhw, ac erbyn hyn roedd rhan ohono'n dechrau gobeithio am newyddion drwg – unrhyw beth i roi diwedd ar yr ansicrwydd. Cofiodd eto fod rhif ffôn llyfrgell Camden yn llosgi twll yn ei boced, ond roedd o'n dal yn gyndyn o'i ffonio. Sylweddolodd mai gwirion fyddai ffonio'r lle a gofyn am siarad ag Ellie. Pa bynnag ymateb a gâi cyn iddo roi'r ffôn i lawr, byddai siawns go gryf y byddai ymholiad o'r fath yn denu sylw'r awdurdodau – oedd erbyn hyn, o bosib, yn monitro galwadau i'r llyfrgell fel rhan o'u hymholiadau i herwgipiad, diflaniad neu lofruddiaeth erchyll.

Un rhif oedd o wedi ceisio ei ffonio, fodd bynnag, oedd un Ceri. Ond roedd hi wedi methu ateb. Edrychodd ar ei ffôn eto, gan ystyried aildrio. Roedd hi'n tynnu am hanner awr wedi hanner dydd. Penderfynodd fynd am dro at ymyl y dŵr.

Lleddfodd awel y môr rywfaint ar ei gur pen yn go fuan wedi iddo gyrraedd y tywod gwlyb a'r ewyn gwyn. Edrychodd tua'r gorwel. Chwythai gwynt cryfach heddiw gymylau llwydion tua'r tir, gan fygwth glaw cyn terfyn dydd. Ategai cri'r gwylanod y bygythiad. Roedd hi'n bwrw yn Iwerddon bellach, meddyliodd.

Dal i wisgo'u gwasgodau o eira oedd y mynyddoedd tu draw'r bae, ond doedd y brethyn ddim yn disgleirio fel yr oedd o yn haul ddoe gan fod cysgod y cymylau, oedd fel hetiau cantal ar eu copaon, yn pylu'r defnydd gwyn.

Didi oedd y bai am y sesh neithiwr – hwnnw oedd wedi meddwi'n afreolus ac mewn hwyliau i yfed mwy, a buan iawn oedd Jojo mewn stad go debyg, ac wedi yfed yn llawer rhy sydyn i allu cadw'i hun mewn unrhyw fath o drefn. Un o'r ychydig bethau a gofiai oedd bod allan rhwng y garafán a'r clogwyn yn troi mewn cylchoedd i'r miwsig, ei freichiau ar led a'i wyneb tua'r sêr – fel 'tai o'n ei ôl yng Nghôr y Cewri efo'r teithwyr ar Droad y Rhod, ers talwm, heb unrhyw bryder yn y byd. Ond er bod hynny'n deimlad braf, gwyddai Jojo nad oedd bod mewn cyflwr o'r fath yn beth doeth – dim ar hyn o bryd, beth bynnag. Petai rhywrai wedi troi i fyny yn ddiarwybod – rhai o ddynion Zlatko, er enghraifft – fyddai pethau wedi bod yn go dywyll ar Didi ac yntau.

Ond eto, roedd rhaid iddo ddechrau ymlacio rywbryd, neu be oedd y pwynt dianc o gwbl? Onid byw oedd y rheswm dros ddod yma yn y lle cynta? All neb fyw heb fod yn fo ei hun. Doedd neb yn rhydd tra bo cadwynau hen frwydrau yn dal ei draed i'r ddaear. Waeth i rywun fod *yn* y ddaear – yn oer a llonydd – ddim...

Pwyll oedd piau hi, fodd bynnag. Gwelai Jojo ei fan gwyn fan draw yn dadrowlio fel carped o'i flaen, ond doedd o'm yn siŵr eto sut i'w osod yn daclus ar y grisiau. Un funud roedd hi'n edrych yn joban hawdd, a'r funud nesa yn llawn o ddarnau crwn a thyllau sgwâr. I rywun oedd wastad wedi cynllunio ymhellach na'r gorchwyl oedd o'i flaen, roedd hi weithiau yn anodd gweld be oedd o dan ei drwyn. Yn lle tudalen lân gwelai gymylau yn loetran. Yn lle dechrau byw, roedd o'n cadw golwg am ellyllod y gorffennol.

Peth doeth oedd hynny, wrth reswm, o ystyried sefyllfa Didi ac yntau. Ond roedd rhai bwganod y dylid eu hanwybyddu, a'u gwaredu unwaith ac am byth – y rhai emosiynol hynny oedd yn llesteirio ei ddeffroad emosiynol ei hun. Y rhai a bwysai ar ei gydwybod fwyfwy wrth i'w ddynoliaeth ymwthio trwy'r gragen oer. Os oedd am gamu'r grisiau at ei fan gwyn fan draw roedd rhaid troi cefn yn llwyr ar y gorffennol du a'r holl *collateral damage* oedd ynghlwm wrth y tywyllwch; gadael y gragen, a lledu'i adenydd, fel glöyn byw...

Cododd ei olygon tua'r llethrau gwyn tu hwnt i'r bae, ac wrth ystyried na ddringodd unrhyw fynydd yn ei fywyd erioed, addawodd iddo'i hun yr âi i'w pennau pan ddeuai'r haf. Tynnodd y darn papur â rhif ffôn y llyfrgell o'i boced, a'i daflu i'r ewyn gwyn oedd yn suo dros y tywod gwlyb. Canodd ei ffôn.

MOPIO LLAWR Y GEGIN oedd Ceri pan gyrhaeddodd Jojo.

"Well i ti wisgo helmet!" jociodd Nedw, oedd newydd gyrraedd rhyw funud neu ddwy ynghynt. "Gwagio tardis slops ar ben bobol, wir!"

"Do'n i'm yn trio'i wagio fo, nago'n? Trio hitio'r twmffat gwirion o'n i – efo rwbath trwm, calad!"

"Ac iwsio bwcad slops!"

"Yr unig beth oedd o gwmpas, Nedw – diolch byth! Jysd meddylia os fysa 'na rolling pin yna!"

"Pwy ti 'di hitio?" holodd Jojo, yn wên o glust i glust. "Ddim Dan?"

"Ia, Dan," atebodd Ceri a gwneud stumiau ffug-gywilyddio, wrth wasgu'r mop i'r bwced.

"Be nath o? Gofyn am meal for two?"

"Wel, mi aeth o'ma yn ei wisgo fo, beth bynnag, Jojo!" atebodd Nedw.

Rhoddodd Ceri'r bwced a mop i gadw. "Ista i lawr, Jojo. Gymri di banad, wnei?"

"Os ydi'n dod mewn cwpan," atebodd Jojo â'i dafod yn ei foch.

"Paid â pwsio dy lwc, boi!" medda Ceri efo gwên.

"Felly be nath o?"

"Dod drosodd yn rêl blydi lyfi-dyfi wnaeth o, Jojo! Gafal rownda fi a deud fod o'n caru fi a ballu! Ach a damia'r dyn!" Ysgydwodd Ceri drwyddi, cyn troi a rhoi'r tecell ymlaen.

"Yr hen sglyfath iddo fo," medda Nedw, a wincio ar Jojo. "Watsia ditha dy hun, hefyd, Jojo. Playing hard to get wnaeth hon erioed!"

"O'ma'r uffarn bach!" gwaeddodd Ceri, a rhoi peltan chwareus ar ysgwydd ei mab.

Chwerthin wnaeth Nedw, cyn troi a mynd am y drws. "Welai di, Jojo. Dwi off i nôl mwy o wair. Tisio peth?"

"Na, ond mi fydd Didi. Rho showt i fi. Tisio'n nymbyr i? Genai ffôn rŵan."

"Dwi 'di'i gael o gan Mam yn barod," atebodd Nedw a wincio eto, cyn diflannu i fyny llwybr yr ardd.

"Ewadd, cheeks gan yr hogyn 'na," medda Ceri gan wenu, ac ymuno â Jojo wrth y bwrdd.

"Oedda chdi'n swnio wedi cynhyrfu ar y ffôn," medd Jojo. "Ti'n iawn, wyt?"

"Yndw, rŵan. Duw, doedd o'm byd hefi – ddim yn neis o gwbwl, ond ddim yn hefi chwaith. Ella nes i orymatab."

"Dwi'm yn beio chdi!"

"Oedd o o ddifri, sdi, Jojo. Oedd o 'di'i cholli hi – ei lygid o wedi mynd."

"Be, yn ffyrnig, 'lly?"

"Na, dim ffyrnig… Sgêri mwy na dim byd. Crîpi, sdi."

"Ond mae hynna *yn* hefi, dydi? I hogan."

"Ha! Dim i fi, sdi!"

Gwenodd Jojo, a gafael yn ei llaw.

"Oedd 'y ngŵr cynta fi – tad Gruff a Gwenno, hwnna aeth off efo landledi'r Harbour – oedd o'n gas efo fi weithia."

"Be, curo chdi?"

"Wel, dor hi fel hyn, ges i amball i gweir. Dim byd regiwlar. Jysd tempar weithia…"

"Dydi hynny'n ddim esgus, nacdi?"

"Na, dwi'n gwbod."

"Oedd Dan felna rŵan?"

"Na. Ond am eiliad, ddoth o â fo i gyd yn ôl i fi, t'bo. Mae Dan yn ddigon diniwad, sdi. Chydig bach yn od a, wel, ffycin obsesd os ti'n gofyn i fi. Ond diniwad. Ond, jysd am eiliad fach…"

Stopiodd Ceri, ond yn rhy hwyr i allu cuddio'r boen yn ei llais. Gwelodd Jojo'n syth ei bod wedi cael sgytwad fwy na'r hyn oedd hi'n gyfaddef. Llusgodd Jojo ei gadair yn nes ati, a'i thynnu ato'n dyner gerfydd ei llaw. Cofleidiodd hi, a'i gwasgu'n dynn. Gafaelodd hithau ynddo fo a'i wasgu yntau'n ôl.

"Mae'n iawn," medd Jojo'n dyner wrth gusanu'i gwallt.

"Jîsys, siâp arnai!" atebodd Ceri heb dynnu'i phen oddi ar ei ysgwydd.

"Shwsh, paid â poeni."

"Dwi'n mynd yn sofft wrth fynd yn hŷn, ma raid!" medd Ceri wedyn, tra'n cwffio dagrau.

Mwythodd Jojo ei gwallt tonnog, a chusanodd ei harlais wrth deimlo lleithder ei dagrau ar ei foch. "Ti'm yn sofft, Ceri. Ti jysd wedi bod drwy lot."

"Dwi'n falch bo chdi yma, Jojo," medd Ceri wrth godi ei phen o'i ysgwydd ac edrych arno.

"Dwinna hefyd," atebodd Jojo wrth i lygaid y ddau grwydro dros wynebau ei gilydd. "Ac yn falch 'mod i wedi cwrdd â chdi hefyd."

"A fi," medd Ceri, â thrydan ei rhywioldeb benywaidd yn disgleirio wrth i'w gwefusau nesáu at rai Jojo.

Cusanodd y ddau yn ysgafn, cyn edrych i fyw llygaid ei gilydd eto – fel petai nhw angen un cadarnhad olaf fod hyn i fod i ddigwydd. Doedd dim o'i angen. O fewn hanner eiliad roeddan nhw'n cusanu'n dyner a chariadus, â dwylo'r ddau yn ysgafn ar fochau'i gilydd. Yna, dalcen ar dalcen, drwyn ar drwyn, syllodd y ddau i berfeddion eneidiau ei gilydd a gwenu. Disgleiriodd sêr y bydysawd ynddynt a dawnsio o un i'r llall fel trydan byw. Sychodd Jojo ddeigryn o'i boch efo'i fawd, a theimlo'i chroen meddal fel sidan. Cusanodd hi ar ei gwefusau eto, heb dynnu'i lygaid o'i rhai hithau. Pefriodd cariad ynddynt – y bodlondeb a belydrai o ffynnon bywyd ei hun.

Gwenodd Ceri y wên enigmataidd, swil a diniwed honno mae merch yn ei rhoi pan mae hi newydd roi ei chalon i ddyn. Gwenodd Jojo hefyd. Roedd y ddau wedi diosg pob amddiffyn, yn noeth heblaw am eu dillad. Hon oedd y foment hyfrytaf i Jojo ei phrofi erioed.

"Maaaaam!" gwaeddodd Deio. "Isio bicit!"

Chwarddodd Ceri a Jojo yn ysgafn wrth ollwng y foment a throi i weld y bychan yn edrych yn amheus ar Jojo wrth ddod draw at ei fam.

Cododd Ceri fo ar ei glin. "Be tisio'r nionyn? Bisget?"

Nodiodd Deio bach ei ben cyn ei blannu yng nghesail ei fam, a sbecian yn swil ar y dyn diarth.

"Mae hi'n amsar cinio ŵan, sdi, babs. Be sa ti'n licio i ginio? Sbageti bolonês? Waffyls?"

Doedd Deio ddim am ateb – roedd o'n rhy brysur yn sbecian ar Jojo, oedd yn wincio a thynnu tafod arno bob tro'r oedd o'n gwneud. Cyn hir roedd y bychan yn gwenu, yna'n chwerthin yn braf ar stumiau'r dyn gwirion.

Cododd Ceri i agor tun o sbageti bolonês a rhoi bara yn y tostar, tra bo Deio'n ei ddilyn a chuddio tu ôl ei choesau i sbecian mwy.

"Aeth y sgwrs radio'n iawn felly, Ceri?" gofynnodd Jojo pan gofiodd be ddwedodd Ceri dros y ffôn yn gynharach.

"Do, sdi. Fydd o mlaen dydd Gwenar, mwya tebyg," atebodd Ceri wrth lenwi'r tecell, wedi cofio ei bod ar fin gwneud panad cynt.

Tynnodd Jojo ei sigaréts o'i boced ac estyn un o'r bocs, ond cyn ei rhoi yn ei geg sylwodd ar y lluniau ar y silff uwchben y bwrdd. Adnabodd Eddie yn syth, achos am hannar eiliad mi feddyliodd mai Nedw oedd o. Syllodd ar y ddau'n gwenu'n braf efo clamp o bysgodyn – Nedw wedi gwirioni'n racs, a'i dad mor falch, a'r ddau mor hapus, heb bryder o fath yn y byd. Tarodd Jojo pa mor dorcalonnus o drist y gallai llun llawn llawenydd fod.

"Oeddat ti'n iawn am Nedw, Ceri. Sbit o'i dad!"

Gwenodd Ceri wrth ei weld o'n edrych ar y llun. "Fysa ti'n taeru eu bod nhw yr un person, yn bysat?"

"Bysat, mi fysat ti," cytunodd Jojo. "Anhygoel! Handsome devils, hefyd!"

"Mae nw yr un cymeriad hefyd, sdi, Jojo. Yr un hiwmor a'r un natur, t'bo. Ffeind, chwerthin o hyd…"

Rhoddodd Ceri ddiod yn llaw Deio, cyn dod i sefyll at y bwrdd a rhoi ei braich am ysgwydd Jojo. "Ti'n gweld rhywun arall ti'n nabod yna?"

Stydiodd Jojo, a chipiwyd ei lygaid yn syth at lun du a gwyn o ddynes ifanc brydferth yn dal hambwrdd o ddanteithion.

"Blydi hel!" meddai, cyn craffu eto, a rhyw hanner codi oddi ar ei sêt i gael golwg agosach. "Dim… Naci, dim chdi… Dy fam ydi honna felly!"

"Stunning yn dydi?" medd Ceri, cyn estyn dros y bwrdd a gafael yn y llun a'i roi yn llaw Jojo.

"Gorjys!" cytunodd hwnnw. "'Da chi mor debyg! Fel twins!"

"Dyna mae pawb yn ddeud. Heblaw am y gwallt!"

"Ia – ond mae o'n siwtio hi… fysa fo'n siwtio chdi hefyd, felly, yn bysa?"

"Cer o'na! Mae o bron fel beehive!"

"Wel, mae o all the rage yn Llundan rŵan, sdi. Edrych yn dda 'fyd. Be oedd enw dy fam 'ta?"

"Mary. Mary Roberts."

Syllodd y ddau ar y llun. Roedd o'n siarad cyfrolau, meddyliodd Jojo – am y cyfnod ac amdani hithau. Sylwodd ar ei dillad – iwnifform gwaith, ond ffasiynol ar yr un pryd, efo'r sgert dynn, uwchben y pengliniau. Ond ei llygaid oedd yn denu sylw Jojo. Llygaid tywyll, hardd a llawn bywyd o dan *eyeliner* trwchus – ac er mai llun du a gwyn oedd o, llygaid gleision Ceri oeddan nhw, doedd dim dwywaith am hynny. Roedd hi'n hawdd gweld pwy oedd yn cario'r harddwch trawiadol yn y teulu. Ond oedd hi'n hapus? Craffodd Jojo ar y llun eto. Oedd, mi oedd hi'n hapus, ond roedd 'na dristwch ynddi yn rhywle hefyd – ac roedd y dirgelwch enigmataidd hwnnw'n ychwanegu at gyfaredd yr eiliad a ddaliwyd yn y ffrâm.

"Nain hwnna!" medd llais Deio bach, oedd wedi stwffio rhwng coesau ei fam ac ysgwydd Jojo, ac yn pwyntio at y llun. "Nain hwnna… Nain hwnna… Nain hwnna 'de!"

"Ia, 'mach i," medd Ceri. "Nain ydi honna'n 'de?"

Rhedodd y bychan i ffwrdd â'i gwpan diod blastig yn ei law, a throi yn ôl wrth y drws i sbecian ar Jojo unwaith eto. Winciodd Jojo arno, a gwenodd yr hogyn bach cyn rhedeg drwodd i'r stafell fyw.

"Mary Roberts," medda Jojo, wedi troi'n ôl at y llun.

"Ia," medd Ceri. "Ward cyn priodi. Ei thaid hi'n Wyddal."

"Biwtiffwl!" medda Jojo wedyn. "Hollol biwtiffwl! A wir i ti – fyswn i'm yn gallu dweud y gwahaniaeth rhyngddo chi. Onest!"

"Be nath i chdi ddeud na dim y fi oedd hi 'ta?"

"Y prisiau popcorn ar y trê," atebodd Jojo. "Ma nhw mewn hen bres!"

"Ha! Ia 'fyd. Craff iawn Mistar… Mistar be, hefyd?"

"Griffiths."

"Griffiths – Jojo Griffiths! Dwi'n licio hwnna!"

Rhoddodd Ceri'r llun yn ôl ar y silff, ac wrth iddi blygu dros y bwrdd allai Jojo ddim helpu edmygu rhywioldeb ei chorff ystwyth o dan ei chrys-T cwta a'i throwsus cotwm gwyn.

"Be mae Jojo yn short am 'ta?" gofynnodd Ceri wrth eistedd ar ei lin a chroesi'i choesau. Er nad oedd hi wedi credu rwdlan Dan Cocos am eiliad, sylwodd fod arni fwy o angen gwybod enw iawn ei darpar-gariad ar ôl i'r diawl hwnnw roi'r hedyn yn ei phen.

Gwenodd Jojo wrth roi ei freichiau rownd ei chanol. "'Yn enw iawn i, ti'n feddwl?"

"Ia, Mr Jojo Mysterious Stranger," atebodd Ceri'n chwareus. "Dy enw *iawn* di."

"Wel, Miss Gorjys Warrior Princess, mi ro i gliw bach i chdi – mae o'n fyrrach na 'Jojo'."

"Be? Jo?"

"Wel, pwy sy'n hogan glyfar 'ta?"

"Dwi'n iawn, yndw? Ha!"

"Jo ydi'n enw iawn i, ia. Wel – Joseff. Joseff Griffiths."

Teimlai Jojo'n rhyfedd, mwya sydyn. Chlywodd o mo'i hun yn yngan ei enw iawn wrth neb ers iddo ddianc o'r Cartref efo Didi yr holl flynyddoedd hynny'n ôl. Jojo oedd yr enw a ddefnyddiai yn gymdeithasol wrth ymgartrefu yn sgwatiau Llundain – a Jojo yn unig, heb gyfenw. Cyn hynny, 'Joe' oedd o i hogiau'r Cartref – heblaw am Didi, a ddechreuodd ei alw fo'n Jojo pan ddechreuodd yntau ei alw fo'n Didi. Dim ond Duw a'r staff eraill oedd yn ei alw fo'n Joseff Griffiths. Ac rŵan, â'i fywyd wedi dod yn gylch taclus, clywodd ei hun yn dweud yr enw eto. Ac mi oedd o'n swnio mor rhyfedd – yn od, ond eto, yn canu cloch…

Gwenodd Ceri, a phlygu i lawr a rhoi cusan serchus ar ei wefusau. "Wel, Joseff Griffiths, croeso i Gilfach… Shit – y sbageti!"

Neidiodd Ceri oddi ar ei lin a brysio at yr hob a dechrau troi'r sbageti yn y sosban efo'r llwy. Daeth Deio yn ei ôl o'r stafell fyw efo tegan JCB a rhyw degan hanner dyn a hanner robot. Aeth yn syth at Jojo a'u dangos nhw iddo fo.

Cydiodd Jojo yn y robot-ddyn a'i stydio, cyn gofyn i'r bychan, "Be 'di enw hwn 'ta?"

80

WEDI GADAEL FFINIAU'R DRE, gwasgodd Jojo gwpwl o fotymau ar ei ffôn a'i rhoi wrth ei glust. Newydd ateb oedd Didi pan ddaeth Jojo rownd cornel rhwng Gilfach a Golden Sands a gweld trwyn car heddlu'n sbecian allan o fynedfa fferm, rhyw hanner canllath o'i flaen. Rhoddodd y ffôn i ffwrdd a'i thaflu ar y sêt flaen, ac arafu o dan chwe deg milltir yr awr. Syllodd yn syth yn ei flaen wrth fynd heibio'r car, a sylwodd trwy gornel ei lygad fod dau heddwas yn eistedd ynddo. Cadwodd olwg ar eu car yn y drych a phan oedd bron â chyrraedd pen draw'r stretsh mi'u gwelodd yn tynnu allan, ac yn ei ddilyn.

Er nad oedd achos i gredu mai ef yn benodol oeddan nhw'n ei ganlyn, ystyriodd Jojo ei opsiynau. Cofiodd am y ddealltwriaeth dawel a darodd efo Johnny Lovell wrth dalu am y car. Mynd â cheir pobl wedi marw, mewn *house clearances*, oedd gêm Johnny mwyaf tebyg, ac os câi gyfle i wneud hynny heb fynd drwy'r camau swyddogol byddai'n osgoi mynd drwy unrhyw broses gyfreithiol fyddai'n rhoi'r cyfrifoldeb am y car yn ei ddwylo fo. Os felly, gan fod MOT a threth ar y Peugeot, gallai Jojo jansio rhoi enw'r ceidwad oedd wedi'i restru ar y papurau oedd yn y cwpwrdd yn y *dash*. Ond y broblem oedd na allai ymddiried yn llwyr yn yr hen sipsi. Efallai fod hanes i'r car, wedi'r cwbl – a hyd yn oed petai Jojo'n rhoi un o'i enwau ffug i'r heddlu, a dweud ei fod o newydd brynu'r car gan rhyw dincar ar ochr ffordd yn Lerpwl, gwyddai fod gan y cops gyfrifiaduron yn eu ceir y dyddiau hyn, ac y gallent wirio unrhyw wybodaeth drwy gysylltu â'r DVLA yn Abertawe mewn amrantiad.

Rhegodd Jojo dan ei wynt. Doedd problemau fel hyn byth yn codi wrth ddefnyddio'r Tiwb – na cheir anghyfreithlon y gangstyrs – yn Llundain. Trodd y gornel nesa a dod i olwg mynedfa Golden Sands, cyn gwasgu'i droed dde i'r llawr.

Wedi troi i mewn i'r gwersyll parciodd o flaen y siop ac edrych yn y drych. Gwelodd y plismyn yn troi i mewn i'r fynedfa. Agorodd y drws a cherdded yn hamddenol am y siop. Wrth gyrraedd edrychodd dros ei ysgwydd a gweld yr heddlu'n pasio'n araf, ac un ohonynt yn edrych ar y Peugeot tra bo'r llall yn syllu tuag ato fo. Cerddodd i mewn i'r siop ac at yr oergell. Stydiodd y diodydd am sbel gan gadw golwg allan drwy'r ffenest. Gwelodd gar yr heddlu'n nesu eto, ar ôl troi yn ôl i lawr wrth y carafannau. Agorodd ddrws y ffrij ac estyn can o Diet Coke. Edrychodd allan yn slei a gweld y plismyn yn syllu ar y Peugeot eto wrth basio'n ôl am y fynedfa.

Rhoddodd y can o Diet Coke yn ei ôl a gadawodd y siop, a cherdded am y car. Wrth ei gyrraedd, gwelodd din y car heddlu'n troi i'r ffordd fawr ac i gyfeiriad Gilfach. Neidiodd i mewn i'r Peugeot a sylwi fod ei ffôn yn canu. Didi oedd yno, yn ei ôl yn y dafarn gyfeillgar honno ym mhentref Cefn. Roedd o am gael "few la-dee-dars" a gweld pwy oedd o gwmpas, medda fo. Deallodd Jojo be oedd o'n ei feddwl, a dymuno pob lwc iddo, cyn tanio'r car a throi am Drwyn y Wrach.

81

Cadarnhaodd yr arogl sent a grogai ar awyr lonydd y garafán fod Didi wedi mynd ar y *pull*. Ond pan welodd Jojo'r trugareddau mêc-yp – *lip-gloss* ac *eyeliner* ac ati – yn gorwedd ar y bwrdd, daeth pwl bach o bryder drosto. Oedd, mi oedd yna ddynion hoyw ymhob man, a doedd yr ardal hon ddim gwahanol. Ond cymuned gudd oedd y gymuned hoyw yma, meddyliodd Jojo, a doedd hi'm yn anodd dyfalu pam eu bod nhw'n cadw eu rhywioldeb yn ddirgel. Er gwaetha agosatrwydd cynnes y trigolion, cymdeithas geidwadol oedd hi, ac un eitha adweithiol hefyd, o bosib. Hawdd oedd dychmygu fod homoffobia yn gallu bod yn broblem mewn lle o'r fath. Yn sicr, mentrodd Jojo, doedd o ddim y math o le yr âi dynion ifanc merchetaidd fel Didi allan i yfed mewn tafarnau yn gwisgo colur.

Ond dyna fo, meddyliodd. Rŵan fod Didi'n gyfforddus â'r hyn oedd o, pa hawl oedd gan unrhyw un ei rwystro rhag mynegi ei hun? A pham dylai Jojo boeni? Wedi'r cwbl, roedd ei ffrind gorau yn hen law ar droedio *minefield* llwydwyll puteindra Llundain.

Problem benna Jojo rŵan oedd diflastod. Roedd hi'n bedwar o'r gloch y prynhawn ac roedd popeth ar y teledu yn rwtsh llwyr. Trodd y stereo i'r radio, ac roedd hwnnw hefyd yn gachu i gyd. Cododd y copi o *Ask The Dust* a gafodd gan Johnny Lovell, ond gan ei fod wedi'i ddarllen unwaith, doedd ganddo fawr o amynedd ei agor.

Gwyddai yn union be oedd o ei angen, a chwmni Ceri oedd hynny. Cynhesodd ei galon wrth feddwl am deimlad ei chorff pan eisteddodd ar ei lin, ei chusanau cariadus a'i gwallt yn donnau ysgafn ar ei foch, ei chymeriad hwyliog a'i llygaid llawn sêr. Meddyliodd hefyd am y mwynder hoffus oedd tu mewn i'r gragen gadarn, a'r dagrau tyner a gododd o'r dyfnderoedd gleision i leithio meddalwch ei chroen. Oedd, roedd ganddi gadernid, ond cadernid teimladwy iawn oedd o. Cadernid wedi'i seilio'n ddiffuant ar egwyddorion cyfiawnder, heb nac eidioleg na doctrin yn ei gweledigaeth – dim ond be sy'n iawn a be sydd ddim. Allai Jojo ond ei hedmygu am sefyll yn erbyn y system, yn lle mynd efo'r lli fel cymaint o bobol eraill.

Er bod Didi ac yntau wedi gwrando arno hyd syrffed erbyn hyn, cododd Jojo i roi'r tâp o ganeuon Cymraeg ymlaen. Chafodd Jojo ddim cyfle i nôl ei liniadur glân – sef y cyfrifiadur a gadwai ar gyfer pethau diniwed fel cadw cerddoriaeth ac ati – o'r fflat cyn dianc o

Lundain. Collai Jojo ei gasgliad cerddorol bron cymaint â'i gasgliad llyfrau.

Gwasgodd Jojo'r botwm chwarae, a dechreuodd y tâp ar yr union gân oedd Didi ac yntau wedi cymryd ati cyn gymaint.

"*MAE HON YN SYSTEM AR Y DIAWL – A RYDAN NI I GYD YN BYW YNDDI – RŴAN!*" medd y llais wrth agor y gân.

Cydiodd Jojo yn yr alaw, a chanu â'i holl enaid efo'r geiriau oedd mor berthnasol. "*SYSTEM AR Y DIAWL – SY'N CANIATÁU I BOBOL OSOD POBOL LAWR…*" System ar y diawl sy'n caniatáu i gyfalafwyr barus frasgamu dros gymunedau, yn lladd treftadaeth ac erlid pobol dda fel Nedw a Ceri. System ar y diawl sy'n troi pobol yn erbyn ei gilydd, yn lledu rhagfarnau a chasineb fel salwch ynfytiaid drwy gymdeithas. System ar y diawl sy'n caniatáu'r diawledigrwydd a ddioddefodd Didi ac yntau a'r plant eraill yn y Cartref. "*… SYSTEM AR Y DIAWL – SY'N CANIATÁU I BOBOL OSOD POBOL LAWR…*" Yr un hen system ddiawl ydi hi rŵan a honno a ganiataodd ddwyn trueiniaid o'u cartrefi a'u cludo dros y môr i lafurio hyd at farwolaeth ar flaen chwip. Yr un system a roddodd y Crist ar y Groes, yna llurgunio ei symboliaeth er mwyn gorthrymu, dinistrio a llofruddio miliynau o fywydau. Y system a greodd duw, ac a'i lladdodd… "*… A PEIDIWCH BOD MOR DDA Â LLADD DUW… PEIDIWCH BOD MOR DDA Â LLADD DUW…*"

Sylwodd Jojo fod golau ei ffôn yn fflachio. Neidiodd i'w hateb a gweld mai rhif diarth oedd o. Trodd y sain i lawr ar y stereo. Nedw oedd yno, wedi cael gafael ar wair ac yn cynnig dod â fo i fyny. Cytunodd Jojo. Byddai'n reit falch o'i gwmni – unrhyw beth i'w atal rhag hel meddyliau.

Fel y trodd y ffôn i ffwrdd daeth cnoc ar y drws, ac agorodd Jojo fo i weld Johnny Lovell yn sefyll yno efo sigarét heb ei thanio yn hongian o'i geg, a'i gŵn yn sniffian o gwmpas ei draed.

"Sut mae pethe, chavvy?"

"Iawn, Johnny. Ddoi di i mewn?"

"Na, mae'n iawn. Sgen ti dân, Jojo? Dwi'n methu ffendio'n lighter."

Taniodd Jojo'i Zippo a'i ddal i'r hen sipsi sugno'r fflam i'w faco.

"Y car yn dal yn iawn?" gofynnodd Johnny, wrth bwffian.

"Yndi, Johnny. Ond…"

"Good job, 'macian i," medd yr hen foi ar ei draws. "That's all for today. Rhaid i Johnny fynd rŵan – busnes."

Trodd Johnny i ddilyn ei gŵn, a wyddai'r union adeg y byddai eu mistar yn symud.

"Croeso," atebodd Jojo, gan grafu'i ben mewn penbleth braidd.

"O! Un peth arall," cofiodd yr hen ŵr, a throi at Jojo eto. "Bobol. Bobol eto, yn holi. Jyst i adel ti wybod."

"Pwy rŵan, Johnny?"

"Busy-bodies."

"Sgen ti enwau?"

"O, wel, dwi ddim yn un am roi enwau, ond Dan Cocos oedd o. Ddoe. Holi be oedd dy enw di a lle oeddat ti'n dod o. Wnes i ddim ateb. Ddwedes i, 'All I know is he's a travellin man like meself.' Mae hynny'n cau'u cege nhw fel arfer."

Trodd Johnny ar ei sawdl eilwaith, ac ailddechreuodd y cŵn eu dawns hwythau.

"Johnny," gwaeddodd Jojo, a'i ddal o cyn iddo fynd.

"Ia, 'macian i?"

"Paid â poeni am bobol yn…"

"Ffycin hel, mae'n iawn siŵr," torrodd Johnny ar ei draws eto. "Ti'n talu fi. End of!"

Winciodd yr hen sipsi cyn dilyn ei gŵn i gyfeiriad y tŷ. Gwyliodd Jojo fo'n trampian i ffwrdd, a mwg y rôl yn ei geg yn pwffian i'r awyr fel trên stêm. Roedd o wedi methu cyfle arall i sicrhau ei landlord nad oedd lle iddo boeni amdanyn nhw – mai dim ond pobol yn hel clecs oedd sylfaen yr holl holi, dim byd mwy. Er, ddylai fod dim rheswm i bryderu – edrychai fel petai Johnny'n poeni cyn lleied am be oedd pobol yn ei ddweud ag oedd o am y gyfraith. Ond eto, roedd rhywbeth yn dal i gnoi yng nghefn meddwl Jojo ynglŷn â'r ffordd oedd Johnny'n ymddwyn, weithiau, ac allai o ddim cael gwared o'r teimlad fod yr hen greadur yn dal i bysgota am wybodaeth…

Ysgydwodd Jojo ei ben wrth gau drws y garafán, ac aeth draw at y bwrdd i nôl sigarét o'r paced. Rhoddodd hi yn ei geg tra'n edrych ar y llanw'n dod i mewn i'r traeth hir islaw. Roedd o'n gwybod bellach, heb orfod gwylio, ai dod i mewn neu mynd allan oedd o. Cydiodd yn ei Zippo a'i danio, ond cyn dal y fflam at ei ffag sylwodd ar gar heddlu yn ymddangos ar y ffordd islaw, yn dod rownd y gornel fawr o gyfeiriad Golden Sands, ac ar hyd y darn syth i gyfeiriad Trwyn y Wrach.

Pesychodd Jojo wrth danio'i sigarét a brysio allan o'r garafán. Gwingodd gyda phoen sydyn yn ei ystlys wrth blygu i lawr i'w gwrcwd a sleifio y tu ôl i'r clawdd pridd rhwng y garafán a'r cae uwchben y dibyn. Sbeciodd dros y wal, i weld i le fyddai'r cops yn mynd. Pe baent yn troi i fyny'r trac a ddyblai'n ôl i fyny am le Johnny ar ôl y gornel nesa, byddai'n rhuthro i nôl y bag pres a'r dogfennau ac ati o'r garafán, ac yn dilyn y wal, yn ei gwrcwd, i'r pant creigiog oedd ar ben y gefnen. Pe baent yn aros ar waelod y trac, byddai'n ffonio Nedw i'w rybuddio.

Ond er i'r heddlu arafu wrth geg y trac fferm, dal i fynd yn eu blaenau wnaethon nhw, a dilyn y ffordd gefn oedd yn cylchu yn ôl i gyfeiriad Gilfach. Pesychodd wrth roi anadl o ryddhad, cyn gweld y byddai wedi bod yn rhy hwyr i rybuddio Nedw fodd bynnag, wrth i fotobeic bach ymddangos rownd y tro mawr ac agor allan efo sŵn Flymo ar hyperdreif ar ôl cyrraedd y stretsh. Gwyliodd Jojo fo'n cyrraedd y gornel nesa ac yna at waelod y trac.

Dychwelodd Jojo i'r garafán ac estyn arian o'r bag i dalu Nedw. Diawliodd nad oedd ganddo unrhyw beth llai na phapurau hanner canpunt yno. Roedd o ychydig yn nerfus wrth fflachio'r papurau coch 'ma o gwmpas. Doedd dim rhyfedd fod pobol yn siarad. Diflasodd wrth feddwl faint ohonyn nhw oedd Didi'n eu fflachio yn y dafarn. Clywodd Nedw'n cyrraedd i gyfeiliant cyfarth cŵn Johnny, ac agorodd ddrws y garafán i weld yr hogyn yn tynnu'i helmed i ffwrdd.

"Ty'd mewn cyn i'r cŵn jipsiwn 'na dy fyta di, Nedw!"

"Ha! Jojo! Adawodd y ddynas 'cw i chdi adael heb wisgo tatws a moron, 'lly?"

Chwarddodd Jojo, a gadael i Nedw ei ddilyn i mewn a thaflu bag o wair ar y bwrdd.

"Faint tisio? Wythfad 'ta chwartar?"

"Hannar o'n i'n feddwl."

"Sgync ydio, sori – mae'r gwair wedi gorffan."

"Oww… Dwi'm yn siŵr. Mae'r ffacin stwff yn chwalu 'mhen i… Ond dyna fo, rhaid i Didi gael smôc, am wn i."

"Wel, 'dio'm yn gry iawn eniwe. Boi yn dre sy'n dyfu fo. Mae o'n dyfu fo'n iawn, harfestio fo'n iawn a sychu fo a ciwrio fo'n iawn, ond 'dio'm yn straen cry."

"Hmmm…" Ystyriodd Jojo.

"Fyny i chdi, Jojo. Mae o'n torri fo cyn iddo fo fynd yn heavy, os ti'n dallt be dwi'n feddwl. Mae o'n reit giggly, sdi. Ddudai 'tha ti be – smociwn ni jointan, a gei di weld wedyn, ia?"

82

TAWEL OEDD HI ETO yn y Quayside Inn, ond o leia roedd 'na farman gwell heddiw – un oedd yn gallu siarad efo cwsmer, a gwenu, ac yn ifanc a golygus hefyd. Gwallt blond, trendi, efo llygaid gwyrdd. Neis iawn, meddyliai Didi, oedd wedi cochi mymryn o leia ddwywaith wrth wenu arno hyd yma – a doedd o ond yno ers hanner awr.

Ar ôl i'r barman orffen gweini bwyd i ŵr a gwraig Saesneg yn y *dining area* daeth yn ei ôl i'r bar ble'r oedd Didi'n eistedd. Amserodd Didi orffen ei jin a thonic i'r dim.

"Un arall?" gofynnodd y barman efo gwên wnaeth i Didi doddi fel hufen iâ.

"Iff iŵ plis!" medda Didi wrth roi fflytran fach o'i lygaid. "Supersonic arall!"

"Supersonic – gin and tonic?"

"Ti wedi'i deall hi!"

Gwenodd y barman eto a throi i roi'r gwydr dan yr *optic*. Stydiodd Didi ei gorff yn ymestyn. Corff neis, meddyliodd wrth ddychmygu be oedd o dan y crys gwyn a'r trowsus tyn, du. Yna gwelodd wyneb y barman yn edrych yn ôl arno trwy'r drych y tu ôl i'r trugareddau ar gefn y bar. Copsan, meddyliodd wrth gochi ar amrantiad. Ond gwenu wnaeth yr hogyn. Gwenodd Didi'n ôl.

"Dwi ddim 'di gweld chdi ffordd hyn o'r blaen," medda'r barman wrth roi'r jin o'i flaen. "Wedi symud yma wyt ti?"

"Sort of," atebodd Didi. "Aros yn Gilfach."

"Lle shit yn dydi!"

"Yndi braidd."

"Ma fama'n waeth!"

"Yndi? Oes 'na rwbath yn digwydd yma 'ta be?"

"Yn y pyb yma? Oes – mae 'na karaoke bob nos Wenar. Ti'n licio karaoke?"

Er na wyddai o pam yn iawn, mi ddwedodd Didi ei fod o, ond nad oedd o'n un am ganu, ei hun.

"O ia?" atebodd y barman gan wenu. "Dwi'n gwbod be ti'n licio, felly!"

Bu bron i Didi dagu ar ei jinsan. "O? A be 'di hwnnw 'ta?"

"Gwatsiad bobol erill yn gneud ffyliad o'u hunain 'de?"

Gwenodd Didi. Roedd o wedi disgyn am honna.

"Ty'd nos Wenar yma 'de," medd y barman wedyn. "Fydd 'na ddigon o ffyliaid yma, sdi!"

"Fyddi di'n gweithio?"

"Bydda."

"Wnai feddwl am y peth, felly!" fflyrtiodd Didi.

"Paid ag ecseitio gormod, cofia," winciodd y barman. "'Dio'm cweit yn Heaven! Ond dwi'n siŵr gei di lot o sylw gan y clientele!"

"Didi ma nhw'n 'y ngalw fi, by the way," medda Didi ac estyn ei law.

"Matt," medd y barman. "Didi – enw diddorol! Short am rwbath?"

"Substitute! Am David – and who can blame me?!"

Chwarddodd Matt. "Wna i sticio at Didi, felly!"

Bu bron i Didi ddweud wrtho y câi o sticio i Didi hynny licia fo, ond meddyliodd eilwaith. Gwyliodd Matt yn cerdded drwodd i'r cefn i wneud beth bynnag mae gweithwyr bar yn ei wneud.

Edrychodd Didi o'i gwmpas. Roedd hi'n deimlad rhyfedd bod mewn tafarn ar ei ben ei hun, meddyliodd, wrth sylweddoli mai dyma, efallai, oedd y tro cynta erioed i hynny ddigwydd. Teimlad rhyfedd, hefyd, oedd fflyrtio yn gwbl agored efo dyn arall. Er ei fod wedi gwneud hynny pan oedd o'n gweithio yn Llundain, ac – fel yr oedd yn cydnabod erbyn hyn – wedi fflyrtio'n isymwybodol efo sawl dyn arall, dyma'r tro cynta iddo wneud hynny fel dyn hoyw allan o'r *closet*. Gwenodd wrth weld eironi'r term 'allan o'r *closet*', ac yntau wedi bod yn cael rhyw hoyw ar hyd ei oes – er bod y rhyw cynharaf, os nad y rhyw am gyflog hefyd, i gyd yn erbyn ei ewyllys.

Ystyriodd, hefyd, eironi y term yn erbyn ei ewyllys, o gofio mai rhyw hoyw fuodd o eisiau go iawn, erioed. Fel dwedodd Jojo – pe na bai'r cam-drin a threisio tin diddiwedd wedi digwydd, byddai wedi tyfu i fyny i gael rhyw cydsyniol efo dynion hoyw eraill ymhell cyn cyrraedd ei ugeiniau. Ond, fe'i cyflyrwyd i feddwl mai annaturiol a *warped* oedd bod yn hoyw. Tyfodd i fyny'n credu fod rhywbeth yn bod arno am gael ei droi mlaen gan ddynion noeth a lluniau cociau, ac am gochi yng nghwmni dynion golygus, a methu cael ei gyffroi gan ferched mwya rhywiol y *manor*. Ar hyd ei oes, bu'n teimlo fel tegan oedd wedi torri yn y ffatri – bod y darnau iawn ganddo, ond bod rhywbeth wedi mynd o'i le ar y *programming*. A dyma fo, rŵan, yn gyfforddus ynddo'i hun ar ôl derbyn be oedd o, a bod hynny mor naturiol â byw – ond ei fod o'n ddyn pedwar deg ag un oed, ac erioed wedi cael rhyw cydsyniol efo neb!

Ac roedd hynny oherwydd Duw – Godfrey Harries – a'i ddiafoliaid yn y Cartref. Nid yn unig y collodd ei blentyndod, ond mi ddinistriwyd tri degawd o'i fywyd hefyd. Sicrhaodd y basdads ei fod wedi cyrraedd ei ddeugeiniau nid yn unig yn Larry Flint, yn ddideulu, digartra, a di-hanes... ond hefyd yn ffycin *virgin*!

83

"PANAD?" GOFYNNODD JOJO WRTH i Nedw dynnu'i sgins allan.

"Duw, ia, fysa panad yn lyfli! Lle ma Didi 'ta?"

"Wedi mynd am dro."

"Dwn 'im?"

"Be, ti'n syrpreisd? Mae o'n mynd bob dydd, sdi."

"'Dio'm yn taro fi fel yr owtdôr teip, rywsut."

Gwenodd Jojo. "Na, ella fod o ddim."

"Chdi 'ta fo sy mewn i cross-dressing?"

"Eh?" Edrychodd Jojo ar Nedw a gweld ei fod o'n cyfeirio at y taclau *make-up* oedd Jojo wedi'u hel i un ochr ar y bwrdd. "Ah! Ia, wel... Mae Didi'n licio edrych 'i orau i fynd am dro!"

"*Ydi* o'n bwff 'ta be, Jojo?"

Bu bron i Jojo dagu ar ei boer ei hun. "Didi?"

"Ia."

"Pam ti'n gofyn?"

"Wel, dwi'm yn ffansïo fo na dim byd, os na dyna ti'n feddwl!"

Chwarddodd Jojo. "Na, dwi'n dallt. Wel, ti'n gwbod y ffordd mae o'n edrych?"

"Yn gê?"

"Ia. Wel, dyna ydi'r cliw, yli!"

"O'n i'n ama!"

"Dim bwys gen ti, nacdi?"

"Duw, na. Cyn bellad…"

"… a bod o ddim yn trio hi on efo chdi." Gorffennodd Jojo'r frawddeg drosto fo. Roedd o wedi'i chlywed hi ganwaith o'r blaen yn Llundain wrth i bobol ddod i arfer yn ara deg bach efo presenoldeb agored cynyddol pobol hoyw mewn cymdeithas.

Aeth Nedw'n dawel am funud bach, wrth i Jojo ddod draw efo'r paneidiau ac eistedd i lawr wrth y bwrdd.

"Y peth ydi, Nedw, dydi bobol fel Didi – 'pwfftars' – yn ddim gwahanol i bobol fel ni, heblaw mai secs efo bobol o'r un secs â nhw sy'n troi nhw mlaen. Dwyt ti a fi ddim yn ffansïo pob un hogan ydan ni'n weld, nacdan?"

"Dwn 'im…"

"Nagwyt dwyt ti ddim – dim *bob* un. Eniwe, mae o 'run fath efo nhw. Dydyn nhw ddim isio mynd i drons bob dyn ma nhw'n weld, siŵr! Mae nhw'n gallu deud pwy arall sy'n hoyw, sdi. Fysa nw'm yn trio hi on efo chdi neu fi."

"Wel, dwi'n falch o ffycin glywad, myn uffarn i!"

Gwenodd Jojo. Er bod Nedw'n aeddfed iawn o'i oed, doedd o heb weld digon ar y byd eto, o bell ffordd.

"A beth bynnag, Nedw – fysa fo'n beth peryg iddyn nhw ei wneud, achos mae llwyth o'nyn nhw'n cael eu lladd, sdi."

"Ia, mae hynna'n ffycin nyts. Hollol ffycin rong. Be sy'n bod ar bobol dwad?"

"Crefydd ynde, Nedw. Mae rhyw ffycin offeiriad neu ffycin rabbi wedi sgwennu yn y Beibl rywbryd fod duw yn deud fod hyn a'r llall yn rong – a dyna hi wedyn, pawb yn llyncu'r bullshit, a mae o allan yna, yn y gymdeithas, fel virus yn cael ei basio i lawr o genhedlaeth i genhedlaeth, wedi gwreiddio yn y psyche. A'r bobol sy'n wahanol yn gorfod cuddio a byw o dan y *radar*, rhag ofn iddyn nhw gael cyllall yn eu gyddfau yn y nos, neu eu llusgo o'u gwlâu a'u rhoi i fyny yn erbyn y wal…"

"Neu eu rhoi ar drêns i'r gas chambers…" ychwanegodd Nedw wrth danio'r sbliff.

"Ia, yn union, Nedw. Ti'n deall, felly! Achos, waeth pa

ddiawledigrwydd sy'n cael ei wneud i bobol ar y sail eu bod nhw'n wahanol, mae o i gyd yn mynd yn ôl i be bregethodd rhyw gont o ben pulpud, ganrifoedd yn ôl. Achos y cont hwnnw yn y pulpud sydd wedi lejitimeisio pob anoddefgarwch a rhagfarn mae pob seico mewn iwnifform wedi'i sbowtio o ben platfform erioed. Gair yr offeiriad ydi arf y ffashists – felly fuodd hi erioed!"

"Ond be oedd y gair 'na ddudasd di cynt – y gair mawr Cymraeg 'na?"

"Diawledigrwydd?"

"Ar ôl hwnna – anodd–rwbath."

"Anoddefgarwch?"

"Ia."

"Sori – dwi'n darllan gormod o lyfra, mae gen i ofn. 'Intolerance' mae o'n feddwl. Methu diodda bobol am eu bod nhw'n wahanol i ni. Bobol gê, bobol ddu, bobol Polish, Arabs, Jiws, jipsiwns, bobol gwallt coch… Mae pawb isio casáu pawb arall. Ond bobol ydi bobol ydi bobol, ynde? Who gives a flying fuck?"

Roedd y sgync yn amlwg wedi hitio Nedw'n barod, achos wnaeth o ddim ateb, dim ond edrych yn wag ar Jojo. Sylwodd hwnnw ei fod yntau wedi bod yn pregethu chydig gormod am ganol pnawn. Derbyniodd y sbliff gan Nedw.

84

TSIECIODD DIDI EI WYNEB yn y drych yn nhoiledau'r dynion cyn mynd yn ôl i'r bar. 'Mond chydig o fêc-yp i amlygu ei lygaid oedd o wedi'i roi, ac ychydig o sglein ar ei wefusau; dim gormod – doedd o'm isio edrych fel Lionel Bart, dim ond yn damaid o Lanzarote. Er, po hira oedd o'n eistedd yn y bar yn siarad efo Matt, y mwya o *tart* yn hytrach na toti oedd o'n deimlo. Doedd Didi heb fod mor horni â hyn ers… wel, erioed. Roedd hyd yn oed sbin bach yn y gwch efo Captain Pugwash yn swnio fel proposishiyn deniadol erbyn hyn.

Wiglodd ei din yn ôl am y bar, ac wrth fynd i lawr y pasej mi ddigwyddodd o sylwi ar boster 'Golden Sands Events' ar y wal. Stopiodd i'w ddarllen, rhag ofn iddo fethu rhywbeth da yn digwydd ar drothwy drws y garafán. Doedd o'm callach o'i ddarllen, fodd bynnag – welai o ddim byd mwy cyffrous na *karaoke* a rhyw fand teyrnged o'r enw Think Floyd. Ond tynnwyd ei sylw at ddigwyddiad o'r enw 'Camp Queen' yn yr adran 'Special Events' ar waelod y poster.

Darllenodd ymhellach a gweld mai hysbysebu cystadleuaeth fisol Brenhines y Gwersyll oedd o, nid perfformiad gan artist drag. Yn ôl y sbîl byddai'r gystadleuaeth yn ailddechrau am y gwanwyn a'r haf, gyda'r rowndiau cynta yn dechrau'n fuan. Y nos Wener ola o bob mis fyddai'r gystadleuaeth, yn y Sandy's Night Club yn y gwersyll, ac mi oedd croeso i bawb, boed yn wersyllwyr neu beidio, i fynychu'r hwyl.

Yna hoeliwyd ei lygaid ar enw'r beirniaid – un ohonyn nhw'n benodol: 'Golden Sands owner and Shaw-Harries Associates Director, Mr Godfrey Harries'!

Rhewodd gwaed Didi. Darllenodd yr enw eto, ac eto wedyn, i wneud yn siŵr nad oedd yn camddarllen. Dechreuodd ei stumog droi, a dechreuodd chwysu. Teimlai'r gwaed yn drênio o'i wyneb a'r cnoi yn ei stumog yn mynd yn waeth. Heb unrhyw gymhelliad na rheolaeth daeth dagrau fel gwlith allan o'i lygaid. Dechreuodd grynu, a bu'n rhaid iddo gamu am yn ôl i bwyso ar y wal gyferbyn. O fewn eiliadau, roedd o wedi rhedeg yn ôl i'r toiledau ac yn chwydu ei *supersonic* i lawr y pan.

Ar ôl sychu'i geg efo papur aeth am y sinc a rhoi ei geg o dan y tap. Edrychodd ar ei hun yn y drych. Doedd o ddim yn adnabod y llygaid oedd yn edrych yn ôl arno. Roeddan nhw'n llygaid rhywun arall – hogyn bach llawn dychryn, enaid *haunted* rhywun wedi'i arteithio. Ac ar ben hynny, roedd ei fascara wedi rhedeg.

Anadlodd yn ddwfn ac estynnodd fwy o bapur o'r toiled, a sychu'i geg, cyn ceisio twtio rhywfaint ar y smyjis duon o dan ei lygaid. Syllodd i fyw ei lygaid, a galw ar ei hun i sadio a dod at ei goed. Mynnodd ei fod o'n hen ddigon cryf i wrthsefyll hyn. Mynnodd na allai neb ei frifo bellach. Atgoffodd ei hun iddo fod yn barod am y posibilrwydd hwn ers wythnos a hanner. Atgoffodd ei hun ei fod o bellach wedi ennill, fod yr hen Didi yn ei ôl, ei fod o'n rhydd o felltith Duw a'i ddiafoliaid unwaith ac am byth, ac nad oedd dim – dim, dim, dim – yn mynd i newid hynny rŵan. Gan anadlu'n ddwfn drosodd a throsodd, gyrrodd holl gadernid ei ewyllys i mewn i lygaid y dyn yn y drych. Daliodd i wneud hynny nes y gwelodd, ac y teimlodd, fod y dyn hwnnw yn dal yno.

Anadlodd yn rhwyddach. Derbyniodd fod Godfrey yn dal yn fyw. Derbyniodd ei fod o'n dal o gwmpas. Derbyniodd nad oedd hynny'n newid dim ar y ffaith mai fo, Didi, oedd wedi ennill. Perswadiodd ei hun na fyddai'n gwneud rhywbeth gwirion…

Trodd ar ei sawdl, a mynd am y pasej eto. Rhwygodd y poster oddi ar y wal, ei blygu a'i roi ym mhoced ôl ei jîns gwyn. Aeth drwodd i'r bar at Matt, a gwenu.

"Treble supersonic plis, Matt. A be bynnag wyt ti isio."

85

"BE AMDANA CHDI, NEDW?"

"Ffyc, dwi'm yn ffycin gê!"

Chwarddodd Jojo. "Dim dyna o'n i'n feddwl, siŵr dduw! Sut mae petha efo chdi? Aru chdi feddwl mwy am be ddudas i wrtha ti noson o'r blaen?"

"Aa, wel… Mae o'n compliceted braidd, i ddweud y gwir, Jojo."

"Ia, wel, fedrai ddeall hynny."

"Y peth ydi, dydi Mared ddim yn haeddu cael ei brifo. Mae hi'n good skin, sdi, Jojo."

"Mae dy fam hefyd, cofia."

"Yndi, dwi'n dalld hynny 'fyd. Ond y crac ydi, dydi Beth ddim yn dropio fi yn y cach, sdi. Meddwl am Mared mae hitha hefyd, sdi."

"Wel, ti'n gwbod y crac yn well na fi, mêt."

"Ac ar ddiwadd y dydd, os na ellith Beth frifo Mared – na finna chwaith, rili – wel be ffwc fedrai neud? Dim ond gwadu neith Beth, so fydda i back to square one, yn bydda? A Mared yn deilchion i fewn yn y fargian!"

"Ti'm wedi meddwl siarad efo Mared?"

"Cyfadda popeth, 'lly?"

"Wel, mae o'n greisus dydi? Dy ryddid di sy'n y fantol – hwyrach. Eglura hynny iddi. Ella eith hi off ei phen i ddechra, ond…"

"Ia, ond fydd hi'n dal wedi colli ffrind gora – dau ffrind gora os ti'n cyfri fi."

Pasiodd Jojo'r sbliff yn ôl i Nedw. Dim ond dau ddrag bach gymerodd o. Roedd y stwff yn rhy gryf, waeth be honnodd Nedw'n gynharach.

"Yr unig ffordd rownd hyn," medda Nedw ar ôl tynnu ar y smôc, "ydi cael alibi gan rywun arall."

Ysgydwodd Jojo ei ben, ond aeth Nedw yn ei flaen.

"O'n i'n meddwl gofyn i chdi am un, Jojo?"

Y diawl bach, meddyliodd Jojo i ddechrau, yn cymryd mantais o'r hoffter amlwg oedd ganddo tuag at ei fam. Ond sylweddolodd fod y sgync yn chwarae ar ei feddwl ac yn ei wneud o'n paranoid yn syth. "Y peth efo alibi ydi, Nedw, fod rhaid iddo fod mor watertight â twll tin chwadan."

Chwarddodd Nedw.

"Na, dwi'n siriys rŵan, Nedw! Mae rhaid iddo fod yn hollol foolproof, achos os ti'n cael dy ddal yn dweud celwydd yn y doc 'na, mi stwffith y barnwr flwyddyn neu ddwy ecstra i fyny dy din di cyn i ti ddweud watsia 'mheils i!"

"Dwi'n dalld hynny…"

"Na, dwyt ti ddim, neu fysat ti ddim yn meddwl am y peth. Mae cael dau berson i gofio'r un stori yn union – heb sôn am osgoi cael eu dal allan gan gameras a records mobile phones – yn ddigon anodd, heb sôn am beidio disgyn i draps y bargyfreithwyr! Achos dim jysd chdi a dy dyst fydd yn gwybod ei bod hi'n stori gont – mi fydd y cops a'r erlyniad hefyd…"

"Erlyniad?"

"Prosecution. Felly fydd y proseciwshiyn, bobol sy wedi treulio pedwar deg mlynadd yn dal crwcs allan yn y doc, yn treulio misoedd yn paratoi eu cwestiynau – gilt-edged, handcrafted, precision missiles fydd yn dy ddal di a dy wutnes allan. Fyddan nhw hefyd yn dod o hyd i dystion eu hunain fydd yn gallu profi fod y person sy'n rhoi alibi i chdi yn rhywle arall, neu beth bynnag, ar y pryd. Etcetera, etcetera, etcetera… A 'di hynna ond dechra dy broblema di."

"Felly dydio ddim yn syniad da?"

"Nacdi. Mae o wedi cael ei wneud, ac wedi gweithio. Ond siawns mewn miliwn, math o beth, ydi o. Fysa'n well i ti bledio'n euog na'i risgio hi. O leia efo guilty plea mi gei di leniency. Tria di fod yn glyfrach na nhw, a methu, ac mi gei di dy shafftio."

"OK, wel, diolch am yr adfeis…"

"A fyswn i ddim yn gallu rhoi alibi fysa'n dal dŵr i chdi, eniwe, achos do'n i ddim yma noson y tân. O'n i'n trafaelio i fyny o Llundan. Oedd y Plaza'n sindars cyn i ni gyrradd."

"O, o'n i'm yn gwbod hynna, sori."

"Ac mae 'na reswm arall hefyd, Nedw."

"Be?"

"Ti'm yn cofio be ddudasd di wrthai noson o blaen?"

Wnaeth Nedw ddim ateb, dim ond tynnu'n ddwfn ar y *joint* â golwg feddylgar ar ei wyneb.

"Mi oeddat ti i mewn yn y Plaza, medda chdi. Ac mae fforensics – hwyrach, wel, mwya tebyg, ddudwn i, achos mae rhaid i chdi ddisgwyl y gwaetha – yn mynd i ddangos hynny. A lle fysa hynny'n gadael fi wedyn, Nedw? Mae perverting the course of justice yn cario sentans ar ben ei hun, sdi."

Trodd Nedw i edrych trwy'r ffenest. "Ffyc, sori Jojo… Do'n i ddim rili'n sylweddoli… Gena i ofn, sdi…"

Sylwodd Jojo fod gwlith yn llygaid y bachgen. "Nedw, y tsiansus ydi nad ei di i jêl."

Tynnodd Nedw ar y sbliff a'i phasio i Jojo. Yn groes i bob synnwyr yn ei ben, cymerodd hwnnw hi – dim ond er mwyn bod yn gymdeithasol. "Sgen ti rwbath ar dy record yn barod, Nedw?"

"Na. 'Mond reidio motobeic heb leisans."

"OK, reit – i ddechra efo hi, mae 'na jans gei di ddim dy jarjio. Os daw fforensics o hyd i rwbath fydd rhaid i be bynnag ffendian nhw dy roi di yn yr adeilad ar yr *amser* iawn. Ti efo fi?"

"Yndw."

"Os na fyddan nhw'n gallu gwneud hynny, ond fod be bynnag mae nw'n ffendio yn dy roi yn yr adeilad *rywbryd*, dim ond tystiolaeth cyd-ddigwyddiadol fydd o. Circumstantial evidence. Ti'n dal efo fi?"

"Jysd abowt – jysd slofa i lawr efo'r Cymraeg mawr…" Rhoddodd Nedw wên ysgafn. Roedd o'n teimlo'n well ar ôl diosg ei arfwisg am ennyd i ddatgelu ei ofnau go iawn.

Gwelodd Jojo fod y grisial yn sgleinio eto yn llygaid yr hogyn. Pasiodd y smôc yn ôl iddo.

"Ond y peth efo tystiolaeth cyd-ddigwyddiadol ydi, Nedw, os ydyn nhw'n 'i ddefnyddio fo *efo* tystiolaeth arall – tystiolaeth gwan neu beidio – wel, wedyn mae o'n beryg. Mae o mor beryg mi all o yrru dyn diniwed i garchar am oes."

Ystyriodd Nedw'r geiriau orau y medrai, wrth dynnu'n ddwfn ar y sbliff.

"Felly…" ychwanegodd Jojo, gan gael trafferth cadw ei frawddegau mewn trefn. "Hyd yn oed os na fydd fforensics yn gallu rhoi chdi i mewn yn y Plaza ar yr *amser* iawn, mi wnan nhw jarjio chdi eniwe, am fod ganddyn nhw dystiolaeth cameras sy'n deud dy fod ti yn yr ardal…"

"A'r eye-witness hefyd, aparentli…"

"A'r llygad-dyst, ia. A'r ffaith dy fod titha'n deud celwydd am lle ti 'di bod."

Sobrodd Nedw. "Shit!"

"Ia, Nedw, shit. Ond – yn ôl at y pwynt jêl. Os fysat ti'n colli'r achos, mi fydd y barnwr yn gorfod ystyried y ffaith mai dy drosedd cynta di ydi o, a cryfder y dystiolaeth, wrth ddedfrydu."

"A be mae hynny'n olygu?"

"Be, dedfrydu?"

"Na, be fydd y jyj yn wneud?"

"Pre-sentencing reports a ballu. Character references. Fydd lot o betha yn dod mewn iddi – petha fydd yn dod â dy sentans di i lawr. Ond hefyd, petha all ei chynyddu – fel faint o ddifrod ti 'di wneud, mewn punnoedd, achos pres sy'n cyfri i'r wlad, dim byd arall…"

"Ac os fydd y jyj yn fêts efo'r Syndicet?"

"Hmm, dwn 'im – mae'r oes yna wedi mynd, sdi. Barnwyr heddiw'n datgan diddordeb – declare an interest – a gwrthod eistedd ar yr achos. Peth ola ma nhw isio ydi i'r achos fynd i apêl a ballu. Oni bai fod o'r achos ola cyn i'r barnwr ymddeol, a bod ffwc o bwys ganddo fo! Ond anghofia am hynny… Fyswn i'n poeni mwy os ydi'r barnwr yn Dori 'ta'n Libral."

"Pam?"

"Y ffordd fyddan nhw'n sbio ar dy gymhelliad di – dy motive."

"Fyddan nhw'n dragio Mam i mewn iddi?"

Ysgydwodd Jojo ei ben. "Fyddan nhw'n deud mai chdi oedd yn pissed off, dim bod dy fam wedi dweud wrthat ti am losgi'r lle. Os fysa nhw'n deud hynny, fysa rhaid iddyn nhw fod wedi'i harestio hitha hefyd a tsiarjio'r ddau o'na chi am gynllwyn – conspiracy."

Roedd pen Nedw wedi dechrau troi. Be oedd o angen oedd crynodeb – a hynny'n reit fuan, cyn iddo gael *whitey*. "Felly be 'di'r bottom line?"

"Y bottom line ydi – arson, no ffacin jôc, mae o'n cario…"

"Jojo! Y very bottom line, plis?"

"Wel, os ti'n colli, a dwi'n meddwl *os* ti'n…"

"Jojo!" medda Nedw efo'i law i fyny. "Dwi ddim isio bod yn ddigywilydd, mêt, ond be am y lein o dan y bottom line?"

"Ar y gwaetha yn dy achos di?"

"Plis!" mynnodd Nedw'n daer.

Gwyddai Jojo y byddai hynny'n dair blynedd. Ond nid rŵan oedd yr amser i ddweud hynny. Gwyddai'n iawn pa stad oedd pen Nedw ynddi ar y funud hon. Byddai dweud y gwir wrtho rŵan yn ei chwalu.

"Suspended sentence," meddai, cyn gwylio'r geiriau'n suddo i ben y bachgen. "Tisio gwbod ar y gorau?"

"Na, dwi'n gwbod be 'di hwnnw," atebodd Nedw. "Not ffycin gulti!"

86

SUDDO'R TREBL JIN AR ei dalcen wnaeth Didi, cyn archebu un arall i'w yfed yn arafach. Erbyn y trydydd trebl roedd o'n fflio mynd, yn rhaffu disgrifiadau lliwgar am glybiau hoyw Llundain – er na chroesodd drothwy un ohonyn nhw erioed.

Matt oedd wedi'i holi am y sîn yn Llundain. Doedd o erioed wedi bod, ond mi oedd o wedi bod i Canal Street, Manceinion gwpwl o weithia. Roedd 'na fws mini'n mynd o'r ardal bob mis neu ddau, medda fo, ac roedd croeso i Didi ddod efo nhw'r tro nesa. Mynnodd Didi ei fod o'n rhy hen, i ddechrau, gan feddwl mai seboni oedd Matt pan fynnodd hwnnw nad oedd o'n edrych damaid mwy na thri deg – ac yn edrych yn dda iawn ar ben hynny hefyd. Ond wedi gweld fod Matt o ddifri, derbyniodd Didi'r cynnig gan ddiolch yn fawr iddo'r un pryd.

Daeth y cwpwl canol oed drwodd i dalu am eu bwyd ar eu ffordd allan. Gofynnodd Matt oedd y pryd wedi plesio, ac mi oedd o, medda nhw. Gwasgodd Matt fotymau ar y til a gwyliodd Didi'r gŵr yn tynnu walet fawr dew allan. Trodd i sbio ar Didi, cyn crychu'i drwyn wrth edrych i fyny ac i lawr arno. Yn reddfol, edrychodd Didi ar ei jîns gwyn rhag ofn bod rhyw strempiau o chwd arnyn nhw, ond roeddan nhw'n lân. Tsieciodd ei siaced, a doedd dim byd yn bod ar honno chwaith. Trodd Didi'n ôl i sbio ar wraig y boi. Gwenodd honno arno a gwenodd Didi'n ôl.

"Ta, mate," medd y boi wrth Matt.

"Yes, thank you ever so much," medd y wraig

"Thank you, bye," atebodd Matt.

A gydag un edrychiad afiach arall i gyfeiriad Didi, arweiniodd y gŵr ei wraig allan trwy'r drws ffrynt i'r harbwr.

"Surbwch!" medda Matt.

"Twat!" medda Didi.

Chwarddodd y ddau. Gwyliodd Didi Matt yn ymestyn i'r silff ucha eto, wrth gadw cwpwl o wydrau glân, a gwenodd y ddau ar ei gilydd yn y drych eto. Heblaw am y cogydd, oedd yn dod drwodd i gefn y bar i sbecian am gwsmeriaid bob yn hyn a hyn, dim ond nhw eu dau oedd yn y dafarn, ac allai Didi feddwl am ddim arall ond neidio i'r gwely efo Matt a'i fwyta fo i fyny, roedd o'n edrych mor dda. Ond dyna fo, meddyliodd, roedd rhaid i'r boi weithio.

"Faint o gloch wyt ti'n gorffen gwaith 'ta?"

"Un ar ddeg," atebodd.

"Bechod!" gwenodd Didi.

"Dau tan un ar ddeg dwi'n weithio bob shifft."

"Be ti'n wneud wedyn 'ta? Oes 'na rwla i fynd i gael drinc?"

"Dim ganol wsnos. Ond weithia dwi'n aros ar ôl yn fan hyn am gwpwl o ddrincs."

Gwenodd Didi'n ddrwg. "Ti'n byw yn lleol, felly?"

"Ddim yn bell. Jysd heibio'r castall."

"Ben dy hun?"

Gwenodd Matt. "Weithia," meddai, efo winc. "Ond mae genai gariad."

"Neis," atebodd Didi, gan obeithio na ddisgynnodd ei wep ormod.

"Ond 'dio'm yn byw efo fi."

Gwenodd Didi, gan obeithio nad oedd hi'n wên rhy amlwg.

"Be amdana chdi 'ta, bêb? Sgen *ti* gariad?"

"Nagoes. Dal i freuddwydio am dashing stranger i 'nghario fi i ffwrdd i'r synset!"

"Wel, fyddi di'm yn aros yn hir."

"Ti'n meddwl?"

"No wê fyddi di, gorjys – ti'n rili lysh!"

Toddodd Didi yn y fan a'r lle. Teimlodd ei fochau'n cochi a'i lygaid yn fflytran fel ffŵl. "Cym off it!"

"Dwi'n feddwl o," medda Matt gan bwyso ar y bar o'i flaen. "Ti'n rili neis."

"O, ffac off!"

"Go iawn. Secsi hefyd."

"Stopia rŵan, cont!"

Gostyngodd Matt ei lais wrth edrych yn syth i mewn i'w lygaid. "A mae gen ti lygid mor lyfli."

Syllodd Didi'n syth yn ôl i'w lygaid yntau. "Ti'n meddwl?"

"Dwi'n gwbod."

Closiodd Didi ato, gan sbio ar ei wefusau, yna'n ôl i'w lygaid gwyrddlas. Gwenodd yn chwareus. "Mmm. Ti'n rili stunning dy hun."

Gwenodd Matt. "Jin?"

"Wel, fysa'n well gen i rwbath arall 'de, ond mi wneith jin y tro am rŵan!"

"OK. Tamad i aros pryd, ia?" winciodd Matt wrth droi i nôl jinsan arall.

Canodd ffôn Didi. Tynnodd hi o'i boced a gweld mai Jojo oedd yno. Dim bod hynny'n ei synnu, gan mai dim ond gan Jojo oedd ei rif. Gwasgodd y botwm coch a throi ei ffôn i ffwrdd, cyn ei gosod ar y bar.

"Ti'n siŵr fod gen ti ddim cariad, Didi?" gofynnodd Matt, yn tynnu'i goes.

"'Y mrawd mawr i oedd hwnna – Jojo. Efo fo dwi'n byw."

"Jojo? Didi a Jojo?" Chwarddodd Matt. "'Da chi'n swnio fel rhyw gomedi act i blant!"

"Be, fel y Chuckle Brothers? Gerroff!"

Gwenodd Matt. "Lle 'da chi'n byw 'ta?"

"Mewn carafán. Draw fforcw."

Pwyntiodd Didi ei fraich i gyfeiriad cyffredinol y traeth.

"Golden Sands?"

Oedodd Didi cyn ateb, wrth gofio pwy oedd bia'r lle. "Na, carafán seit arall. Trwyn y Wrach."

"Ha! Lle y ffycin wîrdo 'na!"

"Johnny Lovell?"

"Johnny Lombardi. Newidiodd o'i enw ar ôl y rhyfal. Italian ydio go iawn, sdi."

"Ti'n siŵr?" gofynnodd Didi. "'Dan ni'n siarad am yr un boi? Hen ddyn, lêt sicstis, ella mwy?"

"Mae o'n fwy na hynny go iawn – yn ei êtis, siŵr o fod. Prusnyr of wôr oedd o, wedi aros ar ôl y rhyfal."

Wnaeth Didi ddim ateb. Roedd y swpyrsonics wedi dechrau deud arno fel oedd hi, heb sôn am Matt yn gollwng petha fel hyn arno.

"So dim dod yma mewn carafán yn gwerthu sgrap wnaeth o?"

Chwarddodd Matt. "'Dio 'di deud honna wrtha chdi, do? Paid â gwrando ar y rwdlyn!"

"Ha! Dydw i ddim, eniwe. Jojo sy'n gneud y dîlings efo fo, dim fi."

"Wel, deud wrth dy frawd am watsiad be mae o'n ddeud wrtho fo. Doji ffycyr."

Rhoddodd Matt y jinsan ffresh ar y bar o'i flaen cyn troi i dollti *bacardi* mawr iddo'i hun. "Dwi am joinio chdi. Gawn ni rhain on-ddy-hows. Perks y job. Gneud i fyny am y cyflog cachu mae'r bos yn dalu fi."

"Wel, I'll drink to that!" medda Didi.

"Ia, twll 'i din o. Twat ydio eniwe. 'Dio byth yma." Daeth Matt yn ôl at y bar a dal ei wydr i fyny. "Iechyd da!"

"Up the workers!" medda Didi, cyn cymryd llwnc da.

"Ia. Fuck you, Godfrey!" medda Matt, a chymryd sip.

87

RYWBRYD AR ÔL Y sgwrs ddwys gafodd o efo Jojo am ei achos llys a rhyw bethau trwm, cyfreithiol, chwalu-pen, cofiodd Nedw ei fod wedi dod â CD efo fo. Casgliad o stwff amrywiol oedd hwn eto – detholiad o ganeuon oddi ar ei liniadur, yn cynnwys caneuon Cymraeg a Saesneg.

"Pan ga i amsar wnai losgi copis o rei o'n CDs i chdi," medd Nedw, i egluro nad oedd y detholiad arbennig hwn yn gynrychioliadol o helaethrwydd ei gasgliad llawn.

"Diolch ti, Nedw," medd Jojo efo winc – yn ymwybodol fod gan y bachgen dipyn o ffordd i fynd cyn gallu samplo hyd yn oed un diferyn o'r cefnfor o gerddoriaeth oedd allan yna, mewn gwirionedd.

Rhoddodd Jojo'r ddisg yn y peiriant. Daeth 'Legalize It' gan Peter Tosh ymlaen. Roedd gobaith i'r hogyn, meddyliodd Jojo'n syth, wrth ddiolch fod gan Nedw ddigon o dast ac annibyniaeth barn i ymwrthod â thuedd afiach y rhan fwya o'r genhedlaeth ifanc i ddilyn opiwm llwyd cerddoriaeth ddawns – neu gwaeth, pornograffi meddal y canu pop cyfoes.

"'Da chi 'di gwrando ar y tâp 'na ros i i chi y dydd o'r blaen?" gofynnodd Nedw.

"Do. Un da 'di o. Lle mae'r band One Style 'na'n dod o, Nedw?"

"Llundan, dwi'n meddwl. Susnag ydi gweddill 'u caneuon nhw. Dad oedd bia'r tâp…"

Cofiodd Jojo am y llun yng nghegin Ceri. "Ti 'run ffunud â dy dad, dwyt?"

"Dwi'n gwbod. Sbŵci dydi? Pawb yn deud bo fi'n debyg iddo fo o ran ffordd, hefyd. Gobeithio bo nw'n iawn. Oedd o'n ffwc o foi, sdi…"

Diflannodd llais Nedw cyn yr atalnod llawn. Gafaelodd yn y paced rislas a thynnu tair croensan allan o'r pacad.

"Ti'n gofio fo'n iawn, wyt?" gofynnodd Jojo.

"Yndw, sdi. Tair blynadd sy 'na, sdi. Tair blynadd i wsos nesa, deud gwir. Ddoth o adra o pyb yn gynnar, yn racs. Sesh ola cyn mynd allan, sdi. Felly o'dd o'n neud bob tro – swigsan yn pnawn, adra'n fuan, cysgu fo off, ac i ffwrdd efo llanw bora. Roth o blast o getyn i fi, dwi'n cofio."

"Be, ganja?"

"Ia. O'n i newydd gael yn ffortîn, stônd racs a piso chwerthin – y ddau o'na ni. Dwi rioed 'di chwerthin gymint yn 'y mywyd!"

Ystyriodd Jojo sut deimlad fyddai cael tad mor cŵl – a sut deimlad oedd cael tad o gwbl. Er na allai gofio sut deimlad oedd hynny, gwaedai ei galon dros Nedw wrth feddwl iddo gael be oedd yntau wedi breuddwydio amdano pan yn blentyn, dim ond i fympwy creulon ffawd ei gipio oddi arno. Roedd Jojo'n rhy ifanc i gofio'r boen o golli'i rieni, ac yn hynny o beth cyfrai ei hun yn lwcus. Dryswch oedd yr unig beth a gofiai o'i blentyndod – rhyw synhwyro fod rhywbeth ar goll, heb wybod yn iawn be oedd o.

"Hwnna oedd y tro cynta a'r ola i ni gael stônar efo'n gilydd," ychwanegodd Nedw. "Dwi'n cofio teimlo bo fi'n ddyn o'r diwadd. Bo fi'n un o fêts Dad rŵan, t'bo. Dechra pennod newydd..."

Er ei fod o'n siarad yn ddigon rhwydd a hwyliog, daeth hiraeth trist fel llen o wydr dros lygaid Nedw. Penderfynodd Jojo y byddai'n newid trywydd y sgwrs. Roedd o'n teimlo rhywfaint o wlith yn ei lygaid yntau hefyd. Iesu, roedd o wedi mynd yn feddal dros yr wythnos ddiwetha, meddyliodd.

Ystyriodd be i ddweud. Ond er chwilio am lwybr i arwain y brawddegau o'r goedwig emosiynol, allai o ddim dod o hyd i'r geiriau.

88

AR ÔL YMDDIHEURO FIL o weithiau i Matt am boeri jin a thonic yn ei wyneb, daeth Didi dros y sioc o glywed enw Godfrey eto. Chwarae teg i Matt, roedd o wedi gweld yr ochr ddigri, a hefyd wedi llyncu'r esgus mai lwmp o rew wedi mynd i lawr ei wddw oedd y bai am y perfformans. Dau ddeg a thri oedd Matt – digon ifanc i dderbyn fod damweiniau meddw'n digwydd yn amlach nag oeddan nhw go iawn. Ac mi adawodd o i Didi sychu'r jin oddi ar ei grys iddo fo – a manteisiodd Didi ar y cyfle i fflyrtio mwy.

Godfrey Harries, eglurodd Matt, oedd perchennog y Quayside Inn a llu o westai a busnesau eraill yn yr ardal. Ond nid fo oedd rheolwr y dafarn. Ar wahân i ryw unwaith neu ddwy y flwyddyn efo'i gyd-forwyr o'r Yacht Club, anaml iawn oedd o'n dod yno o gwbl. Roedd dau reswm am hynny, medd Matt – i ddechrau, doedd dim angen iddo ddod yno, ac yn ail, doedd ffwc o neb yn licio'r dyn. A dweud y gwir, roedd o'n un o'r dynion mwya amhoblogaidd yn yr ardal.

Ei rôl fel un o benaethiaid y Syndicet oedd y prif reswm dros ei amhoblogrwydd, mae'n debyg, a'r ffordd oedd Shaw-Harries yn mynd ati i brynu cymaint o lefydd, a gwasgu pobol eraill allan o fusnes. Dyna pam mai i fyny yn y Clwb Golff fyddai o'n yfed – yn eitha aml, mae'n debyg – a hynny yn yr Executive Lounge.

"Lle ffwc mae o'n byw 'ta, os 'dio mor amhoblogaidd?" gofynnodd Didi.

"Ddim yn bell o lle ti'n byw," oedd ateb Matt. "Os fysa ti'n mynd i'r traeth yn y Golden Sands, a troi i'r chwith am Gilfach, cerddad rhyw filltir ar hyd y côst, ddoi di at fansion mawr, efo cei preifat i glymu cychod. Hen blas ydio, wedi'i setio i mewn i'r graig – walia crand rownd y lle i gyd, fel HQ rhyw James Bond villain. Cer am dro fory i chdi gael gweld. Mae o'n werth sbec – jysd i weld how the other half live!"

"Mae'n siŵr fod o'n millionaire, felly?"

"Many times over, bêb! Ac yn dal i'w rêcio fo i mewn yn y camp 'na."

"Dim digon gan rhei i'w gael, nagoes?"

"I'r pant y rhed y dŵr!"

Ddalltodd Didi mo'r frawddeg ola ddwedodd Matt, ond roedd popeth arall wedi suddo i mewn.

"Lle mae'r Clwb Golff 'ta? Do'n i'm yn gwbod fod 'na un yma."

"Pam, ti'n pasa apleio am membyrship? Breuddwydio am ffendio Tiger Woods yno wyt ti?"

"I wish!"

"Fysa ti, felly?"

"Fysa ti ddim?"

"Na. Rhy bwtsh i fi, bêb. Well gen i'n nynion fel chdi."

"A finna newydd boeri jin drosta chdi i gyd?"

Chwarddodd Matt. "Ti ddim y cynta, del, paid poeni! Ond os tisio trio dy lwc yn ffendio Tiger Woods, mae'r Golff Clyb rhwng fan hyn a Gilfach. Ti'n gwbod pan ti'n cerddad ar hyd y traeth o Drwyn y Wrach i fan hyn, mae'r twyni ar dy ochor dde di, felna? Wel os bysa ti'n mynd i ben y twyni fysa chdi'n gweld y cwrs. Mae'r clwb ei hun yn pen draw – mwy am Gilfach, sort of tu ôl Trwyn y Wrach, ddim yn bell o lle mae Llys Branwen. Mae hi'n walk bach neis fforna – ond mae'r ffycars yn hel chdi off y cwrs os ydyn nhw'n dy weld di. Iawn yn y nos, ddo. A'i a chdi am dro rywbryd os tisio?"

Gwenodd Didi wrth dderbyn y gwahoddiad yn llawen. "Ydi hi'n wir be ma nhw'n ddeud am y pyb yma 'ta, Matt?"

"Be, fod o'n shait?"

"Na, dim hynny…"

"Dwi'n gwybod be ti'n feddwl. Wel, 'pyb pwffs' mae'r locals yn galw'r lle, so mae'n rhaid fod 'na rwbath yn y rumours!"

"Chdi a fi 'di'r unig bwffs dwi 'di weld so ffar!" medd Didi wrth sbio o'i gwmpas.

Gwenodd Matt. "Nos ydi'r boi, ac yn yr ha – allan ar y byrdda ar y cei. Do's 'na'm llawar o dalant yma, rili. Jysd hen fois ydi rhan fwya, sdi. Closets. Ma nw'n dod yma o bob man o gwmpas ffor hyn. Ond mae'r ha yn wahanol. Mae 'na sym talant wedyn. Enwedig yn y ffrynt. Strêts ydi rhan fwya o'nyn nw, cofia – ond surfers ac ati – lysh! Bodies to die for. Fysa chdi wrth dy fodd, del!"

"Roll on summer, felly!" medd Didi a swigio'i jin.

Ar hynny, daeth lleisiau trymion o gyfeiriad blaen y dafarn, yn rhegi a chwerthin mewn acenion diarth. Agorodd drws y bar a daeth tri dyn canol oed i mewn. Adnabodd Didi yr un tew yn syth.

"O mai god!" medda fo, gan droi i wynebu cefn y dafarn a rhoi ei law dros ei wyneb. "Capten ffycin Pugwash! Oedd o yma ddoe, yn tsiatio fi i fyny – trio cael fi i fynd i'w gwch o am hanci-panci!"

"Wel, fel o'n i'n ddeud gynt – ti'n irresistible dwyt!"

"Nes i gael llwyth o drincs ganddo fo, wedyn gneud rynar!"

Rhoddodd Matt ei law at ei geg i fygu chwerthiniad, cyn troi at y tri wrth y bar. "Yes, fellas?" meddai, gan wincio'n slei ar Didi.

Shifftiodd Didi yn ei sêt wrth wylio'r tri dyn â'u cadwyni a'u modrwyau aur, yn llawn hyfdra imperialaidd wrth rannu sylwadau sarhaus am griw o *yokels* lleol a welson nhw'n rhywle. Doedd y boi tew heb sylwi arno eto.

Daeth Matt draw i dynnu peint o lager i un ohonyn nhw o'r pwmp wrth ymyl Didi. "Pa un 'di dy gariad di 'ta?" gofynnodd.

"Ffac off!"

"Ffeifar 'na'r boi tew oedd o!"

"Feri ffyni!" medd Didi. "Fedri di watsiad 'y niod i am funud? Dwi jysd yn piciad i'r siop."

"Ti'm yn gneud rynar eto, nagwyt? Gadael fi ar ben 'yn hun efo rhein?"

"Paid â poeni, fyddai nôl i dy achub di a.s.a.p."

Cododd Didi oddi ar ei stôl, ond cyn iddo allu cyrraedd y drws, gwaeddodd un o'r dynion arno, mewn acen Brymi dew. "Yow not leavin us are yow?"

"Wos it sumfink we said?" gwaeddodd llais Cocni yn syth wedyn.

Adnabu Didi'r llais fel un Captain Pugwash, a brysiodd am y drws. Ond roedd o'n rhy hwyr – roedd o wedi ei adnabod o.

"Oi, Deedee! You ain't doin anotha Cinderella are ya?"

Trodd Didi i wynebu'r tri. Roedd Pugwash yn wên o glust i glust, a'r ddau arall yn sefyll o'i boptu fel tyrau castell. "Sorry about that. My taxi came early!"

"Well cam 'n 'ave a drink wiv us now, then. Lemme intraduce ya t' me mates. Cam on!"

"Just off to the bog," atebodd Didi, cyn dianc trwy'r drws a brysio i fyny'r rhiw i ganol y pentre. Doedd o'm yn hapus o gwbl o weld y dyn tew a'i fêts, ond mi *oedd* o am fynd yn ôl i'r dafarn. Roedd Matt yn *prize catch*, a Didi'n *virgin on a mission* – a doedd tri *wideboy* ddim yn mynd i suddo'r 'Good Ship Penis'.

Cyrhaeddodd ganol y pentre, oedd yn eitha prysur efo traffig gwaith a siopwyr diwedd pnawn yn brysio hyd y lle. Edrychodd o'i gwmpas am arwydd Boots. Gwelodd griw o *chavs* yn eu harddegau yn hongian o gwmpas y safle bws, a mentrodd fynd draw atyn nhw i ofyn.

"Haia. Oes 'na Boots neu cemist yma?"

"You what?" atebodd un o'r rhai hyna, yn twistio'i drwyn fel sa Didi newydd gachu ar ei sgidiau.

"Boots? It's a shop?"

"You a poofter?" gofynnodd un o'r hogia eraill.

"Why, are you?" atebodd Didi.

"Fuck off, you pervert!" medd un arall yn fygythiol.

"Oh? You can swear too! How nice!" brathodd Didi'n sarcastig

"What did you call me?" dechreuodd rhyw hogan.

"Didn't call you at all, dahling. Who would?"

"Fuck off then, fucking nonce!"

"Yeh, fucking paedo! Fuck off before we kick your fucking head in, you queer!"

Dechreuodd rhai o'r hogiau hynaf sgwario a nesu amdano. Neidiodd Didi oddi ar y pafin a chroesi'r stryd yn go sydyn, wrth i gôr o regfeydd ei ddilyn.

"Go fuck some kids you fucking paedo faggot!"

"Arse bandit!"

"Paedo!"

Trodd Didi a chodi dau fys arnyn nhw.

"Ffwcio chitha hefyd, y twats!" gwaeddodd wrth frysio i fyny'r stryd fawr. Gwelodd siop fferyllydd rhyw ugain llath i ffwrdd, ar ochr arall y stryd. Croesodd a mynd i mewn.

Trodd y ddynes tu ôl y cownter i sbio arno'n sydyn pan gerddodd trwy'r drws.

"Haia!" medda Didi'n glên. Ond wnaeth hi ddim ateb. Doedd dim rhyfedd, meddyliodd Didi wrth sbio ar ei siâp hi, dydi tatws ddim yn gallu siarad.

Aeth Didi at y silffoedd mêc-yp merched. Gafaelodd mewn lipstic, *eyeliner* a mascara. Aeth at y til a'u rhoi nhw ar y cowntar o flaen y daten.

Edrychodd honno'n hurt arno.

"Helô!" medd Didi, gan chwifio ei law o'i blaen i wneud yn siŵr ei bod hi'n ymwybodol.

"Just them?"

"Yes. That's all I need, yes."

Gwelai Didi y dysan yn ei stydio o'i sawdl i'w gorun trwy gornel ei llygad wrth sganio'r eitemau, yna'n edrych yn syth i'w lygaid wedyn. Gwenodd Didi arni, a rhoi wêf bach arall i weld a gâi ymateb. Wnaeth hi ddim byd ond troi i ffwrdd a dal ei llaw allan. Safodd Didi'n llonydd, a trodd y ddynes i edrych arno, â'i llaw yn dal yn agored o'i blaen.

Symudodd Didi ddim eto, dim ond sefyll yno'n sbio'n syth yn ôl arni.

"Nine sixty three," medda hi o'r diwedd, gan ochneidio fel tasa hi newydd gael cachiad a sylwi fod y toilet rôl wedi gorffen.

Rhoddodd Didi bapur degpunt iddi ac aros am y newid. Pan ddaeth o, mi gafodd ei ddympio yn ei law fel cols poeth. Edrychodd y daten arno fel 'tai o newydd droi corn gwddw cath fach.

"Diolch yn fawr," medda Didi a gwenu'n egnïol arni. Ond wnaeth y ffatan ddim byd ond hyffian yn sarrug. Aeth Didi am y drws, a chamu allan i'r stryd.

"Poofter!"

"Fuckin paedo!"

Ochneidiodd Didi wrth weld fod y contiaid wedi'i ddilyn. Penderfynodd eu hanwybyddu a cherdded yn sydyn i lawr y stryd.

Ond ei ddilyn wnaeth y gang yn eu hwdis a chapiau bêsbol, gan boeri eu sen fel cathod gwyllt. Cyrhaeddodd ganol y pentre eto, a throi i lawr i gyfeiriad y cei. Bownsiodd carreg ar y pafin ar y dde iddo, ac yna un arall i'r chwith. Trodd i edrych yn ôl ac roedd y *chavs* wedi ailymgartrefu yn eu safle bws fel haid o babŵns, ac yn gweiddi a stumio at eu penolau. Y tro yma, ddudodd Didi ddim byd. Roedd ei feddwl bellach yn ôl ar Matt.

89

Roedd hi'n tywyllu'n sydyn wrth i Nedw gasglu ei drugareddau oddi ar fwrdd y garafán a throi am y drws. Cododd Jojo i'w hebrwng, gan ddiolch iddo am y CD, ac am alw efo'r smôc.

"A pob lwc iti, Nedw — efo'r twrna fory. Ffonia fi i ddweud be ddudith o."

"Mi wna i, Jojo. Mae'n siŵr wela i di, eniwe, pan ddoi di i weld Mam!" atebodd Nedw efo winc.

Gwenodd Jojo. "Cofia fi ati, wnei?"

"Saff ti!" cadarnhaodd Nedw wrth neidio'r step o ddrws y garafán. "Ti'n gwbod be, Jojo? Fydd y diwrnod fydda i'n cael gwybod os dwi'n cael fy nsiarjio neu beidio yn dair blynadd union ers aeth trôlar yr hen ddyn i lawr."

"Wel, wel!" medda Jojo. "Croesi bysidd y daw hynny â lwc i chdi, felly."

"Ai, wel… Gawn ni weld. Dwi'n 'i weld o fel arwydd drwg, os rwbath. Ond dyna fo."

"Wel, paid â colli ysbryd, boi. Fel o'n i'n deud, mae 'na jans da y gweithith petha allan yn iawn."

"Gobeithio. Ond, fel oedd Mam yn ddeud — mae gan Godfrey Harries ffyrdd o gael 'i ffordd mewn achosion llys."

"O?" holodd Jojo, a'i glustiau i fyny.

"'Di hi'm 'di deud 'tha chdi?" gofynnodd Nedw wrth afael yn ei helmed.

"Am be?"

Eisteddodd Nedw ar ei feic. "Rwbath ddigwyddodd flynyddoedd yn ôl."

"Achos llys?"

"Ia. Gafodd Godfrey ei jarjio am abiwsio'r plant oedd o'n edrach ar eu hôl pan oedd o'n rhedag Llys Branwen fel foster home neu rwbath."

Hoeliwyd sylw Jojo'n syth. "A?"

"Wel, oedd 'na lwyth o'r hogia oedd yno ers talwm – yn y sefntis – yn testiffeio yn ei erbyn o, ond lwyddodd y cont i sgwyrmio i ffwrdd o'r bachyn."

"Pryd oedd hyn?"

"Dwi'm yn siŵr – tua ugian mlynadd yn ôl, ella – raid chdi ofyn i Mam." Cododd Nedw ei helmed yn barod i'w rhoi ar ei ben. "Ond trwy intimidêtio'r wutnesys gafodd o getawê, aparentli – pay-offs a bygythiada. Oeddan nw'n dropio fel pryfid, diflannu un bob yn un a newid eu stêtments. Ac oedd gan Godfrey un tyst ar ei ochor o – boi oedd yn y Cartra ar yr un adag. Oedd o'n deud fod y lleill yn deud clwydda, a trio cashio i mewn, mynd am compo a ballu."

Teimlodd Jojo ei galon yn rasio – digon i'w wneud o braidd yn drwsgl efo'i gwestiwn nesa. "Be oedd enw'r boi oedd yn bacio Godfrey i fyny?"

"Ei enw fo?" gofynnodd Nedw, gan synnu at ddiddordeb Jojo am eiliad. "Wil Broad, aparentli – y cont tew 'na sy'n gweithio i'r cownsil. Planning Department, dwi'n meddwl. Pam ti'n gofyn?"

Llyncodd Jojo, ond bu bron iddo dagu gan fod ei wddw mor sych. "Jysd meddwl – falla fydd y wybodaeth yn handi. Cael ei ollwng wnaeth yr achos?"

"Yn diwadd, ia. Oedd 'na un boi bach ar ôl, aparentli, yr unig un oedd yn gwrthod bacio i lawr, ond…"

"Be oedd ei enw fo, Nedw?"

"Ffyc, dwn 'im… o, hold on… Timmy rwbath – Timmy Mathews?"

Gwyddai Jojo ei fod o'n crynu. Roedd o angen eistedd i lawr, ond roedd o angen holi mwy hefyd – roedd rhaid cael gwybod popeth bosib, rŵan, y funud hon, neu mi fyddai ei ben o'n chwalu wrth chwilio am atebion. "Yn lle mae o'n byw, ti'n gwbod?"

Chwythodd Nedw'i wynt allan. Roedd o'n stônd – yn stônd, a'i ben yn cael ei chwalu'n racs gan gwestiynau annisgwyl am rywbeth nad oedd yn gwybod llawer amdano yn y lle cynta. "Wel, os ti'n meddwl ffendio fo, waeth ti heb. 'Dio'm yn byw yn nunlla bellach."

"Be, ydi o wedi marw?"

"Cael ei fwrdro yn ôl y sôn."

Rhoddodd Nedw ei helmed dros ei ben heb sylweddoli'r effaith gafodd ei eiriau ar Jojo.

"Mwrdro?" holodd Jojo'n syn.

"Dyna mae nw'n ddeud. Oedd o'n pasa mynd ymlaen efo achos preifat yn erbyn Godfrey, ond mwya sydyn nathon nhw'i ffendio fo yng ngwaelod llyn chwaral yn llawn o bils cysgu, efo sach o gerrig rownd ei draed. Suicide oedd y fyrdict, ond bwlshit oedd hynny, medda nw."

Syllodd Nedw ar Jojo am eiliad neu ddwy. Roedd 'na rywbeth yn wahanol amdano – rhyw olwg bell yn ei lygaid, fel rhyw greadur gwyllt wedi deffro o gwsg saeth gysgu a chael ei hun mewn cawell yn barod i gael ei allforio i'r sŵ. Ond chwarae teg, mi oedd y sgync yn dipyn cryfach nag oedd o wedi'i ddisgwyl – ac mi *wnaeth* o ddweud fod y stwff yn chwalu'i ben o.

"Eniwe, Jojo. Dyna pam dwi chydig bach yn fwy pesimistig na chdi am wsos nesa."

Ciciodd Nedw bedal y beic a'i danio. Pwsiodd yr Honda bach am yn ôl efo'i draed, a chael ei drwyn i bwyntio i'r cyfeiriad iawn, ac i ffwrdd â fo. Gadawodd Jojo'n sefyll yn ei unfan ar y patsh o flaen y garafán.

90

AETH DIDI'N SYTH I'R toiledau pan gyrhaeddodd yn ôl i'r dafarn, ac wedi twtio mymryn ar ei wefusau a'i lygaid, a chwythu sws i'w hun yn y drych, dychwelodd i'r bar.

Suddodd ei galon yn syth pan welodd rywun arall tu ôl y bar – dyn tua'r un oed â fo, efo pen moel. Adnabodd o fel y boi fu'n coginio yn ystod y pnawn.

"Deedee?" gofynnodd y cogydd.

"Yeah?"

"Here's your phone, you left it on the bar."

"Where's Matt?"

"He had to go – his dad's been taken ill."

"Oh no!"

"He told me to tell you to phone him."

"But I haven't got his number."

"That's the message he gave, sorry pal!"

Rhoddodd Didi ei ffôn yn ei boced a gwylio'r barman, neu gogydd, neu beth bynnag oedd o, yn cerdded i gefn y bar ac o'r golwg. Teimlodd dristwch yn dod drosto fel ton. Gwyddai y dylai fod yn teimlo dros Matt, oedd â'i dad yn sâl, ond yr unig beth y gallai feddwl amdano oedd fod y noson hyfryd oedd o'i flaen wedi'i chwalu'n deilchion o'i gwmpas. Mwya sydyn roedd o ar ben ei hun unwaith eto. Ac yn mynd i fod yn *virgin* am o leia noson arall.

Diawliodd ei lwc, cyn dod yn ymwybodol fod y tri gŵr diarth wrth y bar yn ei alw draw. Cydiodd yn ei ddiod, ac aeth atynt. Tynnodd stôl i fyny rhwng y dyn tew ac un o'r dynion sgwarog, ac eisteddodd arni. Gwenodd yn ddewr.

"So, you gotta taxi comin for ya tonite then, sweetie?" gofynnodd Captain Pugwash.

"Yeah, in a minute."

"Awh, shame! Donchya wanna come on board an party wiv us then, eh?"

Chwarddodd y tri glafoergi yn uchel, a gafaelodd y sgwarog Brymaidd rownd ei ganol. "It's a bit crowded with the three of us, but I'm sure we could squeeze yow in."

Torrodd y tri i chwerthin yn uchel eto, wrth i'r sgwarog a'r tew ei bawennu rhyngddyn nhw.

Llyncodd Didi ei jin, a rhoi'r gwydryn gwag ar y bar. "Listen gents, it's been nice meetin ya, but I've gotta go!"

"Awh, yow can't leave us now!" medd y Brymi, a'i wasgu'n dynnach. "Lemme buy yow a drink. The name's Dillon…"

"Ya can't do this to me again, can ya?" medd Pugwash. "Wot wiv me mates ere 'n awl?"

"Ya see him?" medd Pugwash, gan bwyntio at y tawelaf o'r tri – dyn o bryd tywyllach na'r lleill. "Jya knah wot they call him?"

"No. Is it 'John' or somethin?" atebodd Didi'n sych.

"Nah, sugar lips, they call him Monty. Jya knah why? Coz ee'z gotta Python between 'is legs!"

Chwalodd Pugwash a Dillon i chwerthin eto. Ond dim ond syllu ar Didi wnaeth y 'Python', efo llygaid oer oedd yn gweddu i neidr.

"Well, nice meeting ya, Mr Python, but I have to go."

Cododd Didi oddi ar y stôl, ond estynnodd y neidr ei law. "Plissed to mitt you," meddai mewn acen dwyrain Ewrop. "My name is Mikhail."

Ysgydwodd Didi ei law. Er ei lygaid oer, roedd Mikhail yn fwy cwrtais na'r ddau arall, o leia. "Nice to meet you too, Mikhail," meddai gan wenu, cyn ceisio tynnu ei law i ffwrdd.

Ond daliodd Mikhail ei afael. Yna, tra'n dal i syllu i lygaid Didi, tynnodd ei law tuag at ei geg, yna tynnu ei dafod allan a llyfu cefn ei law, yn araf a mochynnaidd. Aeth ias i lawr cefn Didi, a rhwygodd ei hun yn rhydd, cyn ei miglo hi am y drws i gyfeiliant ton o chwerthin cras.

"Dovidenja Deedee, zbogom," sgyrnygodd Mikhail yn iasoer ar ei ôl, wrth i Pugwash ei alw'n "fackin Lionel Bart".

91

MI GYMERODD HI FUNUD gyfan, bron, cyn i Jojo symud o'i unfan y tu allan i ddrws y garafán. Yn y funud honno aeth dros bopeth oedd Nedw newydd ei ddweud wrtho, ac er bod y wybodaeth yn saethu o bob cyfeiriad i adran ffeilio ei ymennydd, llwyddodd i'w storio mewn trefn ddealladwy. Yn bwysicach, o ystyried fod ei feddwl fel wy wedi'i sgramblo oherwydd y sgync, llwyddodd i gadw pob darn o'r stori heb golli gair. Yn wyrthiol, felly, mi lwyddodd i gofio'r sgwrs.

Wedi rhuthro i'r garafán a thanio ffag, cydiodd mewn potel o lager o'r ffrij a'i llyncu mewn un. Agorodd un arall eto'n syth, a llowciodd honno mewn tri llwnc. Trodd y CD i ffwrdd, a cherdded yn ôl ac ymlaen drwy'r stafell fyw gwpwl o weithiau, gan dynnu fel trwpar ar ei sigarét wrth i bob math o feddyliau daranu trwy ei ben, a phob math o emosiynau chwyrlïo trwy ei waed. Yna cydiodd yn ei ffags a dwy botel arall o'r ffrij, a brasgamodd drwy'r llwydwyll i ben Trwyn y Wrach. Eisteddodd uwchben y clogwyn pella, lle y bu'n eistedd dros wythnos yn ôl bellach – yr un lle ag yr eisteddodd efo Didi yr holl flynyddoedd hynny'n ôl, pan daerodd Timmy Mathews ei bod hi'n bwrw glaw yn Iwerddon.

Timmy! Peth mor fach o gorff, ond cawr o ddyn – roedd hynny'n amlwg rŵan! Wedi sefyll yn gadarn hyd y diwedd! Dim ond i gael ei ladd! Y ffycin basdads dieflig! Doedd dim rhyfedd fod y byd wedi mynd fel ag yr oedd o. Dim ond y drwg sy'n goroesi rŵan. Y drwg llwgr – y feirws sy'n lledaenu o genhedlaeth i genhedlaeth gan wenwyno popeth!

Trywanwyd Jojo gan euogrwydd. Teimlai fel milwr a yrrwyd adra o'r ffosydd ar ôl colli'i goes mewn ffrwydriad, cyn clywed fod ei fataliwn gyfan wedi eu lladd mewn un pwsh mawr dros y top. Diawliodd na fyddai wedi bod yn ddigon o ddyn i aros yn y Cartref a dioddef tan y diwedd efo pawb arall. 'Tai o heb ddianc fel cachgi a chuddio am weddill ei oes, byddai wedi bod yno yn yr achos llys, yn sefyll yn y ffosydd efo'r hogia – yno efo nhw ar gyfer y ffeinal pwsh, y fuddugoliaeth, y dial! Byddai wedi bod yno i Timmy, a byddai Godffrey yn y carchar, yn cael ei haeddiant! A byddai Timmy yn fyw rŵan...

"Timmy, man!" gwaeddodd Jojo wrth wylio diferion ola'r machlud. "Dwi'n ffycin sori, man! Dwi mor ffycin sori, man!"

Agorodd botel o lager efo'i Zippo, a llowcio'i hanner. Dechreuodd sgubo'r emosiynau o'i ben. Roedd hi'n amser meddwl yn glir. Os oedd Godffrey'n gallu ymddwyn fel hyn, roedd y gêm wedi newid a'r stêcs wedi codi. Roedd rheolau newydd, bellach.

Mochyn Budur oedd 'Wil Broad' – doedd dim dwywaith am hynny. William Parry oedd ei enw yn y Cartref, ac roedd hi'n amlwg fod y cont wedi aros yn deyrngar i Duw trwy gydol ei oes – sut allai o beidio ar ôl cymryd rhan yn y gamdriniaeth ei hun? Mae'n debyg ei fod yn cael ei wobrwyo hefyd – bac-handars ac amlenni brown – ac yn dal i fod yn was bach i Godffrey hyd heddiw. Mae'n debyg mai Billy – Wil Broad – oedd llygaid a chlustiau Godffrey yn swyddfeydd y Cyngor, a synnai Jojo ddim petai o'n dal i chwarae rhan yng ngweithredoedd anghynnes ei feistr. Pwy a ŵyr – efallai fod a wnelo'r basdad tew rywbeth â llofruddiaeth Timmy Mathews?

Ond roedd un peth yn sicr. Os oedd Godffrey yn ddigon grymus a dichellgar i fygwth a lladd er mwyn dianc o bicil ugain mlynedd yn ôl, yna mi oedd o'n dal i fod heddiw. Gwyddai Jojo o chwilio'r rhyngrwyd fod Llys Branwen wedi peidio â bod yn gartra plant yn nechrau'r wythdegau. Godffrey werthodd o i'r Cyngor bryd hynny, ac os oedd elw'r gwerthiant hwnnw wedi gwneud Godffrey'n ddigon cefnog i daflu ei bwysau o gwmpas bryd hynny, yna pa fath o rym oedd o'n barod i'w ddefnyddio heddiw, ac yntau'n berchen ar ymerodraeth fechan? Ac oherwydd eu natur, mae unrhyw griw o baedoffiliaid fel diafoliaid Llys Branwen yn gorfod cadw mewn cysylltiad agos, yn gwylio cefnau ei gilydd am weddill eu hoes. Wedi'r cwbl, os âi un i lawr, buan y byddai'r gweddill yn ei ddilyn. A doedd dim na fyddai pobol o'r fath yn ei wneud i amddiffyn eu hunain rhag dedfryd hir ar adain y *nonces* mewn carchar. Ac o be ddeallai Jojo, roedd y rhan fwya o gylch dieflig Llys Branwen yn barchusion mewn swyddi dylanwadol – yn gyfreithwyr a phlismyn a chynghorwyr. Roedd gan y bobol yma gymaint mwy i'w golli nag amser yn unig – a doedd y sgym yma ddim y math o bobol fyddai'n ymwrthod rhag defnyddio trais i niwtraleiddio bygythiadau...

Lle oedd hyn yn rhoi Didi ac yntau, felly? Dyna oedd y cwestiwn mawr. Cribiniodd Jojo bob gwelltyn o wybodaeth yn ei ben, a dechrau mynd drwyddo'n rhesymegol. Allai Godfrey gysylltu Didi ac yntau efo David Davies a Joseph Griffiths? Ddyliai o ddim... Ond eto, roedd y busnes hwnnw efo car yr heddlu, yn gynharach, wedi ei anesmwytho. Rhywle, yn ddwfn y tu mewn iddo, roedd rhywbeth yn chwifio baner rhybudd.

Llowciodd gegiad arall o lager. Oedd o'n bod yn paranoid eto? Wedi'r cwbl, dychmygai nad oedd gan heddlu'r ardaloedd gwledig fawr o ddim byd arall i'w wneud ond dilyn ceir diarth i basio'r amser. Ond i ddyn o'r ddinas – yn enwedig un o gefndir troseddol Jojo – doedd gweld yr heddlu'n talu sylw i'w gar ac yn pasio heibio'i gartra o fewn munudau ddim yn rhywbeth i'w anwybyddu. Llifodd y cwestiynau trwy ei ben – pam nad oedd Johnny wedi cofrestru'r Peugeot? Oedd y car wedi'i fflagio? Oedd yr heddlu yn cau i mewn arno fo a Didi...?

Na – os oedd o'n gar wedi'i farcio, go brin y byddai Johnny'n ei werthu i rywun oedd yn rhentu carafán ganddo. Doedd neb – yn enwedig hen sipsi craff fel Johnny – yn cachu ar stepan ei ddrws ei hun. Diffyg amynedd efo biwrocratiaeth oedd rheswm Johnny, mae'n debyg. Ond be na allai Jojo ei ddeall, fodd bynnag, oedd Johnny'n mynnu dod ato i rannu gwybodaeth am bobol oedd yn holi amdano o gwmpas y dre. Oedd hynny'n ffordd o ddysgu am ei fusnes trwy weld ei ymateb, neu a oedd o'n rhoi rhybudd anuniongyrchol? Mi oedd Johnny, wedi'r cwbl, yn celu'r gwirionedd am y Syndicet. Roedd o'n sicr yn gwybod mwy nag oedd o'n ei gyfadda. Oedd ganddo eu hofn nhw? Oeddan nhw'n rhoi pwysau arno? Roedd ei dir o'n gorwedd yn agos iawn i Golden Sands – a hefyd i Lys Branwen. Oedd yna ryw reswm penodol pam ei fod o'n cael aros yn lle'r oedd o, efo'i garafannau blêr a'i sgrap a'i doji dîlings? Llonydd oedd Johnny isio – llonydd gan y Cyngor, gan y Parc, gan y dyn treth... Os hynny, y peth ola fyddai o'n ei wneud fyddai tynnu blew o drwyn y Syndicet. Felly, oedd o'n trio rhybuddio Jojo fod rhywun yn ei wylio fo a Didi – ond yn trio gwneud hynny mewn ffordd annelwig, rhag ofn i'r Syndicet ddod i glywed?

Llowciodd Jojo'r botel a'i thaflu i'r môr, cyn agor y llall. Taniodd sigarét, a phesychu'n galed, yna gwingo efo'r boen yn ei ystlys. Fflachiodd ei feddwl yn ôl i'r pwl drwg hwnnw yn y garafán, ac am y tro cynta saethodd pryder am ei iechyd trwy'i feddwl. Ond gwrthododd gael ei lusgo i ystyried pethau o'r fath. Y sgync oedd y bai am yr holl bryderu 'ma, meddyliodd – paranoia mewn rholyn papur. 'Paranoia, the destroyer!' chwadal cân y Kinks...

Ond unwaith mae nhw'n cael gafael, mae'r paranoias yn llifo i bob stafell yn y meddwl. Y cwbl mae rhywun yn ei wneud wedyn ydi rhoi ei fys yn y twll yn yr argae. Hyd yn oed ar ôl sylweddoli mai paranoias di-sail ydi'r pryderon, mae'n dal yn anodd eu cadw allan. Fel y môr, mae paranoia yn dod fesul ton ar ôl ton ar ôl ton. Cyn gynted ag mae rhywun yn dod at ei goed a derbyn mai paranoia oedd yn gyfrifol am y pryderon, mae'r don nesa'n hitio, gan wneud iddo bryderu ei fod wedi diystyru'r pryderon blaenorol yn rhy hawdd. Paranoia am y paranoia am y paranoia...

Didi! Lle oedd o erbyn hyn? Pwy oedd y boi tew fuodd yn yfed efo fo ddoe? Y boi efo'r gwch – y Cocni? Roedd gan Zlatko *yacht*... Er y gwyddai Jojo ei fod o'n wirion, ffoniodd rif Didi – dim ond er mwyn clywed ei lais, fwy na dim. Ond roedd ei ffôn o'n dal i ffwrdd. Doedd hynny ddim yn arwydd da, meddyliodd...

Llyncodd fwy o lager, ac o'r diwedd dechreuodd yr alcohol gael goruchafiaeth yn ei ymrafael ag effeithiau'r sgync, a pheidiodd ei feddwl â dilyn llwybrau defaid. Petai Zlatkovic yn gwybod eu bod yma, meddyliodd, byddent eisoes wedi cael bwlet yn eu pennau tra'n cysgu. Nid Hollywood oedd hyn, ond y byd go iawn. Mae gangstyrs yn dy ladd di pan mae hi hawdda iddyn nhw wneud hynny. Does dim senario 'Goodbye, Mr Bond' a dim araith ffarwél nac 'un dymuniad ola' – dim ond i mewn, lladd, ac allan. Diwedd y stori.

Ymlaciodd Jojo wrth i'r bwganod stopio ymddangos ar hap fel

ysbrydion y gêm Pacman ers talwm. Gorffennodd y botel a'i thaflu dros y dibyn ar ôl y llall. Doedd dim rheswm i banicio a dechrau rhedeg o gwmpas fel iâr heb ei phen. Roedd o wedi gofyn gormod o gwestiynau uniongyrchol i Nedw fel oedd hi. Cadw ei ben a gwneud ymholiadau tawel oedd y cam nesa. Doedd dim pwynt ffonio Ceri, hyd yn oed – llawer gwell fyddai galw draw i'w gweld hi, a chodi'r mater yn naturiol mewn sgwrs. Efallai yr âi i weld Johnny Lovell hefyd. Byddai hwnnw'n siŵr o fod yn cofio hanes yr achos llys...

Cododd i'w draed, a gwylio rhwnc y machlud oer, di-liw wrth i'r môr lyncu'r dydd i'w donnau du. Mae hi'n bwrw yn Iwerddon, meddyliodd, cyn gweiddi i wyneb y gwynt, "T-aye, I-aye, M-M-aye, Y-aye!"

92

DIAWLIO'R "HEN BETHA CYMRAEG 'MA" oedd Breian Lludw. Gwaith oedd yn bwysig, dim rhyw "Blaid Cymru a rhyw falu cachu Welsh Nash".

Roedd Ceri'n gwybod nad oedd pwynt dadlau efo fo. Deinosor oedd Breian – un o'r hen Lafurwyr hynny oedd wedi cael ei welintyns yn sownd yng nghoncrit y chwedegau, yn dal yn deyrngar i weledigaeth fu'n onest unwaith cyn cael ei llurgunio gan wleidyddiaeth. Gelyn mwya'r byd oedd unrhyw beth i wneud â Chymru a'r Gymraeg, ac unrhyw beth oedd y 'Nashis' yn ymhél ag o.

"Progres not langwej," medda Breian wedyn, yn ei Saesneg coloman. "Susnag ydi iaith y byd. Neuthon ni ddim cwffio Hutlar er mwyn cael Nashonalusm yn fyw yn Grêt Brutan!"

Gwenodd Ceri'n sych wrth roi clipbord y ddeiseb o dan ei braich am funud, a gafael yn llaw Deio bach rhag iddo grwydro trwy giât yr ardd i'r ffordd. Efallai nad oedd pwrpas trio newid meddwl Breian, ond roedd ei weindio fo i fyny wastad yn hwyl.

"Be am dai i bobol ifanc y lle 'ma, Breian?"

"Dim bai'r Seuson ydi hynny. A ma nw'n dod â pres i mewn hefyd, dallta!"

"'Di'n pres ni ddim digon da, felly?"

"Mae nhw'n creu gwaith, Ceri!"

"Dod yma i ymddeol mae'r rhan fwya o'nyn nw, neu i gymryd gwaith bobol lleol."

"Pwy?"

"Y Seuson."

"Mae ganddyn nhw berffaith hawl, siŵr dduw! Prydain Fawr ydi fama. British sutusens ydyn nhw!"

"Ond o wlad arall mae nw, yn siarad iaith arall."

"Pwy?"

"Seuson."

"Dyna chdi, yli. 'Seuson' medda chdi. Rêsusm ydi hynna!"

"Jysd deud na Seuson ydyn nhw nes i. Be dwi i fod i'w galw nw, 'their majesties'?"

"Yr unsunuwêshiyn yn dy tôn-of-fois di dwi'n feddwl – ti'n gwbod hynny'n iawn!"

Ochneidiodd Ceri at y fath waseidd-dra. Allai Cymro fynd i Loegr a hyd yn oed datgan ei fod o'n casáu Saeson, a châi o mo'i alw'n hilgi. Mi gâi o uffarn o gweir, hwyrach, ond go brin y câi ei alw'n hiliol. Ond yng Nghymru, doedd gan Gymro ddim hawl i hyd yn oed gyfeirio at Sais fel Sais – oni bai ei fod o'n ei ganmol i'r cymylau, wrth reswm. A'i gyd-Gymry fyddai'r cynta i bwyntio'r bys, wrth gwrs.

"Felly dwyt ti ddim yn credu mewn cyfiawnder cymdeithasol, Breian?"

"Dyna chdi eto, efo dy blydi Cymraeg mawr!"

"Be, tegwch i bawb yn y farchnad dai? Be sy'n Gymraeg mawr am hynny?"

"Dim dyna ydach chi isio, naci? Stopio Seuson ddod yma – dyna ydi'ch petha chi erioed. Ond diolch amdanyn nw, dduda i."

"Pwy, Seuson?"

"Ia. Mae ganddyn nw fwy o sens na ni, i ddechra efo hi…"

"Wel, falla fod gen ti blydi pwynt yn fana, Breian bach!"

"Dwi'n gwbod, Ceri! Ac mae Seuson yn well bobol na'r ffycin Polish a Romans 'na, a'r holl seilam sîcyrs erill. Rheiny sy'n cymryd 'yn gwaith ni. A'n tai ni. Sgrownjars sy ddim hyd yn oed yn siarad Susnag! Rheiny sy isio eu hel am adra, dim Seuson."

Gwenodd Ceri wrth glywed rhagrith y clown. "Felly fysa ti'n arwyddo'r ddeiseb 'ma os fysa hi yn erbyn troi Llys Branwen yn fflats i Bwyliaid neu Romanians?"

"Na fyswn i! Mae angan gwaith yn y lle 'ma!"

"Ond ti'n dallt na project Shaw-Harries ydi hwn, dwyt? Cyfalafwyr cyfoethog yn hel dŵr i'w ffynnon eu hunain."

"Ia, wel, medda *chdi*, ynde?"

"Wel, nw sy wedi'i brynu fo, Breian! Be ti'n feddwl ma nhw'n mynd i neud efo'r pres wnan nhw allan o'no fo? Rannu fo allan rhwng pawb yn dre?"

"Mae o i fyny iddyn nhw be ma nhw'n wneud efo'u pres, Ceri."

"A ti'n hapus i weld y tir rhwng Cefn a Gilfach yn un ganolfan wyliau fawr – o'r Golff Clyb i Lys Branwen a Golden Sands a reit rownd at y marina yn dre 'ma?"

"Os daw o â pres i mewn, welai ddim byd yn rong efo fo. Progres 'dio'n 'de. Rwbath neith Welsh Nash byth ddallt, yli."

Diolch byth fod pobol fel Breian Lludw yn prinhau, meddyliodd Ceri wrth gerdded am adra, cyn gresynu wrth sylweddoli fod yr holl waith adeiladol wnaethpwyd wrth ddatgymalu'r meddylfryd ôl-imperialaidd yn yr hanner canrif ers y rhyfel yn brysur cael ei ddad-wneud gan ddifaterwch y degawd diwetha. Allai hi ddim penderfynu be oedd waetha – taeogrwydd dall pobol fel Breian, ynteu'r *harakiri* torfol presennol dan law y System. Teyrngarwch i Brydain neu deyrngarwch i hunanladdiad ysbrydol?

Serch hynny, mi deimlai'n eitha calonogol o ran y ddeiseb. Roedd yr ymateb wedi bod yn dda ar y cyfan. Roedd tri o bob pedwar yn ei harwyddo heb ffwdan, er bod rhesymau'r rhai oedd yn gwrthod yn ddigon i wneud iddi anobeithio ynghylch agweddau llawer o'i chyd-Gymry. Cerddodd heibio i Maes Morfudd – neu Maes Methadon, fel y'i gelwid bellach – a thristáu wrth gofio fod pob un a atebodd y drws yno wedi arwyddo'r ddeiseb. Boed hynny am eu bod nhw'n hapus i arwyddo unrhyw beth ai peidio, roedd eu cefnogaeth wedi ei hatgoffa mai pobol go iawn, efo bywydau a breuddwydion a hunan-barch, oeddan nhw yn y bôn – cyn i'r diawledig gael gafael arnyn nhw, a'u llusgo i gors caethiwed rhwng byw a bod.

Canodd ei ffôn. Sue Coed oedd yno mwya tebyg, meddyliodd, isio adrodd am ei phrogres ym mhen arall y dre. Ond enw Dan Cocos oedd ar y sgrin. Ochneidiodd Ceri wrth ystyried oedd hi eisiau siarad efo'r diawl gwirion mor fuan ers y digwyddiad embarasing hwnnw yn gynharach yn y dydd. Ond gwyddai mai eisiau ymddiheuro oedd Dan, mwya tebyg, ac mi fyddai'n gyfle iddi hithau ddweud wrtho am beidio galw heibio'r tŷ eto – am sbel go lew, o leia.

Gafaelodd yn llaw Deio cyn ateb y ffôn, ond fel y gwnaeth hynny, pwy ddaeth rownd y gornel i'w chwfwr â'i ffôn wrth ei glust ond Dan. Rhewodd hwnnw i'w unfan.

"O, haia Ceri," meddai wrth edrych arni, ond yn dal i siarad i'r ffôn.

"Ti 'di cael wash, felly?" medda Ceri'n sych.

"Do…"

"Tisio rhoi dy ffôn i ffwrdd?"

"Be? O, ia, sori…" Rhoddodd Dan y teclyn yn ei boced. "Gwranda – o'n i jysd isio deud sori am be ddigwyddodd… Embarasing…"

"Oedd braidd!" medda Ceri, wedi penderfynu gwneud iddo wingo.

"Dwn 'im be ddoth drosta fi…" ychwanegodd Dan â'i lais yn dechrau crynu wrth i Ceri syllu arno.

"Wel, cynnwys y cadi cegin aeth drosta chdi, o be dwi'n gofio beth bynnag!"

Rhoddodd Dan chwerthiniad bach nerfus, ond chwalodd ei hunanhyder yn gyfangwbl wrth weld nad oedd Ceri'n dangos unrhyw arwyddion ei bod hi am faddau iddo.

Cododd Ceri Deio i'w breichiau gan eu bod nhw'n sefyll ar gornel ddigon peryg o ran ceir *boy racers* y stad yn gwibio heibio.

"Yli, Dan," meddai, "ma'n ddrwg gen i os nes i orymateb – ond ddos di amdana i, ac mi gydiast di ynddda fi. Dwi'n gwbod fysa chdi ddim yn 'y mrifo fi, Dan, ond nes i banicio. Sgin ti'm hawl gafal ynddda fi, Dan! Ac ochdi'n deud petha wîyrd, fel rhywun obsesd…"

Edrychodd Dan ar ei draed.

"Dwi'n licio chdi'n iawn fel person, Dan. Ond dim felna."

"Sori…"

"Sori neu beidio, os wnei di rwbath felna eto mi ladda i di. Ti'n dallt?"

Rhoddodd Dan rhyw sŵn bach fel ateb.

"Ac mae'n well i chdi beidio dod draw acw am sbel."

Cododd Dan ei ben ac edrych arni efo llygaid ci bach.

"Dwi'n warnio chdi, Dan. Ti'n lwcus bo Gruff ddim adra neu fysa chdi'n sbyty Drain Gwyn ar dy ben. Ac oedda chdi bang owt of ordyr efo be oedda chdi'n ddeud am Jojo hefyd, dallta!"

"Dwi'n cymryd bo chdi a fo yn bethna, felly?"

"'Di hynny ddim o dy fusnas di, Dan!"

"Nacdi, wn i. Sori…" Disgynnodd gwyneb Dan at y pafin eto.

"Wel, dyna fo. Wnawn ni adael petha felna, ia?"

"Dwi'n poeni amdana chdi, sdi…"

"Be?"

"'Dio'm bwys gen i be ti'n feddwl na be ti'n ddeud – dwi'n dal i boeni amdana chdi. Sgen i'm help am hynny."

"Wel, mae'n well i ti stopio, yn dydi? Mae Jojo'n foi iawn, Dan. A chyn bellad â bod 'i enw fo yn y cwestiwn, Jojo *ydi* 'i enw fo – ffugenw am Joseff ydio. Joseff Griffiths i chdi gael dallt."

"Wel, OK – ond Joseff Griffiths neu beidio, dwi'n poeni bo chdi'n tynnu gormod i dy ben efo'r ymgyrch 'ma."

Teimlodd Ceri ei hamynedd ar fin mynd. "Tynnu gormod i 'mhen?"

"Ia – dwi'n poeni fo chdi'n emotionally driven…"

Torrodd lastig amynedd Ceri. "Be ffwc mae hynna i fod i feddwl?"

"… a dwi'n poeni bo chdi'n gneud mistêc mawr yn mynd ar y radio."

"A be ffwc sy 'di dod â hyn i gyd allan, mwya sydyn?"

"'Dio ddim mwya sydyn, Ceri. Dwi wedi trio deud 'tha ti ers tro cynta i chdi gael y syniad."

"Pam? Am mai syniad Jojo oedd o?"

"Naci siŵr! Poeni bo chdi'n mynd i fynd i drwbwl ydwi. Ti'n gwbod cystal â finna am dactega'r Syndicet!"

"Yndw, ond dydi hynny ddim yn deud fod gen i 'u hofn nhw!"

"Ond be am Nedw? Ti'm yn meddwl fod teiming y radio yn wirion braidd?"

"Wneith y sgwrs radio ddim effeithio'r achos, siŵr – dydyn nhw heb ei jarjio fo eto. A'r dystiolaeth sy'n deud os ydyn nhw'n 'i jarjio fo neu beidio, dim be mae'i fam o'n ddeud ar yr êrwefs!"

"Wyt ti'n siŵr am hynny, Ceri?"

"Wel yndw, siŵr dduw! Ti'n meddwl fyswn i'n peryglu rhyddid fy mab fy hun ar gownt hyn?"

"Wel…"

"'Wel' be, Dan Cocos? A bydd di'n ffycin ofalus sut ti'n ffycin atab honna, washi!"

Petrusodd Dan. Edrychai fel 'tai o'n galw ar bob owns o ddewrder o ddyfnderoedd ei ysbryd cyn siarad. "Mae o'n edrych felna i mi, Ceri – weithia…!"

Fedrai Ceri ddim coelio'i chlustiau. Pylai yr holl rwdlan disynnwyr wnaeth Dan yn y tŷ ychydig oriau yn ôl o'i gymharu â'r nonsens yma. Ddyfalodd Ceri erioed ei fod o'n ddyn mor rhagfarnllyd. Am unwaith, methodd gael hyd i eiriau i ateb.

"Ond dwi ddim isio gweld y ffycars yn brifo chdi, Ceri. Dyna 'di'r pwynt! Ti'n gwbod fel ma nhw. Garantîd ma nhw ar dy cês di'n barod…"

"Wyt ti'n gwybod rwbath dwi ddim, Dan?"

"Eh?"

"Wel, wyt ti'n uffernol o consýrnd, mwya sydyn, dwyt?"

"Be ti'n feddwl?"

"O cym off it, Dan! Unwaith welis di fod Jojo ar y sîn mi newidist di dy diwn yn go sydyn. Negatif, negatif, negatif, dyna'r cwbwl ti 'di bod ers hynny! A rŵan bo ti'n gwbod bo ti'n methu cael dy facha chwyslyd arna i, ti ddim isio bod yn unfolfd a ti ddim isio i ni lwyddo chwaith!"

"Dydi hynna ddim yn wir, Cers!"

"O, jysd ffwcia o 'ngolwg i! Chdi a dy ffycin fwstash!"

Trodd Ceri a chroesi'r ffordd â Deio bach yn ei breichiau, gan adael Dan Cocos yn ffidlan efo'r blew o dan ei drwyn.

93

RHODDODD DAN Y GORIAD yn nhwll clo drws ffrynt ei dŷ, a'i droi. Llifodd golau oren gwan y stryd hyd lawr y pasej wrth i'r drws agor, a chamodd Dan i mewn. Trodd y golau ymlaen a thaflu'i gôt dros bolyn gwaelod y grisiau cyn mynd yn syth am y gegin a throi'r tecell ymlaen. Roedd y dillad gafodd eu gorchuddio efo slops cegin Ceri wedi gorffen golchi. Tynnodd nhw allan o'r peiriant a'u trosglwyddo i'r sychwr.

Wedi gwneud paned iddo'i hun a rowlio ffag a'i thanio, safodd â'i gefn yn erbyn y sinc yn gwylio'r dillad yn troi. Heddiw oedd y diwrnod gwaetha a gawsai ers pan gladdodd ei fam bron i ddeng mlynedd yn ôl. Ciciodd ei hun am wneud cymaint o ffŵl o'i hun yn nhŷ Ceri. Ond er y gwyddai ei fod wedi bod yn llai na gonest efo hi, doedd o'n difaru dim o'r hyn a ddwedodd wrthi gynnau. Os oedd y bitsh benderfynol am fod mor styfnig, yna twll ei thin hi. Pam dylai o boeni? Roedd hi efo'r Cocni yna rŵan, beth bynnag. Y basdad iddo – yn ymddangos o nunlle a chael ei braich hi, jysd felna. Be uffarn oedd hi'n weld ynddo, beth bynnag? Golwg ffycin thyg arna fo!

Ffromodd wrth ei dychmygu hi ym mreichiau Jojo, a chorddodd ei waed wrth ei gweld yn y gwely efo fo. Ffycin slwt! Ffycin slwt styfnig! Roedd hi'n haeddu popeth oedd yn dod iddi!

Llyncodd ei baned a thaflu'r gwpan i ganol y llestri budur yn y merddwr yn y sinc. Agorodd yr hen gwpwrdd pantri a fu'n sefyll yng nghornel y gegin ers pan oedd o'n blentyn. Ystyriodd agor tun o sardîns, cyn meddwl am rywbeth cynnes. Ystyriodd dun o fîns, ond cofiodd nad oedd ganddo fara i'w rhoi nhw ar dôst. Sleifiodd ei lygaid at y botel fach o Bells.

Roedd o newydd gerdded i'r stafell fyw efo gwydryn o wisgi, a throi'r teledu ymlaen i ddal y newyddion, pan ddaeth cnoc ar y drws ffrynt. Sleifiodd at y ffenest bae, a symud y llenni rhwyd i'r ochr er mwyn pipian at y drws. Neidiodd allan o'i groen pan ddaeth gwyneb i'r gwydr o'i flaen, mwya sydyn. Aeth i agor y drws, a dilynodd yr ymwelydd o drwodd i'r stafell fyw.

"Wel?" gofynnodd Wil Broad wedi gwrthod cymryd sêt.

"Be wyt *ti'n* feddwl?"

"Y ffycin gont styfnig!"

"Dydi'm yn pwshofyr, fel ti'n gwbod."

"Dyna pam oeddat ti'n rhedag o'i thŷ hi pnawn 'ma efo dy ginio drostat ti?"

"Titha wedi clywad hefyd?"

"Pawb yn ffycin dre wedi clywad, Dan!"

Symudodd Wil i sefyll â'i gefn at y grât, a thrio sgwario ei gasgan dew. Eisteddodd Dan ar y soffa yn ei wynebu. Cleciodd ei Bells a dechrau cnoi ei winedd. "Be sy'n mynd i ddigwydd rŵan?"

"Wel, bydd rhaid i ni symud yn ei herbyn hi. Mae hi wedi cael ei chyfla, Dan. Does gan y gotsan wirion 'mond hi ei hun i feio – be ffwc mae hi'n ddisgwyl am fynd ar radio cenedlaethol? If you raise the stakes, you better have the chips!"

"Oes rhaid i chi?"

"Be?"

"'Symud' yn ei herbyn hi."

"Yli, Dan – oeddat ti ar y pwyllgor 'na i ni, dim iddyn nhw. Cadw tabs ar betha oeddat ti i fod i neud, a gneud yn siŵr fod Ceri Morgan yn cael digon o raff i grogi'i hun. Dyna pam ti'n cael dy dalu. Paid â deud fod ti wedi mynd yn sofft ar y gont?"

Wnaeth Dan ddim ateb. Dim ond troi i syllu ar y cyrtans.

"Ffycin hel – do 'fyd, yn do?" medda Wil yn sarhaus. "Wedi disgyn am charms y ffycin black widow! What a fucking twat!"

"Ffyc off, Wil, OK? Geith y bitsh fynd i ffwcio!"

"Www! Love hurts, Dan? Be oedd yn bod? Ffetish am ddynion mewn tatws a grefi?"

Trodd Dan i edrych ar Wil, cyn troi i ffwrdd yn syth. Cododd oddi ar y soffa. "Dwi'n mynd i nôl wisgi arall. Tisio un?"

"Wneith drownio dy sorrows ddim helpu. Mae 'na amal i ddyn wedi disgyn i'r gasgan oherwydd dynas. Dwi'm yn gwbod am 'run ddaeth allan ohoni efo iau."

Diflannodd Dan i'r gegin a safodd Wil yn lle'r oedd o, yn edrych o gwmpas y stafell fyw. Methai'n lân â deall pam na newidiodd Dan Cocos ddiawl o ddim byd ar y lle pan farwodd ei fam. Yr un hen bapur wal blodau brown, hen ddresar a llestri gwyn, efo dau sbanial Brenin Siarl yn sefyll ar y naill ben. Yr un hen lenni trwchus ar y ffenest hefyd, a'r un hen fowlen rownd y golau ar y to, a'r cloc pentan yn tic-tocio'n syrffedus ar y seidbord. Heb sôn am yr hen soffa patrwm *paisley* â'i chlustogau blodeuog oedd heb eu curo ers degawd. Bron na allai Wil ogleuo'r *mint imperials* a'r Steradent.

Daeth Dan yn ei ôl efo'i wisgi a'i faco. "Be fyddwch chi'n neud rŵan – i Ceri 'lly?"

"Be, ti'n poeni wyt?"

"Wnewch chi'm ei brifo hi, na?"

"Paid â bod yn ffycin wirion, Dan! Dim y Sopranos ydi'r Syndicet!"

"Be, felly?"

"Dwn 'im. Mae o i fyny i Godfrey. Ond fyddan ni'n gneud yn siŵr

308

fod y ffycin mab 'na sy ganddi'n cael ei jarjio, mae hynna'n saff."

"Ond dim y fo sy 'di gneud, siŵr!"

"Mi ddaw hynny allan yn cwrt. Ond yn y cyfamser geith y ffycar bach stiwio."

"Ond sut wnewch chi beth felly?"

"Mae 'na dyst yn barod i dystio fod o wedi'i weld o'n dod allan o'r lle efo tun petrol."

"Deud clwydda, 'lly?"

"'Mond dros dro. Mae o'n ddigon hapus i dynnu'i ddatganiad yn ôl pan ddaw'r amsar iawn. Oedd hi'n dywyll, ac mae pawb yn gallu gneud mistêc."

"Ffycin hel, Wil! Ti newydd ddeud na dim gangstars ydach chi!"

"Dim ond edrych ar ôl ein buddiannau, Dan."

"A Ceri? Be sgennoch chi wedi'i blanio iddi hi?"

"Gawn ni weld. Ond mi oedd ganddi hitha ddigon o reswm i roi matsian i'r lle. Ac mae conspirasi yn gyhuddiad difrifol."

Llygadodd Wil Broad wyneb Dan Cocos.

"Be sy, Dan? Ti'm yn meddwl ei bod hi wedi tynnu'r llanast 'ma am 'i phen 'i hun? Cofia di ein cytundeb bach ni, rŵan! Fysa'n bechod i chdi golli'r tŷ 'ma a dy fam wedi gweithio'n galad ar hyd ei hoes i dalu'r morgej. Liciat ti weld Johnny Lovell yn gwerthu'i thrugaredda hi mewn car bŵt sêl?"

Ysgydwodd Dan ei ben.

"Wel, dyna fydd yn digwydd os glywith Ceri unrhyw smic am be gafodd 'i ddweud yn fan hyn heno. Ti'n clywad?"

Atebodd Dan ddim, dim ond sipian ei wisgi'n araf.

"WYT TI'N 'YN FFYCIN 'NGHLYWAD I?" gwaeddodd Wil ar dop ei lais.

"Yndw!"

"Dyna welliant! Achos dwi'n gaddo i ti rŵan – dim jysd beiliffs fydd yn cnocio dy ddrws di, ond mi fydda inna hefyd. A duw a dy ffycin helpo di wedyn!"

Pasiodd rhai eiliadau heb i'r un o'r ddau ddweud gair. Doedd dim i'w glywed ond tician y cloc.

"Fydd dim rhaid i ti boeni, Wil," medda Dan yn dawel, cyn hir. "Dim ots gen i am Ceri bellach. Mae ganddi hi ddyn newydd rŵan."

"O? Pwy 'lly?" holodd Wil.

"Rhyw foi diarth. Ddoth o yma ryw wythnos neu ddwy yn ôl. Jojo ydi'i enw fo. Joe. Joseff Griffiths."

"Joseff Griffiths?" dyfalodd Wil Broad. "Lle dwi 'di clywad yr enw yna o'r blaen?"

"Dowt gen i fod ti wedi. O Llundan mae hwn."

"O! Wel."

"Ond mae o'n siarad Cymraeg."

94

WEDI METHU GWELD GOLAU yn nhŷ Johnny Lovell a sylwi nad oedd ei bic-yp o gwmpas yn unlle, trodd Jojo yn ôl am y garafán. Roedd ffôn Didi yn dal i ffwrdd, a rŵan ei bod hi wedi hen nosi roedd o'n dechrau mynd yn anniddig yn ei gylch.

Ond o adnabod Didi, roedd hi'n ddigon posib bod y diawl bach wedi sgorio efo rhywun yn y dafarn honno fuodd o ynddi ddoe. Wedi'r cwbl, mi ddwedodd o fod hoywon yn cwrdd ynddi. Be oedd yn poeni Jojo, fodd bynnag, oedd y ffaith fod y ffôn wedi canu y tro cynta iddo'i ffonio, ond fod Didi wedi'i droi i ffwrdd yn hytrach na'i hateb. Ond eto, efallai mai prysur yn mwynhau ei hun oedd o. Roedd un peth yn saff, fodd bynnag, meddyliodd Jojo wrth groesi'r cae tuag at y garafán – allai o ddim mynd i nunlle i chwilio amdano rŵan, achos roedd o newydd weld golau car wedi parcio ym mynedfa'r trac i fyny i'r fferm. Allai o fod yn unrhyw beth, wrth gwrs, ond credai Jojo mai'r cops oeddan nhw eto. Gwell fyddai aros rhyw awr fach arall i rywfaint o alcohol y poteli lager a yfodd yn gynharach gilio o'i wythiennau.

Estynnodd gocên Didi o ben y silff uwchben y teledu ac aeth i eistedd wrth y bwrdd i dorri llinell iddo'i hun tra'n gwrando ar fwy o'r CD a gafodd gan Nedw. Snortiodd linell hir, dew o'r powdwr gwyn i fyny'i drwyn ac eistedd yn ôl wrth i'r cyffur gyrraedd ei waed a rhuthro i'w ben. Roedd 'Jah War' yn chwarae ar y CD – cân brotest, *reggae*, gan ei hoff fand pync, The Ruts. Mae'n rhaid fod Eddie, tad Nedw, yn licio pync ers talwm, achos doedd Jojo heb ddod ar draws unrhyw berson iau na fo'i hun oedd wedi hyd yn oed clywed am y band. Pwmpiodd curiadau'r bas trwy'i gorff fel cyfeiliant i'r *lemon barley*.

'*Jah war – fighting, fighting – jah war – too close, frightnin…*'

Unwaith eto, edmygodd Jojo dast cerddorol mab y ferch oedd o wedi disgyn amdani. Lleddfodd y gerddoriaeth rywfaint ar y pigau drain, a chaeodd Jojo ei lygaid a gadael i'r atgofion am ddyddiau'r partïon rhydd yn Llundain lifo'n ôl i'w feddwl. Cofiai aelodau o'r Ruts a cholectif *reggae* Misty in Roots yn chwarae mewn sgwat, ac yntau a Didi ond yn eu harddegau – yn racs ar lager a fodca, ganja a *wizz* – yn ymgyfarwyddo â'r negeseuon gwleidyddol yn eu caneuon, ac efo enwau fel Clarence Baker a'r SUS – y ddeddf Stop Under Suspicion a ddefnyddiai heddlu Llundain i archwilio pobol ifanc am ddim mwy na cherdded i lawr y stryd. Cofiai Jojo gael ei stopio ambell waith ei hun, a chofiai redeg nerth ei draed wrth i gar heddlu arafu yn ei ymyl ar fwy nag un achlysur.

'*Jah war – fighting, fighting…*'

Brwydrodd Jojo i gadw enw Wil Broad allan o'i feddwl. Doedd dim y gallai wneud am hwnnw ar y funud felly doedd dim pwynt dechrau stiwio eto. Estynnodd am ei sigaréts a thanio un. Ond efo'r pwl cynta, dechreuodd besychu heb unrhyw rybudd. Tagodd yn waeth ac yn waeth, yn galetach ac yn galetach, a brysiodd am y sinc i garthu fflem. Gwelodd y gwaed yn dew yn ei boer a theimlodd ei ben yn dechrau troi unwaith eto. Gafaelodd yn dynn yn ochrau'r sinc heb symud am ryw funud gyfan, yn ofni pasio allan eto a, pe bai'n onest, yn ofni gweld mwy o waed yn codi, hefyd.

Wedi dod dros ei bwl drwg eisteddodd yn ôl wrth y bwrdd. Roedd *dub* Keith Hudson, 'Ire, Ire', yn pwmpio o'r stereo erbyn hyn, ac allai o ddim peidio â meddwl fod Nedw yn drysor prin yn ei genhedlaeth. Snortiodd linell arall o *charlie* a chyn hir fe orffennodd y gerddoriaeth. Eisteddodd Jojo mewn tawelwch. Roedd hi wedi cymryd ychydig o ddyddiau iddo ddod i arfer â distawrwydd cefn gwlad, ond erbyn hyn roedd o'n ei werthfawrogi. Doedd dim heddwch i'w gael yn Llundain. Hyd yn oed oddi ar y *main drags*, doedd sŵn y cwch gwenyn byth ymhell. Craffodd ei glustiau i wrando am sŵn y tonnau islaw. Ond roedd hyd yn oed y rheiny'n dawel heno.

Daeth y pigau drain yn eu holau. Roedd o angen symud. Byddai awyr iach yn syniad. Cofiodd fod yr Hicksville Cops yn cadw golwg wrth y ffordd islaw. Penderfynodd fynd am sbec ac, mewn eiliad o ddiffyg disgyblaeth, agorodd botel o lager i fynd efo fo.

Roedd y lager yn ffacin lyfli, meddyliodd, wrth frasgamu'n flêr ar draws y cae carafannau i gyfeiriad y trac. Gwelai nad oedd golau wrth y fynedfa bellach, ond roedd am fynd i lawr i gael golwg, beth bynnag.

Wedi stompio'n ddifeddwl i lawr y ffordd am ryw dri chan llath gorffennodd y botel o lager a'i thaflu dros y gwrych i'r cae. Yna arafodd ei gamau, gan gymryd gofal i beidio â gwneud cymaint o sŵn wrth nesu'r canllath ola at y fynedfa. Buan y daeth hi'n amlwg, fodd bynnag, nad oedd unrhyw beth yno o gwbl. Tynnodd ei goc allan a phiso ar ganol y patsh. Cododd ei ben i'r awyr – roedd y sêr yn dod allan. Doedd y cymylau tywyll rheiny heb gyrraedd eto, mae'n rhaid, meddyliodd, a glaw Iwerddon Timmy Mathews druan yn oedi cyn cyrraedd glannau Cymru.

Astudiodd y sêr, a thrio canfod y siapiau ddangosodd Ceri iddo ar ben Craig yr Harbwr. Gwelodd y Sosban yn syth, ond lle oedd yr Heliwr a'i gryman, a'r Aradr? Chafodd Jojo ddim amser i chwilio'n iawn, achos gwelodd oleuadau car yn troi ar yr awyr o gyfeiriad y gornel fawr honno wedi pasio Golden Sands am y môr. Gwyliodd y wawr wen yn cryfhau, nes i bâr o oleuadau ddod i'r golwg ar y stretsh. Gwyliodd eto wrth i'r car gyrraedd y gornel nesa, ac fe'i dallwyd am ennyd wrth iddo droi i wynebu ble'r oedd o'n sefyll, a dod yn ei flaen i fyny'r mymryn o riw a chorneli oedd rhwng y gornel honno a mynedfa trac Trwyn y Wrach.

Dringodd Jojo dros giât ar y dde iddo, a llechu am funud yn y cae, wrth fôn y gwrych. Cyrhaeddodd y car y fynedfa, a stopio. Yna mi rifyrsiodd i mewn i'r trac a diffodd ei injan a'i oleuadau.

Sbeciodd Jojo trwy'r gwrych. Gwelai din y car rhyw ddeg llath o'i flaen yng ngolau'r lleuad. Car gwyn oedd o, ond – o be welai – doedd o ddim yn gar heddlu.

Yna mi agorodd drws y gyrrwr, a daeth dyn tew allan a sefyll yno, yn edrych i fyny am Drwyn y Wrach. Trodd Jojo i edrych i'r un cyfeiriad, ac mi welai olau ei garafán yn disgleirio trwy'r ffenest fel goleudy. Yna gwyliodd y dyn yn tanio sigarét, ac yn croesi at y gwrych ochr draw i biso. Wedi iddo orffen, aeth yn ôl at ddrws ei gar ac aros am ychydig eiliadau i edrych i fyny at y garafán unwaith eto, cyn neidio i mewn i'r car a'i danio. Pan ddaeth y goleuadau ymlaen, cododd Jojo a sleifio at y giât, wrth i'r car dynnu allan a dychwelyd y ffordd y daeth.

Sylwodd Jojo mai Citroen ZX oedd y car, yr un car ag a welodd ym maes parcio'r toiledau cwîars rheiny, yr ochr draw i Abermenai.

95

GWASGODD WIL BROAD y botwm ar y wal wrth ymyl gatiau Godfrey Towers – fel y galwai Gilfach Hall – a chlywodd sŵn cacwn yn dod ohono, yna clic trwm y gatiau trydan yn dechrau agor. Gyrrodd ei gar i fyny'r ffordd lydan drwy'r coed a rownd y tro, nes dod i'r lle parcio eang uwchben y creigiau o flaen y plasty. Parciodd ar y graean melyn, o flaen y wal addurniadol o bileri a bwâu gothig wedi'u siapio o dywodfaen, uwchben lawnt a llwyni taclus a ddisgynnai rhwng y plasty a'r môr.

Wedi tsiecio nad oedd y cŵn yn rhydd, camodd allan o'r car a sefyll i edrych dros yr aber islaw, dan olau'r lleuad. Am ychydig eiliadau gallai weld yr eira ar y mynyddoedd tu draw i'r bae yn adlewyrchu'r golau gwan, cyn i gwmwl guddio'r lleuad a'u cipio o'i olwg.

Cerddodd Wil i fyny'r grisiau cerrig ysblennydd, ac at y drws. Daeth dyn i'w gwfwr, a'i agor i'w groesawu. Yn edrych yn dda am ddyn dros saith deg oed, roedd o'n gwisgo siwt ddrud o liw hufen, crys sidan glas golau, a thei melyn o'r un deunydd. Ond doedd y lliw brown tywyll ffug yn ei wallt, y tan ffug, na'r mwstash gwyn trwsiadus ddim yn gweddu i weddill ei wedd, nac yn cuddio'r oerni dienaid yn ei lygaid glas golau.

"Gobeithio fod hyn mor bwysig â be ddwedais di ar y ffôn, Billy!" rhybuddiodd Godfrey Harries.

"Sori syr, ond dwi'n meddwl 'i fod o."

Dilynodd Wil ei feistr drwy'r neuadd grand a heibio i'r grisiau llydan. Bu Wil yma sawl gwaith o'r blaen, ond roedd o'n dal i ryfeddu at y cyfoeth ymffrostgar oedd yn sbloets ymhob cwr a chornel o'r hen dŷ. Hen blasty wedi'i ymestyn a'i foderneiddio oedd o. Perthynai i un o hen deuluoedd morwrol yr ardal slawer dydd – perchnogion llongau fyddai'n mynd a dod i bedwar ban byd.

"Ddrwg gen i am fethu ateb dy neges yn gynt, Billy. O'n i'n cwrdd efo Don Gabriel yn y Golf Club. Ti'n ei gofio fo? Detective Superintendent Gabriel?"

"O ia, yndw, dwi'n 'i gofio fo'n iawn."

"Mae o yn y Serious Crime Squad rŵan, oeddat ti'n gwybod hynny?"

"Nago'n. Gwbod fod o'n uchal i fyny yn rwla, ddo."

Daliodd Godfrey ddrws y stafell eistedd yn agored i Wil, ac eisteddodd y ddau o bobtu'r lle tân gwag. Tywalltodd Godfrey frandi yr un iddyn nhw o'r *decanter* grisial oedd ar y bwrdd isel rhwng eu cadeiriau.

"Ie, Donald Gabriel. Hen, hen ffrind. Roedd o wedi gofyn ffafr i fi wythnos dwytha, ac roedd ychydig o ddatblygiadau i'w trafod – off the radar, felly."

Cododd Godfrey ei wydryn, cyn cymryd sip. Gwnaeth Wil yr un fath.

"Gwranda, Bill, dwi'n ofnadwy o ddiolchgar i ti am helpu efo'r Plaza. Fyddai dim llawer yn fodlon gwneud be wyt ti'n 'i wneud."

Cododd Wil ei law i fyny a thwt-twtio. "Mae wastad yn bleser i'ch helpu chi, Godfrey, syr," sebonodd. "Rydach chi wedi bod yn dda iawn efo fi dros y blynyddoedd – ac yn hael iawn eich gwobrau, os ca i ddweud."

"Wel, ie. Mawr fydd dy wobr eto y tro yma, wrth gwrs. Ond mi *ydw* i'n gwerthfawrogi. Mi wyt ti'n gorfod byw ymysg y bydlemod yn y dre 'ma – dydw i ddim."

"'Dio ffwc o bwys gen i, Godfrey, syr. Does 'na ffwc o neb yn fy licio fi yn y lle fel mae hi. A feeling's mutual ydi hi cyn bellad â bo fi yn y cwestiwn. I owe them fuck all."

"Oes rhaid i ti regi gymaint?"

"Sori, Godfrey, syr," medda Wil yn wylaidd.

"Na, mae'n iawn siŵr," medd Godfrey gan wenu'n fochynnaidd. "Dwi'n licio bit of rough weithiau."

Gwenodd Wil – yn nerfus, ond yn fwy na pharod i blesio'i feistr.

"Felly mae ein Boudicca bach ni yn mynd ar y radio?"

"Hell bent o fwrw mlaen efo fo, yndi."

"A be am Cockleman? Ydio wedi trio ei ddarbwyllo hi?"

"Do, a cael ei sblatro mewn slops bwyd yn y broses! Ond dwi'n meddwl fod y cont gwirion wedi mynd yn sofft arni."

Edrychodd Godfrey i fyw llygaid Wil. Aeth ias i lawr cefn hwnnw wrth i'r llygaid sarff oeri ei fêr.

"Ond mae o *wedi* trio'i orau?"

"Yndi," atebodd Wil. "Dwi'n meddwl."

"Ti'n *meddwl*?" gofynnodd Godfrey â'i lygaid creulon yn waywffyn o rew eto.

"Dwi'n *gwybod*," atebodd Wil yn gelwyddog.

Eisteddodd Godfrey yn ei ôl yn ei gadair. "Cer i nôl y bocs sigârs acw i fi," gorchmynnodd gan amneidio tua'r bocs ar ben y lle tân.

Neidiodd Wil i'w draed yn eiddgar, a phasio'r blwch i'w feistr. "Rwbath arall?"

"Eistedda i lawr."

Taniodd Godfrey ei Cuban. "Mi fydd pethau'n symud yn erbyn Mother Teresa cyn y penwythnos, felly."

"O?"

"Mae'r wheels in motion. Mae gormod at stake i adael i honna roi sbanar yn y sbôcs. Mae'n edrych fel y bydd gen i gwsmeriaid da i'r unedau fyddwn ni'n eu darparu yn Llys Branwen… Sori, wyt ti isio sigâr? Wnes i ddim cynnig un."

Estynnodd Wil am sigâr, cyn cymryd tân oddi ar fflachiwr *ornamental* Godfrey. Yna ceisiodd fanteisio ar y saib yn y sgwrs i rannu'r wybodaeth bwysig oedd ganddo efo'i fos.

"Syr…"

"Dwi heb orffen eto, William!" medd ei feistr yn llym, a'i hoelio efo'r llygaid neidr.

Daliodd Wil ei law i fyny ac ymddiheuro'n orffwyll.

"Dyna beth arall oeddwn i'n drafod efo Donald heno," medd Godfrey, cyn newid ei dôn ynghanol y frawddeg a dechrau diawlio Wil am feiddio torri ar ei draws eiliadau ynghynt. "Dyna fi wedi colli mŵd y stori rŵan! Ti'n gwybod yn iawn 'mod i'n casáu interruptions!"

"Mae'n ddrwg iawn gen i, syr. Do'n i ddim isio'ch ypsetio chi."

Mor sydyn ag y newidiodd hwyliau Godfrey i fod yn filain, trodd yn ei ôl i fod yn ysgafn a chwrtais eto.

"Fel oeddwn i'n ddweud, mae'r dyn 'ma oedd yn beneficiary anuniongyrchol i'r ffafr wnes i â Gabriel yn awyddus i brynu apartment neu ddau yn Llys Branwen."

"O, da iawn, Godfrey! Mae hynna'n newyddion gwych! Llongyfarchiadau!"

"Llongyfarchiadau? Does dim byd wedi digwydd eto!"

Pasiodd eiliadau o dawelwch wrth i'r ddau sipian eu brandis a sugno ar eu sigârs. Roedd Wil Broad ar dân isio dweud be oedd ganddo ar ei feddwl, ond gwyddai yn iawn fod rhaid wastad aros i Godfrey ofyn yn gynta. *Megalomaniac* sadistaidd fuodd o erioed. Ond roedd Wil Broad yn licio hynny...

"Dyma pam mae hi mor bwysig i gael gwared o bob bygythiad i'n cynlluniau ni, Bill. Mae'n rhaid bod yn greulon i fod yn garedig – dyna ydi fy motto i."

"Cytuno'n llwyr," medd Wil.

"Hynny ydi," ychwanegodd Godfrey wrth osod ei lygaid creulon ar lygaid llwfrgi Wil eto, "mae'n rhaid bod yn greulon i eraill i fod yn garedig i ti dy hun!"

Chwarddodd Godfrey'n uchel, ac yna stopio chwerthin fel petai rhywun wedi troi switsh. "Rŵan, Billy boy – be oedd gen ti i ddweud wrtha i?"

96

CYD-DDIGWYDDIAD NEU BEIDIO, ALLAI Jojo ddim dod dros y ffaith fod car a welsai mewn maes parcio toiledau amheus ddeugain milltir i ffwrdd, yr ochr arall i Abermenai, wedi troi i fyny bum can llath o'i stepan drws. Digon diniwed oedd yr holl beth, mwya tebyg, meddyliodd – doedd dim dwywaith fod mynychwyr y toiledau hynny'n teithio yno o ardal weddol eang, felly digon posib bod un ohonyn nhw'n hanu o'r cyffiniau yma. Roedd hi'n bosib fod perchennog y car yn un o breswylwyr Golden Sands, neu hyd yn oed yn rhywun o Gilfach a benderfynodd fynd am sbin yn ei gar. Pwy a ŵyr, meddyliodd Jojo, efallai ei fod wedi trefnu cwrdd â pwff arall rywle yn y cyffiniau, a'i fod o'n lladd amser cyn gwneud?

Ond roedd rhywbeth ynghylch yr holl beth yn ei bigo – nid y ffaith fod y dyn wedi edrych draw tua golau ei garafán, gan y gallai hynny hefyd fod yn gyd-ddigwyddiad, ond y ffaith fod Jojo yn dal i feddwl iddo'i weld o yn rhywle o'r blaen. Ac i ddyn o gefndir Jojo, a fu'n talu sylw i sibrydion ei chweched synnwyr dros yr holl flynyddoedd, roedd hynny'n canu clychau. Yn enwedig ac yntau dan ddylanwad alcohol, cocên a sgync. Wfftiodd yr holl beth, fodd bynnag. Doedd fawr o bwynt poeni am ryw bwfftar oedd yn gyrru'i gar o gwmpas y glannau liw nos.

Blinodd Jojo ar y sothach ar y teledu, a'i droi i ffwrdd. Roedd hi bellach yn tynnu at ddeg o'r gloch y nos. Bu'n ddiwrnod digon rhyfedd ar y cyfan – Ceri yn ei freichiau, Nedw yn ei garafán, yna cael ei ysgwyd gan hanes Timmy Mathews, a'r ffaith fod Godfrey a Mochyn Budur wedi cynnal eu partneriaeth ddieflig wedi i Lys Branwen gau. Ond ar ôl gwahanu pob darn o wybodaeth – yn ogystal â'i amheuon am fod o dan lygad yr heddlu – a'u didoli'n rhesymegol, sylweddolodd nad oedd bygythiad uniongyrchol i Didi ac yntau yn deillio o'r datblygiadau diweddara hyn. Er bod cymylau yn bygwth eu cenlli ar y darlun, roedd ei fan gwyn fan draw yn dal i fod o fewn cyrraedd.

Ond fyddai Jojo ddim yn ymlacio nes y clywai rywbeth gan Didi. Roedd ei ffôn wedi bod i ffwrdd ers ganol y prynhawn, a hyd yn oed pe byddai Didi wedi bachu cariad ac wedi mynd i fwynhau ei hun efo fo, roedd hynny'n rhyfedd. Be oedd yn gofidio Jojo fwya oedd ei fod wedi colli'i ffôn ac wedi methu cael tacsi, wedyn wedi cerdded adra yn feddw gaib ar hyd y traeth drwy'r tywyllwch, ac wedi mynd i drafferthion.

Fu dim rhaid iddo ddyfalu fawr hirach, fodd bynnag, achos mi ganodd ei ffôn.

97

Newidiodd y llygaid sarff ddim o gwbl tra y bu Wil Broad yn adrodd ei stori. Y cwbl wnaeth Godfrey oedd syllu arno heb i unrhyw emosiwn gyffwrdd â'i wyneb haearnaidd. Ac wedi i Wil orffen ei adroddiad, ddwedodd y sarff ddim byd o gwbl, dim ond estyn am y brandi a thywallt mwy ar ben y mymryn oedd ar waelod ei wydryn. Cynigiodd beth i Wil. Gwrthododd hwnnw, gan fod y car ganddo. Ond llanwodd Godfrey ei wydr, beth bynnag.

"Mae pethau fel hyn, Bill, yn digwydd o dro i dro. Tydw i ddim yn credu fod bywyd yn olwyn sy'n troi o hyd. Dwi'n credu mewn llinell syth – symud ymlaen a gadael y gorffennol ar ôl."

Eisteddodd Godfrey yn ôl yn ei gadair gan droi ei wydr brandi yn ara yn ei law wrth i'w sigâr yrru mwg yn rubanau tua'r nenfwd.

"Ond bob yn hyn â hyn, mae llinellau pobol eraill yn dod i mewn ar trajectori gwahanol, ac yn bwrw i mewn i dy linell di. Gall y rhain fod wedi dechrau ar eu taith ymhell o dy daith di, ond mi allan nhw fod wedi dechrau o'r un lle, hefyd, ond eu bod nhw wedi taro yn erbyn wal ac wedi bownsio yn eu holau fel peli sgwash. Ti'n coelio mewn ffawd, Bill?"

"Dwi'm yn siŵr be dwi'n goelio."

"Tydw i ddim. Ond dwi'n coelio mewn tynged. Wyt ti'n gwybod be ydi'r gwahaniaeth rhwng ffawd a thynged, Bill?"

"Ymm, wel, dwi ddim yn siŵr iawn be ydi tynged, i fod yn onest efo chi."

"O? Hwyrach y dylwn i fod wedi dy yrru i'r ysgol leol? Oedd addysg Llys Branwen ddim yn ddigon da?"

Llyncodd Wil Broad yn galed cyn mentro ateb.

"Paid ag ateb, William bach, dwi ar ganol doethinebu! Lle oeddwn i?"

"Peli sgwash?"

"Da iawn, Billy! Be dwi'n ei ddweud ydi fod ymddangosiad y ddau yma…"

"Dau?"

"Ie, mae David Davies efo fo. Doeddet ti ddim yn gwybod hynny?"

Llyncodd Wil Broad ei boer eto – ond doedd dim poer yn ei geg y tro yma. Roedd o newydd sylweddoli fod ei feistr yn gwybod mwy nag oedd o newydd ei adrodd wrtho, wedi'r cwbwl.

Cododd Godfrey ar ei draed a cherdded at y lle tân, a throi i wynebu Wil.

"Os mai Joseph Griffiths ydi un, ei bartner bach o ydi'r llall. Ond, wrth gwrs, ti'n haeddu gwell eglurhad."

Llyncodd Godfrey gegiad da o frandi cyn bwrw mlaen â'i esboniad.

"Ychydig ddyddiau yn ôl, daeth Don Gabriel i 'ngweld i ar fater arall. Ac fel ydan ni'n ei wneud fel arfer, mi ddechreuon ni siarad am waith. Mi ddigwyddodd o sôn am rywbeth oedd wedi digwydd yn Llundain – rhyw gangland spat. Serbian hitman gets wacked, blah blah – y math o beth ti'n weld ar DVD, ond with real bullets and real blood. Roedd y Serbian mafia boss 'ma wedi rhoi tip-off i'r heddlu am y ddau ddyn oedd yn gyfrifol am y mwrdwr. Pan aeth y plismyn i fflat un ohonyn nhw, mi ddaethon nhw ar draws cwpwl o lyfrau Cymraeg."

Sipiodd Wil ei frandi'n araf. "Cymraeg, fel… Cymraeg?"

"Ia, William," medd Godfrey yn nawddoglyd, cyn pwffio ar ei sigâr a chwythu cylchoedd o fwg i gyfeiriad Wil. "Felly, gan nad oedd yr un o'r ddau ddyn yma wedi gadael y wlad, trodd yr heddlu eu golygon tua Chymru – a'r Gymru Gymraeg yn benodol."

Sipiodd Wil ei frandi. Doedd o ddim yn siŵr os oedd o'n licio lle'r oedd y stori yma'n arwain. Wedi'r cwbl, bu'n gyfrifol am wneud pethau ofnadwy i Joe Griffiths a David Davies yn y Cartref ers talwm – ac roeddan nhw bellach yn gangstyrs?

"Two male suspects – known as 'Jojo' and 'Deedee' – one stocky build and extremely dangerous – one slight build and effeminate – Cockney accents… Dwi ddim yn cofio'r manylion i gyd, but you get the picture… Be sy'n bod, Billy? Ti wedi troi yn wyn!"

Roedd Godfrey'n mwynhau pob munud.

"Na, dwi'n iawn," medda Wil a chlecio gweddill ei frandi. "Jysd pethau yn symud mor ffast."

Daeth Godfrey draw i ail-lenwi ei wydryn er gwaetha ei brotestiadau tila.

"Wnai cut to the chase, ia? Roedd Don Gabriel jysd yn digwydd gofyn i fi gadw llygad allan yn y Golden Sands, rhag ofn fod rhywun yn ffitio'r disgrifiad yn aros yno. Ac mi gytunais â chroeso, wrth reswm. Yna – lo and behold, Billy boy, mi dynnwyd fy sylw at y ffaith fod dau ddyn diarth efo Cockney accents yn yfed efo'n warrior princess bach ni yn y Bryn nos Sul dwytha. A dyna i chdi handi – roeddan nhw'n aros yn un o garafannau Johnny Lombardi, ein swamp thing bach ffyddlon ni yn y topia 'cw! Wel, siarad mewn riddles neu beidio, doedd hi'm yn anodd cael gwybodaeth gan hwnnw – doedd ond rhaid i mi ei atgoffa o'r rhan a chwaraeodd o yn niwedd anffodus y boi Mathews hwnnw!"

Crynodd Wil drwyddo wrth gofio am y gafael oedd gan Godfrey ynddo yntau hefyd. Dechreuodd chwysu wrth sylweddoli mor hawdd y gallai camweddau'r gorffennol ddychwelyd i'w fflangellu. Aeth Godfrey yn ei flaen, gan fwynhau gweld ei was bach yn gwingo.

"Felly dwi'n ofnadwy o hapus dy fod ti wedi dod yma heno efo dy stori fach. Ac yn hynod ddiolchgar hefyd. Achos mae o wedi codi 'nghalon i mewn ffordd. Y ddau yma oedd y ones that got away – yr unig farc coch ar fy nghofrestr, yr unig farc du ar fy enw da, a'r unig sgerbydau o'r gorffennol oedd yn fygythiad i oroesiad fy nghwpwrdd, os ti'n deall be sy gen i."

"Yndw, mi ydw i'n deall yn berffaith be sy gennych chi y tro yma! O yndw!"

"Ti wedi codi 'nghalon i, Wil. Tan i ti gyrraedd roeddwn yn dathlu'r ffaith 'mod i wedi gwneud ffafr â Gabriel, oedd wedi'i alluogi fo i wneud ffafr â'i colleagues yn Llundain. Rŵan dwi'n dathlu'r ffaith 'mod i'n gallu lladd dau dderyn efo'r un garreg – a cau yr unig bennod oedd yn dal yn agored."

"O da iawn, syr…" dechreuodd Wil Broad seboni eto, gydag elfen o ryddhad o weld y byddai ei feistr yn sortio popeth allan.

Trodd Godfrey ei drwyn arno. "Ac nid yn unig hynny – wyt ti'n gwybod be ddwedodd Gabriel heno?"

"Be, syr?"

"Fod ei colleagues yn Llundain – oopsie-daisy – wedi anghofio peidio dweud wrth y Serbian psycho-gangster bod y syspects yn ei lordio hi o gwmpas i fyny yn fan hyn!" Gwenodd Godfrey'n ddieflig. "O diar!"

Diflannodd y wên wrth i Duw dynnu ar ei sigâr eto, a sipian ei frandi.

"Ac mae'n ymddangos fod ein ethnic-cleansing barbarian ni – ethnic-cleansing barbarian ofnadwy o gyfoethog, gyda llaw – hefyd yn awyddus iawn i brynu eiddo yma, rhywle ar yr arfordir lle y gall hwylio ei yacht i weld ei frawd yn Bray." Llyncodd Godfrey sip arall o frandi. "Ac mae o'n awyddus i ddangos ei ddiolchgarwch trwy brynu gan Shaw-Harries."

"Ydi hynny'n beth doeth?"

"I'r Serbian? Dwn i ddim, wir!" Chwarddodd Godfrey'n sych, heb i unrhyw ysgafnder ymddangos yn y sarff-lygaid oer. "Ond na, dwi'n gwybod be ti'n feddwl, William – a paid ti â meiddio 'nghwestiynu fi eto!"

"Sori…"

"Pres ydi pres ydi pres. Be 'dio bwys lle mae o'n dod o? Who gives a fuck?"

Cerddodd Godfrey yn ôl at ei gadair, ac eistedd. Estynnodd am y brandi a thywallt peth i'w wydryn eto.

"Fydd dim rhaid i fi ddelio'n uniongyrchol efo fo, beth bynnag,

Billy boy. Mae ei frawd o Bray wedi landio yma heddiw ar ei gwch. Mae fy nghyd Senior Partner yn Shaw-Harries Associates – Mr Dillon Shaw, fel wyt ti'n ei adnabod o – wedi bod allan ar y gwch efo fo heddiw. Ffoniodd o pnawn 'ma. Roeddan nhw'n mynd i'r Quayside Inn am ddrinc – keep it in the business, wrth gwrs!"

Gwenodd Godfrey ei wên wenwynig, a pwffian ar ei sigâr.

"Ti'm yn meddwl fod o'n beth da, Wil? Fod rhywun yn gwenu arnan ni, rhywle i fyny fana?"

"O yndw, syr, most definitely," sebonodd Wil wrth wingo'n anghyffordus dan effaith y datguddiadau.

"Ti'm yn gweld faint mor lwcus ydan ni fod Joseph Griffiths a David Davies wedi troi i fyny yn fan hyn – fel immediate threat i ddiogelwch ein busnes, a'n rhyddid personol – ac mae hi'n troi allan mai nhw ydi'r 'Jojo' a 'Deedee' mae heddlu a gangsters Llundain yn chwilio amdanyn nhw?! Mae'n anodd credu, Billy bach – mae 'na gachu difrifol wedi glanio ar stepen ein drws, ond mae o ar fin cael ei sgubo i ffwrdd heb i ni orfod gwneud ffyc ôl – pardon my French. Achos os na fydd yr heddlu wedi'u cael nhw yn fuan, bydd y Serbians wedi."

Estynnodd Godfrey am y *decanter*.

"Brandi bach arall?"

98

TRODD JOJO'R CAR I fynedfa ysbyty Drain Gwyn, a safai ar gwr y coed, ddwy filltir tu allan i Gilfach ar y ffordd i gyfeiriad Rhydemwnt.

Cloiodd y car a chroesi'r llain o wair rhyngddo a'r maes aros ambiwlansys, a phasio'r brif fynedfa tuag at ddrws yr Uned Ddamweiniau. Cerddodd i mewn i'r ystafell aros ac edrych o'i gwmpas. Doedd neb yno heblaw am gwpwl yn eistedd efo mab tua deg oed oedd yn amlwg wedi brifo'i goes. Doedd dim golwg o Didi.

Yna daeth llais cyfarwydd yn rhegi o gyfeiriad drws y toiled. Trodd Jojo i weld Didi'n diawlio wrth ddod drwyddo, yn cerdded yn araf ac yn ei gwman.

"Didi!" gwaeddodd Jojo, cyn chwerthin. Allai o'm helpu'i hun – roedd yr olwg ar ei ffrind yn ddigon i diclo sant.

"'Dio'm yn ffacin ffyni, CONT!" atebodd Didi'n bigog wrth sefyll o flaen y drws efo'i ddwylo dros ardal ei gŵd. "Lle mae'r ffacin car?"

"Allan yn ffrynt," medd Jojo.

"'Dio'n bell?"

"Ddim rili," atebodd Jojo, a chwerthin eto.

"Dwi rili ddim yn gweld sut fod rywun mewn ffacin poen yn ffacin ffyni, Jojo!"

"Wel, dim bob dydd mae rywun yn gweld rywun sy 'di piso ar ffens letrig, naci?"

"Ffac off! Ffacin lle sdiwpyd i ffacin roi ffacin ffens letrig, doedd? Ar ffacin golff cors!"

Cydiodd Jojo ym mraich ei ffrind, i'w hebrwng am y car. "Lle mae o'n brifo 'ta?"

"REIT AR DOP 'YN FFACIN NOB I, SIWR! LLE FFWC TI'N FFACIN FEDDWL, TU ÔL 'YN FFACIN 'NGHLUST I?!"

Chwarddodd Jojo'n uchel, cyn i'r nyrs tu ôl i wydr y dderbynfa weiddi arnyn nhw i fod yn dawel.

"Jîsys!" medd Didi, wrth droi at Jojo. "Mae hosbitols i gyd 'run fath, 'dio'm bwys lle wyt ti. Dim ffacin sympathi!"

"Ydi pob peth gen ti rŵan, Didi? Ti 'di cael painkillers neu rwbath?"

"Co-cods. Mae nw'n 'y mhocad i. Ty'd i ni gael mynd o'ma – mae 'na bainkiller gwell yn y garafán."

Safodd Didi i danio sigarét tu allan drysau'r Uned. Taniodd Jojo un hefyd, cyn dechrau chwerthin unwaith eto. Roedd yr olwg biwis ar Didi'n ddigon doniol heb sôn am ddychmygu gweld y ddamwain yn digwydd.

"Be ffwc oedda chdi'n wneud ar y golff cors, Didi?" gofynnodd Jojo pan oeddan nhw'n croesi'r tarmac tua'r car.

"Ffacin homophobic hick bastards oedd ar 'yn ôl i, Jojo! Mae'r ffacin lle 'ma'n ffacin llawn o'r ffacin prics! Ffacin inbred ffacin twats!"

"Yn y pyb oeddan nhw?"

"Na, tu allan. Ffacin kids oeddan nhw – ffacin chavs. Dilyn fi o'r ffacin stryd at y Quayside. Pan es i allan oedd y ffycyrs i gyd tu allan fel ffacin mwncwns isio ffacin batro fi!"

"Be, rothon nhw chase i chdi?"

"Wel, o'n i angan cerdded ar hyd y traeth i ddod adra, ar fy tod, ac roedd hynny'n ffacin gofyn am serious fackin hiding, yn doedd? So nes i benderfynu legio hi cyn iddyn nhw gael tsians i feddwl."

"Ac es di i'r golff cors?"

"Do – oedd o'n saffach na rhedag ar hyd y traeth, ac o'n i 'di pasa mynd yno am sbec, beth bynnag…"

"Pam? Ti'n meddwl dechra chwara golff?"

"O FFAC OFF, JOJO! Nacdw siŵr!"

"OK, OK – Jîsys Craist, misio gweiddi, nagoes?"

"Dwi mewn ffacin poen dydw, cont!"

"So, gollis di'r prics bach?"

"Doeddan nhw'm yn fach, Jojo. Oeddan nhw'n ffacin massive!"

"O'n i'n meddwl 'na plant oeddan nhw?"

"Wel, it may have escaped your attention, mate, but this is the Land of Giants! Dwi ddim yn gwbod be ma nhw'n fyta – other people, probably – ond oedd y ffycyrs yn fawr, Jojo. Ffacin King Kongs!"

"Ond gollast ti nhw?"

"Ffacin hel, do! Redais i fel ffacin whippet mewn Korean restront!"

"A piso ar letrig ffens?"

"Ia!"

Chwarddodd Jojo'n uchel eto, wrth agor drws y car.

"Oedd hi'n ffacin dywyll, doedd! A'r peth ola wyt ti'n ddisgwyl wrth biso yn ganol ffacin nunlla ydi ffacin sics thowsand folts yn mynd trwy dy goc!"

"Sioc ar y coc, Didi!"

"Ia-aaaaaawwwtsh!" atebodd Didi wrth ostwng ei hun i'r sêt ffrynt.

"'Dio 'di gneud damej 'ta?" gofynnodd Jojo wrth eistedd o flaen yr olwyn.

"Na. Dim byd. Low current ydio 'de – neu fyswn i'm yma rŵan. Fyswn i'n dôst – mor ddu a poeth â Tiger Woods. Current sy'n dy ladd di, dim folts. Ond sôn am ffacin frifo! Ac oedd 'na fflash hefyd, sdi. Melltan las yn mynd i fyny 'mhiso fi!"

Chwarddodd Jojo eto wrth ddychmygu'r peth.

"Be nes di, ffonio ambiwlans?"

"Ia, yn diwadd. O'n i bron wrth y Golf Club erbyn hynny, ond oedd gen i ofn cael fy ngwneud am trespassing so nes i stryglo at y ffordd fawr. Oes 'na twenty-four hour Spar yn rwla yn y ffacin lle 'ma? Dwi angan alcohol, a hynny'n ffast."

"Na, dwi'm yn meddwl, ond mae 'na Eleven Till Eleven yn Gilfach. Os wnawn ni frysio… ond dwi'n siŵr bo fi dros y limit i ddreifio."

"Wel, Jojo – watsia dy hun. Ti ddim isio tynnu sylw, cofia!" rhybuddiodd Didi, gan edliw y llond ceg roddodd Jojo iddo fo yn Asda y noson cynt.

"Duw, jansiwn ni hi. Dwi angan mwy o gwrw'n hun. Mae 'na lwyth o betha wedi digwydd heddiw…"

"Fel be?"

"Dduda i wrtha chdi yn y garafán. Be oedd y rheswm arall oedda chdi isio mynd i'r cwrs golff 'ta?"

"O ia – dwi wedi ffendio rwbath allan. Rwbath drwg, neu da, neu… ffac nôs, dwi'm yn gwbod be i feddwl…"

"Be, felly?"

"Dduda i wrtha chdi yn y garafán."

99

NOSON HWYR ARALL FUODD hi. Wedi dal y Spar hwyr a stocio i fyny ar lager a jin, gyrrodd Jojo'r car ar hyd y ffordd gefn droellog i Drwyn y Wrach. Gwyddai yn iawn ei fod o'n gwneud peth gwirion, ond wrandawodd o ddim ar ei lais mewnol y tro hwn.

Ar y traeth oedd o bellach, yn dod dros pwl arall o besychu a phensgafndod tra'n hel meddyliau am ymateb Didi i ganfod fod ei dreisiwr yn dal o gwmpas – a'i bresenoldeb mewn noson adloniant yn y camp gwyliau yn fuan. Mi darodd ar feddwl Jojo i fynd i'r digwyddiad – nid i'w herio, câi hynny aros at eto, ond yn hytrach i weld sut oedd y paedoffeil ffiaidd yn gwisgo'r masg o barchusrwydd dros ei sgerbwd du. Ond gwyddai Jojo nad oedd hynny'n syniad da. Doedd wybod sut byddai'n ymateb i fod yn yr un ystafell â'i boenydiwr unwaith eto…

Roedd Didi'n eitha pendant, neithiwr o leia, be fyddai o'n ei wneud, fodd bynnag. Yn ei gwrw a'i boen pidlan bu'n dyfeisio llu o ddulliau erchyll i "wastio'r twat", a bu raid i Jojo gydio'n dynn ymhob defnyn o amynedd oedd ganddo tra'n gwrando ar ei lith. Bu Didi'n eitha emosiynol hefyd, yn naturiol, wrth drafod y ffieidd-dra rhywiol anghredadwy o eithafol a ddioddefodd, ac wrth hel atgofion am Timmy Mathews a rhai o'r hogiau eraill.

Llwyddodd Jojo yntau i ymwrthod â'r ysfa ddialgar i neidio i'r car a gyrru draw i'w blasty i ddial arno, ac yn hytrach, treuliodd awr dda yn darbwyllo Didi na allai unrhyw ddatblygiad, waeth pa mor emosiynol, danseilio ei fuddugoliaeth dros Duw a'r diafoliaid. Er bod Godfrey yn werth ei ffortiwn, roedd o wedi methu dinistrio Didi – a hynny oedd y peth pwysicaf oll.

Atgoffodd Jojo ei ffrind, hefyd, o'u hantur fawr wrth guddio ar y trên i Lundain y diwrnod y dihangodd y ddau o grafangau Duw – sleifio i ffwrdd o'r promenâd yn Llandudno wedi dwyn waled un o'r gofalwyr, tra bo'r staff yn siarad â'r heddlu, a chyrraedd yr orsaf drenau mewn pryd i neidio ar drên oedd yn gadael y platfform. Cuddio wedyn, bob tro y deuai'r casglwr tocynnau heibio, a dweud yn y diwedd fod eu ticedi gan eu rhieni drwodd yn y cerbyd nesa.

Llwyddodd yr atgofion am yr antur i leddfu rhywfaint ar storm emosiynol Didi. Dadlau fuon nhw, wedyn, ynghylch pwy ddewisodd gynffonnau neu bennau wrth fflipio darn o arian yng ngorsaf Cyffordd Llandudno. Mynnai Jojo mai cynffonnau oedd Caergybi – a llong i'r Iwerddon – ac mai pennau oedd Llundain, gan mai pen y Frenhines oedd pennau ac mai yn Llundain oedd honno'n byw. Ond roedd Didi'n bendant mai fel arall rownd oedd hi. Cytuno wnaethant, fodd bynnag, mai Didi enillodd y tos ac mai neidio ar y trên nesa i Lundain wnaethon nhw.

Bu'r wythnosau cynta yn y ddinas yn rhai caled, wrth oroesi ar y stryd a chuddio rhag heddlu, dihirod ac unrhyw un a edrychai fel pyrfyrt, tra'n byw ar fegera, dwyn a thwyllo, rhedeg o gaffis heb dalu, a chymryd mantais o bobol feddw – a chael sawl cweir ddrwg yn y broses. Ychydig o enterpreis oedd hi wedyn – dwyn ar raddfa mwy diwydiannol, a sgamio. Poteli Newcastle Brown gweigion oedd dechrau hynny – eu dwyn o gratiau tu allan tafarndai a'u dychwelyd i dafarndai gwahanol am bum ceiniog ar hugain yr un. Yna, dwyn cratiau cwrw a'u gwerthu ar y stryd, i hipis a pyncs mewn sgwatiau – a chael eu derbyn gan y gymuned anarchaidd honno, ac yn wir, eu hachub ganddynt. Doedd wybod beth fyddai eu hanes pe na byddent wedi ymdoddi i'r comiwnau tanddaearol hynny, lle'r oedd pawb yn rhannu ac yn gwylio cefnau'i gilydd, a'r farchnad ddu yn eu cynnal.

Doedd yr ochr dywyll byth ymhell, wrth gwrs, ond os rhywbeth, gwnâi hynny hi'n hawddach ei osgoi. Ond i rywrai a gariai ellyllon mor erchyll â rhai Didi efo nhw'n ddyddiol, roedd hi'n anoddach troedio o amgylch y merddwr, a suddo i mewn i hwnnw wnaeth Didi am gyfnod, yn anffodus, wrth i'r *heroin* gydio yn ei figyrnau a'i lusgo o dan yr wyneb. Bu ar goll am flwyddyn neu ddwy, ar ôl ffrae efo Jojo ar y stryd ym marchnad Camden, cyn i Jojo ddigwydd taro arno unwaith eto, yn mynd â rhyw ddyn busnes rownd y gornel yn King's Cross i wneud pres am ei ffics nesa o'r diafol brown.

Oedd, roedd Didi a Jojo wedi gweld a gwneud pethau fyddai'n gyrru pwysedd gwaed pob darllenwr y *Daily Mail* i ben draw'r bydysawd ac yn ôl. Ond roeddan nhw'n dal yma, yn dal yn fodau dynol, ac yn bersonau o gig ac egwyddor. A hynny oedd yn bwysig rŵan, nid ailymddangosiad Duw ar eu gorwelion.

Penderfynodd Jojo y byddai'n mynd draw i weld Ceri yn y man – roedd o angen mwy o wybodaeth am achos Timmy Mathews, a Wil Broad yn benodol. Y cam cynta, wastad, wrth atgyfnerthu dy safle, oedd dysgu mwy am dy elynion.

Cododd Jojo ei lygaid tua'r copaon gwyn a drywanai'r cymylau llwyd tu draw i'r tonnau gwyllt, gan atgoffa'i hun yr âi i'w dringo pan feiriolai'r eira. Yna trodd yn ôl am y llwybr i'r garafán, gan droedio trwy'r llanast o boteli a bagiau plastig a daflwyd hyd draed y twyni gan y storm a darodd y glannau yn oriau mân y bore. Rhoddodd gic i un o'r bagiau, a gweld fod ynddo sglefren fôr, wedi mynd yn sownd, a boddi. Oedd unrhyw bwynt mewn achub cymunedau os oedd dyn yn brysur yn lladd y blaned ei hun?

100

Teimlai Ceri fel bod pwysau mawr wedi codi oddi ar ei hysgwyddau ers iddi ddiawlio Dan Cocos ar y stryd neithiwr. Mewn ffordd, mi oedd hi'n falch ei fod o wedi dechrau hefru, gan fod hynny wedi rhoi rheswm iddi weld trwyddo a rhoi diwedd ar eu cyfeillgarwch unwaith ac am byth. Os na fyddai wedi gallu gwneud hynny byddai gan y llipryn esgus i ddal i hofran o'i chwmpas fel rhyw bry llwyd ar flaen trana. Ac wrth gwrs, roedd cau'r drws ar Dan yn clirio'r ffordd i Jojo a hithau ddatblygu'u perthynas. Nid fod gan Dan Cocos unrhyw ddweud ar y mater, ond teimlai Ceri'n anniddig efo'i bresenoldeb yn ei bywyd – fel 'tai o'n gwylio pob cam fyddai hi'n ei gymryd, a gwneud iddi deimlo'n annifyr heb achos.

Ers codi ben bore efo Deio a gweld ei dau blentyn hyna'n gadael i'r gwaith – y naill i weinyddu yn un o swyddfeydd y Sefydliad a'r llall i chwalu un o hen sefydliadau pwysica'r gymuned – roedd hi wedi bod fel merch yn ei harddegau unwaith eto, yn dawnsio cerdded o gwmpas y tŷ tra'n hymian rhyw hen alawon nad oedd wedi eu clywed ers achau. Diawl, roedd hi hyd yn oed wedi rhoi rhyw sblash bach o golur ar ei hwyneb.

Yn yr atig oedd hi, yn tyrchu trwy'r hen focs o dapiau a gadwodd yno, o'r ffordd, ychydig flynyddoedd yn ôl. Gobeithiai nad oedd y lleithder wedi'u difetha nhw, achos roedd cymaint o focsys eraill i'w gweld fel 'tai nhw'n dioddef. Diawliodd ar ôl chwalu drwy'r casgliad am y trydydd tro heb ddod o hyd i'r tâp oedd hi eisiau, ond fel oedd hi ar fin rhoi i fyny, mi'i gwelodd – mewn câs clir, heb gardbord ynddo, yn wahanol i'r hyn a gofiai. Darllenodd y sgrifen ar stribyn papur y tâp: 'PLETHYN + CANEUON GWERIN ERAILL'.

"Dyma ni, Deio!" gwaeddodd i lawr drwy'r trapddrws. "Mam wedi'i gael o!"

"Ah?" gwaeddodd y bychan yn ôl o ben y landing.

"Mam dod i lawr rŵan!"

"Ah?" gwaeddodd Deio eto.

"Cer di o fana rŵan, babs, rhag ofn i chdi gael llwch yn dy lygid!" meddai wrth weld ei mab ieuenga yn edrych yn syth i fyny, o dan yr ystol. "Symud o ffordd i Mam gael dod lawr."

"Mam dod law ŵan dydi?"

"Yndi, 'mach i. Symud, shiw…"

Wedi gwthio'r ystol yn ei hôl i fyny, a chau'r trapddrws, brwsiodd Ceri'r llwch oddi ar ei jîns, cyn cydio yn Deio ac agor y giât ddiogelwch ar dop y grisiau a mynd i lawr i'r gegin. Tarodd y tâp yn y stereo gan groesi'i bysedd na fyddai'r peiriant yn cnoi'r peth yn rubanau. Ond wedi i'r ddau neu dri o nodau cynta swnio fel bol rhywun yn cwyno eisiau bwyd, daeth y miwsig at ei hun – ddim yn berffaith, ond yn wyrthiol o dda i dâp cartra o'i oed, fu ar *death row* yn yr atig gyhyd. Doedd dim ots os swniai'r offerynwyr fel 'taen nhw'n chwarae mewn selar; roedd y caneuon yn dal yno, ac ellid gofyn am ddim gwell na hynny.

Gwenodd Ceri wrth i'r nodau ddod ag atgofion cynnes yn eu holau am Eddie a hithau, a'i mam, yn canu'n braf rownd y bwrdd ar ôl yfed jin eirin ei hewyrth Bob, a'r plant yn trio dynwared step y glocsen geisiodd Eddie ddangos iddyn nhw efo'r mop…

Canodd Ceri efo Plethyn, "… *rhown garreg ar garreg fan hyn*…" cyn cydio yn nwylo Deio bach a dechrau dawnsio efo fo. Eiliad gymerodd hi i hwnnw ddeall fod hyn yn hwyl, a throdd y ddau mewn cylchoedd wrth ddilyn rubanau'r felodi rwydd – Deio'n chwerthin yn braf, a'i fam yn canu'n swynol iddo.

"Ho!" meddai cyn hir, a stopio. "Mae Mam allan o wynt cofia! Ww!"

Anwybyddodd ymbil ei mab i ailgydio yn y ddawns, a gadael iddo droi mewn cylchoedd ar ei ben ei hun, gan sbecian arni o dro i dro, a chwerthin wrth ei gweld hi'n gwenu arno. Entyrtênyr fydd hwn, meddyliodd Ceri, fel ei dad a'i frawd agosa. Yna trodd at y ffenest, ac edrych tua'r gorwel ar y môr llwyd yn y pellter. Bu'n stormus yn ystod hanner ola'r nos, ond roedd y gwynt wedi gostegu erbyn gwawr ac roedd hi'n edrych fel ei bod am drio codi erbyn hyn. Gwenodd Ceri. Doedd hi heb deimlo mor hapus â hyn ers talwm. Trodd i edrych ar Deio, oedd yn mynnu dangos ei symudiad diweddara yn y ddawns gynyddol wallgo. Chwarddodd ei fam yn gynnes wrth ei wylio'n troi ar geiniog, cyn neidio i'r ochr a chodi ei ddwylo i'r awyr.

"Hwrêêêê!" gwaeddodd ei fam a chlapio'i dwylo. "Hogyn clyfar!"

Cododd ei golygon tua'r silff. Roedd Eddie yno o hyd â'i wên yn serennu cyn ddisgleiried ag erioed.

101

GWYLIO'R IWERYDD YN HYRDDIO'I ffyrnigrwydd yn erbyn gorllewin Ewrop oedd Didi. Fuodd o erioed yn un am feddwl yn y fath dermau athronyddol, ond ac yntau'n sefyll uwchben clogwyn pella Trwyn y Wrach, doedd hi fawr o syndod ei fod o'n dechrau meddwl am ystyr bodolaeth.

Tir a môr. Cig a gwaed. Mynd a dod. Llanw a thrai. Oedd unrhyw ystyr arall i fywyd? Os oedd, welai Didi mohono. Doedd dim pwynt crio a dim pwynt gobeithio. Dim diben difaru na chynllunio. Os mai llaw gachu gafodd ei delio i ti, yna cardiau cachu fyddai gen ti am weddill dy oes. Doedd dim allai unrhyw un ei wneud am y peth. Dim hyd yn oed trio dylanwadu ar gardiau pobol eraill. Rhaid oedd bodloni ar be oedd yn dy ddwylo a gwneud y gorau ohoni.

Doedd y canfyddiad fod Duw yn fyw ac yn iach, ac yn dal i dra-arglwyddiaethu o gwmpas yr ardal, ddim yn gwbl annisgwyl. Doedd y newyddion fod Mochyn Budur yma o hyd ddim yn syndod chwaith. Gwyddai Didi, ym mêr ei esgyrn, y byddai hyn yn digwydd yn hwyr neu'n hwyrach. Be oedd o ddim yn ei wybod, tan rŵan, oedd sut y byddai'n ymateb i'r datblygiad.

Cymysglyd ar y gorau oedd ei ymateb. Cymysglyd am na allai ddeall sut yn union oedd o'n teimlo. Roedd cael gwybod am ffawd Timmy Mathews wedi'i dristáu a'i wylltio, ond pan oedd hi'n dod i Godfrey a'r Mochyn – er gwaetha'r sioc o weld y poster yn y Quayside, a'i felltithio meddw neithiwr – teimlai'n rhyfeddol o wag a diemosiwn. Bron nad oedd o'n teimlo fawr gwahanol o gwbl. Ar un llaw, roedd o'n falch o hynny. Ond ar y llaw arall, teimlai fel petai o'n rhyw fath o anti-cleimacs.

Rŵan fod y boen yn ei benbiws yn llawer gwell, diolch i jin, cwsg a co-codamols 300mg, yr unig beth oedd yn bwysig i Didi bellach oedd ei fod o'n cael heddwch – heddwch i fyw ei fywyd, heb ddiafoliaid, pyrfyrts, gangstyrs, llofruddwyr na ffycin hwdis bach homoffobig. Dyna'r cwbl oedd o isio. A thra'r oedd o'n aros am hynny, roedd o eisiau Matt...

Oni bai am y boen yn ei bidlan byddai Didi wedi neidio o gwmpas yr Uned Ddamweiniau mewn llawenydd neithiwr wrth gofio i gogydd y Quayside ddweud wrtho fod Matt am iddo'i ffonio. Achos pan drodd Didi ei ffôn ymlaen i ofyn i Jojo ei nôl o o'r ysbyty, roedd rhif Matt ynddi, wedi i hwnnw ei roi o i mewn tra'r oedd o yn y cemist, cyn iddo frysio at ei dad.

Gwenodd Didi. Er gwaetha ailymddangosiad ellyllod mwya erchyll ei orffennol, yr unig beth oedd ar ei feddwl oedd colli ei wyryfdod cydsyniol – mewn un gair, jymp!

Tynnodd ei baced Marlboros o'i boced, a thanio sigarét. Syllodd ar yr Iwerydd eto, a gwylio'r cefnfor yn taflu holl nerth ei donnau yn erbyn y tir, a hwnnw'n sefyll yn gadarn, yn ei wynebu, ei herio, a gwrthsefyll popeth a daflai ato. Allai o wneud dim byd arall, dim ond dal ei dir. Doedd y môr byth yn mynd i stopio ei guro. Does dim byd yn stopio amser. Dim byd o gwbl. Bywyd – rhaid ei gymryd o fel mae o'n dod. Rhag ofn na fyddai yno yfory.

102

Rhegodd Jojo'n uchel wrth roi ffling i'r ail set o bedair sleisan ddu grimp o dôst allan trwy ddrws y garafán. Rhegodd eto pan welodd nad oedd bara ar ôl yn y cwpwrdd. Dylai Johnny Lovell ddarparu tostar efo'r garafán – roedd gwneud tôst o dan y gril yn *fire hazard*, yn enwedig pan fo rhywun yn trio siafio yn y sinc ar yr un pryd. Os allai o ddarparu teledu yna mi ddylai ddarparu ffycin tostar...

Daeth Didi i mewn yn chwifio'i freichiau'n ddramatig fel rhyw dywysoges Ffrengig. "Tria rasal, Jojo," meddai wrth weld ei ffrind ynghanol y mwg efo sebon siafio dros hanner ei wyneb. "Dydi sinjio nhw off ddim yn gweithio, sdi!"

"Ffycin Johnny Lovell!" diawliodd Jojo.

"Be?" gofynnodd Didi'n sarcastig wrth fynd am y toiled. "'Dio ddim wedi bod yma'n llosgi'r tôst eto? Ooh! That man!"

Anwybyddodd Jojo ei ffrind, a phlygu yn ôl i'r drych bach oedd o wedi'i osod uwchben y sinc, i orffen siafio'n sydyn. Daeth Didi allan o'r bog yn hymian rhyw gân. Gwyliodd Jojo fo efo llygaid dryw, yn y drych, wrth sblashio chydig o afftyrshef dros ei wddw.

"Ti'n ffacin hapus am rywun efo hangofyr, dwyt?"

"Newydd siarad efo Matt dwi 'de!" eglurodd Didi â'r wên ar fin ffrwydro dros ei wyneb.

"Loverboy tu ôl y bar ydi hwnnw, dwi'n cymryd?"

"Soon to be loverboy, Jojo, soon to be!"

"Ar promis, felly?" holodd Jojo'n sych. Doedd ganddo ddim byd yn erbyn hoywon, ond roedd y ffaith eu bod nhw i'w gweld yn llwyddo i gael mwy o secs na bobol strêt yn ei bigo, weithiau.

"Gawn ni weld. Mae o wedi cael night off nos fory!"

Cynhesodd Jojo wrth weld ei ffrind mor hapus. Doedd ganddo'm calon i barhau efo'i gêm bigog. Gwenodd. Wedi'r cwbl, roedd o'n reit ffyddiog y byddai ei bennod ramantus yntau yn carlamu yn ei blaen heddiw, hefyd. "Eeeeeiii!" meddai efo gwên lydan, a dal ei freichiau ar led i wahodd Didi am goflaid.

Neidiodd hwnnw i'w freichiau a'i wasgu'n dynn. "Dwi mor ecseited, Jojo! Dim jysd jymp ydi hyn, sdi – mae'r boi yn ffacin lysh!"

Gwenodd Jojo'n gynnes ar ei ffrind, cyn cydio ynddo gerfydd ochrau ei benglog a thynnu ei ben tuag ato, a rhoi lwmp o sws ar ei dalcen.

"Didi!" meddai wedyn. "Dwi'n ffycin caru chdi, boi! Cofia di hynna, iawn?"

Roedd Didi isio dweud wrtho na fyddai posib iddo anghofio'r fath eiriau byth, ond chafodd o mo'r cyfle. Cyn iddo ddod at ei synhwyrau roedd Jojo wedi cydio yn ei gôt a goriadau'r car, ac wedi diflannu trwy'r drws efo winc a "wela i di nes mlaen".

Wrth gyrraedd Gilfach yn y car, roedd Jojo'n dal i drio dyfalu pam na stopiodd Johnny Lovell i siarad efo fo fo ym mynedfa trac Trwyn y Wrach, pan dynnodd o i fyny i adael iddo basio yn ei bic-yp. Roedd Jojo wedi weindio'i ffenest i lawr a dal ei fraich allan, ond y cwbl wnaeth Johnny oedd codi'i law a gyrru'n syth yn ei flaen i fyny'r ffordd. Ond wrth yrru heibio cragen ddu y Plaza, trodd ei feddwl at Ceri, ac anghofiodd am Johnny a'i ddirgel ffyrdd.

Parciodd y Peugeot o flaen tŷ Ceri, a cnociodd y drws. Clywodd lais Ceri'n gofyn pwy oedd yno.

"Orion yr Heliwr," atebodd, a cherdded i mewn.

"Hefo'i felt!" ategodd Ceri efo gwên gynnes, wrth ddod amdano â'i breichiau ar led. Cofleidiodd y ddau a chyfnewid cusanau. "O'n i'n hannar meddwl fod blydi Dan Cocos 'di dod nôl eto!"

"Be? Isio seconds?" medda Jojo â'i dafod yn ei foch.

Chwarddodd Ceri. Roedd hi mewn hwyliau da heddiw, sylwodd Jojo – ac yn edrych yn drawiadol o hardd.

Roedd Ceri wedi newid o'i jîns llychlyd ac yn gwisgo trowsus du, tyn a hwnnw'n siapio'i phen-ôl yn berffaith. Rhwng hynny a'i hesgidiau sodlau uchel, a'i chrys-T 'Cymraes' siapus oedd yn dynn am ei bronnau, taniodd fflamau ysol yn ddwfn tu mewn i Jojo. Sylwodd ar y mymryn o ddu o amgylch ei llygaid a'r wawr ysgafn o gochni oedd yn amlygu esgyrn uchel ei bochau, a'i gwallt tywyll, tonnog yn dawnsio dros ei hysgwyddau. Roedd hi'n bictiwr o brydferthwch rhywiol, ac fel megin ar y gwreichion yng nghalon Jojo.

"A be fedrai wneud i chdi 'ta, Joseff Griffiths?" gofynnodd yn ddireidus.

"O, jysd digwydd pasio o'n i, sdi," atebodd Jojo a'i ddireidi yntau'n dawnsio.

"O ia?" holodd Ceri. "Ac i lle oeddat ti'n mynd wrth basio 'ta?"

Cofleidiodd y ddau eto a chusanu'n dyner. Pwysodd Ceri yn erbyn y sinc wrth i'r cusanau boethi. Teimlodd galedwch Jojo rhwng ei choesau ac ochneidiodd yn ysgafn. Doedd hi heb gael ei deffro fel hyn ers tair blynedd bellach ac allai hi'm atal ei hun rhag rhwbio'i hun yn erbyn ei gyffroad. Anadlodd yn boeth, a'i gusanu'n nwydus wrth i'w ddwylo sleifio dan waelod ei chrys-T. Neidiodd efo gwefr ei fysedd oer ar ei chroen, cyn ochneidio wrth deimlo'i gledrau cryfion yn dringo tua'i bronnau. Teimlodd ei thu mewn yn chwyddo a lleithio, a chusanodd hithau ei wddw a'i glust yn nwydus.

"O, Jojo," meddai. "Dwi isio chdi gymaint – rŵan…"

"A finna chditha…" atebodd Jojo rhwng ei wynt cyn cusanu croen sidan ei gwddf, yna'i hysgwydd ac yna i lawr at y cwlwm Celtaidd arian ar y gadwyn uwchben y dyffryn cul rhwng ei bronnau swmpus â chroen gwyn mor llyfn â tsieina. Rhoddodd ei ddwylo ar ei bronnau a theimlo'i thethi'n sefyll allan, ac mi deimlodd ei galedwch yntau'n bygwth rhwygo trwy ei falog wrth i Ceri estyn ei llaw i lawr a'i rwbio trwy'r defnydd, cyn ymbalfalu am y sip…

"Lle mae Deio gen ti?" sibrydodd Jojo.

"Yn y lownj," atebodd Ceri, wrth i'r ddau ohonyn nhw gofio nad oedd pethau i fod i ddigwydd cweit fel hyn.

Cydiodd Ceri yn llaw Jojo a'i arwain drwodd am y grisiau, ac wedi sbecian trwy ddrws y stafell fyw a gweld y bychan wedi gliwio i Cyw, i fyny â nhw i'r llofft.

Rhwygodd y ddau eu dillad i ffwrdd wrth gusanu'n wyllt a taflodd Ceri ei hun ar ei chefn ar y gwely. Gwenodd yn ddrwg wrth i bastwn Jojo fynd amdani, ac estyn ei llaw a gafael ynddo, a griddfan wrth wasgu'r polyn solet a dechrau ei weithio. Pwysodd Jojo arni a'i chusanu, eu tafodau'n fyw fel nadroedd. Pwmpiodd Ceri ei chanol ar i fyny a theimlo'r polyn poeth ar ei meddalwch. Estynnodd Jojo ei law at ei harddwch a llithro'i fysedd drwy'r dyffryn llaith rhwng ei gwefusau chwyddedig, ac i fyny at ei botwm gwefr. Ochneidiodd hithau'n uchel wrth rwbio'n erbyn ei weithredoedd hyfryd, cyn gafael yn ei galedwch eto a'i arwain i'w chwm hyfryd. Gwaeddodd yn uchel wrth deimlo'i ben poeth yn agor y llenni, a rhoddodd sgrech fach wrth i'w gadernid wthio rhyngddynt ac i mewn rhwng muriau ei serch. Gwasgodd ei hewinedd i'w gefn wrth fygu sgrechfeydd angerddol pan ddechreuodd blymio i mewn ac allan ohoni... Ochneidiodd yntau'n drwm wrth deimlo'i thu mewn cynnes yn gafael amdano fel feis felfed, a phwmpiodd yn gynt wrth iddi hithau wingo a griddfan a rhwbio'i chluniau yn ei erbyn. O fewn dim, roeddan nhw fel anifeiliaid gwyllt, yn sgrechian a gweiddi yn gresiendo o angerdd i rythm pen y gwely'n curo'r wal...

Doedd hi'm yn syndod na pharodd popeth fwy nag ychydig funudau – bu'r ddau yn awchu am hyn ers dyddiau. Pan ffrwydrodd llifddorau Ceri y trydydd tro, ffrwydrodd Jojo hefyd – cyn i'r ddau ddisgyn yn sypiau chwyslyd ar ei gilydd, yn un nefoedd o gusanau a thafodau hallt...

Mwynhaodd y ddau y munudau nesa o garu tawel i sŵn curiadau eu calonnau a'u hanadlau trwm yn ysgafnhau'n araf. Gallent fod wedi gorwedd felly, croen ar groen, calon ar galon, yn llifo yn hylifau ei gilydd hyd dragwyddoldeb – neu o leia hyd nes dechrau caru eto... Ond daeth llais Deio o waelod y grisiau, yn gweiddi am ei fam. Gwenodd Ceri a chusanu Jojo'n gynnes ar ei wefusau. Gwaeddodd Deio eto. Atebodd Ceri fo, i ddweud ei bod ar ei ffordd. Cododd a gwisgo'i dillad cyn mynd i lawr ato.

Edrychodd Deio'n gyhuddgar ar Jojo pan ddaeth yntau i lawr ar ôl ei fam. Diau ei fod wedi clywed eu sŵn, ac efallai'n meddwl fod Jojo'n ei brifo. Ond buan iawn y gwnaeth gwenu a mân siarad y ddau iddo anghofio'n llwyr am hynny.

Lapiodd Jojo ei freichiau rownd Ceri o'r tu ôl wrth iddi dywallt paned, a'i gwasgu'n dynn wrth gusanu tu ôl i'w chlust. "Ti'n hyfryd, Cer," meddai.

Trodd Ceri rownd yn ei freichiau i'w ateb, ond agorodd y drws a cherddodd Nedw i mewn, wedi bod yn gweld ei dwrna yn swyddfeydd Jones, Jones and Trappe yn y dre.

"O-ho!" meddai ar dop ei lais, a gwenu fel giât. "Be 'di hyn, be 'di hyn? Lovenest 'ta be?!"

Gwahanodd Jojo a Ceri mewn amrantiad a throdd Ceri'n ôl at y tecell i guddio'r ffaith fod ei gruddiau'n llawn gwaed. "Jysd gneud panad, Nedw. Tisio un?"

Chwarddodd Nedw'n uchel wrth weld ei fam yn ymddwyn fel merch ysgol.

"Be ddudodd y twrna?" gofynnodd Ceri.

"Wnewch chi'm coelio hyn!" atebodd Nedw wrth dynnu ei faco allan i rowlio ffag. "Y ffycin witnes sy'n deud fod o wedi 'ngweld i o gwmpas y Plaza – wel gesiwch pwy ydi o? Ffycin Wil Broad!"

Bu bron i Ceri ollwng y potyn siwgr.

"Ond mae o'n beth da, rili, yn ôl Wmffra Twrna," ychwanegodd Nedw. "Achos geith o'i chwalu yn cwrt."

"Sut hynny?" gofynnodd Ceri, oedd prin yn medru siarad erbyn hyn, cyn gyflymed oedd pethau'n digwydd.

"Wel, o'n i'n meddwl na rywun oedd wedi 'ngweld i ar y beic oedd o. Ond dim dyna ydio – Wil Broad sy'n actiwali deud fod o wedi 'ngweld i'n dod *allan* o'r ffwcin lle efo tun petrol!"

Dyrnodd Ceri dop y cwpwrdd. "Mi ffycin lladda i o!"

"Aros funud, Mam," medd Nedw. "Y peth ydi, dydi'r twat gwirion ddim wedi deud 'mod i ar gefn beic. Mae o wedi deud 'mod i'n rhedag i lawr y strydoedd cefn."

"Ac?"

"Wel, mae tystiolaeth y cops yn deud yn wahanol – 'mod i ar gefn beic yn mynd ar hyd stryd fawr. And the camera never lies!"

"Be am fforensics?" holodd Jojo.

"Dim byd. Y tân yn rhy ffyrnig…"

"Ydi stetment Wil Broad gen ti?" gofynnodd Ceri.

"Na. Gawn ni ddim byd tan ar ôl i fi gael fy tsiarjio – a dyna be fydd yn digwydd rŵan, dim dowt am hynny. Wmffra sydd wedi gweld y stetment gan dwrna'r CPS – off ddy record, 'lly."

"Ond mi gei di dy jarjio, ac mi ei di i cwrt, a…"

Gafaelodd Jojo rownd canol Ceri a'i thynnu ato. "Paid â poeni. Fel mae Nedw'n ddweud, mi geith o'i chwalu yn y cwrt. Mae o'n well newyddion na bod rhywun gonest wedi'i weld o ar ei feic – fysa hynny'n fwy incrimineting fel tystiolaeth cyd-ddigwyddiadol. Cwmwl du efo rhimyn arian ydi hyn…"

"Ond os geith o'i jarjio, mae 'na jans geith o'i gonfictio!"

"Wel, o be ddudasd di wrtha fi ddoe, Nedw," medd Jojo, "mae Wil Broad yn was bach i'r Syndicet. Mae'n edrych yn debyg mai jysd harasment ydi hyn…"

"Ma nhw'n gwbod sut i harasio, mae hynna'n saff," medda Ceri.

"Ond be dwi'n feddwl ydi," ychwanegodd Jojo, "eu bod nhw jysd isio gwneud digon i gael Nedw wedi'i jarjio ond ddim ei gonfictio. Mae'n swnio i fi fod y Wil Broad 'ma jysd wedi rhoi unrhyw fath o ddatganiad gachu i mewn, achos bod o'n gwybod yn iawn y bydd o wedi'i dynnu o nôl cyn yr achos llys…"

"Dwi'm yn dallt," medd Ceri.

"Mae o'n glasur o ffordd i roi pwysa ar rywun – iwsio'r system i wneud yr harasio – llusgo rhywun i'r llys fel ei fod o'n gorfod byw am chydig fisoedd efo'r achos yn pwyso ar ei sgwydda, wedyn tynnu'r datganiad yn ôl am ryw reswm gwirion fel mistaken identity."

"Rhoi pwysau ar bwy, 'lly?" gofynnodd Ceri. "Arna fi, mae'n siŵr? I fi roi gorau i'r ddeiseb 'ma?"

"Mwya tebyg, Mam," atebodd Nedw. "Ond paid ti â meiddio rhoi fewn i'r basdads!"

"Ond be os eith petha'n rong – fod nhw'n ffeindio mwy o dystion?"

"Wnan nhw ddim, siŵr," atebodd Nedw. "Ma nhw'n crafu gwaelod y gasgan i iwsio Wil Broad fel mae hi, siŵr!"

"So, pwy'n union ydi'r Wil Broad 'ma 'ta?" gofynnodd Jojo, gan weld ei gyfle i holi mwy.

"Ti wedi'i weld o, siŵr!" atebodd Ceri. "Hwnna oedd yn gas efo fi yn y Bryn, pan o'n i'n hel enwau ar y ddeiseb. Ti'n cofio?"

Aeth Jojo'n ddistaw wrth iddi wawrio arno ei fod wedi syllu'n syth i lygaid Mochyn Budur, heb ei adnabod. Roedd bron i dri degawd wedi pasio ers iddo'i weld o – yn blentyn – ddiwetha, ac rŵan roedd Wil yn dwat tew, wedi llwydo a moeli tu hwnt i adnabyddiaeth. Ond cofiai Jojo ei lygaid yn y Bryn, rŵan – a llygaid y Mochyn oeddan nhw, doedd dim dwywaith am hynny.

Yna, fel mae pethau'n digwydd weithiau wrth i un drws arwain at un arall, wrth gofio wyneb Broad yn y Bryn, cofiodd Jojo rywbeth arall – y dyn tew efo cap, yn y Citroen ZX gwyn, tu allan i'r toiledau yr ochr bellaf i Abermenai! Yr un dyn oedd o – yr un twat tew, mochynnaidd! Wil ffycin Broad!

"Jojo?" medda Ceri, wrth weld ei chariad yn bell yn ei feddyliau.

"Wyt ti'n gwybod pwy ydi o rŵan 'ta be?"

"Yndw, Cer, mi ydw i. A dwi'n gwybod rwbath arall amdano hefyd, felly…"

"Be?"

"A dim jysd hynny – dwi hefyd yn gwybod sut i'w gael o i dynnu'i ddatganiad yn ôl yn bell cyn unrhyw achos llys! Deud y gwir, fydd o wedi'i dynnu o nôl cyn bydd Nedw'n atab bêl!"

DATGUDDIAD

103

Parciodd Jojo ym maes parcio swyddfeydd y Cyngor yn Abermenai. Neidiodd allan o'r car a cherdded tua maes parcio'r staff, draw o flaen prif fynedfa'r adeilad. Tarodd ei lygaid dros y ceir wrth gerdded am y drws, ac fel oedd o'n cyrraedd y grisiau llydan o'u blaen, mi'i gwelodd o – Citroen ZX gwyn wedi'i barcio yn y drydedd res, gwta ugain llath oddi wrtho. Edrychodd ar ei ffôn. Roedd hi wedi troi pedwar o'r gloch. Trodd ar ei sawdl a dychwelyd i'r Peugeot i aros.

Gan ei fod wedi parcio â'i drwyn ar i lawr, a dim byd yn ei rwystro rhag gollwng yr hambrec a bymp-startio'r car petai'r batri'n mynd yn fflat, trodd Jojo'r stereo ymlaen i wrando ar fwy o'r tâp gwerin gafodd o gan Ceri cyn gadael ei thŷ, ar ôl cael llond bol o ginio ganddi. Gwyliodd y brif fynedfa wrth i'w feddwl grwydro efo'r caneuon hyfryd ar y tâp. Roedd o wedi gweld yr enw Plethyn o'r blaen wrth chwilota ar y we, ond erioed wedi gwrando arnyn nhw. Merch oedd eu lleisydd, ac atgoffai hynny Jojo am ganu 'Ar Lan y Môr' efo Ceri yn y Bryn y nos Sul hudolus honno. Ychydig a feddyliai bryd hynny y byddai yn ei gwely ymhen dyddiau. Anadlodd yn ddwfn, ac ogleuo ei harogl arno. Roedd o'n deimlad braf i feddwl mai Ceri oedd ei gariad bellach – y teimlad gorau a deimlodd erioed.

Yna tarodd ei feddwl ar yr ansicrwydd oedd yn llechu o hyd ar ymylon ei feddwl. Roedd cysgodion yn hofran – pethau a welai trwy gornel ei lygad, ond a ddiflannai pan droiai i edrych arnynt. Hen deimlad annifyr oedd o – gwybod fod rhywbeth yno, gwybod ei fod o'n fygythiad, ond yn methu ei gornelu. Atgoffodd ei hun y byddai'n rhaid iddo, pan ddeuai'r amser iawn, sortio ei bapurau allan er mwyn cael meddyg i gael golwg ar ei frest. Teimlai ei hun yn mygu weithiau, wrth gerdded, ac mi oedd ei ystlys yn brifo eto ers iddo fod yn caru Ceri mor wyllt yn gynharach.

Cofiodd hefyd – er nad oedd eisiau meddwl am y peth – y byddai'n rhaid iddo egluro i Ceri, rywbryd, pam y byddai'n defnyddio enw gwahanol ar ei bapurau swyddogol. Pont arall i'w chroesi cyn cyrraedd ei fan gwyn fan draw, meddyliodd – os llwyddai i groesi'r pontydd eraill yn gynta.

Swagrodd Wil Broad allan trwy ddrysau'r adeilad. Edrychodd Jojo ar ei ffôn. Doedd hi ond yn hanner awr wedi pedwar. Oedd hi'n rhy gynnar i Wil alw heibio'r toiledau? Ar eu ffordd o'u gwaith y byddai'r hoywon cyfrinachol yn tueddu i gwrdd gan amlaf, medd Didi, felly roedd wastad siawns y byddai Wil yn galw yno heddiw. Ond siawns yn unig oedd hi, ac allai Jojo ond gobeithio y byddai'n lwcus. Doedd ganddo'm awydd dod yma eto yfory.

Gwyliodd gar Wil yn symud, a throdd oriad y Peugeot. Marwodd yr injan ar ôl dau neu dri thro. Gollyngodd yr hambrec, a rowlio'r car i lawr y rhiw yn ara deg. Gwelodd Jojo gar Wil yn troi allan o fynedfa'r maes parcio, ac i'r chwith ar y stryd. Cododd y clytsh, ac mi daniodd y Peugeot bach. Tynnodd allan i'r stryd a gweld car Wil Broad yn neidio golau coch rhyw hanner canllath i lawr y ffordd. Roedd hi'n rhy hwyr i Jojo ei ddilyn. Arhosodd wrth y golau yn cyfri'r eiliadau'n ddiamynedd.

Erbyn iddo ddod i olwg y Citroen eto roedd o ar y ffordd ddeuol allan o'r ddinas, ac yn nesáu at gylchfan. Hon oedd hi, meddyliodd Jojo − os na fyddai Wil yn troi i ffordd ddeuol yr arfordir yn fan hyn, byddai'n rhaid i'r cynlluniau aros tan rywbryd eto. Diawliodd Jojo pan rwystrodd lori o rhag gweld i ba gyfeiriad yr aeth y car. Tsiansiodd droi i'r ffordd ddeuol a gyrru i lawr y *slip-road*, gan graffu yn obeithiol ar y traffig o'i flaen i weld os oedd Wil Broad wedi troi am ychydig o hwyl cociau, neu oedd o wedi gyrru ymlaen am adra yn fochyn bach da. Gwasgodd y sbardun a thynnu allan i'r lôn gyflym, a goddiweddyd fflyd o geir. Fe'i gwelodd. Roedd y Mochyn Budur yn mynd am ei sosej, wedi'r cwbl.

Pasiodd Jojo gar Wil a gyrru'n ddigon pell o'i flaen, ac mewn rhai milltiroedd tynnodd i mewn i lain barcio'r toiledau yn y coed. Sylwodd fod eisoes rhyw ddau neu dri o geir wedi hel yno, a gyrrodd y car i ben ucha'r llain a'i barcio mewn bae parcio unigol, tu ôl i wrych bychan a'i gwahanai oddi wrth y bae nesa.

Cydiodd Jojo yn ei ffôn a cherdded draw i'r coed, ac at fwrdd picnic yn ddwfn yn eu canol, yn union gyferbyn â bloc y toiledau. Gwyliodd Citroen gwyn Wil Broad yn troi i mewn i'r llain barcio ac yn arafu wrth basio car glas efo dyn yn eistedd ynddo. Trodd rownd cyn cyrraedd pen ucha'r llain, a gyrru'n ei ôl i lawr a pharcio â'i din tuag at y coed ble y cuddiai Jojo, yn wynebu'r toiledau. Gwyliodd Jojo yrrwr y car glas yn dod allan o'i gar ac yn cerdded tuag at y toiledau, gan edrych ar Wil. Roedd o'n ddyn ifanc, yn ei ugeiniau efallai, ac mi blesiodd hynny'r Mochyn Budur, achos cyn gynted ag y trodd i mewn i'r adeilad, agorodd Wil ddrws ei gar a chroesi'r tarmac i'w ddilyn.

Rhoddodd Jojo gamera ei ffôn ar fideo a ffilmio clip sydyn o gar Wil a'i rif cofrestru, wrth basio. Yna, croesodd y maes parcio at y toiledau, ac aeth i mewn. Gwelodd nad oedd neb yn piso yn yr iwreinals, a bod dau o dri drws y cachdai yn llydan agored. Clywai synau bach yn dod o'r tu ôl i'r drws caeedig.

Sleifiodd Jojo'n ysgafndroed i'r cachdy drws nesa. Clywai synau slich-slochio'r sugnwr a rhochian tawel y llall yn glir wrth iddo sefyll ar ben y fowlen, yn ofalus, a sythu'i goesau. Daliodd y ffôn ar yr ongl gywir a chododd hi'n slei dros dop y wal oedd yn gwahanu'r ddau gachdy. Ddaeth dim bloedd nac ymateb arall i ymddangosiad y camera, felly cododd Jojo ei ben yn araf, ac wedi gweld – oddi ar sgrin ei ffôn – ei fod o'n cael golygfa berffaith o be oedd yn mynd ymlaen, mentrodd gymryd sbec efo'i lygaid ei hun.

Roedd Wil Broad yn sefyll â'i lygaid mochyn wedi cau, efo'i drowsus a'i drons hanner ffordd i lawr ei goesau. Roedd o'n cydio ym mhen y dyn arall, oedd yn eistedd ar set gaeedig y toilet, efo coc Wil wedi'i gladdu yng nghefn ei wddw. Ych, meddyliodd Jojo, wrth jecio sgrin y camera i wneud yn siŵr fod gwynab tew Wil i'w weld yn glir. Ffilmiodd am rai eiliadau eto, cyn sleifio allan o'r toiledau, ac yn ôl am y car.

104

PENDERFYNODD JOJO BEIDIO DANGOS y fideo i Didi. Efallai y byddai wrth ei fodd efo'r syniad o ddial ar Mochyn Budur, a hefyd yn rowlio chwerthin wrth weld y cont tew yn ffwcio ceg rhyw dwat mewn toilet, ond pryderu oedd Jojo y byddai'r fideo hefyd yn ysgogi atgofion annifyr i'w ffrind. Yn syth i'r siop a'r caffi yn Golden Sands aeth Jojo, felly, gan gofio fod gan y cyfrifiaduron yno slotiau i roi cardiau cof i mewn ynddyn nhw, er mwyn i ymwelwyr gael gwagio'u camerâu.

Wedi pori i wefan y Cyngor, cafodd gyfeiriad ebost gwaith Wil Broad yn ddigon rhwydd. Yna sefydlodd gyfeiriad Googlemail iddo'i hun, gydag enw a ddewisodd ar hap, a chôd post stryd yn Llundain.

Wedi gwneud hynny sefydlodd gyfrif ar safle YouTube, o dan yr enw sgrin 'Toiletcam', cyn uwchlwytho'r fideo o gerdyn ei ffôn i'r safwe. Yna sgrifennodd ebost i Wil, yn cynnwys linc i'r fideo a chyfarwyddiadau ar gyfer beth fyddai angen iddo'i wneud. Wedi ei deipio, darllenodd o ddwywaith i wneud yn siŵr ei fod o'n gwneud synnwyr, yna, cyn ei yrru, ychwanegodd ôl-nodyn. Gwenodd Jojo, a gwasgu 'Send', cyn lawrlwytho CCleaner a glanhau'r olion digidol o'r peiriant.

Yna, wedi gwneud yn siŵr ei fod wedi tynnu'r cerdyn cof allan, aeth i dalu'r ferch tu ôl i'r cownter am yr amser ar y we, ac am ddwy dorth o fara sleisd, cyn gadael.

Roedd Didi wedi aildrefnu ei arddangosfa gregyn yn y garafán erbyn i Jojo gyrraedd yn ôl. Erbyn hyn roedd pentwr o gerrig gwynion fel canolbwynt, gyda charreg wen fwy, a hirach, yn sefyll fel maen hir yn eu canol. Ar y naill ochr i'r canolddarn hwn roedd dwy res o gerrig o bob lliw yn arwain at glystyrau o gregyn o bob math. Sylwodd Jojo fod mwy o gerrig wedi ymddangos hefyd, a rhai ohonynt wedi eu gosod yma ac acw ar hyd y silff a redai ar hyd top y wal, ac ymlaen uwchben y ffenest. I ddweud y gwir, roedd 'na ormod o'r pethau yno erbyn hyn.

"Be ti'n neud, Didi? Pwyso'r garafán i lawr rhag ofn iddi chwythu i ffwrdd efo'r gwynt?"

"Be, ti'm yn licio fo?" gofynnodd Didi mewn anghredinedd.

"Does 'na'm byd yn bod ar y ffordd mae o'n *edrych* – jysd fod 'na *lot* ohonyn nhw…"

"Lot o be? Cerrig glas? Achos mae gen i fwy o rei gwyn yn y bwcad yn fancw…"

Daliodd Jojo'i law i fyny o'i flaen, ac ysgwyd ei ben. "'Dio'm bwys, Did. Gad o, ma'n iawn."

Gwyliodd Didi ei ffrind yn eistedd wrth y bwrdd a rhoi ei ddwylo tu ôl ei ben, yn fodlon ei fyd. "Be ti 'di bod yn neud, eniwe? Mae 'na rhyw olwg smŷg ar dy wynab di, cont."

"O, dim byd rili…"

"Efo hi fuasd di?"

"Hi?"

"Ti'n gwybod yn iawn pwy dwi'n feddwl."

"Ceri?" gofynnodd Jojo, gan fethu rhwystro'r wên rhag hollti'i wyneb.

"Aha! O'n i'n ama! Es di o'ma'n go sydyn bora 'ma. A ti 'di cael jymp hefyd yn do, y jammy fucker!"

Anwybyddodd Jojo herian ei ffrind, a thynnu sigarét o'i baced a'i thanio.

"Be wyt ti wedi bod yn wneud 'ta, Didi?" gofynnodd, ar ôl pwl bach o beswch. "Heblaw am gario hannar y traeth i fyny 'ma?"

"Fuas i draw i weld Johnny."

"Johnny Lovell?"

"Naci, Johnny Rotten!"

"Haha!" atebodd Jojo'n sarcastig. "Be oedd ganddo i ddeud?"

"Fydd o draw efo tostar i ni o un o'r carafáns eraill. Oedd o'n meddwl fod 'na un yma, ond mae rhaid fod y bobol dwytha wedi'i ddwyn o, medda fo."

"A 'dio ddim 'di bod, dwi'n cymryd?" medd Jojo wrth edrych tua'r gegin.

"Na. Mae o wedi mynd off yn ei bic-yp... O ia, bai ddy wê – dim jipo ydio, Italian. Ac mae o'n wyth deg rwbath oed."

"Paid â malu cachu! Johnny Lovell?"

"Johnny Lombardi. Newid ei enw wnaeth o."

"Sut ti'n gwbod hyn i gyd?" holodd Jojo, yn glustiau i gyd, mwya sydyn.

"Stori hir! Ond paid â'i drystio fo, Jojo. Mae o'n llawn o shit."

Roedd Johnny'n mynd yn fwy o ddirgelwch bob dydd, meddyliodd Jojo. "A 'dio'm adra ar y funud, felly?"

"Na. Mae o 'di mynd – fo a'i gŵn – a bagia a swtcês yng nghefn ei bic-yp."

"Duwcs..."

"'Duwcs'?"

"Be?"

"'Duwcs', medda chdi – ti'n dechra swnio fel local!"

"Ha! Wel, locals ydan ni mewn ffordd, ynde, Did?"

Ystyriodd Didi am eiliad. Er bod be ddwedodd Jojo'n wir, allai o ddim bod ymhellach o'r gwirionedd chwaith. "Wel, tecnicali yn locals neu beidio, dwi'n dal yn mynd i 'ngwely yn y nos yn disgwyl cael fy neffro gan torchlit rabble yn gweiddi 'burn the poof, burn the poof!'"

"Ia, wel, mae'r enlightenment yn hwyrach yn cyrraedd llefydd bach fel hyn, sdi," nododd Jojo, wrth godi a mynd at y bwrdd i eistedd.

"'Di hynna'm yn esgus, ddo, Jojo. Mae ganddyn nhw i gyd delifisiyns fel pawb arall."

"Be am dy ddêt di nos fory 'ta? Loverboy watsisname…"

"The Other Gay in the Village? Be amdana fo?"

"Fysa fo'm yn byw yma os fysa hi mor ddrwg â hynna, nafsa?"

Trodd Didi'r teledu ymlaen. Roedd o isio dal i fyny efo *EastEnders* heno, medda fo. Yna neidiodd ar ei gefn ar y soffa a gwneud ei hun yn gyfforddus.

Gwyliodd Jojo fo'n gorwedd yno, ei lygaid mawr glas fel soseri disglair yng ngolau'r sgrin. Roedd rhyw normalrwydd amdano, mwya sydyn, meddyliodd – ond am ryw reswm, wyddai Jojo ddim os oedd hynny'n arwydd da. Roedd o fel 'tai o'n caledu'n rhy sydyn – ers ei hysterics meddw ar ôl dychwelyd o'r ysbyty doedd o heb yngan gair am ailymddangosiad Duw a'r Mochyn Budur. Edrychai fel 'tai o wedi derbyn eu bodolaeth fel ffaith oer – oedd, fel barnu cymdeithas yn y modd y gwnaeth eiliadau ynghynt, yn beth iach a digon naturiol. Ond eto…

Ysgydwodd Jojo'r amheuon o'i feddwl. Roedd o'n bod yn wirion a gorbryderus, ac yn ymddwyn fel rhiant yn hytrach na ffrind. Gwenodd Jojo, a sylwodd Didi ar hynny trwy gornel ei lygad.

"Be?" gofynnodd gan wenu'n siriol.

"Dim byd," atebodd Jojo.

"Cym on, smugnose – deud!"

"Ydi dy goc di'n well 'ta be?"

105

AR ÔL BOD DRAW i'r gegin i nôl ei baned ddeg a phaced o deijestifs siocled, eisteddodd Wil yn ôl wrth ei ddesg. Doedd o byth yn aros i siarad yn y cantîn amser paned, heblaw pan fyddai Robert, yr hogyn ifanc o IT, o gwmpas.

Agorodd ei ebyst a sgrolio i lawr trwy'i fewnflwch. Gwelodd ebost dan y teitl 'Toilets on coast dual carriageway', oedd wedi'i yrru gan rhyw Spencer Holt. Agorodd o.

Wrth ddarllen y brawddegau cynta meddyliodd mai rhyw fath o

jôc oedd o – tan iddo gyrraedd y darn canol, yn cynnwys pethau rhy agos i adra iddo'u hanwybyddu. Sylwodd hefyd fod y gyrrwr wedi defnyddio *asterisk* yn lle rhai llythrennau er mwyn gwneud yn siŵr y byddai'r ebost yn pasio hidlyddion system gyfrifiadurol y Cyngor. Wrth i loÿnnod ddechrau symud yn ei stumog, cododd i fynd i gloi drws ei swyddfa.

Eisteddodd yn ôl yn ei gadair a darllen y testun eto.

'TO SAVE YOUR MARRIAGE FOLLOW THIS LINK AND FIND USERNAME 'TOILETCAM' + CLICK SUBSCRIBE + WATCH THE VID… IT IS ALSO ON OTHER SITES, TITLED 'WIL BROAD TOILET FUN' AND TAGGED 'WIL BROAD', 'COTTAGING', 'G★Y S★X', 'B★★★-JOB' ETC ETC… MEMORY CARD IS WITH THIRD PARTY… ANY POLICE OR TRACE ON THIS EMAIL WILL RESULT IN THIRD PARTY MAKING VIDEO 'PUBLIC' ON EVERY AVAILABLE MEDIUM… REPLY TO THIS EMAIL BEFORE NOON TODAY AND INCLUDE MOBILE NUMBER FOR FURTHER INSTRUCTIONS…'

Curodd calon Wil Broad fel mwrthwl yn ei frest wrth iddo ddarllen y neges am y trydydd tro. Prin y gallai wneud synnwyr o'r geiriau wrth i'w feddwl rasio. Wedi deall digon i wybod y dylai ddilyn y cyfarwyddiadau i weld os oedd sylwedd i'r holl beth, darllenodd yr ôl-nodyn eto.

'P.S. YOU F★★★ING FAT TW★T.'

Trodd Wil yn wyn wrth wylio'r ffilm, a dechrau chwysu fel mochyn wrth i'w galon ddyrnu wal ei frest fel drwm. Gwyliodd y fideo eto, ac eto, ac eto. Doedd dim gobaith yn y byd y gallai wadu mai fo oedd wrthi. Aeth i deimlo'n wan, a dechreuodd ei ben o droi. Roedd o angen awyr iach… Aeth yn ôl at yr ebost a gwasgu 'Reply' a theipio ei rif ffôn, a'i yrru. Dileodd yr ebost gwreiddiol a diffodd y cyfrifiadur, cyn mynd allan i'r coridor a chloi drws ei swyddfa ar ei ôl.

106

CYN MYND I'W WELY'N gynnar neithiwr roedd Didi wedi datgan ei fod am gael *lie-in* heddiw. Roedd o angen ei *beauty sleep* meddai, ac yn rhagweld noson ddi-gwsg y noson ganlynol.

Felly ar ôl llosgi'r tôst eto, llyncodd Jojo fowlennaid o goco pops tra'r oedd ei ffrind yn dal i gysgu, cyn mynd am dro sydyn i ben Trwyn y Wrach i gael y gwynt i chwythu'r cwsg o'i lygaid.

Aeth o ddim at ben draw'r clogwyni heddiw. Yn hytrach, safodd ar y garreg fawr a orweddai ar ran ucha'r gefnen. Edrychodd tua'r gorwel tu hwnt ble gorffennai'r Trwyn, a lledu ei freichiau i adael i'r gwynt main gribo'i wallt. Ar ôl hanner munud o hyn, gollyngodd ei freichiau a theimlo'r boen yn ei ystlys yn ei drywanu unwaith eto. Roedd o'n gwaethygu, meddyliodd, ac yn digwydd yn amlach bob dydd. Trodd ei sylw at y mynyddoedd, a'r eira'n dal i lynu'n styfnig iddynt fel croen o ledr gwyn, ac atgoffodd ei hun am y milfed tro y byddai'n eu dringo cyn hir...

Wedi chydig o fân siarad a chanu grwndi dros y ffôn efo Ceri, ac addo iddi na fyddai'n chwerthin wrth wrando ar y caneuon ola ar ail ochr y tâp a roddodd hi iddo ddoe, sylwodd ar y car glas oedd wedi parcio wrth fynedfa'r trac at Drwyn y Wrach. Taniodd sigarét yng nghysgod ei gôt ac eistedd ar y graig i'w wylio, gan besychu'n achlysurol wrth dynnu ar y mwg. Roedd o'n debyg iawn i gar CID, meddyliodd, ac aeth ias i lawr ei gefn wrth ystyried, unwaith eto, y posibilrwydd fod rhywbeth ar droed. Dechreuodd boeni ei fod wedi bod rhy off ei ben ar gwrw, cyffuriau a chariad yn ddiweddar i adnabod arwyddion o berygl. Efallai iddo fod yn rhy barod i ddiystyru ei amheuon fel paranoia mewn rholiau papur, ac roedd hynny'n flêr. Fel dywed yr hen ddywediad – jysd dy fod ti'n paranoid, dydio'm yn golygu fod neb allan i dy gael di. Ffliciodd ei smôc i ffwrdd efo'r gwynt, ac aeth yn ôl am y garafán.

Diawliai Jojo fod Johnny Lovell, neu Lombardi, wedi diflannu. Byddai sgwrs bellach efo fo i wasgu ychydig mwy o atebion-rhwng-llinellau ohono'n gallu bod yn fuddiol – petai hynny ond i gael gwybod oedd o'n beth cyffredin i'r heddlu barcio yng ngwaelod y ffordd, boed hynny i gael sgeif neu i gadw golwg ar ladron carafannau, neu wyau adar prin, neu be bynnag.

Serch hynny, roedd un peth hwylus am ddiflaniad sydyn Johnny. Cydiodd Jojo yn y bag o dan ei wely yn y garafán a thynnu mil o bunnau ohono a'u rhoi yn ei boced. Cydiodd hefyd yn y gwn – Glock 26 Compact 9mm – a'r tri magasîn deg rownd o fwledi *dum-dums*, a'r gyllell, a'u rhoi yn ei bocedi. Yna cariodd y bag â gweddill y pres draw at dŷ Johnny a heibio'r talcen at y sied. Sleidiodd y drws yn agored ac edrych o'i gwmpas ar y ceir. Dewisodd yr un pella – Ford Fiesta coch oedd heb ei olwynion a heb fonet. Agorodd y bwt a chodi'r carped, yna caead y lle cadw'r olwyn sbâr. Doedd dim olwyn yno, felly rhoddodd y bag i mewn a chau'r caead yn ei ôl. Yna oedodd, cyn agor y caead eto, ac agor sip y bag a thaflu cerdyn cof ei ffôn, efo fideo Wil Broad ynddo, i mewn ar ben yr arian. Sylwodd ar rolyn o *gaffer tape*, a gan amau'n reddfol y gallai hwnnw fod yn handi yn nes ymlaen, bachodd o, a'i roi yn ei boced.

Dychwelodd Jojo i'r garafán a gadael canpunt ar y bwrdd i Didi. Yna stwffiodd y naw cant arall i lawr ei sanau, ac aeth allan i weld oedd y car glas yn dal yng ngwaelod y ffordd. Mi oedd o. Edrychodd ar ei ffôn. Roedd hi'n un ar ddeg o'r gloch. Aeth yn ôl at dŷ Johnny a heibio'r talcen eto. Dilynodd y llwybr heibio'r sied ac allan i'r caeau. Gwelai do Llys Branwen yn ymwthio trwy frigau di-ddail y coed tua hanner milltir i ffwrdd. Gwelai hefyd fod y llwybr yn arwain i'w gyfeiriad, a meddyliodd ei fod yn ei led-gofio o'i blentyndod – er na allai fod yn siŵr.

Dilynodd y llwybr ar draws dau gae cyn cyrraedd y goedwig, a mynd dros gamfa a dilyn y llwybr drwy'r coed. Aeth ias i lawr ei gefn wrth sylweddoli ei fod ar fin cyrraedd y Cartref – a chyn gynted ag y dechreuodd feddwl am y peth, daeth at wal a chamfa arall, ac wedi'i chroesi, a dilyn y llwybr rownd i'r dde, roedd o yno, yn wynebu muriau llwyd yr hen blasty a fu'n garchar, hunllef ac uffern iddo gyhyd.

Roedd y lle'n amlwg yn wag, ac mi safodd Jojo ar y dreif o'i flaen yn syllu i fyny ar y waliau a'r ffenestri. Teimlai fel llygoden yn edrych ar droed eliffant oedd ar fin ei sathru. Gwrthododd dalu sylw i'r atgofion afiach oedd yn curo ar ddrws ei feddwl, ond ildiodd i'r demtasiwn i chwilio am ffenest y *dorm* ar y llawr cynta, ble y bu Didi ac yntau yn byw yn ystod yr holl flynyddoedd creulon hynny. Gwyddai ei bod hi'n wynebu'r coed, achos mi gofiai Duw yn eu rhybuddio i beidio meddwl am ddianc i'r goedwig gan y byddai unrhyw un a ganfyddwyd ynddi heb ganiatâd yn cael ei gladdu yno. Brith oedd y chwedlau ymysg y bechgyn am gyn-breswylwyr o blant oedd wedi eu cam-drin i farwolaeth liw nos yn y goedwig, a'u bod nhw yno o hyd, yn aros i'w hesgyrn gael eu tyllu i fyny gan lwynogod...

Rhedodd ias i lawr cefn Jojo, ac yna'n ôl i fyny, cyn iddo sadio'i hun. Atgoffodd ei hun mai dim ond cragen wag oedd Llys Branwen bellach. Cerddodd heibio'r talcen ac i gefn yr hen blasty, ac astudiodd y system larwm. Roedd popeth i'w weld yn farw, felly rhoddodd ysgwydd i'r drws a arweiniai at y gegin, i geisio'i agor. Ond roedd o'n solet.

Cerddodd at ffenest y toiledau. Edrychai fel nad oedd wedi ei newid ers degawdau. Symudodd hen fun olwynion mawr, diwydiannol at y wal o dan y ffenest, a dringo i'w ben. Estynnodd y Glock o'i boced a'i ddefnyddio i falu'r gwydr. Dringodd i mewn.

Waeth be bynnag a feddyliai, allai Jojo ddim atal yr iasau rhag codi blew ei war wrth iddo gerdded ar hyd y coridor o'r toiledau at y drws cefn. Lawer gwaith cawsai ei lusgo gerfydd ei wallt i lawr y coridor hwn – weithiau'n cicio a strancio, weithiau'n gwingo a griddfan o dan ddyrnau a sgidiau, ac ambell waith yn diodde'n dawel. Cyrhaeddodd ddrws y seler. Safodd o'i flaen a syllu ar ei oerni diedifar. Cofiai'n union be oedd y tu ôl iddo. Estynnodd am y bwlyn, a'i droi. Oerodd ei fêr wrth i'r drws agor. Syllodd ar y grisiau cerrig a ddisgynnai i'r tywyllwch islaw. Doedd ugain mlynedd fel cartref henoed heb newid dim. Hwn oedd y pydew a arweiniai i'r siambr arteithio, lle'r oedd y celloedd waldio a'r bath oer fu bron â lladd O'Casey ac yntau. Rhain oedd y grisiau i uffern.

Caeodd y drws, ac aeth i lawr y coridor am ddrws cefn yr adeilad. Agorodd y boltiau a rhoi'r glicied ar latsh, ac aeth allan i'r awyr iach unwaith eto. Symudodd y bun olwynion yn ôl i'w le, cyn dychwelyd i flaen yr adeilad, ac i'r coed. Tynnodd garreg o'r clawdd a chuddio'r Glock a'r magasinau sbâr yn y twll, a rhoi'r garreg yn ei hôl. Trodd i syllu ar y Cartref. Pesychodd, a dal ei ochr wrth i'r boen gydio. Poerodd fymryn o waed, cyn troi yn ei ôl am Drwyn y Wrach.

107

YR EUOG A FFY heb ei erlid, medd yr hen ddihareb. Cerddodd Wil Broad yn llechwraidd i lawr y coridor rhwng ei swyddfa a'r dderbynfa, gan boeni fod Robert neu un arall o'r criw IT wedi gweld yr ebost ac wedi dilyn y cyfarwyddiadau fel ag y gwnaeth o. Mwy na thebyg nad oeddan nhw, ond tra bod y fideo i fyny ar y rhyngrwyd doedd Wil ddim yn mynd i ymlacio. Wyddai o ddim sut y gallai edrych i wyneb unrhyw un eto heb ddyfalu a wyddai'r person hwnnw am ei gyfrinach…

Nesaodd at bâr o ddrysau tân, hanner ffordd i lawr y coridor. Daeth Elen Harvey drwyddynt i'w gwfwr, a dal un drws yn agored iddo. Edrychodd arni am eiliad wrth ei phasio. Roedd hi'n gwenu, ac roedd Wil yn siŵr fod golwg sbeitlyd a hunangyfiawn yn ei llygaid…

Aeth am y dderbynfa heb ddweud diolch wrth Elen am ei chwrteisi. Daeth at ddrws agored swyddfa Adrian Ellis. Clywai o'n mân-siarad a chellwair â rhywun. Cymerodd Wil gipolwg sydyn wrth basio, a gweld John Roberts o'r Adran Gyllid yn siarad ag Adrian. Cododd y ddau eu pennau wrth ei weld yn pasio, ac wedi iddo fynd rhyw gam neu ddau o'r golwg fe'u clywodd nhw'n chwerthin yn uchel am rywbeth…

Daeth Eryl Dawes i'w gwfwr. "Sud mai Wil! Lle ti'n mynd, i'r toilet?"

"Naci!" atebodd Wil yn sych wrth frysio heibio.

Yn y dderbynfa roedd Gillian yn siarad â Spike y trydanwr, a hwnnw'n pwyso ar ei desg yn fflyrtio fel y gwnâi bob dydd. Peidiodd sgwrsio'r ddau fel y daeth Wil i'r golwg. Teimlodd eu llygaid yn ei wylio.

"Lle ti'n mynd, Wil?" holodd Gillian.

"Adra. Dwi'm yn teimlo'n dda."

"Ti'n edrach yn llwyd hefyd," medda'r dderbynwraig. "Dos di adra'n *syth* rŵan – paid â dili-dalian yn nunlla…"

Diflannodd Wil Broad trwy'r drysau gwydr i'r awyr iach.

108

WEDI DYCHWELYD I'R GARAFÁN, a sylwi fod y car glas wedi diflannu o fynedfa'r ffordd, cydiodd Jojo yn llyfryn cyfarwyddiadau ei ffôn. Trodd y tudalennau i adran y we fyd-eang a darllen y cyfarwyddiadau ar sut i fywiogi'r cyfrif rhyngrwyd. Fuodd Jojo erioed yn un da am ffidlan efo teclynnau ymhellach na'u defnyddio i'w perwyl sylfaenol, ond wedi pum munud o ganolbwyntio dwys, llwyddodd i gwblhau'r broses.

Taniodd sigarét, ac ar ôl pwl o besychiadau sych, eisteddodd i lawr wrth y bwrdd a chysylltu â'r we. Porodd at y cyfrif Googlemail ac agor ei fewnflwch. Roedd ebost Wil Broad wedi cyrraedd. Nododd Jojo'r rhif ar ddarn o bapur, cyn dileu'r cyfrif ebost a chau'r cysylltiad i'r we. Cododd i wneud paned. Roedd hi'n hanner dydd.

Wrth lenwi'r tecell clywodd Didi'n trosi yn ei wely, yna'n gollwng rhech. Daeth i'r golwg yn nrws ei lofft, cyn hir, a golwg fel 'tai o wedi cael ei lusgo trwy ddrain arno.

"Wnaeth y beauty sleep ddim gweithio, felly?" gofynnodd Jojo'n smala.

Rhythodd Didi arno efo golwg o atgasedd, bron, cyn ysgwyd ei ben a diflannu trwy ddrws y toilet. Sipiodd Jojo ei de yn araf tra'n edrych allan dros y traeth i gyfeiliant sŵn ei ffrind yn piso – ac yn rhoi ambell i ochenaid boenus, gan fod ei benbiws yn siŵr o fod yn dal i frifo rhywfaint. Duw a'i helpo heno pan gâi godiad, meddyliodd Jojo gan wenu'n ddireidus – er, dychmygai mai Didi fyddai'r un fyddai'n cymryd yn hytrach nag yn rhoi.

Meddyliodd Jojo am yr hyn oedd am ei wneud heddiw, a sut y byddai'n ymateb i gael Wil Broad yn ei fachau. Gwyddai yn iawn beth yr hoffai ei wneud, ond roedd rhoi ei haeddiant i'r Mochyn allan o'r cwestiwn ar hyn o bryd. Be oedd angen ei wneud rŵan oedd sicrhau ei fod o'n tynnu'i ddatganiad yn erbyn Nedw yn ôl. Er, meddyliodd Jojo wedyn, byddai lladd y twat tew yn gwneud y tro hefyd – os nad oedd o'n fyw allai o ddim tystio. Ond dyna fo, roedd digon o amser i wneud iddo ddioddef. Roedd gan Jojo gyfle am fywyd newydd efo Ceri rŵan, a ddylai o ddim peryglu hynny. Deuai amser i ddinistrio Wil rywbryd eto, achos waeth be bynnag ddigwyddai heddiw, doedd Jojo ddim yn bwriadu difa cerdyn cof y ffôn.

Ymddangosodd Didi eto. Roedd o'n dal i edrych fel iâr wedi hanner ei phluo, ac yn dal i rythu'n flin fel tincar.

"Faint o'r gloch 'di?" gofynnodd, yn biwis, fel tasa Jojo wedi'i ddeffro am chwech y bore.

"Hannar dydd," atebodd Jojo. "Pam?"

"Methu ffacin cysgu o'n i neithiwr – am ffacin oriau! Rhy ffacin ecseited!"

Chwarddodd Jojo, a gadael i'w ffrind lusgo'i draed yn ôl am ei wely, gan roi switsh yr *immersion heater* ymlaen wrth ei basio. Gorffennodd ei baned a chydio yn ei ffags, ei ffôn a'r fflachlamp a gedwid yn y cwpwrdd ffiwsus trydan, a mynd am y car.

Parciodd Jojo'r car o flaen Llys Branwen, ac aeth i nôl y gwn ac ati o'r twll yn y wal. Clywai sŵn y traffig ar y ffordd fawr o Gilfach i Cefn tua hanner milltir i ffwrdd, a chofiodd fod y Clwb Golff rhwng y ffordd honno a Llys Branwen, a bod llwybr trwy'r coed yn cysylltu'r ddau le. Wedi chwilio am ryw bum munud cafodd hyd i geg y llwybr. Un preifat oedd o, heb arwydd nac unrhyw olwg bod neb wedi bod yn ei gynnal. Stryffagliodd trwy'r drain a'r crachgoed oedd wedi meddiannu'r ugain llath cynta, cyn dod at lwybr cliriach, hawddach ei ddilyn o hynny ymlaen.

Tynnodd ei ffôn o'i boced, yna'r darn papur â rhif Wil Broad. Byseddodd y rhif i'r ffôn, a gwasgu'r botwm gwyrdd.

109

DOEDD EI WRAIG DDIM yn y tŷ pan gyrhaeddodd Wil Broad adra, ac roedd y tawelwch yn annioddefol. Eisteddai yn y gegin â'i ben yn ei ddwylo, efo'i ffôn ar y bwrdd o'i flaen – dim ond fo a'i fyd yn chwalu'n ddarnau mân o'i gwmpas.

Clywodd ei stumog yn chwyrnu – roedd ar lwgu, ond allai o'm wynebu gwneud unrhyw beth i'w fwyta. Edrychodd ar y ffôn am y canfed tro, a chrefu arni i ffonio. Roedd o angen clywed llais, er mwyn bodloni ei hun fod hyn yn digwydd go iawn. Ond roedd ganddo ofn hefyd – ofn trwy dwll ei din. Ceisiodd resymu a dyfalu pwy oedd wrth wraidd hyn, ond roedd ei ben ar chwâl. Gwelai yr ateb fel rhith yn ei feddwl, fel rhyw arwydd yn y niwl – ond bob tro y nesâi ato i'w ddarllen roedd yr arwydd yn symud ymhellach i ffwrdd, fel rhywbeth mewn hunllef. Ofnai, ym mêr ei esgyrn, fod bysedd anweledig yn pwyntio tua'r Plaza, neu – yn waeth fyth – at Lys Branwen, ac roedd hynny'n ei ddychryn hyd at ddyfnderoedd ei enaid.

Syllodd ar y ffôn eto fyth, cyn rhoi slap i'r bwrdd a gweiddi, "Tyrd yn dy flaen, y ffycin basdad! Ffycin ffo…!"

Neidiodd Wil yn ei groen pan ganodd y ffôn. Estynnodd ati'n syth, ond oedodd. Roedd ei galon yn pwmpio fel piston, a'i wynt wedi cyflymu mewn cwta eiliad. Anadlodd yn ddwfn, ac atebodd hi.

Tawelwch oedd yno i ddechrau – tawelwch dychrynllyd a barodd am ddwy neu dair eiliad greulon.

"Helô?" medda Wil cyn hir, a chlywed y cryndod yn ei lais ei hun. "Helô?" meddai eto, pan na ddaeth ateb o ben arall y donfedd. "Who is this?"

"Is that you?" medd llais dyn.

Tagodd Wil ar ei lwnc sych, cyn dod o hyd i'w lais. "Yes... Wil Broad speaking..."

"Where are ya?" gofynnodd y llais ar ôl eiliad arall o dawelwch.

Llyncodd Wil eto. "Gilfach."

Pasiodd eiliad neu ddwy arall eto, cyn i'r llais ddychwelyd. "Drive to the Golf Club entrance on the Cefn road... Be there in ten minutes... Ten minutes – one second longer and I make a phone call and the video goes all over the web like a fackin rash... Be alone. If you're not, I make that call..."

Diflannodd y llais.

Eisteddodd Wil yn chwysu yn ei unfan, gan anadlu'n sydyn wrth grynu fel deilen. Rhoddodd ei law i'w frest, fel 'tai hynny am arafu ei galon. Anadlodd yn ddwfn droeon er mwyn ceisio cael trefn, a bu bron iddo anghofio'n llwyr be ddwedodd y llais wrtho. Atgoffodd ei hun, ac mi glywodd y llais eto yn ei ben. Cocni, o ryw fath, oedd yr acen.

Caeodd Wil ei lygaid a chanolbwyntio'n galed. Cocni. Cocni... Yna cofiodd mai Cocni oedd Joe Griffiths bellach! Gwelodd y cysylltiad yn syth – Joe Griffiths, Ceri Morgan, Nedw... Oedd hyn i gyd oherwydd y Plaza? Yna oerodd ei fêr wrth gofio be ddwedodd Godfrey. Roedd Joseph Griffiths yn llofrudd!

Cydiodd yn ei ffôn eto, a ffonio ei feistr. Atebodd hwnnw'n weddol sydyn am unwaith.

"Godfrey?"

"Be sy?"

"Ydach chi wedi siarad efo Gabriel wedyn?"

Gwasgodd Wil Broad ei ddwrn wrth i Godfrey gymryd ei amser i ateb.

"Na."

"Ydach chi'n gwybod os ydi'r heddlu wedi arestio Griffiths a Davies?"

"Pam ddyliwn i?"

"Ddwedsoch chi, pan siaradon ni ddwytha, fod cops Llundain am eu harestio nhw?"

"Ddwedodd Gabriel fod ychydig o lojistics i'w sortio yn gynta. Yn y cyfamser, ma nhw'n cadw golwg agos arnyn nhw."

Aeth Wil yn ddistaw, a theimlodd y chwys yn llifo i lawr ei dalcen wrth sylweddoli ei fod ar fin mynd i gwrdd â dyn oedd nid yn unig wedi lladd gangstyr, ond oedd hefyd â rheswm cryf i fod eisiau ei ladd yntau hefyd.

"Pam wyt ti'n gofyn, Wil?" gofynnodd Godfrey.

Methodd Wil ag ateb. Caeodd ei ffôn.

Cymaint oedd ofn Wil Broad wrth agosáu at fynedfa Clwb Golff Cefn, ystyriodd o ddifri fod ffonio'r heddlu, a cholli ei wraig a'i hunan-barch yn y broses, yn opsiwn realistig. Yr unig beth a'i rhwystrodd rhag dewis hynny oedd ei farusrwydd. Y gwir amdani oedd nad oedd eisiau colli ei waith, a thrwy hynny beidio â bod o werth i Shaw-Harries, a cholli taliadau arian parod hael o'r herwydd.

Wedi troi i mewn i fynedfa'r dreif coediog oedd yn arwain at y Clwb Golff, parciodd y car yn gwynebu'r ffordd fawr a diffodd yr injan. Eisteddodd yn cnoi ei ewinedd tra'n gwylio'r traffig yn pasio o'r naill gyfeiriad a'r llall, ei galon yn curo fel gordd wrth ddisgwyl gweld golau oren pob cerbyd a ddeuai i'r golwg yn fflachio i droi i mewn i'r fynedfa. Pasiodd munud go dda, cyn i ddrws ffrynt y car agor. Neidiodd Wil o'i groen wrth i ddyn mawr, pryd tywyll a gwallt fel rhyw fath o fohican neidio i'r sêt ffrynt. Bu bron iddo gachu llond ei drons yr eiliad wedyn, pan sylwodd fod ganddo wn yn ei law.

"Helô, Mochyn Budur," sgyrnygodd Jojo. "Ti heb newid dim!"

110

GORWEDDAI DIDI YN EI fath o swigod persawrus, a'i draed i fyny ar y wal uwchben y tapiau. Roedd o'n meddwl am ei ddêt efo Matt y noson honno, ac yn dychmygu cael ei gario i ffwrdd mewn tacsi i westy crand i fwyta prôns, cimwch, wystrys a phethau drud felly, ac i yfed siampên cyn cael ei arwain i fyny'r grisiau i ystafell foethus i gael ei rafisho drwy'r nos...

Dyfalodd be fyddai Matt yn ei wisgo, cyn dychmygu ei hun yn ei ddadwisgo fo'n araf ac... Sylweddolodd fod ganddo godiad, a'i fod o'n boenus. Diawliodd y ffens drydan, cyn atgoffa ei hun i fynd â co-codamols a cocên efo fo.

Teimlai'n nerfus hefyd. Ond doedd hynny'n ddim syndod. O'r diwedd byddai o'n profi be oedd o wedi bod eisiau ei brofi erioed – ond nad oedd o'n gwybod hynny tan rŵan. Ffromodd am eiliad wrth gofio mai'r tro dwytha aeth unrhyw un yn agos at ei ben-ôl yn yr ardal hon oedd mewn *gang-rape* gan haid o hen ddynion ffiaidd...

Trodd ei feddwl yn ôl at Matt, a'i lygaid gwyrddlas, ei wallt melyn a'i wên hyfryd wrth iddo edrych arno trwy'r drych y tu ôl i'r *optics* yng nghefn bar y Quayside. Roedd Didi mor falch ei fod wedi taro i mewn i'r dafarn y diwrnod hwnnw. A phe byddai'n onest, roedd o'n falch hefyd fod Jojo wedi dod â fo yn ôl yma i Gilfach. Meddyliodd am ei ffrind am funud, gan obeithio ei fod o'n iawn. Roedd o i fyny i rywbeth – gallai Didi ddweud o'r ffordd oedd o'n ymddwyn, yn dawel ond yn ffocysd.

Yna clywodd sŵn car yn dod i fyny'r trac at Drwyn y Wrach. Jojo yn dod yn ei ôl, efallai, neu Johnny. Gwrandawodd arno'n parcio y tu allan i'r garafán. Jojo oedd o felly. Suddodd Didi o dan y dŵr er mwyn gwlychu ei wallt yn drylwyr. Gorweddodd yno a'i lygaid wedi cau, a dechrau cyfrif i chwe deg. Pan gyrhaeddodd o hanner ffordd daeth yn ymwybodol o ddirgryniadau trwy lawr y garafán wrth i Jojo gerdded o gwmpas. Yna, pan gyfrodd bum deg clywodd glec bell yn ysgwyd y garafán. Cyrhaeddodd chwe deg a chodi ei ben uwchben y dŵr eto, a gwrando. Chlywai o ddim smic yn dod o'r stafell fyw, ond mi glywodd ddrysau car yn cau y tu allan, yna'r car yn tanio ac yn gyrru i ffwrdd.

Estynnodd am y siampŵ a'i rwbio i mewn i'w ben.

111

"YDIO'N DOD AG ATGOFION yn ôl, Billy?" gofynnodd Jojo wrth i Wil Broad barcio'r car o flaen Llys Branwen.

"... Be ti'n mynd i neud i fi?" gofynnodd Wil, yn hanner crio.

"Chdi sy'n mynd i wneud rhywbeth i fi," atebodd Jojo.

"Mi wna i unrhyw beth... plis paid â brifo fi, Joe...!"

Gwenodd Jojo'n greulon. "Allan," gorchmynnodd.

"I lle?"

Daliodd Jojo'r gwn i'w ben. "Ffycin allan!!"

Rhoddodd Wil wich fach wrth deimlo'r metel oer y tu ôl i'w glust, ac ymatebodd yn reddfol trwy godi'i ddwylo i fyny o'i flaen, cyn troi ac agor y drws a baglu allan o'r car. Safodd ar ganol y patsh efo'i ddwylo uwch ei ben, gan ddechrau ymbil ar Jojo i beidio â'i ladd.

"Rownd i'r cefn, Mochyn!" gorchmynnodd Jojo, gan bwyntio'r gwn.

Erbyn cyrraedd drws cefn y Cartref roedd Wil yn beichio crio. Trodd i wynebu Jojo. "Plis, Joe, dwi'n sori am be wnes i... dwi'n sori am bob dim... oedd gen i ddim dewis... Godfrey... Godfrey oedd yn fforshio fi... oedd genai ofn... Plis, Joe!"

"Oedd gen ti *ofn*?" medd Jojo. "Oedda ti'n ffacin mwynhau bob ffacin munud, y ffacin pyrfyrt!"

"Do'n i ddim, onest!" sgrechiodd Wil, a dechrau llefain yn uchel. Cwffiodd Jojo'r ysfa i'w saethu yn y fan a'r lle.

"Oedd o'n bell yn ôl, Joe... plant oeddan ni, ffor ffyc's sêcs!!"

"*Plant*, ia, Billy! *Plant* oeddan ni! A Mochyn Budur oeddat ti. Anifail!"

"Be am jysd gadael i bethau fod... let bygones be bygones... Mae geni bres, lot o ffycin bres, i gyd yn cash..."

"Cadw dy ffacin bres, y ffacin mochyn! Fysa'n well gen i dy ladd di rŵan na cymryd dy ffacin bres budur di! Chdi laddodd Timmy, ynde?"

"B... be?"

"Timmy Mathews, Billy! Chdi ffycin laddodd o?"

"Naci!" plediodd Wil yn daer. "Naci, Joe!... Godfrey! Godfrey oedd o... Doedd o ffyc ôl i neud efo fi, onest tw ffycin God!... Heavies o Birmingham... a Johnny... Johnny Lombardi – Johnny Lovell...!"

"Johnny Lovell?" gofynnodd Jojo'n syfrdan.

"Ia! Dyn Godfrey ydio, Joe! Dyn Godfrey fuodd o erioed! Pam ti'n meddwl fod o'n cael llonydd yn ganol 'i lanast ar y graig 'na? Mae o'n gwbod petha am Godfrey ac mae Godfrey'n gwbod petha amdana fo... stalemate...!!"

"A fo, Johnny... Fo laddodd Timmy?"

"Oedd o'n un o'nyn nhw...!"

Oedodd Jojo am eiliad neu ddwy er mwyn i'r newyddion suddo i mewn. "Ma gen titha dy ran hefyd, Billy Basdad! Chdi roddodd dystiolaeth dros Godfrey, ynde?"

"Fo wnaeth fforshio fi, Joe…! Oedd gen i… ddim… dewis… Plis, plis paid â'n lladd i… Oedd genai ofn, Joe… plis, tria ddallt… dwi'n sori, dwi'n sori, dwi'n soriiiiiii…!" Chwalodd Wil Broad i udo fel babi.

"Sgen ti ofn rŵan, Billy? Oes?!"

Nodiodd Wil yn egnïol.

"Fysat ti'n gallu sefyll yn y doc rŵan, a dweud celwydd dros dy fistar? Rhoi'r death sentence i Timmy Mathews? Fysat?"

Beichiodd Wil grio wrth edrych ar y llawr, gan ebychu pethau annealladwy.

"Be oedd hynna, Billy? Deud eto, y ffycin nonce, dwi ddim yn dy ddeall di!"

"O'n i ddim yn gwbod, Joe…" gwichiodd Wil.

Ddwedodd Jojo ddim byd am ychydig wrth wylio'r Mochyn yn ddarnau o'i flaen. Doedd o ddim yn beth dymunol iawn i'w weld, ond doedd gan Jojo ddim unrhyw dosturi o gwbl. Sylwodd fod Wil wedi piso.

"Dyna be ydi ofn, Billy," sgyrnygodd Jojo, "be ti'n deimlo rŵan – y piso 'na'n rhedag i lawr dy goesa di, dyna ydi ffacin ofn! Y troi yn dy stumog, y teimlad fod dy gorff yn cael ei wasgu'n slwtsh… fod ti ar fin marw!"

Cododd Wil Broad ei ben i edrych i fyw ei lygaid, ond os oedd o'n disgwyl unrhyw drugaredd, gwelodd yn syth nad oedd am ei gael.

"Dychmyga fod felna bob diwrnod o dy fywyd, Billy! Dychmyga biso yn dy wely bob nos! Achos dyna wnaethoch chi i Didi! Dyna be wnes *di* iddo fo…!"

Methodd Jojo orffen y frawddeg. Roedd rhaid iddo stopio'i hun rhag siarad gan y teimlai ei dymer yn cracio ac emosiynau'n corddi a dechrau niwlo ei synnwyr. Agorodd ddrws cefn yr adeilad a gwthio Wil i mewn, ac i lawr y coridor.

"Stopia!" arthiodd Jojo wedi cyrraedd drws y seler.

Trodd Wil i'w wynebu eto, â'i lygaid yn llawn sylweddoliad dychrynllyd, cyn disgyn i'w liniau o flaen Jojo ac ymbil unwaith eto am ei fywyd. Safodd Jojo'n llonydd wrth wylio'r bwli'n crio fel babi wythnos oed wrth gydio yng ngodrau ei drowsus, fel 'tai o'n trio cusanu ei esgidiau.

Camodd Jojo am yn ôl a rhoi cic galed iddo yn ei wyneb. "Rŵan, Billy, dwi am ddweud wrthat ti be dwisio i chdi wneud!"

"Ia, ia, ia… plis, Joe, plis, mi wna i rwbath… *rwbath*…!"

"Dwisio i chdi fynd i weld y cops a tynnu dy stêtment yn erbyn Nedw yn ôl."

Arafodd beichiadau'r Mochyn. "Be? Dyna be mae hyn amdan?"

"Pam, be oeddat ti'n feddwl? Bo fi'n mynd i dy ladd di? Pam ffwc fyswn i isio gneud hynny? Ti'n ffac ôl i fi, Billy Mochyn! Just another pervert! Ti'n meddwl fyswn i'n lluchio pob dim i ffwrdd dros ffacin byrfyrt?"

"Be am y fideo?" gofynnodd Wil, oedd yn gweld gobaith mwya sydyn, wrth gofio y byddai Jojo a Didi wedi'u harestio neu eu lladd o fewn oriau.

"Mae 'na chwech o bobol yn fan hyn a Llundan efo'r paswyrd i'r websites lle mae'r fideo i fyny'n barod – ac mae ganddyn nhw i gyd gopïau ar eu hard-drives hefyd…"

"Fyddi di'n… dileu'r cwbwl…?" gofynnodd Wil, wrth boeri gwaed o'i geg.

Gwenodd Jojo'n sych. "Ffyc off, Billy! Ti'n meddwl bo fi'n ffacin stiwpyd? 'Dan ni'n cadw nhw i gyd – fel ffacin insiwrans…"

"Ond… dim dyna 'di'r deal…"

Ciciodd Jojo fo yn ei stumog efo blaen ei droed, nes ei fod o'n gwingo fel pry genwair mewn calch. "Be sy, Mochyn Budur? Ti'n meddwl bo chdi'n cael cam? Ddim yn cael chwara teg, Mochyn Budur?" Ciciodd Jojo fo eto, ac eto wedyn. "Dwi'm yn cofio Didi'n cael chwara teg, Billy! NA TIMMY MATHEWS CHWAITH! WYT TI?!"

112

SYCHODD DIDI EI WALLT efo'r lliain cyn rhoi ei grys-T tyn ymlaen, a'i jîns gwyn efo trim deiamonte rownd y pocedi. Yna aeth drwodd yn ôl i'r bathrwm a rhwbio jèl i mewn i'w wallt *ice-blonde* cyn chwarae efo fo i'w gael i sticio i fyny y ffordd oedd o isio. Cydiodd yn y drych siafio oedd yn dal wrth sinc y gegin ers i Jojo fod yn siafio bore ddoe, ac aeth â fo at y bwrdd efo'i stwff mêc-yp, cyn agor y ffenest i gael gwared ar ddrewdod traed Jojo o'r stafell. Yna eisteddodd i lawr a rhoi'r radio ymlaen, a dechrau gwisgo'i golur.

Cyn hir roedd y miwsig ar y radio wedi codi'i hwyliau, ac roedd o'n teimlo'n llai nerfus o lawer. Wedi gorffen rhoi mymryn o bowdwr ysgafn dros ei wyneb, cododd i nôl y bag cocên oddi ar y silff uchel y tu ôl i'r teledu er mwyn gwneud llinell fach sydyn cyn gorffen efo'i golur. Ond doedd y bag o bowdwr ddim ar y silff, a gan obeithio nad oedd Jojo wedi mynd â fo efo fo, aeth at y cwpwrdd uwchben y sinc i weld os oedd o yn hwnnw.

"Pff!" meddai yn uchel iddo'i hun, a chwifio'i law o flaen ei drwyn. Roedd rhaid i Jojo wneud rhywbeth am ei draed, meddyliodd. Agorodd ddrws y cwpwrdd, a gwelodd be oedd o'n chwilio amdano yn syth. Cydiodd ynddo a throi i fynd yn ôl am y bwrdd. Ond mi darodd yr arogl drwg o eto, ac agorodd ddrws y garafán i gael awyr iach i lifo drwyddi. Yna aeth drwodd i'r bathrwm i nôl *deodorant* a sbreo llwyth ohono o gwmpas y gegin, cyn mynd yn ôl at y bwrdd i dorri llinell.

Wedi hŵfro'r powdwr i fyny'i drwyn, ailafaelodd yn y pincio, gan hymian yn hapus i un o ganeuon y Sugababes ar y radio. Gorffennodd y gwaith ar ei lygaid, yna dechreuodd ar ei wefusau. Wedi bodloni ar ei wyneb yn y drych chwythodd sws fach i'w hun a mynd ati i rowlio sbliff.

Meddyliodd sut oedd o am gyrraedd Cefn, ac wrth weld ei bod hi'n sych meddyliai y byddai'n hapus i gerdded ar hyd y traeth eto yn hytrach nag aros i Jojo ddod yn ôl. Ystyriodd ei ffonio i weld lle'r oedd o, ond cofiodd ei fod o wedi bachu efo Ceri ac ei fod o, mwya tebyg, draw yn ei thŷ hi. Roedd hi'n ddigon buan, beth bynnag, meddyliodd. Tua saith ddwedodd Matt y byddai'n cyrraedd y Quayside.

Tynnodd Didi ar y sbliff, a phenderfynu y byddai ei smocio hi i gyd ar unwaith yn chwalu'i ben yn llwyr, felly dowtiodd hi a gadael ei hanner yn y blwch llwch am rŵan. O leia roedd y mwg wedi helpu efo'r hoglau drwg, meddyliodd, cyn edrych o gwmpas y llawr rhag ofn bod Jojo wedi cario cachu ci i mewn yn gynharach, tra'r oedd o yn y bath.

Eisteddodd yn ôl yn y gadair a syllu i lawr at y traeth. Roedd y sgync yn gryf, meddyliodd. Roedd o angen alcohol. Cododd i fynd i weld be oedd yn y ffrij. Chwifiodd ei law o flaen ei drwyn eto – roedd yr hogla'n arbennig o gryf yn y gegin, fel arogl rhywbeth wedi marw. Agorodd gaead y bin a phlygu i lawr i ogleuo, ond na, doedd dim byd yn drewi yn hwnnw. Yna tsieciodd o dan ei sgidiau ei hun, ond roedd ei wadnau'n lân.

Yna sylwodd fod rhywbeth yn symud ar y llawr wrth ddrws y ffrij. Craffodd, cyn crychu ei drwyn wrth weld mai cynrhonyn oedd yno, yn wriglo ar hyd y llawr. Aeth at yr oergell ac agor y drws.

Yr arogl a'i darodd o gynta. Lapiodd fel cwmwl anweledig amdano nes bron â'i fygu. Yna gwelodd y pen yn eistedd yno ar y silff, efo haid o gynrhon yn crwydro drosto. Am eiliad sydyn, meddyliodd mai pen Cockeye oedd o, wedi duo wrth bydru, cyn sylweddoli fod ganddo ddwy lygad, ac mai pen merch oedd o. Yna sylweddolodd nad cig yn pydru oedd y rheswm dros ddüwch y croen...

113

CANODD FFÔN JOJO A dod â fo yn ôl at ei goed. Roedd rhyw ddialedd wedi cydio ynddo, ac emosiwn wedi hawlio ei le ar draul ymarferoldeb. Byddai lladd Mochyn Budur yn bleser anifeilaidd – a hefyd yn hwylus, gan na fyddai'n rhaid ei anfon i swyddfa'r heddlu i ddileu ei dystiolaeth. Ond sut byddai Jojo'n egluro diflaniad Wil Broad i Ceri? Allai o ddim bedyddio'u perthynas â gwaed, nac adeiladu dyfodol newydd ar sylfaen o gelwyddau – roedd o eisoes yn celu gormod fel oedd hi.

Er ei boen, rhoddodd Wil Broad ochenaid o ryddhad pan beidiodd Jojo ei gicio. Am rai eiliadau credai fod ei ddiwedd wedi dod. Llygadodd Jojo yn chwilota trwy boced ei gôt am ei ffôn, gan obeithio y deuai cyfle i geisio dianc.

Atebodd Jojo'r ffôn a gwrando ar lais Nedw wedi cynhyrfu'n lân. Roedd o adra efo Gruff a Deio bach, ac roedd y cops wedi mynd â Ceri i mewn i'w holi "o dan amheuaeth o gynllwynio i achosi difrod troseddol trwy dân".

"Conspirasi?" holodd Jojo, cyn edrych ar Wil Broad, oedd wedi llwyddo i godi ei hun i eistedd yn erbyn y wal. Gwelodd lygaid Wil yn ymateb i'r gair 'conspirasi', a deallodd yn syth ei fod o'n gwybod be oedd yn mynd ymlaen.

Eglurodd Nedw fod ei fam wedi cael galwad ffôn gan y radio, i ddweud nad oeddan nhw wedi cael unrhyw ymateb gan Shaw-Harries, y Cyngor na'r Parc Cenedlaethol – er i Shaw-Harries addo ymateb erbyn heddiw. Oherwydd hynny, doeddan nhw ddim yn mynd i ddefnyddio'r eitem ar y rhaglen heddiw, ond yn hytrach ei gohirio tan ddydd Mawrth yr wythnos wedyn.

"Ffyc!" rhegodd Jojo. "Anghofis i bob dim am y radio! Reit, gwranda – mae 'na rwbath wedi cropio i fyny – mi eglura i eto – ond mae o'n uffernol o bwysig, mi ddallti di... Ond arestio dy fam, mae o i'w neud efo'r rhaglan radio, garantîd... Yli – deud wrth dy fam am beidio poeni. Fel ddudas i ddoe, scare tactics ydi hyn, OK? Fedrai'm egluro dros y ffôn, ond dwi'n *gaddo* i chdi – dwi ar fin sortio pob dim allan..."

Trodd Jojo a rhythu ar Wil, a gwywodd hwnnw dan y penderfyniad haearnaidd yn y llygaid du, wrth sylweddoli fod pethau ar fin mynd o ddrwg i waeth.

"... Nedw," medd Jojo i'r ffôn, "rhaid i fi fynd, ond gwranda – heb dystiolaeth yn dy erbyn *di*, does dim conspirasi. Dallt? Bydd dy fam adra o fewn oriau, dwi'n gaddo!"

Caeodd Jojo ei ffôn. Daliodd Wil Broad ei wynt.

114

WNAETH DIDI DDIM STOPIO rhedeg tan y daeth i olwg y traeth rhwng Trwyn y Wrach a Cefn. Fedrai o ddim cael y llun o'r pen yn y ffrij allan o'i feddwl, ac er gwaetha'i sioc, ac er gwaetha'i banig a dryswch llwyr, gwyddai mai Jovan Zlatkovic oedd y tu ôl i hyn. Gwyddai, hefyd, be oedd hynny'n ei olygu.

Pwysodd ar frig craig i gael ei wynt ato, gan edrych o'i gwmpas yn wyllt i weld os oedd rhywun yn ei ddilyn. Chwydodd. Yna sylweddolodd y dylai ffonio Jojo ar fyrder. Doedd dim ateb.

"O plis, ffacinél, na!" gwaeddodd wrth ofni'r gwaetha. "Na! Na! NA!"

Byseddodd ei ffôn eilwaith, a rhegi wrth i'w fysedd clai wasgu'r botymau anghywir. Dim ateb eto. Curai ei galon fel injan stemar, a teimlai ei stumog yn cordeddu i glymau byw. Chwydodd drachefn, cyn brysio i lawr ochr bella Trwyn y Wrach at y traeth.

Fel y cyffyrddodd ei draed y tywod, golchodd llanw'r sylweddoliad anferthol drosto; roedd o ar ei ben ei hun – ar ei ben ei hun ac yn rhedeg oddi wrth fleiddiaid rheibus... Nid *chavs* bach gwrthgymdeithasol oedd y rhain, nid criw o hwliganiaid yn eu harddegau oedd am ei boenydio am nad oedd dim arall ganddyn nhw i'w wneud â'u hamser, ond bwystfilod go iawn – llofruddwyr efo gynnau a chyllyll yn hytrach na cherrig a geiriau sarhaus. Ac roeddan nhw'n mynd i'w *ladd*...

Gwasgodd fotwm gwyrdd ei ffôn eto, a'i dal i'w glust wrth faglu dros y tywod. Fflachiodd pob math o feddyliau ac atgofion drwy ei feddwl mewn mater o eiliadau, wrth i ffôn Jojo ganu yn un glust tra bo'r môr yn rhuo yn y llall. Llanw a thrai, cig a gwaed...

115

GORFODODD JOJO WIL BROAD i orwedd ar ei wyneb ar lawr, cyn rhoi ei ben-glin ar gefn ei war a'i orchymyn i roi ei ddwylo y tu ôl i'w gefn. Pan brotestiodd Wil, pwysodd flaen y Glock y tu ôl i'w glust a bygwth ei saethu.

Tynnodd Jojo'r *gaffer tape* o boced ei gôt, ac wedi rhoi pen-glin galed i ystlys Wil, i'w lonyddu, clymodd ei arddyrnau y tu ôl i'w gefn. Canodd ei ffôn, ond anwybyddodd hi wrth fwrw mlaen i lapio llwyth o dâp rownd migyrnau'r Mochyn.

"Be ti'n mynd i neud i fi, Joe?!" gwaeddodd Wil â phanig yn ôl yn ei lais. "Plis, Joe, plis!!"

"Cau dy ffycin geg, Mochyn Budur!"

"Ond ti isio i fi dynnu'r stêtment yn ôl! A i draw i'r copshop... gei di ddod efo fi... plis, Joe!!"

"Fydd dy ddatganiad di'n da i ffyc ôl os na fyddi di'n gallu mynd i cwrt, eniwe, Billy!"

"Be? Na, Joe! Ti ddim yn... Joe, alli di ddim 'yn lladd i, Joe, pliiis...!"

Dechreuodd Wil Broad udo yn uchel, ond lapiodd Jojo dâp dros ei geg. Yna llusgodd o i'w draed gerfydd ei wallt a'i osod yn erbyn y wal, efo'r gwn o dan ei ên. Nadodd Wil fel bustach ar fin cael hollti ei wddw mewn lladd-dy.

"Billy! Dwi isio i chdi wrando arna i rŵan. Billy! Billy, cŵlia i lawr... Bill!"

Rhoddodd Jojo glustan galed iddo efo cledr ei law.

"Nodia dy ben os wyt ti'n 'y neall i!"

Symudodd pen Wil i fyny ac i lawr yn ffrantig.

"Pwy sy 'di seto Ceri i fyny?!" gwaeddodd Jojo yn ei wyneb tra'n dal y gwn i ganol ei dalcen. Caeodd Wil ei lygaid a gweiddi rhywbeth na ellid ei ddeall tu ôl i'r tâp dros ei geg.

"Chdi sy 'di'i seto hi i fyny?!" bloeddiodd Jojo.

Ysgydwodd Wil ei ben yn wyllt, gan drio gweiddi rhywbeth eto wrth agor ei lygaid dagreuol yn daer.

"Pwy? Godfrey?!"

Nodiodd Wil yn wyllt y tro hwn, gan wichian sŵn cadarnhaol wrth wneud.

"FFYC!" rhuodd Jojo, cyn rhwygo'r tâp oddi ar ei geg. "Sut mae o wedi'i neud o, Billy?"

"Dwi'm… yn… gw… bod…"

Dyrnodd Jojo fo yn ei wyneb ac mi darodd cefn ei ben yn erbyn y wal. Disgynnodd Wil i'r llawr efo sgrech.

Ciciodd Jojo fo yn ei asennau. "SUT MAE O WEDI'I WNEUD O, MOCHYN?!"

"Dwi ddim callach… y cwbwl dwi'n wbod ydi fod o'n symud yn ei herbyn hi ar ôl… ar ôl i ni fethu ei chael hi i newid ei meddwl… am fynd ar y radio…!"

"Be ti'n feddwl, ar ôl i chi fethu newid ei meddwl hi?" Ciciodd Jojo fo eto. "FFYCIN ATAB FI!"

Gwaeddodd Wil mewn poen cyn ateb. "Dan! Dan Cocos…!"

"BE AMDANA FO, BILL?!"

"Gweithio i Godfrey…"

Safodd Jojo'n gegagored am eiliad. "Dan Cocos? Yn gweithio i'r Syndicet?"

"Yndi, ers talwm… Godfrey bia tŷ ei fam o… Godfrey ydi'i ffycin dad o…!"

Am yr eilwaith mewn ychydig eiliadau, roedd Jojo'n gegrwth. Heblaw am Ceri a Nedw, oedd unrhyw un yn y ffycin lle 'ma nad oedd yn bypets i'r ffycin Syndicet? Dechreuodd besychu.

"Ffacin sgym! Ffycin sgym ydach chi!" gwaeddodd rhwng pesychiadau sych. "Ffacin… leeches… vampires yn sugno gwaed y bobol…"

Gwaethygodd y peswch.

"Bobol fel chi sy'n ffacin lladd popeth sy'n dda yn y byd 'ma.

Ffacin diafoliaid ydach chi... Y ffacin Drwg mawr... y cansar... y ffacin feirws...!"

Canodd ei ffôn eto, ond roedd o'n pesychu gormod i ateb. Gwingodd wrth i'r boen frathu ei ochr. "Forces of fackin evil... y Drwg... sy'n lladd y Da yn... y byd 'ma...!"

"Felna mae hi, Joe," atebodd Wil yn oer wrth sylweddoli fod Jojo mewn gwendid. "Os na fysan ni'n neud, fysa rywun arall..."

Tagodd Jojo'n ddrwg, nes ei fod bron yn ei gwman rhwng yr ymdrech a'r boen yn ei gesail, ac o'r diwedd mi lwyddodd i godi fflem. Poerodd ar y llawr o flaen wyneb Wil, cyn camu am yn ôl a phwyso'i gefn ar y wal gyferbyn. Aeth i deimlo'n chwil... roedd pob man yn troi... Ceisiodd dynnu ar ei holl nerth i gadw ei hun rhag llewygu...

"Paid â ffycin marw arna i rŵan, Joe," medd Wil Broad. "Neith ffwc o neb ffendio fi'n fan hyn..."

Canodd ffôn Jojo eto, fel oedd o'n dod dros ei bensgafndod. Tynnodd hi allan a gweld enw Didi'n fflachio. Rhoddodd hi'n ôl yn ei boced. Roedd ei feddwl yn rhy ddryslyd i fân siarad... Pesychodd eto, a chwythu fel megin wrth gwffio am ei wynt...

"Ti'n ffycin sâl, ddyn!" medd Wil Broad cyn hir. "Ti angan ffycin doctor, Joe!"

Anwybyddodd Jojo ei sylwadau. "Ti'n cofio... chdi'n fy nal i i lawr... tra oedd Duw yn llosgi fi efo'i sigâr?"

Wnaeth Wil ddim cydnabod, ond mi oedd o'n cofio. "Dyna ti'n mynd i neud, Joe? Tortshyrio fi? Bod 'run fath â'r anifail oeddwn i ers talwm?"

Tagodd Jojo eto, cyn i Wil Broad gario mlaen â'i gyffesiad. "Gwranda, Joe... Os fyswn i'n onest fyswn i'n derbyn 'mod i'n casáu fy hun am be wnes i... Ond mae'n anodd egluro fo... dwi fel bo fi'n dibynnu ar Godfrey i fyw rŵan... Fo, y ffycin seicopath, ydi'r unig sanity sydd genai... 'Thing' ydw i, bellach... a wneith dim byd newid hynny... Dwi'm yn ddyn, Joe... Stopias i fod yn ddyn pan oeddan ni'n byw yn fan hyn..."

"Be... ti'n trio gneud dy hun allan i fod yn victim rŵan? Ar ôl be wnes di? Y... ffycin... cont! Mochyn Budur oeddat ti, Billy... Yn waeth na ffycin anifail..."

Oedodd Wil cyn ateb. "Yn union, Joe. Yn ffycin union... Dyna dwi'n ddeud... Y lle 'ma wnaeth hynny i fi... O'n i ddim digon o ddyn i gymryd o, sgen i'm help am hynny – ges i 'ngeni'n gachwr, mae'n rhaid... Un o'r wancars sy'n joinio'r bwlis ydw i... Babi mawr..."

Ystyriodd Jojo eiriau'r dyn oedd o wedi'i guro a'i glymu, yn gorwedd mewn anobaith ar y llawr o'i flaen. Roedd rhaid iddo gydnabod ei fod o'n siarad rhywfaint o synnwyr. Y lle yma wnaeth y Mochyn yn be oedd o, wedi'r cwbl...

"So, os ti'n mynd i'n lladd i..." medda Wil wedyn, "liciwn i neud *un* peth da cyn i ti..." Gwingodd Wil Broad wrth i'w boenau yntau frathu. "Dwisio gwneud un peth fydd o 'mhlaid i pan fyddai'n trio blyffio'n ffordd trwy'r gatiau 'na... Joe?"

"Dwi'n gwrando, Billy."

"Mae'r Serbians yn gwbod 'ych bod chi yma..."

Mewn un eiliad, chwalodd y llawr o dan fyd Jojo. Mi glywodd o eiriau Wil yn iawn, ond roedd rhaid iddo'u clywed nhw eto, er mwyn gwneud yn siŵr... "Be ddudasd di?"

"Y Serbians, Joe. Zetkovic neu rwbath... o Llundan..."

"Zlatkovic?"

"Ia. Mae o'n gwbod bod chdi a David Davies yma... yn Gilfach..."

Gwyddai Jojo fod Wil Broad yn dweud y gwir – doedd dim posib iddo wybod yr enw fel arall. Sadiodd Jojo ei hun. "Sut?"

"Grassio chi i fyny i'r cops am ryw fyrdyr yn Llundan..."

"A sut ma nhw wedi cael hyd i ni?"

"Gabriel... y copar 'ma... Serious Crime Squad yn y Midlands, boi Cymraeg mae Godfrey'n gwneud efo... Mae Gabriel yn ffrindia efo cops Llundan... Oedd 'na ddisgrifiad o'na chi... ac oeddan nhw'n meddwl bod chi possibly yn cuddio yn Welsh-speaking Wales... achos oeddan nhw'n gwbod bo chdi'n siarad Cymraeg..."

Ysgydwodd Jojo ei ben. "Na! Na, Billy – mae 'na rwbath yn rong yn fana... Doedd neb yn gwbod 'mod i'n siarad Cymraeg! Be 'di dy ffycin gêm di?"

"Dim gêm, Joe! Dim ffycin gêm – onest, gwranda arna fi... Llyfra Cymraeg yn dy fflat di... yn Llundan? Canu cloch?"

Caeodd Jojo ei lygaid a brathu'i wefus. Gwawriodd arno ei fod o wedi bod yn flêr. Gwawriodd arno hefyd fod y gêm fwy neu lai ar ben.

"Dwi'n sori, Joe… sori am yr holl lanast 'ma… 'Da chi wedi cael eich sgriwio am bo chi'n ffrindia efo Ceri Morgan… Unrhyw un sy'n ffrindia efo honno, mae Godfrey'n gwatsiad…"

"Ers pryd ma nhw'n gwybod?" holodd Jojo wrth gasglu ei synhwyrau goroesi.

"Few days, dwi'n meddwl…"

"Shit…"

"Gwaeth na shit, Joe… Mae gan y Serbian frawd. Byw yn Bray – yn Werddon… Mae ganddo fo yacht… Mae o yma ers o leia dydd Merchar. Mae nw am infestio yn y lle yma – Llys Branwen… Mae Dillon Shaw yn trafod efo fo…"

Trodd Jojo at y wal tu ôl iddo a tharo'i dalcen yn ei herbyn, yn galed. Yna dyrnodd y wal yn ffyrnig mewn rhwystredigaeth. Triodd ganolbwyntio a chael darlun clir o'r sefyllfa, a be fyddai ei gamau nesa. Ond allai o ddim meddwl o gwbl – roedd y rhwydi'n cau o fwy nag un cyfeiriad, a doedd ganddo ddim syniad pa rwyd i'w thorri gyntaf. Am y tro cynta ers dianc o Lys Branwen dri degawd yn ôl, teimlai'n gwbl ddiymadferth…

Yna cofiodd am Didi. Cythrodd i'w boced am ei ffôn, ond mi sylwodd fod Wil Broad yn ffidlan efo rhywbeth tu ôl i'w gefn.

"Be ffwc ti'n wneud, Billy?" gwaeddodd Jojo wrth neidio ar ei ben o. Ceisiodd Wil gwffio'n ôl orau y medrai heb freichiau na choesau rhydd, ond trodd Jojo fo drosodd ar ei wyneb a gweld ei fod wedi llwyddo i gael ei ffôn allan o boced tin ei drowsus.

"Y FFACIN MOCHYN SLEI!!" rhuodd Jojo a rhwygo'r ffôn o'i ddwylo. Gwelodd ei fod o wedi llwyddo i ddeialu'r rhif naw ddwywaith, ond heb allu gwasgu'r botwm y trydydd tro. "Y FFACIN CONT!!"

Cododd Jojo ar ei draed a mynd i'w boced am y rholyn o dâp eto, a gan anwybyddu gwingo a phrotestiadau Wil, lapiodd y peth yn dynn dros ei geg. Yna, llusgodd o i'w draed gerfydd ei goler a'i roi i sefyll yn erbyn y wal yn chwythu anadlau gwyllt trwy ei drwyn.

Agorodd Jojo ddrws y selar. Dechreuodd Wil Broad nadu fel bustach eto wrth i Jojo hanner ei wthio a hanner ei lusgo at y drws. Yna fe'i rhoddodd i sefyll uwchben y grisiau oer, a'i droi o rownd i wynebu'r tywyllwch islaw.

"Wyt ti'n cofio fan hyn, y ffacin bwystfil?! WYT TI, Y FFACIN

NONCE?! Ti'n cofio be oedd yn mynd ymlaen yma?! ACHOS DWI FFACIN YN!"

Dechreuodd Wil nadu yn uwch. "YYYHYY… YYYHYY… YYYHYY…!!"

"FAN HYN OEDD DUW YN DARLLAN Y BEIBL WRTH I BLANT BACH GAEL EU FFYCIN HAMRO, MOCHYN BUDUR…!"

Daliodd Jojo flaen y gwn i waelod cefn ei ben, a throdd nadu Wil yn wichiadau mochyn, yn mynd yn uwch ac yn uwch wrth i'r panig ei feddiannu.

"YYYHYY… YYYHYY… YYYHYY…!!"

"FAMA OEDD Y BATH RHEW, MOCHYN BUDUR…!!"

"MMYYYHYY… MMYYYHYY… MMYYYHYY…!!"

"GADEWCH I BLANT BYCHAIN DDYFOD ATA FI…!!"

"MMYYYHYY… MMYYYHYY… MMYYYHYY…!!"

Teimlodd Jojo'r dagrau'n boeth ar ei ruddiau wrth ddechrau canu ar dop ei lais. "*I BOB UN SY'N FFY-DDLON – DAN EI FANER E-EF – MAE GAN IESU GORON FRY YN NHEYRNAS NEF…*"

"MMYYYHYY… MMYYYHYY… MMYYYHYY…!!"

"*… LLUOEDD DUW A SA-TAN – SYDD YN CWRDD YN A-A-A-AWR – MAE GAN BLANT EU CYFRAN YN Y RHY-FEL MAWR…* CANA, BILL! CANA EFO FI!!!… *I BOB UN SY'N FFY-DDLON – DAN EI FANER EF – MAE GAN IESU GORON FRY – YN NHEYRNAS NEF…* CANA, BILL! CANA! IACHAWDWRIAETH YN DOD, BILL, HAAAALELIWIAAA!!!… CANA!… *HALELIWIA! – HALELIWIA! – MOLIANT IDDO BYTH AM DREFN…* FFACIN CANA, BILL…!!"

"MMYYYHYY… MMYYYHYY… MMYYYHYY…!!"

"CANA I FI, BILLY! CANA I DIDI, BILLY! CANA I O'CASEY! CANA I TIMMY MATHEWS!… *HALELIWIA! – HALELIWIA! – MOLIANT IDDO BYTH AM DREFN!*"

"MMYYYHYY… MMYYYHYY… MMYYYHYY…!!"

"… AC ETO, BILLY… AC ETO… *HALELIWIA! – HALELIWIA! – MOLIANT IDDO BYTH AM DREFN…!*"

"MMYYYHYY… MMYYYHYY… MMYYYHYY… MYYYYYYYYYY…!!"

Gwasgodd Jojo'r trigyr. Chwalodd gwyneb Wil drwy'r awyr o'i flaen, yn ddarnau mân. Sigodd ei goesau oddi tano a syrthiodd i'w bengliniau ar ben y grisiau. Arhosodd felly, fel dyn yn gweddïo.

"Amen," medd Jojo, cyn rhoi gwthiad ysgafn i'w gefn efo'i droed. Disgynnodd swmp trwm y Mochyn tuag ymlaen, a glaniodd be oedd ar ôl o'i ben yn slwtsh ar y grisiau oer.

116

GREDDF WNAETH I JOJO lanhau handlenni drysau ac olwyn lywio'r Peugeot efo darn o glwt. Doedd dim rheswm arall bellach. Hyd yn oed pe bai ganddo betrol i'w roi o ar dân byddai llosgi'r car yn weithred ofer. Roedd y rhwyd yn cau – o du'r heddlu a dynion Zlatkovic – a'r flaenoriaeth rŵan oedd dianc cyn cael ei ddal.

Gwyddai fod ei fan gwyn fan draw yn ffycd, a'i freuddwyd o ddyfodol delfrydol efo Ceri yn deilchion. Goroesi oedd enw'r gêm, bellach, a doedd yr ods ddim yn edrych yn dda.

Wedi derbyn hynny, gwyddai be oedd rhaid iddo'i wneud. Efallai na fyddai'n llwyddo i ddod drwy'r storm ei hun, ond o leia fe allai sicrhau fod daioni'n goroesi yn y darn bach hwn o'r byd. Os oedd hi drosodd iddo fo, doedd hi ddim o reidrwydd drosodd i Ceri, Nedw na Deio bach – nac i Didi chwaith o ran hynny. Cyn wynebu ei ellyllon a'r cymylau du, roedd rhaid achub y dyfodol – sicrhau fod goleuni pobol fel Ceri yn parhau i ddisgleirio i'r genhedlaeth nesa. Un ffordd oedd i wneud hynny – lladd y Drwg oedd yn bygwth ei ddiffodd. Roedd rhaid lladd Duw, er mwyn achub duw.

Cyn cau drws y Peugeot, cofiodd yn sydyn am y tâp a gafodd gan Ceri. Gwasgodd y botwm ar y stereo a neidiodd y tâp allan o'i dwll. Yna brysiodd am Citroen gwyn Wil Broad.

Wedi gyrru o Lys Branwen a chyrraedd y ffordd drwy'r coed, ffoniodd Jojo Didi i'w rybuddio fod Zlatko ar ei ffordd. Bu raid iddo stopio'r car am funud, fodd bynnag, pan glywodd be oedd gan ei ffrind i'w ddweud.

Gwawriodd ar Jojo pen pwy oedd yn y ffrij. Trywanodd y sylweddoliad trwy'i galon fel llafn cleddyf. Fu gan Ellie druan erioed unrhyw obaith – roedd Zlatko wedi penderfynu ei lladd beth bynnag a wnâi Jojo y noson honno. Mygodd Jojo'r sgrech yn ei galon cyn iddi gyrraedd ei wddw.

"Lle wyt ti, Didi?"

"Dwi ar y traeth, bron â cyrraedd y Quayside…!"

"Na! *Paid* â mynd i fana!"

"Pam?"

"Y boi 'na oedd isio dy ffwcio di yn ei yacht…"

"Captain Pugwash?"

"Ia. Lle oedd o'n dod o 'fyd?"

"Llundan-ish…"

"Ti 'di gweld Serbians efo fo?"

"Pam?"

"Mae brawd Zlatko yna'n rwla, efo ffacin yacht!"

"O ffyc-in shit…"

"Be!"

"Oedd o yma noson o'r blaen! Mikhail…"

"A mae o wedi dy weld di?"

"'Ngweld i? Nath y slimy bastard lyfu cefn 'yn llaw i!"

"OK, Didi," medd Jojo, gan ddiolch i'r nefoedd ei fod o wedi ei ffonio cyn iddo gyrraedd y dafarn. "Gwranda rŵan os tisio byw…"

117

CAMODD GODFREY HARRIES ALLAN o'i *jacuzzi* a sychu ei hun efo lliain tew, cyn gwisgo ei faddon-glogyn sidan a mynd drwodd i'w *suite*. Tolltodd wydriad mawr o frandi iddo'i hun, a thanio sigâr. Roedd o'n haeddu dathliad bach.

Aeth draw at ddrysau gwydr ei ffenest a'u hagor, a chamu allan i'r balconi i edrych dros yr aber. Sylwodd ar ddwy neu dair o gychod pleser rhwng y tir a bwi Penmeirch, allan yn y bae, ac ar doeau gwynion carafannau Cormorant Island yn sgleinio mewn darn o haul, draw ar ochr arall y dŵr. Sylwodd o ddim ar y mynyddoedd yn eu cotiau o eira gwyn.

Camodd yn ôl i'r *suite*. Er ei fod o'n hoff o oeri ei hun ar ôl bath, sbario chwysu, doedd o byth yn aros allan yn hir rhag ofn iddo gael oerfel. Gwasgodd fotwm ar declyn remôt, a dechreuodd Take That ganu trwy uchelseinyddion y system peipio cerddoriaeth.

Cafodd Godfrey Harries sgwrs ddiddorol efo Don Gabriel yn gynharach yn y prynhawn. Roedd o wedi gwneud dipyn mwy o synnwyr nag a gafodd o gan Wil Broad pan ffoniodd hwnnw i fwydro. Yn ôl Don, roedd rhai o heddlu Llundain yn teithio i fyny heddiw i helpu arestio Joe Griffiths a David Davies. Os na fyddai Zlatkovic wedi cael gafael arnyn nhw yn gynta, mi fydden nhw dan glo cyn bore yfory. Un ffordd neu'r llall, byddai bygythiad arall wedi'i niwtraleiddio. Gwenodd Duw. Roedd o'n licio byw i fyny i'w enw.

Heno, wedi newyddion gwych fel hyn, yn ogystal â'r newyddion fod Ceri Morgan wedi'i harestio – er na fyddai i mewn yn hir – roedd Duw yn mynd i ymlacio ym mhrifddinas ei ymerodraeth, Golden Sands. Roedd o'n mwynhau'r nosweithiau Camp Queen. Roedd o'n cael ymddwyn fel *patron* hael, yn taflu gwobrau at y bydlemod ddeuai i aros yn ei garafannau a'i gytiau ieir, yn un haid o flwyddyn i flwyddyn. Roedd o hefyd yn hoff o'r gystadleuaeth Camp Queen oherwydd y mân gystadlaethau eraill oedd yn digwydd ar yr un pryd – cystadlaethau i blant, gan fwya. Yn enwedig y gystadleuaeth gwisgo i fyny fel Tarzan i hogiau rhwng naw a deuddeg oed. Dyna biti mai dim ond yn ystod gwyliau'r ysgolion y câi'r rheiny eu cynnal.

Er nad oedd cymaint o bobol yn ei wersyll yn ystod misoedd y gaea, roedd y lle'n dal yn boblogaidd efo criwiau o bobol ifanc yn dianc am benwythnosau stag a iâr rhad. Roedd gan Golden Sands enw da nid yn unig ymysg teuluoedd, ond hefyd ymysg oedolion yn chwilio am chydig o hanci-panci ar benwythnosau budur. Gwenodd Godfrey. Oedd, mi oedd o'n cael bod yn dduw eto heno – wedi treulio'r dydd yn barnu a chosbi, heno câi fod yn garedig. Heddiw, mi fu Duw yn cymryd i ffwrdd. Heno mi fyddai'n rhoi.

Cyn hynny, fodd bynnag, roedd Duw am addoli ei hun. Trodd Take That i ffwrdd, a rhoi ei system sinema gartref ymlaen. Agorodd ddrysau electroneg y cwpwrdd ar y wal i ddatgelu ei deledu fflat, sgrin plasma chwe deg modfedd. Rhoddodd y DVD yn y peiriant ar y silff gyfagos a gwasgodd y botwm 'Play' i ddechrau'r rhaglen ddogfen amdano fo a'r gwersyll gwyliau.

Gwnaethpwyd y rhaglen yn ystod yr haf rhyw bum mlynedd yn ôl. Fuodd hi erioed ar unrhyw sianel deledu. Nid cwmni teledu a'i gwnaeth, ond Godfrey ei hun, trwy dalu cynhyrchwyr proffesiynol am eu gwasanaeth. At bwrpas ei ddangos ar sgriniau canolfannau gweithgareddau Golden Sands oedd y ffilm i fod – rhyw fath o PR a hysbysebu ar yr un pryd – fel posteri, ond efo lluniau oedd yn

symud. Câi'r teuluoedd a'r plant eu gweld yn chwarae'n barhaol
ble bynnag yr oedd sgrin yn y gwersyll, gan weld lluniau ohono fo,
Godfrey, yn chwarae efo'r plantos ac yn mynd ar rai o'r reidiau efo
nhw. Gwelai Godfrey'r holl brosiect fel ffordd wych i feithrin ffydd
rhwng mynychwyr ei wersyll a'r perchennog. Credai ei bod yn beth
braf i rieni allu ymddiried ynddo, fel y gallent adael i'w plant eistedd
ar ei lin a mynd ar y reidiau efo fo – a hyd yn oed bod ar eu pen eu
hunain efo fo yng nghefn y llwyfan ar nosweithiau'r cystadlaethau
teuluol yng nghlwb y Sands…

Chwarddodd Godfrey wrth i'r teitlau ddechrau rowlio dros luniau
ohono fo ar y *roller-coaster* bach efo plant yn sgrechian yn hapus
wrth ei ochr. Ond tarfwyd ar ei hunanaddoli defodol pan ganodd
cloch gatiau electroneg y fynedfa i diroedd y plas. Edrychodd ar y
cloc. Roedd hi'n bum munud wedi pedwar. Gwasgodd fotwm ar y
remôt, a rhewodd y llun ar y wal ar ddelwedd ohono fo a'r plant yn
chwerthin – eu cegau i gyd yn agored fel pysgod.

Canodd cloch y giât eto a chododd Godfrey i fynd at y monitor
y tu ôl i'r bar personol oedd ganddo yn y *suite*. Gwelodd gar Wil
Broad yn aros wrth y giât. Diawliodd hyfdra'r dyn am feiddio troi i
fyny heb ffonio yn gynta, a hefyd am feiddio gwasgu'r botwm fwy
nag unwaith. Gan edrych ymlaen i roi blas ei dafod iddo, gwasgodd
Godfrey'r botwm i agor y giât, a gwyliodd y Citroen ZX gwyn yn
gyrru i fyny'r dreif.

118

Wedi cwrdd â Didi ger y Clwb Golff, gyrrodd Jojo fo i westy
gwledig a safai ar ei ben ei hun mewn gerddi, tua deuddeng milltir
i mewn i'r tir o Cefn. Wedi talu am ystafell ddwbl a gwneud
yn siŵr ei bod yn ddiogel, gadawodd Jojo fo ynddi, yn fflicio
trwy sianeli Sky ar y teledu. Roedd cyfrifiadur a Wi-Fi yn y stafell
hefyd, felly credai Jojo y byddai gan ei ffrind ddigon o bethau i'w
gadw'n ddiddig am yr awr neu ddwy y bwriadai fod i ffwrdd.

Ar ôl sicrhau na ddilynodd neb nhw yno, a bod neb yn gwylio'r
lle, neidiodd Jojo i'r car a chymryd ffordd wahanol yn ôl i'r tu allan
i Gilfach, cyn troi am y dre ac i fyny am wersyll Golden Sands.
Cyn cyrraedd y gwersyll, trodd i'r chwith a dilyn y ffordd gul am

chwarter milltir i gyfeiriad yr aber. Doedd hi ddim yn hir cyn iddo ddod at gatiau mawrion paradwys Duw.

Wedi i'r pyrth agor gyrrodd y car yn araf i fyny'r dreif troellog rhwng coed llarwydd uchel, a chyn hir roedd o'n parcio ar y graean o flaen y plas. Edrychodd ar y grisiau llydan o dywodfaen a arweiniai at ddau biler clasurol o bobtu'r drws. Doedd dim cŵn i'w gweld, nac unrhyw staff ychwaith.

Tynnodd Jojo gap gwlân du Wil Broad i lawr yn is ar ei ben, a syllu i lygaid y dyn yn y drych. Cytunodd hwnnw ei fod yn gwneud y peth iawn.

119

BUM MUNUD WEDI I Jojo adael roedd Didi wedi diflasu ar y teledu. Roedd ei feddwl ymhell, beth bynnag. Y tro dwytha i bethau ddigwydd mor sydyn â hyn oedd bron i bythefnos yn ôl, yn Llundain. Un funud roedd o adra yn ei fflat yn gwylio DVD, a'r nesa roedd o yng ngogledd Cymru, ac wedi lladd un o lofruddwyr peryclaf isfyd troseddol Llundain – a thaflu darnau o'i gorff i gynrhon – ar y ffordd! Wedyn, heddiw – un funud roedd o yn y bath yn paratoi i golli'i geirios cydsyniol efo un o'r hyncs mwya a welodd erioed, a'r nesa roedd o'n dod o hyd i ben merch yn ei ffrij ac yn gorfod dianc i westy yn y ffacin stics i guddio tra'r oedd ei ffrind yn mynd i lofruddio rhywun arall!

"Jeezus fackin Aitch fackin Christ," meddai yn ei acen Cocni. "I just don't fackin Adam 'n Eve it!"

Yn ei rwystredigaeth, dechreuodd Didi ddiawlio Jojo. Gwyddai'n iawn ei fod o wedi achub ei fywyd – nid am y tro cynta – a gwyddai hefyd ei fod o wedi bod yn broffesiynol a gofalus wrth gynllunio eu dihangfa oddi wrth y Serbiaid. Ond doedd hynny'n newid dim ar y ffaith nad oedd y cynllun wedi ffacin gweithio!

Er, mi oedd hi'n deg i ddweud na allai Jojo fod wedi rhagweld hyn i gyd. Anlwcus oeddan nhw fod Jojo wedi cymryd at ferch oedd yn cael ei gwylio'n agos gan y dyn oedd wedi eu bwystfileiddio nhw yn eu plentyndod. Dyn oedd yn ddigon parod i roi eu henwau i unrhyw un fyddai'n cael gwared arnyn nhw drosto. A be oedd yn fwy cyfleus na'u bradychu i'r heddlu a chriw Zlatko? Ffacin anlwc eto – Duw yn ffrindiau efo copar oedd yn ffrindiau efo copars oedd yn ffrindia efo Zlatko!

"Jeezuz fackin Aitch!" meddai eto. Pam ffwc wnaeth Jojo ddim meddwl am y llyfrau Cymraeg yn ei fflat o? Iawn, byddai wedi bod yn amhosib iddo ddychwelyd i'w fflat i'w nhôl nhw, gan y byddai dynion Zlatko'n gwylio'r lle, ond petai o wedi cofio am y llyfrau fyddai o byth wedi dewis Cymru fel lle i ddianc iddo.

"Fackin typical!" medd Didi, wrth feddwl am eironi'r ffaith fod dyn heb wreiddiau na theulu wedi cael ei ddal oherwydd ei dreftadaeth!

Cymru, meddyliodd Didi! Be oedd Cymru iddyn nhw, beth bynnag? Dim byd, mewn gwirionedd. Darn o dir. Enw ar fap. Dim arall. Rhyw le pell y dihangon nhw ohono unwaith. Felly sut ddiawl ddaethon nhw'n ôl yma? Roedd o wedi teimlo o'r dechrau eu bod nhw'n gwneud y peth anghywir – rhyw gnoi anghyfforddus yn ei fol a chlychau'n canu yng nghefn ei ben. Oedd, mi oedd o wedi dechrau setlo, ac oedd mi oedd o wedi canfod ei hun unwaith eto. Ond be oedd y pwynt o ailddarganfod dy hun os wyt ti'n cael dy hun mewn carchar, neu wedi dy gladdu liw nos mewn ffacin coedwig?

Trodd y cyfrifiadur ymlaen. Porodd drwy'r we i chwilio am safle *porn* hoyw, ond roedd hidlyddion system y gwesty yn ei rwystro. Mesur diogelwch rhag i blant weld anweddustra, mae'n debyg. Roedd hynny'n iawn, wrth gwrs, ond mor eironig, meddyliodd, o ystyried be fu drwyddo yn ei blentyndod o…

Yna meddyliodd am Matt. Roedd o wedi bod mor agos i gael noson boeth a chariadus efo fo. Meddyliodd y byddai colli ei wyryfdod hoyw cydsyniol yn werth y risg o gael tacsi i lawr i Gefn i gwrdd â fo. Os câi ei ddal gan griw Zlatko a'i ladd, o leia fyddai o ddim yn marw'n ffacin *virgin*! Ystyriodd y peth o ddifrif. Onid hynny oedd y peth pwysica yn ei fywyd rŵan – y ffaith ei fod wedi derbyn be oedd o, a'i fod o'n naturiol, a'r ffaith fod rhaid iddo gael y rhyw cydsyniol cynta hwn i orffen y daith yn ôl i normalrwydd? Onid dyna oedd ei fan gwyn fan draw – a'r fuddugoliaeth berffaith dros ddiawledigrwydd diafoliaid y Cartref?

Na, meddyliodd. Mi oedd o'n wir mai dyna oedd y ffordd iawn i fedyddio ei fywyd newydd, ond y flaenoriaeth rŵan oedd aros yn fyw. Câi ddigon o gyfle eto i golli ei wyryfdod. Roedd digon o bysgod allan yn y môr.

Ond nid Matt oeddan nhw, chwaith…

Ar hynny canodd ei ffôn. Neidiodd ar ei draed a'i hestyn o boced ei siaced ar y gwely. Matt oedd yno. Atebodd o. Oedd, medda Didi â'i galon yn llamu, roedd o *up for it*, ac yn well fyth, roedd ganddo ystafell ddwbl foethus mewn gwesty, ac awr neu ddwy i sbario…!

Caeodd Didi'r ffôn a neidio ar y gwely, a bownsio i fyny ac i lawr fel plentyn ar y ffordd i ffair. Roedd Matt newydd gyrraedd y Quayside, ac roedd am gael tacsi i fyny'n syth.

120

NEIDIODD JOJO O'R CAR a brasgamu i fyny'r grisiau llydan at y drws gan obeithio na fyddai Godfrey'n ei wylio ar gamera cylch cyfyng, ac yn cloi'r drws cyn iddo fynd i mewn. Ond daeth yn amlwg fod Godfrey wedi derbyn mai Wil Broad oedd o, achos mi oedd clo electroneg y drws wedi'i agor yn barod pan driodd Jojo'r handlen.

Camodd i mewn a chael ei hun mewn stafell fawr efo grisiau llydan yn ei chanol. Penderfynodd fynd heibio'r ochr dde i'r grisiau, i gyfeiriad drws a edrychai fel petai'n arwain i ystafell fyw o ryw fath. Ond cyn iddo'i gyrraedd synhwyrodd fod rhywun yn dod i lawr y grisiau, a throdd a mynd i'w gwfwr, gan dynnu'r gwn o'i boced wrth wneud. Cyrhaeddodd waelod y grisiau ar yr un adeg â Duw.

Safodd y ddau ddyn yn wynebu ei gilydd am eiliadau hirion. Syllodd Jojo i lygaid llwydlas, golau a phiwpilau pen pin – y llygaid sarff oer a dieflig a gofiai fel llygaid Godfrey Harries. Roedd ei wallt lliw brown potel yn wahanol, ac roedd ei fwstash wedi gwynnu, ond y llygaid gwydr hyn – fel ffenestri i enaid y diafol ei hun – oedd yn cadarnhau i Jojo mai hwn oedd ei ddyn. Safai yno, rhyw dair gris i fyny'r grisiau, mewn baddon-glogyn sidan coch. Fel offeiriad.

Yn araf, cododd Godfrey ei ddwylo i'r awyr, ac wrth hoelio Jojo â'i bâr o lafnau iasoer, mentrodd dorri'r gair cynta.

"Joseph Griffiths, I presume?"

"Cofio fi, felly?" gofynnodd Jojo'n sarrug.

"O, yndw, dwi'n cofio *chdi*! Sut allwn i anghofio sbesimen mor hardd?" hisiodd y sarff. "Ydw i i gymryd fod Billy wedi marw, felly?

Roeddwn i'n cael ar ddeall dy fod ti'n llofruddio pobol erbyn hyn. Dyna biti – a tithau'n hogyn mor, wel, egwyddorol…"

Gwenodd Godfrey'n ddieflig, heb i unrhyw deimlad ymddangos tu ôl i femrwn ei lygaid.

Anwybyddodd Jojo ei sylwadau. Cododd y gwn i anelu at ei ben. Ond wnaeth Godfrey ddim hyd yn oed cydnabod y symudiad. Yn union fel y cofiai Jojo fo, roedd o'n gwbl ddiemosiwn o hyd.

"Dydi'n saethu fi ddim yn mynd i ddatrys dim byd, Joseph. Wneith o ond gwneud dy boen di'n waeth. Bydd darn ohona i yn dy enaid di am byth. Drwy'n lladd i byddi di'n lladd rhan o ti dy hun."

Saethodd Jojo fo yn ei droed. Disgynnodd ar y grisiau gan sgrechian, wrth i waed bwmpio dros y carped tew. Doedd o ddim mor ddiemosiwn bellach.

Cydiodd Jojo yn ei wallt a'i lusgo i fyny'r grisiau. Stranciodd a sgrechiodd Godfrey yr holl ffordd i fyny, wrth i lwybr o waed eu dilyn i ben y landing.

"LLE MAE'R BATH?!" arthiodd Jojo ar ôl taflu Godfrey ar lawr.

"Bath? Ti 'di saethu bawd 'yn nhroed i i ffwrdd!"

"O, sori, ydio'n brifo?"

"Yndi!"

Saethodd Jojo fo yn ei droed arall.

"YDI HYNNA'N FFACIN BRIFO HEFYD?" rhuodd Jojo a chydio yn ei wallt eto a'i lusgo at y wal a dechrau waldio'i wyneb yn ei erbyn o, drosodd a throsodd.

"YDI HYNNA'N FFACIN BRIFO?! YNDI?" gwaeddodd eto wrth i drwyn Godfrey ffrwydro mewn cawodydd o waed dros y paent gwyn. Atebodd bloeddiadau poenus Godfrey y cwestiwn yn llawer gwell nag unrhyw eiriau.

"LLE MAE'R FFACIN BATH?!"

Pwyntiodd Godfrey tua'r *suite* a llusgodd Jojo fo gerfydd ei wallt am y drws agored, gan ddiodde gewinedd Godfrey'n tyllu i mewn i'w law wrth iddo drio cael ei hun yn rhydd.

Synnodd Jojo i weld y sgrin fawr ar y wal o'i flaen, efo llun Godfrey a chriw o blant yn chwerthin yn braf.

"YOU FACKIN SICK CUNT!" gwaeddodd a'i daro ar draws ei wyneb efo'r pistol, a'i adael i ddisgyn yn sypyn llipa i'r llawr.

Edrychodd Jojo ar y moethusrwydd o'i gwmpas. "Neis iawn, Godfrey. Ffacin neis iawn."

Griddfanodd Godfrey ar y llawr, a throi ar ei gefn i syllu ar Jojo. "Ffwcio chdi, Joe Griffiths!"

"Ti wedi gwneud hynny'n barod! Ti'n cofio?" atebodd Jojo, cyn rhoi cic iddo ynghanol ei ddannedd.

Poerodd Godfrey waed. "Ffwcias i dy geg di hefyd, y basdad bach!"

Anwybyddodd Jojo ei ymgais ddespret i'w wylltio, yn ymwybodol ei fod yng nghwmni ymgnawdoliaeth o ddiawledigrwydd pur. Sylwodd ar ddrws agored ym mhendraw'r stafell ac aeth draw i weld be oedd yno. Gwelodd y *jacuzzi* yn llawn dŵr. Teimlodd ei dymheredd. Roedd o'n gynnes. Da i ddim byd, meddyliodd. Tynnodd y plwg ac aeth yn ei ôl i nôl ei brae.

"Aros!" gwaeddodd Godfrey fel oedd Jojo'n mynd i afael ynddo eto. "Wyt... ti isio pres? Alla i... dy wneud di'n millionaire dros nos..." Roedd Godfrey'n anadlu'n galed wrth geisio rheoli'r boen yn ei draed maluriedig.

Daliodd Jojo y gwn yn erbyn canol ei dalcen. "Dy ladd di ydi'r unig beth ydw i isio. A ti'n ffacin lwcus nad oes genai amser i wneud hynny yn y ffordd fwya poenus alla i feddwl amdani!" Cydiodd yn ei wallt eto a dechrau ei lusgo tua'r bathrwm.

"Wyt ti'n agos at y ffycin bitsh Morgan 'na yn dwyt?!" gwaeddodd Godfrey wrth strancio.

"Safia dy ffacin wynt, Godfrey – ti'n mynd i angen o yn munud!"

Rhwygodd Jojo'r baddon-glogyn sidan oddi ar gorff oren, lliw haul ffug Godfrey, a taflodd y bwystfil ar ei ben i'r *jacuzzi* oedd newydd wagio. Rhoddodd y plwg yn ei ôl i mewn a throi'r tap dŵr oer ymlaen.

"Mae... pawb... isio gwybod ei wreiddiau, Joe!" gwaeddodd Godfrey, oedd, er ei boen, yn dal i drio gweithio'i seicoleg ar Jojo i'r eitha.

"Does gena i ddim gwreiddia, Godfrey – cofio?"

"Oes mae gen ti, Joseph Ward!"

Safodd Jojo yn ei unfan. "Be ddudasd di?"

Anadlodd Godfrey'n ddwfn tra'n cwffio'r boen, wrth i'r *jacuzzi* lenwi'n araf â dŵr coch.

"Joseph Ward ydi dy enw iawn di… Fi alwodd chdi'n Griffiths…"

Syllodd Jojo'n syn ar Godfrey. "Ti'n ffacin malu cachu!"

Ysgydwodd Godfrey ei ben. "Gafodd dy daid a dy nain eu lladd… yn Werddon… nhw fagodd chdi…"

"Yn Werddon?"

"Damwain car…"

"Ffac off, Godfrey – be ti'n drio'i wneud, rhoi un headfuck ola cyn gadael y byd 'ma?"

"Tair… tair oed oeddat ti… ti efo fi ers hynny… naw mlynadd yn Llys Branwen… neb isio adoptio chdi… wnes i'n siŵr o hynny… oedda chdi'n fasdad bach violent…"

Hyd yn oed mewn poen, yn crynu mewn bath oer yn ei funudau ola ar y ddaear, llwyddodd Godfrey i wenu'n greulon.

Cododd Jojo'r gwn. "Taid a nain medda chdi! Be o'n i'n wneud efo'n nhaid a nain?"

Gwenodd Godfrey'n ddieflig. "Doedd dy fam ddim isio chdi, Joseph!"

"Pwy oedd hi?"

"O? Ti… isio gwybod… mwya sydyn?"

"PWY OEDD HI?!" rhuodd Jojo gan godi'r gwn at ben Duw.

Caeodd Duw ei lygaid fel merthyr yn paratoi i farw dros ei ffydd. Cociodd Jojo'r gwn. "DWEUD WRTHA FI, GODFREY!"

Agorodd Duw ei lygaid eto, a'u hoelio'n haearnaidd ar Jojo. "Basdard wyt ti, Joseph Ward. A child out of wedlock. Unwanted, unloved…"

Sigodd ewyllys Jojo. Allai o ddim derbyn ei fod wedi mynd drwy ddegawd o uffern am ddim mwy na bod ei fam ddim isio fo…

Gwenodd Duw. "Mary Ward oedd ei henw hi, Joseph. Hwyrach fod ti wedi clywed amdani fel… Mary Roberts?"

Canodd yr enw gloch ym mhen Jojo yn syth.

"Ie, Joseph! Mam Ceri! Ceri Morgan Roberts – sweet, lovely, firebrand Ceri…"

Tarodd y geiriau Jojo fel gordd ar ganol ei frest. Edrychodd o'i gwmpas am rywbeth i eistedd arno wrth ddechrau anadlu'n ddwfn… Roedd y lle'n dechrau troi… Dechreuodd besychu… Teimlodd ei goesau'n gwegian, a gollyngodd y gwn ar lawr cyn estyn at ochr y *jacuzzi*... Llwyddodd i eistedd arno cyn iddo ddilyn y gwn i'r llawr... Pesychodd eto, a phoeri gwaed tywyll at ei draed... Rhoddodd ei ben rhwng ei goesau, a cheisiodd gael ei wynt...

"Wpsss!" hisiodd Godfrey'n sadistaidd. "Ydw i wedi hitio nyrf?"

Rhywle ynghanol ei bensgafndod, a'r boen a drywanai ei ystlys, gwyddai Jojo bod ei fyd newydd chwalu. Roedd hyd yn oed y llygedyn o obaith oedd ganddo o osgoi'r cops a *goons* Zlatko bellach wedi'i ddiffodd. Achos be oedd y pwynt ceisio goroesi pan oedd golau ei fywyd newydd gael ei droi i ffwrdd? Be oedd bywyd heb hyd yn oed allu breuddwydio am y man gwyn fan draw a gollodd? Melltithiodd Jojo ei fodolaeth. Fel y dangosodd y cysylltiad rhwng Godfrey a'r cops a Zlatko, fe'i ganwyd dan seren anlwcus, a dyna hi... Chwyrlïodd y lluniau yn ei ben fel trobwll – Ceri, Nedw, Deio, Didi, Eddie... Mary... Ellie... Ceri... Mary eto...

"O!" medd Duw yn faleisus, yn mwynhau pob eiliad er gwaetha ei boen. "Paid â dweud... Ti wedi, yn do? Ti wedi FFWCIO dy chwaer! Wel, wel, Joseph Griffiths – sut deimlad ydio i fod yn BYRFYRT?"

Teimlodd Jojo ei hun yn syrthio. Roedd popeth yn troi wrth iddo ddisgyn a disgyn... Clywodd leisiau a gwelodd wynebau... Didi a Timmy Mathews... Ceri a Nedw a Deio bach... Yna, o rywle, daeth nerth – nerth i gofio be oedd o'n ei wneud yma... fod ganddo orchwyl pwysig i'w gyflawni... er... mwyn... y... dyfodol... Crafangodd ei ewyllys am y lan a llusgodd ei feddwl o'r trobwll. Rhywsut, daeth at ei hun. Gwelodd Godfrey'n crynu yn y bath o ddŵr coch... Cododd i'w draed...

"Mae hi'n amser i farw rŵan, Duw."

"Alli di ddim fy lladd i, Joseph... Os ti'n fy lladd i ti'n lladd y gwir amdanat ti dy hun..."

"*Os* ti'n dweud y gwir!" atebodd Jojo, er y gwyddai ei fod o. Estynnodd am y gwn, ac am y tro cynta ers iddo gyrraedd y plas, gwelodd ofn yn llygaid y sarff.

"Joseph!" gwaeddodd Godfrey. "Lawr grisiau... y stafell gynta ar y dde... yr offis... bureaux yn y gornel... Ffeils Llys Branwen..."

"Tro rownd!" gorchmynnodd Jojo.

"Pam?... Yli, gwranda... Dos i'r offis... Mae 'na cash yno hefyd... Cer i weld, cer i weld... Dwi'n deud y gwir..."

"TRO FFACIN ROWND! AR DY FFYCIN BEDWAR FEL CI BACH! FFACIN RŴAN!"

"Na… alla i ddim…!"

Gafaelodd Jojo yng ngwallt Godfrey a'i waldio yn ei wyneb efo handlen y gwn, cyn ei lusgo i'w bengliniau yn y *jacuzzi*, ac yna i lawr ar ei bedwar fel bod ei din yn yr awyr uwchben wyneb y dŵr. Sgrechiodd Godfrey yn uchel wrth i'w fodiau maluriedig blygu yn erbyn gwaelod y *jacuzzi*. Disgynnodd wysg ei ochr o dan y dŵr.

Ailgydiodd Jojo ynddo a'i lusgo yn ôl i'w bedwar.

"Be ti'n wneud, Joseph?!" gwaeddodd yr hen ddyn yn daer, a'i lais o'r diwedd yn crynu â dychryn wrth i Jojo roi blaen y gwn ar dwll ei din, ac anelu'n ofalus er mwyn i'r fwled *dum-dum* chwalu llwybr tarw trwy bob rhan o'i ymysgaroedd.

"JOSEPH, BE TI'N WNEUD?!"

"Lladd Duw!" atebodd Jojo, a thanio.

121

EDRYCHODD DIDI AR EI hun yn y drych am y canfed gwaith, mae'n siŵr. Roedd ei *eyeliner* a'i fascara wedi smyjo, ond argyhoeddodd ei hun nad oedd o'n edrych yn rhy ddrwg o dan yr amgylchiadau. Doedd dim mwy y gallai ei wneud rŵan, beth bynnag – doedd dim amser i gael tacsi i cemist Cefn, a doedd Didi ddim yn siŵr a fyddai hynny'n werth yr hasyl, beth bynnag.

Cofiodd ei fod wedi chwydu yn gynharach, a brysiodd i'r stafell molchi a gweld fod yno bast dannedd ond dim brwsh. Defnyddiodd ei fys. O leia byddai hynny'n gwneud i'w wynt ogleuo'n well. Yna cofiodd am y *minibar*, ac aeth i weld be oedd ynddo fo. Tynnodd boteli bach o fodca allan, yna rhai bacardi a wisgi. Ar wahân i hynny, doedd dim ond dau dun o Heineken. Agorodd un o'r poteli fodca a'i llyncu mewn un, yna un arall yn syth ar ei hôl hi.

Ffoniodd y gwasanaeth ystafelloedd ac archebu potel o siampên *on ice*. Hyd yn oed os deuai Jojo yn ei ôl a thorri eu hawr gariadus yn fyr, o leia byddai'r siampên wedi rhoi rhyw fath o ramant i'r romp. A beth bynnag, gallai Jojo adael a dod yn ôl yn nes ymlaen. Fyddai o ddim yn meindio, debyg. Er, wedi meddwl, gwyddai Didi mai'r tebygolrwydd oedd y byddai'n rhaid iddyn nhw'i heglu hi o'r lle yn syth. Ond o leia byddai wedi gwneud ymdrech i blesio Matt. Ac o leia fyddai o ddim yn *virgin*!

Gwenodd Didi am yr hyn oedd o newydd ei feddwl. Gwenodd fwy fyth wrth edrych ymlaen. Yna ffromodd wrth gofio eto nad oedd ganddo ganja na chocên – roedd wedi gadael rheiny yn y garafán pan redodd allan mewn panig ar ôl canfod y pen yn y ffrij. A wel, doedd wybod, byth, be oedd rownd y gornel…

Pasiodd pum munud arall wrth i Didi edrych ar ei hun yn y drych a meddwl drosodd a throsodd yn ei ben be oedd o'n mynd i ddweud wrth Matt, neu ei wneud iddo, pan gyrhaeddai. Dychmygodd y gnoc ar y drws, a gorweddodd ar ei ochr ar y gwely, yn *seductive* i gyd, a dweud "Tyrd i mewn" mewn llais awgrymog. Diystyrodd hynny – roedd o'n rhy corni o lawer. Yna meddyliodd mai mynd i ateb y drws fyddai orau, cyn ystyried wedyn a fyddai'n agor y drws yn noeth ai peidio?

Roedd o wrthi'n meddwl yn ddwys am yr opsiynau gwahanol – agor y drws fel oedd o, agor y drws yn ei ddillad isa, neu agor y drws yn hollol noeth – pan ddaeth cnoc ar y drws. Anghofiodd bopeth a ystyriodd, a gweiddi "Yes?"

"Room service," atebodd llais dyn.

"Come in," atebodd Didi gan geisio dychmygu sut hogyn fyddai yno.

Siomwyd o pan welodd ddyn canol oed tew â gwallt seimllyd yn cerdded i mewn efo bwced o rew a gwddw gwyrdd potel siampên yn sticio allan ohono. Yn waeth na'r ffaith ei fod o'n dew, hen a seimllyd, roedd ganddo farf. Ychafi, meddyliodd Didi. Roedd yn gas ganddo ddynion efo barf!

"Thank you," medda Didi wrth wylio'r dyn yn gosod y bwced ar y bwrdd ar ochr y gwely gan edrych yn amheus ar y ffordd oedd Didi'n gorwedd. Gwyddai Didi fod y dyn yn disgwyl tip, ond roddodd o 'run iddo. Doedd tipio dynion efo locsyn ddim yn ei natur.

Chafodd Didi fawr o amser i ailbaratoi ei hun wedi i'r dyn rŵm syrfis adael. Cwta ddwy funud yn ddiweddarach daeth cnoc arall ar y drws. Neidiodd Didi ar ei draed, ac wedi un edrychiad sydyn arall yn y drych, croesodd y llawr at y drws. Anadlodd yn ddwfn, a gwisgo'r wên fwya gariadus a rhywiol-ond-heb-fod-yn-corni y medrai feddwl amdani, cyn agor y drws yn llydan.

Gwelodd Matt yn sefyll yno. Ond doedd o ddim yn edrych yn dda. Edrychai braidd yn sâl, yn llwyd ac yn...

"Sori!" medd Matt yn syth, cyn i ddyn mawr diarth ei wthio i mewn i'r stafell. O fewn eiliadau roedd pedwar horwth anferth mewn siacedi lledr du yn cario gynnau wedi gwthio'u ffordd i mewn. Caeodd yr ola ohonyn nhw'r drws, wrth i'r tri arall lusgo, gwthio a churo Didi a Matt ar draws y llawr a thrwodd i'r ystafell molchi. O fewn eiliadau roedd y ddau wedi cael eu taflu i mewn i'r bath ac wedi eu gorfodi i sefyll ar eu pengliniau ynddo...

Chafodd yr un o'r ddau gyfle i ddweud gair. Camodd un o'r dynion arfog ymlaen a rhoi gwn gyda thawelydd arno yng nghefn pen Matt. Wedi ei barlysu gan ofn, caeodd Didi ei lygaid wrth i ddarnau o ymennydd ei gariad sblatro dros ei wyneb.

Wnaeth Didi ddim agor ei lygaid eto. Teimlodd flaen y gwn ar ochr ei ben, ac mewn chwarter eiliad sylweddolodd ei fod yn mynd i farw'n "fackin virgin" wedi'r cwbl. Mygodd sgrech cyn iddi adael ei wddw...

"Vasilije," medd un o'r llofruddwyr wrth bopio'r botel siampên yn agored. "Now we drink!"

"No, Ilija!" atebodd Vasilije. "This Preacher is danger. We wait, we kill. Then we drink."

122

EISTEDDAI JOJO YN Y Citroen y tu allan i balas Duw. Gwyddai fod ei freuddwyd drosodd. Gwyddai fod popeth yn deilchion o'i gwmpas. Os ti'n cael dy eni dan seren anlwcus, yna mi ddilynith y gont chdi o gwmpas am weddill dy ffacin oes! Biti na fyddai wedi gweld hynny wrth edrych ar y sêr efo Ceri y noson hudolus honno ar ben Craig yr Harbwr.

Pesychodd ei besychiad sych, styfnig ac estynnodd sigarét o'r paced a'i thanio. Tagodd eto, a brathodd y boen yn ei ochr. Ond o leia roedd y nicotîn yn braf. Meddyliodd am Ceri a diolch am gael ei hadnabod. Yr arwres Geltaidd, ei ffrind, ei gariad... ei chwaer...

Joseph Ward. Pwy oedd o? Doedd o ddim yn adnabod Joseph Ward. Roedd yr enw'n hollol ddiarth iddo, yn swnio fel unrhyw un o'r enwau ar ei basportau ffug. Diawliodd ei lwc. Diawliodd y byd.

Diawliodd bopeth – cyn cofio ei fod o leia wedi cael gwared o'r drwg oedd yn bygwth parhad daioni Ceri a Nedw. Ei chwaer a'i nai!

Ailgydiodd y peswch, gan yrru dafnau mân o boer dros ffenest y car o'i flaen. Syllodd ar y patrwm, fel llond awyr o sêr. Ond eu bod nhw i gyd yn goch. Cythrodd y boen drwy ei ystlys eto. Cododd ei olygon tua'r mynyddoedd dros y bae. Roeddan nhw'n disgleirio o hyd yn eu cotiau gwyn.

Tynnodd ei ffôn o'i boced a thecstio neges i Nedw.

'CHARGES DROPPED IN DAYS. SORTED! *PWYSIG* – FORD FIESTA YN SIED JOHNNY LOVELL. TWLL Y SPARE WHEEL YN Y BOOT. CER Â'R BAG. OS 'DI JOHNNY ADRA PRYNA'R CAR! FYDD O'N WERTH O!! DEUD DIOLCH WRTH DY FAM. EDRYCH AR EI HÔL HI. WNAI BYTH ANGHOFIO CHI. UNCLE JOJO X'

Gwasgodd 'Send' wrth i ddagrau tawel ddiferu dros y sgrin. Taniodd y car. Rhoddodd y tâp caneuon gwerin i mewn yn y stereo a gyrrodd i lawr y dreif drwy'r coed llarwydd. Stopiodd a gwasgu'r botwm ar y polyn ac agorodd y gatiau. Wedi gadael Gilfach i gyfeiriad Cefn, taflodd ei ffôn i'r dŵr wrth groesi pont afon Drain Gwyn. Yna trodd i'r dde a dilyn y ffordd tua'r gwesty.

Daeth caneuon gwerin y bandiau ar ochr arall y tâp i ben, a dechreuodd darn o'r tâp nad oedd wedi'i glywed o'r blaen – y darn yr addawodd i Ceri na fyddai'n chwerthin arno. Recordiad ohonyn nhw fel teulu oedd yno, yn canu. Ceri gynta, yn canu 'Fflat Huw Puw', wedyn Eddie a 'Harbwr Corc' – ac yna daeth llais dynes hŷn, yn canu 'Ar Lan y Môr'. Roedd o'n llais cynnes a chyfoethog, yn llais cryf ond mwyn… ac yn swnio'n gyfarwydd… Ac mi adnabu Jojo fo fel y llais y bu'n ei glywed yn canu yn ei ben dros y blynyddoedd – y llais oedd wedi canu'r gân iddo rywbryd ym more oes. Mary oedd yn canu, Mary Roberts. Ac wrth iddi wawrio arno ei fod o'n gwrando ar lais ei fam, gwawriodd arno hefyd nad oedd hi wedi ei wrthod, fel y mynnodd Godfrey. Doedd hi erioed wedi ei adael chwaith. Roedd hi wastad wedi bod efo fo, yn canu…

"Ar lan y môr mae rhosys cochion – ar lan y môr mae lilis gwynion – ar lan y môr mae 'nghariad inna – yn cysgu'r nos – a chodi'r bora…"

Sychodd Jojo'i ddagrau a throi'r car i faes parcio'r gwesty. Parciodd yn wynebu'r môr. Trodd y tâp i ffwrdd, ac anadlodd yn ddwfn.

Roedd o angen cadw ei ben ar gyfer un gorchwyl arall – mynd â Didi i rywle diogel. I le, wyddai o ddim. Roedd Iwerddon allan ohoni. Yr Alban, efallai?

Edrychodd draw at y mynyddoedd yn eu cotiau gwyn. Roedd golwg meirioli arnyn nhw, o'r diwedd. Ond byddai'n rhaid iddo aros dipyn eto cyn y câi gyfle i'w dringo. Ond mi wnâi, ryw ddydd.

Hefyd o'r Lolfa

£7.95

£7.95

£7.95

Am restr gyflawn o lyfrau'r Lolfa, mynnwch
gopi o'n catalog newydd, rhad
neu hwyliwch i mewn i'n gwefan

www.ylolfa.com

lle gallwch archebu llyfrau ar lein.

TALYBONT CEREDIGION CYMRU SY24 5HE
ebost ylolfa@ylolfa.com
gwefan www.ylolfa.com
ffôn 01970 832 304
ffacs 832 782